레 말로(1901~1976)

레지스탕스 기념 연설 1973년, 제2차 세계대전 무렵 레지스탕스의 장소였던 글리에르 고원에서 친독일군과 독［
5천 명과 싸우다 죽은 항독 지하운동가 121명을 기념하는 연설을 하고 있는 말로.

문화부장관으로 중국 공식 출장(1965) 중국 수상 류사오치와 공산당서기장 마오쩌둥의 초대를 받아 환담하고 있

온   국가를 빛낸 인물을 기리는 사원(寺院)으로 프랑스의 위대한 시인, 학자, 정치가 등의 무덤이 있다. 프랑스
는 1996년 앙드레 말로 사망 20주기를 맞아 그의 유해를 판테온으로 이장했다.

온 내부

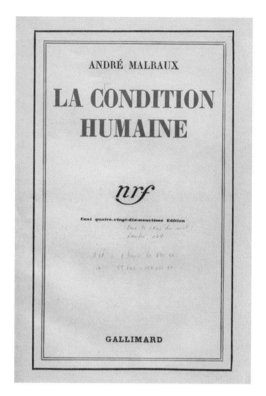

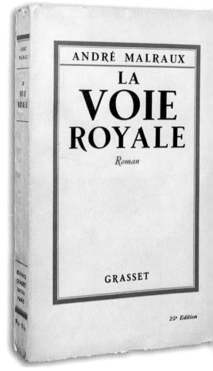

《인간의 조건》(초판, 1933) 표지   《왕도》(초판, 1930) 표지

《인간의 조건》 삽화   병사 하나가 카토프의 윗몸을 꽉 붙들더니, 또 한 병사가 그의 두 손을 등으로 돌려 묶었다.
'놈들은 운이 좋았어. 하는 수 없군. 나는 불 속에서 타죽게 되나 보군.'

세계문학전집088
André Malraux
LA CONDITION HUMAINE/LA VOIE ROYALE

인간의 조건/왕도

앙드레 말로/홍순호 윤옥일 옮김

동서문화사

인간의 조건/왕도
차례

La Condition Humaine

인간의 조건

제1부

1927년 3월 21일

밤 12시 30분

모기장을 쳐들까, 아니면 그대로 모기장째 푹 찌를까? 긴장감은 배 속을 죄어 댔다. 첸은 자신의 남자다운 과단성을 잘 알고 있었다. 그러나 지금은 그림자보다도 더 희미한 몸뚱이 위로 천장에 드리워진 흰 모슬린 더미에 홀려 그저 멍하니 어떻게 해야 좋을지 몰라 망설이고 있었다. 정신없이 잠들어 비스듬히 누인 발만이 모기장 밖으로 비어져 나와 있다. 역시 생명으로 이어진 인간 육체인 발이. 오직 한 줄기의 빛이 이웃 건물에서 비쳐 들고 있었다. 커다란 직사각형의 창백한 불빛은 창살에 가로 잘리고 있었는데, 그 가운데 한 창살 그림자가 바로 침대 위에 비어져 나온 발치에서 검은 줄을 긋고 있었다. 마치 그 발의 크기와 생명감을 강조하는 듯이. 갑자기 사방에서 자동차 경적 소리가 한꺼번에 울렸다. 들켰을까? 그렇다면 싸울 따름이다. 저항하는 적과의 싸움이다. 눈을 뜬 적과의 싸움이다!

소음의 물결은 다시 가라앉았다. 자동차들이 몰려서 잠시 혼잡을 이뤘을 뿐이었던 것이다. '이런 시간인데도 저편 인간들 세계에는 아직 자동차가 혼잡을 이루고 있구나……' 첸은 다시 모기장의 희미한 얼룩과 직사각형 불빛과 마주 보고 섰다. 그것들은 이미 시간이라는 것이 없어진 이 밤 속에, 전혀 꼼짝도 하지 않았다.

'이놈은 죽는다.' 첸은 백치처럼 혼자 몇 번이나 속으로 되뇌었다. 자기 손으로 죽인다는 것은 분명한 사실이니까. 죽이기만 하면 체포되건 말건, 처형되건 말건 문제가 아니었다. 그에게는 지금 이 발밖에, 이 사나이밖에 존재하고 있지 않았다. 저항할 겨를도 없이 이 사나이를 죽여야 한다. 저항할 틈을 주면 소리를 질러 사람을 부를 테니까.

　첸은 늘 자신이 투사로서 보이기를 바랐는데, 지금 눈을 껌벅거리고 있는 자기 모습은 한낱 제물을 바치는 것처럼 보여 구역질이 날 것만 같았다. 그리고 그 제물도 그저 자기가 택한 신(神)에게만 바쳐지는 건 아니다. 혁명에 바치는 그 희생 밑에는 헤아릴 수 없이 깊은 세계가 꿈틀거리고 있었다. 그 세계에 비하면 이 고뇌에 짓눌린 밤도 환한 빛이나 다름없었다. '암살한다는 것은 그저 죽이는 것이 아니다…….' 주머니 속에서 그의 손은 망설이고 있었다. 오른손에 접힌 면도칼을, 왼손에 단도를 쥐고서. 그는 그 물건들을 쥔 손을 되도록 주머니 깊숙이 밀어 넣고 있었다. 마치 어둠만으로는 자기 움직임을 숨길 수 없다는 듯이. 면도칼이 더 확실했지만, 첸은 아무래도 그걸 능숙하게 쓸 수 없을 것 같았다. 차라리 단도가 마음에 들었다. 그는 떨리는 손가락으로 칼등을 잔뜩 거머쥐고 있던 면도칼을 놓아 버렸다. 단도는 왼쪽 주머니 속에 칼집 없이 그대로 들어 있었다. 첸은 그것을 오른손에 바꿔 쥐었다. 왼손은 다시 스웨터의 털실 위에 늘어뜨려 그대로 착 붙여 둔 채였다. 그는 오른팔을 살며시 들었다. 그래도 여전히 자기 주위를 둘러싸고 있는 침묵에 그는 놀랐다. 마치 자기 움직임 하나로 무엇인가가 와르르 무너질 것을 미리 알고 있었던 것처럼. 그러나 아무 일도 일어나지 않았다. 이제 힘껏 찌르기만 하면 되는 것이다.

　사나이의 발은 잠든 짐승처럼 살아 있었다. 이 발은 과연 몸뚱이에 이어져 있는 것일까? '아니, 내가 돈 건 아닌가?' 그 몸뚱이를 보아야만 한다. 그러려면 불빛 속으로 들어서야 한다. 침대 위에 뭉툭한 자기 그림자를 비춰야 한다. 몸뚱이의 저항이란 어떤 것일까? 첸은 부르르 떨며 자기 왼팔에다 단도를 푹 찔렀다. 그 아픔과(그는 그것이 자기 팔이라고 생각할 수 없었다), 잠들어 있는 이 사나이가 눈을 떴을 때 느껴야 할 고통에 생각이 미치자 순간 좀 후련해졌다. 아픔 역시 이런 미칠 듯한 분위기보다는 차라리 나았다. 첸은 바싹 다가갔다. 틀림없이 두 시간 전에 밝은 불빛 속에서 본 그 사나이였다. 첸의 바지에 거의 닿을 듯하던 그의 발이 갑자기 열쇠를 돌릴 때처럼 빙그르 돌더니 고요한 어둠 속에서 다시 제자리로 돌아갔다. 자고 있는 사나이는 첸의 기척을 느꼈는지도 모른다. 그러나 잠이 깰 정도는 아니었다…… 첸은 으스스 몸을 떨었다. 벌레가 피부 위를 기어갔던 것이다. 아니, 그것은 팔의 피가 방울져 흘러내린 것이었다.

여전히 뱃멀미 같은 기분은 가라앉지 않았다.

단 한 번의 동작으로 이 남자는 죽는다. 죽인다는 그 자체는 쉬운 일이다. 그러나 그의 몸에 손을 댈 수가 없다. 찌를 바에는 정확하게 찔러야 한다. 서양식 침대 한복판에 반듯이 잠들어 있는 사나이는 짧은 팬티 하나만 입고 있었으나 살이 너무 쪄서 갈빗대가 보이지 않았다. 새까만 젖꼭지를 노려 찔러야 한다. 위에서 아래로 찌르는 것이 얼마나 어려운 일인가를 첸은 잘 알고 있었다. 그래서 칼날이 위를 향하도록 하여 단도를 꼭 쥐었다. 그러나 왼쪽 가슴이 가장 멀리 있었다. 모기장을 가로질러 팔을 한껏 뻗고 권투에서 스윙을 하듯이 크게 호(弧)를 그리며 찔러야 했다. 첸은 칼날을 수평으로 눕혀 단도의 위치를 바꾸었다. 아마도 같은 이유 때문이겠지만, 이 움직이지 않는 몸에 칼을 꽂는다는 것은 시체를 찌르는 것만큼이나 어려운 일이었다. 시체라는 생각에 일깨워지기라도 한 것처럼 사나이는 앓는 소리를 냈다. 첸은 팔다리에 맥이 탁 풀려 이제는 뒤로 물러설 수조차 없었다. 그러나 신음은 본래대로 고른 숨소리로 돌아갔다. 사나이는 코를 골고 있었다. 그는 다시 살아 있는 사람이 되었다. 어느새 찌르기 쉬운 자세로 누워 있다.

그와 동시에 첸은 슬그머니 우롱당한 느낌이 들었다. 몸뚱이가 가볍게 움직이더니 오른쪽으로 향했다. 잠이 깨는 걸까? 다짜고짜 첸은 마룻바닥까지 뚫으려는 듯이 힘껏 찔렀다. 모기장 찢어지는 소리가 둔한 충격과 함께 얽힌 순간 상대방을 힘껏 눌렀다. 칼끝까지 감각이 닿았다. 상대의 몸뚱이가 침대 스프링에 튕기어 자기 쪽으로 튀어 오르는 듯했다. 첸은 미친 듯이 팔에 힘을 주어 상대를 꽉 눌렀다. 두 다리가 마치 끈으로 묶여 잡아당겨지기라도 하듯이 가슴팍으로 확 오그라들었다가 다시 쭉 뻗어 버렸다. 한 번 더 찔러야 할 텐데, 어떻게 단도를 뽑는담? 몸뚱이는 여전히 불안정하게 옆으로 누운 채였다. 몸뚱이가 부르르 떨려, 첸은 자기 몸무게를 실어 있는 힘껏 내리눌렀다. 마치 단도로 상대방 몸뚱이를 침대 위에 단단히 못 박아 놓고 있는 것 같았다. 커다랗게 찢긴 모기장 구멍으로 그는 몸뚱이를 똑똑히 보았다. 눈은 뜬 채였다. 그 순간에 눈을 떴던 것일까? 눈은 흰자위뿐이었다. 칼날을 타고 어스름한 불빛 속에 시꺼먼 피가 솟아올랐다. 몸뚱이는 좌우로 쓰러질 듯하면서도 첸의 몸무게 속에서 여전히 목숨을 지탱하고 있었다. 첸은 단도를 놓을 수가 없었다. 그 사내의 육체의 고통이 칼날을 통해서 첸의 뻣뻣해진 팔과 뻐근한 어깨로 전해져 가슴 속 속들이까지, 이 방 안에서 움직이고 있는 유일한 것인 고동치고 있는 그의 심장에까지 흘러 들어왔다. 첸은 꼼짝도 하지 않았다. 그의 왼팔에서 흘러내리는 피까지도 침대에 누워 있는 사내의 피같이 여겨졌다. 아무런 변화도 일어나지 않았으나 그는 문득 이 사내가 확실히 죽었다고 굳게 믿었다. 겨우 숨을 내쉬며 첸은 적막한 방의, 흔들리지 않는 흐릿한 불빛 속에서 사나이의 옆구리를 꽉 누르고 있었다. 싸운 흔적이라고는 조금도 없었다. 모슬린의 찢어진 자국조차도 마치 처음부터 두 폭으로 갈라져 있던 것처럼 보였다. 그곳에 있는 것은 오직 침묵과 숨이 막힐 듯한 도취뿐이었다. 그 속에 첸은 산 사람들의 세계에서 떨어져 나와 무기를 움켜쥔 채 깊이 가라앉았다. 그의 손가락은 점점 더 단도를 힘껏 움켜쥐었다. 그러나 팔의 근육은 맥이 풀려 있어 팔 전체가 끄나풀인 양 떨렸다. 그것은 결코 단순한 공포가 아니었다. 그것은 어린 시절 겪어 본 이후 오랫동안 잊고 있었던 잔인하고도 엄숙한 놀라움이었다. 그는 지금 인기척 없는 방에서 홀로 몸서리쳐지는 전율과 피비린내에 휩싸인 채 주검 앞에 서 있었던 것이다.

겨우 첸은 손을 펼 수 있었다. 사나이 몸뚱이는 조용히 엎어졌다. 몸뚱이를 버티고 있던 단도 자루가 기울자 홑이불 위에 시커먼 핏자국이 번져 나갔다. 마치 살아 있는 것처럼 자국은 점점 커졌다. 그 자국 옆에 뾰족한 두 귀 모양의 그림자가 나타나더니 이것도 마찬가지로 점점 크게 번져 나갔다.

문은 가까웠다. 그 너머에 발코니가 있었다. 그런데 그림자는 발코니 쪽에서 다가오는 것이었다. 첸은 귀신 따위를 믿는 건 아니건만, 오금이 떨어지지 않아 뒤를 돌아다볼 수가 없었다. 그는 자기도 모르게 풀쩍 뛰었다. 그러나 그것은 고양이 소리였다. 마음이 놓인 첸은 마음을 단단히 먹고 그쪽을 노려보았다. 창문으로 몰래 기어 들어온 길고양이가 그를 뚫어지게 노려보고 있었다. 그 그림자가 다가옴에 따라 첸은 몸이 부르르 떨릴 만큼 미칠 듯한 분노를 느꼈다. 그가 내던져진 이 잔인한 지역에는 살아 있는 것은 그 무엇이건 발을 들여놓아서는 안 되는 것이다. 단도를 쥐고 있는 첸의 모습을 본 자는 그가 다시 인간 사회로 돌아가는 것을 방해할 터이니까. 첸은 면도칼을 펴 들고 한 걸음 앞으로 나아갔다. 고양이는 발코니로 달아났다. 첸은 갑자기 상하이(上海) 앞에 맞서 있는 자기를 발견했다.

밤은 그의 고뇌 때문에 뒤흔들려 마치 불꽃으로 가득 찬 시커먼 연기처럼 크게 소용돌이치고 있었다. 그러나 그의 숨결이 잦아짐에 따라 밤도 조용히 가라앉고, 하늘의 구름 사이로는 별들이 끝없는 흐름 속에 빛나고 있었다. 그것은 신선한 바깥 공기와 함께 첸을 휩쌌다. 어디에선가 사이렌이 울렸다. 그 소리는 다시 몸속에 스며드는 듯한 고요 속으로 사라져 버렸다. 저 아래, 아득히 먼 하늘 밑에서는 한밤의 등불이 노란 안개를 헤치며 촉촉이 젖은 포장도로와 레일에 새하얗게 반사되고 있었다. 그 불빛은 살인을 하지 않은 사람들의 생명으로 고동치고 있었다. 거기에는 수백만의 생명이 있었다. 그들은 이미 첸의 생명을 받아들이지 않으려고 거부하고 있었다. 하지만 그러한 그들의 비참한 심판은 자기에게서 조금씩 멀어져 가고 있는 죽음에 비한다면 대체 무슨 뜻이 있단 말인가? 그 살해된 사내의 몸뚱이에서 길게 꼬리를 물고 줄줄이 흘러나오는 피같이 여겨지는 그 죽음에 비해 본다면 말이다. 이 움직이지 않는, 혹은 반짝거리는 그림자 전체가 살아 있는 것이었다. 강(황푸강)처럼, 또는 저 멀리 보이지 않는 바다[1]—그 바다처럼 살아 있는 것이었다. 겨우 가슴 가득히 숨을 쉬고 나니, 첸은 이제 한없는 감사의 마음을 가지고 그 생명 속으로 돌아갈 수 있을 것 같았다—조금 전과 마찬가지로 마음이 설레 하마터면 눈물이 왈칵 쏟아질 뻔했다. '도망쳐야 한다……' 그러나 그는 여전히 서서 가로등 불빛으로 환한 거리를 달려가는 자동차나 통행인들의 움직임을 뚫어지게 내려다보고 있었다. 마치 눈이 떠진 장님처럼, 또 굶주린 자가 허겁지겁 게걸스럽게 음식을 주워 먹듯이. 생명에 굶주린 사람처럼 첸은 달려가서 그 사람들을 자신의 손으로 만져 보고 싶었다. 사이렌 소리가 강 건너 지평선에 울려 퍼졌다. 병기창에서 야간 노무자 교대 시간을 알리는 사이렌이다. 천치 바보 같은 노동자들, 자기들을 위하여 싸우고 있는 사람을 죽이는 무기를 만들다니! 가로등 불빛으로 빛나는 이 대도시는 군벌 독재자들의 손아귀에 한 뙈기 논밭처럼 점유된 채 있을 것인가? 가축 떼처럼 군벌의 수뇌들이나 서양 상인들에게 영구히 차용된 채로 있을 것인가? 첸의 살인 행위는 중국의 무기 공장을 아주 오랫동안 돌려 무기를 생산한 만큼

---

1) 상하이는 바다에서 20킬로의 거리에 있다.

의 가치가 있었다. 그 까닭은 이렇다. 상하이를 혁명군에 넘기려는 절박한 폭동 계획을 앞둔 이때, 폭도 쪽이 가진 총은 200정에도 못 미쳤다. 그래서 지금 암살당한 중개인이 정부에 팔기로 계약한 권총 약 300정을 손에 넣으면 폭도 쪽은 매우 유리한 입장이 된다. 그들이 맨 먼저 해야 할 일은 경찰의 무기를 빼앗아 자기들 혁명군을 무장시키는 것이었다. 그런데, 10분 전부터 첸은 단 한 번도 그 일은 생각하고 있지 않았다.

첸은 아직 계약 서류를 뺏지 않았다. 그가 이 사나이를 죽인 것은 그 서류 때문이었다. 그 사내의 옷은 모기장 속의 침대 다리에 걸려 있었다. 첸은 주머니를 뒤졌다. 손수건, 담배…… 그러나 지갑은 없었다. 모기장, 흰 벽, 또렷한 직사각형의 빛…… 방은 원래 그대로였다. 사람을 죽였지만, 아무것도 변한 건 없었다—첸은 눈을 감고 베개 밑에 손을 넣었다. 손끝에 아주 작은 지갑 같은 것이 만져졌다. 베개를 통해 느껴지는 가벼운 머리 무게가 또 그를 불안하게 하였다. 첸은 눈을 번쩍 떴다. 베개 위에는 핏자국이 조금도 없었다. 거기 누워 있는 사람은 조금도 죽은 것같이 보이지 않았다. 한 번 더 찔러야 할까? 그러나 첸의 시선은 이미 시체의 뒤집힌 흰자위와 시트 위의 피를 놓치지 않았다. 지갑 속을 뒤지기 위해 그는 마작꾼들이 왁자지껄 떠들어 대는 레스토랑에서 흘러 들어오는 불빛 속으로 물러섰다. 서류를 찾아내자 지갑을 집어넣고는 달음질치다시피 방을 나와 문을 단단히 잠그고 열쇠를 주머니에 집어넣었다. 호텔 복도 맨 끝에까지 와 보니—그는 천천히 걸으려고 애를 썼다—엘리베이터가 올라와 있지 않았다. 버튼을 누를까? 첸은 그대로 층계를 걸어서 내려갔다. 바로 아래층에는 댄스홀, 바, 당구장들이 있었는데, 여남은 명이 서서 엘리베이터가 내려오기를 기다리고 있었다. 첸도 그들 뒤를 따라 엘리베이터에 올라탔다. "……빨간 드레스를 입은 댄서, 거 아주 근사하던데!" 옆에 있던 버마(미얀마) 사람인지 시암(태국) 사람인지 얼큰히 취한 사나이가 그에게 지껄여 댔다. 첸은 그놈이 입을 다물도록 뺨을 한 대 후려갈겨 주고 싶었다. 그러나 동시에 자기가 살아 있다는 것을 느끼게 해준 그 사내를 껴안고 싶은 충동을 느꼈다. 그는 대답을 하는 대신 입 속으로 우물우물 중얼거렸다. 상대는 아주 정답게 첸의 어깨를 쳤다. '이 자는 나까지도 취한 줄 아는 모양이지…….' 그리고 또 무언가 말을 걸려고 했다. "난 외국어를 모르오." 첸은 베이징(北京)어로 말했다. 그 사나이는 입을 다물었다. 어리둥절해진 그는 칼라는 끼지 않았지만 좋은 양털 스웨터를 입은 이 청년을 유심히 바라보았다. 첸은 엘리베이터 안에 걸린 거울 앞에 서 있었다. 그의 얼굴엔 살인을 한 티는 조금도 나타나 있지 않았다…… 두드러진 광대뼈, 납작하지만 부리처럼 날이 선 코, 중국인이라기보다는 오히려 몽골족에 가까운 그의 용모는 조금도 변함이 없었다. 다만 피로의 기색이 보일 뿐이었다. 완강한 어깨며, 사람 좋아 보이는 두툼한 입술에도 아무런 이상한 점은 없었다. 다만 팔만이, 구부리려고 하자 끈적끈적한 게 불이라도 붙은 듯이 화끈거렸다…… 엘리베이터가 멎었다. 그는 사람들과 함께 밖으로 나왔다.

새벽 1시

첸은 탄산수를 한 병 사고 택시를 불렀다. 덮개가 있었다. 그 속에서 그는 상처를 씻고 손수건으로 동여맸다. 차가 다니지 않는 레일과, 어제 오후에 내린 소나기가 괸 웅덩이가 희미하게 번들거리고 있었다. 별이 총총한 하늘이 거기 비치고 있었다. 무심코 첸은 그것을 바라보았다. 조금 전에 별을 보았을 때는 하늘이 훨씬 더 가까이 느껴졌었는데! 그러나 지금 고뇌가 가라앉고, 사람들의 모습을 다시 보게 될수록 그는 하늘에서 멀어져 갔다…… 길이 끝난 곳에 물웅덩이만큼 흐릿하게 보이는 자동 소총 몇 정과, 말 없는 몇 개의 그림자들이 받쳐 든 총검이 번쩍거리는 울타리가 눈에 띄었다. 프랑스 조계(租界) 종점에 있는 초소였다. 택시는 그 이상 갈 수 없었다. 첸은 조계에서 일하는 전기공 명의로 된 가짜 통행증을 보였다. '방금 내가 한 일을 모르는 게 틀림없군.' 첸은 속으로 생각했다. 보초는 그를 통과시켰다. 첸의 앞에서는 중국인 거리와 경계를 이루고 있는 되 레퓌블리크 거리가 똑바로 뻗쳐 있었다.

황량함과 침묵, 중국에서 가장 큰 도시의 모든 잡음을 실은 요란스런 음파도 여기서 사라지고 있었다. 마치 땅속에서 나는 소리가 우물 밑바닥에서 사라져 버리듯이. 전쟁의 잡음, 잠을 자려 하지 않는 군중들의 신경질적인 마지막 요동. 그러나 사람들이 살고 있는 곳은 아득히 먼 저편이었다. 여기에는 밤밖에는 아무것도 없었다. 첸은 그 밤 속으로 마치 갑작스런 우정이라도 휩싸이듯이 본능적으로 융화되어 갔다. 이 불안한 밤의 세계는 살인에 반발하지는 않았다. 모든 인간이 자취를 감추어 버린 세계, 영원의 세계. 이들 썩어 빠진 기와지붕 위로,

창도 없는 벽과 거미줄 같은 전선을 외등이 비추고 있는 이 골목 안에도 날은 밝아 올 것인가? 여태껏 여기 있어 온 것은 살인의 세계였다. 첸은 그곳에, 마치 열기 속에 머물러 있듯이 있어 온 것이다. 어떤 생명도, 어떤 존재도, 가까이 들려오는 어떤 소리도 없었다. 행상들의 외침뿐만 아니라 떠돌아다니는 개 한 마리조차 없었다.

겨우 초라한 어느 상점 앞에 다다랐다. 축음기를 파는 루위쉬안·에멜리크 상회이다. 첸은 다시 인간 세계로 돌아가야만 했다. 현실 세계로 완전히 돌아가기 전에 그는 잠시 망설이듯 서 있다가 이윽고 덧문 하나를 두드렸다.

문은 곧바로 열렸다. 레코드가 정성껏 진열되어 있는 상점. 어딘지 분위기가 시립 도서관 같은 느낌을 준다. 가게 뒤쪽에 있는, 가구 장식이 아무것도 없는 넓은 방에는 셔츠 바람으로 기다리고 있는 네 명의 동지가 있었다.

문이 쾅 닫히는 바람에 램프 불이 흔들렸다. 사람들의 얼굴이 사라졌다가 다시 떠올랐다. 왼편에 루위쉬안의 둥근 얼굴이 보였다. 그리고 늙은 권투 선수 같은 빡빡 깎은 머리와 납작한 코와 움푹한 어깨를 한 에멜리크의 얼굴. 그 뒤에, 그늘에 가려진 카토프, 오른편에는 기요 지조르가 있었다. 기요의 머리 위에서 흔들거리는 램프 불이 그의 정수리를 지나갈 때에는 일본의 판화에서 흔히 볼 수 있는, 양 입가가 아래로 처진 그의 입을 두드러지게 그려 냈다. 램프 불이 멀어져서 그림자가 옮겨 가면, 이 혼혈아의 얼굴은 거의 유럽인처럼 보였다. 램프 불의 흔들림이 잦아들면서, 번갈아 나타나던 기요의 두 가지 얼굴도 차츰 하나의 얼굴로 되어 갔다.

그들은 마치 백치 같은 시선으로 열심히 첸을 쳐다보고 있었다. 아무도 입을 열지 않았다. 첸은 해바라기 씨가 잔뜩 널려 있는 타일 바닥으로 시선을 떨어뜨렸다…… 결과를 보고할 수는 있다. 그러나 지금 가슴속에 있는 것을 말로 나타내기는 어려울 노릇이다.

단도에서 느껴지던 그 몸뚱이의 저항이 아직도 끈덕지게 첸을 따라다니고 있었다. 그만큼 그 저항은 자기 팔의 저항보다도 컸던 것이다. '그렇게 탄탄한 것인 줄은 꿈에도 몰랐지……'

"잘됐어." 첸은 겨우 말했다.

그는 무기 양도 명령서를 꺼내 놓았다. 본문은 길었다. 기요가 그것을 읽었다.

"그렇군. 한데⋯⋯".

모두들 기다렸다. 기요는 성급한 빛도 초조한 빛도 없었다. 그저 가만히 꼼짝도 하지 않았다. 다만 얼굴 근육을 조금 찌푸렸다. 그러나 그들은 무언가 문제가 생겼음을 느꼈다. 기요는 정색하고 말을 꺼냈다.

"무기 대금이 지불되어 있지 않아. 물건을 받을 때 지불할 것이라 돼 있어."

첸은 마치 자기가 바보같이 속기라도 한 것처럼 느껴져서 갑자기 분노가 치밀었다.

아까 이 종이쪽지를 발견했을 때 그게 자기가 찾던 서류임을 알았을 뿐, 읽고 있을 겨를은 없었던 것이다. 읽었던들 어떻게 할 도리도 없었을 게 아닌가. 첸은 주머니에서 지갑을 꺼내어 기요에게 건넸다. 그 속에는 사진과 영수증이 들어 있을 뿐 다른 것이라곤 아무것도 없었다.

"전투반(戰鬪班) 동지들과 의논하면 어떻게 될 것 같은데." 기요가 말했다.

"배에 오를 수 있으면 뒷일은 크게 염려할 건 없을 거야." 카토프가 맞받아 대답했다.

그들이 곁에 있다는 사실이 첸을 무서운 고독에서 서서히 건져 내주었다. 아주 가느다란 뿌리로 겨우 땅에 달라붙어 있는 나무가 차츰차츰 뽑혀 나가는 것처럼. 그리하여 조금씩 그들 가까이로 돌아옴에 따라 갑자기 그들을 발견한 것 같은 느낌이 들었다. 언젠가 처음으로 매음굴에 갔다가 집에 돌아왔을 때 새삼스레 누이동생의 존재를 깨달은 것처럼. 이 방 안에는 새벽녘을 맞는 도박장 같은 긴장이 남아 있었다.

"잘되던가?"

카토프는 그제야 레코드를 내려놓고 밝은 데로 나오며 물었다.

첸은 그 말에는 대답하지 않고 어릿광대 같은 이 사람 좋은 러시아인의 얼굴을 보았다. 장난꾸러기처럼 생긴 작은 눈이며, 들창코. 깊은 밤의 어두운 불빛 속에서도 좀처럼 심각해 보이지는 못할 얼굴이었다. 그러나 이 사나이는 죽음이 어떤 것인가를 잘 알고 있었다. 카토프는 일어나서, 작은 어리(籠) 속에 잠들어 있는 귀뚜라미를 보러 갔다. 첸이 말이 없는 것은 그만한 이유가 있으리라고 그는 생각했다. 첸은 껌벅거리는 불빛을 바라보고 있었다. 그걸 보고 있노라면 아무 생각도 들지 않았다. 그가 들어오는 바람에 잠을 깬 귀뚜라미가 떨리는 듯한 소리로 울어 댔다. 그 울음은 사람들의 얼굴 위에 흔들리는 램프 그림자의 마지막 동요에 장단을 맞추었다. 첸의 마음속엔 여전히 단도를 찔렀을 때의 몸뚱이의 단단한 감촉이 떠나지 않았다. 지껄이는 말은 오직 그의 마음속에 생긴 죽음과의 밀접한 연관을 어지럽히는 데에 도움이 될 따름이었다.

"몇 시에 호텔에서 나왔나?" 기요가 물었다.

"약 20분 전에."

기요는 회중시계를 보았다. 0시 50분이었다.

"자, 이쯤 하고 어서 가보자."

"……기요, 난 자네 아버님을 좀 뵙고 싶은데."

"'그게' 틀림없이 내일 일어나리라는 걸 자넨 알고 있나?"

"그것참 다행이군."

그들은 모두 '그게' 무엇을 뜻하는지 알고 있었다. 상하이 폭동을 일으킬 혁명군²⁾이 철도의 종착역에 도착한다는 것을 뜻하고 있었다.

"잘됐어." 첸은 되풀이해 말했다. 모든 강렬한 감동이 다 그러하듯이, 위험에서 받은 그의 감동 역시 스르르 물러가 버리고 나니 뒤에는 커다란 공허만이 남았다. 그는 한 번 더 그 감동을 찾아보고 싶었다.

"역시 자네 아버님을 뵙고 싶어."

"그렇다면 가보게나. 아버지는 동틀 무렵에야 주무시니까."

"4시쯤 가지."

첸은 무언가 남에게 이해를 받고 싶은 문제가 생길 때는 본능적으로 지조르 노인을 찾아가곤 했다. 자신의 그러한 태도가 기요에겐 고통스러우리라는 것—거기엔 아무런 허영이라는 것이 없느니만큼 기요에게는 고통이다—그것은 첸도 잘 알고 있었지만 어쩔 수 없었다. 기요는 폭동 조직원 가운데 한 사람이었다. 중앙위원회는 그를 믿고 있었다. 첸도 역시 그러했다. 그러나 첸은 전투가 아니고는 사람을 죽일 수 없는 인간이었다. 그리고 보면 카토프 쪽이 첸에 가까웠다. 카토프는 1905년, 그가 아직 의과 대학생이었을 무렵, 오데사 감옥의 문을 폭파할 때 가담했다가—좀 유치한 짓이었지만—5년간의 유형(流刑)을 언도

---

2) 장제스가 이끄는 국민당 군대.

받았다. 그러고도……

　그 카토프는 첸을 유심히 바라보며 사탕을 하나씩 먹고 있었다. 첸도 갑자기 먹고 싶은 생각이 들었다. 사람을 죽이고 온 이 마당에 그는 뭐든지 요구할 권리가 있지 않은가. 권리…… 그렇다, 비록 점잖지 못한 요구라 할지라도. 첸은 넓적한 손을 내밀었다. 카토프는 그가 나가려고 악수를 청하는 줄 알고 그 손을 덥석 쥐었다. 첸은 일어섰다. 이대로 나가는 것도 좋을지 모른다. 여기 남아 있어 보았자 할 일도 없고, 기요도 지금부터 행동을 개시해야 할 테니까. 첸은 지금 자기가 무엇을 하려 하는지를 똑똑히 알고 있었다. 그는 문 쪽으로 나갔다가 다시 되돌아왔다.

　"사탕 좀 주게."

　카토프는 봉지째 주었다. 첸은 사탕을 나누려고 했으나 종이가 없었다. 그래서 그는 손바닥에 가득 덜어 한 입 잔뜩 물고는 나가 버렸다.

　"일이 쉽지 않았던 모양이지." 카토프는 말했다.

　1905년에서 1912년까지 스위스에 망명하고 있다가 비밀리에 러시아로 돌아간 카토프는 거의 러시아식 악센트 없이 프랑스 말을 할 수 있었다. 한데 몇몇 모음을 어물쩍하는 버릇이 있었다. 중국 말을 할 때는 엄격히 발음을 떼어서 해야 하므로 마치 거기에서 그것을 채우려는 것 같았다. 지금 램프 바로 밑에 있는 그의 얼굴은 아주 조금밖에 불빛을 받고 있지 않았다. 기요는 이런 얼굴이 차라리 더 좋았다. 작은 눈과 특히 들창코가 카토프 얼굴 전체에 주는 그 익살스러우면서도 소박한 인상—에멜리크는 그러한 그를, 깜찍한 참새 같은 얼굴이라고 했다—은 기요 자신의 용모와 전혀 다르니만큼 더욱 인상이 강렬해서, 그는 이따금 자신을 따분하게 여기는 것이었다.

　"자, 어서 끝장을 내지." 기요가 입을 열었다. "루, 레코드 가지고 있지?"

　얼굴에 미소를 머금고 언제든지 굽실굽실 절을 하려는 듯한 태도로, 기다리고 있었다는 듯이 카토프는 이미 시험해 본 두 장의 레코드를 각각 다른 축음기에다 걸었다. 두 장을 함께 틀어야 했다.

　"하나, 둘, 셋."

　기요가 세었다.

　첫째 레코드에서 울려오는 잡음이 둘째 레코드의 소리를 덮어 버렸다. 갑자기 그 잡음이 멎었다. 그러자 '보낼 것'이라는 말이 들렸다. 그리고 또 잡음이 시작되었다. 그러다가 '삼십'이라는 말이 들렸다. 그리고 또 잡음이 이어졌다. 잠시 뒤 또 '사람들'이라는 말이 들리더니 다시 잡음.

"됐어."

기요는 말하고 레코드를 멎게 했다. 그리고 첫째 레코드만을 틀었다. 잡음, 침묵, 잡음, "스톱. 좋아, 그 레코드에는 '폐품'이라는 딱지를 붙이게."

둘째 레코드를 틀었다. "제3과(第三課), 뛰다, 걷다, 가다, 오다, 보내다, 받다, 1, 2, 3, 4, 5, 6, 7, 8, 9, 10, 20, 30, 40, 50, 60, 100. 나는 열 사람이 달리는 것을 보았다. 여기 여자 20명이 있다. 30명의……."

어학 교수용이라는 이 가짜 레코드는 그만하면 아주 잘 만들어졌다. 상표도 아주 잘 모조되어 있었다. 그래도 기요는 불안스러웠다.

"내 취입이 서툴렀나?"

"잘됐어요, 썩 잘됐어."

루는 밝게 웃어 보였다. 에멜리크는 무관심한 표정을 하고 있었다. 위층에서 어린아이의 신음이 들려왔다.

기요는 영문을 알 수 없었다.

"그럼, 왜 목소리가 바뀌었지?"

"바뀌긴 뭐가 바뀌어요, 당신 목소리 그대론데. 자기 목소리라도 알아듣기 힘든 법이에요, 처음 들으면 말이죠." 루가 대꾸했다.

"축음기 탓인 게로군!"

"그런 게 아니지요. 누구든지 남의 목소리는 쉽게 알아듣지만, 자기 목소리는 별로 귀에 익혀 듣질 않거든요……."

루는 총명한 사람에게 그가 모르는 사실을 설명해 주는 중국인다운 기쁨에 넘쳐 신이 나는 모양이었다.

"그건 우리 중국어로 녹음해도 마찬가지예요……."

"알겠어. 그래, 오늘 밤 안으로 레코드를 찾으러 오게 되어 있나?"

"배가 내일 새벽 해 뜰 무렵을 기해 한커우(漢口)3)로 떠날 테니까요……."

---

3) 중국 공산당 중앙위원회가 있었다.

잡음 나는 레코드와 지령이 들어 있는 레코드는 각각 다른 배로 발송하게 되어 있다. 지령이 들어 있는 레코드는 그 지방 교구가 가톨릭계냐 신교냐에 따라서 프랑스어나 또는 영어로 되어 있었다.

'해 뜰 무렵이라.' 기요는 생각했다. '해 뜰 무렵까진 꽤나 일이 많겠는데…….' 그는 일어섰다.

"무기를 빼앗으려면 의용대 동지들의 도움을 빌려야겠는데, 그리고 될 수만 있다면 유럽인들도 몇 명 있어야겠고."

에멜리크가 기요에게 다가왔다. 위층에서 또다시 어린애가 울어 댔다.

"저 애새끼가 대신 대답하는구먼. 어때, 견딜 만해? 다 죽어 가는 애새끼나, 위에서 소리를 죽여 울고만 있는 여편네를 대관절 어떡하면 좋을는지. 무슨 좋은 수라도 없을까? 우리 방해가 안 되게 말이야." 에멜리크가 말했다.

거의 증오에 찬 이 목소리는, 납작코와 수직으로 비치는 광선 때문에 두 개의 검은 반점으로 보이는 움푹한 눈을 한 이 얼굴에 아주 잘 어울렸다. "다들 저마다 할 일이 있어." 기요가 대답했다. "레코드에 관한 것도 중요해…… 무기 탈취는 카토프와 나 둘이면 충분해. 자, 동지들이나 규합하러 가세. 그러는 동안에 내일 정말 공격할 것인지 어떤지 여부도 알게 되겠지. 그리고 나는……."

"호텔에서 시체가 발견되었을지도 모르겠는데. 안 그래?" 카토프가 말했다.

"새벽까지는 염려 없어. 첸이 열쇠를 잠가 놓았다니까. 그리고 야경 순찰도 없잖아."

"그 중개 상인이 딴 사람과 만날 약속이라도 없었을까?"

"이 시간에? 설마하니 그럴 리야 없겠지. 아무튼 급한 것은 배의 정박 장소를 바꿔 두는 일이야. 그러면 놈들이 배를 찾아가려 하더라도, 적어도 세 시간은 걸려야 찾아낼 거란 말이야. 배는 지금 항구 경계선에서 머물고 있어."

"배를 어디로 옮기려는 건가?"

"항구 안이지. 물론 부둣가에다 대는 건 아니야. 항구 안에는 100척이 넘는 배가 들어와 있으니까, 찾아내려면 적어도 세 시간은 걸릴 거야. 적어도 말일세."

"선장이 의심하지 않을까?"

카토프의 얼굴은 자기 감정을 그대로 나타내는 법이 거의 없었다. 아이로니컬하면서도 명랑한 빛이 늘 떠돌고 있었다. 다만 어조만이 이 순간 그의 불안을 나타내고 있었다. 그러니만큼 그 불안은 더욱 강력하게 느껴졌다.

"내가 무기 거래 전문가를 알고 있는데, 그자를 데리고 가면 선장도 믿을 거야. 우리에게 많은 돈은 없지만 구전(口錢)쯤이야 줄 수 있잖나…… 틀림없이 이루어질 거야. 우선 그 무기 인수증을 가지고 배에 올라가세. 뒷일은 어떻게든 되겠지."

카토프는 두말할 여지도 없다는 듯이 어깨를 으쓱했다. 그는 작업복을 입고 —윗단추는 늘 채우지 않았다—의자에 걸어 놓았던 운동복을 기요에게 내주었다. 그들은 에멜리크의 손을 굳게 잡았다. 동정을 표시해 봤자 더욱 에멜리크의 자존심을 건드릴 뿐이었으리라. 그들은 밖으로 나가 곧 한길을 벗어나 중국인 거리로 들어갔다.

무겁게 내리덮인 채 군데군데 찢겨 나간 구름. 그 찢긴 틈바구니로 반짝이는 별들이 하나둘 엿보일 뿐이었다. 이러한 구름의 움직임은 때로는 엷어지고 때로는 짙어지는 캄캄한 어둠에 어떤 생기를 주고 있었다. 마치 거대한 그림자가 이따금 몰려와서 어둠을 더욱 짙게 하는 것 같았다. 카토프도 기요도 고무창을 댄 운동화를 신고 있었다. 진흙탕에 미끄러지기 전에는 발걸음 소리가 나지 않았다. 조계(租界)—적(敵)—쪽 하늘에는 어슴푸레한 빛이 지붕들의 선을 그려 내고 있었다. 계엄령 아래에 있는 대도시의 꺼져 가는 소음과 군함으로 돌아가는 보트들의 기적 소리가 바람결에 실려 왔다. 바람은 어디선지 길게 울려 오는 사이렌 소리에 어울려 비좁은 골목 깊숙이 켜진 초라한 전등 위로 지나갔다. 그 골목 주위에는 무너져 가는 벽이 인기척 없는 어둠 속에 우뚝 서 있었다. 우뚝 선 채 흔들리지 않는 전등 불빛이 부서져 나간 벽의 음영을 드러내고 있었다. 그리고 거기서는 영원히 불결한 것이 배어 나오고 있는 것 같았다. 이 벽들 뒤에는 50만의 사람이 있다. 제사 공장 직공, 어렸을 때부터 하루 열여섯 시간이나 일하는 노무자들, 부스럼투성이 사람들, 척추가 굽은 사람, 굶주린 사람들이. 전구를 덮은 유리가 흐릿해졌다. 그러자 중국 특유의 그 요란한 소나기가 대도시 위에 무섭게 쏟아졌다.

'좋은 거리로군.' 기요는 생각했다. 한 달 넘게 그는 위원회에서 위원회로 폭동 준비를 위해 돌아다니느라고 거리를 살펴볼 여유조차 없었다. 지금도 그는 진구렁을 걸어가는 게 아니라 하나의 계획 위를 걷고 있는 것이었다. 사소한 나날의 양식을 얻으려는 수백만 생명의 허덕임은 보다 힘센 하나의 생명에 의해 짓눌려 사라지고 있었다. 거리 맨 끝에 비에 씻긴 철책을 두른 조계나 부유한 거리는 이미 위협, 방벽, 창 없는 감옥의 긴 벽으로밖에 존재하지 않았다. 그와 반대로 이쪽의 이 비참한 시가—전투가 벌어지면 돌격대에 가담할 사람이 가장 많은 거리—는 기회를 기다리고 있는 수많은 사람들의 전율로 파동치고 있었다. 한 골목 모퉁이를 돌자 갑자기 기요의 시선은 한길 깊숙이 늘어선 불빛 속으로 빨려 들어갔다. 쏟아지는 빗발로 뿌옇게 흐려 있는 이 거리 저편의 먼 구석구석까지 기요의 머릿속에 그려졌다. 왜냐하면 저 속에서 발사될 소총과 기관총에 맞서 한길을 공격해야만 했기 때문이다. 지난 2월의 폭동이 실패로 돌아간 뒤, 중국 공산당 중앙위원회는 기요에게 혁명 세력의 조정을 명령하였다. 매연 냄새나는 소나기로 집들의 윤곽마저 희미해지는 이 적막한 거리거리에는 투사의 수가 전보다 곱으로 늘어나 있었다. 기요는 그 수효를 2천에서 5천 명으로 늘릴 것을 요구했는데, 조사 지도부는 한 달 뒤에야 겨우 기요의 요구를 들어주었다. 그러나 그들이 가진 총은 200정도 되지 않았다(그러나 지금 출렁거리는 강 한복판에 조용히 외눈을 뜨고 잠들어 있는 무기 밀수선 산둥(山東)호에는 300정의 권총이 실려 있다). 기요는 약 25명 단위의 전투 그룹을 192개 조직했다. 지금은 그 그룹의 지휘자들만이 무기를 갖고 있었다······.

기요는 버스로 개조된 낡은 트럭이 가득 차 있는 어느 민간인 차고 앞을 지나가며 살펴보았다. 차고란 차고는 모두 목록에 '기입되어' 있었다. 군사 지도부는 참모 본부를 구성했고, 당 집회는 중앙위원을 선출했다. 폭동이 시작되면 곧바로 그 기관들과 돌격대와의 연락을 취해야만 했다. 그래서 기요는 먼저 120명으로 구성된 자전거 연락대를 조직했다. 첫 총성이 울리면 8개 분대는 차고를 습격하여 자동차를 빼앗아야 했다. 그 분대 지휘자들은 이미 차고들을 조사하여 두었다. 다른 그룹의 지휘자들은 열흘 전부터 자기 분대가 공격해야 할 지구를 조사하고 있었다. 오늘도 얼마나 많은 방문자가 주요 건물에 들어가 거기 있지도 않은 친구에게 면회를 청하고, 또 돌아오기 전에 알지도 못하는 사람과 잡담을 나누고 차를 권했을까. 얼마나 많은 미장이들이 퍼붓는 소나기를 맞아 가며 지붕을 고치러 갔을까. 시가전에 조금이라도 유리한 장소는 모조리 조사해 두었다. 사격에 가장 유리한 지점은 각각 돌격대 연락소 지도에 표시되어 있었다. 지하조직에 몸담고 폭동을 준비하면서 기요는 예전에는 몰랐던 많은 것들을 알게 되었다. 그로서는 도저히 이해할 수 없는 그 무엇인가가, 공장들과 비참으로 뒤덮인 자베이〔閘北〕와 푸둥〔浦東〕[4]의 찢어진 커다란 두 날개에서 중앙부의 거대한 악성 종양을 터뜨리기 위하여 시시각각으로 다가오고 있었다. 눈에 보이지 않는 군중들이 그 최후 심판의 밤에 활기를 불어넣고 있었다.

"드디어 내일인가?" 기요가 입을 열었다.

카토프는 주춤하며 그 큼직한 두 손을 흔드는 몸짓을 멈추었다. 아니, 기요는 카토프에게 물어본 것이 아니었다. 누구에게도 물어본 것이 아니었다.

그들은 말없이 걸었다. 소나기는 차츰차츰 가랑비로 바뀌었다. 지붕을 치던 빗소리도 약해졌다. 그리고 캄캄한 길은 요란하게 흐르는 개천 물소리로 가득 찼다. 잔뜩 굳어 있던 그들의 얼굴이 풀렸다. 그때 기요는 있는 그대로의 현재의 거리—길고 어둡고 무표정한 거리—를 새삼스레 깨닫고 어쩐지 그것이 과거의 것 같은 기분이 들었다.

"첸은 어딜 갔을 것 같은가? 우리 아버지한테는 4시나 돼야 가겠다고 했는데. 자러 갔을까?" 기요는 물었다.

이 질문은 다소 의심을 품은 감탄조로 들렸다.

"글쎄, 모르겠는데…… 그 친구는 술도 안 마시고……."

그들은 샤〔夏〕 램프 상점 앞에 이르렀다. 어디나 다 마찬가지지만, 여기도 덧문이 닫혀 있었다. 문이 열렸다. 작달막한 못생긴 중국인이 등 뒤로 둔한 불빛을 받고 그들 앞에 우뚝 나섰다. 등 뒤의 불빛이 그의 머리 선을 그려 내고 있었다. 몸을 조금만 움직여도 여드름이 더덕더덕 돋아난 번지르르 기름기가 도는 커다란 콧등에 불빛이 미끄러졌다. 가게 안에 주욱 걸려 있는 많은 램프의 갓이 계산대 위에 켜놓은 두 개의 램프 빛을 받아 빛나고 있었다. 그 램프 대열의 일부는 가게의 안쪽 보이지 않는 어둠 속으로 사라지고 있었다.

"어떻게 됐나?"

기요가 물었다.

샤는 공손히 두 손을 비비며 기요의 얼굴을 물끄러미 보았다. 그러고는 말없

---

4) 상하이 교외에 있는 노동자 거리.

이 돌아서더니 안으로 들어가 감추어 둔 것을 뒤적거렸다. 그의 손톱이 양철 위를 긁어 찌익 소리를 내자 카토프는 저도 모르게 이를 바드득 갈았다. 그때 이미 샤는 축 늘어진 바지 멜빵을 좌우로 흔들며 되돌아왔다…… 그는 머리를 램프에 바싹 대고 밑으로부터 불빛을 받으며 자기가 꺼내 온 종이쪽지를 읽었다. 그것은 철도 노무자와의 연락을 맡은 군사 조직으로부터의 보고였다. 혁명군에 맞서 상하이를 방어할 증원군이 난징(南京)에서 수송되고 있는 중이었다. 그래서 철도 노무자들에겐 파업 지령이 내려졌다는 것이다. 백군 경비대[5]와 정부군 병사들은 군용 열차 운전을 거부하는 종업원을 가차 없이 총살했다.

"체포된 종업원 한 명은 그가 운전하던 열차를 탈선시켰음." 중국인은 읽었다. "그는 총살에 처해졌음. 그리고 그 밖에 군용 열차 세 대가 어제 철로 절단으로 뒤집혔음."

"파업을 전반적으로 확대시키도록. 그리고 그 지령서에 가급적 빨리 수리할 방법도 적어 둬요. 그 밖에 군수품을 실은 열차는 없었소?" 기요는 말했다.

"네."

"아군 열차가 언제 창저우(常州)[6]에 도착할지 소식 모르오?"

"아직 자정 뉴스는 받지 못했습니다. 조합대표는 오늘 밤이나 내일쯤으로 알고 있지요……."

그러면 폭동은 내일이나 모레 벌어지는 것이 된다. 그렇다면 중앙위원회로부터의 정보를 기다려야 한다. 기요는 갈증이 났다. 그들은 밖으로 나갔다.

그들이 서로 헤어져야 할 지점도 그리 멀지 않았다. 뱃고동이 또다시 세 번 짧게 울렸다. 그러고 나서 끝으로 한 번은 길게 울렸다. 그 고동 소리는 습기를 머금은 밤하늘에 끝없이 퍼져 가는 듯했다. 그러나 마침내 고동 소리도 불꽃이 사위듯 뚝 멎었다.

"놈들이 산둥호를 걱정하기 시작한 걸까?" 하지만 그것도 부질없는 걱정이었다. 선장은 아침 8시 전에 손님을 만나지 않을 것이다. 그들은 멈추었던 걸음을 다시 옮겼다. 그들은 권총 상자를 싣고 푸르스름히 싸늘한 물속에 닻을 내리고 있는 저 산둥호에 마음이 사로잡혀 있었다. 이미 비는 그쳐 있었다.

---

5) 러시아에서 망명해 온 백군(白軍) 용병대.
6) 상하이 바로 앞에 있는 역.

"그 친구를 만나기만 하면 되겠는데." 기요는 말했다. "좌우간 산둥호의 정박 위치를 옮기기만 한다면 어느 정도 마음이 놓이겠어."

이제 그만 다른 길로 가야 한다. 다시 만날 약속을 하고 헤어졌다. 카토프는 동지들을 규합하러 나섰다.

기요는 어느덧 조계 철책 문 앞에 다다랐다. 베트남인 사격수 두 명과 프랑스 식민지 주둔군 상사 한 명이 그의 신분증을 조사하러 다가왔다. 그는 프랑스 통행증을 갖고 있었다. 초소 군인들을 끌려고 중국인 상인이 꼬챙이 끝에 조그만 만두를 꽂아 들고 서성거리고 있었다.

'만약의 경우 보초병들을 독살하기엔 안성맞춤인 방법이군.' 기요는 생각했다.

상사는 통행증을 돌려주었다. 기요는 곧 택시 한 대를 잡아 카바레 '블랙 캣'으로 달리게 했다.

운전사가 전속력으로 모는 자동차는 도중에 몇몇 백인 의용군 순찰병을 만났다. "8개국 군대가 이곳을 지키고 있다"고 신문은 보도하고 있다. 그러나 그것은 아무런 의미도 없는 것이었다. 국민당에는 조계를 습격할 의사는 전혀 없었다. 인적 없는 한길, 행상들의 그림자, 멜빵으로 어깨에 짊어진 저울 같은 모양의 그들의 짐…… 자동차는 블랙 캣의 네온으로 환한 좁은 정원 입구에서 멎었다. 휴대품 보관소를 지나는 길에 기요는 시계를 보았다. 새벽 2시였다. '이 카바레는 어떤 차림으로도 들어갈 수 있어 다행이군.' 그는 낡은 회색 운동복 밑에 스웨터를 입고 있었다.

재즈곡이 지쳤는지 맥 빠진 듯 들려오고 있었다. 벌써 다섯 시간 동안이나 흥겹기는커녕 취해 빠진 주정꾼들의 살벌한 도취만이 이어지고 있었다. 쌍쌍이 춤을 추는 사람들도 불안에 쫓기듯이 서로 매달려 있었다. 갑자기 재즈곡이 멎었다. 사람들이 저마다 흩어졌다. 손님들은 안쪽으로, 댄서들은 양편으로 자리를 잡았다. 몸에 착 달라붙은 수놓은 비단옷을 입은 중국 여자, 러시아 여자, 혼혈 여자들. 춤을 한 번 출 때마다, 혹은 이야기를 한 번 지껄일 때마다 그녀들은 표를 한 장씩 받는다. 노인 한 사람이 홀 한복판에서 어리둥절한 표정으로 팔꿈치를 오리처럼 흔들며 남아 있었다. 그는 쉰두 살에 생전 처음 외박을 했다가 마누라에게 호되게 야단을 맞고서 도무지 집으로는 돌아가려 하지 않았다. 벌써 여덟 달 동안이나 그는 나이트클럽에서 밤을 보내고 있었다. 빨래를 할 줄 모르기 때문에 중국인 셔츠 상점에 가서 새로 사서는 병풍 사이에 들어가 갈아입곤 했다. 파산 선고를 받은 상인들, 댄서, 창녀 할 것 없이 위협당하고 있는 자신을 뚜렷이 느끼고 있는 사람들—거의 모두가 그런 사람들이었다—이 유령 같은 노인에게 시선을 던지고 있었다. 마치 이 노인만이 자기들을 허무(虛無)의 일보 직전에서 붙들어 주고 있기라도 하는 듯이. 그들은 동틀 무렵에야 녹초가 된 몸을 이끌며 숙소로 돌아갔다—바로 이때 중국인 거리에서는 사형 집행인들의 작업이 다시 시작되는 것이다—그러나 이 시각에는 그들의 손에 목이 잘린 머리만이 거리거리의 대바구니 속에 남아 있을 뿐이었다. 비에 후줄근히 젖은 머리칼 때문에 바구니는 꺼멓게 보였다.[7]

"시암의 중처럼, 그렇지! 중처럼 옷을 해 입히는 거야!"

어릿광대를 흉내 낸 익살스러운 목소리가 저편 기둥 근처에서 들려오는 것 같았다. 어리둥절해 어쩔 줄 모르는 목사 영감 위에서 술잔 부딪치는 소리만이 침묵 속에서 갑자기 들려왔다. 그러나 코맹맹이 소리 같으면서도 신랄한 울림 같은 그 목소리는 이곳 분위기에 그럴싸하게 잘 어울렸다. 기요가 찾던 사내는 거기에 있었다.

댄서들이 앉지 않은 탁자가 몇 줄 안쪽에 늘어놓여 있었는데, 그 안쪽의 기둥을 돌아서다가 기요는 그의 모습을 발견한 것이다. 비단 레이스 속에 파묻힌 가슴과 등이 뒤섞여 있는 저 너머에 꼽추는 아니지만 비쩍 여윈, 그 목소리에 아주 어울리는 한 어릿광대가 보였다. 그는 자기 탁자에 앉아 있는 러시아 여자와 필리핀 혼혈녀를 상대로 한창 익살을 부리고 있었다.

그는 일어선 채 팔꿈치를 옆에 착 붙이고는 손끝으로만 몸짓을 하며 지껄이고 있었다. 어디서 호되게 얻어맞은 듯, 피에 니클레[8]처럼 오른쪽 눈을 네모난 까만 비단 눈가리개로 가리고 있었다. 그것이 몹시 거치적거리는지 좁은 얼굴 근육을 이리저리 씰룩거렸다. 클라피크 남작은 어떤 옷을 입어도—오늘 밤에 그는 야회복을 입고 있었다—꼭 가장(假裝)하고 있는 것같이 보였다. 기요는 지

---

7) 그 무렵 반혁명의 탄압 정책으로 혁명 운동에 가담한 많은 사람들이 참수되었는데, 그들의 머리는 바구니에 담겨 거리에 효수되었다.

8) 프랑스 아동만화에 나오는 인물.

금 그 곁으로 다가가지 않고 그가 나갈 때까지 기다리기로 했다.

"암, 물론이지, 틀림없지! 장제스〔蔣介石〕가 혁명군을 거느리고 들어올 거야. 그리고 이렇게 외칠 거야—아주 클래식한 스타일로, 알겠나? 클래식하게 말이야! 마치 도시를 함락했을 때처럼 '상인들에게는 시암의 중 가사(袈裟)를 입혀라, 병사들에게는 표범 가죽을 입혀라!' 하고 말이다. 병사들은 새로 페인트칠한 걸상에 주저앉을 때처럼 되는 거야! 그러면 우리는 양왕조(梁王朝) 최후의 왕처럼, 암 그렇고 말고, 제왕이 타는 배에 올라타자. 그리고 우리의 눈을 즐겁게 하려고 저마다 관직에 따라 빨강, 파랑, 녹색으로 옷을 입고 변발에 술 달린 벙거지를 쓴 신하들을 바라보자꾸나. 아니, 찍소리 마, 찍소리 말아!"

그러고는 비밀이라도 털어놓듯이 말했다.

"용인되는 단 한 가지 악기는 중국 갓에 달린 종뿐일 거다."

"당신은 그럼 뭘 하시죠?"

그러자 그는 슬프게 흐느끼는 듯한 투로 말했다.

"뭐라고? 아니, 그것도 몰라? 난 궁정의 점성가가 되는 거야. 그러다가 술에 취한 어느 날 밤에 달을 건지려다가 연못 속에 빠져 죽는 거야—한데 그게 오늘 밤이 될는지 모르겠는데?" 이어 아주 유식한 척하면서 덧붙였다. "……시인 두보처럼 말이야. 이것 봐, 정말이야—아니, 가만, 가만, 이건 정말이란 말이야! 당신들의 무료한 시간을 즐겁게 해줄 거란 말이야. 그리고 또……."

군함 고동 소리가 홀에 울려왔다. 요란한 심벌즈 소리가 그 소리를 삼키고 춤이 다시 시작되었다. 남작은 다른 자리에 앉아 있었다. 기요는 탁자와 쌍쌍이 춤을 추고 있는 남녀 사이를 빠져나가 남작이 있는 탁자 뒤쪽의 빈자리에 앉았다. 음악은 모든 소음을 잠재워 버렸다. 그래도 클라피크 곁으로 가니 다시 그의 목소리가 들렸다. 남작은 필리핀 여자를 어루만지고 있었으나 얼굴은 갸름한 러시아 여자 쪽을 향해 말을 잇고 있었다.

"……불행한 건 이미 이 세상엔 환상이라는 게 없다는 거야, 때때로……."

그는 집게손가락을 쳐들었다.

"……유럽의 어느 대신이 자기 아내에게 자그마한 소포를 보냈더란 말이야. 그걸 그의 아내가 열어 보았더니…… 아이고 말도 마, 말도 말아……."

클라피크는 집게손가락을 입에 갖다 댔다.

"……그게 그녀의 샛서방 머리였대."

그러고는 슬픈 듯이 말했다.

"3년이 지난 지금도 사람들은 아직 그 얘길 가끔 하거든! 비통한 일이야! 암, 비통한 일이지! 나를 좀 봐요. 내 머리가 보이지? 여기 이미 20년 동안이나 유전(遺傳)의 환상이 쫓아다니고 있어. 이건 꼭 매독 같아―그만둬. 아무 말 하지 마!"

그런데 이어 위엄 있는 목소리로 외쳤다.

"보이! 이 두 부인에게 샴페인을 가져오게! 그리고 내게는……."

다시 비밀이라도 털어놓는 투로 말했다.

"자, 마티니 작은 병을 줘……."

그리고 엄숙한 투로 덧붙였다.

"아주 독한 것으로 말이야……."

'이곳 경찰이 상대니 아무리 운이 나쁘더라도 아직 한 시간의 여유는 있다.' 기요는 생각했다. '그러나저러나 클라피크의 잡담은 아직도 오래 이어지려나?'

필리핀 여자는 웃고 있었다. 아니면 웃는 체하고 있는지. 러시아 여자는 눈을 크게 뜨고 그가 하는 말을 알아들으려고 애를 쓰고 있었다. 클라피크는 엄숙하게 위엄을 부리며 연방 집게손가락을 흔들어 자기 이야기에 상대방의 주의를 집중시키면서 떠벌리고 있었다. 그러나 기요는 거의 듣고 있지 않았다. 후텁지근한 방 안 공기로 그는 머리가 띵했다. 그리고 오늘 밤 여기저기 돌아다니는 동안 그의 머리에서 떠나지 않았던 불안이 노곤한 피로 속으로 퍼지고 있었다. 그것은 방금 에멜리크 집에서 들은 그 레코드의, 도저히 자기 것 같지 않던 그 목소리였다. 기요는 그것을 어렸을 때 외과 의사가 잘라 낸 자기의 편도선을 보았을 때 느꼈던 그런 복잡한 불안감으로 생각하고 있었다. 그러나 그 생각을 더 이상 더듬을 수는 없었다.

"……말하자면" 남작은 툭 튀어나온 눈꺼풀로 윙크를 하며 러시아 여자에게 쨍쨍 울리는 소리로 말했다. "그는 헝가리 북부 지방에 성을 가지고 있었어."

"당신, 헝가리 사람이에요?"

"아니, 나는 프랑스 사람이야 '그까짓 건 아무러면 어때!' 한데, 우리 어머니는 헝가리 사람이었지. 그래 몸집이 자그마한 우리 할아버지는 아, 아, 아주 커다란 홀이 있는 성에서 살고 있었지. 지하에는 선조들이 잠들어 있고, 주위에는 측백나무가 있었어. 무척 많은 츠, 츠, 측백나무가 말이야. 그래, 홀아비라 혼자 살았지. 벽난로에 걸린 커, 커, 커다란 뿔피리를 상대로 살고 있었지. 그런데 어느 날 곡마단이 지나갔거든. 그중에 아주 예쁜 여자 곡마사가 있었대……"

여기서 점잔을 한 번 빼고는 덧붙였다.

"그렇지, 아, 아주 예, 예쁜 여자가 말이야."

그러고는 또 윙크를 하며 말했다.

"할아버지는 그 여자를 꾀어낸 거야—뭐, 그건 어려운 일이 아니지, 할아버진 홀로 그 여자를 데리고 갔거든……"

클라피크는 손을 쳐들어 상대방의 주의를 집중시켰다.

"가만있어, 들어 봐! ……여자는 거기서 살았지, 쭈욱 살았지. 그런데 차츰 따분해졌거든. 너도 그럴 테지." 이렇게 말하고 그는 필리핀 여자를 간질였다. "아무튼 좀 참아…… 할아버진 역시 즐겁지가 않았던 거야. 오후 반나절은 이발사를 시켜 손톱 발톱을 깎게 하며 소일을 했지. '그때만 해도 성안에 전용 이발사를 두고 있었거든.' 그동안 비서가, 비서라곤 하지만 촌스러운 농노의 아들이었는데, 그가 큰 소리로 집안 역사를 읽어 드리는 거야…… 몇 번이고 되풀이해서 읽는 거야. 이게 아주 재미있는 심심풀이가 되었단 말이야. 안 그래도 더 바랄 나위 없는 생활이란 말이야! 그리고 할아버지는 늘 거나하게 술에 취해 있었어…… 그래 그 여자는……"

"비서와 사랑에 빠졌나요?" 러시아 여자가 물었다.

"이거 대단한데, 대, 단, 해! 당신 아주 대단해, 기, 기, 기막히게 눈치가 빠르군."

클라피크는 그녀의 손을 잡고 입을 맞췄다.

"……그런데 계집은 할아버지 발가락의 '티눈' 빼는 의사 놈과 놀아났거든, 당신들만큼 정신적인 것을 소중히 아는 여자가 아니었으므로. 그래서 하, 하, 할아버지는 계집을 두들겨 팼지. 말 한마디 하지 않고 말이야. 해봐야 소용도 없었겠지만. 그래 그 연놈은 달아나 버린 거야. 계집에게 버림받은 할아버지는 약이 올라 그 넓은 방을 '그 밑에는 언제나 선조들이 잠들어 있는 방을' 왔다 갔다 하면서 그 두 연놈들에게 우롱당했노라고 노발대발하신 거야.

이럴 즈음 연놈들은 그 지방의 수도로 올라가 주막집에서 허리뼈가 빠지도록 놀아나고 있었던 거야. 하긴 방 안의 물병은 이가 빠지고 뜰 안에 몇 대의 베를린 마차가 나뒹굴어 있는, 고골의 소설에라도 나올 듯싶은 주막집이었지만 할아버지는 커, 커, 커다란 사냥 뿔피리를 꺼내 들었지만 불 수가 없었거든. 그래 집사를 보내서 마을 사람들을 불러 모았지. '그때만 해도 아직 그만한 권력은 있었으니까.' 할아버지는 모여든 농민들에게 엽총 다섯 자루와 권총 두 자루를 줘서 무장을 시켰어. 그런데 그들의 수효가 너무 많았지!
   그래 사람들은 성안의 물건을 깡그리 들고 나섰어. 농민들이 행진을 벌인 거야…… 생각 좀 해봐, 글쎄 생각 좀 해보라니까…… 손에 손에 검도용 칼이랑, 그 구식 화승총이랑, 수레바퀴식 방아쇠가 달린 화승총이랑…… 어떤 건지 내가 알 게 뭐야…… 결투용 장검 등으로 무장하여 수도를 향해 죄인을 쫓는 복수병들은 할아버지를 선두로 진군한 거야. 그들이 이렇듯 진군한다는 소문이 퍼지자 마을 순경이 헌병을 데리고 달려왔지. 그야말로 굉, 장, 한 광경이었지!"
   "그래서요?"
   "그리고 아무 일도 없었지 뭐야. 다들 무기를 몰수당했을 뿐이지. 그래도 할아버지만은 수도로 갔었지만, 연놈들은 먼지투성이인 베를린 마차로 고골 주막을 떠나 달아나고 말았지. 그래 할아버지는 시골뜨기 여자를 여자 곡마사 대신 끌어들이고 다른 '티눈' 빼는 의사를 고용해 비서와 함께 진탕 술을 마셨지. 그리고 때론 유언장을 쓰셨다는데……."
   "누구에게 유산을 물려주셨나요?"
   "그건 흥미 없는 문제야. 그러나 돌아가신 뒤에야……."
   클라피크는 눈을 둥그렇게 떴다.
   "……모든 것이 드러났지. 그렇게 술에 취해 돌아가신 대감님이 다리를 긁게 하고 집안 역사를 낭독시키면서 무엇을 생각하고 있었던가, 그것이 드러났단 말이야! 사람들은 할아버지의 유언대로 마치 아틸라처럼, 죽인 말 등에 할아버지를 올려 태우고 성당 지하 굴속에 묻었단 말이야……."
   재즈의 소음이 멎었다. 클라피크는 여전히 이야기를 계속하고 있었다. 그러나 어릿광대 같은 태도는 수그러졌다. 주위의 침묵 때문에 어릿광대 기질이 힘을 잃은 것같이.

"아틸라가 죽었을 때, 사람들은 그를 뒷다리로 곤두선 말에 태워 다뉴브 강 기슭에 세워 두었지. 석양이 들판 가득히 그의 커다란 그림자를 비췄고, 그 바람에 적의 기병들은 겁을 먹고 먼지처럼 흩어져 달아나 버렸다는 이야기지……."

그는 몽상과 취기와 갑작스런 정적에 사로잡혀 꿈같은 생각에 잠겨 있었다. 기요는 어떻게든 그에게 말을 붙여야 했다. 그러나 아버지 지조르는 남작을 잘 아는 처지이지만 기요 자신은 별로 아는 바가 없었다. 더구나 이런 어릿광대짓을 하고 있는 남작은 어떻게 다루어야 할지 도무지 알 수가 없었다. 기요는 초조해하면서도 그의 이야기에 귀를 기울이고 있었다. '남작 앞자리가 비기만 하면 얼른 거기로 가자. 그리고 밖으로 나가자고 눈짓을 해야지.' 그의 옆으로 다가가기도 싫고 남들 보는 데서 부르고 싶지도 않았다. 한데 초조해하면서도 호기심이 일었다. 이번에는 러시아 여자가 느릿느릿한 잠긴 목소리로 얘기를 꺼냈다. 그녀는 아마 잠이 모자라 정신이 몽롱해진 모양이었다. "우리 증조할아버지도 좋은 토지를 많이 가지고 있었답니다…… 우리는 공산당 놈들 때문에 달아났어요. 왜냐고요? 어중이떠중이들과 한데 섞이고 싶지 않았고, 남들에게 존경받는 생활을 하고 싶어서죠. 그런데 지금 이 꼴 좀 보세요, 우리는 한 탁자에서 두 사람씩 앉고 한방에 네 명씩 끼여 자야 하는 형편이에요…… 한방에 네 명씩이나 말이에요…… 그래도 방세는 내야 하죠. 대단한 존경을 받고 있죠…… 술 때문에 몸이나 버리지 말았으면 좋겠어요……."

클라피크는 그녀의 술잔을 보았다. 그녀는 거의 입을 대지 않은 채였다. 필리핀 여자는 마시고 있는데…… 필리핀 여자는 조용히 얼근한 취기에 마치 고양이처럼 포근히 몸을 내맡기고 있었다. 그녀는 상대해 줄 필요가 없었다. 그는 다시 러시아 여자 쪽으로 고개를 돌렸다.

"당신, 돈이 없는 모양이로군?"

여자는 어깨를 으쓱했다. 클라피크는 보이를 불러 100달러 지폐로 술값을 치렀다. 거스름돈을 가져오자 그는 10달러만 가지고 나머지는 여자에게 주었다. 여자는 피로한 눈으로 그를 물끄러미 쳐다보았다.

"좋아요."

그녀는 일어섰다.

"아냐, 그런 게 아냐" 클라피크가 말했다.

그는 아주 순한 강아지 같은 처량한 몰골이었다.

"괜찮아, 오늘 밤은 당신도 마음이 내키지 않을 테니까."

이렇게 말하면서 클라피크는 그녀의 손을 잡았다. 여자는 다시 그의 얼굴을 가만히 쳐다보았다.

"고마워요."

그래도 조금 망설였다.

"하지만…… 당신만 좋으시다면……."

"뒷날, 내 주머니가 비었을 때 그렇게 대해 주면 좋겠어……."

어릿광대 말투가 또다시 나타났다.

"그럴 날도 그리 머지않을걸……."

클라피크는 여자의 두 손을 모아 쥐고 그 손에다 여러 번 키스를 했다.

이미 셈을 치르고 기다리던 기요는 빈 복도에서 그를 쫓아갔다.

"같이 나가실까요, 괜찮으시겠죠?"

클라피크는 유심히 바라보더니 그제야 누군지 알아보았다.

"당신이 여길? 이거 참 뜻밖이로군! 메에(그런데)……."

염소 울음소리 같은 목소리는 그의 집게손가락이 위로 쳐들림과 동시에 멎었다.

"요새 꽤 재미가 좋은가 보군요, 젊은이!"

"글쎄요……."

그들은 이미 밖으로 나와 있었다. 비는 멎었지만 공기에는 습기가 축축하게 느껴졌다. 그들은 정원 모래 위를 천천히 대여섯 걸음 걸었다.

"항구에 무기를 실은 기선이 한 척 들어와 있습니다……." 기요가 입을 열었다.

클라피크가 걸음을 멈추었다. 한 걸음 앞서가고 있던 기요는 뒤돌아보아야 했다. 남작의 얼굴은 거의 보이지 않았다. 그러나 블랙 캣 간판에 고양이 모양을 한 네온사인이 후광처럼 그를 에워싸고 있었다.

"산둥호로군." 클라피크는 말했다.

어둠과 그의 위치―그는 불빛을 등지고 있었다―때문에 클라피크의 표정은 조금도 보이지 않았다. 그는 더는 아무 말도 덧붙이지 않았다.

기요는 다시 말을 이었다.

"정부는 권총 한 자루에 30달러로 사겠다고 제안했는데, 아직 회답이 없어요. 그런데 나는 한 자루에 35달러로, 게다가 수수료를 3달러씩 얹어서 사겠다는 사람을 알고 있거든요. 항구 안에서 바로 현품 교환을 하는 겁니다. 선장이 원하는 장소에서 인수하겠지만, 단 항구 안이 아니면 곤란합니다. 그래 지금 곧 정박 위치를 옮겼으면 해서 그러는 겁니다. 오늘 밤 안으로 대금을 지불하면서 곧바로 현품을 인수할 테니까요. 저쪽 대리인과 계약이 되었는데, 이게 그 계약서죠."

기요는 서류를 내주고 손으로 바람을 막으며 라이터를 켰다.

'이 친구, 딴 매수자를 따돌릴 셈이군.' 클라피크는 계약서를 들여다보며 속으로 생각했다. '……부분품이라…… 한 자루에 5달러씩 값을 올릴 셈이군. 틀림없어. 까짓것 나야 상관없나. 내 주머니에 3달러씩만 들어오면 그만이지.'

"좋소, 물론 계약서는 내가 보관해도 괜찮겠죠?" 클라피크는 큰 소리로 말했다.

"좋습니다. 한데 그 선장을 아시나요?"

"아무튼 더 잘 아는 선장도 있지만, 그 선장도 모르는 건 아니오."

"선장이 의심할지도 모르겠군요. '그리고 지금 배가 하류에 머물러 있으니까 더군다나 그렇겠군요.' 정부가 돈을 지불하지 않고 무기를 압수하는 일은 없을까요?"

"천만에!"

어릿광대 같은 말투가 또다시 나타났다. 기요는 그다음 말을 기다리고 있었다. 자기 동료들이 (정부 측이 아니라) 무기를 빼앗으려 한다면 선장이 그걸 막기 위해 어떤 조치를 할 것인가, 그는 그 말을 들어 두고 싶었다. 클라피크는 더 낮은 음성으로 말을 이었다.

"물건은 늘 거래하던 상인이 보냈을 텐데. 나도 그 사람을 잘 알고 있지만."

그리고 비꼬는 투로 말했다.

"한데 그자가 호락호락 넘어갈 위인은 아니지……."

예의 그 말투를 뒷받침하는 클라피크의 표정이 보이지 않으므로 그의 목소리는 어둠 속에서 퍽 이상하게 울렸다. 그러자 갑자기 카바레에서 칵테일이라도 주문하듯이 말소리가 높아졌다.

"정말이지 만만찮은 친구란 말이오. 아주 빈틈이 없거든. 이런 일을 모두 버젓한 모 공사관을 끼고 해먹으니 말이야…… 아무튼 내가 어떻게 힘을 써보지. 그러나저러나 택시값이 꽤 들겠는데, 배는 여기서 멀찍이 떨어져 있고 내 주머니에는……"

클라피크는 주머니를 뒤졌다. 그리고 한 장 남은 지폐를 꺼내어 네온사인에 비춰 보려고 돌아섰다.

"……아니, 이건 10달러 아냐! 이것 가지고는 안 되겠는걸. 아무튼 곧 페랄을 시켜서 당신 외숙부 가마(蒲) 화백의 그림을 사도록 하겠소만, 그동안에 우선……"

"50달러면 되겠습니까?"

"암, 되고도 남지……"

기요는 50달러를 내주었다.

"일이 끝나는 대로 곧 알려 주셔야 합니다."

"암 물론이지."

"한 시간이면 될까요?"

"좀더 걸리겠지. 아무튼 되는대로 곧 알리겠소."

그러고는 좀 전에 러시아 여자가 "술 때문에 몸이나 버리지 말았으면" 하던 말과 똑같은 투로, 이곳 사람들은 모두가 똑같은 절망에 빠져 있기라도 하듯 거의 같은 억양으로 말했다.

"유쾌한 일은 못 되는데……"

클라피크는 모자도 없이 손을 야회복 주머니에 찌르고 고개를 푹 숙인 채 꾸부정히 멀어져 갔다. 마치 만화에 그려진 것 같은 모습이었다.

기요는 택시를 불렀다. 그리고 조계 끝에 있는 중국인 거리의 맨 첫 골목까지 갔다. 거기서 카토프와 만날 약속이 되어 있었다.

기요와 헤어지고 나서 10분 뒤에 카토프는 여러 복도와 협문을 지나서 어느 방에 와 있었다. 흰 벽에 가구나 장식은 없으며 오직 램프 하나만이 환히 불을 밝히고 있었다. 방에는 창도 없었다. 문을 연 중국인 팔 밑으로 탁자에 둘러앉아 머리를 조아리고 있는 다섯 사람이 보였다. 그들의 시선은 곧 카토프에게로 모아졌다. 돌격대원이라면 누구나 잘 알고 있는, 윗단추를 채우지 않은 점퍼를 입고 안짱다리에 팔을 흔들흔들 내저으며 들창코에 더벅머리인 키 큰 사나이에게로. 마침 그들은 여러 종류의 수류탄 다루는 법을 연습하던 중이었다. 그들은 돌격대로서, 기요와 카토프가 상하이에서 조직한 공산당 전투기관 가운데 하나였다.

"모두 몇 명이 등록되어 있소?" 카토프가 중국어로 물었다.

"138명입니다." 그중 젊은 중국인이 대답했다. 머리가 작고 울대뼈가 유난히 튀어나온 데다 양어깨가 축 늘어진 그 젊은이는 노동자 복장을 하고 있었다.

"오늘 밤에 절대적으로 12명이 필요한데."

'절대적으로'는 카토프의 입버릇이었다.

"언제?"

"지금 당장."

"여기서?"

"아니, 옌탕[燕塘] 부두 앞에서."

그 중국인이 뭐라고 지시를 내렸다. 한 명이 밖으로 나갔다.

"3시까지 현장에 집합시키지요." 책임자가 말했다.

움푹 꺼진 볼과 홀쭉한 키로 봐서는 아주 약해 보이는 사내였다. 그러나 단호한 어조와 다부진 얼굴 근육은 기력이 단단한, 강한 의지를 나타내고 있었다.

"훈련은 어느 정도 되어 있소?" 카토프가 물었다.

"수류탄은 문제없습니다. 동지들 모두 이제 수류탄의 모델을 잘 알고 있으니까요. 권총도…… 적어도 나강[9]이나 모제르[10] 같으면…… 걱정 없어요. 지금 탄환 없이 권총 다루는 법을 연습하고는 있지만, 그래도 공포쯤은 쏠 수 있어야 할 텐데…… 도무지 교외까지 데리고 나갈 시간이 있어야지요."

폭동이 준비되어 가고 있는 40개의 어느 방에서나 똑같은 문제가 제기되고 있었다.

---

9) 러시아제 권총.
10) 독일제 권총.

"하지만 지금 화약이 넉넉지 못해. 아마 곧 마련할 수 있을 테지. 우선 그 얘기 그쯤 해두고, 소총은 어떻소?"

"그것도 잘되어 가고 있죠. 불안스러운 건 기관총입니다. 사격 연습을 좀 해봐야 할 텐데."

대답할 때마다 젊은 중국인의 울대뼈가 오르락내리락했다. 그는 말을 이었다.

"그리고 좀더 무기를 입수할 도리가 없을까요? 소총 일곱 자루에 권총 열세 자루, 수류탄이 42개밖에 없습니다! 이래서는 두 명에 한 명 꼴밖에 무기를 가질 수 없죠."

"그걸 가진 놈에게 받으러 가려는 거요. 아마 곧 권총이 손에 들어올 거요. 그렇게 되어서 만일 내일 거사한다 치고, 당신 대원들 가운데 무기를 다룰 줄 모르는 사람이 몇이나 되오?"

청년은 잠시 생각했다. 주의력을 집중하고 있는 그는 꼭 범상한 사람 같지 않았다. '인텔리구나.' 카토프는 생각했다.

"경찰 소총을 빼앗았을 때 말이죠?"

"절대적으로 그렇지."

"반수 이상 되겠네요."

"그럼 수류탄은?"

"그건 다들 다룰 수 있죠. 아주 능숙하게 말이죠. 지금 우리 대원 가운데에는 2월에 처형된 투사의 가족이 30명이나 됩니다. 하지만……."

그는 머뭇거렸다. 애매한 손짓으로 무언가 말을 얼버무리고 말았다. 그의 손은 볼품은 없으나 부드럽고 가늘었다.

"하지만?"

"하지만 놈들이 탱크를 쓸지도 모르거든요."

여섯 사나이가 카토프의 얼굴을 뚫어지게 바라보고 있었다.

"그런 거야 문제가 안 돼." 카토프는 대답했다. "수류탄 여섯 개를 이어서 탱크 밑에 던져 봐, 그냥 날아가 버리지. 정 어쩔 수 없게 되면, 적어도 한곳으로 호(壕)를 파면 되잖아. 연장은 가지고 있겠지?"

"거의 없는데요. 하지만 징발해 올 데는 있어요."

"자전거도 징발해야 할걸. 일이 시작되면 중앙 연락원 말고도 각 돌격대에도 연락원이 필요할 테니까."

"탱크를 폭파할 수 있다는 건 확실합니까?"

"그럼, 절대적으로 확실하지! 걱정할 것 없어. 탱크가 여기까지 올 리는 없을 테니까. 만일 탱크가 전선을 떠나온다면 내가 특별대를 이끌고 달려오지. 그건 내가 할 일이야."

"만일 갑자기 기습을 해오면?"

"탱크가 오기 전에 이미 알 수 있어. 측면에 우리 정찰병이 있으니까. 만일의 경우에는 수류탄 묶음을 당신이 직접 믿음직한 동지 서넛에게 하나씩 나누어 주도록 해요……."

대원들은 모두 카토프가 오데사 감옥 파괴 사건 뒤 감옥살이를 할 때에 한 일을 알고 있었다. 그는 비교적 편한 옥살이를 하고 있었는데도, 연광(鉛鑛)으로 호송되는 불행한 죄수들에게 광산 채굴에 대한 것을 가르치기 위해 그들을 따라갈 것을 자원했던 것이다.

따라서 그의 수완을 믿고 있었다. 그러나 역시 불안했다. 그들은 소총도 기관총도 두렵지 않았다. 하지만 탱크만은 두려웠다. 탱크 앞에서는 어떠한 무기로도 맞설 수 없다고 생각하고 있었다. 거의 모두가 정부에 의해 처형된 사람들의 유가족으로서, 기꺼이 싸우려고 자원한 자들이 모인 이 방에까지 탱크는 무시무시한 마력을 떨치고 있었다.

"탱크가 나타나도 두려워할 건 없소. 우리가 있으니까." 카토프는 또 한 번 말했다.

이런 터무니없는 말을 남기고 어떻게 여기를 떠날 수 있단 말인가? 어제 오후만 해도 카토프는 15개 조를 순찰했지만, 이런 공포 기색을 본 일은 없었다. 지금 여기 있는 대원들은 다른 대원에 비해 결코 용기가 없는 것이 아니었다. 그러나 사태를 똑똑히 보는 눈을 가지고 있었던 것이다. 카토프는 그들을 그 공포에서 벗어나게 할 수 없다는 것, 그가 지휘하는 특별반을 빼고는 혁명군이 탱크를 보면 달아나리라는 것을 잘 알고 있었다. 아마 탱크는 전선을 떠나지는 못할 것이다. 그러나 만일 시내에 들어오는 날에는 골목이 교차해 있는 시가에서 호 따위를 파서 막는다는 것은 거의 불가능할 것이다.

"탱크는 절대로 전선을 못 떠날 거요." 카토프는 말했다.

"수류탄을 어떻게 이으면 되죠?" 그 가운데 젊은 중국인이 물었다.

카토프는 그 방법을 가르쳐 주었다. 마치 이러한 수류탄 조작법이 승리를 보증하기라도 하는 듯이, 방 안의 답답한 공기가 다소 누그러졌다. 카토프는 그 틈에 그곳을 떠났다. 대원 반수가 무기 사용법을 모르는 것이다. 그래도 경찰 무장 해제 임무를 맡은 돌격대만은 자기가 조직했으니만큼 믿을 수 있었다. 내일은 어떻게든 된다 하더라도 모레는 어떡하지? 반혁명군은 시시각각으로 이동 접근해 오고 있었다. 그리고 시가에 반란이 일어날 것을 예기하고 있었다. 아마 상하이 근처의 종착역은 이미 점령되었는지도 모른다. 기요가 돌아오면 어느 정보지부에서 새 정보를 입수할 수 있으리라. 램프 상점에는 10시 이후의 정보는 들어와 있지 않았다.

카토프는 서성거리며 골목에서 기다렸다. 마침내 기요가 왔다. 그들은 서로 자기가 한 일들을 이야기했다. 두 사람은 고무창을 단 운동화를 신은 채 또다시 진창 속을 걸었다. 기요는 일본 고양이처럼 목이 작고 날랬다. 카토프는 어깨를 흔들흔들하며 생각에 잠겨 있었다. 밤의 어둠 속에 벌겋게 내비치는 상하이 쪽으로 비에 젖어 번뜩이는 총을 메고 행군해 오는 군대를 떠올렸다. ……그 행군이 도중에 저지당하지나 않았을까?

그들이 걸어가고 있는 이 중국인 거리의 첫 골목은 서양인 주택이 가깝기 때문에 가축류를 파는 상점이 즐비해 있었는데, 상점마다 다 닫혀 있었다. 밖에는 짐승 한 마리 나와 있지 않았다. 이따금 들리는 사이렌 소리와 뿔처럼 모서리가 뾰족한 지붕에서 떨어지는 물방울 소리 말고는, 주위의 침묵을 깨뜨리는 짐승 소리 하나 들려오지 않았다. 짐승들은 모두 잠들어 있었다. 그들은 그 가운데 한 가게 문을 두드리고 들어갔다. 생선을 파는 가게였다. 유일한 빛인 단 한 자루의 촛불이 알리바바의 램프처럼 죽 놓인 번들거리는 유리 항아리를 희미하게 비추고 있었다. 보이지는 않지만 그 항아리 속에는 유명한 중국 잉어가 잠들어 있었다.

"내일이오?" 카토프가 물었다.

"내일 1시."

가게 안쪽 계산대 뒤에 팔꿈치를 구부려 얼굴을 파묻은 채 자고 있는 사람의 모습이 희미하게 보였다. 그는 겨우 고개만 조금 들어 대답했다. 이 가게도 80개나 되는 국민당 정보지부 가운데 하나로, 이런 지부를 통해서 정보가 전달되는 것이다.

"공식 정보요?"

"그렇습니다. 군대는 창저우에 있습니다. 총파업은 정오를 기하여."

어둠 속에서 아무것도 움직이지 않았고 또 조그만 방구석에서 쭈그리고 앉은 상인도 아무런 몸짓을 하지 않았는데, 항아리마다 인광(燐光)을 뿜는 수면이 희미하게 떨리기 시작했다. 천천히 검은 동그라미의 파문이 침묵 속에서 일어났다. 사람 소리에 잉어가 잠을 깬 모양이었다. 사이렌 소리가 또 한 번 멀리서 울리곤 꼬리를 끌며 사라졌다.

그들은 그곳을 나와 걸었다. 되 레퓌블리크 거리로 다시 나왔다.

택시를 탔다. 차는 필름이 돌아가듯 전속력으로 달렸다. 왼쪽에 앉아 있던 카토프는 몸을 앞으로 기울이고 유심히 운전사의 거동을 살폈다.

'이 친구 아편이 떨어졌군. 이거 야단났는데. 난 내일 저녁까진 절대로 죽어선 안 될 몸인데. 이 친구야, 좀 천천히 몰아 줘!'

"클라피크가 배를 이동시켜 줄 거야." 기요가 말했다. "그리고 피복창에 있는 동지들이 경관 제복을 마련해 줄 테고……."

"그럴 필요 없어, 제복은 정보지부에 열댓 벌 넘게 있으니까."

"그럼 자네 부하를 열두 사람쯤 데리고 보트에 오르기로 하지."

"자넨 안 가는 게 좋겠는데!"

기요는 말없이 카토프를 쳐다보았다.

"뭐 꼭 위험하다는 건 아니지만, 그리 쉬운 일도 아니야. 물론 덮어놓고 속력을 내고 있는 이 친구 차에 몸을 내맡기고 있는 것보단 훨씬 위험한 일이야. 지금 자네가 죽으면 곤란해."

"그야 자네 역시 마찬가지 아닌가."

"그렇지 않아. 나야 얼마든지 다른 사람이 대신할 수 있거든. 알겠나…… 자넨 우릴 기다릴 화물차와 무기 분배를 맡아 주면 좋겠어."

카토프는 좀 거북한 듯 손을 가슴에 대고 망설이고 있었다. '어떻게 해서든지 수긍하게 해야지.'

한편 기요는 잠자코 있었다. 차는 안개로 뿌옇게 번진 불빛 사이를 누비며 달리고 있었다. 그가 카토프보다 필요한 인물이라는 건 의심할 여지가 없었다. 당의 중앙위원회에서도 도표상의 것이긴 하나 기요가 조직한 것을 세밀히 알고 있었다. 그래서 도시의 취약점이 마치 자기 몸의 상처처럼 뚜렷이 느껴졌다. 그의 동지들 가운데에서 기요처럼 신속하고 확실하게 움직일 수 있는 사람은 없었다.

불빛이 점점 많아졌다…… 또 한 번 조계에서 장갑차가 질주해 왔다. 그것이 지나가고 나서 다시 어두워졌다.

택시가 멎었다. 기요는 내렸다.

"나는 경찰 제복을 가지러 가겠네." 카토프가 말했다. "준비가 다 되면 자네를 데리러 보내겠네."

기요는 중국식 단층집에서 아버지와 함께 살고 있었다. 정원 주위에 네 채의 건물이 곁달린 집이었다. 그는 첫 채를 지나 정원 안을 걸어서 별채 대청에 들어섰다. 좌우의 흰 벽에는 샤르댕식으로 푸른 봉황을 그린 송나라 때의 그림이 걸려 있었다.

대청 안쪽에는 로마네스크 조각 양식을 방불케 하는 위나라 시대의 불상이 있었다. 산뜻한 소파와 아편 흡입용 탁자. 기요 뒤에는 아틀리에에서 흔히 볼 수 있는 아무 장식도 없는 유리창이 있었다. 그의 발소리를 듣고 아버지가 들어왔다. 요 몇 해째 그는 불면증 때문에 새벽녘에야 겨우 몇 시간 잘 수 있었다. 그래서 잠이 오지 않는 밤을 같이 보낼 수 있는 사람이라면 누구든지 반갑게 맞이해 주는 것이었다.

"아버지, 첸이 아버지를 뵈러 오겠다더군요."

"아, 그래."

기요의 얼굴은 꼭 수도승 같은―오늘 밤엔 낙타털 잠옷을 입은 때문인지 더욱 그렇게 보였다―아버지의 얼굴과는 좀 다른 데가 있었다. 일본 여자인 어머니의 피가 기요의 얼굴선을 조금 부드럽게 하여, 그러면서도 사무라이 같은 인상을 만들어 주었는지 모른다.

"첸에게 무슨 일이 생겼느냐?"

"네."

두 사람이 앉았다. 기요는 잠이 오지 않았다. 그는 조금 전 만나고 온 클라피크 얘기를 했다. 그러나 무기에 관해서는 한마디도 비치지 않았다. 아버지를 경계해서 그러는 것은 아니었다. 다만 자기 목숨에 대해서는 자기 혼자 책임을 지고 싶었던 것이다. 지조르 노인은 본래 베이징 대학 사회학 교수였는데, 그의 강의가 당국의 비위를 거슬러 장쮀린(張作霖)에게 쫓겨난 것이었다. 그는 북중국 혁명 조직의 가장 뛰어난 혁명 단체를 만들기는 했지만, 실제 행동에는 참가하지 않았다. 기요는 언제든지 이 방에 들어오기만 하면 의지가 지성으로 바뀌어 버리는 것이었다. 이것은 그가 별로 기꺼워하는 것은 아니었다. 그러나 힘보다도 존재에 좀더 많은 흥미가 느껴졌다. 아버지가 잘 알고 있는 클라피크에 대해서 이야기를 하고 있노라니, 남작의 모습이 조금 전 그가 보았을 때보다 훨씬 더 신비스럽게 느껴졌다.

"……남작이 저한테서 50달러 꾸어 갔지요……."

"그 사람은 돈에는 퍽 관심이 없는 사람인데……."

"그렇지만 제 돈을 꾸기 전에 100달러나 썼는걸요. 제 눈으로 봤어요. 망상증이 있는 사람이란 으레 남의 속을 태우기 마련이니까요."

어느 정도까지 클라피크를 이용할 수 있을까. 기요는 그것이 알고 싶었다. 그런데 그의 아버지는 늘 클라피크라는 사내 속에 있는 본질적인 것, 특이한 것을 찾아내려 하고 있었다. 그러나 사람이 가장 깊이 지니고 있는 심오한 그것은 그 사람을 곧바로 행동하게 만드는 동기가 되지는 않는다. 기요는 그를 이용해서 빼앗을 권총을 생각하고 있었다.

"자기가 부자라고 생각하고 싶다면 어째서 부자가 되려고 노력하지 않는 걸까요?"

"그도 한때는 베이징 제일가는 골동품상이었지……."

"그럼 왜 하룻밤에 가진 돈을 몽땅 써버리는 그따위 짓을 하는 겁니까? 자기가 부자라는 환상을 갖고 싶어서가 아니라면 말이죠."

지조르는 눈을 껌벅거리며 백발을 뒤로 쓸어 넘겼다. 노인인 그의 목소리는 가늘긴 했지만, 한 줄기 선처럼 또렷했다.

"그의 망상증은 인생을 부정하는 하나의 수단이야, 안 그래? 인생을 잊는 게 아니라 부정한단 말이야. 그런 때에 그가 하는 말 따위는 따져 볼 것조차도 없지······."

지조르는 애매한 몸짓으로 팔을 벌렸다. 그의 폭 좁은 몸짓은 거의 좌우 어느 쪽으로 향하는 법 없이 늘 앞으로 향하고 있었다. 그의 동작은 그 어떤 자기 뜻을 펼칠 때는 무엇인가를 멀리하는 몸짓이 아니라 무엇인가를 붙잡는 듯한 몸짓이었다.

"어젯밤에도 그 사람이 부자처럼 시간을 보냈다지만, 그건 부귀 같은 건 존재하지 않는다는 것을 자기 자신에게 보이기 위해서겠지. 왜냐하면 그렇게 되면 '가난이란 것도 존재하지 않는 것'이 되니까. 그게 중요한 거야. 아무것도 존재하지 않는단 말이다. 모두가 꿈이지. 아 참, 술도 잊어서는 안 되지. 그게 또 그를 도와주거든······."

지조르는 웃었다. 늙어서 입매가 처진 그 입술에 떠오른 미소는 그의 말 이상으로 그라는 인간의 복잡성을 느끼게 했다. 2년 동안 지조르는 자기 지성을 기울여서 많은 사람들에게 봉사하여 그들에게 사랑을 받아 왔다. 그리고 사람들은 모두 그의 친절에 감사하고 있었다. 그러나 그 친절이 아편에서 우러나오고 있다는 것은 아무도 눈치채지 못했다. 사람들은 지조르가 불교 신자 같은 인내심을 가지고 있다고 믿고 있었다. 하지만 사실 그것은 아편 중독자가 가지는 참을성이었다.

"어떤 인간이건 인생을 부정하고는 살아갈 수 없잖아요." 기요가 대답했다.

"그야 살기 힘들지······ 그러나 그런 살기 힘든 삶이 그에겐 필요한 거야."

"거기에 구속을 당하고 있는 셈이군요."

"생활에 필요한 돈은, 골동품 매매에서 생기는 구전(口錢)이나 마약 또는 무기 암거래라도 해서 벌겠지······ 경찰과 짜고서 말이다. 보나 마나 그는 경찰을 싫어하겠지만, 경찰 측은 당연한 보수를 받으니까 그런 그의 자질구레한 일들을 도와주고 있지······."

그런 건 아무래도 좋았다. 경찰은 공산당들이 밀수업자로부터 무기를 사들일 돈이 없다는 것을 잘 알고 있었다.

"모든 인간은 자기가 겪는 그 고뇌를 닮는 것이죠." 기요는 말했다. "그는 대체 무엇을 괴로워하고 있는 걸까요?"

"그 사람의 고뇌에는 중요성도 없거니와 의미도 없을 게다. 그의 거짓말이나 기쁨만큼의 깊이도 없어. 도대체 그에겐 깊이라는 게 전혀 없단 말이다. 그래, 그게 그 사람의 으뜸가는 특징이지. 왜냐고? 그런 사람이 퍽 드물거든. 그렇지, 물론 그 사람도 깊이를 지녀 보려고 애는 꽤 쓰고 있겠지만, 그래도 역시 타고난 천성이 필요한 거니까…… 네가 만약 어떤 사람과 밀접한 연관이 없을 때 그 사람이 어떤 사람인지를 짐작하려면 그 사람에 대해 이것저것 생각해 보는 게 당연하지. 이를테면 클라피크의 행위만 하더라도……."

이렇게 말하고 지조르는 금붕어 항아리를 가리켰다. 거기에는 꼬리지느러미가 깃발 같은 잉어가 느릿느릿 떴다 가라앉았다 하고 있었다.

"바로 이거야…… 그는 줄곧 술을 마셔 대지만, 차라리 아편을 피우게끔 돼 있는 위인이야. 사람들은 때때로 나쁜 버릇을 선택하는 일조차도 제대로 못 한단 말이다. 대부분의 사람들은 자기를 건져 줄 나쁜 버릇도 찾아내지 못하고 있는 거지. 참 딱한 노릇이야. 왜냐고? 그 사람도 전혀 쓸모가 없는 사람은 아니거든. 하지만 그 사람에 관해서는 넌 별로 흥미가 없을 게다."

그것은 사실이었다. 기요가 오늘 밤 전투에 대해서 생각하지 않았다면 그것은 자기 일밖에 생각할 수가 없었기 때문이다. 얼마 전 블랙 캣에 있을 때처럼 몸이 차츰 훈훈해져 왔다. 그리고 다시 그 레코드 일이 자꾸 생각나, 마치 휴식 뒤에 따뜻한 열이 다리 전체에 퍼지듯이 머릿속에 퍼져 갔다. 그는 레코드를 들으면서 느낀 놀라움을 아버지에게 이야기했다. 비밀지령 이야기는 입 밖에 내지 않고 그저 영국인 점포에서 녹음한 것처럼 이야기했다. 지조르는 왼손으로 앙상한 턱을 어루만지며 아들의 이야기에 귀를 기울였다. 손가락이 가느다란 그의 손은 퍽 고왔다. 지조르는 고개를 숙였다. 그 바람에 앞이마가 넓게 벗어졌는데도 머리카락이 눈 위로 흘러내렸다. 그는 고개를 흔들어 머리를 뒤로 젖혀 올렸다. 그러나 그의 시선은 흐릿했다.

"나도 전에 무심코 거울을 보다가 그것이 내 얼굴같이 보이지 않았던 때가 있었지……."

그의 엄지손가락은 마치 추억의 먼지를 털어 내거나 하려는 듯이 오른손 손가락을 조용히 어루만지고 있었다. 지조르는 아들과는 상관도 없는 어떤 생각을 좇으면서 자기 자신에게 이야기하고 있는 것이었다.

"그건 틀림없이 방법 문제야. 우린 딴 사람의 목소리는 귀로 듣지만……."

"그럼 자기 목소리는요?"

"목구멍으로 듣는 거지. 왜냐하면 귀를 막아도 들리니까. 아편도 또한 귀로는 들을 수 없는 하나의 세계지……."

기요는 일어섰다. 아버지는 그를 쳐다보지도 않았다.

"전 또 나가 봐야겠습니다."

"클라피크의 일로 내가 뭐 도와줄 일이라도 있냐?"

"아뇨, 괜찮아요. 편히 주무세요."

"오냐, 다녀오너라."

피로를 풀려고 드러누워서 기요는 때를 기다리고 있었다. 그는 불도 켜지 않은 채 꼼짝도 하지 않았다. 그는 폭동에 대한 것을 생각하고 있는 게 아니었다. 폭동 자체가 무겁게 그를 짓눌러 와도 이젠 불안과 기대밖에는 없었다. 지금 이 시각 잠이 사람들의 뇌 속을 점령하고 있듯이, 이 폭동은 수많은 동지들의 머릿속에서 생생하게 살아 움직이고 있었다. 소총은 모두 해서 400정도 못 된다. 승리냐—아니면 지금까지보다 놈들의 솜씨가 좀더 나아진 총살형인 것이다. 드디어 내일이다. 아니, 이제 곧 시작이다. 무엇보다도 신속해야 한다. 곳곳에서 경찰의 무장을 해체해야 한다. 장갑열차로 실려 오는 정부군 군대가 행동을 개시하기 전에 500정의 모제르 권총으로 우리편 전투부대를 무장시켜야 한다. 폭동은 오후 1시에—따라서 총파업은 낮 12시에—시작하기로 되어 있었다. 이 때문에 거의 모든 전투부대가 아침 5시 전에 무장을 갖춰야 한다. 경찰의 반수는 굶주리고 있는 형편이니까 결국 혁명군 측에 가담할 것이다. 문제는 나머지 절반을 어떻게 하느냐다. '소비에트 중국'을 만들어야 한다고 기요는 생각했다. 여기서 중국 국민의 위신을 찾아야 한다. 그러면 소비에트 연방의 인구는 6억이 된다. 승리냐, 패배냐. 어느 쪽이건 세계의 운명은 오늘 밤 이 근처에서 머뭇거리고 있는 것이다. 상하이를 점령한 뒤에 국민당이 협력자인 공산당을 압박하는 일만 없다면…… 그는 후닥닥 일어났다. 뜰의 문이 열린 것이다. 추억이 불안을 덮어 버렸다. 아내일까? 기요는 귀를 기울였다. 아내 메이가 들어왔다. 군복 같은 푸른 가죽 망토는 그녀의 걸음걸이며 용모에서 풍기는 남성적인 분위기를 더욱 두드러지게 했다. 입이 크고 코가 작은 데다 광대뼈가 나와서 그야말로 북방 독일인다운 얼굴이었다.

"곧 시작되나요, 기요?"

"그럼."

메이는 어느 중국 병원의 의사인데 방금 혁명 부인 단체의 지부에서 돌아오는 참이었다. 그녀는 비밀병원의 책임자로 있었다.

"매일 똑같은 일의 반복이에요. 오늘도 시집가는 가마 속에서 면도칼로 자살하려던 열여덟 난 처녀를 보고 왔어요. 아마 짐승 같은 사내에게 강제로 보내려 했던가 보죠…… 온통 피투성이가 된 채 신부 차림 그대로 메여 들어왔지 뭐예요. 그 뒤에 신부 아버지가 그림자처럼 조그맣게 웅크리고 앉아서는 흐느끼고 있었어요…… 내가 따님은 살 수 있다고 했더니 어머니가 이렇게 대답하질 않겠어요. '불쌍한 것! 요행 죽을 수도 있었는데……'라고요. 요행 죽을 수도 있었는데……라는 이 한마디는 오늘날 중국 여성의 지위에 대해 우리가 늘어놓는 연설보다 훨씬 더 웅변적으로 말해 주고 있지 뭐예요……"

메이는 독일 사람이지만, 상하이에서 태어나 하이델베르크와 파리에서 의사로 있었던 관계로 유창한 프랑스 말을 구사했다. 그녀는 베레모를 침대 위에 벗어 던졌다. 곱슬곱슬한 그녀의 머리는 모자를 쓰기 좋게 뒤로 빗어 넘겨져 있었다. 기요는 그 머리칼을 애무해 주고 싶은 충동을 느꼈다. 메이의 시원하게 넓은 이마도 어딘지 남성다운 데가 있다. 그러나 입을 다무니까 여자다워졌다—기요는 그녀에게서 눈을 떼지 않았다—긴장이 풀려 메이의 얼굴은 부드러워져 있었는데, 그건 피로 때문에 얼굴이 나른해진 탓도 있겠고 또 베레모를 벗은 때문이기도 했으리라. 그녀의 얼굴은 육감적인 입술과 크고 투명한 눈 때문에 살아 있었다. 그 눈빛이 너무나 맑아서, 시선의 강렬함은 눈동자에서 오는 것이 아니라 이마 밑의 기다란 눈언저리에서 오는 듯했다.

불이 켜진 것을 보고 흰 강아지가 쪼르르 들어왔다. 피곤한 목소리로 그녀가 불렀다.

"워리 워리! 우리 복슬강아지!"

메이는 왼손으로 개를 붙잡고 쓸어 주며 자기 얼굴 있는 데까지 들어 올렸다.

"요 토끼 같은 것, 요 토끼같이 얄미운 것아." 그녀는 방긋 웃으며 말했다.

"꼭 당신을 닮았어." 기요가 말했다.

"정말?"

메이는 거울 속에 자기 얼굴과 나란히 밀착된 개의 흰 머리와 그 밑에 가지런히 모인 귀여운 발을 보았다. 두 얼굴이 재미있을 만큼 닮아 보이는 것은 둘다 독일 사람식으로 광대뼈가 튀어나왔기 때문이다. 그녀는 그만하면 잘생겼다고 할 수 있는 얼굴이었다. 기요는 그 광경을 바라보며 《오셀로》의 대사를 바꾸어서 떠올렸다. '오오, 나의 사랑하는 여전사여……'

메이는 개를 내려놓고 일어섰다. 앞자락이 반쯤 벌어진 외투 사이로 그녀의 광대뼈를 떠올리게 하는 불룩한 젖가슴이 보였다. 기요는 자기가 오늘 밤 겪은 이야기를 했다.

"우리 병원에는요." 그녀가 말을 받았다. "오늘 밤 선전반의 젊은 여성들이 한 30명 정부군 부대에서 도망쳐 나왔어요. 모두 부상을 당한 몸으로요. 자꾸 그 수효가 늘어나더군요. 그들의 말로는 군대가 바로 가까이까지 와 있다는군요. 그리고 많은 사람들이 죽은 모양이에요……."

"부상자의 반은 죽었겠지…… 고통이란 그것이 죽음으로 끝나지 않을 때에만 의미가 있는 법이야. 그런데 대개 고통은 죽음으로 끝나거든."

메이는 잠시 생각에 잠겼다.

"그렇군요." 그녀가 입을 열었다. "하지만 그건 아마 남자들의 생각이겠죠. 나로서는, 말하자면 한 여자로서는 고통이란—좀 이상하지만—죽음보다 삶을 생각하게 하거든요…… 아마 여자는 애를 낳기 때문인지……."

메이는 또 잠시 생각에 잠겼다.

"부상자가 늘면 늘수록, 폭동이 가까워 오면 올수록 사람이란 이성(異性)과의 결합을 원하나 봐요."

"그런 모양이야."

"아마 좀 기분 나쁠 테지만, 당신한테 해둘 이야기가 있어요."

팔꿈치로 턱을 괴고 있던 기요는 눈으로 되물었다. 메이는 아주 총명하고 용기 있는 여자였으나 때때로 동작이 어색했다.

"나 오늘 낮에 그만 랑글랑과 동침하고 말았어요."

기요는 어깨를 으쓱했다. 마치 '그거야 당신 맘대로지'라고나 하는 듯이. 그러나 그의 몸짓과 긴장한 표정은 그런 무관심한 듯한 어깨짓과는 어울리지 않았다. 메이는 맥이 탁 풀려 그의 얼굴을 말끄러미 바라보고 있었다. 수직으로 내리비치는 불빛을 받아 그녀의 광대뼈가 유난히 뾰족해 보였다.

기요도 그녀의 눈을 바라보고 있었다. 메이의 눈은 그림자에 잠겨 표정이 느껴지지 않았다. 그는 아무 말도 하지 않았다. 그녀 얼굴의 육감적인 표정은 저젖은 듯한 눈과 도톰한 입술이 얼굴의 다른 표정과 또렷이 대조되어 여자다움을 한껏 풍기기 때문이 아닐까, 하고 기요는 생각했다. 메이는 침대에 걸터앉았다. 그리고 그의 손을 잡았다. 기요는 손을 빼려다가 그대로 내버려 두었다. 메이는 그의 이러한 동요를 눈치챘다.

"당신, 기분 나빠요?"

"지금껏 내가 말해 왔잖아. 당신은 당신 마음대로라고…… 더 이상 묻지 말아 줘."

기요는 괴로운 듯이 대꾸했다.

강아지가 침대로 뛰어올랐다. 그는 강아지를 쓰다듬어 주려고 손을 뺐다.

"당신은 자유로운 몸이라니까. 아무러면 어때."

"하지만 난 당신한테 그걸 말 안 할 수가 없었어요. 나 자신을 위해서도요."

"알겠소."

메이가 기요에게 말하지 않을 수 없었다는 것은 그들 부부 가운데 어느 누구에게도 문제 삼을 여지가 없는 일이었다. 기요는 갑자기 벌떡 일어나고 싶어졌다. 자기가 이렇게 누워 있고 메이가 침대가에 걸터앉아 있는 것이 마치 그녀에게 간호를 받고 있는 환자 같은 기분이 들었다…… 한데 뭣 때문에 일어난단 말인가? 모든 것이 이렇게도 허무한데…… 그래도 기요는 여전히 메이의 얼굴을 바라보고 있었다. 앞으로도 아내가 나를 괴롭힐 것이라는 생각이 기요를 고통스럽게 했다. 한데 이 몇 달 전부터 그는 아무리 메이의 얼굴을 찬찬히 쳐다보아도 이미 그녀를 볼 수 없게 되었다. 때때로 어떤 표정을 읽어 낼 뿐. 가끔 초조해하면서도 둘을 병든 어린아이처럼 맺어 주던 그 사랑, 서로의 삶과 죽음을 같이하겠다고 생각하던 공통된 의식, 서로의 육체적인 결합, 그러한 모든 것도, 우리들의 눈이 겹도록 즐거운 그 모습들을 점차 퇴색시켜 버리는 그 숙명 앞에서는 사실 허무한 것이다. '생각하는 만큼 내가 메이를 사랑하지 않는 게 아닐까?' 기요는 생각했다. 아니, 그럴 리 없다. 지금이라도 만약 메이가 죽는다면 나는 희망을 품고 주의(主義)를 위해 일할 수가 없으리라. 일한다 하더라도 자기도 죽은 사람처럼 절망적인 기분으로밖에 할 수 없으리라는 것을 기요는 너무나 잘 알고 있었다. 그러나 마치 안개 속이나 땅속에 파묻혀 있듯이 그들의 동거 생활 밑바닥에 파묻혀 있는 그 얼굴이 자꾸 빛을 잃어 가는 데는 어쩔 도리가 없었다. 기요는 한 친구의 사랑하는 아내가 두뇌 작용이 마비되어 몇 달 동안 의식을 잃었던 일이 생각났다. 그도 지금 그 친구의 경우처럼 메이가 죽어 버려서 자기 행복의 형태가 잿빛 하늘에 녹아드는 구름처럼 허망하게 사라져 버리는 것을 보고 있는 듯한 기분이 들었다. 마치 그녀가 두 번 죽은 것 같은 기분이었다. 한 번은 시간의 힘에 의하여, 또 한 번은 방금 자기에게 한 고백에 의해.

메이는 일어나서 창가로 갔다. 피로하긴 했지만 흐트러지지 않은 걸음걸이였다. 기요가 말이 없으므로 그녀는 두려움과 감상적인 수치심에 뒤섞여 더 이상 그 문제에 대해서는 이야기하지 않기로 마음먹었다. 그리고 그 화제에서 빠져나오고자—그러나 자기들이 이 문제에서 벗어날 수 없다는 것을 그녀는 뚜렷이 느끼고 있었다—무슨 이야기라도 꺼내서 자기 애정을 드러내려고 했다. 그래서 본능적으로 기요가 좋아하는 애니미즘에 착안하였다. 창문 앞에 '3월의 나무' 한 그루가 밤사이에 이미 잎을 틔우고 있었다. 방 안의 불빛이 어둠을 등지고 아직 조그맣게 오므리고 있는 그 연한 초록빛 잎들을 비춰 주고 있었다.

"낮에는 잎사귀를 감추고 있더니, 밤에 사람이 보지 않으니까 살며시 잎을 내보이고 있네."

메이는 혼잣말처럼 중얼거렸다. 그러나 기요는 웬일인지 아내의 심리를 알아차리지 못한 모양이었다.

"하필 오늘 같은 날 그럴 게 뭐야."

그는 입 속으로 중얼거렸다.

기요 역시 턱을 괴고 있는 거울 속의 자기 얼굴을 물끄러미 바라보고 있었다—흰 시트 사이로 내다보이는 얼굴은 영락없는 일본 사람의 얼굴이다. '만약 내가 혼혈만 아니었더라도…….' 그는 자기의 노여움을 정당화하고, 그것을 북돋우려 하는 끈질기고도 야비한 상념을 쫓아 버리려고 무던히 애를 썼다. 그리하여 거울을 가만히 바라보고 있었다. 이 얼굴이 주는 고뇌로 하여 이 얼굴이 잃어

버린 생명을 되찾을 수 있기라도 하듯이 뚫어지게 바라보았다.

"하지만 기요, 오늘이기 때문에 그것이 별 큰 뜻이 없는 거죠 뭐…… 그리고……."

메이는 '그 사람이 어찌나 졸라 대던지……'라고 덧붙이려다가 그만두었다. 죽음을 앞에 둔 사람에게 그런 건 대단한 문제가 아니다…… 그러나 그녀는 이 말 한마디만은 했다.

"……나도 내일 죽을지 몰라요……."

그렇다면 더욱 좋다. 기요는 더할 수 없는 굴욕적인 고통을 참고 있었다. 스스로 느끼기에도 굴욕적인 그런 고통을. 사실 메이가 누구를 껴안고 자건 그녀의 자유였다. 그렇다면 이 고통은 도대체 어디서 오는 걸까? 그로서는 어쩔 수도 없는, 마구 그를 덮쳐누르는 이 고통은?

"내가…… 내가 당신을 좋아한다는 걸 당신이 알았을 때, 그때 언젠가 나더러 물어본 적이 있었죠. 농담조로―하지만 아주 농담은 아니었어요―당신이 감옥에 붙들려 간다면 나도 같이 가겠느냐고요. 그때 난 뭐라고 말할 수가 없다고, 아마 거기 남아 있기가 어려울 거라고 대답했죠…… 하지만 그때 당신은 내가 그걸 긍정한 것으로 알았죠. 그건 그때 당신이 나를 사랑했기 때문이었어요. 그런데 어째서 지금은 그걸 믿어 주지 않죠?"

"감옥에 가는 인간형은 정해져 있어. 카토프 같은 친구가 감옥에 갈 인간이지. 누구를 열렬히 사랑하지 않더라도 말이야. 그는 인생이나 자기 자신에 대한 사상을 위해 가는 거야…… 사람이 감옥에 가는 것은 남을 위해서가 아니거든."

"기요, 그건 역시 남자들 생각이에요……."

기요는 잠시 생각에 잠겼다.

"그러나 그런 사람을 사랑하고 또한 그런 사람에게 사랑을 받는다면, 사랑에서 그 이상 무엇을 바라겠는가 말이야. 그 이상 설명을 요구한다는 건 어리석은 짓이야…… 비록 그들이 사랑을…… 그들의 윤리를 위해서 한다 치더라도 말이야……."

"윤리 때문이 아니에요." 메이는 느릿느릿한 투로 말했다.

"윤리 같은 걸로 난 도저히 사랑할 순 없을 것 같아요."

기요 역시 느릿느릿한 투로 말했다. "그렇지만 그러한 당신의 사랑도, 그 자식과 자는 걸 막지는 못했어. 당신 말마따나 그것이 나를 불쾌하게 만들리라는 것을 뻔히 알면서도 말이야."

"기요, 나 이야기하겠어요. 좀 묘한 이야기지만 사실을 말하겠어요…… 조금 전까지만 해도 이런 일쯤 당신에겐 아무렇지도 않을 거라고 생각하고 있었어요. 아마 그렇게 생각하는 편이 나로서는 마음 편했던 모양이죠…… 너무 죽음 가까이에 있으니까 (내가 늘 보아 온 건 남의 죽음이었지만, 기요……) 사랑이니 연애니 하는 것과는 아무런 관계도 없는 욕망을 느끼게 되는군요……."

그렇지만 질투심은 어쩔 수 없었다. 메이에게서 느껴지는 육감적인 애정에 바탕을 두고 있는 만큼 그 질투심은 더욱 마음을 어지럽게 하는 것이었다. 기요는 여전히 턱을 괸 채 눈을 감고 이해하려고 애를 썼다. 그것은 괴로운 노력이었다. 귀에는 메이의 가쁜 숨결과 강아지의 발톱 긁는 소리밖에 들리지 않았다. 그의 마음의 상처는 첫째로 (아! 다른 이유가 또 얼마든지 있겠지) 메이와 지낸 사내가—나는 이 사내를 메이의 애인이라고는 결코 부르지 않겠다!—그녀를 멸시했으리라는 것에서 오고 있었다. 그 사내는 메이의 오랜 친구였다. 기요는 거의 그 남자와는 안면이 없었다. 그러나 그는 대개 모든 사내들이 마음속에 가지고 있는, 여자를 귀찮아하는 감정을 알고 있었다. '그 녀석도 메이와 자고 나서 틀림없이 그녀를 바람둥이라고 생각했을 거다. 이런 생각을 하면 그 녀석을 패 죽이고 싶다. 그러나 사람이라는 건 남을 제멋대로 상상하고서 질투를 느끼는 게 아닐까? 사람이란 왜 이렇게도 한심한 존재일까……' 메이로서는 육체관계가 결코 무엇을 약속하는 것은 아니었다. 그 녀석도 그건 알아 두어야 할 것이다. 그 녀석이 메이와 잤다. 그것은 하는 수 없다. '나도 감상적인 놈이 되었군……' 그러나 그것은 그의 힘으로는 어쩔 수도 없는 일이었고 또 중요한 일도 아니었다. 그도 그것을 알고 있었다. 문제는, 기요를 불안스럽도록 뒤숭숭하게 만드는 것은 그가 별안간 아내로부터 떨어져 나갔다는 것이었다. 그건 증오 때문도 아니며—마음속에 증오가 전혀 없는 것도 아니지만—또한 질투 때문도 아니고—질투심이란 이런 것일까?—시간이나 죽음과 같은 정도로 파괴력을 가진 그 어떤 이름 모를 감정 때문이었다. 아무튼 지금의 그는 전의 자기 아내를 다시 찾아볼 수가 없는 것이었다. 기요는 눈을 떠보았다. 그러나 그의 눈앞에 있는 이 건강미 넘치는 낯익은 여자, 이 부드러운 옆얼굴은 대체 누구란 말인가? 관자놀이에서 넓은 이마와 광대뼈 사이에 움푹 꺼진, 이 기름하고 큰 눈은? 이것이 방금 어떤 사내와 자고 온 여자란 말인가? 그러나 또한 이것이 그의 연약함과 고통, 그리고 초조를 참고 견디어 온 여자, 그와 함께 부상자를 돌보아 준 여자, 그와 함께 죽은 동지들 옆에서 밤을 새워 온 여자란 말인가? 그녀의 부드럽던 목소리는 지금도 방 안에 감돌고 있었다. 사람은 자기가 원하는 바를 잊어버리지 않는다. 그러나 이 육체는 눈에 익은 것이 갑자기 달라졌을 때의, 그 비통한 신비성—벙어리나 장님, 미치광이들이 갖고 있는 그 신비성—을 몸에 지니고 있었다.

그것은 여성이었다. 남성다운 것은 거기엔 없었다. 무엇인가 그것과는 다른 것이었다.

메이는 기요에게서 완전히 따로 떨어져 있었다. 아마도 이것 때문이었으리라. 그녀와의 강렬한 접촉—비록 그것이 놀라움이건 고함이건 구타이건 상관없이—의 미칠 듯한 충동 때문일 것이다. 기요는 일어나 메이에게로 다가갔다. 그는 자기가 지금 신경 발작 상태에 있다는 것, 그래서 내일이면 아마도 현재의 이 기분 따위는 싹 잊어버릴 것이라는 것도 알고 있었다. 그러나 지금 그는 아내 앞에서 숨이 끊어지는 고통에 맞닥뜨리고 있는 듯한 심정이었다. 본능은 기요를 죽음의 늪으로 떠밀듯이 그녀에게로 몰아넣고 있었다. 달아나려는 것을 붙잡아 어루만지고 그것에 매달리고 싶다…… 그녀는 자기 두어 걸음 앞에 서 있는 그를 얼마나 괴로운 심정으로 바라보았을 것인가…… 기요는 자기가 원하는 것이 무엇인지를 마침내 똑똑히 알았다. 그것은 그녀와 함께 자고 싶다, 그녀의 전체를 잃어버린, 이 현기증에 대한 피난처를 그녀의 육체 속에서 찾고 싶다는 욕망이었다. 있는 힘을 다하여 서로가 꽉 껴안을 때만은 서로가 상대방을 이해하는 일조차 문제되지 않는 것이다.

갑자기 메이가 뒤를 돌아보았다. 벨이 울렸기 때문이다. 카토프가 오기엔 너무 이르다. 폭동 계획이 발각되었을까? 그들이 한 말, 느낀 것, 사랑하고 미워한 감정은 순간 흩어져 버렸다. 벨이 또 울렸다. 기요는 베개 밑의 권총을 꺼내 들고 뜰을 지나 잠옷 바람으로 문을 열러 나갔다. 카토프는 아니었다. 아까 그대로의 야회복을 입은 채 찾아온 클라피크였다. 그들은 뜰에서 멈춰 섰다.

"어떻게 됐습니까?"

"우선 맡아 둔 서류를 돌려줘야지. 자, 여기 있소. 모든 게 잘되었소. 배는 떠났는데, 프랑스 영사관 근처에 닻을 내릴 거요. 거의 맞은편 기슭에 말이오."

"무슨 성가신 일은 없었나요?"

"말 마오. 뭐니 뭐니 해도 오랜 친구 사이의 신용이 있었기에 망정이지 그게 없었던들 도리 없었을 거요. 이런 일에는 말이야, 젊은 친구, 신용할 만한 이유가 없으면 없을수록 신용이 더욱 커지는 법이거든……."

'빈정대는 건가?'

클라피크는 담배에 불을 붙였다. 기요에게는 윤곽이 흐릿한 그의 얼굴에서 눈을 가린 네모진 검은 명주 조각밖에 보이지 않았다. 기요는 지갑을 가지러 갔다—거기에는 메이가 기다리고 있었다—돌아가서 약속한 구전을 주었다. 남작은 돈을 세어 보지도 않고 받아 주머니 속에 집어넣었다.

"덕을 쌓으면 보답이 있다더니." 그는 말했다. "이거 참, 오늘 밤의 내 경험은 기막힌 교훈인데. 베풀어 주는 것으로 시작하여 돈벌이로 끝났으니. 아무튼 말마오!"

클라피크는 집게손가락을 들며 기요의 귓전으로 몸을 구부렸다.

"팡토마[11]가 당신한테 경의를 표할 거요!" 이렇게 말하고 그는 휙 돌아서 나가 버렸다. 기요는 그가 되돌아올까 두려운 듯이 그의 야회복이 하얀 담벼락을 끼고 흔들거리며 멀어져 가는 것을 지켜보고 있었다. '정말이지, 저런 꼴의 팡토마는 질색이다! 한데 그는 눈치를 챘을까, 아니면 추측한 걸까…… 아니면…….' 머릿속에 그림 그리듯 이어지던 생각이 갑자기 멈추어졌다. 기요의 귀에 누군가의 기침 소리가 들렸던 것이다. 은근히 기다리고 있었으므로 그가 누군지 곧 알 수 있었다. 카토프였다. 오늘 밤은 모두가 서두르고 있었다.

기요는 카토프의 작업복을 눈으로 보기보다도 오히려 머릿속에서 그려 보았다. 그 작업복 위의 어둠 속에는 공중으로 쳐들린 들창코가 있을 것이다…… 특히 기요는 그의 흔들거리는 손을 느끼고 있었다. 기요는 그쪽으로 걸어 나갔다.

"어때?"

기요는 물었다. 조금 전에 클라피크에게 물었을 때처럼.

---

11) 프랑스 탐정소설에 나오는 총명한 범죄자.

"모두 잘됐어. 그런데 배는?"

"프랑스 영사관 맞은편이야. 부두에서는 뚝 떨어진 곳이지. 지금부터 30분 뒤에."

"보트와 동지들은 거기서 400미터쯤 되는 곳에 있어. 자, 가볼까."

"복장은?"

"걱정 없어. 그 친구들은 완전히 준비돼 있어."

기요는 집으로 들어가 재빨리 옷을 주워 입었다. 바지와 스웨터, 그리고 운동화(틀림없이 기어 올라가야 할 테니까) 준비는 다 되었다. 메이가 입술을 내밀었다. 기요는 마음속으로는 그녀에게 키스를 하고 싶었다. 그러나 그의 입술이 거부했다―마치 입술이 그와는 별개로 조금 전의 원한을 품고 있듯이. 기요는 결국 어색하게 키스를 했다. 메이는 눈을 내리뜨고 슬픈 듯이 그를 보았다. 그림자가 짙은 그녀의 눈동자는 얼굴 근육이 움직이자 갑자기 생기 있는 표정으로 변했다. 그는 나갔다.

기요는 다시 카토프와 나란히 걷고 있었다. 그러나 그의 마음은 아직 메이에게서 벗어나지 못하고 있었다.

'아까 그녀는 꼭 미친 여자나 장님 같았어. 내가 알고 있는 그녀가 아냐. 나는 그녀를 내가 사랑하고 있는 범위 안에서밖에, 그리고 내 나름대로 사랑하는 방법으로밖에 이해하지 못해. 아버지가 가끔 말씀하시듯이, 어떤 사람을 자기가 소유한다 해도 결국은 자기에 의해 변화되는 상대의 부분밖에 소유할 수 없는 것이다…… 그러면 그다음은?'

기요는 자기 자신의 마음속으로 빠져 들어갔다. 마치 점점 어두워지는 이 골목 안으로 접어 들어가듯이. 이 골목에는 이제 전봇대의 뚱딴지조차 반짝이지 않았다. 그는 다시 괴로워졌다. 그 레코드 일이 생각났다. "남의 소리는 귀로 듣고, 자기 소리는 목구멍으로 듣는다"는 아버지의 말. 그렇다. 자기 생명도 목구멍으로 듣는 것이다. 그렇지만 남의 생명은? 무엇보다도 인간에게는 고독이 있다. 고독은 무수한 인간들의 배후에 엄연히 존재하고 있다. 마치 희망과 증오로 가득 찬 황막한 도시를 뒤덮고 있는 이 깊은 밤의 배후에 원시적인 커다란 밤이 존재하듯이.

'한데 이 나란 것은 나 자신에, 목구멍에 대해 도대체 무엇이란 말인가? 그것은 하나의 절대적인 긍정이다. 미친놈의 긍정이다. 다른 무엇보다도 훨씬 강렬한 힘이다. 하지만 남들에게 나라는 건 결국 내가 한 일만이 모두인 것이다.' 그러나 메이에게만은 기요라는 존재가 그가 해온 행위만이 아니었다. 그리고 그에게 있어서도 메이는 그녀의 지금까지의 행적 이외의 것이었다. 포옹은 사랑에 의해서 남녀를 단단히 맺어 주어 고독을 잊게 해주는 것이나, 그것 역시 결코 인간에게 구원을 가져다주지는 못했다. 그것은 모든 인간들이 본성적으로 마음속에 집착하고 있는 그 미치광이에게, 무엇보다도 좋은 비길 데 없는 그 괴물─모든 존재가 자기 자신을 위해 있는 그 괴물에게 구원을 베풀어 주는 것이다. 기요의 어머니가 죽은 뒤로는, 메이만이 그를 기요 지조르로 보지 않는 유일한 사람이었다. 그녀는 그의 둘도 없는 긴밀한 반려자였다. '완전한 동의를 얻은 반려, 정복한 반려, 선택한 반려'라고 기요는 생각하고 있었다. 그는 이상하게도 깜깜한 밤이 자기 기분에 너무나 딱 어울린다고 느끼고 있었다. 마치 자기 생각은 이미 밝은 빛을 위해서 만들어져 있지 않은 것같이.

'세상 사람은 나와 동류(同類)가 아니다. 그들은 나를 보고 나를 심판하는 인간들이다. 내 동류는 나를 보지 않고 나를 사랑해 주는 사람이다. 어떤 일이 있건 나를 사랑해 주는 사람이다. 내가 실패를 하더라도, 아무리 비열한 짓을 하더라도, 또한 비록 배반하는 일이 있더라도 상관 않고 나를 사랑해 주는 사람이다. 내가 한 행위라든가 내가 앞으로 할 행위를 사랑하는 게 아니라 그저 나를 사랑해 주는 사람이다. 내가 나 자신을 사랑하는 만큼 나를 사랑해 주는 사람이다. 그렇지, 같이 죽을 수 있을 만큼…… 나는 오직 그녀하고만 이 애정─비록 그것이 상처투성이의 것일지라도─을 공유하고 있는 것이다. 마치 죽을지도 모르는 병든 자식을 부모가 같이 지켜보고 있듯이……'

이런 기분은 결코 행복은 아니었다. 그것은 어둠과 일맥상통하는 원시적인 그 무엇이었다. 그리고 그것은 기요의 육체 속에 뜨거운 것을 왈칵 치밀어 오르게 했다. 그 뜨거운 것은 언제나 볼에다 볼을 갖다 대듯이 꼼짝도 않는 포옹으로 끝났다. 그리고 그것만이 그 자신의 내부에 있어서 죽음만큼 강한 유일한 것이었다.

여기저기 지붕 위에는 벌써 지시받은 대로 자리를 잡은 사람 그림자가 보였다.

새벽 4시

첸이 아무렇게나 찢어서 연필로 자기 이름을 적어 준 종잇조각을 지조르 노인은 구겨서 실내복 주머니에 쑤셔 넣었다. 그는 옛 제자를 어서 만나고 싶었다. 그의 시선은 지금 눈앞에 있는 말 상대, 지난날 동인도회사의 중국 관리처럼 머리를 땋고 중국옷을 입은 늙은 중국인에게로 돌아갔다. 그 노인은 집게손가락을 위로 쳐들고 문 쪽으로 잔걸음을 옮기며 영어로 지껄이고 있었다.

"그렇습니다. 여성의 절대 복종, 축첩 제도, 매음 제도가 존재한다는 건 좋은 일입니다. 나는 앞으로도 계속해서 내 평론을 출판할 작정입니다. 이 훌륭한 그림들(그는 마치 추파라도 던지듯이 얼굴을 움직이지 않고 눈으로 푸른 봉황을 가리켰다), 당신이나 나나 자랑으로 삼고 있는 이러한 예술품이 존재한다는 것은 말하자면 우리들의 조상이 그러한 생각을 가지고 있었기 때문이지요. 여자가 남자에게 복종한다는 것은 마치 남자가 국가에 복종하는 것과 같죠. 그런데 남자에게 봉사하는 게 국가에 봉사하기보다는 훨씬 쉽거든요. 우리는 과연 우리를 위해 살고 있는 것일까요? 아닙니다. 우리는 아무것도 아니죠. 우리는 현재의 국가를 위해, 여러 세기에 걸쳐 엄연히 존재해 있는 죽은 자의 질서를 위해 살고 있는 겁니다⋯⋯."

'이쯤 해서 돌아가려나? 오늘날에도 여전히 과거에 매달려 있는 이 사나이에게는 군함의 기적 소리도 깊은 밤을 채우기에는 모자랐던 것일까?⋯⋯.' 희생의 의식에 쓰는 청동 제기처럼 피로 젖어 들어가는 이 중국을 앞에 두고도 미치광이 같은 환상을 품고 있는 것이다. 뭐, 질서라고! 역사의 배경에는 수놓은 옷을 입은 무수한 해골이 움직이지 않고 떼를 지어 묻혀 있다. 그리고 지금 그 앞에는 첸과 20만의 제사 공장 노동자와 헤아릴 수 없이 많은 쿨리(막일꾼)가 있다. 여성의 복종이라고? 메이는 밤마다 약혼한 처녀들의 자살한 이야기를 듣고 돌아오는 판이 아닌가⋯⋯ 노인은 마지막으로 머리와 어깨를 꾸벅하며 인사하고는 "질섭니다, 지조르 씨!⋯⋯" 한마디 하고 나가 버렸다.

문 닫히는 소리가 나기 무섭게 지조르는 첸을 불렀다. 그리고 함께 봉황 그림이 걸려 있는 방으로 돌아왔다.

첸은 얼굴을 비스듬히 돌리고 소파에 앉은 지조르 앞을 왔다 갔다 했다. 지조르는 그 모습에서 문득 이집트의 청동으로 된 매가 떠올랐다. 기요와 첸에 대한 우정의 기념으로 "꼭 닮았으니까" 말하며 그 청동 매의 사진을 보관하고 있었다. 두툼한 입술은 선량함을 나타내는 것 같지만 사실 매를 꼭 닮았다. '아시시의 성(聖) 프란체스코에게 길든 매라고나 할까?' 지조르는 속으로 생각했다.

첸은 문득 지조르 앞에서 발을 멈추었다.

"탕옌다(唐彦大)를 죽인 건 바로 접니다." 그는 말했다.

첸은 지조르의 눈 속에서 거의 온정에 가까운 따뜻함을 보았다. 그는 온정이라는 것을 경멸하고 있었다. 그리고 특히 그것을 두려워하고 있었다. 몸뚱이만은 작달막했지만, 두 어깨 사이에 파묻혀 걸을 때마다 앞으로 기울어지는 머리라든가 구부러진 콧등의 선은 그를 더욱 매처럼 보이게 했다. 그리고 속눈썹이 거의 없는 가느다란 눈까지도 매를 방불케 했다.

"나한테 말하고 싶었다는 게 그 얘긴가?"

"그렇습니다."

"기요도 알고 있나?"

"네."

지조르는 잠시 생각했다. 그는 편견에 의해 대답하고 싶지는 않았으므로 결국 첸의 행위를 수긍하는 수밖에 없었다. 그렇기는 하나 순순히 묵인하기에는 왠지 기분이 내키지 않았다.

'나도 늙었군.' 그는 속으로 중얼거렸다.

첸은 걸음을 멈추었다.

"전 몹시 고독합니다."

그는 마침내 지조르의 얼굴을 똑바로 쳐다보며 말했다.

지조르는 당황했다. 첸이 자기에게 매달리는 것은 그다지 놀라운 일이 아니었다. 그는 몇 해 동안 이른바 중국 사람이 말하는 은사(恩師)였다―즉 첸의 아버지보다는 좀 아래지만 어머니보다는 윗자리를 차지하고 있었던 것이다. 첸의 부모가 죽은 뒤로는 의심할 여지도 없이 지조르는 첸이 필요로 하는 유일한 사람이 되었다. 그런데 지조르가 알 수 없는 것은 오늘 밤 첸이 분명 자기 동지들과 만났을 텐데―왜냐하면 기요도 만나고 왔다니까―그들과는 무척 멀리 떨어져 있는 것같이 보이는 점이었다.

"그럼 딴 사람은?" 지조르는 물었다.

첸은 축음기 상점 뒷방에서 램프가 흔들릴 때마다 그림자 속에 꺼졌다가 나타나곤 하던 그들의 모습—그때 귀뚜라미가 울고 있었지—이 생각났다.

"그들은 모릅니다."

"자네가 한 일을 말인가?"

"아닙니다. 그것은 그들도 알고 있어요. 하지만 그런 건 그들에게 아무것도 아니죠."

첸은 다시 입을 다물었다. 지조르도 더는 캐묻지 않았다. 결국 첸이 다시 입을 열었다.

"그게 제가 난생처음 한 일임을 그들은 모르는 겁니다."

지조르는 자기도 문득 알 듯한 기분이 들었다. 첸은 그것을 눈치챘다.

"아닙니다, 선생님은 모르실 거예요."

첸은 프랑스 말을 할 때 한 음절의 비음(鼻音)으로 된 말 위에 후음(喉音)의 억양을 붙였다. 그것을 기요에게서 자세히 배워 버린 어떤 특이한 어법과 함께 섞어 쓰므로 상대방을 깜짝 놀라게 하는 수가 있었다. 그의 오른팔이 본능적으로 허리를 따라 뻗어 있었다. 첸은 또다시 용수철 달린 침대에서 단도에 찔리며 튀어 오르던 몸뚱이를 느꼈다. 그것은 별로 대단한 일은 아니었다. 머잖아 또 할지도 모른다. 그러나 그때까지 어떤 피신처가 필요했다. 어떤 설명도 필요치 않는 그 깊은 애정을 지조르는 기요에게밖에 지니고 있지 않았다. 첸은 그것을 알고 있었다. 어떻게 하면 자기 심정을 상대에게 이해시킬 수 있을까?

"선생님은 지금까지 사람을 죽여 본 일이 없으시겠지요?"

그것이 물어볼 필요조차 없는 일임을 첸도 안다. 그러나 오늘의 그는 그러한 명백함도 믿을 수가 없었다. 첸은 문득 지조르에게는 무엇인가가 좀 모자란 데가 있는 듯한 생각이 들었다. 그는 눈을 들었다. 지조르는 첸이 아무런 몸짓도 없는 것을 보고 수상히 여겨 아래위로 훑어보고 있었다. 아래위로 보느라고 머리를 뒤로 젖히는 바람에 노인의 흰머리가 더욱 길게 보였다. 그가 몸짓을 하지 않는 것은 상처 때문이었다. 이 상처에 대해서는 한마디도 지조르에게 말하지 않았다. 병원에서 일하는 동지가 소독하고 붕대로 감아 주어 아프지는 않았지만 어쩐지 좀 불편했다. 무엇인가 생각에 잠길 때면 언제나 그러하듯이 지조르는 손가락 새로 담배를 마는 듯한 손짓을 하고 있었다.

"글쎄……."

말머리만 꺼내고 지조르는 입을 다물었다. 그의 맑은 눈동자는 수염을 말끔히 밀어 버린 성당 기사단의 기사를 떠올리게 하는 가면 같은 얼굴 속에서 조용히 움직이지 않았다. 첸은 뒷말을 기다렸다. 지조르는 거의 퉁명스러운 투로 입을 열었다.

"단지 사람을 죽인 일 때문에 그렇게도 안절부절못하리라곤 믿어지지 않는데."

'선생님도 자신이 무슨 말을 하고 있는지 잘 모르면서 저런 말을 하시는군.' 첸은 애써 이렇게 생각하려고 했다. 그러나 지조르는 확실히 아픈 곳을 건드리고 있었다. 첸은 앉아서 발을 내려다보았다.

"그렇습니다."

그는 입을 열었다. "저도 그 일 때문만은 아니라고 생각합니다. 또 다른 게 있는 것 같아요. 중대한 것이. 저는 그것이 뭔지 알고 싶습니다."

그가 찾아온 것은 그것을 알고 싶기 때문이었을까?

"자네가 관계한 맨 처음 여자는 물론 창녀였겠지?" 지조르가 조용한 투로 물었다.

"저는 중국인입니다." 첸은 불쾌한 듯이 대답했다.

'아니지.' 지조르는 생각했다. 아마도 그 성 문제를 제외하고는 첸은 중국인이 아니었다. 상하이에 넘쳐 나는 여러 나라 이주민들을 보고 지조르는 가끔 생각한 바 있었다―사람이란 자기 나라에서 떨어져 있어도 저마다 그 민족적인 방식으로 사는 법이다. 그러나 첸은 자기의 국민성을 버리는 방법에 있어서도 이미 중국인답지 않다. 거의 비인간적인 완전한 자유가 그를 전적으로 사상에다 내맡기고 있었다.

"그러고 난 뒤 어떤 기분이 들던가?" 지조르가 물었다.

첸의 손가락이 가늘게 떨렸다.

"자랑스러웠습니다."

"사내라는 자랑 말인가?"

"여자가 아니라는 자랑이죠."

그의 목소리엔 이미 불쾌한 투는 없었으나 복잡한 멸시의 투가 섞여 있었다.

"선생님은 이렇게 말씀하고 싶으시겠죠." 첸은 말을 이었다. "제가…… 사람들에게서 아주 동떨어진 감정을 느꼈을 게 틀림없으리라고요……"

지조르는 대답하지 않았다.

"……실은 그렇습니다. 무섭도록 그런 생각이 들었습니다. 선생님이 지금 여자에 대한 말씀을 꺼내신 것은 지당합니다. 아마 사람은 자기가 죽인 사람을 몹시 경멸할 겁니다. 하지만 딴 사람들을 경멸하는 만큼은 경멸하지 않습니다."

지조르는 그 뜻을 이해하려고 해보았지만 자신이 없었다.

"딴 사람들이라니, 사람을 죽이지 못하는 자들 말인가?"

"그렇습니다. 죽이지 못하는 자들, '동정(童貞)'들을 말하는 겁니다."

첸은 다시 방 안을 왔다 갔다 했다. 동정이라는 말을, 어깨의 짐을 땅바닥에 내동댕이치듯이 내뱉었다. 침묵이 그들 주위에 퍼져 나갔다. 지조르는 첸이 방금 말한 격리감을, 한 가닥 서글픈 심정을 가지고 느끼기 시작했다. 그러나 그는 첸에게는 희극적인 부분이—적어도 자기만족이 있는 것이 아닐까, 하는 생각이 들었다. 지조르는 이러한 희극이 죽음을 가져올 수 있다는 것을 알고 있었다. 그는 문득 언젠가 첸이 사냥을 아주 싫어한다고 했던 것이 생각났다.

"그래, 피를 보고 끔찍스럽지 않던가?"

"네, 그러나 그저 끔찍스럽다는 것뿐만이 아니었어요."

첸은 휙 돌아섰다. 그리고 봉황을, 마치 지조르의 눈을 바라보기라도 하듯이 똑바로 노려보며 물었다.

"그래서 어떻다는 겁니까? 계집을 언제까지나 자기 소유물로 하고 싶을 때 어떻게 하면 된다는 것쯤은 저도 알고 있습니다. 계집과 함께 살면 되는 거죠. 그렇지만 상대가 계집이 아니고 죽음일 때는 어떡하지요?"

그리고 한층 더 비통한 투로, 눈은 여전히 봉황을 노려보며 말했다.

"역시 죽음과 동거 생활을 하는 겁니까?"

지조르 노인의 지성에는 언제나 이야기하는 상대방을 도와주려는 경향이 있었다. 그뿐만 아니라 그는 첸에겐 애정을 느끼고 있었다. 그는 차츰 사태를 똑똑히 깨닫기 시작했다. 이 청년은 돌격대의 행동만으로는 이미 모자라서 테러리즘에 매혹되어 가고 있는 것이 아닐까? 지조르는 여전히 담배를 마는 듯한 손짓을 하며 바닥에 깔린 융단이라도 내려다보듯이 고개를 숙이고 있었다. 얄팍한 콧등까지 흰 머리카락이 흩어져 내렸다. 노인은 자기 목소리에 천연스러운 티를 내려고 애를 쓰며 말했다.

"자네는 이미 거기서 빠져나올 수 없다고 생각하는 것인가…… 그래서 그…… 뭐랄까, 그 고뇌에 맞서 볼까 하고…… 나를 찾아온 게로군."

침묵.

"고뇌라고요? 그렇지 않습니다." 마침내 첸이 중얼거렸다. "숙명이라고 하는 편이 낫지 않을까요?"

또다시 침묵. 지조르는 이제 아무런 몸짓도 할 수 없다는 것을, 이를테면 예전처럼 첸의 손을 잡아 줄 수도 없다는 것을 깨달았다. 그래서 그는 결심한 듯이 갑자기 고뇌의 습관을 몸에 익히기라도 한 것처럼 맥 풀린 투로 말했다.

"그렇다면 그 숙명을 생각해 봐야지. 그것을 끝까지 밀고 나가야 해. 네가 숙명과 함께 살아가고 싶다면 말이야……."

"……전 곧 죽을 겁니다."

'그가 더욱이 죽음을 원하고 있는 건 아닐까?' 지조르는 생각했다. '그는 어떠한 영예도 어떠한 행복도 바라지 않는 것이다. 적을 무찌를 수는 있어도 그 승리 속에서는 살아갈 수 없는 그가 죽음 외에 무엇을 바랄 것인가? 틀림없이 그는 다른 사람들이 인생에 부여하고 있는 의의를 죽음에다 부여하려 하는 것이다. 그는 되도록 고귀한 죽음을 선택하려 하고 있다. 그는 야심적인 인간인데, 야심의 모든 대상을 그리고 야심 그 자체까지도 경멸할 만큼 다른 인간들로부터 동떨어진, 병적인 투철한 영혼의 소유자일까?'

"자네가 그…… 숙명과 함께 살려면 수단은 단 하나밖에 없어. 그것은 그 숙명을 남에게 전달해 주는 거야."

"그럴 만한 가치 있는 인간이 있을까요?" 첸은 언제나처럼 입 속으로 중얼거리는 듯이 물었다.

살인에 관하여 환기된 이 모든 말들이 주위에 감돌고 있는 것처럼 공기는 점점 더 무거워져 갔다. 지조르는 이미 아무 말도 할 수 없었다. 한 마디 한 마디가 거짓이고 경박하여 어리석게 들렸기 때문이다.

"여러모로 감사합니다." 첸이 말했다.

그리고 지조르의 앞에서 중국식으로 윗몸을 꺾듯이 굽혔다. 마치 그에게 악수를 하고 싶지 않다는 듯. (지금까지 첸은 결코 이런 인사를 한 일이 없었다.) 그러고는 첸은 나가 버렸다.

지조르는 되돌아와 의자에 앉아 또다시 담배를 마는 듯한 동작을 시작했다. 난생처음 그는 투쟁이 아닌 피에 맞닥뜨렸다. 그리고 늘 그렇듯이 그는 기요 생각을 했다. 기요 같으면 첸이 살고 있는 세계에서 숨도 쉴 수 없었을 것이다…… 하지만 그렇게 믿어도 될까? 첸도 전에는 사냥을 싫어했다. 피를 싫어했었다. 이런 심오한 세계에 관해서 지조르는 과연 자기 자식을 얼마나 알고 있는 것일까? 그의 애정이 아무런 역할도 못 하게 되었을 때, 그가 많은 추억에 의지할 수 없게 되었을 때 자기는 이미 기요를 이해할 수 없게 되리라는 걸 지조르는 잘 알고 있었다. 아들을 다시 한번 보고 싶다는 강렬한 욕망이 그의 마음을 흔들어 놓았다. 그것은 마지막으로 한 번 더 죽은 사람의 얼굴을 보고 싶다는 욕망과도 같은 것이었다. 그러나 그는 아들이 이미 나가고 없다는 것을 알고 있었다.

어디로 갔을까? 첸이 남기고 간 체온의 여운이 아직도 방 안에 활기를 주고 있었다. 첸은 살인의 세계로 뛰어 들어갔다. 이제는 거기서 빠져나올 수는 없을 것이다. 필사적인 정열을 가지고 감옥 속에 들어가듯이 테러리스트의 생활 속으로 들어갔다. 언젠가는 체포되어 고문을 당하든가 죽든가 할 것이다. 그때까지는 과감한 행동과 죽음의 세계 속에서 집요하고도 결단성 있는 사람으로서 살아갈 것이다. 지금까지 신봉함으로써 그를 살게 하던 그 사상이 이제 그를 죽이려 하고 있었다.

비록 기요가 배후에서 죽이게 했다 할지라도 그것은 어디까지나 기요의 역할이었다. 또 그렇지 않다 할지라도 그것은 대단한 문제가 아니었다. 아무튼 기요가 해온 일은 틀림없었던 것이다. 그러나 지조르가 놀란 것은 그러한 급작스러운 감동, 그러한 살인의 숙명적인 정확성, 자기의 경우엔 대수롭지 않지만 사람에 따라서는 그렇게도 무서운 중독의 정확성 때문이었다. 그는 자기가 얼마나 첸이 바라던 도움을 베풀어 주지 못했는가, 살인이란 얼마나 고독한 것인가—그리고 얼마나 이러한 고뇌 때문에 자식인 기요가 자기에게서 멀어져 갔는가를 느꼈다. 자기가 여태껏 입버릇처럼 되풀이했던 "인간을 진정으로 안다는 것은 불가능하다"는 말이 비로소 아들의 얼굴과 함께 그의 머릿속을 스쳐 갔다.

　나는 과연 첸을 잘 알고 있는 것일까? 지조르는 추억이 사랑을 이해하는 데에 도움이 된다고는 거의 믿지 않았다. 첸이 받은 첫 교육은 종교 교육이었다. 지조르가 처음으로 이 고아 청년—부모는 장자커우(張家口) 약탈 사건 때 죽었다—에게 흥미를 느끼기 시작했을 때, 첸은 루터파 신학교를 갓 나왔을 무렵이었다. 이 신학교에서 첸은 폐병을 앓는 어떤 학자의 제자였다. 그 사람은 나이 오십이 되어서야 목사가 된 사람으로, 심한 종교적 불안을 자선으로 극복하려고 끈질기게 노력하고 있었다. 그는 성 아우구스티누스를 괴롭힌 육체에 대한 수치심—그리스도와 함께 살지 않고는 구원받을 길 없는, 성총(聖寵)을 잃은 육체에 대한 수치심에 사로잡혀 있었다. 진정한 종교 생활의 요구를 더한층 간절하게 만드는 중국의 의식적인 문명에 지긋지긋해진 이 노목사는 자기 고뇌로써 루터의 모습을 정성껏 만들어 내고 있었다. 그는 그 이야기를 간혹 지조르에게도 했다. "생명이란 하느님 가운데에만 있는 것입니다. 그러나 사람은 죄로 인하여 완전히 은총을 잃고 돌이킬 수 없을 만큼 더럽혀져 있으므로, 하느님의 품에 이른다는 것은 하나의 불경(不敬)이 되어 버렸습니다. 그래서 그리스도가 나타나셔서 십자가에 못 박혀 영원한 속죄를 하신 겁니다." 그래서 은총이라는 것이 문제가 되었다. 즉, 이 은총은 희망의 크고 작음에 따라 무한한 사랑도 되고 두려움도 될 수 있는 것이다. 그런데 이 두려움이 또한 새로운 죄가 되었다. 또 아무리 자선을 베풀더라도 그것만으로 고뇌를 완전히 없애 줄 수는 없었다.

　목사는 첸을 몹시 사랑하고 있었다. 그는 첸의 뒤를 돌봐 주는 백부가 다만 영어와 프랑스어를 배우게 하기 위해 첸을 선교사 학교에 보냈다는 사실을 알지 못했다. 유교 신봉자인 이 백부는 선교사의 가르침, 특히 지옥의 관념 따위는 믿지 않았으며 첸에게 그러한 것들을 배우지 않도록 거듭 다짐을 놓았다. 목사는 자기 경험에 비추어, 인간은 매개자에 의해서만이 개종할 수 있다는 것을 첸에게 가르쳤다. 그리하여 악마나 신이 아닌, 그리스도를 발견한 이 청년은 모든 것에 대해 품고 있는 진지함으로써 사랑에 몸을 던졌던 것이다. 그러나 그는 스승을 몹시 존경하고 있었으며, 이 존경심은 중국이 그의 마음에 강하게 가르쳐 준 유일한 것이었다. 그리하여 사랑을 배웠음에도 목사의 고뇌를 발견했다. 그리고 또 백부가 경계하도록 타이른 지옥보다 더 무섭고 더 확실한 지옥이 있다는 것을 알았다.

백부가 돌아왔다. 그는 조카의 변한 모습을 보고 놀랐다. 그러나 그는 감사의 뜻을 표하는 섬세한 마음가짐으로 교장과 목사, 그리고 그 밖에 두세 사람에게 작은 나무에다 경옥과 수정을 박은 장식품을 선사하였다. 그로부터 일주일 뒤에 첸을 자기 집으로 불러들였다. 그리고 다음 주에는 그를 베이징 대학으로 보냈던 것이다.

지조르는 여전히 무릎 사이에서 담배를 마는 시늉을 하며 입을 조금 벌린 채, 그 무렵 청년이었던 첸을 생각해 내고 있었다. 하지만 어떻게 현재의 그의 모습에서 그 무렵의 모습을 떼어 내어 고립시킬 수 있을 것인가? '나는 첸의 종교적인 정신을 생각하고 있다. 왜냐하면 기요는 그런 정신을 전혀 갖고 있지 않기 때문이다. 그리고 그들 사이의 근본적인 차이가 지금의 내 마음을 가볍게 해주기 때문이다…… 그러나 어째서…… 내 자식보다 그를 더 잘 이해할 것 같은 기분이 드는 것일까?' 그것은 자기가 손수 가꾸어 온 편이 더 잘 알 수 있기 때문이다. 지조르가 첸에게 베풀어 주고 그를 바로잡아 준 가장 큰 가르침, 즉 그의 일은 명확하고 한계가 뚜렷한 것이었다. 그는 사람을 보는 데도 자기가 그들에게 영향을 준 것 외에는 잘 알지 못했다. 지조르가 처음 첸을 보았을 때, 이 청년은 곧바로 행동으로 옮길 수 없는 그런 이데올로기로는 살아갈 수 없는 인간이란 걸 알았다. 자비심이라는 게 없는 첸으로서는 당연히 명상이라든가 내적 생활에 있어서만 종교에 기대어 살아갈 수 있었다. 그러나 그는 이 명상이라는 것을 싫어했다. 그래서 전도자로서의 사명을 꿈꾼다 하더라도 자선심이 없으므로 적당치가 않았다. 따라서 살기 위해서는 우선 그리스도교를 버려야만 했다. 첸이 터놓고 들려준 이야기에 따르면, 창녀나 학생들을 사귀고 나서야 그의 의지력으로도 어쩔 수 없던 유일한 나쁜 버릇인 자위(自慰)를 겨우 끊을 수 있던 모양이다. 그와 동시에 언제나 그를 따라다니던 고뇌와 타락의 기분도 사라졌다. 그의 새로운 스승인 지조르는 그리스도교에 대해서 이론으로써 논박하지 않고 다른 위대성을 펼쳐 보였다. 그러자 첸의 신앙은 조금씩 아무런 위기도 겪지 않고, 마치 모래알이 손가락 새로 빠져나가듯 사라져 갔다. 첸은 신앙에 의해 중국에서 떨어져 나가고, 세계에 종속되기는커녕 세계에서 분리되는 것에 길들여져 있었다. 그랬던 그가 지조르를 통하여 이제까지의 생활이 영웅적인 의식을 체득하는 수련기에 지나지 않았다는 것을, 모든 것이 그처럼 진행되어 왔다는 것을 알게 되었다. 하느님도 없고 그리스도도 없다면, 영혼은 어떻게 될 것인가?

여기서 지조르는 그리스도교에 무관심한 자기 자식의 모습을 다시 발견했다. 일본의 교육은 (기요는 여덟 살에서 열일곱 살까지 일본에서 자랐다) 기요에게도 역시 관념이란 단지 사고의 세계에서만 머물러서는 안 되며 생활화돼야 한다는 신념을 심어 놓았다. 남들이 육군이 될까, 해군에 들어갈까 하고 선택하듯이 기요도 신중히 잘 생각해 본 뒤에 행동을 선택했다. 그는 아버지의 곁을 떠나 광둥(廣東), 톈진(天津) 등지에서 쿨리 노릇을 해가며 노동조합을 조직했다.

한편 첸은 아무 가치 없는 졸업장만 들고, 돈 한 푼 없이 스물여섯 살 빈털터리가 되어 중국과 맞서고 있었다. 그의 백부는 산터우(汕頭) 함락 때 인질로 붙들렸다가 빼내 올 몸값이 없어 처형당했다. 북방 도로가 위험하던 시기에 첸은 그곳에서 트럭 운전사 노릇을 했다. 그다음에는 화학자의 조수가 되었는데, 그 뒤에는 아무것도 한 일이 없었다. 그의 모든 것이, 이를테면 전혀 다른 세계에 대한 기대와 아무리 비참한 생활을 해도 먹고살 수 있다는 가능성, (그는 천성이 엄격했다. 아마 자존심 때문이겠지만) 그리고 그의 증오심과 사고와 성격 등의 만족이 그를 정치 활동으로 몰아갔다. 정치 활동은 첸의 고독에 하나의 의의를 가져다주었다.

그러나 기요에게는 모든 것이 훨씬 간단했다. 영웅적인 의식은 그에게 정당성 같은 것이 아니라 규율 같은 것을 주었다. 그는 불안에 사로잡혀 있지는 않았다. 기요의 생활은 하나의 의의를 가지고 있었다. 그리고 그 자신은 그걸 잘 알고 있었다. 지금 이 순간에도 페스트에 걸려 죽듯이, 굶주림 때문에 죽어 가는 사람들 하나하나에게 인간으로서의 존엄성을 부여해 주려 하고 있었다. 기요는 그들의 동지였다. 그들은 그와 공동의 적을 갖고 있었다. 백인들, 특히 백인 여자들에게 잡종이니 천민이니 멸시를 받아 온 기요는 결코 그들의 비위를 맞추려 하지는 않았다. 그는 자기편이 될 수 있는 사람을 찾았고, 마침내 발견했다. 무엇 때문에 일하는지도 모르면서 하루에 열두 시간씩이나 일하는 사람에게는 그에 걸맞은 존엄성도, 현실의 생활도 없다. 이 노동은 하나의 의의를 지니고 하나의 조국이 되어야 했다. 기요에게 있어서 개인적인 문제는 그의 사생활 속에 있을 뿐이었다.

"그러나 만약 지금 기요가 들어와서 첸이 조금 전에 말한 것처럼 '탕옌다를 죽인 건 접니다'라고 한대도 나는 '알고 있었다'고 생각할 것이다. 기요에게 있어서 가능한 일은 모두 내 가슴에도 강하게 울리니까, 그가 무슨 말을 하건 '나도 알고 있었다'고 생각하게 되리라……." 그는 문득 창밖의 막막한 어둠을 내다보았다. "하지만 만약 내가 이렇게 불확실하고도 불안한 기분이 아니고 기요를 진정으로 알고 있다면 그 녀석을 구원해 줄 수도 있을 텐데." 그러나 이것은 괴로운 긍정이었다. 지조르는 그것을 전혀 믿고 있지는 않았다.

기요가 전에 집을 떠난 때부터 지조르의 사고는 오로지 자기 자식의 행동을 변호하기 위해서밖에 움직이지 않았다. 그 무렵 기요의 활동은 아직 미미한 것이어서, 중부 중국이나 혹은 남중국 어느 시골에서 겨우 정치 활동에 발을 들여놓을 무렵이었던 것이다. 지조르는 석 달 넘게 아들의 소식을 듣지 못할 때도 있었다.

사상적인 불안에 번민하는 학생들은 이 총명한 교수가 정열과 이해력을 가지고 자기들을 도와주려고 손을 뻗치고 있다는 것을 알고 있었다. 그러나 그것은 그 무렵 베이징의 약아빠진 인텔리 청년들이 생각한 것처럼, 늙었으므로 실제 행동엔 참가할 수 없으니까 별수 없이 그 흉내라도 내며 즐기고 있는 것은 아니었다. 사실은, 똑같은 비극 속에서 자기 아들의 비극을 발견하였기 때문이다. 거의가 소(小)부르주아 출신인 학생들에게 지조르는 "너희는 군벌과 결탁하든가 프롤레타리아에 가담하든가, 반드시 둘 가운데 하나를 택하게끔 강요되고 있다"고 가르쳤다. 그리고 자신이 나아갈 길을 선택한 학생들에게 "마르크스주의는 교의(敎義)가 아니다. 그것은 의지다. 그것은 프롤레타리아와 그들 편인 사람들—즉 여러분들—에게 있어서는 자기를 인식하려는, 스스로를 그런 사람이라고 느끼려 하는, 또 그런 사람으로서 극복해 나가려는 의지다. 여러분은 이론적으로 자기를 정당화하기 위해 마르크스주의자가 되어서는 안 된다. 자기에게 배반하는 일 없이 자기를 극복하기 위해 마르크스주의자가 되어야만 하는 것이다"라고 말했다. 그런데 사실 이것은 모두 기요에게 하는 말이었으며 기요를 변호하고 있었던 것이다. 강의가 끝나 중국의 관습에 따라 학생들이 가져온 흰 꽃이 자기 방에 가득한 것을 보았을 때, 지조르는 기요의 준엄한 영혼은 이런 식으로 자기에게 보답해 오지는 않으리란 것을 알고 있었다. 그러나 적어도 자기에게 동백꽃을 가져다준 이들, 살인 준비를 하고 있는 손들은 내일이면 그들을 필요로 할 기요의 손을 잡으리라는 것을 알고 있었다. 그러므로 성격의 힘이 그를 강렬하게 이끌었고, 첸에게도 깊은 애착을 느끼게 된 것이었다. 그러나 그가 첸에게 애착을 느끼기 시작했을 때, 과연 이 비 내리는 어두운 밤에 그 청년이 찾아와서 아직 채 마르지 않은 피 이야기를 하며 "그저 끔찍스럽다는 것뿐만이 아니었어요……" 하고 이야기할 줄이야 꿈엔들 생각할 수 있었겠는가?

지조르는 일어나서 낮은 탁자의 서랍을 열었다. 거기에 조그만 선인장을 모아 놓았고 그 위엔 아편 그릇이 놓여 있었다. 그 그릇 밑에는 사진 한 장이 있었다. 기요의 사진이었다. 지조르는 그것을 꺼내 들고 별로 이렇다 할 생각 없이 들여다보았다. 지금 자기 같은 상태에 놓이면 누구든지 남에 대한 일은 전혀 알 수 없게 되고 만다. 그리고 조금 전만 해도 그렇게나 기요를 한 번 더 만나보고 싶어 했으면서도, 정작 그가 이 자리에 나타난다 한들 달라질 것은 아무것도 없음을 가혹하리만큼 분명하게 느꼈다. 오히려 몇 년 전에 죽은 친구를 꿈속에서 만났다가 헤어지는 것처럼 자기들의 이별을 더욱 절망적인 것으로 만들어 놓을 뿐이리라. 지조르는 사진을 손가락 사이에 끼고 있었다. 그것은 사람의 손처럼 따스했다. 그는 그것을 서랍 속에 슬며시 떨어뜨렸다. 그리고 아편 그릇을 꺼내고는 전등을 끄고 램프를 켰다.

두 개의 파이프. 전에는 욕망이 채워지기 시작하면 그는 따뜻한 눈으로 사람들을 보고 이 세계를 무한한 가능성으로 보았었다. 그러나 지금 지조르의 마음속 깊은 곳에서는 가능성이란 이미 찾아볼 수 없었다. 그는 예순 살이었다. 그리고 그의 추억은 무덤으로 가득 차 있었다. 지조르는 중국의 예술에 대한, 더할 수 없는 순수한 감각을 갖고 있었다. 이를테면 램프의 희미한 불빛으로 어슴푸레 비쳐 보이는 저 푸르스름한 그림, 또는 30년 전만 해도 거기서 훌륭한 수확을 끌어낼 수 있었던, 그를 에워싸고 있는 암시적인 중국의 문명에 대한 감각이었다. 그것은 행복에 대한 감각이라고도 할 수 있으리라. 그러나 그 감각은 이제 이미 그 밑에서 고뇌나 죽음의 강박 관념이 마치 잠이 깨어 불안으로 떠는 개처럼 눈을 뜨고 있는, 엷은 덮개에 지나지 않았다.

그럼에도 지조르의 사색은, 나이로는 끌 수 없는 세찬 정열을 가지고 사람들의 주위를 떠돌고 있었다. 모든 사람들 속에, 그중에서도 특히 자기 속에 망상증이 있다는 것을 그는 오래전부터 알고 있었다. 일찍이, 비록 완전히 지나가 버린 옛날 일일망정 그는 영웅을 꿈꾸고 있었다. 아니, 그 힘, 그의 내부 깊숙이 숨어 있던 이 강렬한 상상력은 마치 빛처럼 어떠한 형태라도 취할 수가 있었던 것이었다. 그는 곧잘 생각했다. '비록 내가 미치는 한이 있더라도 이 상상력만은 그대로 남으리라……' 기요처럼, 그리고 거의 그와 같은 이유에서 지조르는 기요가 자기에게 말한 레코드를 생각했다. 거의 기요와 같은 방식으로 생각했다. 그 까닭은 기요의 사고방식이 그의 사고방식에서 태어난 것이기 때문이었다. 목구멍으로 들은 목소리였으므로 기요가 자기 목소리를 알아듣지 못한 것처럼, 지조르가 자기 자신에 대해 지니고 있는 의식은 타인에 대해 가질 수 있는 의식과는 전혀 성질이 다른 것이었다. 왜냐하면 그것은 같은 방법으로 얻어진 것이 아니기 때문이다. 그것은 감각과는 아무 관계가 없는 것이었다. 그는 다른 누구보다도 자기에게 속한 영역에 마치 자기 자신이 침입자이거나 한 것 같은 생각이 드는 것이었다. 거기까지는 결코 아무도 뒤쫓아 올 수 없는 고독의 세계로 고민을 지니고 가는 듯한 생각이 드는 것이었다. 순간, 이것이야말로 죽음에서 벗어날 수 있는 바로 그것이라는 느낌이 들었다…….

조그만 새 아편 알을 꺼내 들고 있는 지조르의 손은 바르르 떨리고 있었다. 이 완전한 고독, 그가 기요에게 품고 있는 그 애정조차도 그를 여기에서 벗어나게 할 수는 없을 것이다. 그러나 지조르는 다른 인간 속에서 피난처를 발견할 수 없다고 해도 자기를 벗어나게 하는 방법을 알고 있었다. 그것은 바로 아편이었다.

조그만 다섯 개의 아편 알. 이 몇 해째 지조르는 그것만으로 견디어 왔다. 그것은 꽤 어려운 일이며, 때로는 고통이 따르기도 했다. 그는 파이프 속의 댓진을 긁어냈다. 그의 손 그림자가 벽에서 천장으로 옮겨 갔다. 램프를 조금 밀어냈다. 그림자의 윤곽이 흐려졌다. 근처에 있는 물건들도 흐릿해졌다. 그 물건들의 형태는 변함이 없지만, 여전히 그로부터 동떨어지는 일 없이 친근함을 가지고 세계의 끝까지 지조르를 따라오는 것이었다. 거기서는 모든 것이 너그러운 무관심에 녹아내리고 있었다. 그것은 현실 세계보다도 더 진실한 세계였다. 왜냐하면 그것은 보다 오래도록 변함이 없고 보다 그 자신을 닮은 세계였기 때문이다. 그것은 우정처럼 확실하고 늘 너그러우며 또 늘 찾아낼 수 있는 세계였기 때문이다. 거기서는 물건의 형태, 추억, 사고 등 모든 것이 속박되지 않은 자유로운 우주로 서서히 가라앉아 들어갔다. 지조르는 9월의 어느 오후 일이 생각났다. 그날은 온 하늘이 잿빛이어서 수련꽃을 가득 띄운 연못물을 뽀얗게 물들이고 있었다. 쓰지 않고 버려둔 누각의 헐어 빠진 뿔 모양 지붕에서 웅대하고 침울한 지평선에 이르기까지, 눈에 들어오는 것은 오직 장엄한 우울로 가득 찬 세계뿐이었다. 한 승려가 종 치는 것도 잊고 누각 난간에 기대 서 있는 모습이 눈에 띄었다. 법당은 먼지와 향나무 타는 냄새로 가득했다. 연밥을 따는 농부들을 태운 배가 소리도 없이 미끄러져 갔다. 멀리 보이는 연꽃들 사이로 키(방향타) 언저리에 두 줄기 긴 물결이 일었다. 그리고 이윽고 잿빛 물속에 스르르 사라져 버렸다. 지금 지조르의 마음속에서도 잔물결이 부채 모양으로 퍼져 가면서 그 속에 이 세상의 오뇌—그러나 아편에 의해 더없이 투명해지고 쓰디쓴 고통이 없어진 오뇌—를 거두어들이며 점차 사라져 갔다. 두 눈을 감고, 흔들리지 않는 커다란 날개에 실려 가고 있는 지조르 노인은 자기의 고독을 조용히 비추어 보고 있었다. 그것은 신성한 것을 추구해 가는 황량한 마음이었다. 동시에 죽음의 심연을 부드럽게 덮고 있는 저 조용한 물결은 끝없이 퍼져 나가고 있었다.

새벽 4시 30분
  정부군 제복을 입고 등에 비옷을 걸친 동지들이 한 사람 한 사람 큼직한 보트로 옮겨 타고 있었다. 보트는 양쯔강의 거친 물결에 몹시 흔들렸다.
  "산둥호에는 당에 가입한 선원이 둘 있어. 그들한테 물으면 틀림없이 무기가 어디 있는지 알 거야." 기요가 카토프에게 말했다. 장화를 신은 것만 다를 뿐 군복을 입은 카토프의 모습은 별로 달라진 데가 없었다. 그는 기요와 마찬가지로 윗도리 앞가슴을 풀어 헤치고 있었다. 그리고 모자 같은 걸 쓴 일이 없는 그가 점잖게 머리에 새 군모를 쓰고 있는 모습은 그를 짐짓 얼빠진 것처럼 보이게 했다. '중국 장교 모자와 들창코는 기묘한 대조로군!' 기요는 문득 우스운 생각이 들었다. 어둠은 아직도 짙었다.
  문득 기요는 말했다.

"비옷 모자를 뒤집어써!"

보트는 부두를 떠났다. 그리고 어둠 속을 달려 나갔다. 곧 정크[12] 뒤로 모습을 감추었다. 몇 척의 순양함에서 퍼붓듯 비쳐 내리는 탐조등 불빛은 어스름한 항구 위 공중에서 칼날처럼 서로 엇갈리고 있었다.

이물에서는 카토프가 조금씩 이쪽으로 다가오듯이 보이는 산둥호를 뚫어지게 바라보고 있었다. 물 냄새와 생선 비린내와 항구의 연기 냄새(그것은 거의 수면에 가득했다)가 차츰 부두의 석탄 냄새와 바뀌어 코를 자극하자, 언제나 싸움이 가까워 올 때면 마음속에 떠오르는 추억이 지금도 역시 그의 마음을 사로잡는 것이었다.

그것은 리투아니아 전선에서 그의 대대가 백군(白軍)의 포로가 되었을 때였다. 무장 해제를 당한 군인들은 푸르스름한 새벽빛 아래 어슴푸레 보이는 넓은 눈 벌판에 줄을 짓고 서 있었다.

"……공산주의자 농민들은 줄 밖으로 나와!" 그것이 죽음을 뜻한다는 것은 누구나 다 알고 있었다. 대대의 3분의 2가 앞으로 나왔다. "웃통을 벗어!" "구덩이를 파라!" 그들은 구덩이를 팠다. 땅이 얼어서 시간이 걸렸다. 백군의 위병들은 저마다 권총을 든 채(구덩이를 파는 삽은 무기가 될 수 있으니까) 불안하고 초조한 빛으로 좌우 끝 쪽에서 기다리고 있었다. 한가운데는 기관총이 포로들을 겨누고 있으므로 위병들은 없었다. 침묵은 눈앞에 펼쳐진 끝없는 벌판처럼 널리 퍼지고 있었다. 다만 얼어붙은 흙덩이가 소리를 내며 흩어질 뿐이었다. 흩어지는 소리가 점점 잦아졌다. 빨리 파면 팔수록 그만큼 죽음이 가까워 오건만 그들은 몸을 녹이고자 부지런히 삽질을 했다. 여러 명이 연달아 기침을 해댔다. "됐어, 그만!" 그들은 뒤를 돌아보았다. 그들의 뒤에는 전우들 너머에 마을 여자들이며 아이들, 노인들이 거의 옷도 제대로 입지 못한 채 모포를 뒤집어쓰고 모여 있었다. 이 처형 광경을 보도록 그들을 강제로 끌어낸 것이다. 그들은 보지 않으려고 애를 쓰면서도 고뇌에 홀리기라도 한 것같이 고개를 이리저리 움직이고 있었다. "바지를 벗어!" 왜냐하면 제복이 귀했기 때문이다. 사형수들은 여자들 앞이라 주저했다. "바지를 벗어!" 누더기 조각으로 싸맨 상처가 하나하나 나

---

12) 중국에서, 연해나 하천에서 사람이나 짐을 실어 나르는 배.

타났다. 기관총은 대개 낮은 데를 쏘므로 거의 대부분이 다리에 부상을 입고 있었다. 대부분 외투는 벗어 팽개쳤지만 바지만은 차곡차곡 개켰다. 그들은 다시 줄을 지어 섰다. 이번에는 파놓은 구덩이가에 기관총과 마주 섰다. 눈 위에 맨살과 속옷이 뚜렷이 드러났다. 추위 때문에 그들은 차례차례로 쉴 새 없이 기침을 해대고 있었다. 그 기침 소리가 이 새벽녘 처형의 공기 속에서 너무나도 강렬하게 인간적인 음향을 울려 주므로 기관총수들도 차마 쏘지를 못하고 기다리는 것이었다―생명의 마지막 몸부림이 좀더 잠잠해지기를 기다리고 있었다. 그러나 드디어 기관총수들은 쏘기 시작했다. 그다음 날 저녁, 적군(赤軍)이 그 마을을 탈환했다. 기관총수들이 미처 사살하지 못한 17명은 구조되었다. 카토프도 그 가운데 한 사람이었다. 새벽녘의 푸르스름한 눈 위에 떨어진 그들의 선명한 그림자, 몸이 경련하듯이 터져 나오는 기침 때문에 흔들리던 투명한 그들의 그림자, 그 그림자들이 지금 산둥호 그림자 앞에, 이 중국의 밤비 내리는 어둠 속에 뚜렷이 떠오르는 것이었다.

보트는 여전히 앞으로 달려갔다. 보트가 몹시 옆으로 흔들려서 기선의 어슴푸레한 낮은 그림자가 강 위에서 조용히 흔들리는 듯이 보였다. 희미한 불빛에 비치는 그 그림자는 컴컴한 흐린 하늘 속에 그보다도 더 검은 하나의 덩어리처럼 보였다. 산둥호는 분명 엄중하게 호위되고 있었다. 순양함 한 척의 탐조등이 잠시 보트를 쫓다가 딴 곳으로 물러가 버렸다. 보트는 이때까지 큼직하게 커브를 돌아 곡선을 그려 왔다. 옆에 있는 기선으로 향하듯이 조금 우현(右舷) 쪽으로 방향을 바꾸며 산둥호의 고물 쪽으로 접근해 갔다. 모두들 수병용 비옷을 입고 모자는 뒤로 젖혀져 있었다. 항무국의 명령으로 모든 배의 현문 사다리는 내려져 있었다. 카토프는 비옷 속에 감추어 가지고 온 쌍안경으로 산둥호의 사다리를 살펴보았다. 수면에서 1미터쯤 높이까지 내려져 있었고 전등 세 개가 어슴푸레 비치고 있었다. 만약 선장이 기선에 오르기도 전에 돈을 요구한다면― 그들은 돈 따위는 갖고 있지도 않았다―모두들 한 사람씩 보트에서 기선으로 뛰어 올라가야만 했다. 그때 보트를 사다리 밑에 고정시키기는 어려울 것이다. '만약 놈들이 사다리를 거두어 올리려고 한다면, 줄을 당기는 놈을 쏠 수밖에 없다.' 카토프는 생각했다. 왜냐하면 도르래 밑에는 몸을 피할 만한 것이라고는 아무것도 없기 때문이었다. 그러나 기선 쪽에서도 곧 방어 태세를 취할 것이다.

보트는 10도로 선회하며 산둥호의 뱃전으로 다가갔다. 이 시각엔 물살이 빠른 때여서 보트는 자꾸 옆으로 기우뚱하며 그 자리에 서 있었다. 선장은 틀림없이 자기 자신이 만든 서류인가를 확인할 것이다. 아마 염려 없을 것이다. 얼마 전에 클라피크가 가져왔을 때도 인정했으니까. 그러나…… 현문 밑에서는 보트가 강 물결을 따라 위아래로 흔들리고 있었다.

연락원이 돌아왔다. "올라오십시오." 카토프는 움직이지 않았다. 유일하게 영어를 할 줄 아는, 중위 계급장을 단 동지 하나가 보트에서 성큼 기선으로 올라가 연락 온 그 선원을 따라갔다. 선원은 그를 선장실로 안내했다.

여드름이 돋아난 볼에 머리를 짧게 깎은 노르웨이 선장이 선장실 탁자 뒤에서 그를 기다리고 있었다. 연락원은 밖으로 나갔다.

"무기를 접수하러 왔습니다." 중위가 영어로 말했다.

선장은 놀라서 대답도 없이 그의 얼굴을 쳐다보고만 있었다. 군벌 수뇌들은 언제나 틀림없이 무기 대금을 지불했었다. 그리고 무기의 매매는 영사관 소속 무관(武官)에 의해 중개인 탕옌다를 보내는 것까지 일체 적당한 보수를 치르고, 극비밀리에 인수하도록 되어 있었다. 밀수업자에 대해 상대편이 약속을 지키지 않는다면 누가 무기를 공급한단 말인가. 그리고 상대는 오직 상하이 정부뿐이다. 선장은 무기를 지키기로 마음먹었다.

"좋습니다! 열쇠 여기 있소."

선장은 윗도리 안주머니를 뒤졌다. 그리고 침착하게 권총을 꺼내 들었다. 그러고는 그것을, 탁자 하나의 간격밖에 없는 중위의 가슴팍에 겨누었다. 그러나 그와 동시에 그는 등 뒤에서 "손 들어!" 하는 고함 소리를 들었다. 복도를 향해 열린 창문에서 카토프가 선장에게 총을 겨누고 있었다. 선장은 뭐가 뭔지 영문을 알 수 없었다. 자기에게 권총을 겨누고 있는 자가 백인이기 때문이었다. 이렇게 된 바에야 더 저항해도 소용없다. 무기 상자도 자기 목숨에 비한다면 아무 가치도 없는 것이다. '어차피 모든 걸 운명에 맡긴 항해가 아니었던가.' 나머지는 승무원들과 어떻게 해낼 방법이 있느냐를 생각해 보는 것뿐이다. 그는 권총을 놓았다. 중위가 그것을 집어 들었다.

카토프가 방 안으로 들어왔다. 그리고 선장의 주머니를 뒤졌다. 선장에게 다른 무기는 없었다.

"내게 권총이 단 한 자루로 족했다면, 저토록 잔뜩 쌓아 두지는 않았을 거야." 카토프는 영어로 말했다. 동지 여섯 명이 그의 등 뒤로 하나씩 말없이 들어왔다. 카토프의 무거운 발걸음. 건장한 체구, 위쪽으로 쳐들린 들창코, 밝은 황금색의 머리칼은 러시아인 특유의 것이었다. 아니면 스코틀랜드인일까? 그러나 저 말투는…….

"당신들은 정부 측 사람들이 아니었군?"

"네 알 바 아니다."

그때 자고 있다가 급습을 당하여 손발이 꽁꽁 묶인 일등 항해사가 끌려왔다. 동지들이 선장을 묶었다. 그들 가운데 두 사람이 선장을 감시하기 위해 남았다. 딴 사람들은 카토프와 함께 밑으로 내려갔다. 당에 가입해 있던 선원이 무기 감추어 둔 곳을 가르쳐 주었다. 마카오의 밀수업자들은 궤짝 위에 다만 '부분품'이라고 써놓았을 뿐이었다. 짐을 나르기 시작했다. 궤짝이 모두 작아서, 현문에서 내린 사다리만으로도 충분했다. 마지막 상자가 보트에 실리자 카토프는 무전기를 망가뜨리고 나서 선장에게로 갔다.

"너무 빨리 육지에 내리려고 했다가는, 알겠지? 단단히 말해 두지만, 거리 첫 모퉁이에서 틀림없이 한 방 얻어맞을 줄 알아. 그럼 잘 있게."

이것은 순전히 위협에 지나지 않았건만, 그들의 팔을 꽁꽁 묶고 있는 밧줄은 그 말에 힘을 실어 주고 있었다.

카토프 일행은 무기 있는 곳을 가르쳐 준 두 선원과 함께 보트에 올랐다. 보트는 현문을 떠났다. 이번에는 돌아서 가지 않고 곧장 부두 쪽으로 달렸다. 흔들리는 배 위에서 모두 옷을 갈아입었다. 그들은 기뻤지만 불안하기도 했다. 부두에 닿을 때까지 결코 마음을 놓아서는 안 되었다.

부두에는 트럭 한 대가 그들을 기다리고 있었다. 기요가 운전사와 나란히 앉아 있었다.

"어떻게 됐어?"

"문제없지, 풋내기라도 할 수 있는 일인걸."

짐을 옮겨 신자 트럭은 기요와 카토프, 그리고 네 명의 동지—그 가운데 한 명은 아직 제복을 입고 있었다—를 싣고 달렸다. 다른 동지들은 그 자리에서 헤어졌다.

트럭은 이 중국인 거리를 이리저리 달렸다. 엔진 소리도 차가 흔들릴 때마다 덜컹거리는 양철 소리에 지워졌다. 트럭 적재함 측면에는 석유통들이 실려 있었다. 차는 상점이나 지하실, 아파트에 있는 중요 돌격대 지부마다 멈추었다. 그럴 때마다 상자가 하나씩 내려졌다. 상자 옆에는 무기의 분배를 지시한 기요가 쓴 숫자 기호가 적혀 있었다. 그 무기 가운데 약간은 보조적인 전투부대에도 분배되어야만 했다. 트럭은 한곳에 거의 5분도 머무르지 않았다. 이 차로 스무 군데가 넘는 지부를 찾아가야 했다.

지금 와서 두려운 것은 오로지 동지들의 배반뿐이었다. 그러나 정부군 제복을 입은 운전사가 모는 이 요란한 트럭을 누구도 의심쩍게 보지 않았다. 도중에 한 번 순찰병을 만났지만 아무 일도 없었다. '우유 배달부가 되어 시내를 도는 것 같군.' 기요는 속으로 중얼거렸다.

제2부

3월 22일

오전 11시

'이거 곤란한데.' 페랄은 생각했다. 그의 자동차는 부두를 따라 달리고 있었다. 상하이에서 한 대밖에 없는 부아쟁이다. 프랑스 상공회의소 회장은 미국제 자동차를 쓸 수 없게 되어 있었다. 오른편에는 '열두 시간 노동 폐지', '8세 미만 아동의 노동 폐지' 등 한자로 쓰인 깃발이 나부꼈다. 그 아래 수천을 헤아리는 제사 공장 노동자들이 무질서한 속에도 긴장한 빛을 보이며 길바닥 위에 서 있기도 하고, 쭈그리고 앉았거나 누워 있었다. 자동차는 '여직공들에게 앉아 일할 권리를 달라'고 쓰인 큰 깃발 아래 모인 여직공들 곁을 지나갔다. 병기창도 오늘은 텅 비어 있었다. 금속공들이 파업했기 때문이다. 왼편에는 퍼런 누더기 옷을 입은 수천의 선원들이 깃발도 없이 강을 따라 웅크린 채 기다리고 있었다. 시위 군중들이 부두 쪽으로는 부두에서 곧장 거리로 뻗은 한길 저편까지 꽉 들어찼고, 강 쪽으로는 선창가까지 꽉 들어차 육지와 강물의 경계를 가르고 있다. 자동차는 부두를 떠나 되 레퓌블리크 거리로 들어섰다. 이번에는 사방의 거리거리에서 밀려 나와 프랑스 조계의 안전지대로 쏟아져 들어오는 중국인 군중에 둘러싸여 자동차는 더 나아갈 수가 없게 되어 버렸다. 경주마가 가까스로 머리와 목과 앞가슴의 순서로 다른 말들을 앞질러 나가듯이, 군중은 천천히 그러나 쉴 새 없이 자동차를 앞질러 나갔다. 밥그릇 사이로 어린애들의 머리가 보이는 외바퀴 짐수레, 두 바퀴짜리 베이징 짐수레, 인력거, 털북숭이 망아지, 손수레, 60여 명이나 태운 트럭, 살림살이를 속에 넣고 묶은 괴상한 모양의 이불 짐, 거기에 거꾸로 엎은 책상 다리가 비죽이 나와 있다. 그 거대한 이불 짐 속의 책상 다리는 팔처럼 뻗어 있고, 그 끝에는 티티새가 들어 있는 새장이 매달려 있다.

어린애를 업은 계집애들…… 운전사는 겨우 모퉁이를 돌아 옆길로 들어갈 수 있었다. 이쪽 길에도 사람은 많았지만 요란하게 경적을 울려 자동차 앞 몇 미터 밖으로 군중을 쫓을 수 있었다. 잠시 뒤 프랑스 보안국의 거대한 건물에 닿았다. 페랄은 뛰다시피 계단을 올라갔다.

그는 머리를 뒤로 빗어 넘기고 혼색(混色) 양복에 회색 명주 셔츠를 입고 있었지만, 얼굴은 어딘지 그가 아직 청년 시절이었던 1900년대의 모습을 잘 간직하고 있었다. 페랄은 '공업계 거물인 체하는' 사람들을 늘 비웃었으나 그러는 자기는 외교관인 체하고 있었다. 다만 외알 안경을 안 썼을 뿐이었다. 늘어진 입의 선을 더욱 늘어져 보이게 하는, 거의 잿빛이 된 수염은 그의 옆얼굴에 교활하고 잔인한 표정을 주고 있었다. 갈고리처럼 끝이 굽은 코와 뾰족한 턱의 조화에서 박력이 느껴졌다. 그 턱수염이 오늘 아침은 말끔히 깎이질 않았다. 그것은 수도국 종업원들이 동맹파업을 하는 바람에 수돗물이 나오지 않아서, 쿨리가 날라온 석탄분이 많은 물을 쓰느라 비누가 잘 풀리지 않았기 때문이다. 그는 경관들이 경례하는 속을 누비듯이 안으로 사라졌다.

마르샬 보안국장 사무실 안쪽에서 몸집이 크고 사람이 좋아 보이는 중국인 형사가 국장에게 이렇게 묻고 있었다.

"그것뿐입니까, 국장님……."

"그리고 조합을 때려 부수도록 힘써 봐."

마르샬은 이쪽으로 등을 돌린 채 대답했다. "이런 바보 같은 일은 한시바삐 끝내도록 해! 사실은 자네가 파면되어야 할 일이야. 자네 부하 반수가 모두 적과 내통하고 있잖나! 자기 정체를 감추고 있는 반폭도들을 먹여 살리라고 내가 자금을 대주고 있는 건 아냐. 경찰은 놈들에게 알리바이를 제공해 주는 데가 아니란 말이야. 국민당과 내통하고 있는 놈들은 모조리 내쫓아. 그리고 다시는 내가 이런 소릴 되풀이하지 않도록 해주게! 이것 봐, 그렇게 바보처럼 나만 보지 말고 머리를 좀 쓰라고! 내가 자네처럼 부하들의 속도 모르고 있었다면 어떻게 되었겠나. 생각 좀 해봐. 야단났겠지!"

"국장님……."

"됐어, 알았네. 이제 끝났으니 그만 물러가 보게. 뭘 꾸물거리고 있는 거야. 아이구, 이거 페랄 씨 아닙니까. 어서 오십시오."

마르샬은 등을 돌리고 이쪽을 막 향하는 참이었다. 군인다운 생김새였다. 그러나 그것은 그의 어깨보다는 위엄이 없었다.

"수고하는군. 마르샬, 어떻소?"

"철도를 지키기 위해 정부는 수천 명을 동원해야만 합니다. 아시다시피 우리 경찰관을 배치하지 않고서는 한 지방 전체가 들고일어난 폭동에 맞설 수가 없으니까요. 정부가 믿고 있는 단 한 가지는 백계(白系) 러시아인 교관이 지휘하는 장갑차뿐인데, 그들은 꽤 해낼 테니까요."

"소수자가 다수의 바보 놈들에 맞설 수 있다는 한 예로구먼. 그래, 그것도 좋겠지."

"모든 일은 전선의 전투 성과에 달렸습니다. 여기선 지금 폭동이 일어나고 있습니다만, 놈들은 머잖아 혼쭐이 날 겁니다. 왜냐고요? 놈들은 거의 무장을 하고 있지 않으니까요."

페랄은 그저 들으며 기다리는 수밖에 없었다. 이것은 그가 가장 싫어하는 일이었다. 앵글로·색슨이나 일본인 단체의 수뇌들이 페랄과 몇몇 영사관을 통하여, 조계의 큰 호텔마다 가득 차 있는 중개자들과 교섭을 벌이고 있었다. 그것은 아직 결말을 보지 못한 채 늦춰지고 있었다. 오후가 되면 아마도……

상하이가 혁명군의 수중에 들어가는 날에는 국민당도 분명히 민주주의냐, 공산주의냐를 선택해야만 할 것이다. 민주주의라면 좋은 단골손님이다. 회사는 지금까지 체결된 계약이 파기되더라도 이익을 볼 수 있다. 그러나 반대로 상하이가 소비에트화된다면 프랑스·아시아 차관단(借款團)은—동시에 상하이에 있는 모든 프랑스 상업도—망하고 말 것이다. 페랄은 여러 강국들이 마치 영국이 한커우에서 했던 것처럼 자기 나라 거류민들을 포기해 버릴지도 모른다고 생각했다. 그의 긴박한 목적은 군대가 도착할 때까지 어떻게든 상하이를 지켜 내는 것, 그리고 공산주의자들이 제멋대로 날뛰지 못하도록 하는 것 등이었다.

"마르샬, 장갑차 외에 군대가 얼마나 있소?"

"경관대가 2천 명, 보병이 1개 여단입니다."

"그에 대해 입만 까진 놈 말고 능력 있는 혁명가들은?"

"무장한 놈들은 기껏해야 500이나 600명쯤 되겠지요…… 그 밖의 것들은 문제 삼을 것도 못 될 겁니다. 여기서는 병역이라는 게 없으니까 놈들은 총도 쏠

줄 모릅니다. 이 점을 기억하십시오. 2월 폭동 때는 이런 자들이 공산주의자도 포함해서 2, 3천 되었습니다만…… 아마 이번에는 좀 수가 늘었겠죠."

그러나 2월 폭동 때는 정부군이 아직 붕괴되지 않았던 것이다.

마르샬은 말을 이었다.

"그들을 따를 놈이 과연 얼마나 될까요? 그러나 페랄 씨, 단지 그런 표면적인 것만으로는 핵심을 잡지 못합니다. 우선 지도자들의 심리를 파악할 필요가 있습니다…… 사람의 심리라는 건 저도 좀 알고 있습지요. 아시겠지만 중국이란……."

아주 드문 일이긴 하나, 가끔 페랄은 지금처럼 국장의 얼굴을 빤히 쳐다보는 일이 있었다. 그럴 때마다 국장은 틀림없이 입을 다물어 버리는 것이었다. 그것은 경멸이나 짜증스러운 표정이라기보다는 차라리 비판적인 표정이었다. 페랄은 거만한 다소 기계적인 목소리로 '아직도 할 말이 더 있는가?'라고 입 밖에 내지는 않았을망정, 표정은 분명히 그렇게 말하고 있었다. 그는 마르샬이 자기 부하 형사들에게서 얻은 정보를 마치 예민한 자기 통찰력으로 알아낸 듯이 말하는 꼴이 역겨웠던 것이다.

만약 마르샬이 말을 더 계속했더라면 페랄은 '대관절 그게 무슨 소용이란 말인가' 하고 대답했을 것이다. 그는 페랄 앞에서는 꼼짝 못 했다. 페랄과의 서열 관계도 그가 절대 복종할 수밖에 없게 되어 있었다. 인간적인 면에서도, 페랄의 비중이 더 높았다. 그러나 이렇게 거만하고 차가운 태도, 사람을 기계적인 존재로 몰아 버리는 태도, 정보를 보고하는 것이 아니고 개인으로서 이야기하려 하는데 대뜸 말을 끊어 버리는 페랄의 태도는 마르샬도 참을 수가 없었다. 언젠가 이곳에 파견되어 온 국회의원들이, 의회의 위원회에서 실각하기 전에 페랄이 한 행동에 대해서 그에게 들려준 일이 있었다. 연설에 명쾌함과 힘을 주는 그 특징을 페랄은 의회에서 너무나 남용했으므로 동료들은 점차 그를 싫어했다. 즉 페랄은 남의 존재를 무시하는 독특한 재능을 지니고 있었다는 것이었다. 조레스나 브리앙 같은 정치가는 동료들이 자주 잃기 쉬운 개인적인 생명을 대의원들에게 부여해 주었고, 그들 한 사람 한 사람에게 협력을 구하는 듯한 환각을 주었으며, 그들 하나하나를 설득하려는 듯한 인상을 주었다. 생활이나 인간에 대한 공동 경험에 의해 그들을 결속하고 그 공동의 일터 속으로 끌어들이는 기술이 있었다. 이와 반대로 페랄은 다만 사실만을 조합하여 밀고 나가며 "이와 같은 여러 조건에 맞닥뜨려 보면 여러분, 그것은 분명히 어리석은 짓이오……." 라는 식으로 말을 맺었다. 그는 남을 강제하든가 아니면 돈으로 매수했다. 그 버릇은 여기서도 여전하다고 마르샬은 생각했다.

"그럼 한커우는 어떤가?" 페랄이 물었다.

"어젯밤 정보를 받았습니다만, 22만의 실업자가 있는 모양입니다. 그만하면 또 하나의 적군(赤軍)이 충분히 될 수 있죠……."

페랄이 관리하고 있는 세 개 회사의 화물이 벌써 몇 주일째 커다란 부둣가에서 썩고 있었다. 노무자들이 운반을 거부했기 때문이다.

"공산주의자들과 장제스와의 관계에 대해 무슨 정보는 없나?"

"여기 그의 마지막 연설이 있습니다." 마르샬이 대답했다. "저는 연설 같은 걸 별로 믿지 않습니다만……."

"나는 믿어, 적어도 이런 연설은 말이야. 아무튼 믿든 안 믿든 그런 건 아무래도 좋아."

전화벨이 울렸다. 마르샬이 수화기를 들었다.

"페랄 씨, 전홥니다."

페랄은 탁자에 걸터앉았다.

"여보세요, 네, 그렇습니다."

"……."

"그는 당신을 때려눕히려고 몽둥이를 내밀고 있는 거요. 그는 남에게 중재받는 걸 무척 싫어하는 사람이죠. 이것만은 확실해요. 그러니까 문제는 그를 남색가(男色家)로 몰아 공격하든가, 뇌물 먹은 놈으로 몰아 비난하든가 해야 합니다. 그럴 수밖에 달리 도리가 없죠."

"……."

"물론 그는 두 쪽 다 아니죠. 그리고 나로서도 같이 일하는 사람을 실제로 성적 결함이 있다고 해서 인신공격하는 사람처럼 보이고 싶지는 않아요. 어때요, 이만하면 나도 도덕가처럼 보입니까? 자, 그럼 수고하십시오."

마르샬은 구태여 묻지도 않았다. 페랄은 자기 계획에 대해 한마디도 알려 주지 않았으며 또 국제 상업회의소의 가장 유력한 회원들이나 큰 중국 상업 단체

수뇌들과의 모임에서 무엇을 기대하고 있는지를 한 번도 말해 준 적이 없었다. 이것은 사람을 깔보는 태도이기도 하고 또 경솔한 짓이라고도 생각되었다. 보안 국장으로서 페랄이 하고 있는 일을 모른다는 것도 화나는 일이지만, 국장 자리를 잃는 것은 더 기분 나쁜 일이었다.

공화국 프랑스가 마치 자기 집안인 듯한 기분으로 자란 페랄은 르낭이니 베르텔로, 빅토르 위고 같은 노대가들의 호감이 가는 모습을 기억에 남기고 있었다. 저명한 법학자의 아들로 태어난 그는 스물일곱 살에 교수가 되었고, 스물아홉 살 때는 최초의 '프랑스 종합사(綜合史)'라고 할 수 있는 역사 편찬 주임이 되었다. 이어 '푸앵카레 및 바르투를 40세 이전에 장관으로 만든 그런 시대 덕택에' 젊은 나이에도 대의원이 되었다. 그리고 지금은 정치계에서는 실각했지만 프랑스·아시아 차관단의 총재가 되어, 상하이에서는 프랑스 총영사 이상의 세력과 권위를 가지고 있었다. 그는 이 총영사와도 친구였다.

따라서 보안국장은 그를 대하기가 무척 어려웠다. 국장은 장제스의 연설문 사본을 내놓았다.

"나는 5개월 동안에 1800만 피아스터[1]를 소비하여 6개 성(省)을 점령했다. 나에 대해 불만을 품는 자는 이만큼 적은 비용으로 이처럼 큰일을 해낼 수 있는 장군을 달리 찾아봄이 좋을 것이다……."

"돈 문제는 분명히 상하이 점령으로써 해결될 걸세." 페랄은 말했다.

"세관은 매달 700만 피아스터를 그에게 줄 테니, 그만하면 군대 결손을 채울 수가 있지……."

"그렇지요. 하지만 모스크바는 중공의 정치위원들에게 그들 혁명군이 상하이에 들어오기 전에 패주시키라고 지령을 내렸다고 합니다. 그렇게 되면 이 폭동도 결국 실패할 테죠……."

"왜 그런 지령을 내렸을까?"

"장제스를 패배케 하여 그의 권위를 무너뜨리고 그 대신 공산계의 장군을 내세우기 위해서겠죠. 그렇게 되면 그 장군이 상하이 점령의 명예를 차지하게 될 테니까요. 상하이 공격이 한커우 중앙위원회의 동의 없이 계획된 것만은 거의

---

1) 튀르키예의 옛 은화 단위.

확실합니다. 이 정보를 가져온 보고자들은 한결같이 적군(赤軍) 작전 본부에서는 이런 계획에 반대하고 있다고 말하더군요······."

페랄은 정보에 대해 회의적이긴 했으나 흥미를 느꼈다. 그는 연설문 사본을 계속해서 읽었다.

"한커우 중앙 집행위원회는 많은 위원을 잃고 지극히 불완전함에도 여전히 국민당 최고 권위기관으로 자처하고 있다······ 쑨원(孫文) 씨가 당의 협력자로서 공산주의자들을 인정한 사실은 나도 잘 아는 바이다. 나는 결코 그들에게 반대한 일은 없었다. 오히려 번번이 그들의 열성을 칭찬했다. 그런데 지금 그들은 협력자의 지위로 만족하지 않고 지도자를 자처하며 폭력과 오만불손한 태도로 당을 지배하려 하고 있다. 나는 사전에 그들의 참가를 허락할 때, 협정된 범위를 훨씬 뛰어넘는 불손한 의도에 대하여는 단호히 항쟁할 것이라고 경고한 바있다."

이렇게 되면 장제스를 이용하는 것이 가능하다. 현재의 정부는 그 힘과(그 힘도 지금은 군대의 붕괴로 말미암아 상실되어 있었다) 혁명군의 공산주의자들이 부르주아 계급에 주고 있는 공포에 의해서만이 겨우 그 의미를 가지고 있는 데에 지나지 않았다. 따라서 현 정부를 지지하는 데 관심을 가진 사람은 거의 없었다. 그런데 장제스의 배후엔 승리에 의기충천한 군대와 중국의 소부르주아 전체가 있었다.

"그 밖에는 뭐 없나?" 페랄이 큰 소리로 물었다.

"이것뿐입니다."

"고맙네."

페랄은 계단을 내려갔다. 도중에 운동복을 입고 갈색 머리에 표정 없는 오만한 얼굴을 한 미네르바 같은 여인을 만났다. 그것은 때때로 마르샬의 정부 노릇을 한다고 소문난 캅카스 태생의 러시아 여자였다. '네가 사내와 재미 보고 있을 때는 어떤 얼굴을 하는지 좀 보고 싶구나.' 그는 속으로 생각했다.

"이거 실례합니다."

페랄은 허리를 굽히며 그녀 옆을 지나 차에 올랐다. 자동차가 이번에는 군중들의 흐름과는 반대로 인파 속을 헤치고 들어갔다. 이동해 가는 군중의 힘 앞에는 경적을 아무리 요란스럽게 울려 대도 소용이 없었다. 침략자들 때문에 일어나곤 하는 중국 국민의 독특한 소란 앞에는 완전히 무력했다. 흔들리는 채반을 저울대 같은 멜대 양끝에 매달아 어깨에 메고 가는 장사꾼들, 달구지, 당나라 시대를 떠올리게 하는 가마, 불구자와 광주리. 페랄은 불안한 듯이 자동차 안을 들여다보는 숱한 눈들과 마주치며 나아갔다. 그의 금 간 생명이 무너져야 한다면, 그의 자동차 창문에 부딪쳐 오는 이러한 어수선한 절망 속에, 이러한 소동 속에서 무너져야 할 것이다. 그러나 어떠한 부상을 당하면 자기 인생의 의의를 생각하듯이, 페랄은 자기 사업이 위험에 빠져 있는 이 마당에도 사업에 대하여 골똘히 생각하고 있었다. 그리고 그는 자기를 위협하는 위험이 어디에 있는가를 느끼고 있었다. 이번 전쟁도 자기가 택한 것은 아니었다. 인도차이나에서 새로운 판로를 열기 위해 부득이 중국 사업에까지 손을 뻗쳐야만 했던 것이다. 페랄은 여기서는 지구전의 승부를 하고 있었는데, 그의 진정한 목표는 프랑스에 있었다. 그는 이제 더는 기다릴 수 없을 만큼 초조해졌다.

페랄의 큰 약점은 확고한 국가 권력을 배경으로 가지고 있지 않다는 점이었다. 이런 큰 사업의 발전에는 정부와의 협력이 아무래도 필요했다. 그는 젊을 무렵 의회에 있을 때부터 프랑스 정부의 어용(御用) 전기 재료를 제작하던 전력·전기 기구회사의 사장을 지냈고, 부에노스아이레스 항만 재건 공사를 맡았다. 늘 이런 식으로 그는 정부를 상대로 일해 왔다. 이제까지 커미션을 거절하고 주문을 받는다는 거만한 청렴성을 갖고 있던 페랄은 실각 뒤 필요한 정치자금을 아시아 식민지에서 얻을 수 있으리라 기대했다. 그는 새로 도박을 시작하려는 것이 아니라 도박의 규칙을 바꾸려는 것이었다. 그의 형은 그보다 유력한 지위인 국고금 출납소장이라는 자리에 있었다. 페랄은 형의 개인적인 세력을 방패 삼아 프랑스의 강력한 재단 가운데 한 거두로서 머물러 있으면서, 인도차이나 정부가 4억 프랑의 공공 토목 사업을 자기에게 맡기는 것을 승인하도록 했다. 그의 정적들도 그에게 프랑스를 떠날 기회를 주는 것이 되므로 반대하지 않았다. 프랑스 공화국도 이런 문화 사업 계획을 거절할 수는 없었다. 사업은 척척 진행되어, 계획의 수행이 늘 지지부진한 이 지방 사람들을 깜짝 놀라게 했다. 페랄에게는 일을 실행시키는 수완이 있었다. 성공은 꼬리를 물고 이어졌다. 재단은 인도차이나의 공업화에 착수했다. 두 개의 은행(부동산 은행과 농업 은행), 고무·열대 산물·면화·설탕 따위를 원료에서 직접 제품에 이르기까지의 전 과

정을 관리하는 네 개의 물산회사, 탄광·인광(燐鑛)·금광의 세 광업회사와 거기 부속된 암염 채굴회사, 조명과 동력·전기·유리·제지·인쇄 등 다섯 개의 공업회사, 그리고 화물선, 견인선(牽引船), 전차 등 세 개의 수송회사가 잇따라 만들어졌다. 중부 프랑스령 인도차이나 지역에서는 토목회사를 세웠다. 노력과 증오와 어음의 세계에 군림하는 여왕이며, 이익만 오른다면 서로 도우며 공존하고 있는 모든 자매회사에 대하여 어머니가 되기도 하고 산파가 되기도 하는 토목회사. 이 토목회사가 인도차이나 중부 지방의 철도 부설권을 얻게 되었다. 더구나 이 철도 노선은—누가 이런 일을 예상할 수 있었겠는가—페랄 재단 소유지의 대부분을 지나고 있는 것이었다. "모든 게 잘되어 갑니다." 중역회 부회장은 이렇게 페랄에게 말했었다. 그러나 페랄은 아무 말도 없이 수백만의 돈더미를 차곡차곡 사다리처럼 쌓아 올리기에 여념이 없었다. 머잖아 그 사다리를 딛고 올라가서 파리의 정세를 엿보려는 야심을 가지고.

주머니마다 새로운 중국 회사 설립 계획서를 가지고 다니면서도 페랄의 생각은 늘 파리로 달리고 있었다. 아바스 통신사를 매수하든가 아니면 특약을 맺어 용의주도하게 활동, 프랑스 정부 부서 내의 유력한 지위를 차지한 다음 정부와 매수된 여론을 한데 합쳐서 의회에 맞서자고 생각하고 있었다. 그렇게만 되면 엄청난 권력이다. 그러나 지금은 그런 꿈이 문제가 아니었다. 그의 인도차이나에서의 기업의 눈부신 발전은 페랄 재단을 양쯔강 유역의 상업적 침략전 속에 송두리째 휘몰아 넣고 말았다. 장제스는 혁명군을 이끌고 상하이로 진군하고 있었고, 시시각각으로 늘어나는 민중은 그가 탄 자동차의 문 앞으로 밀어닥치고 있었다. 프랑스·아시아 차관단이 중국에서 소유 내지 관리하고 있는 회사 가운데 손해를 입지 않은 회사는 하나도 없었다. 홍콩에 있는 조선회사는 항해의 불안 때문에, 또 그 밖의 모든 분야, 이를테면 토목·건축·전기·보험·은행 등의 여러 사업은 전쟁의 불길과 공산주의의 위협 때문에 손해를 입고 있었다. 이 회사들이 수입한 것은 홍콩이나 상하이의 창고에 저장된 채 그대로 잠겨 있었다. 수출할 것은 한커우의 창고 속에서 썩고 있었는데, 때로는 부두에 그대로 쌓여 있는 적도 있었다.

자동차가 멎었다. 중국 민중들은 평소에 무척이나 시끄러운데, 갑자기 주위가 잠잠해져 세계의 종말이라도 온 것 같았다. 대포 소리가 들렸다. 혁명군이 벌써 이렇게 가까이까지 온 걸까? 아니다. 그것은 정오를 알리는 포 소리였다. 군중은 멀어져 갔다. 그런데도 자동차는 움직이지 않았다. 페랄은 통화관(通話管)을 들었다. 대답이 없다. 이미 운전사도 하인도 없었다.

페랄은 군중들이 느릿느릿 주위를 걸어가는 모습을 멈추어 버린 자동차 안에 앉아 멍하니 넋을 잃고 보고 있었다. 바로 앞에 내다보이는 상점 주인이 커다란 문짝을 메고 나왔다가 돌아설 때 하마터면 자동차의 유리를 부술 뻔했다. 가게 문을 닫는 판이다. 오른쪽에서도 왼쪽에서도 맞은편에서도 모두 상점 주인이나 직공들이 글자가 가득 적혀 있는 문짝을 메고 나왔다. 총파업이 시작된 것이다.

그것은 홍콩의 총파업과는 달랐다. 천천히 시작되어 비장하고 침울한 색채를 띠고 있던 그 홍콩의 파업과는 딴판이었다. 이것은 마치 군대의 연습 같았다. 멀리까지 보아도 문을 열어 놓은 상점은 하나도 없었다. 이곳을 될 수 있는 대로 빨리 떠나야 한다. 페랄은 자동차에서 내려 인력거를 불렀다. 그러나 인력거꾼은 대답도 하지 않았다. 인력거꾼은 버려진 자동차와 거의 혼자만이 남겨진 차도 위를 큰 걸음으로 달려갔다. 군중들은 보도 쪽으로 물러간 참이었다. '자식들, 기관총을 무서워하는구나.' 페랄은 생각했다. 아이들은 노는 것을 멈추고, 보도를 바삐 지나가고 있는 혼잡한 사람들의 다리 사이로 줄달음치고 있었다. 멀리 떨어진 것 같기도 하고, 바로 가까이 느껴지기도 하는 숱한 생명들의 가득 찬 침묵. 그것은 곤충들로 가득 찬 숲속의 침묵 같았다. 갑자기 순양함의 사이렌이 울렸다가 천천히 사라졌다. 페랄은 두 손을 주머니에 찌른 채 턱과 어깨를 앞으로 내밀고 자기 집을 향해 총총히 걸어갔다. 두 개의 사이렌이 한꺼번에, 방금 꺼진 사이렌보다도 한 옥타브 높은 음으로 울려왔다. 마치 이 침묵 속에 숨어 있는 어떤 거대한 짐승이 자기가 가까이 왔음을 알려 주기라도 하는 것처럼. 온 도시가 때를 기다리며 숨죽이고 있었다.

오후 1시

"5분 전이야." 첸이 말했다.

그의 대원들은 기다리고 있었다. 모두 푸른 옷을 입은 제사 공장의 방직공들이었다. 첸도 그들과 같은 옷을 입고 있었다. 다들 면도를 하였고, 한결같이 마른 얼굴이었으나 모두가 늠름했다. 첸이 선택하기 전에 이미 죽음이 선택을 해 버린 것이다. 두 명이 총구를 아래로 향한 채 총을 옆구리에 끼고 있었다. 일곱 명은 산둥호에서 약탈해 온 권총을 들고 있었다. 한 명은 수류탄을 손에 들고, 그 밖의 몇 명은 주머니에 감추고 있었다. 30명쯤의 사람들이 저마다 칼이나 곤봉이나 총검 따위를 들고 있었다. 무기가 없는 여남은 명은 누더기와 석유통, 철사 뭉치 등을 쌓아 올린 더미 옆에 쭈그리고 앉아 있었다. 한 청년이 자루 속에서 대가리가 큰 왕못을 씨앗이라도 가려내듯 꺼내면서 중얼거렸다. "이건 정말 말편자보다도 긴걸……." 꼭 '기적의 광장'[2]을 방불케 하는 이곳, 그러나 여기 있는 사람은 모두 오로지 증오와 결의 밑에 모여 있는 것이었다.

첸은 그들과 똑같은 무리는 아니었다. 그렇게 살인을 했고 이렇게 함께 어울려 있긴 하지만, 만일 오늘 죽는다면 그는 혼자 외로이 죽을 것이다. 그들에게 문제는 간단했다. 그들은 자기들의 빵과 인간으로서의 존엄성을 획득하러 가는 것이다. 그러나 첸은…… 그들의 고통을 알고 함께 싸운다는 것 말고는 그들에게 말조차 할 수 없었다. 하여간 그가 알고 있는 것은 자기와 이들을 이어 주는 가장 강한 인연이 싸움이라는 것이다. 그런데 그 싸움이 바야흐로 눈앞에 닥쳐온 것이었다.

그들은 자루를 걸머지고, 석유통을 손에 들고, 철사는 옆에 끼고 일어섰다. 비는 아직 오지 않았다. 앞으로 일어날 일을 본능적으로 예감이라도 한 듯이 개 한 마리가 두어 번 껑충 뛰며 길을 건너갔다. 이 인적 없는 거리의 침울함은 주위를 덮고 있는 침묵처럼 한없이 깊었다. 가까운 거리에서 총성이 다섯 발 울렸다. 세 발이 한꺼번에, 그리고 한 발, 또 한 발. "드디어 시작되는군." 첸은 말했다. 다시 침묵이 흘렀다. 그러나 얼마 전의 침묵과는 어딘지 다르게 느껴졌다. 점점 가까워지는 다급한 말발굽 소리가 침묵을 깨뜨렸다. 그들 눈에는 아무것도 보이지 않았으나, 마치 천둥소리가 길게 울리다가 번쩍하고 번개가 하늘을 찢어 놓듯이 무서운 소음이 갑자기 거리를 메웠다. 소란한 고함 소리, 소총 소리, 울부짖는 말 울음소리, 와르르 무너지는 소리…… 그러고는 다시 소음이 가라앉아 질식할 듯 답답한 침묵이 맴돌더니, 갑자기 개가 울부짖는 듯한 비명

---

2) 중세기 파리에 거지들이 모여 있던 거리.

소리가 들려왔다. 누군가 목이 졸려 죽은 것이다.

그들은 내달려서 몇 분 뒤에 가장 중요한 거리에 다다랐다. 어느 가게나 다 문이 닫혀 있었다. 땅 위에는 시체 세 구가 나뒹굴고 있었다. 그 위 전선 사이로 보이는 불안한 하늘에 검은 연기가 나부끼고 있었다. 길가에 20명쯤의 기병(상하이에는 기병이 매우 적었다)이 바쁘게 돌아다니고 있었으나, 무기를 가진 폭도가 벽에 찰싹 달라붙어 자기들을 바라보고 있는 줄은 전혀 모르고 있었다. 첸은 그들을 공격할 엄두가 나지 않았다. 그의 부하는 너무도 무장이 허술했다. 그들은 오른쪽으로 꺾어 이윽고 경찰서에 다다랐다. 보초를 서고 있던 경관들은 순순히 첸의 뒤를 따라 안으로 들어갔다.

경관들은 소총과 모제르 총을 총가(銃架)에 걸어 둔 채로 트럼프를 하고 있었다. 그들을 지휘하고 있던 하사관이 창문을 열고 어두운 안마당을 향해 고함을 질렀다.

"다들 들어라! 너희들은 우리가 폭력에 희생되었다는 것을 본 증인이다. 우리가 어쩔 수 없이 폭력에 굴복했다는 것을 너희들은 보았을 것이다!"

그렇게 말하고 그는 창문을 닫으려고 했다. 첸은 창문을 못 닫게 하고 안을 들여다보았다. 안마당에는 아무도 없었다. 그러나 이것으로 하사관의 체면은 선 것이다. 극적인 대사를, 알맞은 시기를 택해 외친 셈이다. 첸은 자기 나라 사람들을 잘 알고 있었다. 이런 '역할을 완수한' 이상 이 사나이는 다른 행동은 하지 않을 것이다. 그는 무기를 분배했다. 대원들은 이번에는 모두 무장한 채 떠났다. 무장이 해제된 조그만 경찰서를 점령하고 있는 일은 무의미했다. 경관들은 머뭇거리고 있었다. 그중에서 경관 셋이 일어서더니 뒤를 따르겠다고 했다. '약탈을 하려는 건지도 모르지…….' 첸은 그렇게 생각하고 그들을 겨우 떼어 놓았다. 다른 경관들은 화투장을 모아 다시 노름을 시작했다.

"만일 저놈들이 이기면 아마 이번 달은 월급을 받을 수 있겠지?" 그 가운데 한 명이 말했다.

"그렇겠지……." 하사관이 대답하며 화투장을 돌렸다.

"하지만 놈들이 지면, 아마 우리는 배신자로 몰릴 테지?"

"그렇지만 우리는 어쩔 수 없지 않았나? 우리는 힘에 굴복한 거야. 우리가 배신하지 않았다는 것은 우리 모두가 증인이 아닌가."

그들은 생각에 잠겨 있는 가마우지처럼 목을 움츠리면서 우두커니 사색에 잠겨 있었다.

"우리에겐 아무 책임도 없어." 그 가운데 한 명이 말했다.

모두 그 말에 동의했다. 그러면서도 그들은 노름을 계속하기 위해 일어나 이웃 가게로 들어갔다. 가게 주인도 그들을 쫓아낼 만한 용기는 없었다. 뒤에는 쌓인 제복만이 경찰서 한복판에 남아 있었다.

첸은 기쁨에 설레면서도 한편 경계심을 가지고 시가 중심지에 있는 한 경찰서를 향해 나아갔다. '모든 게 잘되어 가는군.' 그는 속으로 중얼거렸다. '하지만 그놈들도 우리나 다름없이 가난하잖은가…….' 백계 러시아인과 장갑차에 있는 병사들은 싸울 테고, 장교들도 역시 싸울 것이다. 낮게 드리운 하늘에 짓눌린 듯이 멀리서 은은하게 들리는 포성이 도심지 쪽에서 공기를 뒤흔들고 있었다.

네거리에 이른 첸 일행은—이제는 석유통을 가진 무리들까지도 다 무장하고 있었다—잠시 머뭇거리면서 둘레를 살펴보았다. 순양함과 상품을 부릴 수 없는 상선에서는 검은 연기가 뭉게뭉게 솟아 나오고 있었고, 후텁지근한 바람이 그 연기를 그들이 행진하는 방향으로 날려 보내고 있었다. 마치 하늘도 폭동에 가담하고 있는 것처럼. 이번 경찰서는 원래 호텔이었던 붉은 벽돌의 2층 건물이었다. 입구 양쪽에 한 명씩 보초 두 명이 총 끝에 총검을 꽂고 서 있었다. 첸은 특별 경찰(정치경찰)이 사흘 전부터 갑자기 비상 소집된 일과, 그 경관들이 잠잘 틈도 없는 경계근무로 인해 지칠 대로 지쳐 있다는 것을 알고 있었다. 이곳에는 장교들과, 많은 봉급을 받고 있는 모제르 총을 가진 50여 명의 경관 및 10명의 병사가 있었다. '살아 있어야 한다. 적어도 앞으로 일주일 동안은 살아 있어야 한다!' 첸은 길 한쪽 구석에 멈춰 서 있었다. 무기는 틀림없이 사관실 앞에 있는 위병소 안 아래층 오른쪽 방의 총가에 있을 것이다. 첸과 동지 두 사람은 이 한 주일 동안에 여러 번 이곳에 와보았다. 그는 장총을 갖지 않은 대원 열 사람을 골라 권총을 작업복 밑에 감추게 하고 그들과 같이 걸어 나갔다. 길모퉁이를 돌자 보초들은 그들이 다가오는 것을 보았다. 보초들은 지금까지 너무나 모든 것을 경계해 왔으므로 이젠 오히려 경계심이 느슨해져 있었다. 노동조합 대표자들이 장교에게 교섭하러 오는 것은 자주 있는 일이었다. 그것은 대개 장교에게 슬쩍 금품을 쥐어 주는 일이었으며 많은 사람들의 보증이 필요하였다.

"슈메이 중위님을 만나러 왔습니다." 첸이 말했다.

여덟 명이 통과하는 사이에 나중 두 명은 슬쩍 떼밀려 나간 체하며 보초와 벽 사이로 끼어들었다. 앞장선 사람들이 복도에 들어서자마자 보초들은 옆구리에 와 닿아 있는 권총 끝을 알아차렸다. 그들은 꼼짝없이 무장이 해제되었다. 비참한 동료들에 비하면 많은 봉급을 받고 있다고는 하나, 목숨을 걸 만큼 액수가 많지는 않은 모양이었다. 첫 그룹에 가담하지 않고, 그저 행인 행세를 하고 있던 첸의 부하 네 명이 보초들을 벽을 따라 데리고 갔다. 창문으로는 이런 광경이 전혀 보이지 않았다.

첸은 복도에서 총가에 총이 걸려 있는 것을 보았다. 위병소에는 자동 권총을 가진 경관 여섯 명이 있을 뿐이었다. 그리고 그 권총은 허리에 찬 권총집에 들어 있었다. 첸은 권총을 뽑아 들고 총가 앞으로 뛰어나갔다.

만일 경관들이 과감하게 반격했더라면 이 공격은 실패했을 것이다. 첸은 이 장소를 잘 알고 있었지만, 부하 한 사람 한 사람에게 각각 겨누어야 할 상대를 지시할 만한 시간적 여유는 없었다. 그러므로 경관 한두 명쯤은 권총을 쏠 수도 있었던 것이다. 그러나 다들 손을 들고 말았다. 곧 무장을 해제했다. 첸의 다른 부하들이 한 떼 들어왔다. 여기서 또 경관들의 무기를 분배했다.

'지금 상하이에서는 200개의 그룹이 우리와 똑같은 행동을 하고 있다. 모두 우리처럼 잘해 준다면……' 첸은 생각했다. 그가 세 자루째의 총을 집는 순간 계단 쪽에서 요란스러운 발소리가 들려왔다. 누군가가 계단을 뛰어 올라가고 있었다. 첸은 나가 보았다. 그가 문밖으로 한 발짝 내디뎠을 찰나 총알이 한 발 2층에서 날아왔다. 그러나 벌써 사람의 모습은 없었다. 장교 한 명이 2층에서 내려오다가 폭도들의 모습을 보고 한 발 쏘고는 2층으로 달아나 버린 것이다.

바야흐로 전투는 시작되려 하고 있었다.

2층 층계참 한가운데 있는 한 문에서는 계단을 내려다볼 수 있었다. 동양식으로 사자(使者)를 보내 볼까? 첸은 자기 자신이 지니고 있는 중국적인 양식(良識)은 모두 혐오하고 있었다. 그렇다고 해서 이 계단으로 공격을 감행하는 것은 자살 행위이다. 경관들은 틀림없이 수류탄을 가지고 있을 것이다. 기요가 모든 그룹에 전달한 군사위원회의 지령은, 국부적인 실패가 있을 때에는 불을 지른 뒤 근처 가옥에 집결하여 특별 행동대의 원조를 받으라는 것이었다.

"불을 질러라!"

석유통을 든 부하들은 재빨리 기름을 쏟아부으려고 했다. 그러나 구멍이 작아서 찔끔찔끔 조금씩밖에 나오지 않았다. 그래서 벽 옆에 있는 가구에 천천히 부어야만 했다. 첸은 창으로 사방을 살펴보았다. 정면에는 문을 닫은 상점들이 있고, 경찰서 문을 내려다보는 몇 개의 좁은 창문 위에는 중국 가옥 특유의 낡고 흰 지붕들이 있으며, 한 가닥의 연기도 없는 회색 하늘과 인적이 없는 거리 위로 낮게 드리운 하늘의 끝없는 정적이 있었다. 이곳에서는 모든 인간의 투쟁 따위가 아주 어리석은 짓으로 생각되었다. 생명 앞에는 아무것도 존재하지 않았다. 문득 제정신으로 돌아오는 순간 유리창이 일제 사격의 총성에 뒤섞여 수정이 부서지는 듯한 소리를 내며 깨어지는 것을 보았다. 문밖에서 사격해 온 것이었다.

다시 일제 사격. 그들은 지금 휘발유가 흐르고 있는 이 방 안에서, 2층을 차지하고 전투 준비에 들어간 경관들과 눈에 보이지 않는 새로운 공격자들에게 협공당하고 있었다. 첸의 부하는 모두 배를 깔고 엎드렸고, 포로들은 방 한구석에 묶여 있었다. 이곳에 수류탄이라도 한 발 터진다면 그들은 모두 타 죽을 판이다. 엎드려 있던 부하 한 명이 손가락으로 한 지점을 가리키면서 중얼댔다. 그곳 지붕 위에 저격수 한 명이 보였다. 그리고 창문 왼쪽 끝에 등 돌린 어깨 하나가 보이더니 이윽고 다른 편의대원(便衣隊員)들이 조심스레 모습을 나타냈다. 그런데 그들은 반도로서, 첸의 동지들이었다.

'저런 바보 같은 놈들, 정찰병도 보내지 않고 사격을 해오다니!' 첸은 속으로 중얼거렸다. 그는 주머니 속에 국민당의 청천백일기를 갖고 있었다. 그것을 꺼내 들고 복도로 뛰어나가 한 발짝 내딛는 순간 허리께에 맹렬하면서도 둔한 타격을 받았다. 동시에 무서운 폭음이 배 속까지 울렸다. 몸의 중심을 잡으려고 그는 팔을 힘껏 뒤로 뻗었다. 그러자 다음 순간 얻어맞은 것처럼 마루 위에 팽개쳐져 있는 자신을 발견하였다. 그다음에는 아무 소리도 들리지 않았다. 그러더니 쇳조각이 떨어졌다. 거의 같은 순간에 사람의 신음이 연기와 함께 복도로 흘러나왔다. 첸은 일어섰다. 아무 데도 상처는 입지 않았다. 비틀거리면서 난데없는 폭발로 열린 문을 반쯤 닫고 그 사이로 왼손으로 깃발을 들어 밖으로 내밀었다. 만약 손에 총알을 맞았다 해도 그는 놀라지 않았을 것이다. 그런데 갑자기 환성이 일어났다. 창문으로 서서히 빠져나가는 연기 때문에 왼편에 있는 포로들의 모습은 보이지 않았지만, 오른쪽에 있는 폭도들이 첸을 부르고 있었다.

두 번째 폭발이 하마터면 그를 쓰러뜨릴 뻔했다. 포위된 경관들이 2층 창문으로 수류탄을 던진 것이다. '그들은 창문을 열고도 어떻게 길 쪽에서 쏘아 대는 사격을 맞지 않았을까?' 첸을 마루에다 내던져 버린 맨 처음 수류탄은 집 앞에서 터졌으므로, 열린 문으로 파편이 들어와 마치 위병소 안에서 터진 것처럼 창문을 산산이 날려 버렸던 것이다. 죽음을 모면한 몇몇 부하들은 이 폭발 소리에 놀라 밖으로 뛰쳐나왔으나 연기는 그들의 몸을 숨겨 주기엔 모자랐다. 창문으로 쏘아 대는 경관들의 총알에 맞아 두 명이 마치 토끼처럼 무릎을 가슴에 구부려 붙인 채 길 한복판에 쓰러졌다. 또 한 사람은 얼굴이 온통 피투성이가 되어 마치 코피라도 흘리는 것처럼 보였다. 편의대원들은 이미 자기편이라는 것을 알아보았다. 그러나 첸을 부르는 그들의 몸짓을 보고, 장교들은 누군가가 밖으로 나오려 한다는 것을 알아차렸다. 그때 두 번째 수류탄이 날아왔다. 수류탄은 첸의 왼쪽 도로에서 터졌다. 그러나 벽이 그를 막아 주었다.

첸은 복도에서 위병소를 살펴보았다. 연기가 천장에서 서서히 곡선을 그리며 내려오고 있었다. 마룻바닥 위에는 피투성이가 된 시체 몇 구가 뒹굴고 있었다. 마룻바닥에서 흘러나오는 강아지 울음소리 같은 신음이 온 방 안에 가득 차 있었다. 한편 구석에선 발을 묶인 포로 하나가 자기편을 향해 "던지지 마라!"고 울부짖고 있었다. 숨이 넘어가는 듯한 그 비명은, 인간의 고통을 내려다보며 마치 눈에 보이는 숙명처럼 냉담한 곡선을 그리고 있는 연기에 구멍을 뚫고 있는 것 같았다. 다리를 묶인 채 비명을 지르고 있는 이 사나이를 이대로 묶어 둘 수는 없었다. 그러나 세 번째 수류탄이 이제라도 터지지 않을까? '알 게 뭐야, 사실 저놈은 적인데.' 첸은 속으로 생각했다. 하지만 그의 다리는 파편으로 엉망이 되어 있었으며 더구나 묶여 있는 것이다. 이때 느끼는 첸의 감정은 연민보다도 훨씬 강렬한 것이었다. 자기 자신이 바로 손발을 묶인 그 사나이였다. '만일 수류탄이 밖에서 터진다면 배를 깔고 엎드리자. 만일 그것이 이리로 굴러들어 온다면 재빨리 되던져 주자. 살아 나갈 가망은 거의 없다. 나는 여기서 무엇을 하고 있는 건가? 도대체 무엇을 하고 있는 건가?' 죽는다는 것은 문제가 아니다. 복부에 부상을 당할지 모른다는 게 마음에 좀 걸린다. 그러나 그 불안도 손발을 묶인 채 괴로워하고 있는 사나이를 보는 것보다는, 이렇게 고통 속에서 인간의 무력함을 느끼는 것보다는 낫다. 첸은 밧줄을 끊어 주려고 단도를 손에 들고 사나이에게 다가갔다. 포로는 자기를 죽이러 오는 줄로만 알았는지 더 큰 소리로 악을 쓰려 했다. 그러나 그 목소리는 숨넘어가듯 점점 가늘어졌다. 첸은 피가 끈적끈적하게 묻은 옷에 찰싹 달라붙은 왼손으로 상대방의 몸을 더듬었다. 그러면서도 부서진 창문에서 눈을 뗄 수는 없었다. 그곳으로 수류탄이 날아들어 올지도 모른다. 겨우 밧줄이 손끝에 닿았다. 단도를 그 밑으로 디밀고 뚝 끊었다. 사나이는 죽었는지, 아니면 정신을 잃었는지 이제 소리를 지르지도 않았다. 첸은 연방 깨진 창문 쪽을 쳐다보면서 복도로 되돌아왔다. 주위의 냄새가 변했음을 알고 그는 놀랐다. 이제야 겨우 귀가 들리기 시작하여, 부상자들의 신음이 비명으로 바뀐 것을 알았다. 살펴보니 방 안에서 휘발유에 젖은 나뭇조각들이 수류탄 폭발로 불이 붙어 타고 있었다.

물이라고는 없었다. 반도들이 이 경찰서를 점령하기 전에 부상자들은 (이제는 포로 따위는 문제가 아니었다. 그는 자기편 일만을 생각했다) 새까맣게 타 죽을 것이다…… 나가야 한다! 어떻게든지 나가야 한다! 우선 냉정히 생각해야 한다. 될 수 있는 한 지나친 행동은 하지 않도록. 온몸은 와들와들 떨렸지만 도망쳐야겠다는 일념으로 가득 찬 첸의 머리는 총명을 잃지 않고 있었다. 왼쪽으로 가야만 한다. 왼쪽으로 가면 현관에 몸을 숨길 수 있다. 그는 오른손으로 문을 열고, 왼손으로 자기편에게 잠자코 있으라는 신호를 했다. 2층에 있는 적들에겐 그의 모습이 보이지 않을 것이다. 반도들의 태도로 복도의 양상을 짐작할 뿐이다. 첸은 자기편의 모든 시선이, 열린 문과 복도의 어두컴컴한 배경 위에 떠오른 자기의 푸른 그림자 위로 쏠리고 있음을 느꼈다. 그는 왼쪽으로 조금씩 움직였다. 등을 찰싹 벽에 붙이고, 팔을 십자로 벌린 채 오른손엔 권총을 들고 있었다. 한 걸음씩 나아가면서 머리 위의 창문을 살폈다. 그 가운데 한 창문은 마치 차양처럼 튀어나온 철판으로 가려져 있었다. 그러므로 반도들이 아무리 창을 향해 사격을 해도 허사였다. 그 안에서 차양 밑으로 수류탄을 던진 것이다. '만약 놈들이 또 던진다면 아마 수류탄과 팔까지도 보이겠지.' 첸은 여전히 움직이면서 생각했다. '수류탄이 보이거든, 그것을 짐처럼 받아서 될 수 있는 한 멀리 던져 주자……' 그는 여전히 게걸음을 계속하고 있었다. '그리 멀리 던질 수도 없을 것이다. 복부에 파편을 맞을는지도 모른다……' 그는 여전히 옆으로 움직이고 있었다. 지독하게 코를 찌르는 타는 냄새와 함께 기대고 있던 벽이 갑자기 없어졌으므로, (그는 뒤를 돌아다보지 않았다) 아래층 창문 앞을 지나가고 있다는 것을 알았다. '수류탄을 줍거든 터지기 전에 위병소 안에 던져 버리자. 창문 앞만 지나가면 벽이 두꺼우니까 나는 살 수 있을 것이다.' 위병소에 사람이 있어도 상관없다. 밧줄을 끊어 준 그 사나이가 있건, 또 우리 편 부상자들이 있건 문제가 아니다. 반도들의 모습은 연기 사이로는 보이지 않았다. 왜냐하면 그는 차양에서 눈을 뗄 수 없었기 때문이다. 그러나 자기를 찾고 있는 눈초리가 있음을 계속 느끼고 있었다. 창문을 향해 사격이 이어지고 있어 방해가 된다고는 하나, 무슨 일이 진행되고 있기에 경관들이 이를 알아차리지 못하고 있는 것일까. 틀림없이 남은 수류탄이 얼마 없으니까 던지기 전에 목표물을 신중하게 겨냥하려는 것이라는 생각이 문득 머리에 떠올랐다. 그러자 마치 이 생각이 어느 그림자에서 생겨난 듯이 머리 하나가 차양 밑으로 나타났다—그것은 반도들에겐 보이지 않았지만 첸에겐 잘 보였다. 그러자 그는 본능적으로 지금까지의 자세를 버리고, 눈어림한 곳에 한 발을 쏘고는 앞으로 뛰어나가 잽싸게 현관 밑으로 들어갔다. 창문으로 일제 사격이 불을 뿜었다. 수류탄이 그가 금방 떠나온 자리에서 터졌다. 첸이 쏜 총에 맞지 않은 경관은 두 번째 총알이 날아올까봐 두려워 수류탄 쥔 손을 차양 밑으로 내밀기를 망설이고 있었다. 첸은 왼팔에 약간 타격을 받았다. 이것은 탕옌다를 죽이기 전에 단도로 찔러 생긴 팔의 상처가 공기의 진동으로 찢어진 것이다. 상처에서 피가 흘러나왔다. 그러나 아프지는 않았다. 첸은 손수건으로 상처를 꽉 졸라매고 뜰을 가로질러 반도들 틈에 끼었다.

공격을 지휘하고 있던 반도들은 몹시 어두운 골목길에 모여 있었다.

"아니, 정찰병을 보낼 수 없었나?"

돌격대의 지휘자는 면도를 하고 소매가 짧은 양복을 입은 후리후리한 키의 중국인이었다. 그는 그림자처럼 다가오는 첸을 보고 어쩔 수 없었다는 듯 눈썹을 천천히 추켜올렸다.

"전화를 걸어 사람을 보냈어요." 그는 짧게 대답했다. "우리는 지금 장갑차를 기다리고 있는 중입니다."

"다른 그룹의 성과는 어떤가?"

"시내 경찰서의 절반은 점령했습니다."

"그것뿐인가?"

"그것만으로도 괜찮은 전과입니다."

멀리서 들려오는 총소리는 북쪽 정거장을 향한 동지들의 진격이었다.

첸은 마치 물속에서 바람 부는 가운데로 나온 사람처럼 크게 심호흡을 했다. 그는 벽에 기댔다. 이 벽 모퉁이가 총탄을 막아 주고 있었다. 조금씩 숨이 가라앉자, 자기가 줄을 끊어 주었던 그 포로를 떠올렸다. '그대로 내버려 둬도 그만인 것을, 왜 밧줄을 풀어 줬을까? 그렇게 해봤자 결국 마찬가지가 아닌가?' 이제라도 그는 다리를 잘린 채 밧줄에 묶여 몸부림치던 그 사나이의 모습을 머릿속에서 지울 수 있을 것인가? 자기 상처를 보자 첸은 탕옌다를 생각했다. 어젯밤부터 오늘 아침까지 나는 왜 그렇게 바보 같았을까? 사람을 죽이는 것만큼 간단한 일은 없는데.

경찰서 안에서는 파편들이 여전히 타고 있었다. 불길이 가까워지자 부상자들은 비명을 질러 댔다. 이렇게 끊임없이 되풀이되는 울부짖음이 지붕이 낮은 이 골목길에 메아리치고 있었다. 총소리와 사이렌 소리 등 전쟁의 온갖 소음이 음울한 대기 속으로 멀리 사라진 지금 그 울부짖음은 이상하리만큼 가까이 들렸다. 철판이 덜컹거리는 소리가 점점 가까워져 부상자들의 비명을 덮어 버렸다. 철판을 덧댄 화물차가 다가왔다. 밤사이에 서투르게 장갑차로 꾸민 것이다. 철판은 덜컹덜컹 소리를 내고 있었다. 차가 멈춰 서자 요란한 소음이 그치고, 다시 그들의 울부짖음이 들려왔다.

그곳에 있는 사람들 가운데 경찰서에 들어갔다 나온 유일한 사람인 첸은 구조대의 지휘자에게 정세를 보고했다. 이 지휘자는 원래 광둥에 있는 황푸〔黃埔〕군관학교 출신이었다. 첸은 가능하다면 부르주아 출신의 청년들로 구성된 이 그룹보다는 카토프의 그룹이 와주었으면 하였다. 무릎을 가슴에다 꺾어 붙이고 길 한복판에 쓰러진 동료들의 죽음을 보아도 그는 동지들과 완전히 한마음이 될 수는 없었지만, 그래도 자기가 언제나 중국의 부르주아 계급을 증오하고 있다는 것은 알고 있었다. 프롤레타리아는 적어도 그의 희망의 한 전형〔典型〕

이었다.

사관은 자기 할 일을 잘 알고 있었다. "장갑차에서 쏠 수는 없어. 지붕도 없는걸 뭐. 놈들이 수류탄을 던지면 단번에 날아가 버릴걸. 하지만 우리도 수류탄은 있어." 그는 말했다. 수류탄을 가진 첸의 부하들은 위병소 안에 있었다—모두 죽어 버렸나?—그리고 둘째 그룹 사람들은 그것을 손에 넣을 수 없었던 것이다.

"위에서부터 해보지."

"그럽시다."

첸은 말했다.

사관은 성난 얼굴로 그를 쳐다보았다. 첸에게 의견을 물은 것이 아니었다. 그러나 그는 아무 말도 하지 않았다.

구둣솔 같은 머리에 짧은 콧수염을 기른 사관은 평복을 입고 있기는 했지만, 꼭 군인처럼 윗옷을 권총 혁대로 꽉 졸라매고 있었다. 첸은 딱 벌어진 작달막한 몸에 푸른 옷을 입고 있었다. 두 사람은 경찰서의 동정을 살펴보았다. 문 오른쪽에서는 부상한 동지들에게 서서히 다가가는 불길의 연기가, 그들의 울부짖음과 같은 리듬을 타고 기계처럼 규칙적으로 흘러나오고 있었다. 그 끊임없는 울부짖음은 그 참혹한 여운만 없었더라면, 마치 어린아이의 그것처럼 들렸을 것이다. 왼쪽에는 아무 이상도 없었다. 2층 창문은 가려져 있었다. 때때로 습격자들이 창문을 향해 총을 쏘아 댔다. 그럴 때마다 흩어져 내려오는 파편은 길 위에, 벽토(壁土)며 뾰족한 나뭇조각이며 막대 등이 섞인 먼지를 뿌옇게 일으켰다. 깨진 유리 조각이 흐린 날씨에도 반짝거리고 있었다. 경찰서에서는 이제 반도가 숨은 곳에서 밖으로 나올 때에만 사격을 하고 있었다.

"다른 곳의 성과는 어떤가요?" 첸은 다시 물어보았다.

"경찰서는 거의 다 점령했소. 본서는 1시 반에 기습하여 점령했고 거기선 소총 800정을 뺏었소. 이젠 저항하는 놈들을 해치우러 증원을 보낼 수도 있단 말이오. 당신네들은 우리가 구원한 세 번째 그룹이오. 놈들 쪽은 구원을 받을 가망이 없소. 병영, 남(南)정거장, 병기창을 우리 쪽에서 모조리 포위해 버렸으니까. 그러나 여길 어떻게 빨리 해치워야지. 공격을 하려면 될 수 있는 한 많은 사람이 필요하니까. 그리고 이곳을 끝내면 다음은 장갑열차요."

200개의 그룹이 자기 그룹과 똑같은 행동을 하고 있다는 데 생각이 미치자 첸의 마음은 한껏 들떠 오르면서도 어수선했다. 훈풍을 타고 도시의 사방에서부터 총성이 들려오는데도, 눈앞의 처참한 광경을 보니 여기서만 싸움이 벌어지고 있는 것 같은 느낌이 들었다.

　한 사나이가 트럭 안에서 자전거를 내리더니 그걸 타고 떠나 버렸다. 그 사나이가 자전거에 올라타는 순간에야 첸은 그가 누군가를 알아보았다. 유력한 선동자로 알려진 마(馬)였다. 그는 군사위원회에 정세 보고를 하려고 떠난 것이다. 인쇄공인 마는 열두 살 때부터 중국의 모든 인쇄공을 규합하겠다는 희망을 품고 곳곳에서 인쇄공 조합을 만드는 데 한평생을 바쳐 왔다. 그는 기소되어 사형을 선고받았으나 탈옥하여 여전히 조직을 위한 활동을 하고 있었다. 갑자기 환성이 올랐다. 첸과 동시에 동지들도 그의 모습을 보고 갈채를 보냈다. 첸은 이렇게 갈채를 보내고 있는 그들을 바라보았다. 그들이 함께 준비하고 있는 사회도 그들 적의 사회나 다름없이 첸을 거부할 것이다. 그들의 푸른 옷으로 뒤덮일 미래의 공장에서 대체 내가 무슨 일을 할 수 있겠는가?

　장교는 수류탄을 나누어 주었다. 그것을 받은 부하 열 명은 경찰서를 내려다볼 수 있는 자리를 잡기 위하여 지붕을 타고 옮겨 갔다. 경관들의 전술을 역이용하여 창문으로 수류탄을 집어넣으려는 것이었다. 경관들은 창문으로 거리를 내려다볼 수 있지만, 지붕을 올려다볼 수는 없다. 게다가 차양으로 가려진 창문은 단 하나밖에 없었다. 반도들은 지붕에서 지붕을 타고 건너갔다. 하늘을 배경으로 그들의 모습은 몹시 가냘파 보였다. 경찰서에서 쏘아 대는 총알의 방향은 변함이 없었다. 단지 중상을 입은 사람들만이 다가오는 운명을 예감이라도 한 듯 그들의 울부짖음은 갑자기 신음으로 바뀌었다. 그러고는 거의 들리지 않을 정도로 가냘파졌다. 마치 목을 졸린 반벙어리의 입에서 새어 나오는 소리 같았다. 사람 그림자는 경찰서의 경사진 지붕 꼭대기에 이르더니 살살 내려오기 시작했다. 그 그림자가 하늘의 배경을 떠나니 첸의 눈에는 잘 보이지 않았다. 분만하는 산모의 목에서 나오는 것 같은 비명이 주위의 신음을 뚫고 들려왔다. 신음은 메아리처럼 들려오다가 그쳐 버렸다.

　여러 가지 소음 속에서도 신음이 갑자기 멎었으므로 침묵이 참혹하게 느껴졌다. 마침내 부상자들이 불길에 휩싸인 걸까? 첸과 장교는 서로 얼굴을 마주

보며 좀더 자세히 들어보려고 눈을 감았다. 아무 소리도 들리지 않았다. 눈을 떴을 때 두 사람은 조용한 상대방의 시선과 마주쳤다.

지붕 위의 한 사람이 지붕의 귀와(鬼瓦)를 잡으면서 한 손을 길 쪽으로 뻗쳐 바로 밑에 있는 2층 창문을 향해 수류탄을 던졌으나 겨냥이 빗나갔다. 수류탄은 길 위에서 터졌다. 두 개째를 던졌다. 그것은 부상자들이 뒹굴고 있는 방으로 굴러 들어갔다. 그 창문으로부터 비명이 터져 나왔다. 앞서 들리던 것 같은 비명이 아니라 죽음을 향해 토막토막 끊기는 신음이었다. 아직 남아 있는 고통의 경련이었다. 그 남자는 세 개째를 던졌다.

그는 트럭을 타고 온 사람들 가운데 하나였다. 파편을 피하기 위해 그는 묘하게 윗몸을 뒤로 젖혔다. 그는 다시 한번 네 개째의 수류탄을 손에 들고 윗몸을 굽혔다. 그의 뒤로 첸의 부하 한 명이 기어 내려오고 있었다. 수류탄을 채 던지기 전에 갑자기 몸이 큰 공에 밀려 채이기라도 한 것처럼 자빠졌다. 요란한 폭음이 도로 위에서 울렸다.

연기가 자욱이 일었으나 벽 위에 1미터쯤의 핏자국이 보였다. 연기가 사라졌다. 벽에 피와 살덩이가 여기저기 흩어져 있었다. 두 번째 사나이가 중심을 잃고 지붕에서 미끄러지면서 첫 번째 사나이를 떼밀어 같이 떨어졌던 것이다. 둘 다 안전핀을 뽑은 자기네 수류탄 위로 떨어지고 말았다.

지붕의 반대편인 왼쪽 경사에서 두 무리가 조심스럽게 모습을 드러냈다. 국민당 부르주아와 공산당 노동자였다. 그들은 두 사나이가 떨어지는 걸 보고 잠시 멈칫하더니 다시 조심스럽게 지붕을 기어 내려왔다. 2월 폭동 때 너무 심한 고문으로 탄압을 받았으므로 이번 폭동에는 결사적인 사람이 많아질 수밖에 없었다. 그런데 오른쪽에서도 다른 무리가 다가왔다. "서로 팔을 붙잡아 줄을 지어라!" 첸이 밑에서 외쳤다. 경찰서 바로 가까이에 있던 사람들이 첸의 명령을 되풀이하여 전했다. 지붕 위의 사나이들이 서로 손을 잡았다. 맨 꼭대기에 있는 사나이는 왼손으로 크고 튼튼한 귀와를 꽉 붙들었다. 수류탄 투하가 다시 시작되었다. 2층에 갇힌 경관들은 반격할 도리가 없었다.

약 5분 동안에 수류탄 세 개가 겨눴던 두 창문 속으로 던져졌다. 또 한 개는 차양을 격파했다. 다만 한가운데 있는 창문은 맞지 않았다. "가운데 창을 해치워!" 군관학교 출신 사관후보생이 외쳤다. 첸은 그를 쳐다보았다. 이 사나이는 명령할 때마다 마치 스포츠적인 쾌감을 느끼는 듯했다. 그는 날아오는 총알 따위는 아랑곳하지 않았다. 정말 용감했다. 그러나 그는 자기 부하와 밀접하게 결속되어 있지 않았다. 물론 첸도 자기 부하와 충분히 결속되었다고는 할 수 없었지만.

첸은 사관후보생 곁을 떠나 경관들의 사격 거리에서 벗어난 지점을 거쳐 길을 건너갔다. 그는 지붕으로 기어 올라갔다. 지붕 꼭대기에 붙어 있던 사나이들은 힘이 빠져 있었다. 첸은 그들과 교대했다. 시멘트와 석고로 된 귀와를 부상한 팔로 감아쥐고, 오른손으로 첫머리 사나이의 손을 잡아 고리를 이루고 있는 동안에도 그는 자기 고독에서 헤어날 수가 없었다. 매달린 세 사나이의 몸무게가 마치 한 개의 몸뚱이처럼 온통 그의 팔에 걸려 가슴속으로 뻗쳐 왔다. 여러 개의 수류탄이 경찰서 안에서 터졌다. 그 안에서는 이제 더 이상 총을 쏘지 않았다. '우리는 다락방 때문에 무사한 거다. 그러나 그것도 오래가지는 않을걸. 이제 지붕이 날아갈 테니.' 첸은 이런 생각을 했다. 죽음이 임박했고 또한 동지들의 무게가 그의 몸을 찢을 듯이 당기고 있는데도 그는 그들과 일심동체가 아니었다. '이렇게 피를 같이 흘려도 역시 안 된단 말인가?'

밑에 있는 사관후보생은 이러한 첸의 마음속은 알아채지 못한 채 그저 물끄러미 바라보고만 있었다. 첸 다음에 올라온 사람이 그와 교대하자고 나섰다.

"좋아. 그럼 이번엔 내가 던져 보지."

첸은 그 사나이에게 자리를 물려줬다. 힘이 빠진 팔뚝에서 끝없는 절망감이 솟아올랐다. 가느다란 눈의 올빼미 같은 그의 얼굴은 긴장되어 눈썹 하나 까딱하지 않았다. 첸은 한 줄기 눈물이 콧등을 타고 내려오는 것을 느끼고 깜짝 놀랐다. '신경과민인가.' 그는 속으로 중얼거렸다. 그는 주머니에서 수류탄을 꺼내 들고, 사슬처럼 이어져 있는 대원들의 팔을 잡아 가며 조심조심 내려갔다. 그러나 팔로 이어진 몸무게를 버티기 위해 온 힘을 다 한 뒤라 팔에 기운이 빠져 제대로 말을 듣지 않았다. 그 사슬의 끝은 지붕의 측면 끝에 있는 장식에 의지하고 있었다. 거기서 가운데 창문을 명중시키는 일은 거의 불가능했다. 지붕 처마 끝까지 온 첸은 지금까지 수류탄을 던지고 있던 사나이의 팔을 놓고, 그의 다리에 매달렸다가 처마에 매달린 다음 곧장 홈통을 타고 내려왔다. 창문을 잡기에는 너무 거리가 멀었지만, 수류탄을 던지기에는 너무도 가까웠다. 동지들은 이제 꼼짝도 않았다. 마침 1층 바로 위에 돌출부가 있어 첸은 그곳을 딛고 멈춰 설 수 있었다. 그는 상처가 별로 아프지 않은 데 매우 놀랐다. 왼손으로 홈통을 고정한 쇠고리를 잡고 수류탄을 손바닥에 올려놓고 안전핀을 뺐다. '이놈이 바로 내 밑 도로에 떨어지는 날엔 나도 끝이다.' 첸은 그 자세에서 낼 수 있는 한껏 힘을 주어 그것을 내던졌다. 제대로 들어갔다. 수류탄은 안에서 터졌다.

밑에서는 소총 사격이 다시 시작되었다.

마지막 방에서도 쫓겨 나온 경관들은 닥치는 대로 마구 쏘아 대면서, 열려 있던 경찰서 문으로 마치 겁에 질린 장님들처럼 서로 밀치고 법석을 떨며 뛰어나왔다. 지붕이며 현관이며 창문에서 반도들이 총을 쏘아 댔다. 경관들은 힘없이 픽픽 쓰러졌다. 시체는 문 언저리에 가장 많았고, 더 나아가면서 여기저기 흩어져 있었다.

사격은 멎었다. 첸은 홈통을 타고 내려왔다. 발밑을 볼 수가 없어 뛰어내리고 보니 어느 시체 위였다.

사관후보생은 경찰서 안으로 들어갔다. 첸도 남은 수류탄을 주머니에서 꺼내 쥐고 그의 뒤를 따라 들어갔다. 한 걸음 한 걸음 들어갈수록 부상자들의 신음이 끊긴 것을 한층 강렬하게 의식했다. 위병소 안에는 시체밖에 없었다. 부상자들은 까맣게 탄 채였다. 2층에도 시체와 몇몇 부상자가 쓰러져 있었다.

"자, 그럼 이번엔 남정거장이다. 총은 모두 챙겨라. 다른 부대에서 필요할 테니까." 사관후보생이 말했다.

무기는 트럭으로 운반되었다. 짐을 다 싣자 사람들은 트럭에 올라탔다. 꽉 끼어 선 사람, 차 덮개 위에 앉은 사람, 발판을 딛고 매달린 사람, 뒤꽁무니에 매달린 사람 등 가지각색이었다. 차를 타지 못한 사람들은 구보로 골목길로 달려 들어갔다. 인적이 없는 길 한가운데 남겨진 커다란 핏자국은 뭐라 설명할 수 없는 야릇한 느낌을 주었다. 사람을 잔뜩 실은 트럭은 요란하게 철판 소리를 내면서 거리 모퉁이를 돌아 남정거장과 병영 쪽으로 사라졌다. 트럭은 곧 멈추어 서야 했다. 죽은 말 네 필과 무기를 빼앗긴 세 구의 시체가 길을 가로막고 있었던 것이다. 그것은 첸이 아침 일찍 보았던 기마대들의 시체였다. 맨 처음 장갑차가 때마침 와서 해치운 것이다. 땅바닥에는 깨진 유리 조각이 흩어져 있었고, 붓 같은 수염을 기른 한 노인이 신음하고 있었다. 그는 첸이 가까이 가자 또렷한 목소리로 말했다.

"너무 참혹한 짓이오! 넷이나! 넷이나! 아!"

"셋뿐이잖소." 첸은 말했다.

"넷이오, 불쌍해라!" 첸은 다시 둘러보았다. 무겁게 내리덮인 하늘 아래 역시 죽은 것처럼 보이는 집들 사이로 시체는 셋밖에 보이지 않았다. 하나는 공중에 내던져진 것처럼 옆으로 쓰러져 있었고, 둘은 배를 깔고 엎어져 있었다.

"나는 말(馬)을 말하는 거요." 노인은 경멸과 공포에 싸여 말했다. 첸이 권총을 들고 있었기 때문이다.

"난 사람을 말하고 있었던 거요. 이 가운데 한 마리가 당신 말이었군?"

틀림없이 이 말들은 오늘 아침에 징발된 것일 게다.

"아뇨, 난 마부였어요. 이놈들은 날 아주 잘 따랐었는데. 네 마리나 죽이다니! 공연히!"

운전사가 말참견을 했다.

"공연히라뇨?"

"시간 낭비하지 마세." 첸이 말했다.

그는 부하 둘의 손을 빌려 말 사체를 옆으로 옮겼다. 화물차는 지나갔다. 그 길 끝에 다다를 즈음, 차 옆 발판에 걸터앉은 첸은 뒤를 돌아다보았다. 여전히 사체 사이에서 신음하고 있을 늙은 마부는 잿빛 거리 위에 검은 덩어리처럼 남아 있었다.

오후 5시

"남정거장은 함락되었다."

페랄은 수화기를 놓았다. 여러 사람들과 만나고 있는 동안에도 국제 상업회의소의 일부 사람들은 이번 사태에 개입하는 일에는 일체 반대하고 있었다. 그러나 페랄은 상하이의 가장 유력한 신문을 손아귀에 넣고 있었다. 끝없이 번져가는 폭동 소식은 그를 놀라게 했다. 그는 혼자서 조용히 전화를 걸려고 사무실로 돌아왔다. 거기선 조금 전에 온 마르샬이 장제스의 사절과 뭔가를 의논하고 있었다. 장제스의 사절은 보안국장과는 보안국에서도, 또 그의 자택에서도 만나려 하지 않았다.

페랄이 문을 열기 전에 총소리가 울려오긴 했지만, 다음과 같은 대화를 들을 수 있었다.

"제가 여기서 무엇을 대표하고 있다고 생각하시나요? 프랑스의 이해관계는……."

"그러나 그에 대한 어떤 원조를 제가 약속할 수 있겠습니까? 프랑스 총영사께서도 당신에게서 확실한 말을 들어야겠다고 말씀하시던데요. 당신은 우리 중국과 중국인을 잘 알고 계시니까요."

중국인은 냉정하고도 끈기 있는 투로 대답했다. 방 안의 전화가 울렸다.

"시 정부 함락되었다." 마르샬이 통화 내용을 되뇌었다.

그리고 어조를 바꾸어 말을 이었다.

"물론 이 나라 일반 사람들에 대해 대체적인 심리적 경험이란 것을 지니지 않았다고는 할 수 없지요. 심리와 행동, 이것이 제 직업이니까요. 그것에 의해……."

"그런데 우리나라로 보나 또 당신 조국을 위해서나 위험한 인물들이, 즉 문명의 평화에 위험한 인물들이 늘 하던 대로 조계로 도망쳐 들어온다면 어떻게 될까요? 공동 조계의 경찰은……."

'문제는 바로 그거다. 이 사나이는 일단 교섭이 결렬될 경우 공산당 수령들이 조계로 피난하는 것을 마르샬이 과연 내버려 둘 것인지를 알고 싶어 하는 거다.' 페랄은 방으로 들어가면서 생각했다.

"……공동 조계의 경찰은 모든 호의를 베풀어 주었습니다…… 그런데 프랑스 조계의 경찰은 어떻게 하실는지?"

"잘 처리할 겁니다. 다만 이 점만은 유의해 주십시오. 러시아 여자는 별도입니다만, 그 밖에 백인 여자들과는 시끄러운 문제가 일어나지 않도록 해주십시오. 하여간 당신이 말씀하신 문제에 대해서는 엄중한 명령을 내려 뒀습니다. 하지만 아까도 말씀드린 것처럼 이건 절대 발표하지 마십시오. 외부에 알려지면 곤란합니다."

현대식 사무실 안 벽에는 장밋빛 시대의 피카소 그림 몇 폭과 에로틱한 프라고나르의 스케치 한 폭이 걸려 있었다. 두 사람은 검은 돌에 새긴 당나라 시대의 아주 큰 관음상을 사이에 두고 서서 이야기를 나누고 있었다. 이 관음상은 클라피크의 권유로 산 것인데, 지조르는 위조품으로 알고 있었다. 목에까지 단추를 올려 채운 평복을 입은 매부리코의 젊은 중국인 대령은 머리를 뒤로 젖히고, 마르샬을 쳐다보면서 미소를 띠고 있었다.

"우리 당을 대표해서 감사드립니다…… 공산당 놈들은 악질적인 배신자들입니다. 그들은 우리를, 충실한 동맹자인 우리를 배반했습니다. 우리는 함께 협력해서 일을 하자, 사회적인 문제는 중국이 통일된 다음에 제기하자고 결정했던 것입니다. 그런데 놈들은 그때를 기다리지 못하고 벌써 그 문제를 꺼내 든 것입니다. 그들은 약속을 존중하지 않습니다. 그들은 중국을 건설할 생각은 않고, 소비에트를 만들려고 하는 것입니다. 우리 군대의 전사자들은 결코 소비에트를 위해 죽은 것이 아닙니다. 중국을 위해 죽은 것입니다. 공산당들은 어떤 짓이라도 하는 놈들입니다. 국장님, 그래서 저는 장제스 장군의 신변 안전을 기하는 데 프랑스 경찰이 편의를 봐주실지 묻고 싶은 겁니다."

그가 이와 같은 일을 공동 조계의 경찰에게도 부탁했으리라는 것은 명백한 일이었다.

"어렵지 않은 일입니다." 마르샬이 대답했다. "당신네 경찰 책임자를 보내 주십시오. 역시 쾨니히 씨죠?"

"여전히 그 사람입니다. 그런데 국장님, 당신은 로마사(史)를 연구하신 일이 있습니까?"

"물론 있지요."

'야학에서 말이지.' 페랄이 속으로 중얼거렸다.

전화가 다시 울렸다. 마르샬이 수화기를 들었다.

"철교가 점령되었다." 그는 수화기를 놓으며 말했다.

"15분 뒤면 폭도들이 중국인 거리를 점령할 겁니다."

중국인은 국장의 말을 듣지도 않은 것처럼 얘기를 이었다. "저는 도덕의 퇴폐가 로마 제국을 멸망시켰다고 생각합니다. 기술적인 매음 조직, 이를테면 경찰 조직과 같은 서구적인 조직은 로마 제국의 수뇌자들만 한 가치도 없는 한커우의 수뇌자들을 완전히 타락시켜 버리리라고는 생각지 않으십니까?"

"그렇게 생각할 수도 있겠죠…… 다만 로마의 예가 그대로 적용되리라고는 생각지 않는데요. 이것은 깊이 생각해 봐야 할 일이겠습니다만……."

"유럽 사람들은 중국에 대해서는 자기네들과 비슷한 점만 알려고 합니다."

침묵. 페랄은 재미있었다. 이 중국인은 그의 호기심을 끌었다. 남을 무시한 듯이 뒤로 힘껏 젖힌 머리, 그러면서도 어딘지 모르게 염려하고 있는 듯한 모습…….

'매음부 무리 때문에 전멸될 한커우란 말인가!' 페랄은 생각했다. '그리고 이 사나이는 공산주의자들에 대해서도 알고 있다. 게다가 경제에 대해서도 분명 얼마간의 지식을 갖고 있다. 재미있는 녀석이다!' 소비에트가 이 상하이에 뿌리를 내리고 있을지도 모르는 지금 이 사나이는 로마 제국의 교묘한 교훈을 생각하고 있는 것이다. 분명 중국인이란 언제나 요령만 찾는다는 지조르의 말이 옳다.

또 전화가 울렸다.

"병영이 포위되었다." 마르샬이 말했다. "그렇다면 이제 정부의 증원군은 오지 않는 모양이군요."

"북정거장은?" 페랄이 물었다.

"아직 함락되지 않았습니다."

"그럼, 정부는 전선에 나가 있는 군대를 다시 불러들일 수 있잖은가?"

"아마 그럴 테죠." 중국인은 말했다. "정부군과 탱크는 난징으로 후퇴하고 있습니다. 그것을 이리로 보낼 수 있겠지요. 장갑열차도 아직 훌륭히 싸울 수 있을 겁니다."

"그렇지. 열차 주위나 정거장 주위에선 기다릴 수 있을 겁니다." 마르샬이 말했다.

"점령된 것은 차례차례 조직되고 있습니다. 이 폭동 배후엔 틀림없이 러시아인이든가 혹은 유럽인 간부가 있고 각 부문의 직업적 혁명가가 폭도를 지휘하고 있습니다. 군사위원회라는 것이 있어 그것이 전체를 지휘하고 있고, 지금 경찰은 모조리 무장 해제를 당했습니다. 적군(赤軍)은 곳곳에 집결소를 가지고 있으며, 거기서 전투부대가 계속 병영 공격에 파견되고 있습니다."

"중국인은 조직하는 데에 천재입니다." 사관이 말했다.

"장제스의 호위는 어떻게 하고 있습니까?"

"그의 자동차 앞에는 반드시 호위 자동차가 따릅니다. 그리고 우리는 스파이를 잠복시켜 두고 있습니다." 페랄은 이 사나이의 남을 경멸하는 듯한 표정이 어디서 오는지 그 까닭을 비로소 알아차렸다. 마침 그 표정이 점점 거슬리던 참이었다. '처음에는 이 사관이 마르샬의 머리 너머로 그 에로틱한 스케치를 보고 있는 게 아닌가 생각했었는데, 사실은 그의 오른쪽 눈 각막에 백반이 있어서 위에서 아래로 내려다보아야만 했던 것이다.

"그것만으론 충분치 않군요." 마르샬이 대답했다.

"그건 조금 생각해 봐야 되겠는데요. 빠를수록 좋을 겁니다. 잠깐 저는 실례하겠습니다. 시 정부의 뒤를 이을 집행위원회 선거가 있어서요. 틀림없이 뭔가 내가 할 일이 있을 테니까요. 또 경시총감 선거 문제도 쉬운 일이 아니어서요……"

페랄과 사관만이 뒤에 남았다.

"그러면 앞으로는 여러분의 힘을 기대해도 좋겠군요?" 중국인은 여전히 머리를 뒤로 젖힌 채 말했다.

"류티유(劉悌祐) 씨가 기다리고 있어서 이만 실례합니다." 페랄은 말했다.

류티유는 상하이 은행가 협회 회장이며, 중국 상공회의소 명예회장과 그 밖에 여러 조합의 모든 수뇌자들과 관계를 맺고 있었다. 그는 곧 폭도들 손에 들어갈 중국인 거리에서는, 조계에 대한 페랄의 영향력보다 훨씬 더 큰 영향력을 갖고 있었다. 사관은 경례를 하고 나가 버렸다. 페랄은 2층으로 올라갔다. 여기저기에 고대 중국의 조각으로 꾸며진 현대식 사무실 한구석에 페랄이 말한 대로 류티유가 기다리고 있었다. 솜털처럼 하얀 재킷 위에 칼라 없는, 역시 흰 리넨 윗옷을 걸치고 두 손을 안락의자의 니켈 도금을 한 팔걸이 위에 올려놓은 채였다. 그의 얼굴은 마치 입과 턱만이 있는 것 같았다. 정력적인 두꺼비를 떠오르게 했다.

페랄은 앉지 않았다.

"공산주의자들과 절연할 결심을 하셨겠죠." 그는 말했다. 이것은 묻는 것이 아니라 단정해서 말하는 것이었다. "물론 우리도 그렇게 결심하고 있습니다만." 페랄은 어깨를 앞으로 내밀고 방 안을 서성댔다. "장제스도 그들과 손을 끊으려 하고 있습니다."

페랄은 지금까지 한 번도 중국인의 얼굴에 의혹의 빛을 본 일은 없었다. 그러나 중국인은 내 말을 믿는 것일까? 그렇게 생각하면서 그는 담뱃갑을 내밀었다. 이 담뱃갑은 그가 금연을 결심한 이래 그의 책상 위에 늘 열린 채 놓여 있었는데, 이것은 그의 강인한 성격을 말해 주는 것 같았다.

"장제스를 도와야 합니다. 이것은 당신에겐 죽느냐 사느냐의 문제입니다. 현 정세를 그대로 내버려 둘 수는 없습니다. 군대의 후방 시골에서는 공산주의자들이 농민 동맹을 조직하고 있습니다. 이 동맹은 첫째로 채권자의 권리 박탈(페랄은 '고리대금업자'라고 말하지는 않았다)을 선포할 것입니다. 당신네들 자본의 대부분은 시골에 있을 테고, 당신네들 은행 예금도 대부분은 토지로써 보증되어 있는 것입니다. 농민의 소비에트……."

"아무리 공산당들이라도 중국에 소비에트를 만들려 하지는 않겠지요."

"농담은 삼갑시다, 류 씨. 동맹이건 소비에트건, 공산주의자들의 조직은 토지를 국유화하고, 채권의 무효를 선언하려는 것입니다. 그렇게 되는 날이면, 그것이 있으므로 외국에서 당신에게 신용 대부해 준 주요한 담보를 잃게 되는 것입니다. 일본이나 미국에 있는 친구들의 대금까지 계산하면 신용 대부액은 10억 프랑에 이르고 있습니다. 이러한 거액을 마비 상태에 빠진 상업으로써 보증하겠다는 것은 도대체 말이 되지 않아요. 그리고 우리들의 대여금은 차치하더라도 그러한 공산당원들의 법령이 중국의 모든 은행을 파산시키리라는 것은 너무도 뻔한 노릇입니다."

"국민당은 그런 짓을 하게 내버려 두지는 않을 것입니다."

"실은 국민당이란 것은 없습니다. 있는 것은 남의사(藍衣社)[3] 사람들과 적색분자들뿐입니다. 그들은 서로 사이가 나쁘면서도 지금까지는 그런대로 타협해 왔습니다. 그건 장제스가 돈이 없었기 때문입니다. 그러나 상하이가 점령된다면 당장 내일이라도 장제스는 세관 수입으로 군대의 급료를 거의 지불할 수 있을 겁니다. 물론 전부는 아닙니다만. 그래서 그는 우리들에게 기대를 걸고 있는 것입니다. 공산당원들은 도처에서 토지 몰수를 선전했습니다. 그런데 지금에 와서 그것을 뒤로 미루려고 애쓰는 모양이지만, 이미 늦었습니다. 농민들은 그들의 연설을 벌써 들어 버렸습니다. 농민들은 공산당원이 아닙니다. 그러니 농민들은 자기들 좋은 대로 할 겁니다."

"농민을 누르려면 힘밖에 없습니다. 그 말은 저도 영국 총영사에게 말씀드린

---

3) 장제스 직속의 특무 기관인 부흥사(復興社)를, 남색 옷을 입었다 하여 부르는 명칭.

바이지만."

페랄은 상대방의 목소리에서 거의 자기 어조 같은 것을 느끼자, 이만하면 성공적이라고 생각했다.

"농민들은 이미 토지를 몰수당하기 시작했습니다. 장제스는 그것을 막으려고 결심했습니다. 그는 사관들이나 혹은 그 친척들이 소유한 토지는 다치지 않도록 명령을 내렸습니다. 그래서……."

"우리는 모두 사관의 친척이 됩니다. 중국 땅에서 지주 치고 사관의 친척이 아닌 사람이 한 사람이라도 있나요?" 류는 빙긋이 웃었다.

페랄은 중국의 혈족 관계를 잘 알고 있었다.

또 전화가 울렸다.

"병기창이 함락되었다." 페랄이 말했다. "정부의 건물은 모두 점령되었습니다. 혁명군은 내일 상하이로 들어올 겁니다. 그러므로 문제는 곧바로 해결해 두어야 합니다. 제 말을 잘 새겨들어 주십시오. 지주들은 공산당의 선전으로 인해서 많은 토지를 빼앗기고 있습니다. 장제스는 이 사실을 묵인하든가, 혹은 토지를 빼앗은 놈을 총살시키는 명령을 내리든가 해야 합니다. 한커우의 적색 정부는 그런 명령을 받아들일 수는 없을 겁니다."

"한커우 정부는 결국 타협하겠죠."

"당신은 한커우의 영국 조계가 접수당한 뒤에 영국 회사들의 주(株)가 어떻게 되었는지 잘 아시지요. 어떤 토지든 간에 합법적으로 그 소유자로부터 빼앗아 갈 때에는 당신의 지위가 어떻게 되리라는 것도 짐작하실 겁니다. 장제스는 곧바로 공산주의자들과 절연해야 한다는 것을 알고 있고, 또 언명했습니다. 그를 도와주시겠습니까? 어떻습니까?"

류는 머리를 움츠리고 침을 뱉었다. 그는 눈을 감았다 다시 뜨며 어느 나라에서나 흔히 볼 수 있는 늙은 고리대금업자의 주름진 눈으로 페랄을 빠히 쳐다보았다.

"얼마나 필요합니까?"

"50만 달러."

류는 또 침을 뱉었다.

"우리들만으로?"

"그렇습니다."

그는 다시 눈을 감았다. 공기를 찢는 듯한 소총의 사격 소리에 이어 몇 분씩의 간격으로 장갑열차에서 쏘는 포 소리가 들려왔다.

만약 류의 동료들이 장제스를 도울 결심을 한다면 더 싸워야만 할 것이다. 결단을 내리지 못한다면, 공산주의는 틀림없이 중국에서 승리를 거둘 것이다. '지금이야말로 전 세계의 운명이 좌우되는 순간이다……' 페랄은 흥분과 냉담이 뒤섞인 오만한 기분으로 생각했다.

그는 류에게서 눈을 떼지 않았다. 눈을 감은 이 노인은 자고 있는 것처럼 보였다. 그러나 손등 위에선 뒤틀린 푸른 혈관이 신경처럼 떨리고 있었다. '한 번더 개인적인 논법으로 밀어붙여 볼까.' 페랄은 생각했다.

"장제스는……." 그는 다시 입을 열었다. "부하 사관들의 토지가 약탈당하는 것을 보고만 있지는 않을 것입니다. 그래서 적색분자들은 그를 암살하기로 결정한 겁니다. 그도 그것을 잘 알고 있고요."

며칠 전부터 사람들은 그런 말을 하고 있었으나 페랄은 그걸 믿지는 않았다.

"시간 여유를 얼마나 주실 수 있소?" 류가 물었다. 그리고 곧 한쪽 눈을 감고 한쪽 눈을 떴다. 오른쪽 눈은 교활해 보였고, 왼쪽 눈은 겁에 질린 것처럼 보였다.

"돈만 받고 약속을 이행하지 않는 일은 없으리라는 걸 확신하십니까?"

"거기에는 우리들 돈도 있습니다. 게다가 이런 약속 같은 게 문제가 아닙니다. 장제스는 그렇게 할 수밖에는 별도리가 없습니다. 아시겠어요? 제가 하는 말을 잘 새겨들어 주십시오. 그는 당신네들의 돈을 받으니까 공산당을 쳐부수려는 게 아닙니다. 반대로 그가 공산당을 쳐부술 것이기에 당신네들이 군자금을 내야 한다는 겁니다."

"친구들을 모아 보지요."

페랄은 중국인의 관습과 지금 말하고 있는 이 사나이의 영향력을 잘 알고 있었다.

"당신 의견은 어떠신지요?"

"장제스는 한커우 측에 질지도 모릅니다. 그곳엔 20만의 실업자가 있으니까요."

"만일 우리가 도와주지 않는다면 틀림없이 그렇게 되겠죠."

"그러나 50만 달러…… 이건…… 엄청난 금액입니다……."

그렇게 말하고, 류는 이번엔 페랄을 똑바로 쳐다보았다.

"그러나 당신이 공산당 정부에 빼앗길 금액보다는 훨씬 적은 돈이지요."

전화벨이 울렸다.

"장갑열차가 고립되었다." 페랄이 말했다. "정부가 전선에 나가 있는 군대를 도로 불러들이려 해도 이래 가지곤 꼼짝 못 하겠군."

그는 손을 내밀었다.

류는 악수를 하고 방에서 나갔다. 조각구름이 하늘 가득히 내다보이는 넓은 창문으로 페랄은 한순간 자동차 엔진 소리가 일제 사격의 총소리를 지워 버리며 멀어져 가는 것을 바라보았다. 만일 이 싸움에 이긴다 하더라도 현재 그의 기업 상태로서는 아마 프랑스 정부의 원조를 얻어야 할 것이다. 프랑스 정부는 지금까지도 빈번히 원조를 거절해 왔고, 최근에는 중국 산업은행에 원조를 거절했었다. 그러나 현재의 그는 상하이의 운명을 손아귀에 쥔 몇 사람 가운데 하나인 것이다. 모든 경제적인 세력과 거의 모든 외교단이 페랄과 똑같은 역할을 하고 있었다. 류는 결국 돈을 지불할 것이다. 장갑열차는 여전히 포격을 계속하고 있었다. 그렇다, 그는 난생처음으로 하나의 조직을 상대로 싸우고 있는 것이다. 페랄은 그 조직을 지도하고 있는 자들이 어떤 사람인가 알고도 싶었고, 또 그들을 총살해 버리고도 싶었다.

전투가 한창인 저녁은 어둠 속으로 잠겨들고 있었다. 지상에는 불빛이 빛나고 있었으며, 눈에 보이지 않는 강은 전과 다름없이 이 도시 안에 남아 있는 얼마 안 되는 생명을 자기편으로 불러들이고 있었다. 이 강은 한커우에서 흘러오고 있다. 류가 말한 건 사실이었다. 페랄도 그것을 알고 있었다. 한커우가 위험한 것이다. 거기서 적군(赤軍)이 형성되고 있는 것이다. 적색분자들이 지배하고 있는 것이다. 혁명군이 제설기처럼 북방 군벌을 소탕한 이래 모든 좌파는 그 약속된 땅을 갈망하고 있었다. 혁명의 산지(産地)는 저 제련소나 병기창의 푸른 그늘 속에 있었다. 혁명이 그것들을 점령하기 전에 이미 있었던 것이다. 지금은 혁명이 그것들을 완전히 소유하고 있었다. 그리고 등불이 하나둘씩 늘어 가는 이 자욱한 안개 속으로 사라져 가는 저 비참한 행렬은 모두 한커우에서 흘러 내려오듯이 이 강물을 따라 내려가고 있었다. 그런 그들의 쇠약한 얼굴은 위협하 듯 밀어닥치는 밤에 의해 강으로 밀려가는 불길한 징조처럼 보였다.

11시. 류가 돌아간 뒤 저녁 식사 즈음에 조합의 수뇌자, 은행가, 하천운수 보험회사 사장, 수입업자, 방직계의 거두들이 찾아왔다. 모두들 어느 정도는 페랄의 그룹이든가, 아니면 정책상 프랑스·아시아 차관단과 제휴하고 있는 외국 그룹의 어느 하나에 속해 있는 사람들이었다. 페랄은 단순히 류에게만 기대를 걸고 있는 것은 아니었다. 중국의 산 심장인 상하이는 그곳에 생기를 불어넣어 주는 모든 것이 통과함에 따라 고동치고 있었다. 시골 구석까지도—대부분의 토지 소유자들은 은행에 의존하고 있었다—혈관들은 마치 운하처럼 중국 운명의 열쇠를 쥐고 있는 이 수도로 모여들고 있었다. 지금은 우두커니 기다리고 있을 수밖에 없었다.

옆방에서 발레리가 자고 있었다. 페랄은 몸이 허약한 인텔리인 친구 한 사람을 문득 떠올렸다. 그는 이 친구에게 정부(情婦)가 많았던 것을 부러워했었다. 언젠가 이 친구의 얘기를 발레리에게 물어봤었다. 그러자 그녀는 말하였다. "억센 힘과 나약함을 함께 지니고 있는 남자만큼 매력 있는 것은 없어요." 어떤 사람도 그 사람의 생활로는 설명될 수 없다고 믿고 있는 페랄은 그 말을 그 여자가 자기 생활에 대하여 털어놓은 어떤 말보다도 마음에 새겨 두었다.

그러나 페랄은 그녀가 자기에 대해서 애정을 갖고 있지 않다는 것을 알고 있었다. 그는 자기가 발레리의 허영심을 만족시켜 주고 있다는 것을, 그리고 그 여자는 그가 취해 온 태도에서 좀더 달콤한 찬사를 기대하고 있음을 알아차리고 있었다. 그러나 페랄은 발레리가 이 거만한 사나이에게서 어린애다운 면이 갑자기 나타나기를 기대하고 있다는 것을 알지 못했다. 발레리가 페랄의 정부가 된 것은 궁극적으론 그로 하여금 그녀를 사랑하게끔 하기 위해서라는 것도 그는 깨닫지 못했다. 그런데 발레리 역시 페랄의 천성과 그의 맞닥뜨린 고민이, 그를 사랑이 아니라 에로티시즘 속으로 빠져들게 한다는 것을 이해하지 못했다.

이 뛰어난 솜씨의 부유한 디자이너는 돈에 몸을 파는 여자는 아니었다—적어도 아직까지는. 그녀는 대개 여자의 에로티시즘이란 선택된 남자 앞에서 옷을 벗는 것이며, 단 한 번만 마음껏 즐기는 일이라고 단언하고 있었다. 그렇지만 그녀가 페랄과 자는 것은 이번이 세 번째였다. 페랄은 그녀에게서 자기의 자존심과 비슷한 것을 느끼고 있었다. "남자들은 줄곧 여행을 하고, 여자는 그 대신 애인을 갖는 거예요." 페랄은 지난밤에 그에게 말했었다. 숱한 여자들의 경우와 같이, 페랄이 보이는 냉혹함과 친절의 대조는 그 여자를 기쁘게 해주는 것일까? 페랄은 가장 강력한 자기감정인 자존심을 이 유희에 걸고 있다는 것을 잘 알고 있었다. "어떤 남자도 여자에 대해서 말할 자격이 없어요. 왜냐하면 새로운 화장, 새로운 의상, 새로운 애인이 새로운 혼을 만든다는 것을 남자들은 이해하지 못하니까……." 이 말에 어울리는 미소를 띠며 발레리는 말했는데, 이러한 여자와의 유희가 위험하지 않은 것은 결코 아니었다.

페랄은 방으로 들어갔다. 둥근 팔 속에 머리칼을 휘감은 채 자고 있던 발레리는 생긋 웃으며 그를 쳐다보았다.

미소는 쾌락의 순간에 오는 그 강렬하고도 내던진 듯한 생명감을 그녀에게 주고 있었다. 쉬고 있을 때 발레리의 표정은 부드러운 우수를 띠고 있었다. 페랄은 그녀를 처음 만나던 날, 어두운 얼굴이라고 자기가 말했던 일을 떠올렸다. 부드러움을 띤 잿빛 눈에 어울리는 얼굴이었다. 그러나 교태를 부리면 입꼬리가 활 모양으로 방긋 열리는 그런 미소가 떠올랐다. 그 미소는 모아져서 물결치는 짧은 머리칼과, 이미 부드러움이 가서 버린 눈과도 뜻밖에 잘 어울렸다. 또 그 미소는 그녀의 얼굴 윤곽이 단정하고 아름다움에도, 애무를 기다리는 고양이처럼 복잡한 표정을 짓고 있었다. 너무도 거만해서 다른 사람과 어울릴 수 없는 사람이 대개 그렇듯이 페랄은 동물을, 특히 고양이를 좋아했다.

그는 욕실에서 옷을 벗었다. 전구는 깨져 있었다. 화장 도구는 불길에 비쳐 붉게 보였다. 그는 창문으로 밖을 내다보았다. 거리에는 출렁이는 검은 물결 속을 수백만의 고기 떼가 끓고 있는 것같이 군중들이 술렁이고 있었다. 문득 그에게는 이 군중들이 마치 잠들어 꿈을 꾸는 사람들처럼 넋이 나가 보였다. 이 군중들로부터 혼이 빠져나가, 건물의 윤곽을 뚜렷이 비치고 있는 이 생기 찬 화염 속에서 기쁨에 넘친 정력을 가지고 타오르고 있는 것처럼 느껴졌다.

페랄이 방으로 돌아왔을 때 발레리는 생각에 잠겨 있었는데, 이미 미소는 사라져 있었다. 그는 미소를 띤 여자에게서만 사랑을 받고 있다고 생각하는 것일까? 미소가 사라진 이 여자는 마치 낯선 사람처럼 그를 그녀로부터 격리하는 것이었다. 장갑열차는 몇 분마다 승리를 외치듯이 포격을 이어 가고 있었다. 장갑열차는 병영이나 병기창, 그리고 러시아 교회와 함께 아직 정부군의 손아귀에 있었다.

"저, 당신 클라피크 씨를 만나 봤나요?" 하고 그 여자가 물었다.

상하이에 있는 프랑스 거류민치고 클라피크를 모르는 사람은 없었다. 발레리는 그저께 저녁을 먹을 때 그를 만났었다. 그의 환상 같은 말투와 몸짓이 무척 마음에 들었던 것이다.

"응, 가마 화백의 수채화를 사달라고 부탁해 뒀어."

"골동품 상점에 있잖아요?"

"물론이지. 하지만 가마 씨가 머지않아 유럽에서 돌아오거든. 보름 뒤에는 이곳을 거쳐 갈 거야. 클라피크가 피곤했었기 때문에 재미있는 이야기는 두 가지밖에 못했어. 전당포에 숨어 들어갔다가 잡혔는데 하프처럼 생긴 구멍으로 용케 들어왔다고 해서 풀려난 중국의 어떤 도둑 이야기하고, 20년이나 토끼를 기르고 있는 어느 덕망 높은 선생의 이야기를 했었지. 그 선생의 집과 토끼집은 세관을 사이에 두고 양쪽에 있었대. 그런데 전근하게 된 세관 관리가 후임자들에게 그 선생이 매일 세관 안을 지나간다는 것을 말해 두지 않은 모양이야. 어느 날 선생이 풀이 가득 든 바구니를 안고 들어오자 관리가 '여보, 여보! 그 바구니 좀 봅시다' 하고 불러 세웠대. 풀 밑에는 시계와 시곗줄, 전구, 사진기 같은 것이 들어 있었다는군. '그걸 토끼에게 먹인단 말이오?' '그렇습니다, 세관장님.' 그렇게 말하고 문제의 토끼를 노려보며 '이게 싫다면 저놈들은 먹을 게 아무것도 없죠' 해버렸다나 봐."

"어머, 아주 과학적인 이야기군요. 이제 알았어요. 방울이나 북을 울리는 토끼가, 그 예쁘고도 조그만 동물이 달나라 같은 곳에서는 즐겁게 살 수 있어도 아이들 방에서는 오래 살 수 없는 이유를…… 그 덕 있는 사람을 그렇게 대하다니 정말 잘못된 일이에요. 혁신파 신문들은 틀림없이 시끄럽게 공격할 거예요. 왜냐고요? 사실 그 토끼들은 그런 것들을 먹고 살았을 테니까요." 발레리는 말했다.

"당신은 《이상한 나라의 앨리스》를 읽었지? 요 귀여운 것."

요 귀여운 것이라고 부를 때의 비꼬는 듯한 투는 그녀의 기분을 언짢게 했다.

"내가 그걸 모를 줄 아나요? 외울 정도라고요."

"당신 미소는 형체가 없는 고양이의 정령을 생각게 해. 공중을 떠다니는 아름다운 미소만 보이는 그 고양이의 정령 말이야. 아! 어째서 여자의 지혜란 늘 자기 것이 아닌 것만을 택하려고 하는 걸까?"

"여자 고유의 것이란 뭐죠?"

"물론 매력과 이해력이지."

그녀는 말없이 생각에 잠겼다.

"남자들이 그렇게 부르는 것은 실은 정신의 복종이에요. 당신은 여자에게서 당신을 시인하는 지혜만을 인정하는 거예요. 그렇게 하면 안심이 되니까……."

"여자로서 몸을 맡긴다는 것, 남자로서 여자의 몸을 소유한다는 것, 이것은 인간이 사물을─그것이 무엇이든 간에─이해하기 위한 단 두 가지 수단이야……."

"이봐요, 여자들은 결코(혹은 대개가) 몸을 맡기고 있는 것이 아니고, 남자들 역시 아무것도 소유하지 못한다고는 생각지 않으세요? 이것은 하나의 유희예요. '나는 저 여자를 소유했다고 생각한다. 그러니까 저 여자도 소유된 것으로 생각한다.' 이 말이죠? 그렇죠? 내가 드는 예는 유치할지 모르지만, 병보다 더 훌륭하다고 생각했다는 병마개 이야기와 같지 않을까요?"

여자의 도덕적 관념으로부터의 성(性)의 해방은 페랄의 마음을 끌었지만, 지적인 자유는 그를 못마땅하게 했다. 그는 여자에 대한 우월감─그는 스스로 그렇게 생각하고 있었다─을 다시 자기 가슴속에 불러일으키고 싶었다. 즉 그리스도교도로서 수치심, 자기가 받은 수치심을 참는 데 대한 감사의 마음을 불러일으켜 보고 싶었다. 발레리는 그러한 페랄의 기분은 알지 못했지만, 그가 자기에게서 멀어져 가고 있다는 것은 눈치채고 있었다. 그러나 그녀는 점점 페랄의 몸 가운데서 커져 가고 있는 정욕을 느끼고, 자기 마음대로 다시 그를 끌어들일 수 있다는 자신에 만족해하면서 입을 방긋이 벌리고─그는 그녀의 미소를 좋아했으므로─황홀한 듯한 눈초리로 페랄을 바라보았다. 거의 모든 남자들이 그렇듯이 페랄도 틀림없이 자기를 유혹하려는 여자의 욕망을, 남자에게 몸을 맡기려는 욕망으로 받아들일 것이라고 굳게 믿으면서.

페랄은 자리에 들어가 발레리 옆에 누웠다. 그의 애무는 발레리의 표정을 긴장시켰다. 그녀의 표정이 풀리기를 바랐다. 그는 온갖 정열을 기울여 다른 표정을 불러일으키고 싶었다. 그리고 정욕이 지금의 표정을 발레리의 얼굴 위에 그 대로 고정시켜 두려 하지는 않았으므로, 그는 발레리의 가면을 무너뜨리리라 결심했다. 또 그는 그녀가 마음속 깊이 몰래 지니고 있는 그것이야말로, 자기가 그녀에게 요구하고 있는 것이었으면, 하고 바랐다. 여태껏 그녀와 잔 것은 늘 어 두운 방에서였다. 그러나 페랄이 손으로 살짝 발레리의 다리를 벌리려고 하자 그녀는 갑자기 전등을 껐다. 그는 다시 전등을 켰다.

그는 스위치를 손으로 더듬어 찾았던 것이다. 그러나 그녀는 그가 어쩌다 잘 못 켠 것으로 알고 다시 꺼버렸다. 그러자 페랄은 곧 다시 켰다. 신경이 과민해 진 발레리는 웃음과 노여움이 함께 치밀어 오름을 느꼈다. 이때 그녀는 그의 시 선에 부딪쳤다. 페랄은 스위치를 먼 곳으로 밀어 놓았다. 거기서 발레리는 남자 가 자기 얼굴 표정의 관능적인 변화를 보는 것에서 쾌락의 대부분을 기대하고 있다는 것을 확실히 알았다. 그녀는 관계하는 시초나, 특히 갑자기 일이 벌어졌 을 때에만 자기가 정욕에 지배당한다는 걸 잘 알고 있었다. 이제 스위치가 손 에 닿지 않는다고 느낀 순간 익숙한 듯한 따뜻한 감각이 몸에 닿아 허리를 거 쳐 젖꼭지까지, 다시 입술까지 기어 올라왔다. 페랄의 눈빛으로 발레리는 자기 의 입술이 서서히 부풀어 오름을 알 수 있었다. 그녀는 그 따뜻한 감각을 받아 들였다. 그리고 남자의 몸을 꽉 끌어안고는 고동(鼓動)에 가슴을 떨면서 갯벌로 부터 먼 바닷속으로 잠겨 들어갔다. 머지않아 두 번 다시 그를 용서하지 않겠 다는 결심과 함께 갯벌로 되밀려 나오리라는 것을 깨달으면서.

발레리는 잠들어 있었다. 고른 숨결과 잠에서 오는 안온함에 그녀의 입술은 부드럽게 부풀어 있었다. 그리고 마음껏 쾌락을 채운 뒤에 오는 한가로운 표정 이 얼굴에 나타나 있었다. '인간, 이것도 내 생명과 다름없다. 개체적이며 고립된 단 하나뿐인 생명⋯⋯.' 페랄은 생각했다. 페랄은 자기가 만일 발레리였다면 어 떻게 했을까 상상하고, 그녀의 육체 속에 살며, 굴욕으로밖에 느낄 수 없는 그 녀의 이러한 쾌락을 그녀의 처지에서 생각해 보았다. '어리석은 생각이군. 그녀 가 그녀의 성(性)에 의해 자기를 느끼는 것은 내가 내 성에 의해 나를 느끼는 것 과 마찬가지야. 단지 그것뿐이야. 그녀는 자기 자신을 하나의 운명처럼, 욕망과 슬픔과 자존심이 뒤얽힌 것처럼 느끼고 있다⋯⋯ 확실히 그렇다.' 그러나 지금은 그렇지 않았다. 그녀의 잠과 입술은 그 여자를 완전히 육감에 내맡기고 있었다. 이미 자유롭게 살아 있는 인간으로서가 아니라 오직 육체를 정복당한 데 대해 감사를 표하고 있는 것처럼. 장뇌(樟腦)와 나뭇잎 향기로 가득 차 태평양 연안까지 잠들어 있는 이 중국의 밤의 괴괴한 침묵은 시간을 뛰어넘은 장막으로 그녀를 감싸 주고 있었다. 뱃고동 소리도 들려오지 않았다. 총소리도 들려오지 않았다. 그 여자는 잠 속에까지 추억이나 또는 그가 결코 이룰 수 없는 희망 따위를 끌어들이지는 않았다. 발레리는 요컨대 페랄의 쾌락의 또 다른 극점에 지나지 않았다. 그녀는 지금까지 참다운 삶을 살아온 여자는 아니었다. 어린 소녀 시절을 전혀 모르고 살아온 여자였다.

다시 포성이 들려왔다. 장갑열차가 또다시 포를 쏘기 시작한 것이다.

다음 날 오후 4시

돌격대 본부가 된 시계포에서 기요는 장갑열차를 물끄러미 바라보고 있었다. 혁명군은 장갑열차의 앞뒤 200미터쯤 되는 곳에서 철로를 폭파하고 건널목을 파괴해 버렸다. 기요에게는 길을 차단당해 죽은 듯 꼼짝 않는 장갑열차의 두 차량만이 눈에 띄었다. 하나는 가축 운반차처럼 닫혀 있었고 하나는 석유탱크 밑에 깔린 것처럼, 소구경 포가 내다보이는 포탑 밑에 깔려 있었다. 사람이라고는 그림자 하나 보이지 않았다. 꽉 닫힌 창구멍 뒤에 숨어 있는 방어자들의 모습도, 철로를 내려다보고 있는 집 속에 몸을 숨기고 있는 사람들의 모습도 보이지 않았다. 기요의 등 뒤에선 러시아 교회와 상업 인쇄소 쪽에서 일제 사격의 총성이 끊임없이 들려오고 있었다. 자진해서 무기를 버리려던 병사들은 이미 전열에서 떠나 버렸다. 다른 사람들은 바야흐로 죽음에 맞닥뜨리고 있었다. 반도들은 이제 각 분대마다 모두 빠짐없이 무장하고 있었다. 전선이 엉망으로 교란된 정부군은, 파괴되었지만 아직은 그럭저럭 움직이는 낡은 기차를 타거나 또는 비바람을 맞으며 진흙탕 길을 걸어서 난징으로 물러나고 있었다. 국민당의 군대가 몇 시간 뒤에는 상하이에 닿을 것이다. 연락병들이 계속 찾아들었다.

여전히 노동복을 입은 첸이 들어왔다. 첸은 기요 옆에 앉아서 장갑열차를 바라보았다. 그의 부하들은 그곳에서 100미터쯤 떨어진 데 있는 바리케이드 뒤에서 경비 태세를 갖추고 있었다. 그러나 그들은 공격부대는 아니었다.

측면을 보이고 있던 장갑열차의 대포가 움직였다. 꺼진 불길의 마지막 연기의 막이 낮게 드리운 구름처럼 그 앞을 스쳐 갔다.

"놈들에게 탄약이 아직도 많이 남아 있을 것 같진 않은데." 첸이 말했다.

대포는 관측대의 망원경처럼 포탑에서 나와 있었고, 신중하게 움직이고 있었다. 대포는 철판으로 되어 있었지만, 그렇게 머뭇거리는 듯한 움직임을 보니 아주 약해 보였다.

"우리 대포가 오기만 하면 곧바로······." 기요가 말했다.

그들이 지켜보고 있던 대포가 딱 멎더니 쏘기 시작했다. 그 포성에 응답하듯이 소총 일제 사격이 장갑열차를 향하여 쏟아졌다. 바로 열차 위의 얼룩진 구름 사이로 맑은 하늘이 나타났다. 연락병 한 명이 기요에게 무엇인가 서류를 가지고 왔다.

"우리는 위원회에서 다수파가 아냐." 기요가 말했다.

폭동을 일으키기 전에 국민당이 비밀리에 소집한 위원회는 26명의 중앙위원을 선출했다. 그 가운데 공산당원은 15명이었다. 그러나 이 중앙위원회가 이번엔 시 정부를 조직할 집행위원회를 선출했다. 이것이 실권을 잡게 되는데, 이 위원회에선 공산당은 이미 다수파가 아니었다.

제복을 입은 두 번째 연락병이 들어와서 문턱에 멈춰 섰다.

"병기창은 함락되었습니다."

"놈들의 탱크는?" 기요가 물었다.

"난징으로 퇴각했습니다."

"자넨 군대에서 왔지?"

그는 가장 많은 공산당원이 있는 제1사단의 병사였다. 기요는 그에게 여러 가지를 들었다. 그는 불쾌한 듯이 대답했다. 모두들 인터내셔널(코민테른)은 대체 무슨 소용이 있는 거냐고 말하고 있다는 것이다. 모든 것은 국민당 부르주아 계급의 손아귀에 들어갔다는 것이다. 대부분 농부인 병사들의 친척들은 전쟁 자금의 과중한 할당을 강요받고 있었다. 그러나 유산 계급은 아주 너그럽게 봐줘, 적당한 액수만을 물고 있었던 것이다. 병사들이 토지를 빼앗으려고 하면 상부의 명령이 그것을 금지했다. 상하이를 점령하면 이러한 모든 사태가 달라지리라고 공산당원 병사들은 생각하고 있었다. 그러나 이 연락병은 그것을 그다지 믿고 있지는 않은 것 같았다. 그는 비관적인 증거만을 보고했지만, 거기서도 보다 유리한 면을 어렵지 않게 끌어낼 수 있었다. 적위군(赤衛軍)과 노동자 의용군이 상하이에서 조직되고 있다고 기요는 대답하였다. 또 한커우에는 20만 이상의 실업자가 있다고 덧붙였다. 두 사람은 가끔 이야기를 멈추고는 귀를 기울였다.

"한커우요! 참, 한커우가 있죠……." 연락병이 말했다.

음향을 잃은 그들의 목소리는 그들과 마찬가지로 대포 소리를 기다리고 있는 듯한 떨리는 공기에 붙잡힌 채 그들 곁에 남아 있는 것 같은 느낌이었다. 둘 다 한커우에 대해 마음을 설레고 있었다. '중국 제일의 공업화된 도시', 그곳에선 새로운 적군(赤軍)이 조직되고 있었다. 바로 이 순간에도 거기서는 노동자들로 편성된 군대가 소총 다루는 법을 배우고 있다……

다리를 벌리고, 주먹을 무릎 위에 놓고 입을 벌린 채 첸은 연락병들을 물끄러미 바라보고 있었다. 그는 아무 말도 하지 않았다.

"만사는 상하이의 경시총감에게 달렸어. 그가 우리 편이라면 다수파라도 문제없을 텐데. 그러나 우익이라면……." 기요가 입을 열었다.

첸은 시계를 보았다. 이 시계포 안에는 태엽이 감긴 시계 혹은 멎은 시계 등, 적어도 30여 개의 괘종시계가 각각 다른 시간을 가리키고 있었다. 갑자기 긴박한 일제 사격 소리가 비 오듯이 시작되었다. 첸은 밖을 내다보기를 망설였다. 그는 혁명의 소란 속에서도 아무 감동 없이 움직이고 있는 이 시계의 세계에서 눈을 뗄 수가 없었다. 연락병이 나가는 바람에 첸은 비로소 제정신으로 돌아왔다. 그는 그제야 겨우 자기 시계를 꺼내 볼 생각이 들었다.

"4시다. 이젠 알 수 있겠지……."

그는 서둘러 설치한 야전 전화를 걸었다. 이윽고 화가 난 듯 수화기를 놓고 기요를 보았다.

"경시총감은 우익 놈이야."

"우선 혁명을 확대하고, 다음에 깊이 파고든다는 정책인 모양인데……." 기요의 대답은 오히려 묻는 듯한 투였다. "아무래도 코민테른의 정책은 여기서 실권을 부르주아에게 내맡기려는 방침인 것 같아. 일시적이겠지만…… 그렇게 되면 실망스러운데. 나는 일선에서 온 연락병을 만나 봤지만, 노동자 운동이 후방에

선 일체 금지되어 있는 모양이야. 장제스는 신중한 태도로 결국은 파업자들에게 발포를 하고 있다는 거야."

한 줄기 햇빛이 방 안으로 흘러들었다. 구름 사이로 보이던 파란 하늘은 차츰 넓어지고 있었다. 거리는 햇빛으로 가득 찼다. 요란한 일제 사격에도 장갑열차는 이 햇빛 속에서 버림받은 것처럼 보였다. 그러나 장갑열차는 다시 포를 쏘아 댔다. 기요와 첸도 이제는 아까처럼 장갑열차를 주의 깊게 바라보고 있지는 않았다. 아마 적은 좀더 가까운 곳에, 어쩌면 자기편 안에 있을지도 모른다고 생각했기 때문이다. 몹시 불안한 낯으로 기요는 잠시 뒤면 스러질 햇볕이 내리쬐는 보도를 멍하니 바라보고 있었다. 그곳에 기다란 그림자가 나타났다. 그는 머리를 들었다. 그것은 카토프였다.

기요는 다시 말을 이었다.

"보름이 되기 전에 국민당 정부는 우리 돌격대를 금지할 거야. 나는 일선에서 파견된 남의사의 사관들을 만나 보았어. 그들은 실은 우리 속을 떠보고, 우리들 무기보다 자기네들 것이 우수하다는 것을 은근히 과시하려고 온 거야. 놈들은 노동자 부대의 무장을 해제하여 경찰, 위원회, 경시총감, 군대, 무기를 수중에 넣으려 할 게 틀림없어. 그렇게 되면 결국 우리는 그런 꼴을 당하자고 폭동을 일으킨 셈이 되지. 그러니 우리는 국민당과 손을 끊어야 해. 국민당을 고립시켜서 가능하다면 공산당이 실권을 쥐도록 해야 해. 이젠 술책을 부릴 때가 아냐. 이런 상황 속에서 프롤레타리아를 심각하게 생각해야만 돼. 도대체 우리는 그들에게 무어라고 말하겠어?"

첸은 맨발로 신을 신어 더럽기는 하나 맵시 있는 자기 발을 물끄러미 내려다보고 있었다.

"노동자들이 파업을 하는 것은 당연한 노릇이야. 그것을 우리는 막는다는 거야. 농민은 토지를 갖고 싶어 해. 그것도 지당한 말이지. 그런데 우리는 그것도 막고 있는 거야."

그의 악센트는 긴 낱말 위에는 붙지 않았다.

"우리의 슬로건은 국민당의 슬로건과 마찬가지야." 기요가 입을 열었다. "우리 쪽이 조금 더 많은 약속은 하고 있지만. 그러나 국민당은 부르주아들에게 한 약속을 지켜 나가고 있는데, 우리는 노동자들에게 약속한 것을 주지 못하고 있단 말이야."

"그런 얘기 넌더리가 나네." 첸이 눈을 내리깐 채 말했다. "우선 장제스를 해치워야 돼……."

카토프는 잠자코 듣고 있더니 드디어 입을 열었다.

"그건 장래 얘기고, 분명히 놈들은 현재 우리들의 동료를 죽이고 있어. 그건 사실이야. 그러나 기요, 난 자네 의견에 전적으로 찬성할 자신이 없네, 알겠나. 러시아 혁명 초기에, 그렇지, 내가 아직 사회혁명당원이었을 때 우린 모두 우크라이나에서의 레닌 전략에 반대했었지. 우크라이나 인민위원이었던 안토노프는 광산 소유자들을 체포하여 태업을 했다는 이유로 10년간의 강제 노동에 처했어. 재판도 없이 말이야. 그때 레닌은 체카[4]의 위원이라는 권한으로 안토노프에게 축하의 말을 보냈어. 우린 모두 그걸 항의했었지. 사실 광산주들은 착취자들이었거든. 우리 동료들도 죄인이라는 허울을 뒤집어쓰고 광산에서 강제 노동을 했단 말이야. 그러므로 더욱 우리는 어엿한 본보기로서 그들을 정당하게 취급해 줘야겠다고 생각했었지. 하지만 그때 만일 우리가 그들을 석방했더라면 프롤레타리아들은 뭐가 뭔지 전혀 이해할 수 없었을 거야. 레닌의 전략이 옳았어. 정의는 우리 편에 있었지만, 레닌의 전략에 이유가 있었던 거야. 그래도 그때 우리들은 비상위원회의 이상한 권력에 대해서도 반대 태도를 취했었지. 여기서 우리는 잘 생각해야만 해. 현재의 슬로건은 그것으로 좋다는 거야. 우선 혁명을 확대하고, 다음에 그것을 심화한다는 것으로 되는 거야. 레닌은 단번에 '모든 권력을 소비에트에게'라고는 하지 않았거든."

"그렇다고 절대 '멘셰비키에게 권력을!'이라고도 하지 않았단 말이야. 우리는 어떤 일이 있더라도 국민당에 무기를 넘겨줄 수는 없어. 무슨 일이 있더라도! 만일 그렇게 된다면 그야말로 혁명은 실패야. 그리고 다음은……."

그때 키가 작고, 절도 있는 거동이 거의 일본인 같은 국민당 장교가 들어왔다. 서로 경례를 했다. 이어 장교는 말했다.

"30분 뒤엔 군대가 이곳에 올 것입니다. 그런데 우리에겐 무기가 모자랍니다. 얼마나 내줄 수 있습니까?"

---

4) 1917년 10월 혁명 이후 1922년까지의 러시아 반혁명·사보타주 단속 비상위원회.

첸은 가게 안을 왔다 갔다 하고 있었다. 카토프는 기요의 대답을 기다리고 있었다.

"노동자 의용병도 무장은 하고 있어야 됩니다." 기요가 대답했다.

"제 요구는 한커우 정부의 승인을 이미 받은 것입니다." 사관이 대답했다.

그러자 기요와 첸은 서로 바라보며 빙긋이 웃었다.

"직접 한번 알아보십시오." 사관이 말했다.

기요가 전화를 걸었다.

"이를테면 명령이라 하더라도……." 첸은 기분 나쁜 듯이 입을 열었다.

"됐어!" 기요가 외쳤다.

기요는 잠자코 듣고 있었다. 카토프도 예비 수화기를 들었다. 이윽고 둘이 한꺼번에 수화기를 놓았다.

"알았습니다." 기요는 말했다. "그러나 아직 다들 전투 중이어서요."

"곧 포병대가 올 겁니다." 사관이 말했다. "어떻게든 빨리 이 문제를 해결해야 할 텐데……."

그는 그렇게 말하면서, 햇빛 속에 좌초한 듯이 웅크리고 있는 장갑열차를 가리켰다.

"……우리 손으로 말입니다. 내일 저녁에는 군대에 무기를 넘겨줄 수 있을까요? 우리는 한시라도 빨리 무기를 받아야 합니다. 난징으로 진격해야만 하니까요."

"반 이상의 무기를 회수할 수 있을지 의문입니다."

"그건 또 왜요?"

"공산당원들은 순순히 무기를 내놓지 않을 거요."

"한커우 정부의 명령이라도?"

"이를테면 모스크바의 명령이라도 그렇습니다. 적어도 곧바로 내놓는다는 건."

그들은 사관이 드러내지 않았지만 화가 났다는 것을 알아차렸다.

"어떻게 하실 건지 생각해 보십시오." 그는 말했다. "7시쯤에 사람을 보낼 테니까요."

그렇게 말하고 그는 나가 버렸다.

"자네, 무기를 내주려는가?" 기요가 카토프에게 물었다.

"어떻게 하면 좋을지 생각하는 중이야. 하여간 우선 한커우에 가야겠어. 코민테른의 의도는 대체 어디 있는가? 중국을 통일하려면 우선 국민당의 군대를 써야만 되고, 다음에 선전이나 기타 방법으로 이 혁명을 발전시켜야만 해. 그래서 저절로 민주주의 혁명에서 사회주의 혁명으로 넘어가도록 해야만 한단 말이야."

"아냐, 장제스를 죽여야만 해." 첸이 말했다.

"장제스는 우릴 그런 혁명으로까지 끌어들이지는 않겠지." 기요는 대답했다.

"그는 혁명은 못해. 그는 여기선 세관 수입과 부르주아들의 기부에 의해 자신을 유지해 나갈 수밖에 없어. 그런데 부르주아들이 무의미한 일에 돈을 내지는 않을 걸세. 그러니까 그는 공산당원들의 모가지로 빚을 갚게 되겠지."

"새삼스럽게 그런 말을 해봤자 무슨 소용이야." 첸이 말했다.

"시끄럽군!" 카토프가 말했다. "자네는 중앙위원회나, 아니면 적어도 코민테른 대표자의 동의도 없이 장제스를 해치우겠다는 건가?"

멀리서 들리는 웅성대는 소리가 차츰 주위의 침묵을 채워 나갔다.

"자넨 한커우에 갈 작정인가?" 첸이 기요에게 물었다.

"물론이지."

첸은 규칙적으로 재깍대는 자명종과 뻐꾸기시계의 진자 밑에서 방 안을 서성대고 있었다.

"내가 말한 것은 아주 단순한 거야." 마침내 첸이 입을 열었다. "그러나 또한 가장 중요한 일이지. 꼭 해야 할 유일한 일이니, 그들에게 그렇게 전해 주게."

"그때까지 기다려 주겠지?"

첸이 대답하지 않고 망설이고 있다 해도 그것이 카토프에게 설득당한 게 아니라는 것을 기요는 잘 알고 있었다. 코민테른에서 내리는 현재의 어떠한 명령도 그를 혁명가로 만든 그 심오한 정열을 만족시킬 수는 없는 것이다. 만약 규율에 의하여 코민테른의 명령을 받는다면 그는 어떠한 행동도 할 수 없을 것이다. 기요는 시계 밑에 있는, 그 적의에 찬 육체를 물끄러미 바라보고 있었다. 이 육체는 지금껏 자기 자신과 남들을 혁명의 희생물로 바쳐 왔지만, 이제 혁명은 이 육체를 수많은 살인의 추억과 함께 고독의 세계로 내던지려 하고 있는 것이다. 첸에 대해 우정과 대립의 의식을 동시에 느끼고 있는 기요는 이미 그와 함께할 수도 없고, 그에게서 떨어져 나갈 수도 없는 형편이었다. 싸움터에서 맺어진 우애로써 함께 공격해야 할 장갑열차를 눈앞에 바라보는 이 순간에도, 그는 자기와 첸의 사이가 갑자기 갈라져 버릴 것만 같은 예감이 들었다. 자기 머릿속이 가장 맑을 때, 뇌전증이나 광증이 있는 친구에게서 별안간 발작의 징조를 느낀 것 같은 기분이었다.

첸은 다시 서성거리기 시작했다. 그는 항의라도 하듯이 머리를 내흔들었다. 그러고는 어깨를 으쓱하며 "좋아" 하고 대답했다. 그것은 어린애 같은 기요의 욕망을 만족시켜 주기 위한 몸짓 같았다.

웅성대는 소리가 전보다 더 크게 들렸다. 그러나 너무 혼잡한 소란이다. 그게 무슨 소리인지 알기 위해선 유심히 귀를 기울여야만 했다. 대지에서 솟아오르는 듯한 소리였다.

"아냐." 기요가 말했다. "사람들의 고함 소리야."

소리는 가까워지고 더 뚜렷해졌다.

"러시아 교회를 점령한 건가?" 카토프가 물었다.

그곳에는 많은 정부군이 바리케이드를 치고 숨어 있었다. 그러나 고함 소리는 교외에서 중심 지대로 밀려오는 것처럼 차츰 가까워지고 있었다. 점점 소리가 커졌다. 하지만 무슨 소린지 알아들을 수는 없었다. 카토프는 장갑열차 쪽으로 흘끔 시선을 보냈다.

"저놈들에게 증원대가 온 건가?"

여전히 알아들을 수 없는 고함 소리가 마치 어떤 중요한 뉴스가 군중에게서 군중으로 전해지듯 조금씩 다가왔다. 그 고함에 맞서서 또 다른 소리가 들려오다가 이윽고 뚜렷해졌다. 그것은 발밑에서 대지가 규칙적으로 울리는 소리였다.

"군대다." 카토프가 말했다. "우리 편 군대다."

의심할 여지도 없었다. 고함 소리는 환호성이었다. 그러나 아직 이 고함 소리는 공포의 부르짖음과 뚜렷이 구별할 수는 없었다. 기요는 언젠가 홍수에 쫓긴 군중의 고함 소리가 꼭 지금처럼 가까워지는 것을 들은 적이 있었다. 쇠망치를 두드리는 것 같은 발걸음 소리는 바닷물이 철썩이는 듯한 소리로 변하더니 다시 쇠망치를 두드리는 소리로 변했다. 병사들이 일단 멈췄다가 다른 방향으로 접어든 모양이다.

"이곳에 장갑열차가 있다는 보고를 받은 모양이군."

기요가 말했다.

장갑열차 안에 있는 병사들도 아마 고함 소리를 그들만큼은 똑똑히 듣지 못했겠지만, 쇠망치를 두드리는 것 같은 발걸음 소리는 철판이 울리는 바람에 뚜렷이 들었을 것이다.

엄청난 폭음이 세 사람을 깜짝 놀라게 했다. 모든 포신, 기관총, 소총을 동원하여 장갑열차가 사격을 시작한 것이다. 카토프는 전에 시베리아에서 장갑열차를 타본 일이 있었다. 그는 눈앞에 있는 장갑열차의 신음하는 듯한 모습을 머릿속에 그려 보았다. 사관들은 이제 마음껏 쏘라고 마지막 명령을 내린 모양이다. 그러나 그 조그만 포탑 속에서 한 손에는 전화기, 또 한 손에는 권총을 들고 있는 그들이 무엇을 할 수 있단 말인가? 병사들은 모두 그 쇠망치 두드리는 듯한 발소리가 무엇이었나를 짐작했을 것이다. 다시는 물 위로 떠오를 수 없는 거대한 잠수함 같은 장갑열차 안에서 그들은 함께 죽으려는 것일까, 아니면 살기위해 사관들에게 반기를 들어 서로 싸우려는 것일까?

장갑열차도 무서운 불안에 사로잡혀 있었다. 여전히 아무 데나 쏘면서 미친듯이 뒤흔들리고 있는 장갑열차는 선로에서 벗어나고자 몸부림치는 것 같았다. 그것은 마치 열차 속에 갇혀 있는 사람들의 절망적인 분노가 그들을 가둔철판—이 철판 또한 몸부림치고 있었다—에 옮겨 퍼진 것 같았다. 이렇게 미쳐날뛰는 흉포 속에서 카토프를 매혹하는 것은 장갑열차의 사람들이 빠져들고 있는 죽음의 도취가 아니라, 이런 무서운 울부짖음을 마치 미치광이를 구속하는 재킷처럼 꽉 버티고 있는 선로의 진동이었다. 그는 팔을 앞으로 내밀었다. 자기 팔이 마비되어 있지 않은가를 확인하기 위해서. 30초쯤 지나자 광란의 소음은 그쳤다. 둔하게 땅을 울리는 발소리와 가게 안에 있는 모든 시계의 똑딱거리는 소리를 덮어 버리며 육중한 철판 소리가 울려왔다. 혁명군의 포병대.

모든 철판 뒤에서 장갑열차의 병사들은 이 소리를 마치 죽음의 소리인 양 귀를 기울여 듣고 있었다.

제3부

3월 29일

한커우가 코앞에 다가왔다. 강 가득히 삼판선(三板船)이 오가고 있었다. 병기창의 굴뚝이 언덕 위에서 차츰 모습을 드러냈지만, 뭉게뭉게 솟아오르는 연기에 가려 잘 보이지 않았다. 봄날 저녁의 푸르스름한 햇빛을 통해 드디어 거리의 모습이 나타났다. 또렷하게 보이는 거뭇거뭇한 전경은 서구 열강의 군함들이었다. 그 사이로 둥근 기둥으로 이루어진 한커우의 모든 은행이 보였다. 엿새 동안이나 기요는 강을 거슬러 올라왔다. 상하이에선 아무 소식도 없었다.

배의 발치에서 외국 기정(汽艇) 한 척이 기적을 울렸다. 기요는 규정대로 신분증을 갖추고 있었다. 그는 비밀히 움직이는 일엔 익숙했다. 다만 조심하기 위해 뱃머리 쪽으로 간 것이다.

"저들이 뭘 어떡하겠다는 거요?" 그는 기관사에게 물었다.

"우리가 쌀이나 석탄을 싣지 않았나 조사한다는 겁니다. 운반이 금지되어 있거든요."

"그건 또 왜요?"

"핑계죠. 정작 석탄을 실었어도 아무 소리 안 하니까요. 결국 배와 무장 해제를 노리고 있는 거죠. 거리에 식량이나 물자를 보급할 여유는 없어요."

저편으로 굴뚝과 기중기, 저수탱크가 보였다. 그것은 혁명의 동조자들이다. 그러나 상하이는 기요에게 활동적인 항구란 어떤 것인가를 가르쳐 주고 있었다. 지금 눈앞에 보이는 항구는 다만 정크와 수뢰정(水雷艇)으로 차 있을 뿐이었다. 기요는 쌍안경을 들었다. 상선이 하나, 둘, 셋. 그 밖에도 몇 척이 있는 것 같았다. 그가 타고 있는 배는 우창(武昌) 쪽에 다다랐다. 그래서 한커우로 가려면 연락선으로 갈아타야만 했다.

기요는 배에서 내렸다. 안벽(岸壁)에서 장교 한 명이 하역을 감시하고 있었다.

"왜 이렇게 배가 적죠?" 기요가 물었다.

"선박회사에서 전부 철수시켰죠. 징발될 것이 두려우니까요."

모두가 상하이에서는 징발이 오래전부터 이루어진 줄 알고 있었다.

"연락선은 언제 떠납니까?"

"30분마다 떠납니다."

앞으로 20분 동안을 기다려야 했다. 기요는 발길 닿는 대로 걸음을 옮겼다. 석유램프가 가게 안에 켜져 있었다. 여기저기에 수목과 인가 지붕의 그림자가 서쪽 하늘에 떠오르고 있었다. 또 웬일인지 서쪽 하늘에는 알 수 없는 빛이 환하게 비치고 있었다. 그것은 마치 하늘의 정적 속에서 솟아올라 아득히 높은 곳에서 밤의 정적과 어우러진 듯했다. 군인이 주둔하고 노동조합이 있기는 하지만, 상점 안에서는 두꺼비 간판을 내건 의사며, 약초상, 괴수(怪獸)상, 대서인, 마술사, 점성가, 점쟁이들이 핏자국이 보이지 않는 어둠침침한 불빛 속에서 이상한 영업을 이어 가고 있었다. 그림자들은 푸르스름한 인광(燐光)을 받아 땅 위로 퍼지는 것이 아니라, 그냥 그 자리에서 사그라지고 있었다. 아득히 먼, 다른 세계에서나 볼 수 있을 것 같은 말할 수 없이 아름다운 석양의 잔광. 그 한 줄기의 반사는 땅 위를 물들이고, 벌써 거무스름해진 담쟁이덩굴로 덮인 탑이 솟아 있는 거대한 아치 저편에 희미하게 비치고 있었다. 그 건너에서 한 무리의 군인들이 강 위를 뒤덮고 있는 짙은 밤안개 속으로 사라져 갔다. 장식용 전등 불빛이 아름답게 비치는 저 너머로는 방울 소리와 축음기 소리가 시끄럽게 울려 퍼졌다. 기요도 커다란 돌들이 뒹굴고 있는 곳까지 내려갔다. 그것은 중국의 해방을 상징하듯이 무너져 있는 성벽의 돌덩이였다. 연락선은 바로 곁에 있었다.

또 강 위에서 15분 동안 황혼 속에 떠오르는 도시를 바라보고 있었다. 드디어 한커우에 닿은 것이다.

인력거들이 부두에서 손님을 기다리고 있었다. 그러나 기요의 불안은 그를 우두커니 앉아 있을 수 없게 하였다. 그는 걷고 싶었다. 1월에 포기해 버린 영국 조계, 점령되지는 않았으나 폐쇄된 비어 있는 세계적인 큰 은행이 있다…… '불안이란 이상한 감각이다. 마치 심장으로 숨을 쉬는 것처럼 심장의 고동으로 숨이 막히는 것이다.'

거리 모퉁이에 이르자 꽃이 활짝 핀 나무들로 가득 들어찬 큰 정원이 저녁 안개 속에 잿빛으로 보였고, 그 너머로 서부 지구의 공장 굴뚝이 보였다.

연기는 전혀 볼 수 없었다. 눈에 띄는 굴뚝 가운데 병기창의 굴뚝만이 연기를 조금 뿜어낼 뿐이었다. 전 세계의 공산주의자들이 중국 해방의 기대를 걸고 있는 혁명 도시 한커우가 파업 중이라니 도대체 그럴 수가 있을까? 병기창은 일하고 있었다. 적어도 적군(赤軍)만은 기대할 수 있을까? 기요는 이제 달려가려고 하지 않았다. 만일 한커우가 기요의 동지들이 믿고 있는 것과 딴판이라면 상하이의 동지들은 모두 사형 언도를 받은 것이나 마찬가지다. 메이도, 그리고 그 자신도.

이윽고 코민테른 대표부에 도착했다.

그 본부 건물은 전체가 환했다. 기요는 볼로긴이 맨 위층에서 일하고 있다는 것을 알고 있었다. 그는 중국 국민당의 고문을 맡고 있었다. 아래층에서는 인쇄기가 마치 커다란 고물 선풍기처럼 덜컹대며 전력을 다해 돌아가고 있었다.

칼라가 두꺼운 회색 스웨터를 입은 기요의 모습을 문지기가 유심히 훑어보았다. 그 사나이는 기요를 일본인으로 알고 외국인 안내를 맡은 당번을 손가락으로 가리켰다. 그러나 기요가 내민 증명서를 보자 직접 혼잡한 입구를 통해 코민테른 상하이반(斑)으로 기요를 데리고 갔다. 자기를 맞아들인 서기에 대해 기요가 알고 있는 것은 핀란드에서 처음으로 폭동을 조직했다는 것뿐이었다. 한 동지가 볼로긴이라고 자기소개를 하며 책상 너머로 손을 내밀었다. 볼로긴은 남자라기보다 오히려 중년 여인처럼 오동통했다. 그렇게 보이는 것은 얼굴빛이 아주 밝기는 하나 어딘가 근동 지방 사람들처럼 매부리코에 인형같이 섬세한 이목을 갖추고 있는 탓일까, 아니면 올백으로 빗어 넘긴 희끗희끗한 긴 머리칼이 뻣뻣한 끈처럼 볼에까지 늘어져 있기 때문일까?

"상하이에선 우리가 엉뚱한 길로 접어든 것 같소." 기요가 말했다.

이렇게 말하면서 곧 그는 자신이 한 말을 불만스럽게 여겼다. 머릿속에서 생각이 앞질렀기 때문이다. 그러나 이 말은 그가 하고 싶었던 말을 그대로 나타내고 있었다. 만약 한커우가, 상하이의 전투부대가 바라고 있는 원조를 주지 못하고 게다가 무기를 반환해야만 한다면 그것은 자살 행위와 다름없다.

볼로긴은 안락의자에 깊숙이 몸을 파묻고는 카키색 제복의 소매 속으로 손을 집어넣었다.

"또 그런 말을!……" 그는 중얼거렸다.

"우선, 여기선 어떻게 되어 가고 있습니까?"

"얘길 계속하오. 상하이에선 어떻게 엉뚱한 길로 빠졌다는 거요?"

"아니, 그보다도 왜 여기서는 공장이 움직이지 않는 겁니까?"

"잠깐, 어떤 동지들이 불평하고 있는 거요?"

"전투대원들이죠. 테러리스트들도 그렇고."

"테러리스트들은 문제가 안 되오. 그 밖의 사람은……."

볼로긴은 기요를 빤히 쳐다보았다.

"그들은 무엇을 원하고 있는 거요?"

"국민당과 손을 끊고 독립된 공산당을 조직하는 일이죠. 노동 동맹에 권력을 줄 것과, 무엇보다도 무기를 반환하지 않는 일이죠."

"늘 같은 소리군."

볼로긴은 일어나더니 창문으로 강과 언덕을 바라보았다. 얼굴에는 아무런 표정도 없었다. 다만 몽유병자처럼 꼼짝도 않는 강렬한 거동이 그 긴장된 얼굴에 얼마의 생기를 주고 있었다. 그는 몸집이 작았다. 배 못지않게 살이 찐 그의 등은 꼽추를 떠올리게 했다.

"하나 묻겠는데, 우리가 국민당을 떠난다고 가정하면 그다음은 어떻게 한다는 거요?"

"우선 각 노동 동맹과 조합에 의용군을 조직하죠."

"무기는 어디서 나고? 이곳 병기창은 장군들의 수중에 있고, 장제스는 장제스대로 지금 상하이 병기창을 차지하고 있소. 게다가 우리는 몽골이 가로막혀 있으므로 러시아에서 무기를 들여올 수 없단 말이오."

"상하이에선 우리가 병기창을 점령했소."

"당신들 배후에 혁명군이 있었던 덕분이오. 배후이지 앞이 아니란 말이오. 도대체 여기서 누구를 무장시킨단 말이오? 아마 1만 명의 노동자가 있다고 하겠지. 그리고 이른바 철갑군(鐵甲軍) 공산당 핵심체 외에 한 1만 명쯤 더 있을까. 그것만 하더라도 한 사람 앞에 총알이 열 발씩밖에 안 돌아가오. 그들에게 맞설 사람이 여기만 해도 7만 5천 명 이상이나 있소. 장제스 쪽이나 기타 사람들은 별도로 치고 말이오. 그들은 아마 우리가 사실상 공산주의적인 움직임만 보인다 하면 이것 잘되었구나, 하고 기꺼이 서로 손을 잡고 우리에게 맞서 올 거요. 그런데 우리 대군의 무기를 어떻게 보급한단 말이오?"

"제련소나 공장이 있잖아요?"

"원료가 이젠 안 들어오는걸."

볼로긴은 밀려오는 어둠을 배경으로 창문 앞에 꼼짝도 않고 서서 흐트러진 머리칼이 옆얼굴을 가리고 있었다.

"한커우는 노동자의 수도가 아니오. 차라리 실업자의 수도지. 무기도 없소. 하기야 그게 더 다행일지 모르지만. 가끔 이런 생각을 할 때가 있소. 그들에게 무기를 주면 오히려 우리에게 쏘아 댈지도 모른다고. 그러나 한편 '우리의 혁명이 큰 곤경에 처했다……'고 보고, 아무런 요구도 없이 하루에 열다섯 시간씩 일하는 자도 있소."

기요는 꿈속에 빠져들듯이 점점 마음이 밑으로 가라앉았다.

"우리에겐 권력이 없소. 그들이 말하는 이른바 '국민당 좌파'의 장군들이 쥐고 있지." 볼로긴은 말을 이었다. "그들은 장제스와 마찬가지로 이제는 소비에트를 받아들이지 않을 거요. 그건 확실하오. 우리는 놈들을 이용할 수 있다, 그것뿐이오. 그것도 몹시 조심스럽게 말이오."

이 한커우가 단지 피로 물든 무대에 지나지 않는다면…… 기요는 더 이상 생각하려 하지 않았다. '여기서 나가면 포소즈를 만나자.' 그는 생각했다. 포소즈는 그가 한커우에서 믿을 수 있는 유일한 동지였다. '포소즈를 만나자……'

볼로긴은 겉보기보다 훨씬 괴로워하고 있다. 당의 규율은 트로츠키파와의 투쟁을 겪으며 몹시 강화되어 있었다. 볼로긴은 자기보다도, 그리고 기요보다도 권위 있고 사정에 밝은 동지들의 결정을 실행해야만 했다. 러시아에선 그도 이러쿵저러쿵 언쟁을 하지는 않았었다. 그러나 볼셰비키들이 지칠 줄도 모르고 얼마나 끈질긴 인내로 그들의 진리를 문맹 대중에게 가르치려 했던가는 아직 잊지 못한다. 그 진리란 레닌의 연설이었다. 그 연설은 끊임없이 언제까지나 이어지는 나선 계단처럼 여러 차례 원점으로 되돌아왔지만, 그때마다 한 계단씩 올라갔던 것이다. 중국 공산당 조직은 러시아 공산당의 조직력을 따르기엔 매우 미흡했다. 그리고 정세의 설명이나 교시(敎示), 그 밖의 명령까지도 모스크바에서 상하이까지 이르는 긴 도중에서 없어지는 일이 잦았다.

"……무엇을 그렇게…… 멍하니 생각하고 있소?" 볼로긴이 말했다. "세상 사람들은 한커우를 공산화했다고 생각하고 있소. 그것도 다행이오. 우리 선전부의 명예니까. 그러나 그게 사실이랄 수는 없지."

"가장 최근의 지령은?"

"철갑군의 공산당 핵심체를 강화하는 일이오. 우리는 저울 한쪽에 무게를 더하여 균형을 맞출 수는 있지만, 단독으로는 강력해질 수 없단 말이오. 우리와 함께 협력해서 싸우고 있는 장군들은 장제스를 미워하는 만큼 소비에트나 공산주의를 미워하고 있소. 나는 그걸 알고 있을뿐더러 내 눈으로 매일 보고 있소…… 매일 말이오. 어떤 공산주의 슬로건이라도 그것을 겉으로 드러내기만 하면 놈들은 우리에게 덤벼들 거요. 그리고 틀림없이 놈들과 장제스를 결탁케 하는 결과가 될 거요. 우리가 할 수 있는 유일한 일은 그들을 이용해서 장제스를 쓰러뜨리는 일이오. 그리고 필요하다면 같은 수단으로 펑위샹(馮玉祥)도 해치우고. 지금까지 우리가 장제스를 이용하여 장군들을 쳐부순 것처럼 말이오. 놈들이 승리하면 할수록 우리는 선전을 이용해서 사람들을 끌어들일 수 있으니까. 우리는 놈들과 함께 커가는 셈이지. 그러니까 현재로선 시간을 버는 게 중요하다는 거요. 결국 혁명이란 민주주의적인 형태로는 오래갈 수 없는 법이오. 그것은 본질적으로 미루어 보아 사회주의적으로 될 수밖에 없는 거요. 혁명이 이루어지는 대로 내버려 두는 거요. 요컨대 혁명을 잘 분만하도록 도와줘야지 유산시켜서는 안 된단 말이오."

"그래요. 하지만 마르크스주의에는 숙명론적 견해와 의지적인 고양(高揚)이 있죠. 숙명이 의지에 앞서는 것을 보면 언제나 나는 의혹을 품게 됩니다."

"하지만 만일 지금 순수하게 공산주의 슬로건을 내걸면 결국, 금방 모든 장군들이 결탁하여 우리에게 맞서 올 거요. 20만 대 2만이지. 그러니까 당신들은 상하이에서 장제스와 잘 타협해야 한단 말이오. 그럴 수 없다면 무기를 돌려줘 버리시오."

"그런 생각을 했다면 러시아의 10월 혁명은 할 수 없었을 것 아닙니까. 그때 볼셰비키는 얼마나 있었던가요?"

"'평화'라는 슬로건이 대중을 끌어들인 거요."

"다른 슬로건도 있지요."

"너무 시기가 이른 것들뿐이오. 그래, 어떤 게 있소?"

"소작 계약과 채권의 즉시 전폐. 비타협, 구속 없는 농민 혁명."

강을 타고 거슬러 올라오는 엿새 동안 기요는 자기 생각이 옳다는 확신을 더욱 굳게 다졌다. 몇천 년 전부터 강의 합류점에 자리 잡고 있는 이 점토질의 도시 빈민들은 노동자에게나 농민에게나 가리지 않고 그 뒤를 따를 것이다.

"농민은 늘 뒤를 따르는 법이오." 볼로긴이 말했다. "노동자에게나 부르주아에게나. 어쨌든 따라오게 마련이야."

"아니, 농민 운동은 도시와 이어짐으로써만 비로소 지속될 수 있는 거죠. 그리고 아무런 조직도 없는 농민들만으로는 기껏해야 농민 폭동쯤 일으키는 게 고작이고요. 그러나 우리는 그들을 무산 계급에서 분리하려는 것은 아닙니다. 채권의 폐지는 농민을 동원할 수 있는 유일한 전투적 슬로건이 되니까요."

"그리고 토지 분배란 말이지."

볼로긴이 말했다.

"더 구체적으로 말하자면, 대부분의 가난한 농민들은 토지 소유자이면서도 고리대금업자들을 위해 일하고 있는 셈입니다. 그들도 다 그 사실을 알고 있어요. 한편 상하이에선 될 수 있는 한 빨리 노동자 동맹의 호위대를 훈련시켜야만 되죠. 그러니까 어떤 핑계를 대건 그들의 무장을 해제해서는 안 되는 거죠. 그들은 장제스에 맞서는 '우리의 힘'으로 삼아야 할 것입니다."

"그런 슬로건이 알려지면 곧바로 우리는 파멸할 거요."

"그렇다면 우리는 아무래도 파멸하고 말겠군요. 이를테면 공산주의 슬로건을 포기한다 해도 우리는 그대로 나아갈 겁니다. 농민이 토지를 원하게 된 것은 틀림없이 우리 연설의 힘이죠. 그러나 이제 와서는 농민들에게 어떤 연설을 한다 해도 이미 때는 늦은 겁니다. 우리는 장제스의 군대와 함께 탄압에 가담하여—결국 그렇게 하자는 거죠?—결정적으로 전락해 버리느냐, 아니면 그들로 하여금 필연적으로 우리들을 쳐부수게 하느냐의 둘 가운데 하나죠."

"당에선, 결국에는 그들과 손을 끊어야 한다고 보고 있소. 그러나 그렇게 서둘러서는 안 된다는 거요."

"그럼 무엇보다도 책략을 쓰는 것이 문제라면, 무기를 내주어서는 안 됩니다. 무기를 돌려준다는 건 동지를 파는 거나 다름없어요."

"동지들이 지령을 좇는다면 장제스는 가만히 있을 거요."

"지령을 좇건 말건 결과야 마찬가지일 겁니다. 위원회와 카토프, 그리고 내가 노동자 호위대를 조직했어요. 당신들이 그것을 해산하려 든다면 상하이의 프롤레타리아들은 다들 배신이라고 생각할 겁니다."

"그러니 그들의 무장을 해제하시오."

"빈민 지구에서는 곳곳에 노동자 동맹이 다 조직되어 있어요. 당신네는 코민테른의 이름으로 조합을 금지할 작정인가요?"

볼로긴은 창가로 되돌아갔다. 머리를 푹 숙이니 턱이 떨렸다. 밤이 찾아들었다. 아직은 창백해 보이는 별빛이 온 하늘에 가득 차 있었다.

"손을 끊는다는 것은 결국 패배하는 일이오. 지금 국민당에서 떨어져 나온다는 것은 모스크바에서 허용치 않을 거요. 게다가 중국 공산당은 모스크바 이상으로 장제스와 타협적인 방향으로 움직이고 있는 것 같소."

"그건 고위층 사람들뿐이죠. 밑에 있는 동지들은 만일 당신들이 명령한다 해도 무기를 전부 내주지는 않을 겁니다. 당신들은 우리를 희생시킨다 해도 장제스를 안심시킬 수는 없을 거요. 볼로긴, 당신이 모스크바에 이런 얘길 전하면 되잖습니까?"

그것이 기요가 바라는 유일한 희망이었다. 볼로긴 같은 사람은 절대로 설득시킬 수 없을 것이다. 하여간 전해 주기만이라도 한다면⋯⋯.

"모스크바에서도 그 일을 알고 있소. 무기를 반환하라는 지령은 그저께 내려와 있단 말이오."

너무나 놀란 기요는 말문이 막혀 곧바로 대답할 수가 없었다.

"그래, 무기를 반환한 그룹이 있나요?"

"반쯤은⋯⋯."

그저께 기요가 배 위에서 생각에 잠겨 있거나 아니면 자고 있던 동안에—그도 모스크바가 틀림없이 그런 방침을 취하리라는 것은 알고 있었다. 이러한 정세가 첸의 계획에 갑자기 막연한 의의를 던져 주었다.

"이건 다른 얘긴데⋯⋯ 아니, 결국 같은 일이죠. 동지 가운데 첸타루〔陳大耳〕

라는 사람이 장제스를 해치우려고 해요."

"아, 그 말이었군!"

"뭐라고요?"

"당신이 이곳에 오면 자기도 함께 날 만나고 싶다고 전해 왔더군."

볼로긴은 책상 위에서 쪽지를 집어 들었다. 기요는 이때 비로소 볼로긴이 성직자 같은 손을 가지고 있다는 것을 알았다. '어째서 곧 첸을 불러들이지 않았을까?' 기요는 수상하게 여겼다.

"중대한 문제라고……" 볼로긴은 그 쪽지를 읽었다. "누구나 다 중대한 문제라지."

"첸이 여기 와 있나요?"

"그는 올 예정이 아니었던 모양이지? 누구나 다 같다니까. 그들은 걸핏하면 생각이 변하거든. 어쨌든 첸은 두세 시간 전부터 여기 와 있소. 당신 배가 워낙 늦게 도착해서."

볼로긴은 전화로 첸을 보내라고 했다. 그는 테러리스트들과 이야기를 나누는 게 그다지 내키지 않았다. 테러리스트들은 옹졸하고 거만하고 정치적 감각이 결여된 인간이라고 알고 있었다.

"유데니치 장군[1]이 레닌그라드 바로 앞까지 쳐들어왔을 때는 지금 사태보다도 훨씬 험악했소." 볼로긴이 말했다.

"그러나 우리는 그 난관을 극복했단 말이오……."

기요와 같은 스웨터를 입은 첸이 들어왔다. 기요 앞을 지나 볼로긴과 마주 앉았다. 인쇄기의 소음만이 침묵을 채우고 있었다. 책상과 수직을 이루는 커다란 창문 안에는 이미 캄캄해진 밤의 어둠이 두 사나이의 옆모습을 뚜렷이 갈라놓고 있었다. 첸은 책상에 팔꿈치를 올려놓고, 두 손으로 턱을 괸 채 고집스럽게 긴장된 낯으로 꼼짝 않고 앉아 있었다. '극도로 긴장된 인간의 모습은 어딘가 비인간적인 인상을 준다. 그건 우리들이 자기들 약점을 통해서만 서로 쉽게 접촉한다는 생각이 들기 때문이 아닐까?……' 기요는 첸을 보면서 생각했다. 놀람의 순간이 지나자 기요는 첸이 여기 와 있는 것은 피할 수 없는 사실로

---

1) 러시아 혁명 당시 반혁명군의 사령관 중 한 사람.

여겨졌다. 볼로긴은 별이 총총한 어둠을 등지고 맞은쪽에 우뚝 서 있었다. 얼굴 위로 머리칼을 늘어뜨리고 팔짱을 낀 채 그 역시 상대방이 입을 열기를 기다리고 있었다.

"기요가 말합디까?" 첸은 턱으로 기요를 가리키며 물었다.

"코민테른이 테러 행위를 어떻게 생각하는지 당신도 잘 알고 있을 텐데." 볼로긴이 대답했다. "지금 그런 문젤 가지고 장황하게 떠들고 싶진 않소!"

"현재의 경우는 특수하단 말이오. 우리와 맞서서 부르주아 계급을 규합할 만큼 인기가 있고 힘을 가진 것은 장제스뿐이오. 대체 당신들은 내 계획에 반대하는 거요, 찬성하는 거요?"

첸은 책상에 팔꿈치를 올려놓고 턱을 괸 채 여전히 꼼짝 않고 있었다. 첸이 이곳까지 오기는 했지만, 그에게는 토론도 소용없다는 걸 기요는 알고 있었다. 오로지 파괴 행위만 첸에게 어울리는 일이었다.

"코민테른은 당신 계획을 찬성할 리가 없소." 볼로긴은 뻔한 일이라는 듯이 말했다. "하지만 당신 관점으로 본다 해도……." 첸은 여전히 꼼짝도 하지 않았다.

"시기는 잘 잡은 셈인가?"

"그럼 우리 동지들이 장제스에게 죽음을 당할 때까지 기다리라는 말이오?"

"장제스도 여러 가지 법령이야 내놓겠지만, 그 이상은 아무 일도 없겠지. 그의 아들은 모스크바에 있단 말이오. 그 점을 잊지 마오. 결국 갈렌[2] 휘하의 러시아 사관들도 장제스의 참모부를 떠나지는 않았소. 그가 죽기라도 한다면 그들도 고문을 당할 거요. 그러니까 갈렌도 적군 참모부도 당신 계획을 결코 승인하지 않을 거요……."

'그러고 보니 이 문제는 여기서도 벌써 논의되었나 보군.' 기요는 생각했다. 이 논쟁에는 어딘가 납득할 수 없는 점이 있어서 기요를 당황하게 했다. 기요가 보기에, 볼로긴은 장제스의 암살을 말할 때보다 무기 반환을 명령할 때 유난히 더 단정적이었다.

"러시아 사관들은 고문을 감수하겠죠." 첸은 말했다. "나 역시 달갑게 형을 받

---

2) 볼로긴과 함께 소련에서 파견된 군사 고문.

을 거요. 그런 거야 아무래도 좋소. 수백만의 중국인 목숨을 러시아 사관 15명으로 구하는 셈인데, 그것으로 됐지 않소? 또 장제스는 장제스대로 아들을 버려야만 하겠죠."

"그걸 어떻게 아나?"

"그럼 당신은 어떻게 생각하나요?"

"물론 그도 아마 자식보다는 자기 몸이 소중하겠지."

기요가 말했다. "어쨌든 우리를 탄압하지 않으면 장제스는 파멸할 거요. 또 농민의 활동을 탄압하지 않으면 휘하 사관들이 그를 버릴 테니까요. 그러니까 그는 외국의 영사들에게서 몇 가지 약속을 얻든가 혹은 그럴듯한 연극을 꾸민 다음, 자식을 버리지 않을까 하는 생각이 드는데요. 볼로긴 씨, 당신이 규합하려는 소시민층은 우리의 무장이 해제된 다음 날로 모두 장제스의 편에 붙어 버릴 거요. 소시민층은 강한 편에 가담하게 마련이니까. 난 그들을 잘 알고 있소."

"그건 알 수 없소. 상하이만이 아니니까."

"당신은 아까 한커우에서는 굶어 죽을 지경이라고 했죠. 상하이를 잃으면 어디서 식량을 가져올 작정이오? 펑위샹이 몽골을 가로막고 있는 데다, 우리가 장제스에게 분쇄되는 날엔 그는 곧 당신들을 배반할 거요. 그렇게 되면 양쯔강에서나 러시아에서나 어떠한 원조도 받을 수 없소. 당신들이 국민당의 계획을 농민들에게 약속해 준 마당에, 그들이 적군(赤軍)에게 식량을 공급해 주고 자기들은 굶어 죽을 것 같습니까? 그 약속이라는 것도 소작료를 25퍼센트 깎아 준다니, 농담도 작작 하라지! 당신들은 지금보다도 더 국민당 손아귀로 빠져들게 될 거요. 정말 혁명적인 슬로건을 내걸고 상하이의 농민 계급과 무산 계급의 지지를 얻어 이제 곧 장제스에 대해 투쟁을 시도한다는 건 모험이긴 하지만 불가능한 일은 아니오. 제1사단은 사단장을 비롯하여 거의 전부가 공산당원이므로 우리와 힘을 합쳐 싸울 것이오. 무기의 절반은 아직 내주지 않았다고 했죠? 그러니 지금 싸우지 않겠다는 것은 그들의 칼날 앞에 태연히 목을 늘어뜨리고 있는 거나 다름없는 겁니다."

볼로긴은 비록 무관심한 척하고 있었으나 이 논의는 무척 그를 화나게 했다. 그러나 기요가 자기 앞에서 변명하고 역설하는 상하이의 공산주의 세력 동향에 대해서는 그도 전혀 모르는 바는 아니었다.

"그런데 국민당이 버티고 있소. 우리가 만든 건 아니지만, 엄연히 있단 말이오. 더구나 일시적이긴 하나 우리보다 강한 게 사실이고. 우리가 마음대로 다룰 수 있는 공산 분자를 모두 이 당에 잠입시켜 뿌리째 정복할 수는 있지. 국민당 당원은 대부분 급진론자들이니까."

"민주주의에서 수효 따위는 지배기관에 대해 문제가 되지 않는다는 것쯤은 당신도 잘 알 텐데."

"우리는 국민당을 이용할 수 있다는 것을 실제로 그렇게 함으로써 증명하고 있는 셈이오. 논쟁으로 증명하고 있는 게 아니라, 2년 전부터 끊임없이 이 당을 이용해 왔단 말이오. 매일매일."

"그건 당신들이 국민당의 목적을 승인하는 범위 내에서 하는 소리죠. 그러나 국민당 쪽에서 당신들의 목표를 승인해야 할 때에는 단 한 번이라도 그들을 이용한 일은 없잖소. 당신들은 공산당이 간절히 바라던 선물, 즉 사관들이며 의용군이며 돈이며 선전 따위를 국민당으로 하여금 받아들이게는 했죠. 그러나 병사들이 조직하고 있는 평의회나, 농민 동맹은 별문제입니다."

"하지만 반공 분자 배척 문제는 저쪽에서 받아들이지 않았소?"

"그땐 아직 장제스가 상하이를 장악하기 전이죠."

"한 달 안에 우리는 국민당 중앙위원회에서 그에 대한 법적 보호 정지를 얻어 낼 수 있을 거요."

"그것도 그들이 우리를 분쇄해 버린 다음일 거요. 중앙위원회 장군들에게야 공산당 투사들이 죽건 말건 그게 무슨 상관이겠소? 죽으면 그만큼 이득이 될 뿐이지! 중국 공산당, 그리고 아마 모스크바도 경제적인 운명론에 사로잡혀서 눈앞에 있는 근본적인 필연성을 제대로 보지 못하고 있다고는 생각지 않나요?"

"그건 편의주의요."

"좋소! 그럼 당신 의견으로 보면 레닌이 토지 분배를 슬로건으로 내건 것은 잘못이었다는 얘기군요. 하기야 그런 슬로건은 볼셰비키들의 강령보다는 그걸 적용할 줄 모르는 사회혁명당의 강령에 더 많이 나타나 있지만. 토지 분배는 소지주를 만드는 일이오. 그러니까 레닌은 토지 분배가 아니라 즉각적인 집단화, 즉 솝호스[3] 조직을 만들었어야 했소. 그런데 토지 분배가 성공했으므로 당신들은 그것을 전술 문제라고 본단 말이죠. 우리도 어디까지나 문제는 전술뿐이오! 당신들은 지금 대중을 통제하는 힘을 잃어가고 있소……"

"당신은 레닌이 2월부터 10월에 이르는 동안 계속 그 통제력을 가지고 있었다고 생각하오?"

"레닌도 때로는 잃은 적이 있죠. 그러나 그는 어디까지나 대중과 같은 방향에서 움직이고 있었죠. 그런데 당신들은 당신들의 슬로건을 역행하고 있단 말이오. 단지 일시적인 방향 전환이 아니라, 점점 더 본궤도에서 멀어져 간다는 거요. 당신들이 바라는 방향으로 대중을 움직이게 하려면 권력을 쥐고 있어야 할 거요. 그러나 지금은 그런 경우가 못 된단 말이오."

"그런 건 문제가 아냐." 첸이 불쑥 일어서며 말했다.

"당신들은 농민의 활동을 억누를 수는 없을 거요." 기요는 말을 이었다. "지금 우리 공산당원은 대중이 배신 행위라고밖에는 여길 수 없는 지령을 그들에게 내리고 있는 거요. 대중이 당신들이 내건, '기다리라'는 슬로건을 이해하리라 생각하오?"

그러자 볼로긴의 음성에 비로소 정열의 그림자가 비쳤다.

"내가 한낱 상하이 항구의 품팔이꾼이라 해도, 당에 대한 복종이 공산주의 투사가 취할 합리적이고 유일한 태도라고 생각할 거요. 무기도 다 반환해야 한다고 생각하고."

첸은 또 일어섰다.

"사람이 목숨을 내거는 건 복종으로 되는 일이 아니오. 남을 죽이는 경우도 마찬가지요. 비겁한 자들은 몰라도."

볼로긴은 어깨를 움츠렸다.

"암살을 정치적 진리의 올바른 길이라고 생각해서는 안 되오."

첸은 나가 버렸다.

"난 중앙위원회 제1회 집회에서 토지의 즉시 분배와 채권의 소멸을 제의하겠소." 기요는 볼로긴에게 손을 내밀면서 말했다.

---

3) 소비에트 국영농장.

"위원회에선 그런 것을 가결하지 않을 거요." 볼로긴은 미소를 지으며 말했다.

보도 위에 작달막한 첸의 그림자가 기다리고 있었다. 기요는 친구 포소즈의 주소를 알아낸 뒤 첸 곁으로 갔다. 포소즈는 항구 관리 책임을 맡고 있었다.

"이봐……." 첸이 말했다.

배의 발동기처럼 규칙적인 인쇄기의 진동이 지면을 통해 그들의 발끝에서 머리끝까지 뒤흔들며 지나갔다. 잠든 거리에서 대표부 건물만이 창마다 불을 밝히고 있었다. 그 창문에 검은 그림자가 가로질러 있었다. 그들은 걸었다. 두 개의 비슷한 그림자가 그들을 앞지르고 있었다. 같은 키, 같은 색의 스웨터. 길 저편으로 마치 연옥의 검은 그림자처럼 보이던 초가집들도 생선 냄새와 기름 타는 냄새가 풍기는 조용하고 아주 삼엄한 어둠 속으로 사라지고 있었다.

기요는 지면을 통해서 자기 몸으로 전해 온 그 진동을 아직도 떨쳐 버릴 수가 없었다. 마치 진리를 찍어 내는 기계가 볼로긴의 망설임과 주장을 그의 내부에 합해 놓은 것 같았다. 내가 지니고 있는 정보는 얼마나 빈약한가, 또 내 활동의 근거를 얻으려면 앞으로 코민테른의 지령에 무조건 복종해야 하는가. 기요는 강을 거슬러 한커우로 오는 내내 절실히 느꼈다. 그러나 코민테른은 오류를 범하고 있었다. 시간을 번다는 것은 이미 불가능한 일이었다. 공산당원들의 선전은 벌써 홍수처럼 대중 앞에까지 밀려들고 있었다. 왜냐하면 이 선전은 대중 자신의 것이었기 때문이다. 모스크바가 아무리 신중을 기한다 하더라도 이 선전은 이미 막을 수 없다. 장제스는 그것을 알고 있으므로 지금 당장에라도 공산당을 분쇄해야만 하는 것이다. 확실한 것은 그것뿐이다. 아마도 혁명을 다른 방향으로 유도할 수 있었을지도 모른다. 그러나 지금은 이미 때가 늦었다. 공산주의자인 농민은 토지를 빼앗을 것이다. 공산주의자인 노동자는 다른 노동 제도를 요구할 것이다. 공산주의자인 병사는 모스크바가 원하든 원치 않든 간에 싸워야 하는 이유를 알기 전에는 싸우지 않을 것이다.

모스크바와, 모스크바를 적대시하는 서구의 여러 수도에서는 밤사이에 서로 대립하는 정열을 조직화하여 저마다 하나의 세계를 만들려고 시도할지도 모른다. 혁명은 바야흐로 태어날 시기에 다다른 것이다. 순산하느냐 사산하느냐, 둘 가운데 하나였다. 밤이 주는 친근한 동지 의식과, 누군가에게 의지하고픈 절실한 기분이 기요를 첸에게 끌어당겼다. 그러나 동시에 자기는 한 인간에 지나지 않는다는, 즉 자기 자신뿐이라는 고뇌가 가슴을 파고들었다. 그는 언젠가 본 적이 있는 중국인 이슬람교도들을 생각했다. 그들은 바로 지금 같은 밤에 시든 라벤더 초원에 엎드려 노래를 부르고 있었다. 그것은 수천 년 이래로 고민하는 인간, 즉 자기도 죽을 것을 알고 있는 인간의 가슴을 쥐어뜯는 노래였다. 나는 한커우에 무엇을 하러 왔단 말인가? 코민테른에 상하이 정세를 보고하러 온 것이다. 그러나 기요의 결심이 선 것처럼 코민테른 방침도 결정되어 있었다. 그가 뚜렷이 알게 된 것은 볼로긴의 토론보다도 멈추어 내린 공장과, 혁명의 영광으로 꾸며져 있으나 역시 죽어 가고 있는 이 도시의 고민이었다. 이 시체를 교활한 책략 속에 녹여 버릴 게 아니라, 다음에 올 반란의 파도에 전해 줄 수도 있지 않은가. 현재로선 그들은 모두 죽음을 선고받은 거나 다름이 없었다. 문제는 헛된 죽음이 되지 말아야 하는 것이다. 이 순간에는 첸도 역시 죄수의 우정 같은 것으로 기요와 이어져 있음이 확실했다.

"난 잘 모르겠어……." 첸이 말했다.

"다만 장제스는 반드시 죽여야만 해. 볼로긴도 결국 마찬가지라고 생각해. 오직 그 사람은 살인하는 것 대신 복종을 할 줄 아는 거야. 우리 같은 생활에는 뭐든지 확실한 게 필요해. 그자에게는 명령을 실행하는 일이 확실한 일일 거야. 마치 내게는 사람을 죽이는 일이 그러하듯이. 뭔가가 확실해야만 해. 그게 필요하단 말이야."

첸은 입을 다물었다.

"자네는 자주 꿈을 꾸나?" 또 그가 말을 이었다.

"아니, 꾼다 해도 거의 다 잊어버려."

"나는 거의 매일 밤 꿈을 꿔. 꿈이란 기분 전환도 되지. 어떤 때는 방바닥에 고양이 그림자 같은 것이 어른거리곤 해…… 살인을 할 때 어려운 건 죽이는 일 자체가 아니라, 정신을 똑바로 차리는 일이야. 그 순간 마음속에 일어나는 온갖 상념을 꽉 억누르는 것이지."

침통한 기분으로 말하고 있는 것일까? 그 음성만으로는 아무래도 판단할 수 없었다. 게다가 기요에겐 첸의 얼굴이 보이지 않았다. 괴괴한 거리에는 아득히 들리는 자동차의 둔한 엔진 소리가 바람 소리와 함께 사라져 가고 있었다. 바람이 잔 뒤에는 장뇌 냄새가 나는 밤공기 속에 과수원 냄새가 풍겨 왔다.

"그뿐이라면 좋은데…… 아냐. 꿈이란 더 싫은 게 있어. 뭔가 짐승 같은 것이."

첸은 되풀이했다.

"짐승이…… 특히 문어 같은 것이 나타나는 수가 있어. 난 늘 그게 따라다닌 단 말이야."

주위는 광막한 어둠 속이지만, 마치 꼭 닫힌 방 속에 있는 것처럼 기요는 첸을 몸 가까이 느꼈다.

"전부터 그런가?"

"아주 오래전부터야. 기억나는 한 늘 그랬으니까. 요즘은 좀 뜸해졌지만. 게다가 난…… 그런 것밖에 생각이 나지 않는단 말이야. 도대체 나는 기억이란 것은 싫어하는 성미라서. 그러니까 여간해서 생각나는 것이 많지 않거든. 내 생활은 과거에 있는 게 아니고 눈앞에 있는 거니까."

또 입을 다물었다.

"……내가 무서워하는 단 한 가지, 그건 잠드는 거야. 그런데 난 매일 잠이 든 단 말이야."

시계가 10시를 알렸다. 저편 어둠 속에서 사람들이 중국어로 뭔가 떠들썩하게 다투고 있었다.

"……미치는 것도 두려워. 그 문어가 밤낮으로 일생을 통하여…… 그러나 사람이란 미쳤을 때는 결코 자살하지는 않지. ……절대로 안 하지."

"자네 꿈은 달라지지 않나?"

첸은 기요가 무엇을 암시하고 있는지를 알았다.

"나중에 말하지…… 장제스를 해치운 다음에."

기요는 첸이 자기의 목숨을 내걸고 있으므로 날마다 생명의 위협을 느끼고 있는 사람들과 함께 생활하고 있다는 것을 확실히 인정하고 있었다. 그는 첸의 용기에는 놀라지 않았다. 그러나 지금 비로소 홀린 듯이 죽음에 끌려들어 가는 친구를 발견한 것이다. 거의 모습이 보이지 않는 어둠 속에서 첸의 말소리는 공허하게 울렸다. 마치 그의 말들이 그 자신의 고뇌에 못지않은 밤의 힘에 의하여, 또 불안과 침묵과 피로의 더없이 강렬한 융합에 의해 나오는 소리 같았다……
갑자기 그의 음성이 바뀌었다.

"자네는 그 계획을 생각하고…… 불안해진 건가?"

"그렇지 않아, 오히려……."

첸은 잠시 망설였다.

"난 기쁨이란 말보다 더 강렬한 말을 찾고 있는 거야. 그러나 그런 말은 없어. 중국어에도…… 온전한 안정(安靜)이라 할까. 하나의…… 뭐랄까? 하나의…… 난 말할 수 없어. 이보다 더 깊은 것은 오직 하나밖에 없지. 인간 세계에서 멀어지면 그만큼 가까워지는…… 자네 아편을 잘 아나?"

"거의 모르네."

"그럼 설명하기 어려운걸. 이른바…… 황홀경에 가까워지는 거야. 그렇지, 하지만 짙은 맛이 있고 심각한 거야. 시시하고 가벼운 건 아냐. 그래…… 밑으로…… 밑으로 잦아드는 황홀경이야."

"어떤 관념이 자네를 그런 기분으로 만든단 말이지?"

"그렇지…… 나 자신의 죽음에 대한 관념이 말이야."

여전히 방심한 듯한 목소리였다. '첸은 자살할지도 모른다'고 기요는 생각했다. 이렇게 심하게 절대를 탐구하는 사람은 그것을 감각 속에서만 발견한다는 것을 기요는 그의 아버지 지조르에게서 늘 들어왔던 터였으므로 잘 알고 있었다. 절대에 대한 갈망, 불멸에 대한 갈망, 그러니 죽음이 두려울 수밖에. 첸은 비겁자였는지도 모른다. 그러나 그는 모든 신비주의자가 그렇듯이 자기가 추구하는 절대는 순간에서밖에 파악할 수 없다는 것을 느끼고 있었다. 현혹적인 파악 속에서 절대를 자기 자신에게 잇는 순간으로 기울어지지 않는 모든 것에 대한 그의 경멸은 틀림없이 여기서 나왔을 것이다. 어두워서 기요의 눈에는 보이지도 않는 이 사람의 모습에서 그것을 지배하는 맹목적인 힘, 즉 숙명을 만들고 있는 무형(無形)의 본질 같은 것이 솟아오르고 있었다. 지금 묵묵히 평상시의 두려운 망상에 잠겨 있는 이 동지는 어딘가 미친 듯한 점이 있었으나 한편으로는 신성한 면도 있었다. 비인간적인 것에는 늘 신성한 느낌이 따르게 마련이다. 그가 장제스를 노리는 것도, 아마 자기 자신을 죽이려는 데 지나지 않으리라. 기요는 선량한 듯한 입술을 지닌 이 날카로운 얼굴을 어둠 속에서 찾아보려 애썼다. 그 순간 그는 원시적인 고뇌, 즉 첸을 저 꿈속의 문어와 죽음 쪽으로 몰아세우는 그 고뇌의 전율을 그 자신 속에서 느꼈다.

"아버지는 이렇게 생각하고 계셔." 기요는 천천히 말했다. "인간의 본질은 고뇌이고, 자기 자신의 숙명에 대한 의식이며, 거기서 모든 공포가 생긴다는 거야. 죽음의 공포까지도…… 그런데 그 공포에서 구해 주는 것이 아편이며, 그것이 바로 아편이 지니는 의의라는 거야.”

“사람은 늘 자기 자신 속에서 공포를 발견하는 거야. 그것은 자기 마음속을 좀 깊숙이 살펴보면 알 수 있어. 다행히 사람은 행동할 수 있거든. 모스크바가 나에게 찬성을 하든 않든 나는 아무래도 좋아. 모스크바가 찬성하지 않으면, 그 일에 대해선 모르는 척하고 있으면 그만이야. 난 이제 떠날 테야. 자넨 더 남아 있겠나?”

“무엇보다도 포소즈를 만나 보고 싶어. 그런데 자네도 떠날 수 없을걸. 자네는 여행 사증(査證)을 받지 않았으니까.”

“난 떠날 테야, 문제없어.”

“어떻게?”

“그건 몰라. 여긴 떠날 거야. 꼭 가야만 해.”

사실 기요는 이 경우 첸의 의지란 아주 적은 역할밖에 할 수 없다는 것을 알고 있었다. 만일 천운이라는 것이 어딘가에 존재한다면 그것은 오늘 밤 바로 그의 곁에 있는 것이다.

“반드시 자네 자신이 장제스를 해치워야만 한다고 생각하는 건가?”

“그런 것은 아니지만…… 하지만 난 다른 놈에게 맡기고 싶지 않아.”

“믿을 수 없어선가?”

“좋아하는 여자를 딴 놈에게 키스하라고 내맡기고 싶지 않은 것과 마찬가지야.”

이 말은 지금까지 잊어버리고 있던 고뇌를 기요의 마음속에 한꺼번에 불러일으켜 놓았다. 그는 갑자기 첸과의 거리감을 느꼈다. 그들은 강에까지 와 있었다. 첸은 기슭에 매어 놓은 여러 척의 배 가운데 한 척을 골라 줄을 풀었다. 그리고 기슭을 떠났다. 기요의 눈에는 벌써 첸의 모습이 보이지 않았다. 그러나 일정한 간격을 두고 강둑에 물결치듯 노 젓는 소리가 철썩철썩 들려오고 있었다. 기요는 테러리스트들을 여러 사람 알고 있었다. 하지만 그들은 스스로에게 의문을 품는 일이 없었다. 그들은 하나의 그룹에 속해 있었다. 살인을 범하는 벌레처럼 비좁은 독(毒)벌집 속에 매여 살고 있었다. 그러나 첸은…… 기요는 생각에 잠긴 채 같은 보조로 항구 관리부를 향해 걸어갔다.

'첸의 배는 항구 밖으로 나가자마자 붙들릴 거다······.'

기요는 병사가 지키고 있는 커다란 건물 앞까지 왔다. 그곳은 코민테른 건물에 비하면 아주 한산했다. 복도에서는 병사들이 졸고 있거나 트럼프 놀이를 하고 있었다. 기요는 힘들이지 않고 포소즈를 만났다. 착해 보이는 사과처럼 둥근 얼굴, 포도 재배인 같은 붉은 코, 갈리아 사람처럼 희끗희끗한 수염에 카키색 군복을 입고 있었다. 포소즈는 전에 라쇼드퐁[4]에 있는 무정부주의적 조합주의의 노동자였는데, 세계대전 뒤에 러시아로 건너가서 볼셰비키가 되었다. 기요는 그를 베이징에서 알게 된 뒤 죽 믿고 있었다. 그들은 조용히 악수를 했다. 한커우에선 유령이 아닌가 생각할 정도로 뜻밖의 방문객이 찾아오는 게 예사로운 일이었다.

"부두 인부들이 와 있습니다." 한 병사가 말했다. "들여보내."

병사가 나갔다. 포소즈는 기요 쪽을 돌아보았다.

"보다시피 난 아무 할 일이 없어. 배가 300척은 되는 줄 알고 이 항구의 관리를 맡았는데, 사실은 10척도 안 돼······."

항구는 활짝 열어젖힌 창 밑에서 졸고 있었다. 사이렌 소리도 들리지 않았다. 강둑과 말뚝에 계속 부딪치는 물결 소리만이 들려올 뿐이었다. 뿌옇고 파리한 광선이 실내를 비추고 지나갔다. 멀리서 포함(砲艦)의 탐조등이 이 강가를 스치고 지나간 것이었다. 발소리가 들렸다.

포소즈는 권총을 케이스에서 꺼내어 책상 위에 놓았다.

"부두 인부들이 철봉을 휘둘러 적위군(赤衛軍)을 습격한 거야."

포소즈가 기요에게 말했다.

"하지만 적위군은 무장하고 있잖아?"

"위험한 것은 놈들이 대원을 때려죽이는 일이 아니라, 대원들이 그들 편으로 가담하는 일이야."

탐조등의 빛이 또 비쳐 방 안 흰 벽에 그들의 그림자를 크게 비췄다가 부두 인부들이 들어오는 순간 도로 어두워졌다. 인부들이 넷, 다섯, 여섯, 일곱 명. 그

---

4) 스위스 뇌샤텔주(州)에 있는 도시.

들은 푸른 작업복을 입고 있었는데, 한 명은 윗도리를 벗은 채였다. 수갑을 차고 있었다. 저마다 다른 얼굴이겠지만, 어두운 그림자 속에서는 거의 보이지 않았다. 그러나 한결같이 증오의 빛을 띠고 있었다.

그들 곁에는 나강 총을 찬 중국인 경비원 두 사람이 서 있었다. 부두 인부들은 한데 모여 있었다. 증오뿐 아니라 두려운 빛도 있었다.

"적위군은 노동자들이야."

포소즈가 중국어로 말했다.

다들 말이 없었다.

"그들이 적위군에 들어오는 것은 혁명을 위한 것이지 스스로를 위한 것은 아냐."

"그리고 먹기 위해서죠." 부두 인부 한 명이 말했다.

"투쟁하는 자에게 식량을 주는 것은 당연한 노릇이야. 자네들은 그걸 받으면 뭘 할 건가? 도박 밑천으로 할 참이겠지?"

"골고루 나눠 주죠."

"이미 몇 명에게 나눠 주기에도 모자라. 정부는 프롤레타리아에 대해선 그들이 잘못을 범했다 해도 아주 너그럽게 대할 방침이야. 그런데 곳곳에서 적위군이 피살된다면 전처럼 장군들이나 외국인들이 또 권력을 잡게 된단 말이야. 그런 것은 자네들도 잘 알고 있을 테지. 그런데 대체 무슨 짓들인가? 자네들은 그렇게 되기를 바라고 있는 건가?"

"전에는 먹고는 살았죠."

"아냐." 기요가 노동자들에게 말했다. "전에는 먹고살 수도 없었어. 그건 나도 알고 있어. 나 자신이 부두에서 노동을 해봤으니까. 이왕 죽을 바엔 떳떳한 인간이 되기 위해 죽는 편이 낫지 않을까!"

어렴풋한 불빛에 비치던 그들의 흰자위가 조금씩 커진 듯했다. 그들은 스웨터를 입은 일본인 같은 이 남자, 즉 북부 지방 사투리를 쓰고 전에는 부두 인부였다는 남자를 좀더 잘 보려고 했다.

"늘 약속뿐이야." 그들 가운데 한 사람이 조그만 소리로 대답했다.

"왜 아니겠어." 또 한 사람이 말했다.

"우리에겐 특히 파업을 할 권리와 굶어 죽을 권리가 있어. 내 동생이 군대에 있는데, 어째서 그 애의 사단에선 동맹을 만들겠다고 하는 병사들을 쫓아내 버렸죠?"

어조가 높아졌다.

"러시아 혁명이 하루 만에 이루어진 줄 아나?"

포소즈가 반문했다.

"러시아 사람들은 자기들이 하고 싶은 일을 했을 따름이죠."

말씨름을 해봤자 소용없는 일이었다. 문제는 다만 반항심이 어느 정도인가를 알아보는 것뿐이었다.

"적위군을 습격한다는 것은 반혁명적인 행위야. 사형감이야. 그건 자네들도 알고 있겠지."

잠시 침묵이 이어졌다.

"만일 풀어 준다면 자네들은 어쩔 셈인가?"

그들은 서로 얼굴을 마주 보았다. 어두워서 표정은 보이지 않았다. 한쪽은 권총을 가졌고 또 한쪽은 수갑을 차고 있었지만, 기요는 혁명 중에도 가끔 본 일이 있는 중국 특유의 흥정 분위기가 이루어지고 있음을 눈치챘다.

"일자리라도 줄 건가요?" 죄수 한 명이 물었다.

"일이 생기면."

"그럼 그동안에 적위군이 우리가 벌어먹는 것을 막는다면 공격할 거요. 난 사흘째 아무것도 먹지 못했단 말이오."

"감옥에선 먹을 수 있다는데, 사실인가요?" 지금까지 잠자코 있던 자가 물었다.

"이제 알게 될 거다."

포소즈는 그 이상 아무 말도 하지 않고 벨을 눌렀다. 민병들이 죄수를 데리고 나갔다.

"참 골칫덩어리야." 그는 이번에는 프랑스어로 말했다.

"놈들은 감옥에만 가면 진수성찬을 먹을 줄 아는가 봐."

"기왕 불러들였는데, 왜 좀더 설득해 보지 그랬어?"

포소즈는 실망했다는 듯이 어깨를 움츠렸다.

"여보게, 내가 놈들을 불러낸 것은 딴 얘기를 들어 볼 수 있을까 해서 그런 걸세. 하지만 저놈들과는 아주 다른 놈들도 있지. 그놈들은 요구 조건도 없이 하루 열대여섯 시간씩 일한단 말이야. 그들은 무슨 일이 있거나 우리가 조용히 눈을 감을 때까지 일을 계속할 거야……."

기요는 이 스위스 사람다운 말투에 깜짝 놀랐다. 포소즈는 빙긋이 웃었다. 그러자 콧수염 밑에서 그의 이가 방금 나간 부두 인부들의 눈처럼 둔한 빛으로 빛났다.

"시골에 살면서 그런 이를 그대로 지니고 있다니, 운이 좋군."

"아냐, 여보게, 그렇지 않아. 이건 창사(長沙)에서 해 넣은 의치야. 치과 의사들은 혁명에도 영향을 받지 않은 모양이더군. 그런데 자네는? 파견되어 왔나? 여기서 대체 무슨 일을 하고 있나?"

기요는 사정을 설명했다. 첸에 대해선 말하지 않았다. 포소즈는 그의 얘기를 듣고 있노라니 점점 더 불안해졌다.

"여보게, 그런 일은 있을 수 있는 일이지. 그러기에 더욱 난처한 일이야. 나는 15년 동안 시계 속에서 일해 왔기 때문에 톱니바퀴가 어떤 것인가 잘 알고 있네. 톱니바퀴는 서로 의존하고 있는 거야. 만일 코민테른을 믿을 수 없다면 당에 속할 수는 없다네."

"코민테른의 반수는 우리가 노동평의회를 조직해야 한다고 생각하고 있단 말일세."

"우리를 지도하는 일반적인 방침이 있으니까 거기 따라야만 하지."

"그러나 우리 무기를 반환하라는 건 어떤가! 우리로 하여금 프롤레타리아에게 총을 쏘게 하는 따위의 노선은 아무리 봐도 그릇된 짓이지 뭔가. 농부들이 토지를 차지하면 장군들은 당장이라도 공산당원 부대를 탄압하려고 공작하고 있단 말이야. 자네는 농민들에게 발포하는 것을 용서하겠나?"

"여보게, 인간은 완전할 순 없지. 나 같으면 공중에 대고 쏘겠네. 아마 동지들도 이렇게 하고 있을 걸세. 그런 일은 일어나지 말아야겠지만. 그러나 이건 주요한 문제는 아냐."

"여보게, 이걸 알아야 되네. 내가 보기엔 마치 자네를 노리고 있는 놈이 보이는 것 같단 말일세. 바로 곁에서 말이야. 그런데 우리는 권총 탄환의 위험을 놓고 토론하고 있는 거야…… 장제스는 우리를 몰살하지 않고는 못 배길 거야. 그리고 머지않아 우리 '동맹군'이라는 이곳 장군들도 같은 짓을 하겠지! 그들에겐 그게 합리적인 거야. 우리는 모두 그 당의 권위조차 유지하지 못하고 학살당하고 말 거야. 우린 그 권위란 것을 모든 장군들처럼 매일 창부집에 가지고 가는 거야. 그곳이 알맞은 장소라는 듯이……"

"만일 저마다 좋을 대로 행동하면 만사는 끝장이야. 만일 코민테른이 성공하면 사람들은 만세를 부르겠지. 그건 역시 좋은 일이야. 그러나 우리가 그 다리에 총알을 쏘아 대면 코민테른은 틀림없이 주저앉고 말 걸세. 그러니까 문제는 코민테른의 성공에 달려 있는 거야…… 한때 공산당원이 농민들에게 발포하게끔 되었다는 소문은 나도 잘 알고 있네만, 그게 확실한 일인가? 확실하다고 할 수 있겠나? 자네 역시 눈으로 본 건 아닐 테지. 자네가 일부러 그런 얘기를 꾸며 댈 사람은 아니라는 건 잘 아네. 그러나 역시…… 그걸 그대로 믿는 편이 자네 이론에는 편리할 게 아닌가……"

"그런 얘기는 이 자리에서 끝내기로 하세. 이제 새삼 6개월 동안의 조사를 시작할 시기도 아니니까."

왜 논쟁을 하는 건가? 기요가 설득하려던 것은 포소즈가 아니라 상하이의 동지들이다. 그러나 그들도 아마 지금쯤은 벌써 확고한 신념을 가지고 있을 것이다. 마치 기요 자신이 한커우를 보고, 방금 목격한 광경을 보고 자기 결심을 다진 것처럼. 그는 이제 이곳을 떠나고 싶은 생각뿐이었다.

중국인 하사관이 들어왔다. 얼굴 생김새가 길쭉하고, 몸은 마치 굽은 상아를 그대로 사용한 인형처럼 약간 앞으로 꾸부정했다.

"밀항을 하려던 자를 붙잡았습니다."

기요는 다음 말을 기다렸다.

"그자는 여기서 한커우 출발 허가를 받았다고 합니다. 동춘이라는 상인입니다."

기요는 안도의 숨을 내쉬었다.

"허가한 기억이 없어." 포소즈가 말했다.

"여기하곤 관계없으니 경찰로 넘겨."

돈 있는 사람은 검거를 당하면, 반드시 어떤 관리 이름을 끌어대기 마련이었다. 때로는 요행히 단둘이 만날 수 있게 되면 돈을 건넸다. 이것이 꼼짝 못 하고 총살을 당하느니보다는 현명한 방법이니까.

"잠깐."

포소즈는 서류철에서 명부를 꺼내 들고 이름을 조그맣게 읽었다.

"옳지, 그놈은 여기에 나와 있군. 요시찰 인물이야. 경찰보고 처치하라고 해!"

하사관은 나갔다. 노트 한 장을 찢어 만든 명부가 압지 위에 놓여 있었다. 기요의 머릿속엔 첸에 대한 생각이 떠나지 않았다.

"이건 요시찰 인물의 명부야." 포소즈는 기요의 눈이 종이쪽지에 쏠려 있는 것을 보고 말했다.

"마지막 것은 배가 떠나기 전에 전화로 알려 온 거야. 배가 떠날 때 말이야……."

기요는 손을 내밀었다. 14명의 이름이 있었다. 첸의 이름은 실려 있지 않았다. 첸이 가능한 한 빨리 한커우를 떠나려고 했던 것을 볼로긴이 몰랐을 리 만무했다. 하여간 목록에 첸의 이름을 넣었다 해도 그것은 단순히 신중을 기한 데 지나지 않을 것이다. '코민테른에선 장제스 살해의 책임을 지려 하지 않는 거다. 하지만 그런 불상사가 일어나더라도 절망치 않고 받아들일 것 같다…… 볼로긴의 대답이 그렇게 애매하게 느껴졌던 것은 그 때문이 아닐까……' 기요는 이렇게 생각했다. 그는 명부를 돌려주었다.

"난 갈 테야." 첸은 이렇게 말했다. 첸의 예기치 않은 출현, 볼로긴의 알쏭달쏭한 태도, 이 명부. 기요는 모든 것을 알 수 있었다. 첸의 일거일동이 또다시 그를 살인으로 이끌어 가고, 사태까지도 그의 운명에 끌려들어 가는 듯했다. 하루살이 몇 마리가 작은 램프 불 주위를 맴돌고 있었다. '첸은 스스로 불을 켜고 그것으로 몸을 태우는 하루살이와 같은 사람일지도 모른다…… 어쩌면 인간 자체가……' 인간이란 남의 숙명밖에 보지 못하는 것일까?

지금 한시라도 빨리 상하이에 돌아가 모든 것을 내걸고서라도 조직을 유지하려는 기요 자신도 역시 하루살이와 같은 것이 아닐까?

사관이 다시 들어왔다. 그 틈을 타 기요는 포소즈 곁을 떠났다.

그는 다시 밤의 고요를 맞이하였다. 사이렌 소리도 들리지 않고 물소리만이 들릴 뿐이다. 안벽을 따라 곤충들이 어지럽게 날고 있는 가로등 옆에서 품팔이꾼들이 페스트 환자처럼 여기저기 쓰러져 자고 있었다.

보도 위에는 하수도 뚜껑처럼 둥글고 자그마한 붉은 전단이 여기저기에 흩어져 있었다. 거기에는 단지 '기(飢)'라고만 쓰여 있을 뿐이었다. 조금 전에 첸과 함께 있었을 때처럼 지금 기요가 느낀 것은 바로 오늘 밤에도 중국 전체에, 그리고 서부 지방에서부터 유럽 절반에 걸쳐 몇몇 사람들이 그들의 규율이냐, 아니면 동지들의 학살이냐 하는 문제 앞에서 그와 똑같이 괴로움에 가슴 아파하며 망설이고 있으리라는 생각이었다.

이것은 아까 항의하던 부두 인부들로서는 이해할 수 없는 일이었다. 그러나 예컨대 그들이 이해했다 하더라도 이 도시에서 어떻게 희생의 길을 택할 수 있단 말인가? 서구(西歐), 4억 인간의 운명, 그리고 결국 서구 자체의 운명을 걸고 있는 이 도시는 강가에서 무기력과 곤궁과 증오 속에, 굶주린 인간처럼 불안한 잠에 빠져 있었다.

제4부

4월 11일

낮 12시 30분

조그마한 그로브너 호텔의 바—반들반들하게 닦인 호두나무 탁자, 술병, 니켈로 된 기구, 조그만 깃발 같은 것이 있는—에서 클라피크는 쭉 편 첫손가락 끝으로 재떨이를 빙빙 돌리고 있었다. 그때 그가 기다리고 있던 슈필렙스키 백작이 들어왔다. 클라피크는 종이쪽지 한 장을 구겨 버렸다. 그는 몇몇 친구들에게 선물을 보낸다는 공상을 하며 선물 목록을 끼적거리고 있었던 것이다.

"그래 이 화창한 쪼, 쪼, 쪼끄만 마을에서 장사는 잘되오?"

"별로 신통친 않습니다. 하지만 월말에는 좋아지겠지요. 식료품을 팔고 있습니다. 물론 유럽 사람들에게만."

슈필렙스키는 매우 검소한 흰옷을 입고 있었다. 그 매부리코와 벗어진 이마, 뒤로 빗어 넘긴 희끗희끗한 머리칼과 튀어나온 광대뼈가 언제나 마치 독수리로 분장이라도 한 듯한 인상을 그에게 주었다. 게다가 그가 끼고 있는 외알 안경이 이 희화적인 모습을 더욱 두드러지게 만들고 있었다.

"하기야 문제는 물론 2만 프랑쯤 돈을 마련하는 일이지요. 그만한 돈만 있으면, 식료품 사업에서는 상당한 자리를 차지할 수 있는데 말입니다."

"그거 대환영이오! 당신은 식료품 사업으로 쪼, 쪼, 쪼끄마한, 아니, 훌륭한 지위를 얻고 싶단 말씀이군? 참으로 훌륭한 일이오……."

"난 선생이 그렇게…… 편견에 사로잡혀 있는 분인 줄은 몰랐습니다."

클라피크는 독수리를 곁눈으로 흘끗 보았다. 이 독수리는 예전에는 크라쿠프의 장교부대에서 위관 계급의 검도 선수였다.

"내가 말이지? 그래, 땅속에나 꺼지라지! 나는 온통 편견투성이오! 생각해 보구려. 내게 그런 돈이 있다면, 수마트라에 근무하던 어느 네덜란드 고관처럼 그 돈을 써버릴 거요. 그 사람은 해마다 튤립을 돌보러 귀국하면서 아라비아의 해안을 지나갔소. 그런데 그 사람이 어쩌다가 메카의 보물을 약탈하러 갈 생각을 떠올렸단 말씀이야. 이 얘긴 1860년에 있었던 일이오. 그 보물이라는 것이, 이게 또 대단했던 모양으로 온통 금투성이고, 컴컴한 큰 땅굴 속에 있었다는 거요. 순례자들이 늘 그 속에 던져 넣었던가 보오. 그런 땅굴에서 한번 살아 보았으면…… 아무튼 이 튤립 애호가는 유산을 물려받자마자 이번에는 드디어 메카를 기습하려고 '불한당'들을 모집하여 앤틸리스 제도까지 찾아갔단 말이오. 2연발 총이며 탈착식 총검 같은 근대식 무기를 산더미처럼 싣고서 말이야. 그 사람은 그 '불한당'들을 배에 싣고 가만가만 끌고 갔던 거요.……"

클라피크는 입술에 첫손가락을 갖다 댔다. 마치 자기 자신이 그 음모에 한몫 끼기라도 한 듯이 이 폴란드인의 호기심을 바짝 돋우면서.

"그런데 말이야! 그 '불한당'들이 폭동을 일으켜서 그 사람을 죽여 버렸거든. 그러고는 그 배로 장난이 아닌 진짜 해적 노릇을 하러 어느 바다로 가버린 거요. 이건 실화요. 게다가 제법 교훈적인 얘기란 말이야. 그건 그렇고, 이미 말했듯이 당신이 그 2만 프랑을 내게 기대한다면 그건 터무니없는 일이며 미친 짓이오! 그저 돈을 내줄 만한 사람을 찾는다든가, 뭐 그런 일이라면 해드리겠지만. 게다가 수지맞는 일이 있을 때마다 어차피 당신네 경찰에 돈을 바쳐야 하니까, 이왕이면 다른 녀석들보다야 당신에게 주는 게 낫지. 하지만 그 녀석들도 집이 이렇게 여기저기서 불타 버리니 아편이나 코카인에는 별로 흥미를 안 갖는단 말이야."

이렇게 말하고, 클라피크는 다시 재떨이를 빙빙 돌려 댔다.

"그 일로 선생께 할 얘기가 있습니다." 슈필렙스키가 말했다.

"내가 일에서 성공하기를 바란다면, 마땅히 모든 사람에게 얘기해야죠. 적어도 당신에게 얘기하는 것만은…… 기다렸어야 했는지 모르지만. 그런데 내가 선생에게 여기서 이 술을, 비록 다른 것이 섞이긴 했지만 한잔 대접받겠다고 한 것은 그래도 당신을 도와드리고 싶기 때문입니다. 내 이야기는 간단합니다. 내일이라도 당장 상하이를 떠나십시오."

"저런! 저런!" 클라피크가 언성을 높이면서 말했다. 그러자 그에 응답이라도 하듯 밖에서 자동차 경적 소리가 성급하게 울려 퍼졌다.

"그건 또 어째서?"

"우리 경찰도, 선생 말씀대로 이래 봬도 제법 구실을 합니다. 아무튼 여길 뜨십시오."

클라피크는 그에게서 더 자세한 말을 들을 수 없다는 것을 알고 있었다. 한순간 그는 이것이 그 2만 프랑을 손에 넣기 위한 흥정인지도 모른다고 생각했다. 설마 그런 어이없는 생각을!

"그럼, 내일이라도 도망가야 합니까?"

그는 바 안을, 그곳에 있는 칵테일 셰이커며 니켈 도금한 난간을 마치 낯익은 것이라도 보듯 바라보았다.

"늦어도 내일까지는. 하지만 선생은 떠나시지 않겠지요. 그런 기분이 드는군요. 어쨌든 경고만은 해둡니다."

클라피크의 마음속에 좀 망설여지는 감사의 마음이 스며들었다. 충고를 의심한다기보다, 오히려 이 충고의 성질과 지금 닥쳐오는 위험이 과연 어떤 것인지 모르는 것에 마음이 걸렸다.

"어떻습니까? 생각한 것만큼 도움이 되었는지 모르겠군요?" 폴란드인은 말을 이었다.

그리고 상대편의 팔을 움켜쥐었다. "달아나십시오…… 배에 관한 사건이 있습니다……."

"난 그런 일에 아무런 관련도 없단 말이오……."

"아무튼 달아나십시오."

"지조르 영감도 주목받고 있나요?"

"그렇지는 않을 거요. 오히려 아들이 더 위험할 겁니다."

확실히 이 폴란드인은 모든 것을 알고 있다. 클라피크는 자기 손을 그의 손 위에 얹었다.

"당신의 식료품 사업에 내줄 돈이 마침 없는 게 유감이구려. 당신은 내 목숨을 건져 준 사람이오…… 그런데 나한테는 아직도 '잡동사니'가 얼마간 남아 있소. 조상(彫像)이 두세 개 있는데 그거라도 갖구려."

"아니, 그건······."

"왜요?"

"아니."

"아····· 뭐라 말씀이 없으시군. 그렇다면 좋소. 그런데 어째서 내 조각을 안 받겠다는 건지 그게 알고 싶구려."

슈필렙스키는 그를 바라보았다.

"나 같은 생활을 해온 자에게 때로 손해를 벌충하는 수라도 있지 않으면, 어떻게 이런 일······ 이런 일을 해나갈 수 있겠습니까?"

"손해를 벌충하지 않아도 되는 직업이 그리 많을까요?"

"그렇습니다. 정말 상점의 보호가 얼마나 허술한지, 선생은 상상도 못 할 겁니다······."

그것과 이것이 무슨 상관이 있느냐고 하마터면 클라피크는 물어볼 뻔했다. 그러나 그는 여태까지의 경험으로, 이렇게 이어져 가는 이야기야말로 흥미가 있다는 것을 알고 있었다. 그리고 단지 상대편으로 하여금 실컷 지껄이게 하는 것으로라도 신세를 갚고 싶었다. 그러면서도 클라피크는 불쾌할 정도로 마음에 걸렸다.

"당신이 상점의 경비를 합니까?"

클라피크가 보기에 경찰이란 '사기'와 갈취의 혼합체 같은, 아편과 도박장에서 비밀세금을 긁어 들이는 것을 직무로 삼는 단체였다. 그와 교섭을 가진 경찰관들, 특히 슈필렙스키는 언제나 적인 동시에 반은 공범자이기도 했다. 그러나 클라피크는 밀고라는 것을 아주 싫어했고, 아울러 두려워했다. 슈필렙스키가 대답했다.

"경비한다고요? 아니, 반드시 그렇지는 않습니다. 오히려 저어····· 그 반대지요."

"저런, 저런! 그럼, 무슨 소득이라도 본단 말인가요?"

"장난감뿐입니다만. 아시겠습니까? 나는 아들 녀석에게 장난감 사줄 돈도 없습니다. 그건 무척 가슴 아픈 일이지요. 정말 아들 녀석의····· 그····· 기뻐하는 얼굴을 볼 때라야 그 녀석이 귀여우니 더욱더 괴롭습니다. 달리 아들 녀석을 기쁘게 해줄 방법을 모릅니다. 정말 어렵습니다."

"그렇다면 더욱 내 조각을 가져가구려. 다 필요 없다면 몇 개라도."

"정말 죄송합니다…… 아무튼 나는 가게에 들어가면 이렇게 말하지요……."

슈필렙스키는 고개를 뒤로 젖히고 이마와 외알 안경 주위의 왼쪽 볼을 일그러뜨렸다. 냉소적인 기색은 없었다. "나는 발명가입니다. 물론 고안하고 아울러 제작도 하지요. 댁의 견본을 좀 보러 왔습니다' 하고 말입니다. 그러면 보여 주지요. 그때 한 개 슬쩍하는 겁니다. 그 이상은 결코 집지 않습니다. 때로는 그들이 나를 지켜보고 있을 때도 있지만, 그런 일은 좀처럼 없지요."

"그러다가 들키면 어떡하려고?"

슈필렙스키는 주머니에서 지갑을 꺼냈다. 그리고 클라피크의 눈앞에서 그것을 절반쯤 열어 경찰 신분증을 보였다. 그는 지갑을 접고 매우 모호한 손짓을 해 보이는 것이었다.

"나도 때로는 돈을 가졌을 때도 있지요…… 하지만 모가지가 달아나는 일도 있을지 모릅니다…… 그러나 무슨 일이 일어나건……."

클라피크는 움찔 놀라며, 자기가 범상치 않은 중요한 인물이 되었음을 문득 깨달았다. 그는 자기 행위에 일찍이 책임을 느껴 본 적이 없었으니 이 말에는 더욱더 놀랐다.

'지조르 청년에게 알려 줘야겠군.' 그는 생각했다.

오후 1시

예정한 시각보다 빨리 첸은 손가방을 옆에 끼고 강가를 따라 걸어갔다. 낯익은 유럽인들과 연달아 스쳐 갔다. 이 시각에는 거의 모두 상하이 클럽이나 가까운 호텔 바에 한잔하러 가거나 친구를 만나러 가는 것이었다. 별안간 뒤에서 누군가 첸의 어깨에 살며시 손을 얹었다. 첸은 움찔 놀라며 권총이 들어 있는 안주머니에 손을 가져갔다.

"오랜만이군. 첸…… 어떤가……."

첸은 뒤돌아보았다. 그의 첫 선생이었던 스미스슨 목사였다. 첸은 곧 목사의 미국인다운, 얼마간 수(Sioux)족의 피를 받은 훌륭한 얼굴을 알아보았다. 이젠 무척 수척해진 얼굴이었지만.

"같이 좀 걸을까?"

"네."

첸은 백인과 함께 걷기로 했다. 그편이 훨씬 안전하고 아이로니컬하게 생각되었기 때문이다. 그는 접은 손가방 안에 폭탄을 하나 넣어 가지고 있었다. 오늘 아침 그는 단정하게 양복을 입고 있었으므로 자기의 사고까지도 어색하고 거북하게 느껴졌다. 길동무가 있다는 것이 이 변장을 완벽한 것으로 만들었다. 그뿐 아니라 막연한 미신에서 목사의 기분을 언짢게 하고 싶지 않았다. 그는 오늘 아침 한참 동안 자동차의 수를 세어 보았다. 짝수냐, 홀수냐로 성공하느냐 못 하느냐 알고 싶었던 것이다. 점괘는 좋았다. 그는 자기 자신에게 공연히 마음이 설렜다. 그러기에 스미스슨 목사와 이야기라도 나누며 이 설레는 마음을 가라앉히고 싶었다.

이 설렘이 목사의 눈에 띄지 않을 수 없었다. 그러나 목사는 착각했다.

"첸, 어디 아픈가?"

"아뇨."

첸은 이 은사에게 지금도 애정을 느끼고 있었다. 그러나 얼마간 원망도 없지는 않았다.

늙은 목사는 자기 팔로 첸의 허리를 감았다. "나는 날마다 자네를 위해서 기도를 드리고 있네. 첸, 자네는 신앙을 버렸는데, 대신 무엇을 얻었나?"

목사는 깊은 애정이 서린 눈으로 그를 바라보았다. 그러나 거기에는 지난날 첸의 마음을 열어 준 그 아버지다움은 전혀 볼 수 없었다. 첸은 망설였다.

"저는 행복을 누릴 만한 인간이 못 됩니다……."

"행복이 유일한 건 아니야, 첸. 평화라는 것도 있어…… 그리고 때로는 사랑이라는 것도 있고……."

"아닙니다, 저한테는 그런 것이 없습니다."

"누구에게나 있어……."

목사는 눈을 감았다. 첸은 장님의 팔을 끼고 있는 듯한 기분이 들었다.

"저는 평화를 구하고 있지 않습니다. 제가 구하는 것은…… 정반대의 것입니다."

스미스슨은 걸음을 멈추지 않고 첸을 바라보았다.

"인간은 오만을 조심해야 해."

"저도 저 나름으로 신념을 갖고 있습니다."

"어떤 정치적인 신념이 이 세상의 고뇌를 설명할 수 있을까?"

"저는 고뇌를 설명하기보다 그것을 조금이라도 줄이고 싶습니다. 선생님 말씀의 어조는…… 자비로 가득 차 있습니다. 하지만 저는 고뇌의 본질을 비추어 봄으로써 얻는 자비 따위를 좋아하지 않습니다."

"첸, 자네는 그 밖에 자비가 있다고 믿나?"

"설명하기는 어렵습니다만…… 적어도 오직 '그것만으로' 완전하지 않은 자비가 있습니다……."

"어떤 정치적 신념이 죽음을 이길 수 있을까?"

목사의 말은 따지는 어투는 없었다. 오히려 비애를 띠고 있었다. 첸은 그날 이후 만나지 않은 지조르와 그때 주고받은 대화를 생각했다. 지조르는 신을 위해서가 아니라 자기를 위해서 자기의 예지를 다한다고 했었다.

"아까 말씀드렸듯이 전 평화를 구하고 있지 않습니다."

"평화라……."

목사는 입을 다물었다. 그들은 계속 걸어갔다. "여보게." 목사가 겨우 말을 이었다. "우리는 모두 자기의 고뇌밖에 모르는 거야." 그의 팔이 첸의 팔을 죄었다. "첸, 자네는 무릇 참된 종교 생활은 나날의 개종에 있다고 생각지 않는가?"

두 사람 다 보도를 내려다보고 있었다. 그리고 이제는 서로 낀 팔로써만 이어져 있는 듯이 여겨졌다.

"나날의 개종……." 목사가 피로한 듯이 되풀이했다. 그 말은 마치 언제나 그의 마음에 따라다니고 있는 상념의 반향에 지나지 않는 것 같았다. 첸은 대답하지 않았다. 이 목사도 자기의 이야기를 하면서 진리를 말하고 있는 것이다. 첸과 마찬가지로 그도 자기 사상에 살고 있는 것이다. 첸은 속이 텅 빈 고깃덩어리가 아니었다. 왼팔에는 접은 가방과 폭탄, 오른팔에는 꽉 낀 팔. "나날의 개종……." 이런 은밀한 어조를 띤 터놓은 이야기가 목사에게 별안간 비통한 깊이를 주었다. 살인을 눈앞에 둔 첸은 어떤 고통에도 동감할 수 있었다.

"첸, 나는 매일 밤 하느님께 자네를 그 오만에서 벗어나게 해달라고 기도드리겠네—나는 특히 밤에 기도하지. 밤은 기도하기에 알맞거든. 하느님이 자네에게 겸양의 마음을 주시면, 자네는 구원받을 거야. 나는 지금 조금 전까지도 보지 못한 자네의 눈초리를 보고 있어. 그리고 그 뜻을 찾고 있어……."

첸이 공감한 것은 목사의 말이 아니라 그 고뇌였다. 이 마지막 문구, 고기가 걸린 것을 느낀 어부라도 말할 이 문구는 첸의 마음속에 노여움을 일으켜 놓았다. 그 노여움은 고통스럽도록 부풀어 올랐으나 은밀한 연민의 정을 모두 뿌리칠 수는 없었다.

"잘 들어 주십시오. 저는 앞으로 두 시간 뒤에 사람을 죽입니다."

이번에는 첸이 목사의 눈을 똑바로 쳐다보았다. 이렇다 할 까닭도 없이 그는 떨리는 오른손을 얼굴로 들어 올렸다. 그 손은 단정하게 입은 윗도리의 깃 언저리에서 경련했다.

"여전히 제 눈초리를 알아보시겠습니까?"

아니, 그는 여전히 고독했다. 그의 손은 자기 윗옷을 떠나서 목사의 옷깃을 잡았다. 마치 그를 흔들기라도 하려는 듯이. 목사는 자기 손을 첸의 손에 얹었다. 이렇게 그들은 보도 한가운데에 꼼짝도 않고 서 있었다. 곧 싸움이라도 벌일 듯한 모습으로. 지나가던 한 사람이 걸음을 멈추었다. 백인 남자였다. 틀림없이 싸우는 줄 알았던 것이다.

"그건 터무니없는 거짓말이다." 목사가 나직이 말했다.

첸의 팔이 힘없이 아래로 처졌다. 그는 웃을 수도 없었다.

"거짓말이라고요!" 그는 지나가던 사람을 돌아보면서 소리쳤다. 사나이는 어깨를 으쓱해 보이고 가버렸다. 첸은 갑자기 몸을 돌려 달리다시피 그곳을 떠났다.

첸은 1킬로미터 넘게 가서야 겨우 동지 두 사람을 발견했다. 그들은 중절모에 견실한 월급쟁이 같은 '매우 단정한' 복장을 하고 있었다. 접은 가방이 수상하게 보이지 않도록 차려입은 것이었다. 한 가방엔 폭탄이, 또 하나에는 몇 개의 수류탄이 들어 있었다. 쏸(算)—매부리코에 인디언같이 생긴 중국인—은 생각에 잠겨 아무것도 보이지 않는 듯했다. 그리고 베이(北)…… 얼마나 젊어 보이는 얼굴인가! 아마도 자라 등딱지 모양의 로이드안경이 젊음을 한층 돋보이게 하는 모양이다. 세 사람은 떠났다. 그리고 되 레퓌블리크 거리에 이르렀다. 상점은 모두 문을 열고, 거리는 흐린 하늘 아래서 활기를 되찾고 있었다.

장제스의 자동차는 이 거리와 직각으로 만나는 좁은 거리를 지나서 이리로 올 것이었다. 자동차는 커브를 돌 때 속력을 늦출 것이다. 오는 것을 기다렸다가, 속력을 늦출 때 폭탄을 던져야 한다. 자동차는 날마다 1시와 1시 15분 사이에 지나갔다. 장제스는 점심에 양식을 먹는 습관이 있었다. 그래서 한 사람이 좁은 거리를 지켜보고 있다가 자동차를 보는 즉시 나머지 두 사람에게 신호하기로 했다. 마침 그 거리에 고물상이 하나 있었다. 고물상 주인이 경찰 편이 아니라면 도움이 될 것이다. 첸은 자기가 망을 보고 싶었다. 그는 그 거리의 모퉁이를 다 돌아서 다시 속력을 내기 시작하는 지점 바로 옆에 베이를 배치했다. 쏸은 좀더 앞쪽에 세웠다. 첸이 신호를 하고 제1탄을 던진다. 명중하건 안 하건 자동차가 서지 않으면, 나머지 두 사람이 폭탄을 던진다. 만일 차가 서면, 한꺼번에 자동차를 습격한다. 그 길은 너무 좁아서 자동차가 되돌아갈 수 없었다. 그러나 실수할지도 모른다. 실수하면 차의 발판 위에 서 있는 호위병들이 아무도 접근하지 못하게 발포할 것이다.

첸과 동지들은 이제 헤어져야 했다. 자동차가 지나가는 골목에는 아마도 군중 속에 스파이가 섞여 있을지도 몰랐다.

조그만 중국인 술집에서 베이는 첸의 신호를 기다리기로 했다. 앞으로 조금 더 가서 쏸이 베이가 나오기를 기다린다. 아마 세 사람 가운데 적어도 한 사람은 살해될 것이다. 그것은 틀림없이 첸이리라. 그들은 서로 한마디도 나누지 않았다. 그리고 악수조차 하지 않은 채 헤어졌다.

첸은 고물상에 들어가서 조그마한 청동 발굴품을 보여 달라고 말했다. 상인은 서랍에서 조그만 자줏빛 공단 상자를 한 줌 가득히 집어내더니 탁자 위에 늘어놓았다. 그는 상하이 사람이 아니었다. 북중국이나 파키스탄 근처의 중국인이었다. 듬성듬성하지만 부드러운 콧수염과 턱수염, 그리고 실처럼 가느다란 눈은 바로 이슬람교도 하층민의 그것이었다. 아첨을 잘하는 입도 그러하였다. 그러나 코가 납작한 산양 같은 모나지 않은 얼굴은 그렇지가 않았다. 장군이 지나가는 길목에서 폭탄을 가진 사나이를 발견하고 고발하면 많은 상금을 탈 것이고, 저희들끼리는 존경의 대상이 될 것이다. 게다가 이 부유한 상인은 어쩌면 장제스의 열렬한 지지자인지도 몰랐다.

"상하이에는 오래 계셨습니까?" 그가 첸에게 물었다. 이 이상한 손님의 정체는 무엇일까? 어딘지 어색해 보이는 태도, 눈앞에 늘어놓은 물건엔 별로 흥미도 없어 보이는 모습, 그것이 상인을 불안하게 만들었다. 이 젊은이는 아마 평소 양복을 안 입는 모양이다. 어딘가 날카롭게 보이는 옆얼굴이지만, 첸의 두툼한 입술은 상인에게 친근감을 느끼게 했다. 중국 내륙의 부유한 농사꾼 자식일까? 그러나 아무리 부자라도 농사꾼이 고대 청동 유물 같은 것을 수집할 리가 없다. 그러면 이 젊은이는 유럽인의 부탁으로 사러 온 것일까? 그러나 심부름꾼으로 보이지도 않았다. 더구나 그 자신이 수집가라고 하기엔, 눈앞에 나온 물건을 보는 태도에 너무나 열의가 없었다. 마치 다른 일이라도 생각하고 있는 것 같았다.

그럴 수밖에 없는 것이, 첸은 거리를 지켜보고 있었던 것이다. 이 가게에서는 200미터 앞까지 내다보였다. 이제 얼마나 있으면 자동차가 모습을 나타낼까? 그러나 이 얼빠진, 호기심에 찬 눈앞에서 어떻게 해야만 좋을 것인가? 아무튼 대답은 해야 한다. 지금까지처럼 잠자코 있어서는 좋지 않다.

"나는 내륙 지방에서 살고 있었는데, 전쟁통에 쫓겨 나오고 말았소." 첸은 대답했다.

상인은 다시 뭔가 물어보려고 했다. 첸은 뭔가 자기가 그에게 불안을 주고 있다는 것을 깨달았다. 지금 상인은, 곧 소동이 일어났을 때 가게를 약탈할 작정으로 미리 살펴보러 온 도둑놈이 아닐까 하고 자기를 의심하고 있으리라. 그런데 젊은이는 고급 물건을 보자고 하지는 않았다. 그가 보는 것은 다만 청동상이라든가 여우 장식이 붙은 옷깃 고리였으며, 더욱이 싸구려뿐이다. 일본 사람은 여우를 좋아한다. 그러나 이 손님은 일본인이 아니다. 잘 알아봐야겠다.

"손님은 아마 후베이(湖北)성 분이신가 보군요? 중부 지방은 살기가 매우 어려워졌다던데?"

첸은 귀머거리 시늉을 해줄까 생각했다. 그러나 그러다간 더 수상쩍어 보일 것 같아서 그만두었다.

"지금은 후베이성에 살고 있지 않소." 그는 이렇게만 대답했다.

첸의 말투나 문구를 짜 맞추는 화술에는 중국어지만 어딘가 퉁명스러운 데가 있었다. 그는 관용적인 표현을 쓰지 않고 직선적으로 자기 생각을 말해 버리는 것이었다.

첸은 한번 값을 깎아 볼까 하는 생각이 났다.

"얼마요?" 그는 여우 머리가 붙은 옷깃 고리 한 개를 가리키면서 물었다. 그것은 무덤에서 많이 발견되는 물건이었다.

"15달러입니다만."

"8달러라면 좋겠는데……."

"이만한 물건을 8달러라고요? 농담 마십쇼! 저희가 10달러에 사들이고 있습니다…… 저도 좀 생각해 주셔야지."

첸은 대답하지 않고 흘끗 베이 쪽을 바라보았다. 베이는 문이 열린 술집 탁자에 앉아 있었다. 그의 안경알이 반짝이고 있었다. 베이 쪽에서는 고물상의 유리창 탓으로 이쪽이 보이지는 않을 것이다. 그러나 첸이 밖으로 나가면 보일 것이다.

"나는 9달러 이상은 못 내겠소." 마치 곰곰이 생각한 결과를 말하듯이 겨우 첸은 말했다. "그래도 내겐 비싼 것 같은데……."

이 형식적인 말은 이런 장소에서는 의례적인 것이었지만, 그는 그것을 쉽게 내뱉었다.

"이건 오늘 마수걸이입니다." 고물상은 대답했다.

"그러니까 1달러 손해를 각오합죠. 개시가 잘되면, 그날 재수가 좋다니까요……."

한길에는 아무도 없었다. 멀리서 인력거가 한 대 가로질러 갔다. 또 한 대. 남자가 두 명 모습을 나타냈다. 개가 한 마리. 자전거가 한 대. 그 남자들은 오른쪽으로 꺾어 들었다. 인력거들은 이미 다 지나가고 없었다. 다시 거리는 조용해졌다. 개가 있을 뿐…….

"그럼, 조금 더 쓰셔서 9달러 반만 내시지 않겠습니까?"

"좋소, 선심 한번 쓰지."

이번에는 자기(磁器)로 된 여우. 이것도 값을 깎아야겠다. 첸은 물건을 산 덕분에 신용을 얻었다. 말하자면 의심을 사지 않고 곰곰이 생각할 권리를 얻은 셈이다. 물건의 질에 걸맞은 값을 부르려고 이것저것 생각하는 체했다. 이제는 상인도 방해하지 않을 것이다. '이 거리에서 자동차의 시속은 40킬로다. 그러면 2분간에 1킬로 이상을 달리겠지. 나는 1분 남짓밖에 자동차를 볼 수 없다. 매우 짧은 시간이다. 베이가 이 집 문에서 잠시라도 눈을 떼면 곤란하다…….' 아까부터 자동차는 한 대도 지나가지 않았다. 다만 자전거가 몇 대…… 첸은 경옥(硬玉)을 박은 혁대를 흥정했다. 상인이 정한 값에 응낙하지 않고, 좀 생각해 보자고 말했다. 점원 하나가 차를 들고 나왔다. 첸은 수정으로 된 조그만 여우 머리 한 개를 샀다. 상인은 겨우 3달러밖에 부르지 않았다. 그러나 가게 주인의 의혹이 아주 다 풀린 것은 아니었다.

"이 밖에도 진짜 고급 물건이 있습니다. 아주 훌륭하게 만든 여우 장식이 붙은 물건이죠. 하지만 그건 비싼 물건이라서 가게에는 두지 않고 있습니다. 필요하시다면 갖다드리기로 하죠……."

첸은 아무 말도 하지 않았다.

"……뭣하시면, 우리 집 애들더러 가져오래도 됩니다만……."

"나는 비싼 물건에는 흥미가 없소. 미안하지만 그만한 부자도 못 되고 말이오."

도둑놈은 아닌 듯하군. 비싼 물건을 보자고 하지 않는 걸 보니. 고물상은 미라라도 다루듯이 조심스레 경옥이 박힌 혁대 고리를 다시 내밀었다. 그런데 젤라틴 질의 비로드 같은 입술에서 그의 마음을 끌 만한 말이 흘러나와도, 탐욕스러운 눈초리로 그를 들여다보아도 손님은 여전히 덤덤하고 건성이었다…… 그러나 이 혁대 고리를 고른 것은 그가 아니었던가? 값의 흥정이란 연애와 같아서 하나의 공동 작업인 것이다. 상인은 마치 널빤지와 사랑을 하고 있는 거나 다름없었다. 이 사람은 무엇 하러 물건을 사고 있는 것일까? 문득 상인은 짐작이 갔다. 이 사람은 자베이(閘北)에 있는 일본인 매춘부에게 속절없이 반해 버리곤 하는 가련한 젊은이들 가운데 하나일 것이다. 그녀들은 여우를 대단히 신앙한다. 이 손님이 여우를 사는 것은 어느 여급이나 엉터리 기생에게 선물을 하기 위해서다. 물건에 대해서 아주 덤덤한 것은 자기 자신이 쓸 물건이 아니기 때문이다―첸은 줄곧 자동차가 올 것을 상상하며, 가방을 열고 폭탄을 꺼내어 던질 때까지의 속도를 생각하고 있었다. 그런데 게이샤가 발굴품 따위를 좋아할 까닭이 없다…… 하지만 조그마한 여우만은 예외일까? 이 젊은이는 수정으로 된 것과 자기로 된 것을 샀는데…….

조그만 상자들이 열리거나 닫힌 채로 탁자 위에 널려 있었다. 두 점원이 팔꿈치를 괸 채 바라보았다. 아직도 아주 소년 같은 점원 하나가 첸의 가방에 기대고 있었다. 두 다리에 번갈아 중심을 옮기면서 몸을 흔들거리는 바람에 가방이 탁자 바깥쪽으로 밀려갔다. 폭탄은 오른쪽 탁자의 가장자리에서 겨우 3센티 떨어져 있었다.

첸은 몸을 꼼짝할 수가 없었다. 그러나 겨우 팔을 뻗쳐 가방을 자기 쪽으로 끌어당겼다. 별 어려움 없이 할 수 있었다. 아무도 죽음 같은 것은 예감하고 있지 않았고, 하마터면 몸에 닥쳤을 재해 따위는 차마 생각지 못하고 있었다. 별일도 아니다, 점원이 기대어 흔들거리고 있던 가방을 그 가방 주인이 끌어당겼을 뿐이다…… 그러자 별안간 첸은 모든 것이 매우 쉬운 것으로 여겨졌다. 사물도 행위도 존재하지 않는다. 모든 것이 꿈이었다. 우리가 그 꿈에 힘을 주고 있으므로 비로소 우리를 압박하는 것이다. 그러나 우리는 이것을 부정할 수도 있을 것이다…… 이때 자동차 경적 소리가 들렸다. 장제스다!

첸은 마치 무기처럼 가방을 움켜잡고 돈을 치르고는, 조그맣게 포장한 물건 두 개를 주머니에 쑤셔 넣고 밖으로 나왔다.

상인은 첸이 사지 않고 버려둔 혁대 고리를 들고 쫓아 나왔다.

"이건 일본 부인네들이 특히 좋아하는 경옥입니다!"

'이 얼간이 같은 자식, 꺼져 버려!'

"다시 오겠소."

이런 의례적인 말을 곧이들을 상인이 있을까? 자동차가 평소보다 훨씬 빠른 속력으로—첸에게는 그렇게 여겨졌다—다가왔다. 호위 차량인 포드가 앞장서고 있었다.

"저리 비키시오!"

그들 쪽으로 돌진해 온 자동차가 홈이 파인 돌바닥 위에 이르자, 문간의 발판에 매달려 있는 두 형사의 몸이 몹시 흔들렸다. 포드가 지나갔다. 걸음을 멈춘 첸은 가방을 열고 신문지에 싼 폭탄에 손을 댔다. 상인은 열려 있는 가방의 빈 공간에 혁대 고리를, 아첨의 웃음을 띤 채 살며시 밀어 넣었다. 가방 저쪽 맨 구석에 물건을 집어넣느라, 그만 상인의 몸이 첸의 두 팔을 가로막아 버렸다.

"값은 적당히 쳐주십쇼."

"저리 가라니까!"

호통을 치는 바람에 겁이 더럭 난 고물상은 첸의 얼굴을 바라보았다. 첸도 입을 떡 벌린 채 멍하니 있었다. 자동차는 그들 앞을 지나가고 있었다.

"어디 몸이 편찮으십니까?" 첸의 눈에는 아무것도 보이지 않았다. 당장 까무러칠 듯이 맥이 풀렸다.

결정적인 순간에 그는 고물상의 손을 뿌리칠 수가 없었던 것이다. '몸이 아주 안 좋은 모양인데.' 고물상은 그렇게 짐작하고 첸의 몸을 부축하려 했다. 첸은 자기 앞으로 내민 두 팔을 탁 후려치고는 앞으로 걸어 나갔다. 아픔이 상인을 주춤하게 만들었다. 첸은 거의 달리다시피 나아갔다.

"앗, 혁대 고리! 내 혁대 고리!" 상인이 소리쳤다.

혁대 고리는 가방에 들어간 채로였다. 첸은 뭐가 뭔지 알 수 없었다. 그의 근육 하나하나와 날카로운 신경의 끝은 폭음이 거리를 채우고 낮은 하늘 아래 묵직이 사라지기를 기다리고 있었다. 그러나 아무 일도 일어나지 않았다. 자동차는 이미 커브를 돈 뒤였다. 아마 벌써 쏸의 앞도 지나갔을 것이다. 얼빠진 상인은 여전히 그 자리에 서 있었다. 모두 실패했으니 위험은 없었다. 다른 친구들은 어떻게 되었을까? 첸은 달리기 시작했다. "도둑이야!" 고물상 주인이 소리쳤다. 상인들이 밖으로 뛰쳐나왔다. 첸은 비로소 사정을 짐작했다. 화가 난 그는 그 혁대 고리를 갖고 달아나서 어디에다 동댕이치고 싶었다.

그러나 늘어난 구경꾼들이 옆에 몰려왔다. 첸은 혁대 고리를 고물상의 얼굴에 팽개쳐 버렸다. 그러자 가방을 닫지 않은 것을 깨달았다. 자동차가 지나갈 때부터 가방은 이 얼간이와 통행인들 눈앞에서 열린 채로 있었던 것이다. 폭탄이 보였다. 쌌던 신문지도 벗겨져 있었다. 겨우 그는 조심스레 가방을 닫았다. (홧김에 그것을 거칠게 탁 닫을 뻔했다.) 그는 온 힘을 다해 자기 신경을 억누르고 있었다. 상인은 부리나케 가게로 돌아갔다. 첸은 다시 걸음을 옮겼다.

"어떻게 됐나?" 그는 베이를 보자마자 물었다.

"자네야말로 어떻게 된 거야?"

그들은 숨을 헐떡이며 마주 쳐다보았다. 서로 먼저 상대편의 이야기를 듣고 싶어 했다. 거기에 쏸이 다가왔다. 그는 무슨 말을 할 듯 할 듯 하면서도 망설이고 있는 첸과 베이를 보았다. 두 사람은 뿌옇게 흐려 보이는 집들을 배경으로 옆얼굴을 보이면서 꼼짝도 않고 그 자리에 서 있었다. 구름 사이로 내리쬐는 매우 강한 햇빛에 첸의 호인다운 매 같은 옆얼굴과 베이의 둥그스름한 머리가 한층 두드러져 보였다. 아직 이른 오후 자신들의 짧은 그림자를 밟고 서서 손을 떨고 있는 두 사람의 모습은, 불안한 듯이 웅성거리며 지나가는 사람들 속에서 뚜렷이 구분되고 있었다. 세 사람은 여전히 가방을 들고 있었다. 이런 곳에는 오래 있지 않는 편이 현명했다. 그렇다고 음식점도 안전하지 않았다. 그들은 이 거리에서 벌써 몇 번이나 만났다 헤어지고 한 터였다. 그런데 무엇 때문에 아무 일도 일어나지 않았나?…….

"에멜리크네 집으로 가자." 첸이 겨우 입을 열었다.

그들은 골목으로 들어갔다.

"어떻게 된 거야?" 쏸이 물었다. 첸은 설명했다. 베이는 베이대로, 고물상에서 누군가가 첸을 따라 나오는 것을 보고 당황했다는 것이다. 그래서 베이는 길모 퉁이에서 몇 미터 떨어진 자기가 맡은 장소로 달려갔었다. 상하이에서는 좌측 통행이었다. 장제스의 자동차는 언제나 급커브를 꺾었다. 그래서 베이는 접근 하여 던질 수 있도록 왼쪽 보도에 자리를 잡았다. 이윽고 자동차가 질주해 왔 다. 이때 뒤쪽의 되 레퓌블리크 거리에는 지나가는 차가 없었다. 운전사는 되도 록 크게 커브를 돌았다. 따라서 자동차는 반대편 보도에 바짝 붙게 되었다. 그 순간 인력거 한 대가 베이와 자동차 사이에 껴들었다.

"인력거꾼에겐 안됐지만, 해치웠어야지!" 첸이 말했다.

"장제스가 죽지 않으면 숨도 못 쉴 쿨리가 몇천 명이나 있단 말이야."

"난 그때 던졌어도 실수했을 거야."

쏸도 수류탄을 던지지 않았다. 왜냐하면 동지들이 가만히 있는 것을 보고, 아마 장제스가 그 차에 타고 있지 않나 보다고 생각했기 때문이다.

그들은 묵묵히 담과 담 사이를 걸어갔다. 담은 안개 낀 누르스름한 하늘 아 래서 희끄무레하게 보였다. 쓰레기와 전선이 마구 흩어져 있어 주위는 살풍경 하고 적막했다.

"폭탄은 아직 그대로야." 첸이 조그만 소리로 말했다.

"다시 하자고."

그러나 두 동지는 맥이 완전히 풀려 있었다. 자살에 실패한 사람은 두 번 다 시 그 짓을 하려 들지 않는다. 한번 극점에 달한 신경의 긴장은 이제 너무 맥이 빠져 버렸다. 걸음을 옮겨 감에 따라 걷잡을 수 없는 생각이 절망으로 변해 가고 있었다.

"내 실수였어." 쏸이 말했다.

메아리처럼 베이가 말했다.

"내 실수야."

"그만들 뒤." 첸이 맥 빠진 소리로 말했다. 그는 이렇게 서글픈 듯이 걸어가면서도 골똘히 생각에 잠겨 있었다. 또다시 같은 방법을 쓸 수는 없다. 이 계획은 서툴렀다. 그렇다고 달리 좋은 생각이 떠오르는 것도 아니었다. 그가 생각하고 있었던 것은…… 어느덧 에멜리크의 가게에 다다랐다.

에멜리크는 가게 안에 있었다. 밖에서 중국어로 지껄이는 말소리와 이에 대답하는 두 사람의 목소리가 들려왔다. 그 음성의 울림, 그 걱정스러운 어조가 그의 주의를 끌었다. 어제도 지독한 치질에 걸린 것 같은 녀석 둘이 이 근처에 서성거리고 있었는데, 확실히 놈들은 공연히 왔던 게 아니었어…… 그는 생각했다. 말소리는 똑똑히 알아들을 수 없었다. 위층에서 어린애가 끊임없이 울어 댔기 때문이다. 그러다가 말소리가 그쳤다. 그리고 보도에 늘어진 짤막한 그림자로 그곳에 세 사람이 있다는 것을 알았다. 형사일까? ……에멜리크는 일어섰다. 기진맥진한 권투 선수와도 같은 자기의 짜부라진 코며 툭 튀어나온 어깨가 놈들에게 별로 두려움을 주지 못하리라고 생각하면서 그는 입구로 걸어갔다. 그의 손이 주머니에 이르기 전에 첸의 모습을 알아보았다. 권총을 꺼내려던 그 손을 그는 첸에게 내밀었다.

"뒷방으로 가자." 첸이 말했다.

세 사람이 에멜리크 앞을 지나갔다. 그는 그들을 훑어보았다. 저마다 접은 가방을 팔에 쥐가 나도록 소중히 옆에 끼고 있었다. 문이 닫히기가 무섭게 첸이 입을 열었다. "몇 시간 동안만 이곳에 있게 해주겠나? 우리와 이 가방 속에 든 걸 말이야."

"폭탄이야?"

"그래."

"그건 곤란한데."

위층에서 아이가 계속 울어 대고 있었다. 매우 괴로운 듯한 목소리가 흐느낌으로 바뀌고 있었다. 이따금 딸꾹질을 하면서 마치 장난삼아 울고 있는 것 같았다. 그러기에 더욱더 안타깝게 들렸다. 레코드와 의자와 귀뚜라미, 모두가 첸이 탕옌다를 죽이고 찾아왔을 때와 똑같았으므로 에멜리크도 첸도 그날 밤의 일이 생각났다. 첸은 아무 말도 하지 않았다. 그러나 에멜리크는 그가 생각하고 있는 것을 눈치챘다.

"폭탄은 지금은 곤란해. 여기서 들키는 날에는 여편네도 새끼도 모두 죽어."

"그럼 좋아, 샤의 집으로 가자." 샤는 폭동 전날 기요가 찾아간 램프 상인이었다. "지금쯤 가봐야 어린애밖에 없겠지만."

"첸, 내 처지도 이해해 줘. '새끼'는 큰 병을 앓고 있고, 어미는 어미대로 성치 않고 말이야……."

에멜리크는 첸을 바라보았다. 그 손이 떨리고 있었다.

"첸, 너는 몰라. 자유라는 것이 얼마만 한 행복인지 모른단 말이야……."

"난 알고 있어."

세 중국인은 밖으로 나갔다.

'젠장! 제기랄! 제기랄 것! 나라고 해서 그놈의 처지에서 일하지 못한다는 법이 어디 있냐 말이야.' 에멜리크는 마치 고속촬영을 한 인간처럼 차분히 침착하게, 마음속으로 꾸짖고 있었다. 이윽고 그는 거실로 천천히 올라갔다. 그의 중국인 아내가 걸터앉아 있었다. 가만히 침대를 바라본 채 뒤돌아보지도 않았다.

"아줌마는 오늘 친절히 해줬어. 나, 조금도 아프지 않았는걸……." 아이가 말했다.

아줌마란 메이를 말하는 것이다. 에멜리크는 생각이 났다. "저, 이건 유양돌기염이라는 병이에요. 뼈를 잘라 내야 합니다"라는 말을 들은 것을. 이 아이는 아직 젖먹이나 다름없는데, 이 세상에서 겪은 것이라곤 고통밖에 없구나. 이 녀석에게 설명해 주어야 한다. 그렇다고 무엇을? 두개골을 깎아 내야 한다는 말을? 그러면 죽지 않아도 된다. 그리고 아비의 한평생처럼 귀중하고 즐거운 생애로 보상을 받는다는 말을? 에멜리크는 20년 동안 줄곧 '욕된 젊음!'이라는 말을 되풀이해 왔다. 그러면 '욕된 늙음!'이라고 말하기까지엔, 이 두 가지 완전한 인생의 표현을 이 가엾은 어린아이에게 전하기까지에 앞으로 얼마만 한 시간이 필요할 것인가? 지난달 일이었다. 고양이가 다리를 삐었다. 그래서 중국인 수의

사가 치료하는 동안 고양이를 안고 있어야 했다. 그동안 고양이는 울부짖으며 몸부림쳤다. 고양이는 영문을 알지 못했던 것이다. 아마 사람이 자기를 학대하는 줄로 알았을 것이 틀림없다고 에멜리크는 느꼈다. 고양이는 사람의 자식이 아니니까 '나, 조금도 아프지 않는걸……' 따위의 말을 하지 않았었다. 에멜리크는 다시 아래층으로 내려갔다. 골목 바로 옆에서 개들이 시체를 뜯어 먹고 있는 모양인지 송장 냄새가 둔한 햇빛과 더불어 가게 안에 흘러 들어왔다. '고통만은 세상 어디에나 있군.' 그는 생각했다.

에멜리크는 조금 전에 첸을 거절한 자기를 용서할 수 없었다. 고문을 견디다 못해 비밀을 털어놓은 인간처럼 앞으로도 그와 같은 일을 저지르리란 것을 스스로도 알고 있었다. 그러나 그런 자기를 용서할 수 없었다. 그는 자기의 청춘을, 자기의 욕망을, 자기의 꿈을 배신한 것이다. 그러나 어떻게 배신하지 않을 수가 있겠는가? 중요한 것은 자기 힘에 알맞은 것을 바라는 일이다…… 그런데 그가 바란 것은 자기가 할 수 없는 일뿐이었다. 이를테면, 첸을 숨겨 주었다가 그와 함께 밖으로 뛰쳐나가는 일이다. 그리고 그 어떤 폭력으로, 폭탄으로 이 견딜 수 없는 처참한 생활에 복수한다. 이 세상에 태어나고부터 줄곧 그에게 해독을 끼쳐 오고 있는 생활, 마찬가지로 (어린아이들에게도 해독을 끼칠 이 생활에 대해서! 무엇보다도) 어린아이들에게 재해를 가져다주고 있는 인생에 대해서. 자기만의 고통이라면 참을 수 있다. 그것에는 습관이 되어 있으니까…… 그러나 아이들의 고통에는 참을 수가 없다.

"그 애는 앓으면서부터 몰라볼 만큼 영리해졌어요." 메이는 말했었다. 우연히 입 밖에 나온 것처럼…….

첸과 밖에 나가서 접은 가방에 숨겨 둔 폭탄을 하나 꺼내어 던진다. 그것은 근사한 일이었다. 아니, 그뿐 아니다. 현재 그의 생활에서는 뜻있는 유일한 일이었다. 그는 37세. 아마 아직도 30년을 더 살 수 있을 것이다. 그러나 어떻게 살아간단 말인가? 가게의 레코드를 팔아서? 그 쥐꼬리만 한 이익을 루위쉬안과 나누는 판이니, 둘 다 입에 풀칠하기도 힘든 형편이다. 게다가 나이를 먹으면…… 그는 지금 서른일곱이다. '기억할 수 있는 한'이라고 사람들은 흔히 말한다. 그러나 그에게는 돌이켜 기억해 볼 아무것도 없었다. 처음부터 끝까지 빈곤의 연속이었다.

학교에서는 열등생. 이틀에 하루는 결석했다. 어머니는 어머니대로 여유 있게 술을 마시고 싶어 그에게 자기가 할 일까지 시켰다. 공장에서는 노동을 했다. 불한당 패거리 속에 끼었다. 군대에서는 줄곧 영창만 드나들었다. 그리고 제1차 세계대전. 그는 독가스를 마셨다. 누구를 위해서? 무엇 때문에? 조국을 위해선가? 그는 벨기에인도 아무것도 아니었다. 오직 밑바닥 인간이었다. 그러나 전쟁 중에는 별로 일하지 않아도 먹을 수 있었다. 그리고 제대하여 가장 뱃삯이 싼 갑판 선객으로서 인도차이나까지 흘러갔다. 거기서는 기후 때문에 육체노동은 해먹을 수 없었다. 그뿐 아니라 이 기후 탓으로 모두 이질에 걸려 죽는다. 특히 불한당으로 이름난 인간들은 더하다. 그래서 그는 다시 이 상하이에 흘러들어 온 것이다. 이런 인생에 복수라는 것은 폭탄뿐이다! 그렇다, 폭탄이다!

에멜리크는 아내가 있었다. 그녀 말고는 이 세상에서 주어진 것이 없었다. 그녀는 처음 12달러에 팔려 갔었다. 그런데 그녀를 산 작자가 싫다고 해서 버림받았다. 그래서 그녀는 먹을 것과 잠자리를 얻기 위하여 두려워하면서도 에멜리크를 찾아온 것이었다. 처음 한동안 그녀는 잠을 이루지 못했다. 유럽인들은 심한 짓을 한다고 언제나 듣고 있었으므로 그도 그런 줄로 알고 있었던 것이다. 그런데 에멜리크는 그녀에게 친절했다. 조금씩 두려움에서 벗어난 그녀는 그가 아플 땐 뒷바라지도 해주고, 그의 볼일을 봐주며 그의 무력한 증오의 발작에도 잘 견뎠다. 그녀는 마치 학대받은 눈먼 개와 같은 애정으로 에멜리크에게 매달려 있었다. 당신도 나와 같이 학대받은 눈먼 개가 아닌가 하고 속으로 생각하면서. 이제는 아이도 있었다. 그런데 에멜리크는 아이에게 무엇을 해줄 수 있었던가? 겨우 먹여 주는 것이 고작이다. 그에게 할 수 있는 일이라고는 고통을 주는 것뿐이었다. 이 세상에는 하늘의 별보다 고뇌가 더 많았다. 그중에서도 가장 쓰라린 괴로움을 아내에게 남겨 주는지도 몰랐다. 즉, 그녀를 남겨 두고 자기만 죽어 버리는 것이다. 이웃에 살고 있던 그 굶주린 러시아인처럼. 그는 품팔이를 하고 있었는데, 지독한 가난 끝에 어느 날 자살해 버렸다. 미치다시피 격분한 아내는 자기와 아이를 남겨 두고 가버린 남편의 시체를 마구 두들겼다. 아이들은 방구석에 있었는데, 그중 한 아이가 "엄마, 싸워?" 하고 물어보았었다…… 에멜리크는 아내와 아이를 죽게 하지는 않았다. 그것은 아무렇지도 않은 일, 정말 아무것도 아니었다. 만일 돈이 있고 그것을 그들에게 남겨 줄 수만 있다면, 마음대로 죽어 갔을 것이다. 그러나 이 뜬세상은 여태까지 한 번도 그의 옆구리를 걷어찬 적이 없는 것처럼 천연덕스러운 얼굴로 지금 또다시, 지금까지 그가 겨우 가지고 있는, 가질 수 있는 유일한 인간으로서의 존엄, 다시 말해서 그의 죽음마저 그에게서 빼앗아 버린 것이다. 바람이 확 불어올 때마다 송장 냄새가 움직이지 않는 햇빛 속으로 흘러 들어왔다. 에멜리크는 송장 냄새에는 익숙해 있었지만, 무릇 살아 있는 자의 본능적인 반감을 가지고 그것을 맡았다. 그 냄새가 몸에 스미는 듯해 으스스 전율을 느꼈다. 그는 마치 죽어 가는 친구의 영상에 사로잡힌 것처럼 첸의 모습에 사로잡혔다. 그리고 그는 자기 마음을 지배하고 있는 것이 과연 치욕인가 우정인가, 아니면 흉포한 욕망인가를 자못 중대한 일처럼 곰곰이 생각하고 있었다.

다시 첸과 동지들은 큰 거리를 벗어났다. 뒷거리나 골목길은 별로 경비가 심하지 않았다. 장군의 자동차가 지나가지 않기 때문이다. '계획을 바꾸어야 한다.' 첸은 고개를 숙인 채 번갈아 내딛는 반들반들한 자기의 구두를 내려다보면서 생각했다. '반대 방향에서 급히 자동차를 몰고 와 장제스의 자동차에 부딪치면 어떨까?' 그러나 지금 자동차는 모두 군대에 징발되었는지도 모른다. 차가 별다른 제지 없이 달릴 수 있도록 어느 공사관의 기(旗)를 써보는 수법도 생각할 수 있지만, 그것도 위험하다. 경찰은 외국 공사관에서 일하는 운전사들의 얼굴을 잘 알고 있기 때문이다. 짐차로 도로를 막아 버리면? 장제스는 언제나 포드 차를 호위로 앞세웠다. 수상한 방해물이 있으면, 발판에 서 있는 호위병이나 형사가 누구든 다가오려는 자를 쏠 것이다. 문득 첸은 귀를 기울였다. 조금 전부터 옆의 동지들이 말을 나누고 있었다.

"장군 가운데 대부분은 자기들이 정말로 암살당할지 모른다는 것을 알면 장제스를 버리고 말걸. 신념을 가진 자는 우리뿐이야." 베이가 말했다.

"그래." 쏸이 받았다. "진짜 테러리스트는 처형당한 자의 자식들한테서 나오지."

"만약 뒤에 남은 장군들이 우리에게 맞서서 나름대로 새로운 중국을 건설한다 하더라도 훌륭한 나라를 만들 거야. 그네들도 그들 자신의 피로써 건설하는 것이니까." 베이가 덧붙였다.

"천만에!" 첸과 쏸이 동시에 말했다.

두 사람 모두 공산주의자들 가운데, 특히 인텔리들 가운데 국민당원이 얼마나 많은가 알고 있었다. 베이는 출간하자마자 발매금지 처분을 받은 잡지에 독단적이며 신랄함에 찬 비통한 문체의 단편을 쓰기도 하고, 논문을 기고하기도 했다. 최근에 쓴 논문의 서두는 이러한 것이었다. "제국주의가 막다른 골목에 이르렀으므로, 중국은 다시 한번 이에 최후의 호의를 간청하여 자기 코에 꿴 금고리를 니켈 고리로 바꾸어 달라고 애걸하고 있다……." 또 그는 테러리즘 이론을 정립하고 있었다. 그로서는 공산주의만이 중국을 재생시킬 수 있는 참된 방법이었다.

"나는 중국의 건설 따윈 바라지 않아." 쏸이 말했다.

"나는 우리 동지들의 나라를 만들고 싶은 거야. 중국이야 있건 없건, 그런 건 아무래도 좋아. 우리 동지들은 가난해. 그들을 위해서 나는 기꺼이 죽기도 하고 살인도 하는 거야. 오직 그들을 위해서 말이야……."

첸이 대답하듯 말했다.

"폭탄을 던지는 건 안 되겠어. 실패할 우려가 너무 많아. 아무튼 오늘은 그만두자고."

"다른 방법도 쉽진 않아." 베이가 말했다.

"꼭 한 가지 수단이 있다."

무겁고 낮은 구름이 누르스름한 태양 아래 그들과 같은 방향으로 흘러가고 있었다. 그것은 인간의 운명처럼 불확실했지만, 어쩔 수 없이 나아가고 있었다. 첸은 눈을 감고 생각에 잠기면서 여전히 걸음을 옮겨 놓고 있었다. 동지들은 여느 때처럼 담벽을 따라 나아가는 첸의 동그란 옆얼굴을 지켜보면서, 그가 말을 꺼내기를 기다렸다.

"단 한 가지 방법이 있어. 폭탄을 던져선 안 돼. 그것을 안고 자동차 밑으로 뛰어드는 거야."

그들은 파헤쳐 놓은 뒷거리를 빠져나갔다. 여느 때와 달리 아이들이 놀고 있지도 않았다. 세 사람이 다 생각에 잠겼다.

샤의 가게에 도착했다. 점원이 그들을 뒷방으로 안내했다. 그들은 많은 램프들 사이에서 가방을 옆에 낀 채 서 있었다. 이윽고 조심스레 가방을 밑에 내려놓았다. 쏸과 베이는 중국식으로 책상다리를 하고 앉았다.

"첸, 왜 웃나?"

웃은 것이 아니었다. 그저 미소를 지었을 뿐이다. 그것도 불안에 사로잡힌 베이가 지레짐작한 것처럼 비웃는 뜻이 있었던 것은 아니었다. 스스로도 놀랄 정도로 첸은 왠지 아주 명랑해진 자신을 발견했다. 용기가 있긴 하나 동지들이 어떤 불안감을 느끼고 있는지 첸은 알고 있었다. 어떤 위험한 방법으로 하던 간에, 폭탄을 던진다는 것은 어디까지나 목숨을 건 '모험'일 뿐이었다. 그러나 방금 첸이 말한 것처럼 죽음을 각오한다는 것은 전혀 다른 문제였다. 어쩌면 모험과 반대의 것인지도 모른다. 첸은 방 안을 왔다 갔다 했다. 가게 안쪽에 있는 이 뒷방은, 겨우 가게 너머로 비쳐 드는 햇빛을 받고 있을 뿐이었다. 하늘은 흐렸고, 폭풍우의 전조처럼 납빛으로 물들어 있었다. 이 음산하고 어둠침침한 속에서 마치 의문부호를 거꾸로 세우거나 나란히 늘어놓은 것 같은 광선 줄기가 내풍(耐風)램프의 등피에 어른거리고 있었다. 그림자라고 할 수 없을 만큼 흐릿한 첸의 그림자가 두 사람의 불안한 눈 위를 스쳐 갔다.

"기요 말이 옳아. 우리에게 가장 모자란 것은 '할복(割腹) 정신'이야. 그러나 자살하는 일본인은 신이 될 수 없어. 그건 타락의 첫걸음이야. 그것으론 안 돼. 그 피가 사람들 위에 뿌려져 거기에 핏자국을 남겨야만 하는 거야."

"난 어떡하든 해내고 싶어." 쏸이 말했다. "잘해 내기 위해선 몇 번이라도 하겠어. 어차피 언젠가는 죽을 테니, 딱 한 번으로 그치지 않고 말이야!"

그러나 한편 몹시 과격한 투를 띠어 어조가 떨리는 첸의 말에는, 그 말의 의미보다도 무언가 흐름 같은 것이 있어 그것이 쏸을 끌어당겼다.

"자동차 밑으로 뛰어 들어가야 해." 첸이 대답했다.

동지들은 멀어졌다 가까워졌다 하는 첸을 목을 돌리지 않고 눈으로 좇고 있었다. 첸은 이제 그들을 거들떠보지도 않았다. 그러다가 방바닥에 놓여 있는 램프 하나에 발이 걸려 움찔 놀라며 벽을 짚었다. 램프는 넘어져서 쨍그랑 소리를 내고 부서졌다. 몸을 바로 세운 첸의 그림자가 그들 머리 위에 있는 램프의 마지막 줄 위에 어슴푸레 떠올라 있었다. 쏸은 첸이 자기에게 무엇을 기대하고 있는가를 비로소 깨달았다. 그러나 첸이 자기에 대해서 자신을 못 갖는 건지, 아니면 자기가 예상하고 있는 것에 대해 경계를 하는 것인지 알고 싶어 입을 열었다. "대체 어떻게 하겠다는 거야?" 첸은 자기도 역시 뚜렷이 알고 있지 않다는 것을 깨달았다. 쏸에 대해서가 아니라 걷잡을 수 없는 자기 자신의 사고와 싸우고 있는 듯한 기분이었다. 이윽고 그는 대답했다.

"실수 없이 해내고 싶단 말이야."

"그럼, 베이나 내가 자네 뒤를 따르겠다는 약속이라도 하기를 바라는 모양이군. 그렇지?"

"내가 기대하는 건 약속이 아니야. 자네들이 스스로 욕구를 느끼는 거야."

램프에 어른거리던 반사가 사라졌다. 창문이 없는 방 안이 차츰 어두워졌다. 아마도 바깥은 구름이 짙어진 모양이다. 첸은 '죽음이 눈앞에 다가오면, 그 정열이 남에게 전해지기를 바라는 법이다……' 하고 말한 지조르의 말이 생각났다. 별안간 첸은 깨달았다. 쏸도 깨닫고 있었다.

"자네는 테러리즘을 하나의 종교로 만들잔 거지?"

어떤 말도 첸이 그들에게 요구하고 있는 것을 나타내기에는 너무나 공허하고, 어리석고, 약했다.

"종교가 아니야. 인생의 의의지. 저……."

첸은 경련하는 손으로 무언가를 꽉 쥐어 주무르는 시늉을 했다. 그리고 그의 사고는 마치 숨결처럼 헐떡거리고 있는 것 같았다.

"……자기의 완전한 파악이란 말이야."

그리고 여전히 움켜쥐어 주무르는 손짓을 하면서 말을 이었다. "자기를 꽉 죄는 거야. 꽉 죄어. 이 손이 저 손을 꽉 쥐듯이 말이야(그는 자기 손을 힘껏 움켜쥐었다). 아니, 이것만으로는 아직 모자라, 이렇게 하는 거야……."

첸은 부서진 램프의 유리 조각 하나를 집어 들었다. 그것은 큼직한 세모꼴 파편이었으며, 번쩍번쩍 빛나고 있었다. 그것을 자기 허벅지에 쿡 꽂았다. 그의 격정적인 목소리는 사나운 자신에 차 있었다. 그러나 그는 흥분에 사로잡혀 있다기보다는 그것을 억누르고 있는 듯이 보였다. 조금도 미친 것이 아니었다. 두 친구는 그의 모습이 흐릿하게 보일 뿐이었다. 그럼에도 첸은 그 방 안을 가득 채우고 있었다. 쏸은 겁이 났다.

"첸, 나는 자네만큼 영리하지 못해. 그러나 나로선…… 나로선 할 수 없어…… 나는 아버지의 주인이란 자가 아버지의 두 손을 묶고, 돈을 어디다 감춰 두었냐며 등나무 지팡이로 배를 막 후려갈기는 걸 이 눈으로 본 적이 있어. 아버지는 그 돈을 본 적도 없는데 말이야. 내가 싸우는 건 우리 동지들을 위해서야. 나 자신을 위해서가 아냐."

"우리 동지들을 위해서 죽을 각오를 한다면 그보다 더 나은 건 없지. 죽음을 택한 인간보다 더 쓸모 있는 인간은 없거든. 우리에게 그런 각오가 있었다면 아까 장제스를 놓치지 않았을 거야."

"자네한텐 그게 필요할지 모르지만, 나는 모르겠어⋯⋯." 쏸은 몸부림쳤다. "내가 자네에게 동의한다면, 알겠나? 나는 이런 생각이 들 거야. 내가 죽은 것은 여러 사람을 위해서가 아니라, 실은⋯⋯."

"실은?"

거의 컴컴해졌지만, 오후의 희미한 햇빛이 다 사그라지지 않고 언제까지나 흐릿하게 남아 있었다.

"자네를 위해서라고 말이야."

석유의 강렬한 냄새가 문득 첸에게 폭동 첫날, 경찰서에 불을 지를 때 쓴 석유통을 떠올리게 했다. 그러나 이미 모든 것은 과거에 묻혀 버렸다. 쏸까지도. 쏸은 이제 자기를 따라오지 않을 것이다. 하지만 첸에게는 현재의 그와 같은 생각을 허무로 변하게 하지 않는 단 하나의 의지가 있었다. 그것은 그렇게 되게끔 운명 지어진 '심판자'들, 복수하는 자들을 만들어 내는 일이었다. 이런 생각이 첸의 마음속에서 싹트고 있었다. 그것은 어떤 출산과 마찬가지로 찢어지는 듯한 고통과 흥분을 수반하고 있었다. 그는 그것을 누를 수가 없었다. 어떤 사람 앞에서도 더는 견딜 수가 없었다.

"글을 잘 쓰는 자네가 어떻게 설명해 보게나." 첸은 베이에게 말했다.

베이는 안경을 닦고 있었다. 첸은 바지를 걷어 올려 상처를 씻지도 않고 허벅지를 손수건으로 묶었다. 무엇 때문에 이렇게 할까? 이렇게 하지 않더라도 떠날 때까지는 곪지도 않을 텐데. "인간이란 언제나 비슷한 짓을 하기 마련이군." 첸은 지난번 팔에 칼을 꽂은 일을 떠올리며 뒤숭숭한 기분으로 혼자 중얼거렸다.

"나 혼자 가지, 오늘 밤엔 혼자로도 충분해." 첸이 말했다.

"나는 아무튼 무엇인가 계획하겠어." 쏸이 대답했다.

"때가 늦었어."

가게 앞에서 베이가 첸의 뒤를 쫓아갔다. 안경을 손에 든 채였다. 이 청년의 앳된 얼굴은 안경을 벗은 편이 훨씬 인간미 있어 보였다. 첸은 그가 소리를 죽여 울고 있는 것을 깨달았다.

"어디 가나?"

"나도 갈 테야."

첸은 걸음을 멈추었다. 그는 여태껏 베이가 쫜의 의견에 찬동하고 있다고만 생각했었다. 그는 가게 앞에 있는 쫜을 가리켰다.

"나도 같이 가겠어." 베이가 되풀이했다.

베이는 되도록 입을 열려 하지 않았다. 소리 없는 울음에 목구멍이 떨려 자꾸만 이상한 소리가 나오기 때문이었다.

"아니, 오늘은 내게 맡기고 자넨 보고만 있어 줘."

이렇게 말하고, 첸은 떨리는 손가락으로 베이의 팔을 움켜잡았다.

"보고만 있어 줘." 그는 되풀이했다.

첸은 홱 돌아서 갔다. 베이는 혼자 보도에 남았다. 입을 벌리고 여전히 안경알을 닦고 있는 모습은 우스꽝스러워 보였다. 인간이 이토록까지 고독해질 줄이야, 첸은 여태까지 꿈에도 생각지 못했다.

오후 3시

클라피크는 기요가 집에 있으리라 생각했다. 그러나 없었다. 커다란 방 털깔개 위에 흩어져 있는 스케치를 일본옷을 입은 제자 한 사람이 주워 모으고 있었다. 지조르가 처남인 가마 화백과 잡담하고 있었다.

"아이고! 안녕들 하시오! 이거 반갑구려!"

클라피크는 조용히 자리에 앉았다.

"아드님이 안 계시다니, 유감이군요."

"좀 기다려 보시겠소?"

"그러지요. 아드님을 꼭 만나야 하거든요. 그런데 아편 탁자 밑에 있는, 저 쪼, 쪼, 쪼끄만 새 선인장은 뭡니까? 아주 근사한 수집이군요. 이런, 굉장한데. 이건 괴, 괴, 굉장한 물건이야! 나도 하나 사야겠군, 어디서 구하셨소?"

"누가 선물한 것입니다. 1시 조금 전에 보내 온 물건이지요."

클라피크는 선인장의 납작한 푯말에 쓰여 있는 한자를 읽었다. 큼직하게 '증(贈)'이라는 글자, 그리고 '첸타루'라는 이름이 조그맣게 서명되어 있었다.

"첸타루라…… 첸…… 모르는 사람이군. 유감인걸. 선인장을 잘 아는 사람인가 보구려."

클라피크는 내일이라도 당장 떠나야 한다는 생각이 났다. 도피자금을 마련해야 했다. 선인장 따위를 사고 있을 형편이 아닌 것이다. 군대에 점령된 도시에서 급히 미술품을 팔아 버린다는 것도 어려운 일이었다. 그러나 그의 친구들은 가난했고, 페랄은 어떤 구실로도 돈을 빌려주지 않았다. 다만 페랄은, 일본인 화가 가마가 상하이에 오거든 그의 묵화를 사달라고 클라피크에게 부탁하고 있었다. 수수료를 50, 60달러 받을 수 있을 것이다…….

"기요가 집에 있어야 했는데. 오늘은 누구와 만날 약속이 있는 모양이죠……." 지조르가 말했다.

"그런 약속 안 하는 게 좋았을걸 그랬군." 클라피크가 중얼거렸다.

그는 아무 말도 덧붙이지 않았다. 지조르가 아들의 활동을 어느 점까지 알고 있는지, 클라피크는 모르고 있었다. 그러나 아무 질문도 나오지 않는 것이 그로서는 못마땅했다.

"아시겠지만, 이건 매우 중대한 일이라서 말이오."

"그 애와 관계있는 일은 나한테도 중대하지요."

"지금 당장에 400이나 500달러를 벌거나 마련할 수 있는 방도를 생각해 보아야겠습니다."

지조르는 서글픈 미소를 지었다. 클라피크는 그가 가난하다는 것을 잘 알고 있었다. 설령 지조르가 소장하고 있는 미술품을 팔아 버리는 데 동의하더라도…….

'그럼, 푼돈이라도 벌어 볼까.' 남작은 생각했다. 그는 다가가서 긴 의자 위에 흩어져 있는 묵화를 보았다. 그는 전통 일본 예술을 세잔 및 피카소와 관련시켜서 비판하지 않을 만큼의 식견은 갖추고 있었지만, 지금은 일본 예술을 싫어했다. 정관적(靜觀的)인 취미란 숨 가쁘게 쫓겨 다니는 사람에게는 무력하다. 산간의 외로운 등불, 비에 젖은 시골길, 하얀 눈 위를 날아오르는 황새 떼, 그와 같은 우수가 행복을 약속하고 있는 듯한 세계. 클라피크도 아아! 천국이라는 것을 힘들이지 않고 떠올릴 수 있었다. 그러나 그는 천국의 문턱에서 걸음을 멈추어야만 했다. 그러기에 더욱 그런 세계가 존재한다는 것이 못마땅한 것이다.

"이건 절세미인이군. 나체인 데다, 더욱이 색정적이고. 그러나 정조대는 찼군 그래. 이건 페랄이 사는 거지 내가 사는 게 아니라오…… 자아, 너는 꺼지는 거야!"

클라피크는 그림 네 폭을 골라서 화백의 제자에게 전할 곳을 적게 했다.

"당신이 그렇게 말씀하시는 것은 서구 미술을 마음에 두고 있기 때문이겠지요." 지조르가 말했다. "서구 미술이 목적하는 바는 전혀 다른 것이니까요."

"가마 선생, 선생은 무엇 때문에 그림을 그리시나요?"

일본옷을 입고 있는 노화백의 벗어진 머리에 빛이 반사하고 있었다. 노화백은 호기심을 느끼고 클라피크를 바라보았다.

제자는 스케치를 옆에 놓고 통역하여 대답했다.

"선생님은 이렇게 말씀하십니다. '첫째, 아내를 위해서. 왜냐하면 아내를 사랑하기 때문에'……."

"나는 누구 때문이냐고 묻는 게 아니라, 무엇 때문이냐고 묻고 있는 거요."

"선생님은 그건 설명하기 어렵다고 말씀하십니다. 선생님은 이렇게 말씀하십니다. '나는 유럽에 갔을 때 박물관을 돌아보았소. 서양 화가들은 과일을 그리면 그릴수록, 아니 물건을 나타내지 않는 선의 경우라도 상관없소만, 아무튼 무엇을 그리면 그릴수록 그네들은 자기 자신을 말하고 있소. 그런데 나에게 문제가 되는 것은 세계라오'라고 말입니다."

가마는 한마디 덧붙였다. 정다운 표정이 그의 부드러운 노부인 같은 얼굴에 살짝 스쳐 갔다.

"선생님은 이렇게 말씀하십니다. '우리의 경우 그림이란 아마도 당신들의 자애 (慈愛) 같은 것'이라고 말입니다."

요리를 맡은 다른 제자가 조그만 술병을 들여다 놓고 물러갔다. 가마는 말을 이었다.

"선생님은 만일 자기가 화필을 놓게 되면 장님이 된 듯한, 아니 그보다 더 고독한 기분이 들 것이라고 말씀하십니다."

"잠깐." 남작이 한쪽 눈을 감은 채 손가락으로 가리키며 말했다. "만일 의사가

'당신은 불치병에 걸렸소. 앞으로 석 달밖에 살 수 없소' 하고 말했다면 그래도 선생은 그림을 그리실까요?"

"선생님은 '죽음이 가깝다는 것을 알면, 더 잘 그릴 수 있으리라 생각하오. 그렇다고 특별히 그리는 방식을 바꾼다는 것은 아니오'라고 말씀하십니다."

"더 잘 그릴 수 있다니?" 지조르가 물었다.

그는 줄곧 기요를 생각하고 있었다. 클라피크가 들어오자마자, "이런 시국에 태평함이라니, 이건 모욕이야" 하고 말한 것만으로도 벌써 지조르는 불안해졌던 것이다.

가마가 대답했다. 지조르가 직접 통역했다.

"가마는 이렇게 말하는군요. '두 개의 미소, 아내의 미소와 딸의 미소가 있다. 나는 그것을 볼 수 없더라도 그것은 내 마음에서 떠나지 않을 것이다. 그리고 나는 비애를 더한층 사랑하게 될 것이다. 세계는 우리들 일본인이 쓰는 글자 같은 것이다. 기호(記號)의 꽃에 대한 관계는 마치 이 꽃(말을 하면서 그는 한 폭의 묵화를 가리켰다)의 다른 어떤 것에 대한 관계와 마찬가지다. 모든 것은 기호인 것이다. 기호에서 표상된 사물 자체로 향한다는 것은 세계를 규명하는 일이며, 신을 향하는 일이기도 하다'라고 말입니다. 가마의 생각으로는 죽음이 다가오면…… 잠깐 기다려 주십시오……."

지조르는 다시 가마에게 물어보고, 통역을 계속했다.

"그래, 그대롭니다. 가마의 생각으로는 죽음이 다가오면 아마도 모든 일에 충분한 정열과 비애를 쏟아 넣을 수 있을 테니, 자기가 그리는 모든 형상이 이해하기 쉬운 기호가 되고, 그것이 의미하고 있는 것과 또한 그것이 속에 감추고 있는 것까지도 밖으로 나타난다는 것입니다."

클라피크는 고뇌를 부정하는 인간 앞에서 참기 어려운 고통을 느꼈다. 그는 지조르가 통역하는 동안 가마의 의젓한 고행승(苦行僧) 같은 얼굴에서 눈을 떼지 않고 주의 깊게 가만히 귀를 기울였다. 팔꿈치를 붙이고 두 손을 모아 쥔 클라피크는 얼굴에 슬기가 떠오르면, 마치 쓸쓸하고 가련한 원숭이 같은 모습으로 보였다.

"아마 당신이 묻는 방법이 좀 서툴렀던 모양이지요." 지조르가 말했다.

그는 일본어로 매우 짧은 문구를 말했다. 가마는 그때까지 바로 대답을 했었는데, 이번에는 깊이 생각해 보는 눈치였다.

"뭘 물어보셨소?" 클라피크가 나직이 물었다.

"만약 의사가 가마의 부인에게 살 가망이 없다고 선고한다면 어떻게 하겠느냐고 물어보았지요."

"선생님은 의사를 믿지 않는다고 말씀하십니다."

요리 담당 제자가 다시 들어오더니 조그마한 술병을 쟁반에 얹어서 나갔다. 그 서양풍의 복장, 그 미소하며 기쁨에 들뜬 것 같은 몸짓, 지나치게 공손한 태도 등, 모든 것이 지조르에게조차 기이하게 보였다. 가마가 조그만 소리로 한마디 하였지만, 옆의 제자는 그것을 통역하지 않았다.

"일본에서는 이런 젊은이들은 거의 술을 입에 대지 않습니다." 지조르가 말했다.

"저 제자가 술에 취한 것을 보고, 가마는 기분이 상한 것입니다."

지조르의 눈빛이 흐려졌다. 입구의 문이 열리고 발소리가 들렸다. 그러나 기요는 아니었다. 그 눈초리가 다시 또렷해지더니, 가마의 눈을 바라보았다.

"부인이 돌아가신다면?"

지조르는 여태까지 유럽인과 이런 대화를 나눈 적이 있었을까? 노화백은 다른 세계의 사람인 것이다. 그는 대답하기 전에 잠시 입술이 아니라 눈에 슬픈 미소를 띠었다.

"사람은 죽음과도 서로 통할 수 있소⋯⋯ 그것은 매우 어려운 일이지만, 아마 그것이 인생의 의의일 것이오⋯⋯."

가마는 작별 인사를 하고 자기 방으로 돌아갔다. 제자가 그 뒤를 따랐다. 클라피크는 자리에 앉았다.

"아, 아, 아무튼 참⋯⋯ 훌륭해, 정말 후, 후, 훌륭한 분이군! 그분은 기품 있는 유령처럼 쓱 사라져 버렸어. 당신도 아시겠지만, 젊은 유령은 몹시 버르장머리가 없지요. 그래서 나이 먹은 분은 애송이 유령에게 사람을 두려워하게 만드는 방법을 가르치는데, 고생이 이만저만 아니지요. 원체 젊은 녀석들은 도무지 말할 줄 모르거든. 그저 꽝꽝거릴 뿐이란 말이야⋯⋯."

다시 문을 두드리는 소리가 들려와 그는 입을 다물었다. 조용해진 가운데 기타 소리 같은 가락이 울려 퍼졌다. 이윽고 그게 완만하게 낮은 음으로 조절되더니 낮아짐에 따라 음향의 폭이 넓어져서 더없이 장중한 가락으로 바뀌어 갔다. 그리하여 오랫동안 은은히 흐느끼듯 울리더니, 마침내 호젓한 정적 속에 사그라졌다.

"저게 대체 뭡니까? 무슨 소리죠?"

"가마가 샤미센(三味線)을 뜯고 있는 것입니다. 무언가 심란할 때는 언제나 저걸 켜지요. 일본을 떠나면 저것이 가마의 몸을 지켜 줍니다…… 가마는 유럽에서 돌아오더니 '이제는 이 몸이 어디에 있거나 마음의 고요함을 발견할 수 있다'고 하더군요."

"그저 그런 체하는 것 아닐까요?"

클라피크는 그만 무심코 이런 질문을 해버렸지만, 실은 가만히 귀를 기울이고 황홀하게 듣고 있었다. 그의 생명이 위험에 처해 있을지도 모르는 이때에(자기가 현실적으로 위험에 맞닥뜨려 있다고 깨달을 만큼 자기 자신에게 관심을 갖는 일은 드물었지만) 이 맑디맑은 현의 가락은 그의 가슴속에 젊은 시절의 꿈을 채워 주던 음악에 대한 사랑을 되살려 주고, 그리고 젊었던 바로 그 시절을, 또 젊음과 더불어 사라져 간 모든 행복을 되살려 주었으며, 동시에 애달프게 그의 마음을 흩뜨려 놓았다. 다시 발소리가 났다. 어느새 기요가 들어서고 있었다.

기요는 클라피크를 자기 방에 데리고 갔다. 소파, 의자, 책상, 흰 벽. 일부러 간소하게 꾸민 방이다. 방은 더웠다. 기요는 윗도리를 벗어 소파에 던지고 스웨터 바람이 되었다.

클라피크가 입을 열었다. "방금, 야, 야, 약간의 정보를 들었소. 이건 좀 진지하게 받아들이지 않으면 '큰일' 날 것 같구려. 우리는 내일 밤까지 여기서 달아나지 않으면 골로 갈 것 같소."

"그 정보의 출처는 어딥니까? 경찰?"

"맞았소. 두말할 것도 없는 일이지만, 난 이 이상 상세하게 말할 수 없소. 하지만 이건 중대한 일이오. 그 선박 사건이 탄로 난 모양이오. 아무튼 침착하게, 48시간 안에 달아나야겠소."

기요는 우리가 이겼으니, 그 사건은 이제 죄가 될 것이 없다고 말하려고 했다. 그러나 아무 말도 하지 않았다. 노동 운동이 탄압받으리라는 것은 뻔한 일이라 그는 새삼 놀라지 않았다. 문제는 동지들이 분열되지 않았나 하는 것이었다.

이 점을 클라피크는 짐작하지 못했다. 만일 클라피크가 쫓기고 있다면, 그것은 산둥호가 공산당원에 의해 점령되었고 그도 그 한패로 간주되었기 때문일 것이다.

"당신은 어떡할 참이오?" 클라피크가 물었다.

"우선 생각해 보겠습니다."

"좋은 생각이야! 그러나저러나 달아날 밑천은 있소?"

기요는 눈으로 웃으면서 어깨를 움찔해 보였다.

"달아날 생각은 없습니다."

잠시 뒤 그는 말을 이었다.

"하지만 선생의 정보도 내겐 매우 중대한 것입니다."

"달아날 생각이 없다고! 아니, 그러면 죽여 달라고 가만히 있을 참인가?"

"그럴지도 모릅니다. 선생은 달아나십니까?"

"어떻게 내가 머물러 있겠소?"

"얼마나 필요하십니까?"

"300이나 400……."

"그중의 얼마쯤은 드릴 수 있을 겁니다. 도와드리고 싶으니까요. 그렇다고 그것이 선생의 정보에 대한 대가라고는 생각지 말아 주십시오……."

클라피크는 쓸쓸히 미소를 띠었다. 그는 기요의 자상한 속뜻을 잘 알 수는 있었지만, 그래도 이런 자신의 처지에 조금 자존심이 상하는 건 어쩔 수 없었다.

"오늘 밤엔 어디 계시겠습니까?" 기요가 다시 입을 열었다.

"어디든 당신이 원하는 곳에."

"그건 곤란합니다."

"그럼 블랙 캣으로 해둘까. 나는 이리저리 돌아서 푸, 푸, 푼돈을 마련해야 하니까."

"좋습니다. 거기라면 조계 안이니까 중국 경찰의 손은 미치지 않습니다. 그리고 이런 데보다 '잡혀갈' 우려도 적고요. 워낙 혼잡해서 말입니다…… 11시에서 11시 반 사이에 그리로 가겠습니다. 하지만 그 뒤는 안 됩니다. 누구와 만날 약속이 있어서요……."

클라피크는 시선을 돌렸다.

"……이건 절대 어길 수 없는 약속입니다. 그런데 블랙 캣이 문을 닫지 않으리란 건 확실하지요?"

"무슨 소릴? 장제스의 부하로 가득 찰 텐데. 놈들의 번쩍거리는 군복이 춤을 추느라고 계집들의 몸뚱이와 엉켜서 그야말로 아름다운 꽃다발 같은 거야! 나는 그런 놓칠 수 없는 구경거리를 실컷 즐기면서 11시 반까지 기다리고 있겠소."

"오늘 밤, 그 밖에 무슨 정보라도 들을 수 있을 것 같습니까?"

"어떻게 해봅시다."

"그렇게 해주시면 당신이 상상하는 것 이상으로 큰 도움이 됩니다. 내가 지명 수배되어 있는 것입니까?"

"그렇소."

"그럼, 아버지는?"

"걱정 없소. 만일 그렇다면 내가 귀띔해 드렸을 것이오. 또 부친은 산둥호 사건에는 아무 관련도 없으시니."

지금 생각해야 할 것은 산둥호 사건이 아니라 탄압이라는 것을 기요는 알고 있었다. 메이는 어떨까? 그녀의 역할은 그리 중요한 것은 아니었으니까 클라피크에게 물어볼 것도 없다. 그러나 동지들은? 지금 자기가 위험에 처해 있다면 그들도 모두 그러할 것이다.

"감사합니다."

두 사람은 함께 되돌아왔다. 봉황 그림이 걸린 방에서 메이가 지조르에게 이런 말을 하고 있었다.

"그게 퍽 어려워요. 여성 동맹이 학대받는 여성들의 이혼을 인정하면 그 남편들이 혁명 동맹에서 떠날 것입니다. 그렇다고 이혼을 인정하지 않으면 여성들은 우리를 아예 믿지 않게 될 거고요. 여성들의 말도 무리는 아니에요……."

"조직하기에는 시기가 너무 늦은 게 아닐까요?" 기요가 말했다.

클라피크는 이 말에는 귀를 기울이지 않고 나가려 하고 있었다.

"평소와 같이 인심을 써주시면 좋겠소만." 그는 지조르에게 말했다. "저 선인 장, 얻을 수 없을까요?"

"저걸 보내 준 청년은 내가 특히 아끼는 사람이라서요…… 다른 것이라면 아무거나 기꺼이 드리겠소만."

그것은 가시가 더부룩하게 난 조그만 선인장이었다.

"그거 유감이구려."

"그럼, 또 봅시다."

"또…… 아니, 아마도 이게 마지막일 것 같습니다. 그럼, 안녕히 계십시오…… 지조르 씨. 상하이에 둘도 없는 무의미한 사나이…… 참! 잠깐만, 정말로 소용 없는 유일한 사나이가 당신께 인사를 드리는 것이오."

클라피크는 나갔다.

메이와 지조르가 걱정스러운 듯이 기요를 바라보고 있었다. 곧 기요가 설명했다.

"저 사람은 내가 수배되고 있다는 걸 경찰에서 들은 것입니다. 이틀 안에 달아나던가 아니면 여기서 꼼짝 말라고 충고해 주더군요. 게다가 사실 탄압도 임박하고 있습니다. 제1사단의 마지막 부대도 여기를 철수해 버렸습니다."

그것은 공산당원들이 믿을 수 있는 유일한 군대였다. 장제스는 그것을 알고 있었다. 그래서 그는 사단장에게 부대를 이끌고 전선으로 복귀하라고 명령했다. 사단장은 공산당 중앙위원회에 장제스의 체포를 제의했었다. 그러나 사단장은 시기를 기다리기 위해서 병을 가장하라는 권고를 받았다. 그는 곧바로 마지막 결정을 해야 하는 처지에 맞닥뜨렸다. 그래서 당의 승낙 없이 감히 싸울 수도 없으므로 시내에 몇 개 부대만을 남겨 두고 철수하여 버렸다. 그런데 지금 그 잔류 부대까지 상하이를 떠나 버린 것이다.

"그 부대는 아직 멀리는 안 갔을 겁니다." 기요가 말을 이었다. "우리가 이 시내를 오랫동안 점령하고 있으면 사단이 돌아올지도 모릅니다."

다시 문이 열렸다. 코가 쑥 들어왔다. 그리고 텅 빈 소리로 말했다. "클라피크 남작은 계시지 않소."

문이 닫혔다.

"한커우에서 무슨 소식이라도?" 기요가 물었다.

"아니, 없어."

기요는 상하이에 돌아온 뒤 장제스에 맞설 전투부대를 은밀히 조직하고 있었다. 전에 북방 군벌에 대해서 조직했듯이. 코민테른은 여태까지 대항적인 슬로건은 모두 거부해 왔다. 그러나 공산당 돌격부대의 유지만은 승인했다. 기요와 동지들은 이 부대를 훈련시켜, 현재 나날이 노동조합에 가입하고 있는 대중을 조직할 새로운 투사 그룹으로 만들려 하고 있었다. 그러나 중국 공산당의 공식 연설이나 국민당과 협력하라는 선전이 그를 꼼짝도 못 하게 만들었다. 다만 군사위원회만이 그의 편을 들고 있었다. 무기는 아직 전부 돌려주지 않고 있었다. 장제스는 공산당원의 손에 남아 있는 무기의 즉시 인도를 요구하고 있었다. 그래서 군사위원회의 마지막 호소가 한커우에 타전된 것이었다.

지조르 노인은 이번에는 사정을 잘 알고 있었으므로 걱정하고 있었다. 기요와 마찬가지로 그도 장제스가 공산주의자를 분쇄하려 하고 있다는 것은 알고 있었다. 또 기요와 마찬가지로 장제스를 암살해 버리면, 반동파의 다시없는 약점을 찌르게 된다고 생각하고 있었다. 다만 지조르는 공산당원들의 현재 활동이 음모의 성격을 띠는 것이 마음에 들지 않았다. 그래서 장제스의 죽음이나 상하이 정부의 점령조차도 결국은 좌충우돌 격의 모험으로 끝나는 것이 아닐까 생각하고 있었던 것이다. 코민테른의 몇몇 사람과 마찬가지로 지조르는 철갑군과 국민당 내의 공산 분자들이 광둥으로 돌아가기를 바라고 있었다. 광둥에 가면, 적군(赤軍)은 설비가 좋은 활발한 병기창으로 뒷받침된 혁명적인 도시를 근거지로 삼게 된다. 그리하여 반동파들이 절박한 마음으로 비밀리에 준비하고 있는 새로운 북벌전에서 다시없는 기회를 포착할 수도 있다. 영토 정복욕에 불타는 한커우의 여러 장군들도 중국 남부에 대해서는 별로 야망을 갖고 있지 않았다. 만일 그들이 남부에 침입하면, 충실한 노동조합들이 쑨원의 유업을 잊지 않고 있는 자들을 별 효과 없는 길고 긴 유격전으로 몰아넣고 말 것이다. 적군은 북방 군벌과 싸우고 이어서 장제스와 싸우기 전에, 먼저 북방 군벌 토벌을 장제스에게 맡겨 버릴 수 있다. 이 시기만 넘기면, 적군은 광둥에서 어떤 적과 부딪치더라도 적은 이미 쇠약해져 있을 것이다. 지조르는 군벌의 거두들을 이렇게 말하고 있었다. "당나귀가 당근에 눈이 어두워 지금은 우리를 물어뜯을 여유도 없다. 우리 쪽에서 당근과 당나귀 사이에 끼어들지 않는 한……." 그런데 중국 공산당의 대다수는, 그리고 아마 모스크바도 이러한 지조르적인 견해를 당을 해산하는 것과 같다고 보고 있을 것이었다.

기요도 아버지와 마찬가지로 가장 좋은 방책은 광둥으로 돌아가는 일이라고 생각하고 있었다. 게다가 그가 바란 것은, 이제 노동자들은 무엇 하나 가진 것이 없으므로 맹렬한 선전으로 노동자들을 상하이에서 광둥으로 대량 이주시킬 준비를 하는 것이었다. 매우 곤란한 일이긴 하지만 불가능한 일은 아니었다. 남부 여러 성(省)에 대한 판로가 확실해지면 노동 대중은 재빨리 광둥을 공업화할 수 있을 것이다. 이것은 상하이로 봐서는 위험한 전술이었다. 말하자면 방직 공장 직공들은 많건 적건 숙련공들이다. 거기에다 새로운 직공들을 훈련하게 되면, 급료라도 올리지 않는 한 새로운 혁명당원을 만드는 것이 된다. 그러나 임금 인상은 '중국 공업의 현 상태로 보아 도저히 용납될 수 없는 가정(假定)'이라고 페랄은 말할 것이다. 광둥의 이익을 위해서 1925년의 홍콩처럼 상하이를 텅 비워 버리는 것이다. 그러나 홍콩서 광둥은 불과 다섯 시간이지만, 상하이로부터는 닷새나 걸린다. 너무나 어려운 계획이다. 아마 여기서 가만히 앉아 죽음을 기다리는 것보다 어려울지 모른다. 그러나 그토록 어리석은 짓은 아닐 것이다.

한커우에서 돌아온 이래 기요는 반동이 착착 준비되고 있다는 것을 충분히 알고 있었다. 클라피크에게 경고를 받지 않았더라도 장제스 군대에 공산당원들이 공격을 받는다면, 이제 사태는 절망적이라고 생각하고 있었다. 그래서 무슨 일이 일어난다면, 그것이 만약 장군의 암살일지라도 그 결과에 상관없이 오히려 사태는 유리해질는지도 모른다고 생각하고 있었다. 노동조합이라도 무장만 되면 유사시에는 혼란에 빠진 군대 따위와 싸울 수 있는 것이다.

다시 벨이 울렸다. 기요가 입구로 달려갔다. 배달부가 한커우로부터의 회답을 가져온 것이다. 아버지와 메이는 되돌아오는 기요를 지켜보고 있을 뿐, 아무 말도 하지 않았다.

"무기를 묻으라는 지령입니다." 기요가 말했다.

지령서를 찢어 손바닥에 뭉쳤다. 그는 종잇조각을 다시 주워 그것을 아편 탁자 위에 늘어놓고 끼워 맞추었다. 그리고 그러한 자기의 어린애 같은 짓에 어깨를 으쓱해 보였다. 틀림없이 무기를 감추거나 묻으라는 지령이었다.

"자, 어서 거기에 가봐야겠군."

거기란 중앙위원회를 말하는 것이다. 그러므로 기요는 조계 밖으로 나가게 된다. 지조르는 자기가 어떤 참견도 할 수 없다는 것을 알고 있었다. 이것이 아들의 마지막 모습이 될지도 모른다. 그렇다고 이런 일이 결코 처음은 아니었다. 아버지로서는, 다만 걱정하면서 잠자코 있는 수밖에 없었다. 그는 클라피크의 정보를 믿고 있었다. 클라피크는 전에도 베이징에서, 지금 장제스의 경찰을 지휘하고 있는 독일인 쾨니히의 목숨을 구해 준 적이 있었다. 쾨니히가 소속해 있던 군관학교 출신자들이 곧 학살될 것임을 미리 알려 주어 달아나도록 했던 것이다. 지조르 노인은 슈필렙스키라는 사나이를 알지 못했다. 기요의 눈이 아버지의 눈과 마주치자 노인은 웃음을 띠려고 했다. 기요도 웃으려고 애썼다. 두 사람의 눈은 서로 지그시 바라본 채 떨어지지 않았다. 두 사람은 서로가 거짓말을 하고 있다는 것을 알고 있었다. 그러나 그러한 거짓말이 아마도 그들의 마음과 마음을 가장 친밀하게 융합해 준다는 것도 알고 있었다.

기요도 윗도리를 벗어 던져 놓았던 자기 방으로 돌아갔다. 메이가 외투를 입었다.

"어딜 가는 거야?"

"당신과 같이 가려고요, 기요."

"뭣 하러?"

그녀는 대답하지 않았다.

"둘이 함께 가면 따로따로 가는 것보다 남의 눈에 띄기 쉬워." 그가 말했다.

"그렇진 않아요. 어째서요? 어차피 당신이 주목을 받고 있다면 아무래도 마찬가지예요……."

"당신이 할 일은 없어."

"이런 때 여기서 내가 할 일은 또 뭐가 있겠어요? 남자들은 기다린다는 것이 어떤 것인지 몰라요……."

기요는 두어 걸음 걸어가다가 멈춰 섰다. 그리고 그녀를 돌아보았다.

"메이, 당신의 자유가 문제되었을 때 난 그걸 인정했어."

메이는 남편이 무엇을 암시하고 있는지 알고 소름이 끼쳤다. 그녀는 그것을 잊고 있었던 것이다. 아니나 다를까, 기요는 훨씬 나직한 투로 덧붙였다…….

"……당신은 그 자유를 자기 것으로 만들 수가 있었지. 지금은 내 자유가 문제되고 있는 거야."

"하지만 그것과 이것이 무슨 관계가 있어요?"

"남의 자유를 인정한다는 것은 자기의 고뇌를 희생해 가며 남의 입장을 인정하는 일이야. 나는 그것을 경험으로 알았어."

"난, '남'인가요, 기요?"

기요는 다시 입을 다물었다. 그렇다, 이 순간 그녀는 남이다. 그들 사이에서 무언가가 변해 버리고 있었다.

"그럼 저, 내가……." 메이가 말을 이었다. "말하자면, 그 일 때문에 우린 이제 위험을 함께할 수도 없단 뜻이에요? ……여보, 잘 생각해 봐요. 무슨 분풀이라도 하고 있는 것 같아요……."

"분풀이할 수 없다는 것과, 그럴 필요도 없는데 분풀이하려는 것과는 전혀 달라."

"하지만 그토록 나를 원망했다면, 당신도 연인을 하나 만들면 됐을 거예요…… 아니, 그건 아니에요. 어째서 내가 이런 말을 할까, 그건 사실이 아니에요. 난 연인을 만든 게 아니었어요! 당신도 잘 알잖아요. 당신도 맘에 드는 여자와 얼마든지 잘 수 있어요……."

"나는 당신만으로 족해." 기요는 괴로운 듯이 대답했다.

남편의 눈초리에 메이는 움찔했다. 거기엔 온갖 감정이 깃들어 있었다. 그리고 가장 불안을 느끼게 한 것은 남편 얼굴에 나타난, 그 자신도 깨닫지 못하는 욕망의 불안한 표정이었다.

"지금도 나는 누구와도 자고 싶은 생각은 없어. 난 당신이 잘못했다고 하는 게 아니야. 단지 나 혼자서 떠나고 싶다는 것뿐이야. 당신이 내게 인정하는 자유는 또한 당신 자신의 자유이기도 해. 그건 당신이 하고 싶은 대로 행하는 자유야. 자유는 교환이 아니야. 자유는 그저 자유란 말이야."

"그것은 하나의 포기예요……."

침묵.

"저, 같이 위험을 무릅쓸 수가 없다면 서로 사랑하고 있는 사람들이 어떻게 죽음에 직면할 수 있겠어요?"

메이는 남편이 논의를 그만두고 나가려 하는 것을 눈치챘다. 그래서 문 앞에 막아섰다.

"그런 자유라면 필요 없어요. 지금 그것 때문에 서로 헤어져야 한다면."

"당신이 그걸 요구한 건 아니야."

"당신이 먼저 인정해 준 거예요."

'내 말을 곧이듣지 말았어야지.' 기요는 생각했다.

사실 여태까지 그는 언제나 아내의 자유를 인정해 왔다. 그러나 지금 아내가 권리니, 자유니 하고 따지면 따질수록 그녀는 더 그에게서 멀어져 갔다.

"쓸 수 없는 줄 알면서 부여하는 권리도 있어요." 메이는 괴로운 듯이 말했다.

"지금 당신이 그것에 의지할 수 있도록 내가 그 권리를 인정한다면, 그건 나쁘지 않겠지."

이 순간 그들은 죽음이 갈라놓은 것 이상으로 떨어져 있었다. 눈동자도, 입도, '관자놀이'도, 애무를 받아 온 모든 자리가 마치 죽은 여자의 그것처럼 보였다. 저 높은 광대뼈도, 저 긴 속눈썹도 이제 딴 세계의 것이었다. 깊은 애정의 상처는 보다 깊은 증오를 낳는 법이다. 죽음에 맞닥뜨린다면 이 적의에 찬 세계에서 뒷걸음질을 칠 것인가? 메이는 말했다.

"난 아무것도에도 의지하지 않아요, 기요. 저어, 확실히 내 잘못이에요. 내가 잘못했어요. 그러니 마음대로 해도 좋아요. 하지만 지금 당장은 당신과 같이 가고 싶어요. 부탁이에요!"

기요는 잠자코 있었다.

"당신이 나를 사랑하지 않는다면 함께 가도록 내버려 두어도 상관없잖아요…… 그럼, 아무것도 우린 괴로워할 게 없잖아요?" 메이는 지친 듯이 덧붙였다. "마치 이제야 겨우 괴로워할 때가 온 것 같군요!"

기요는 여느 때의 낯익은 악마가 마음속에서 꿈틀거리는 것을 느끼고 몹시 불쾌해졌다. 그는 아내를 흠씬 두들겨 패주고 싶었다. 그녀의 애정을 정면으로 갈겨 주고 싶었다. 그러나 그녀의 말도 옳았다. 과연, 그녀를 사랑하지 않는다면 그녀가 죽건 살건 아무래도 좋은 일이었다. 메이는 기요가 가장 완강히 자기에게 맞서고 있는 이 순간에 이것을 이해하지 않을 수 없게 만들어 버린 것이다.

울고 싶은 것일까? 메이는 눈을 감고 있었다. 끊임없이 조용히 들먹거리는 어깨가 가면처럼 움직이지 않는 얼굴과 대조를 이루어 비탄에 빠진 인간의 표정 그 자체처럼 보였다. 이제 기요의 의지뿐이 아니라 고뇌까지도 두 사람을 갈라놓고 있었다. 고뇌 그 자체는 사람을 갈라놓지만, 고뇌를 본다는 것은 사람을 서로 다가서게 한다. 마치 무언가에 감탄했을 때처럼 눈썹이 차츰 치켜 올라가는 아내의 얼굴을 보고 있는 동안에 기요는 다시금 그녀에게 이끌렸다…… 감은 눈 위 이마의 경련이 그쳤다. 그러자 눈꺼풀이 덮인 채로의 그 긴장된 얼굴이 별안간 죽은 얼굴처럼 느껴졌다. 메이의 여러 표정은 낯익은 것이었으므로 그에게 아무런 감정도 일으키지 않았다. 그러나 오늘의 이와 같이 죽은 듯한 얼굴은 일찍이 본 적이 없었다. 감은 눈 위에 잠이 아니라 고뇌의 그림자가 어려 있었다. 그리고 죽음의 위험이 문 앞에 다가와 있었으므로 이 착각은 불길한 전조 같은 느낌을 주었다. 메이는 눈을 떴으나 기요를 바라보지 않았다. 그 시선은 방의 흰 벽을 멍하니 바라보고 있었다. 얼굴의 근육 하나 움직이지 않았다. 눈물이 한 줄기 코를 따라 흘러내려 입가에서 멎었다. 눈물은 그 속의 감추어진 생명, 동물의 고통처럼 아픈 생명을 내포하고 있었다. 그리고 이 눈물만이 아까와는 조금도 다름없는 비인간적인 죽은 얼굴에 생명감을 전해 주고 있었다.

"눈을 떠."

메이는 기요를 쳐다보았다.

"떴어요."

"당신이 죽어 버린 것 같은 느낌이 들어서 말이야."

"그래서요?"

그녀는 어깨를 움츠렸다. 몹시 음울하고 지친 듯한 목소리로 말했다.

"내가 죽는다면 당신도 죽을 수 있을 거예요……."

지금 기요는 자기가 진실된 감정에 사로잡혀 있다는 걸 깨달았다. 그는 아내를 위로해 주고 싶어졌다. 그러나 함께 떠나기를 승낙하는 것 말고는 위로해 줄 방법이 없었다. 메이는 다시 눈을 감았다. 기요는 그녀를 끌어안고 눈꺼풀에 입을 맞추었다. 두 사람이 몸을 떼자 그녀가 물었다.

"같이 가는 거죠?"

"아니." 자기의 본능을 감추기에는 너무나 정직한 그녀는 고양이 같은 고집으로 집요하게 부탁을 되풀이하였다. 이 끈질긴 고집이 기요를 괴롭혔다. 메이는 문간에서 비켜섰다. 그러나 기요는 문을 지나갈 수 없다는 것을 알고 있는 만큼이나 지나가고 싶어 하는 자기를 깨달았다.

"메이, 우리가 갑자기 헤어지면 어떨까?"

"마치 난 보호를 받는 여자처럼 살아온 것 같군요……."

그들은 마주 바라보고 우두커니 서 있었다. 이제 무슨 말을 해야 좋을지 몰랐으며, 그렇다고 잠자코 있을 수도 없었다. 두 사람이 다 그들의 생애에서 가장 중대한 이 순간이 덧없이 흘러가는 시간 때문에 썩고 있다는 것을 알고 있었다. 기요가 있어야 할 장소는 여기가 아니라 위원회인 것이다. 무엇을 생각하든 그 뒤에는 반드시 초조가 숨어 있었다.

메이가 턱으로 문을 가리켰다.

기요는 그녀를 지그시 바라보았다. 그리고 그녀의 머리를 두 손으로 안고는 입을 맞추지 않은 채 살며시 껴안았다. 마치 거칠고 부드러운 모든 남성적인 애정의 몸짓을 이런 포옹 속에 쏟아 넣을 수 있기나 한 듯이. 이윽고 그는 손을 놓았다. 두 개의 문이 차례로 닫혔다. 메이는 마치 있지도 않은 세 번째 문이 닫히는 소리를 기다리는 것처럼 가만히 귀를 기울였다. 지나친 슬픔으로 멍하니 입을 벌린 채. 그녀는 문득 깨달았다. 남편더러 혼자 나가도록 머릿짓을 한 것은 그렇게 하는 것이 자기를 데려가도록 그에게 결심시키는 유일한 마지막 몸짓처럼 여겨졌기 때문이라는 것을. 기요는 백 걸음도 가기 전에 카토프를 만났다.

"첸은 거기 없나?"

이렇게 말하고, 카토프는 기요의 집을 가리켰다.

"없는데."

"첸이 어디 있는지 전혀 모른단 말이지?"

"몰라. 대체 무슨 일이야?"

카토프는 침착하기는 했다. 그러나 그 두통을 앓는 듯한 얼굴……

"장제스는 자동차가 여러 대 있어. 첸은 그걸 모른단 말이야. 경찰에 누가 밀고를 했는지, 아니면 눈치를 챘는지, 아무튼 첸에게 그걸 알려 줘야지. 녀석, 붙들릴지도 모르고 폭탄을 공연히 던지게 돼. 그래서 아까부터 그 녀석을 찾아다니고 있는 중이야. 1시에 폭탄을 던지게 되어 있었는데 아무 일도 없으니, 어찌된 까닭인지 알고 싶어서 그래."

"첸은 되 레퓌블리크 거리에서 결행하기로 했지. 먼저 에멜리크 집에 가보는 게 좋을 거야."

카토프는 얼른 떠나갔다.

"자네, 청산가리 갖고 있나?" 그가 뒤돌아보았을 때 기요가 물었다.

"가지고 있어."

이 두 사람을 비롯한 몇몇 혁명 지도자들은 혁대의 납작한 버클 안에 청산가리를 넣고 다녔다. 그 버클은 상자처럼 열 수 있게 되어 있었다.

메이와 헤어져 오긴 했지만, 메이는 줄곧 기요를 따라다니고 있었다. 메이는 오히려 이 인기척 없는 거리에서 그의 마음을 세차게 움직이고 있었다. 비록 물러서긴 했지만, 마주 서서 충돌했을 때보다도 그의 마음을 사로잡고 있었다. 그는 중국인 거리로 들어섰다. 이 거리로 들어선 걸 깨달았는데도 그것에 무관심했다. "보호를 받는 여자처럼 살아온 것 같군요." 내가 나가는 걸 승낙한 이 여자에게 하찮은 보호를 행사할 권리가 내게 있는 것일까? 어떤 이유로 나는 그 여자를 버렸을까? 분명히 거기에 분풀이하는 감정은 없었을까? 틀림없이 메이는 아직도 침대에 걸터앉아 있을 것이다. 심리 같은 것을 넘어선 고뇌에 짓눌린 채…….

기요는 달음박질쳐서 되돌아왔다.

봉황 그림이 걸린 방은 비어 있었다. 아버지는 외출하고 없었다. 메이는 여전히 거실에 있었다. 기요는 문을 열기 전에 걸음을 멈추었다. 죽음에 대한 친근감에 압도된 그는 이 마음과 마음의 융합 앞에서 육체 따위가 흥분하더라도 그 얼마나 보잘것없는가를 깨달았다. 이제 그는 사랑하는 사람을 죽음으로 이끌고 가는 것이 사랑의 완전한 형식임을, 그 이상 있을 수 없는 형식임을 알았던 것이다.

기요는 문을 열었다. 메이는 재빨리 외투를 어깨에 걸쳤다. 그리고 아무 말 없이 남편의 뒤를 따랐다.

오후 3시 30분

아까부터 에멜리크는 손님 없는 가게에서 레코드를 바라보고 있었다. 미리 정해 둔 신호대로 노크 소리가 들렸다.

그는 문을 열었다. 카토프였다.

"혹시 첸 못 봤나?"

"회한을 안고 헤매고 있겠지!" 에멜리크가 중얼댔다.

"뭐라고?"

"아니, 아무것도 아니야. 아, 봤지, 1시나 2시경이지만 말이야. 왜 그러나?"

"얼른 그 녀석을 만나야 해. 그 녀석, 무슨 말 않던가?"

다른 방에서 어린애 울음소리가 들려왔다. 그와 함께 어린애를 달래는 어머니의 알아들을 수 없는 목소리도 들린다.

"첸은 두 친구와 함께 찾아왔더군. 한 사람은 쑨이었지만, 또 한 사람은 누군지 몰라. 안경을 낀 흔해 빠진 얼굴의 녀석인데, 좀 고상해 뵈더군. 접는 가방을 끼고 말이야. 이런 말 해봐야 자네, 알겠나?"

"그래. 그 일로 꼭 첸을 만나야 해!"

"첸은 세 시간쯤 여기 있게 해달라고 그러더군."

"아, 그래! 어디 있지?"

"잠자코 내 얘기를 좀 들어 봐! 그 녀석이 여기 있게 해달라고 부탁하더란 말이야. 그런데 난 그럴 수 없다고 했어."

침묵.

"난 안 된다고 했단 말이야."

"대체 어디로 갔을까?"

"그 녀석은 아무 말도 없더군. 자네처럼 말이야. 오늘은 모두들 잠자코만 있군……."

에멜리크는 몸을 꼿꼿이 하고 거의 증오에 찬 눈초리로 방 한가운데 서 있었다. 카토프는 그의 얼굴도 보지 않고 조용히 말했다.

"자네는 너무 자책하는군. 결국 남더러 험담하도록 해놓고는 그걸로 자기 자신을 지킬 셈인가?"

"자네가 뭘 안다고 그래. 그것이 어떻단 말이야? 그렇게 사람을 쳐다보지 말라고. 닭 볏 같은 머리 꼴에 손바닥을 벌리고선 말이야. 마치 못 박히기를 기다리는 예수 그리스도 같군그래."

카토프는 그 손을 오므리지 않고 에멜리크의 어깨에 얹었다.

"그래, 아이의 병세는 어떤가?"

"좋지 않아. 하지만 어떻게든 견뎌야지. 가엾은 새끼야! 삐쩍 말라 가지고 머리만 커다란 게, 가죽 벗긴 토끼 같아…… 아무튼 내버려 두라고……."

이렇게 말하고 벨기에인은 난폭하게 빠져나가서 물러섰다. 그리고 토라지기라도 한 듯이 묘하게 어린애 같은 동작으로 방 한쪽 구석으로 갔다.

"내 가장 큰 불행은 그런 게 아니야. 아니, 그렇게 안타깝고 거북하게 비꼬는 듯한 태도는 그만둬. 내가 뭐, 첸을 경찰에 밀고한 건 아니니까 안심하라고. 아무튼 아직은 하지 않았으니까……."

카토프는 우울한 듯이 어깨를 으쓱했다.

"자세히 말해 봐."

"나는 그 녀석과 만나고 싶었던 거야."

"첸과 말인가?"

이제 첸을 만날 수 없는 것은 확실했다. 카토프는 실컷 얻어맞은 사람처럼 지친 듯한 조용한 소리로 물었다. 장제스는 밤이 되기 전에는 돌아오지 않는다. 그러니까 첸은 그때까지는 아무것도 못하는 셈이다.

에멜리크는 엄지손가락을 들어 어린애 울음소리가 들려오는 쪽을 자기 어깨 너머로 가리켰다.

"저거야, 저거란 말이야. 대체 난 어떡하면 좋은가?"

"기다리는 거야……."

"'새끼'가 죽을 것이니 말이지? 그렇지? 들어 봐, 하루의 절반은 나도 그렇게 빌고 있어. 그런가 하면, 앓아누워도 좋고 몸이 약해도 좋으니 '죽지만 말아 다오' 하고 바란단 말이야……."

"나도 알 수 있어……."

"뭘?" 에멜리크는 소중한 것이 더러워진 듯한 기분을 느끼며 말했다. "뭘 안단 말이야? 여편네도 없으면서!"

"내게도 여편네가 있었지."

"거참, 만나 뵈었으면 좋았을걸. 그 주제에 말이지…… 아니, 거리를 싸다니는 그 멋있는 매춘부들은 우리에겐 안 맞아……."

그는 카토프가 위층에서 어린애를 돌보고 있는 아내를 생각하고 있구나, 하고 느꼈다.

"그래, 여편네는 헌신적이지. 할 수 있는 일을 다 해주지. 그 밖의 것은 아내가 갖고 있지 않은 것들이야. 그런 것들은 바로 부자들의 것이거든. 난 반했다느니 사랑한다느니 하는 자식들을 보면 두들겨 패주고 싶어."

"자기 몸을 아끼지 않는다는 것만으로도 장한 일이야…… 오직 하나 소중한 것은 혼자 있지 않다는 거야."

"그럼, 자네가 여기 있는 것도 그 때문이군, 그렇지? 나를 도와주겠나?"

"그래."

"동정해서?"

"그렇진 않아. 그건……." 그러나 카토프는 말이 생각나지 않았다. 아니, 그런 말 따위는 애초에 없었는지도 모른다. 그는 간접적으로 설명하려고 했다.

"나도 자네의 그런 기분을 느낀 적이 있어. 어느 만큼은 말이야. 그리고 자네의 그와 같은…… 광기 어린 노여움도 말이야…… 이런 일은 이 사람아, 겪어보지 않고는 도저히 이해할 수 없는 거야…… 그러니까 나도 불쾌한 기분 없이 자네 얘기를 들을 수 있는 거야."

카토프는 가까이 다가왔다. 그리고 머리를 두 어깨 사이로 움츠리고 곁눈질로 상대편을 바라보면서 음절을 삼키는 평소의 그 어투로 말했다.

이렇게 두 사람이 머리를 숙이고 서 있는 모습은 레코드점 한복판에서 당장 격투라도 벌일 듯한 광경이었다. 그러나 카토프는 무엇 때문인지 자기가 상대편을 누르고 있다는 것을 알고 있었다. 아마도 그의 목소리나 침착한 태도며 우정 그 자체가 작용하고 있었던 모양이다.

"모든 것을 업신여기는 놈이 정말로 헌신이나 희생 같은 것에 부닥치게 되면 납작해져 버린단 말이야."

"농담 말라고! 그래, 결국 나는 어떻게 된다는 거야?"

"사디스트가 되지." 카토프는 조용히 그를 바라보면서 대답했다.

귀뚜라미가 울었다. 한길의 발걸음 소리가 차츰 사라져 갔다.

"핀을 사용하는 사디즘은 좀처럼 없지." 카토프는 계속했다. "그러나 말(語)로 하는 녀석은 참으로 많아. 그런데 여자가 아주 수동적이 되어 어디까지나 따라만 간다면…… 내가 아는 어떤 녀석은 앓는 마누라가 요양소에 들어가려고 오랜 세월 모아 온 돈을 빼앗아 도박을 해버리지 않았겠나. 일은 사느냐 죽느냐의 문제가 됐지. 그런데 그 친구 그걸 홀랑 잃어버렸단 말이야. 그런 때는 대개 지기 마련이지. 그러고는 지금의 자네처럼 축 늘어진 몰골로, 풀이 다 죽어서 돌아온 거야. 마누라는 잠자리에 다가오는 남편을 보고 곧 모든 것을 알아차렸지.

그다음에 어떻게 했는지 알아? 마누라가 남편을 위로한 거야……."

"자기를 위로하기보다 남을 위로하는 편이 아직은 쉽거든……" 에멜리크가 천천히 말했다. 그러더니 별안간 눈을 치켜뜨며 말했다.

"그 친구가 바로 자네지?"

"그만둬!" 카토프는 주먹으로 계산대를 탁 쳤다. "그것이 나였다면 나라고 말하지, 남의 일처럼 말하지는 않아." 그러나 그의 노여움은 금방 가라앉았다. "나는 그토록까지 한 적은 없어. 또 그렇게까지 할 필요도 없고 말이야…… 아무것도 믿지 않으면, 그래 '특히' 아무것도 믿지 않기 때문에, 착한 사람과 만나게 될 때에는 그걸 믿지 않을 수 없게 되지. 그건 자명한 이치야. 그건 자네도 하고 있는 일이야. 아내와 자식이 없었더라면 자네는 틀림없이 첸과 함께 뛰쳐나갔을 거야. 그렇지?"

"그런 착한 감정을 위해서만 살기 때문에 그것에 완전히 먹혀 버리는 거야. 어차피 언제나 먹히고 있어야 한다면 그것도 괜찮지…… 그러나 그런 것은 어이없는 짓이야. 옳고 나쁘고가 아니야. 난 첸을 쫓아낸 것을 생각하면 견딜 수가 없어. 그렇다고 첸을 머무르게 했어도 견딜 수 없었겠지만."

"동지들에게는 그들이 할 수 있는 일 말고는 요구해선 안 돼. 난 동지는 필요하지만 성인(聖人)은 질색이야. 성인은 믿을 수가 없거든……."

"자네가 러시아에 있을 때 자진해서 납광산으로 사람들을 이끌고 갔다는 게 사실이야?"

"나는 정치범 수용소에 있었어." 카토프는 난처한 듯이 말했다. "광산이나 수용소나 그게 그거지……."

"마찬가지라고? 거짓말이야."

"자네가 뭘 아나?"

"그건 거짓말이야. 그러나 당신 같았으면 첸을 숨겨 줬을 거야."

"내겐 자식이 없거든……."

"저 애가 앓지만 않는다면 저 녀석이 남의 손에 죽는다 해도…… 나한테는 그리 쓰라린 일이 아닐 것 같은 기분이 들어. 난…… 바보야. 그래, 바보야. 게다가 일할 줄도 모른단 말이야. 그러면 어떻게 되지? 나는 나 자신이 어느 놈이나 오줌을 내갈기는 가스등처럼 여겨진단 말이야."

에멜리크는 다시 그 넓적한 얼굴을 움직여 위를 가리켰다. 어린애가 다시 울기 시작한 것이다. 카토프는 이쯤 되니 "죽음이 자네를 구해 주겠지"라는 말은 할 수 없었다. 카토프를 구한 것은 죽음이었다. 에멜리크가 이야기를 꺼내고부터 죽은 아내의 추억이 두 사람 사이에 떠돌고 있었다…… 카토프는 희망을 잃고 충격을 받아 의학 공부도 때려치우고 시베리아에서 돌아와 직공이 되었다. 혁명을 보기 전에 죽을 것이라 확신했던 그는, 자기를 사랑하는 젊은 여공을 학대함으로써 아직도 자기가 살아 숨 쉬고 있다는 것을 슬프게 스스로에게 증명해 주었던 것이다. 그러나 그녀가 자기 몸에 가해지는 책망과 고통을 달갑게 받아들이자, 그는 자기를 괴롭히는 남자를 위해 고뇌하는 그녀의 깊은 애정에 감동하였다. 그때부터 그는 오로지 그녀를 위해서만 살았다. 그때까지의 습관으로 혁명 활동은 계속하고 있었지만, 카토프는 그 가련한 여자의 마음속에 숨겨진 한없는 애정에 사로잡혔던 것이다. 몇 시간이나 그녀의 머리칼을 쓰다듬어 주기도 하고, 온종일 함께 누워 있기도 했다. 그런 그녀도 죽었다. 그러고부터…… 그러나 그 모습은 지금 에멜리크와 카토프 사이에 떠오르고 있었던 것이다. 그것은 결코 사라지는 것은 아니었다.

말로써는 아무리 해도 표현하지 못하는 것이 있다. 그러나 말을 초월한 몸짓이나 눈짓, 또는 단지 함께 있어 주는 것만으로도 나타낼 수 있는 것이 있다. 가장 심한 고뇌는 거기에 따르는 고독감 속에 있다는 것을 카토프는 경험으로 알고 있었다. 그것을 표현하는 것도 구원이 된다. 하지만 깊은 고뇌의 말만큼 사람에게 알려지지 않은 것도 없다. 섣불리 표현을 서툴게 하거나 거짓말이 되게 해서는 에멜리크의 자기 경멸에 새로운 박차를 가하게 될 것이다. 왜냐하면 그는 무엇보다도 자기 자신에 대해서 괴로움을 느끼고 있었으니까. 카토프는 시선을 고정하지 않고 쓸쓸히 에멜리크를 바라보았다. 남자끼리의 애정 표현 방법이 얼마나 가짓수가 적고 어색한 것인가를 새삼 깨닫고 가슴이 무거웠다.

"나는 아무 말도 못 하지만 자넨 틀림없이 알아줄 거야. 할 말은 한마디도 없네." 카토프가 말했다.

에멜리크는 손을 들었다가 다시 무겁게 떨어뜨렸다. 마치 고난의 생활이나 허망의 생활 가운데서 하나를 고를 수밖에 없었다는 듯이. 그러나 깊은 감동을 느끼고 카토프 앞에 서 있었다.

'곧 첸을 찾으러 가야지.' 카토프는 생각했다.

오후 6시

"돈은 어제 건네주었습니다. 지금 대체 어떻게 되어 가고 있습니까?" 페랄이 대령에게 물었다. 대령이 오늘은 군복을 입고 있었다.

"군사령관은 장제스 장군에게 매우 긴 편지를 보내, 폭동이 일어났을 때의 조치를 문의했습니다."

"군사령관은 장제스에게 책임을 떠넘기려는 거군요?"

대령은 흰 반점이 있는 눈으로 페랄을 쳐다보며 "여기 그 역문이 있습니다" 하고 대답했을 뿐이었다.

페랄은 그것을 읽었다.

"그에 대한 회답도 가져왔습니다." 대령이 말했다.

대령은 사진 한 장을 내밀었다. 장제스의 서명 위에, 한자가 두 자 쓰여 있었다.

"이건 무슨 뜻이지요?"

"'총살'이라는 말입니다."

페랄은 벽에 걸린 상하이 지도를 쳐다보았다. 거기에는 큼직한 빨간 점으로 노동자나 빈민들—결국 같은 것이지만—의 집결지가 표시되어 있었다. '3천 개의 조합돌격대, 그 배후에는 아마도 30만에 이르는 사람이 있을 것이다. 그러나 그들이 감히 움직일까? 한편에는 장제스와 군대가 있다……' 페랄은 생각했다.

"장제스는 폭동이 일어나기 전에 희생의 제물로 공산당 지도자들을 총살할까요?" 하고 그는 물었다.

"물론입니다. 폭동은 일어나지 않을 겁니다. 공산당원들은 거의 무장 해제가 되어 있고, 장제스는 군대가 있습니다. 제1사단은 전선에 나가 있고요. 2사단만이 위험했었지요."

"감사합니다. 그럼 이만."

페랄은 발레리를 찾아가는 길이었다. 보이 한 사람이 티티새를 넣은 큼직한 금빛 새장을 무릎에 올려놓고 운전사와 함께 기다리고 있었다. 발레리가 페랄에게 이 새를 선물로서 부탁했던 것이다. 자동차가 달리기 시작하자 그는 곧 주머니에서 서류 한 통을 꺼내어 다시 읽어 보았다. 지난 한 달 동안 걱정해 오던 일이 일어나고 있었다. 미국 은행에서 그의 재산에 대한 차관을 끊으려 하고 있었던 것이다.

인도차이나 총독부의 주문만으론 이제 더는 공장을 돌릴 수가 없었다. 그 공장들은 다달이 확대될 거래를 목적으로 설립된 것인데, 그 거래가 나날이 줄어들고 있었다. 재단의 산업 경영은 적자였다. 파리에서 페랄계의 여러 은행이나 그와 제휴하고 있는 프랑스 재벌에 의해서, 특히 인플레이션에 의하여 유지되어 오던 페랄 재단은 주식 시세가 프랑의 안정 아래 걷잡을 수 없이 떨어지고 있었다. 그런데 재단의 여러 은행은 그 경작지에서 나오는 이윤에만 의지하고 있었다. 주로 고무회사의 이익이었다. 스티븐슨 안(案)은 고무 시세를 16센트에서 1달러 12센트로 끌어올렸다. 인도차이나의 고무 생산자인 페랄은 그 산출고를 제한할 필요 없이 값이 오르는 통에 한몫 본 것이었다. 왜냐하면 그의 산업이 영국과는 관계가 없었기 때문이다. 그래서 이 안이 고무의 주요 소비국인 미국으로 봐서는 얼마나 비싸게 먹히는가를 과거의 경험으로 알고 있는 미국 은행들은 고무 재배지를 담보로 기꺼이 차관을 주었던 것이다. 그런데 최근에 이르러 네덜란드령 인도 제도의 고무 생산과 미국이 필리핀, 브라질, 라이베리아에서 고무 재배를 시작할지도 모른다는 염려 등으로 지금 고무 시세가 폭락하고 있었다. 그리하여 미국의 여러 은행도 차관을 제공해 주었을 때와 같은 이유로 차관을 정지하여 버렸다. 페랄은 동시에 큰 타격을 입었다. 첫째는 젖줄이나 마찬가지인 유일한 원료의 공황 때문이고—그가 차관을 얻어서 투기한 것은 생산품 가격이 아니라 고무 재배지 자체의 가격이었다—다음에는 프랑화의 안정 결과로 초래된 그의 소유 증권—그 대부분은 시장의 통제에 착수한 그의 은행 것이었다—의 하락 때문이며, 끝으로는 미국의 차관 정지 때문이었다. 이 정지가 알려지면 당장 파리나 뉴욕의 투기자들이 그의 주가 하락을 핑계로 일제히 덤벼들 것을 그는 알고 있었다. 공격은 너무도 확실한 사실이었…… 그는 다만 도의적인 이유로밖에 구제될 길이 없었다. 다시 말해서 프랑스 정부에 기대는 수밖에 없었다.

파산이 눈앞에 닥치면 재벌들은 새삼스레 조국에 대한 의식을 강렬히 불태우는 법이다. '국고의 도난'을 자주 보아 온 정부도 그 은행의 희망마저 도둑맞는 것을 보고 싶지는 않은 것이다. 말하자면, 도박사 같은 집요한 희망을 품고 언젠가는 '잃은' 돈을 되찾으려고 하는 은행은 아직도 얼마간 위안의 씨를 갖고 있는 은행인 것이다. 그래서 프랑스로서는 중국 산업은행은 포기해 버렸지만, 이 재단까지 포기한다는 것은 곤란한 일이었다. 아무튼 페랄이 프랑스에 원조를 구할 때는 다소나마 희망이 있기 때문인 것은 틀림없었다. 그 일을 위해서는 무엇보다도 먼저 중국의 공산주의가 분쇄되어야 했다. 장제스가 여러 성(省)을 장악한다는 것은 중국 철도 부설 사업의 시작을 뜻한다. 이 공채의 예상액은 금화로 30억 프랑, 지폐로 따지면 엄청난 액수에 해당된다. 물론 재료의 주문을 받는 사람은 페랄뿐이 아닐 것이다. 마치 오늘날 장제스를 지지하는 자가 그 하나만은 아닌 것처럼. 그러나 그도 한몫 낄 것만은 확실하다. 게다가 미국 은행은 중국의 공산주의가 승리하는 것을 두려워하고 있었다. 공산주의가 몰락하면 미국 은행의 정책도 바뀔 것이다. 프랑스인으로서 페랄은 중국에서 몇 가지 특권을 마음대로 누리고 있었다. "우리 재단이 철도 부설 사업에 관여할 것은 의심할 여지가 없다"고 호언하고 있었다. 그는 이대로 지탱하기 위해서 정부에 원조를 청할 자격이 충분했다. 정부도 새로운 파탄을 초래하느니보다 이편을 기꺼이 받아들일 것이다. 페랄의 차관은 미국에서 얻은 것이었지만, 그 예금이나 주식은 프랑스 것이었다. 중국의 격화된 위기 동안, 그가 쥔 패가 깡그리 다 돈벌이가 된다는 것은 불가능하다 하더라도, 스티븐슨 안이 일찍이 재단의 생명을 보장했듯이 이번에는 국민당의 승리가 역시 보장해 줄 것이다. 프랑화의 안정은 페랄에게는 불리했지만, 공산주의의 몰락은 확실히 유리할 것이다.

그는 한평생 세계 경제의 움직임을 이용하기 위하여 이렇게 기다리고 있어야만 할까? 이러한 경제 동향은 흔히 처음에는 하늘이 베푼 혜택처럼 여겨지지만, 끝에 가서는 옆구리를 들이받듯 가혹해지는 법이다. 이 저항이 승리와 패배의 어느 쪽으로 기울건 오늘 저녁 그는 자기가 세계의 모든 힘에 좌우되고 있다는 것을 느끼고 있었다. 그러나 결코 좌우되는 일 없이 곧 그의 마음대로 소유하게 될 여자가 있었다. 품에 안았을 때의 그 완전히 몸을 내맡긴 듯한 표정은 마치 눈을 가린 손처럼, 그의 생활 밑바닥에 얽히고설킨 갖가지 구속을 그에게서 가려 줄 것이다. 페랄은 요즘 두세 군데 살롱에서 발레리의 모습을 다시 보았다(그녀는 불과 사흘 전에 교토에서 돌아와 있었던 것이다). 그는 그때마다 부드러우면서도 새침한 교태에 욕망이 일어, 언제나 미련이 남고 짜증스러워지는 것이었다. 그러나 오늘 밤에는 만나기를 허락해 주었다. 다른 남자보다도 자기를 더 좋아하기를 바라는 끝없는 욕망이 있어—왜냐하면 이성 사이에서 좋아하는 감정은 아주 쉽게, 더욱 완전하게 이루어지는 법이므로—페랄은 발레리에 대한 감정이 사그라지면 에로티시즘에 호소하여 그것을 부채질하곤 했다. 그런데 그에게 고분고분하지만은 않은 그녀의 반항적인 성격이 무엇보다도 페랄의 관능을 자극했다. 그러한 것은 모두 혼돈 상태에 있었다. 왜냐하면 그는 발레리와 살을 맞대자마자 곧 그녀의 입장에서 모든 감각을 느껴 보고 싶은 욕망에 사로잡힘으로써 강렬한 소유욕을 느끼기 때문이었다. 그러나 물론 공들여 정복한 육체가 스스로 내맡긴 육체보다도, 다른 어떤 여인의 육체보다도 흥미가 있었다.

페랄은 차에서 내려 아스토르 호텔로 들어갔다. 뒤에서 보이가 새장을 정중하게 받들고 따라 들어왔다. 지상에는 아무 탈 없는 사람들의 모습이 떠돌고 있었다. 도무지 그의 흥미를 끌지 못하는 많은 여자들과 그가 마음에 둔 살아 있는 단 한 사람, 그가 사랑받고 싶어 하는 여자가. 페랄의 자존심은 마치 화해가 아니라 승부를 겨루기 위해서 상대를 싸움터로 끌어들이듯, 그와 맞서는 상대 여자의 자존심을 불러내는 것이었다. 아무튼 오늘 밤에는 둘이 같이 자기로 되어 있으니 승부는 한껏 기대할 만했다.

홀에 들어서니 유럽인 보이가 재빠르게 다가왔다.

"세르주 부인께서 페랄 님께 전갈이 있었는데, 부인은 오늘 밤 돌아오시지 않는답니다. 이분이 그 까닭을 설명해 주신답니다."

페랄은 얼떨떨하여 '이분'이라는 남자를 바라보았다. 그 신사는 칸막이 옆에 등을 이쪽으로 돌린 채 앉아 있었다. 그가 돌아보았다. 그는 영국 은행의 지점장으로 한 달쯤 전부터 발레리에게 반해 있는 사나이였다. 그의 옆 칸막이 뒤에서 보이 하나가 페랄의 보이 못지않게 공손히 티티새의 새장을 받들고 서 있었다. 영국인은 깜짝 놀라며 일어서더니 페랄과 악수하고 말했다.

"선생께서 까닭을 설명해 주신다지요?"

두 사람은 보기 좋게 속았다는 것을 깨달았다. 보이들이 능청스런 웃음을 깨물고, 두 백인 고용인이 부자연스럽도록 공손한 태도를 짓고 있는 속에서 두 사람은 서로 얼굴을 쳐다보았다. 마침 칵테일 시간이었다. 상하이 유명인들이 다 모여 있었다. 페랄은 웃음거리가 된 건 자기라고 느꼈다. 왜냐하면 이 영국인은 아직 젊은 애송이였기 때문이다.

페랄은 노여움이 확 치밀어 올랐지만, 곧 그에 못지않은 심한 경멸의 감정이 자기가 받은 굴욕을 메워 주었다. 정말 인간의 어찌할 수 없는 어리석음에 둘러싸여 있는 듯한 기분이 들었다. 그것은 사람에게 달라붙어 어깨를 짓누르는 어리석음이었다. 그를 힐끔거리고 있는 인간들은 이 세상에서 가장 보기 싫은 바보들이다. 그러나 페랄은 그들이 어느 정도 알고 있는지 몰랐으므로, 아마도 모든 것을 다 알고 있으리라고 상상했다. 그리고 그들의 비웃는 듯한 눈초리에 부딪히자 증오로 온몸이 굳어지는 듯했다.

"이 새는 품평회에라도 낼 건가?" 페랄을 따라온 보이가 또 다른 보이에게 물었다.

"몰라."

"내 건 수놈이야."

"내 건 암놈인걸."

"그럼, 틀림없이 그런가 봐."

영국인은 페랄에게 눈으로 인사하고 접수대로 갔다. 접수대의 보이가 편지 한 통을 그에게 내주었다. 그것을 읽고 나자 그는 자기 보이를 불렀다. 지갑에서 명함을 꺼내어 새장에 붙여 접수계 보이에게 "세르주 부인에게" 하고는 밖으로 나갔다.

페랄은 가만히 생각에 잠기면서 자기 체면을 지키려고 애썼다. 발레리가 그의 급소에 일격을 가한 것이었다. 마치 잠자는 동안에 눈알을 도려낸 거와 같았다. 그녀는 그를 거부한 것이다. 이제 그는 그녀에 대해서 아무것도 생각할 수도 바랄 수도 없었다. 그의 눈앞에서 벌어진 이 우스꽝스러운 꼴은 이제 새삼 어떻게도 돌이킬 수 없을 것이다. 페랄은 자기만이 망령의 세계에 있는 듯한 기분이 들었다. 놀림감이 된 것은 그였다. 틀림없이 그 자신인 것이다. 이것이 페랄에게는 하나의 결과로서가 아니라, 패배의 연속으로 느껴졌다. 마치 분노가 그를 마조히스트로라도 만들어 놓은 것 같았다. 더욱이 이제 그녀와는 다시 잘 수 없게 되어 버렸다. 사람을 비웃은 그녀의 육체에 복수하고 싶은 욕망이 울컥

치솟아, 페랄은 주변의 바보들과 새장을 받든 무표정한 보이와 마주 선 채 그 자리에 우두커니 서 있었다. 그 새까지 자기를 놀리고 있는 것 같았다. 그러나 이 자리를 황급히 떠난다면 더더욱 웃음거리가 될 뿐이다. 그래서 그는 칵테일을 주문하고 궐련에 불을 붙였다. 그리고 꼼짝도 않고 윗도리 주머니에 손을 넣어 손가락 새로 성냥개비를 부러뜨리고 있었다. 문득 페랄의 시선이 한 쌍의 남녀 위에 머물렀다. 남자는 회색 머리칼과 젊음에 찬 얼굴이 잘 어우러져 매력이 있었다. 귀엽지만 어딘가 잡지에 나오는 듯한 그런 분위기의 여자는 애정에서인지 정욕에서인지, 잔뜩 고마움을 담은 눈길로 남자를 쳐다보고 있었다. '저 여자는 남자를 사랑하고 있구나.' 페랄은 부럽게 생각했다. '저 녀석은 아마도 내 사업 덕택으로 밥을 먹고 있는 얼간이일 텐데…….'

페랄은 접수계 보이를 불렀다.

"나한테 편지가 왔겠지, 이리 다오."

접수계 보이는 깜짝 놀라면서도 여전히 근엄한 표정으로 편지를 내놓았다.

　선생님은 페르시아 여자들이 화가 나면 남편을 징이 박힌 슬리퍼로 때린다는 이야기를 아시나요. 그래도 그 여자들에게는 책임이 없습니다. 그리고 그 뒤에는 평상시의 생활로 돌아간답니다. 남자와 함께 울고불고하는 생활은 문제가 아니지만, 남자와 같이 잘 때는 노예가 되는 생활—그렇죠?—말하자면 여자들이 '소유당하는' 생활이 다시 시작되는 거예요. 그런데 저는 그런 소유당하는 여자도 아니고, 선생님이 마치 병자나 어린애라도 상대하듯 거짓말을 하면서 즐길 수 있는 그런 '꼭두각시'도 아닙니다. 선생님은 여러 가지 일을 알고 계십니다. 하지만 선생님도 역시 여자가 하나의 인간이라는 것을 끝내 깨닫지 못하고 세상을 떠나실 것 같네요.

　제가 여태까지 만난 남자분들(아마 앞으로도 그런 분들밖에 만나지 못하겠죠. 할 수 없죠. 얼마나 제가 이 "할 수 없죠!"를 되풀이했는지 선생님은 상상도 못 하실 거예요)은 제 매력을 알아주었고, 제가 감동할 만큼 애를 써서 제 변덕을 충분히 만족시켜 주었습니다. 하지만 인생의 진지한 일들이 문제가 되면, 어느 분이고 다 미련 없이 같은 남자분들 속으로 돌아가 버리더군요(물론, 위안을 받고 싶을 때야 별문제지만). 제 변덕스러운 마음도 선생님들을 기쁘게 해주기 위한 것만이 아니라, 제가 무슨 이야기를 할 때는 들어 주셨으면 하는 기분도 있는 거예요. 제 귀여운 변덕이 얼마만 한 값어치가 있는 것인지 알아주셨으면 합니다. 그것은 선생님의 애정과 같은 것이 아닌지 모르겠어요. 선생님이 저를 지배하려는 데서 제 괴로움이 생긴다더라도 선생님은 그 괴로움을 깨닫는 못하시겠죠. 저는 남자분들을 많이 만나 보아서, 그때그때 뜻하지 않게 생기는 마음의 변화에 대해서는 얼마쯤 알고 있습니다. 남자분들은 일단 자존심이 문제가 되면 무슨 일이고 중대하게 여기지요. 그리고 또 대개의 경우 쾌락으로 가장 손쉽게 그 자존심을 만족시킵니다. 선생님께서 자신이 수표장으로 보이는 것이 싫으시듯이, 저도 단순한 고깃덩어리로 보이는 것은 싫습니다. 선생님의 저에 대한 태도는 매춘부들을 대하는 태도와 꼭 같아요. "희롱해도 좋아요. 하지만 그만한 대가는 생각해 주셔야 해요" 하고 말하는 매춘부 말이에요…… 저도 '또한' 선생님이 그와 같이 원하고 있는 육체입니다. 글쎄, 하는 수 없네요. 여러분이 저에 대해서 품고 있는 생각에 맞서 저 자신을 지켜 나가기란 그리 쉬운 일이 아니에요. 선생님이 눈앞에 계시면 저까지도 제 몸뚱이에 정신이 쏠려서 너무 싫습니다. 봄이 오면 제 몸에 마음이 가는 게 한결 기쁘듯이 말이에요. 참, 봄이라는 말이 나왔으니, 새와 많이 즐기세요. 그건 그렇고, 아울러 말씀드려 두겠어요. 다음번에는 전등 스위치를 그렇게 만지작거리지 마세요.

V…….

페랄은 자신이 봉건 영주나 제국의 총독처럼 길을 만들고, 한 나라의 모습을 바꾸며, 들판의 초가집에서 몇천 명의 농사꾼을 끌어내다가 자기 공장 주변에 있는 골함석 지붕 판잣집에 살게 해주었다고 자부하고 있었다. 그러나 지금은 새장 속의 티티새마저 자기를 비웃고 있는 것처럼 여겨졌다. 페랄의 정력도, 그의 명민함도, 인도차이나를 변모시킨 그의 대담성—그는 이 대담성의 압도적인 힘을 지금 미국에서 온 서면을 읽고 느끼고 있는 참이었다—도, 이 모든 것이 온 우주처럼 그를 끊임없이 우롱하고 있는 이 우스꽝스러운 새와 다름없는 것처럼 느껴졌다. '하찮은 계집 하나를 너무 중대하게 여겼다.' 이제 이미 여자는 문제가 아니었다. 눈가리개가 벗겨진 듯한 느낌이었다. 그는 자기 의지의 한계를 향해서 온 힘으로 부딪쳐 갔다. 보기 좋게 헛짚은 그의 성(性)의 흥분은 노여움을 자아내어, 조소까지 불러일으키는 그 숨 가쁘고 몽롱한 정신 상태로 그를 몰아넣었다. 사람은 육체 위에 재빠르게 복수한다. 페랄은 클라피크한테서 한 아프가니스탄 추장의 야만적인 이야기를 들은 적이 있었다. 이웃 추장이 그 추장의 아내를 강간한 끝에, "이 여자를 네놈에게 돌려보낸다. 이 여자는 듣던 것보다는 그리 맛이 좋지 않군그래" 하고 쓴 쪽지와 함께 되돌려 보냈다. 그런데 그 추장은 기어이 아내를 강간한 추장을 잡아 와서 발가벗은 아내 앞에 묶어 놓고, "네놈은 이 여자를 보고 멸시했다. 두 번 다시 이 여자를 볼 수 없게 해주마" 하고는 그 눈알을 도려냈다고 한다. 페랄은 자기가 발레리의 방에 있는 것을 상상했다. 그녀는 침대에 묶여 쾌감의 부르짖음과 비슷한 오열을 짜내고 있다. 손발을 묶이고 고통에 사로잡혀서 몸부림친다. 남성에게 소유되었으면서도 말을 듣지 않은 대가다…… 접수계 보이가 기다리고 있었다. '이 바보처럼 나는 태연해야 한다. 그러나 이 녀석의 따귀를 서너 대 갈겨 주고 싶다.' 그 바보는 결코 빙글빙글 웃는 것이 아니었다. 웃더라도 나중에야 웃을 것이다. "곧 다시 오지." 페랄은 칵테일값도 치르지 않고 모자를 놓아둔 채 밖으로 나갔다.

"제일 큰 조류상(鳥類商)으로 가자." 운전사에게 일렀다.

그것은 바로 가까이에 있었다. 그러나 문이 닫혀 있었다.

"중국인 거리에 새 파는 골목이 있습니다만?" 운전사가 말했다.

"그리로 가자."

자동차가 달리고 있는 동안 페랄의 머리엔 어느 의학서에서 읽은 어떤 여자의 고백이 떠올라 줄곧 따라다녔다. 그 여자는 회초리에 얻어맞고 싶은 욕망에 미쳐, 얼굴도 모르는 남자와 편지로 만날 약속을 했다. 그리하여 호텔 침대에 누운 순간 갑자기 무서워져 달아나려 하자, 회초리를 든 사나이가 스커트를 입으려던 그녀의 팔을 때려 꼼짝 못 하게 만들고 말았다. 그 여자의 얼굴은 보이지 않았다. 그러나 그것은 발레리의 얼굴로 보였다…… 아무 데나 중국인 매춘굴에라도 들어갈까? 아니, 어떤 육체도 성욕의 자존심을 우롱당한 심각한 고민으로부터 그를 구해 줄 수는 없을 것이다.

자동차는 철조망 앞에서 멈춰야 했다. 맞은편 중국인 거리는 캄캄해져서 무시무시한 기운마저 느껴졌다. 상관있나! 페랄은 자동차에서 내렸다. 그리고 만일을 대비해 권총을 윗도리 주머니에 쑤셔 넣었다. 쏴야 할 일이 있으면 죽일 뿐이다. 새와 짐승을 파는 거리는 깊이 잠들어 있었다. 보이가 가장 가까운 가게의 덧문을 살며시 두드리며 "손님 왔소" 하고 소리쳤다. 상인들은 군인을 무서워하고 있었다. 5분이나 지나서야 살며시 문이 열렸다. 초롱불 하나가 어슴푸레 비쳤다. 어느 중국인 가게에서나 볼 수 있는 강렬한 적갈색 그림자 속에서 고양이며 원숭이가 소리를 죽이고 뛰어다니는 소리와, 새가 날개를 퍼덕이는 소리가 들려왔다. 동물들이 잠을 깬 것이다. 그늘 속에 진하게 붉은 긴 얼룩무늬가 있는 것이 보였다. 횃대에 앉아 있는 앵무새였다.

"이 새 모두 얼만가?"

"새만 말씀입니까? 800달러올시다."

자그마한 가게여서 진기한 새는 없었다. 페랄은 수표를 꺼냈으나 망설였다. 상인은 현금을 바라는 눈치였다. 보이가 그것을 알아차리고 말했다. "이분은 페랄 님이야. 자동차가 저기 있어." 상인은 밖에 나가서 철조망에 걸쳐 있는 듯한 헤드라이트의 불빛을 보았다.

"좋습니다."

페랄은 자기의 권세를 증명하는 이 상인의 신뢰에 오히려 화가 치밀었다. 이런 상인에게까지 이름이 알려질 만큼 엄연한 그의 세력도 그 여자에게는 무력했으니 어처구니없는 일이었다. 그러나 차가운 밤공기 속에서 일단 시작한 일을 떠올리자 자존심이 되살아났다. 분노와 가학적인 상상이 산산이 허물어져서 구역질이 날 정도였다. 물론 그러한 분노나 상상이 그것으로 사라져 버린 것은 아니라는 것을 잘 알고 있었지만.

"저희 집엔 캥거루도 있습죠." 상인이 말했다.

페랄은 어깨를 으쓱해 보였다. 그때 벌써 잠이 깬 어린아이가 캥거루를 팔에 안고 나왔다. 아주 조그맣고 털이 많은 놈으로, 겁에 질린 암사슴 같은 눈으로 페랄을 쳐다보았다.

"좋아, 사지."

그는 수표를 다시 한 장 끊어 주었다.

페랄은 천천히 자동차로 되돌아갔다. 무엇보다도 필요한 것은, 발레리가 새장 이야기를 하더라도—그녀는 반드시 이야기할 것이다—웃음거리가 되지 않기 위해 이편에서 그 결과를 말해 버리는 일이다. 상인과 어린아이와 보이가 조그만 새집을 자동차에 날라다 놓고 다시 다른 것을 가지러 돌아갔다. 이윽고 마지막으로, 동그란 집에 넣은 캥거루와 앵무새가 운반되어 왔다. 중국인 거리 저편에서 몇 방의 총소리가 났다. 좋아, 인간들이 싸우면 싸울수록 일은 재미있어지는 것이다. 자동차는 보초의 어리둥절한 눈앞을 지나 다시 달려 나갔다.

아스토르 호텔에서 페랄은 지배인을 불렀다.

"나와 함께 세르주 부인 방까지 가주지 않겠나? 부인은 지금 방에 없지만, 나는 부인에게 선물을 드리고 싶어서 그러네."

지배인은 애써 놀라움의 빛을 감추었다. 더욱이 그 이상으로 비난의 빛을 감추었다. 왜냐하면 아스토르 호텔은 페랄 재단에 속해 있기 때문이었다. 말벗이 될 백인이 눈앞에 있다는 것만으로 페랄은 굴욕의 세계에서 구제되어 그것에 힘을 얻어, 다시 '타인들' 속으로 되돌아갈 수 있을 것만 같았다. 중국인 상인도 밤도 페랄을 망령된 고집 속에 빠뜨려 놓았었다. 지금까지도 거기서 완전히 벗어난 것은 아니었다. 그러나 적어도 이젠, 그것만이 그의 마음을 지배하고 있는 전부는 아니었다.

5분 뒤 페랄은 새장을 방에 갖다 나르게 했다. 귀중품은 모두 장 속에 정돈되어 있었으나 장 하나가 잠겨 있지 않았다. 페랄은 침대에 펼쳐 놓은 파자마를 집어 장 속에 던져 넣으려 했으나, 그 따뜻하고 부드러운 비단에 닿자마자 온기가 팔을 통해서 온몸에 전해지는 것 같은 느낌이 들었다. 그리고 지금 잡고 있는 데가 바로 젖가슴을 감싸고 있던 곳인 것 같았다. 반쯤 열린 장 속에 걸려 있는 옷이며 파자마에는 어딘가 발레리의 몸뚱이 그 자체보다 육감적인 것이 있었다. 페랄은 하마터면 무언가 아직도 그녀의 존재가 느껴지는 이들 옷가지를 갈기갈기 찢어 버릴 뻔했다. 만일 파자마를 갖고 갈 수만 있었다면 그렇게 했을 것이다. 그는 마침내 그것을 장 속에 던져 넣었다. 보이가 문을 닫았다. 파자마가 그의 손을 떠나는 찰나 문득 헤라클레스와 옴팔레의 신화가 머리에 떠올랐다. 꼭 이런 주름이 잘 잡히고 따뜻한 옷으로 여장한 헤라클레스, 치욕을 당하고도 그 굴욕에 만족한 헤라클레스. 페랄은 아까까지 자꾸만 마음을 사로잡고 있었던 가학적인 장면에 도움을 청했지만 헛일이었다. 옴팔레나 데자니라에게 얻어맞는 사나이의 일이 머리에 떠올라 그를 피학적(被虐的)인 쾌락 속에 빠지게 했다. 발걸음 소리가 다가왔다. 페랄은 주머니의 권총에 손을 가져갔다. 발소리는 문 앞을 지나서 희미하게 사라져 갔다. 페랄의 손은 다른 주머니로 옮겨 가 신경질적으로 손수건을 꺼냈다. 그는 앵무새를 풀어 놓았다. 그러나 불안해진 새는 방구석이나 커튼 뒤로 달아났다. 캥거루는 침대에 뛰어 올라가서 가만히 웅크리고 있었다. 페랄은 큰 등불을 끄고 조그만 조명만 남겨 두었다. 동인도회사의 봉황처럼 아름답게 채색된 장밋빛과 흰빛의 앵무새가 활처럼 휜 화려한 날개를 요염하게 움직이며 퍼덕퍼덕 불안한 소리를 내며 날기 시작했다.

시끄럽게 퍼덕이는 새가 가득 들어 있는 새장들이 온통 가구와 방바닥과 난로 속까지 어지럽게 놓여 있었다. 그것이 페랄을 좀 거북살스럽게 했다. 어째서일까 하고 생각했으나 짐작이 가지 않았다. 밖에 나가 보았다. 다시 방으로 돌아오니 금방 납득이 갔다. 방 안이 황폐해 보이는 것이었다. 오늘 밤 이런 어이없는 짓에서 빠져나올 수 있을 것인가? 그는 저도 모르게 거기에 분노의 뚜렷한 흔적을 남겨 놓았던 것이다.

"새장을 열어." 보이에게 말했다.

"그러면 방이 더러워집니다." 지배인이 말했다.

"세르주 부인은 방을 바꿀 게다. 계산서는 나한테 보내게."

"꽃 계산 말씀입니까?"

"아니, 새가 방을 더럽힌 배상 말이야. 그리고 아무도, 고용인들이라도 이 방에 들어오지 못하게 해주게. 알겠나?"

창에는 철사 모기장이 쳐 있었다. 새는 달아나지 못할 것이다. 지배인은 '방에 짐승 냄새가 배지 않도록' 창문을 열었다.

이제 가구며 커튼이며 심지어는 천장 구석구석에까지, 여러 섬에서 온 새들이 후루룩후루룩 날아다니고 있었다. 그것들은 어슴푸레한 불빛 속에서 중국의 벽화에 있는 새처럼 빛바래 보였다. 페랄은 증오 때문에 발레리에게 더없이 훌륭한 선물을 한 셈이 된다…… 그는 침대의 전등 스위치를 껐다 켜기를 되풀이했다. 자기 집에서 발레리와 잔 마지막 밤을 생각했다. 하마터면 그는 그 스위치를 비틀어 뜯을 뻔했다. 어떤 녀석과 자던 간에 그녀가 다시는 쓰지 못하게 하고 싶었던 것이다. 그러나 그는 이곳에 조금이라도 노여움의 자국을 남기고 싶지 않았다.

"빈 새장은 가지고 나가 태워 버리게." 페랄은 보이에게 일렀다.

"세르주 부인께서 새를 선사한 분이 누구냐고 물으시면 말씀드려도 좋습니까?" 감탄의 눈으로 페랄을 지켜보고 있던 지배인이 물었다.

"부인은 물어보지 않을 게야. 알 테니까."

페랄은 밖으로 나갔다. 오늘 밤엔 여자와 자야만 속이 풀릴 것 같았다. 그렇다고 이대로 곧장 중국인 요릿집으로 가고 싶지는 않았다. 우선 자기 뜻대로 할 수 있는 육체가 있다는 것만으로도 족했다. 가끔 악몽에 부대끼다가 눈을 떴을 때 그는 다시 그런 꿈을 꿀 것을 알면서도 잠들고 싶은 욕망을 느끼곤 했었다. 동시에 똑똑히 눈을 뜨고 악몽에서 벗어나고 싶은 욕망을 느끼기도 했다. 잠은 악몽이었다. 그러나 그것은 '그 자신'이었다. 잠이 깬다는 것은 편안함이었다. 그러나 그것은 외계(外界)였다. 오늘 밤에는 에로티시즘이 악몽이었다. 페랄은 마침내 자지 않기로 마음먹었다. 그리하여 프랑스인 클럽으로 차를 몰았다. 이야기를 나누면서 남과 관계를 갖는다는 것은, 설령 한낱 좌담에 지나지 않더라도 자지 않고 깨어 있을 수 있는 가장 확실한 방법이었다.

바는 만원이었다. 세상이 어지러울 때는 언제나 이렇다. 반쯤 열려 있는 창문 바로 옆에 올이 굵은 회갈색 모직 망토를 어깨에 걸친 지조르가 보였다. 다른 사람들과 떨어져서 혼자 달콤한 칵테일을 앞에 놓고 앉아 있었다. 기요가 모든 일이 잘되어 간다고 전화를 걸어 왔으므로 아버지는 오늘 하루의 소문을 들으러 바에 나온 것이었다. 소문이란 대부분은 엉터리지만, 때로는 의미가 있는 것도 있었다. 오늘의 소문은 별것이 아니었다. 페랄은 여기저기서 인사하는 사람들 속을 빠져나가 지조르에게로 걸어갔다. 페랄은 지조르의 강의가 어떤 것이었나는 알고 있었지만, 그다지 대수롭게 여기지는 않고 있었다. 그는 기요가 지금 상하이에 있다는 것을 알지 못했다. 보안국장 마르샬에게 남의 일에 대해 묻는 것은 그의 자존심이 허락하지 않았다. 게다가 기요의 역할은 공적인 성격을 띠는 것이 아니었다.

두려워하면서도 비난하는 듯한 눈초리로 페랄을 바라보고 있던 얼간이들은 모두 그와 지조르가 아편으로 알게 된 사이인 줄로 알고 있었다. 그것은 참으로 오해였다. 페랄은 아편을 피우는 척은 했다. 기껏해야 한두 대였으며, 아편의 효력을 느끼는 데 필요한 분량까지는 이르지 않았다. 그것도 아편굴의 분위기라든가, 입에서 입으로 옮겨 가는 파이프에서 여자를 가까이하고 싶은 기분을 일으키는 하나의 수단을 발견하기 때문이었다. 여자에게 즐거운 서비스를 받기 위해서 구슬리거나 아첨하는 식의 흥정을 싫어하던 페랄은 그런 것을 하지 않아도 될 수 있는 일이라면 무엇이고 덤벼들었다.

그러나 페랄이 요즘 이따금 베이징에서 지조르 노인 옆에 눕기 시작한 것은 더 복잡한 취미 때문이었다. 먼저 자기의 추문이 나도는 즐거움, 다음에 그는 자기가 단순히 재단의 거두일 뿐만 아니라, 실업가로서의 자기 활동과는 전혀 다른 인간이 되기를 바랐던 까닭이다. 그것은 자기가 자신이 맡은 직책보다도 더 뛰어난 인간임을 자부하기 위한 수단이었다. 예술이나 사상에 대한, 또 그가 명석한 두뇌라고 부르는 야유에 대한 거의 저돌적인 취미도 요컨대 자기 방어의 수단이었다. 페랄은 대은행과 관계있는 명문 출신도 아니고, 재정부나 재무 감독국을 배경으로 가진 사나이도 아니었다. 그러나 페랄 왕국은 프랑스 공화국의 역사와 밀접한 관계를 갖고 있었으므로 그를 단순한 투기자로 볼 수는 없었다. 하지만 아무리 권위가 있어도 그는 여전히 아마추어였다. 지나치게 약은 그는 자기를 둘러싼 구멍을 메우려다가 오히려 그것을 넓혀 갔다. 지조르의 해박한 교양, 말벗에게 언제나 도움이 되는 지성, 모든 인습에 대한 경멸, 거의 언제나 독특한 그 '견해', 그러한 것들을 페랄은 언제나 지조르와 헤어진 뒤 반드시 자기 것으로서 받아들이기를 잊지 않았다. 그리하여 다른 모든 것은 두 사람을 떼어 놓아도 이러한 것만은 그들을 가깝게 했다. 페랄과 만나면 지조르는 정치를 다만 철학적인 면에서만 이야기했다. 페랄은 지성을 갖추고 싶다고 말하고 있었다. 그리고 그 지성이 그의 감정을 해치지 않는 경우 그것은 진심이었다.

페랄은 주위를 둘러보았다. 그가 자리에 앉는 순간 모든 사람의 시선은 다른 곳으로 옮겨 갔다. 오늘 밤 같아서는 오직 이 군중들에게 보여 주기 위해서 자기 집 하녀와도 기꺼이 결혼했을지 모를 지경이었다. 이 멍청이들이 자기가 하는 일을 이러쿵저러쿵 비평하는 것이 밸이 꼴려 견딜 수 없었다. 놈들의 꼬락서니를 안 보는 것이 편했다. 그래서 지조르에게 정원으로 나 있는 테라스에서 한잔하자고 권했다. 좀 선선했지만 보이들이 옥외에 식탁을 두세 개 내놓고 있었다.

"살아 있는 인간을 안다는 것…… 정말 알 수 있다고 생각하십니까?" 페랄이 지조르에게 물었다. 두 사람은 조그마한 램프 곁에 자리를 잡았다. 빛의 무리가 천천히 안개가 짙어지고 있는 밤 속으로 잦아들었다.

지조르는 그를 바라보면서 생각했다. '이 사람은 자기 의사를 남에게 강요할 수 있는 동안은 심리 따위에 흥미를 갖지 않을걸.'

"여자 말씀이오?" 지조르가 되물었다.

"여자라도 상관없지 않습니까?"

"여자를 해명하려는 생각에는 어딘가 에로틱한 데가 있습니다…… 여자를 알려고 하는 것은…… 늘 여자를 소유하거나, 아니면 여자에게 복수하거나 어느 한쪽 수단이 아닐까요……."

옆 탁자에서 몸집이 작은 창부가 다른 한 계집에게 이렇게 말했다. "내가 그렇게 호락호락 속을 줄 알아? 흥, 그래, 그년은 내 놈팡이에게 샘이 나서 그러는 거야."

지조르가 말을 이었다. "내 생각으로는 정신에 의지한다는 것은 정신을 보충하는 것이 되지 않을까요? 말하자면 인간을 안다는 것은 소극적인 감정에 지나지 않고 적극적인 감정, 이것이 현실이지만 그것은 사랑하는 사람에 대해 자기를 언제나 남이라고 느끼는 고뇌입니다."

"인간이 정말 사랑할 수 있을까요?"

"시간만이, 다만 시간만이 어쩌다가 이 고뇌를 잊게 해주지요. 사람은 결코 인간을 알 수는 없는 겁니다. 그러나 인간은 때때로 그렇게 생각하지 않는 수가 있습니다. (나는 지금 내 아들과…… 어느 청년을 생각하고 있습니다만) 지성에 의해서 알고자 한다는 것은 시간을 무시하려는 소용없는 시도지요……."

"지성의 역할은 사물을 무시하는 일이 아닐 텐데요."

지조르는 페랄을 쳐다보았다.

"선생이 말씀하시는 지성의 뜻이 뭐지요?"

"일반적인 의미로 말입니까?"

"그렇습니다."

페랄은 생각에 잠겼다.

"사물이나 인간을 강제하는 수단의 파악을 뜻하는 것이지요."

지조르는 가냘프게 웃었다. 그가 이 문제를 내면, 상대가 누구건 저마다 반드시 자기 욕망의 초상(肖像)에 의해서가 아니면, 자기 스스로가 만들어 낸 이미지(심상)로 대답하는 것이었다. 그런데 별안간 페랄의 눈초리가 잔뜩 긴장했다.

"이 나라 초기의 왕조시대에 남편을 모욕한 아내에게 어떤 형벌이 내려졌는지 아십니까?" 페랄이 물었다.

"여러 가지가 있지요. 대개 여자의 손목을 자르고 눈을 도려내고는 뗏목에 묶었던 모양입니다. 그리고……."

이렇게 말하면서 지조르는 페랄이 차츰 열심히, 그리고 아마도 만족스러운 듯이 자기 이야기에 귀를 기울이고 있는 것을 깨달았다.

"……여자들이 굶어 죽거나 지쳐 죽어 버리도록 끝없는 강에 띄우는 것입니다. 정부(情夫)도 같은 뗏목에 여자 곁에다 묶어서 말이지요……."

"정부라고요?"

이 무심코 나와 버린 실언은 그 정도의 조심스러움과 그와 같은 눈초리와는 도무지 걸맞지 않은 것이었다. 페랄이 자기 자신을 정부로 생각해 본 적이 없었다는 것을 지조르는 깨닫지 못했다. 그러나 페랄은 벌써 침착성을 되찾고 있었다.

지조르는 말을 이었다. "매우 재미있는 것은, 그와 같은 잔인한 법칙이 4세기까지 사생활에 있어서는 인간적이고 선량한 현인(賢人)들의 손으로 만들어진 듯하다는 점입니다……."

지조르는 눈을 감은 페랄의 날카로운 얼굴을 바라봤다. 밑에서 조그만 램프가 그의 얼굴을 비추고 있어 입수염 언저리에서 반짝이고 있었다. 멀리서 총소리가 났다. 이 밤안개 속에서 얼마나 많은 생명이 그 운명을 가름하고 있는 것일까. 지조르는 페랄의 몹시도 긴장된 얼굴을 바라보고 있었다. 그것은 심신 밑바닥에서 솟아오르고 있는 굴욕감에 대해 인간의 원한이라는 덧없는 힘으로 저항하고 있는 얼굴이었다. 성(性)의 증오가 그 원한 위에 있었다. 마치 피를 빨아들인 땅 위로 여전히 흐르고 있는 피에서 가장 오랜 증오가 되살아나기라도 하는 것처럼.

다시 총소리가 들렸다. 이번에는 매우 가까워서 탁자 위의 유리잔이 흔들렸다.

지조르는 매일같이 중국인 거리에서 들려오는 이와 같은 총소리에 이미 길이 들어 있었다. 기요로부터 전화는 있었지만, 방금 난 총소리는 갑자기 그를 불안하게 만들었다. 지조르는 페랄이 맡은 정치상의 역할이 어느 정도인지 몰랐다. 아무튼 그 역할은 장제스의 이익만을 위한 것임은 짐작하고 있었다. 지조르는 그와 나란히 앉아 있는 것이 별로 부자연스럽다고는 생각지 않았다. 그는 자기 자신에 대해서도 '휘말려 들어갈 위험한 입장'에 있다고 생각지 않았다. 다만 페랄에게 힘이 되어 주자는 생각은 없었다. 총소리가 이번에는 더 멀리서 들려왔다.

"무슨 일이 일어났을까요?" 지조르가 물었다.

"모르겠는데요. 청색파(남의사계)와 적색파(공산당계)의 두목들이 공동으로 단결 선언을 했습니다. 얘기가 잘된 모양이지요."

'이자가 거짓말을 하는구나. 적어도 나만큼은 사정을 알고 있을 텐데.' 지조르는 속으로 생각했다.

페랄은 말했다.

"적색파건 청색파건, 쿨리는 어디까지나 쿨리입니다. 죽지 않는 한 말이지요. 인간이 단 하나밖에 안 가진 목숨을 어떤 사상을 위해서 버리다니 인류의 독특한 어리석음이라고 생각지 않으십니까?"

"인간이, 글쎄요, 어떻게 말하면 좋을까요? 그렇습니다. 인간으로서의 조건을 견디어 낸다는 것은 아주 드문 일이겠지요……."

지조르는 기요의 사상을 생각했다. 인간이 이해를 뛰어넘어 기꺼이 목숨을 내던지려고 하는 모든 사상은 이 조건의 바탕을 인간의 존엄이라는 것 위에 놓고, 그 올바름의 증명을 막연하나마 지향하고 있다. 이를테면 옛날의 노예에게는 그리스도교가, 시민에게는 국가가, 그리고 노동자 계급에는 공산주의가 그것이다. 그러나 지조르는 기요의 사상을 가지고 페랄과 논쟁 따위를 벌이고 싶지는 않았다. 그는 페랄의 얘기에 화제를 돌렸다.

"아무튼 인간이라는 것은 줄곧 중독되어 있을 필요가 있습니다…… 이 나라에는 아편이 있습니다. 이슬람교도의 나라에는 마약이 있고, 서양에는 여자가 있습니다…… 서양 사람들의 경우는 아마도 연애가 인간의 조건에서 벗어나기 위해 쓰이는 수단인지도 모르겠군요……."

그의 이런 말의 밑바탕에서 몇몇 인간상이 은밀하고 막연한 흐름이 되어 역류해 왔다. 첸과 살인, 클라피크와 광태, 카토프와 혁명, 메이와 연애, 그 자신과 아편…… 그가 보는 바로는 다만 기요만이 이런 영역에 들어가지 않았다.

"만일 여자들이 평소의 자세 그대로, 자기가 듣고 싶은 찬사나 성교를 졸라대는 말을 들을 수 있다면, 몸을 파는 여자는 훨씬 줄어들 겁니다." 페랄이 대답했다.

"남자는 어떨까요?"

"그런데 남자는 여자를 거부할 수 있습니다. 마땅히 그래야 합니다. 행위, 오직 행위만이 인생을 정당화하고 백인을 만족시키는 것입니다. 그림을 그리지 않는 대화백이라는 말을 들으면 우리는 어떤 기분이 들까요? 인간은 그 행위의 총화(總和)입니다. '해놓은' 일, '해낼 수 있는' 일의 총화입니다. 그 밖의 아무것도 아니죠. 나는 어떤 여자나 혹은 어떤 남자와의 만남으로 생활이 규정되는 그런 인간이 아닙니다. 나는 길을 갑니다. 내……."

"길은 만들어져야 하는 게 아닙니까?"

지조르는 마지막 총소리를 듣고부터는 이제 더 이상 상대의 입장을 변호하는 역할은 하지 않겠다고 결심하고 있었다.

"당신에 의해서 만들어지지 않으면 다른 사람에 의해서 말입니다. 마치 그것은 어느 장군이 '나는 내 군대로 이 도시를 포격할 수 있다'고 말하는 것과 같습니다. 만일 그 자신이 몸소 포격할 수 있었다면 그는 장군이 되지는 않았을 것입니다…… 게다가 인간은 아마도 권력에 무관심한지도 모르지요…… 권력이라는 생각 가운데서 인간을 매혹하는 것은, 말하자면 현실의 권력이 아니라 권력 덕분에 이것저것 즐거운 일을 할 수 있다는 환상입니다. 왕좌의 권력은 다스린다는 데 있지요. 그렇지 않습니까? 하지만 보통 인간에게는 다스린다는 욕망은 없어요. 그야말로 당신이 말씀하신 것처럼 강제하기를 바랍니다. 인간 세계에서 인간 이상의 것이 되고 싶어 하는 것입니다. 앞에서 말했듯이 인간의 조건에서 벗어나고 싶어 하는 것입니다. 단지 권력을 갖는다는 것이 아니라, 전능해지려는 것입니다. 이 가공(架空)의 병은—권력에의 의지는 그 지적인 변명에 지나지 않습니다만—신이 되고자 하는 의지지요. 인간은 누구나 신이 되기를 꿈꾸고 있으니까요."

지조르의 말은 페랄의 마음을 휘저어 놓았다. 그러나 그의 마음에는 그것을 받아들일 만한 용기가 없었다. 만일 노인이 그의 입장을 대변해 주지 않았더라면 페랄은 자기 집념에서 벗어날 수 없었을 것이다.

"당신 생각대로 한다면 어째서 신들은 여성을 인간이나 동물의 모습으로밖에 소유하지 못할까요?"

페랄은 일어서 있었다.

"당신은 자기 자신의 본질적인 것에 몰두해야 비로소 그 본질적인 것의 존재를 더 강렬히 느끼시게 될 것입니다." 지조르는 그를 쳐다보지도 않고 말했다. 지조르의 통찰력은 말벗 속에서 자기 개성의 단편을 발견하는 데서 오고 있으며, 그의 날카로운 통찰의 실례를 종합해 보면 더없이 정묘한 그의 초상(肖像)이 이루어지리라는 것을 페랄은 깨닫지 못했다.

"신은 소유할 수가 있지요." 노인이 알겠다는 듯이 미소를 띠면서 계속했다. "하지만 정복하는 힘은 갖고 있지 않아요. 신의 이상은 자기 힘을 나중에 다시 찾으리란 것을 알고 있는 인간이 되는 게 아니겠습니까? 그리고 인간의 꿈은 자기의 인격을 잃지 않고 신이 되는 것입니다……."

페랄은 아무래도 여자와 자고 싶어졌다. 그래서 그 자리를 떠났다.

'그렇게 처음부터 끝까지 자기를 기만하다니, 참 보기 드문 일인걸.' 지조르는 생각했다. '여색의 길에서 오늘 밤 저 사람은 마치 낭만적인 소시민과 같은 기분이 드는 모양이군.' 제1차 세계대전 직후 지조르는 상하이에서 경제계의 유력자와 접촉하는 기회를 가졌을 때, 그때까지 자기가 갖고 있던 자본주의 이념이 조금도 현실과 합치되지 않음을 발견하고 적잖이 놀랐었다. 그 무렵 그가 만난 사람은 거의 모두 그 감정생활을 어떤 형식 아래, 거의 언제나 결혼이라는 형식 아래 고정하고 있었다. 그 남자가 다른 사람으로 교체할 수 없는 상속자가 아닌 경우에는, 인간을 대사업가로 만드는 집념이라는 것이 에로티시즘의 발산과는 전혀 조화되지 않는 것으로서 눈에 비쳤다. "근대 자본주의는 권력에의 의지라기보다도 조직에의 의지다……." 지조르 교수는 학생들에게 이렇게 설명하곤 했었다.

자동차 안에서 페랄은 여태까지 여자들과 맺은 관계는 언제나 같은 일의 되풀이였으며, 어리석은 짓이었다고 절실히 느꼈다. 아마 그도 지난날에는 사랑을 한 적이 있었을 것이다. 지난날에는 어느 주정뱅이 심리학자가 지금 페랄의 생활을 타락케 하고 있는 감정을 사랑이라고 불렀을까? 사랑은 격렬한 집념이다. 여자들은 그에게 달라붙어서 떨어지지 않았다. 그렇다, 마치 복수의 욕망처럼. 어떤 심판도 받아들이지 않던 페랄이 지금 여자들의 심판을 받으려 하고 있었다. 그가 정복하고자 노력할 것도 없이 몸을 맡기고 그에게 감탄하는 여자는 개의할 것도 없다. 그는 바람난 여자나 매춘부밖에 상대할 수 없게끔 운명지어져 있었다. 다행히도 그런 여자들은 육체뿐이었다. 만일 그렇지 않다면……
"선생님도 역시 여자가 하나의 인간이라는 것을 끝내 깨닫지 못하고 세상을 떠나실 것 같네요" 하고 발레리가 말했었다. 그녀로 봐서는 아마 그럴 것이다. 그러나 그로 봐서는 그렇지 않다. 여자가 인간이라! 여자는 휴식이고, 여행이며, 적이었다.

페랄은 지나가다가 난징로(路)의 어느 창녀집에서 창녀 하나를 샀다. 부드럽고 온화한 얼굴의 여자였다. 자동차 안에서 그와 나란히 앉아 호궁(胡弓)에 얌전히 손을 얹고 있는 모습은 마치 당나라 때의 조그만 인형 같았다. 그의 집에 닿았다. 페랄은 여자를 뒤에 거느리고 돌층계를 올라갔다. 여느 때의 그 성큼성큼 올라가는 걸음걸이도 오늘 밤에는 무거워 보였다. '한잠 자야지.' 페랄은 생각했다. 잠이야말로 평화다. 그는 생활하고 싸우고 창조해 왔다. 이러한 이면의 깊숙한 밑바닥에서 그가 발견한 단 하나의 사실은 몸을 내던지는 그 기쁨, 익사한 친구의 시체처럼 이 존재를, 즉 나날의 생활을 새로이 영위해 나가야만 하는 자기 자신을 모래사장 위에 내동댕이쳐 두는 그 기쁨이었다. '잔다는 것은 몇 해나 전부터 내가 언제나 마음속 깊이 바라던 오직 한 가지 일이다……'

이 여자한테서 받는 최면제보다 좋은 것을 어떻게 기대할 수 있겠는가? 페랄의 등 뒤에서 여자의 슬리퍼 소리가, 층계를 하나하나 디딜 때마다 울려왔다. 두 사람은 아편 피우는 방으로 들어갔다. 조그마한 방에는 몽골 양탄자를 덮은 긴 의자가 몇 개 놓여 있었다. 꿈을 꾸기보다 쾌락에 잠기기에 알맞은 방이었다. 벽에는 일본인 가마 화백이 그린 초기의 큼직한 묵화 한 폭과 티베트 깃발이 걸려 있었다. 여자는 호궁을 긴 의자 위에 놓았다. 쟁반에는 경옥 자루가 달린 해묵은 흡입 도구가 놓여 있었다. 아름답게 장식되어 있었으나 실용성이 적은, 쓰지 않는 것인 듯했다. 여자가 그 도구에 손을 내밀었다. 페랄이 몸짓으로 그것을 막았다. 멀리서 난 총소리가 쟁반 위의 바늘을 흔들어 놓았다.

"노래를 부를까요?"

"지금 안 불러도 좋아."

페랄은 여자의 육체를 바라보고 있었다. 육체는 몸에 걸친 보랏빛 비단옷 아래 감추어져 있었지만, 뚜렷이 그것을 알아볼 수 있었다. 그는 여자가 어리둥절해하는 것을 알 수 있었다. 고급 창부가 노래를 부르거나 이야기를 나누고 식사 시중을 들거나 파이프를 준비하는 일 없이 손님과 잠자리에 드는 일은 보통 없기 때문이다. 그럴 바에야 값싼 창녀를 사면 될 일 아닌가?

"담배도 안 피우세요?"

"응, 옷이나 벗으라고."

페랄은 내심 여자가 발가벗는 것을 일단은 거부하기를 바라고 있었다. 불은 작은 것만을 켜놓았다. '에로티시즘이란 자기를 모욕하거나 상대편을 모욕하는 일일 것이다. 아니, 아마도 양쪽을 다 모욕하는 것일지도 모른다. 분명히 그것은 하나의 관념이다……' 그는 생각했다. 여자가 중국풍 속옷을 몸에 꼭 끼게 입고 있는 것은 더욱더 선정적이었다. 그러나 페랄은 그리 흥분되지 않았다. 아니, 아마도 그는 그가 움직이기도 전에 그를 기다리고 있는 그 육체가 굴복함으로써만 흥분할 것이다. 그의 욕망은 상대편의 입장에 자기를 놓음으로써만 비로소 솟아오르는 것이었다. 그것은 그 자신도 똑똑히 알고 있었다. 강요된 상대, 그에 의해서 강요된 상대의 입장이 되는 것이다. 결국 그는 자기 자신과 동침하는 셈이다. 다만 자기 혼자서는 거기까지 갈 수 없는 것이다. 페랄은 지조르가 깨달은 것을 이제야 똑똑히 이해할 수 있었다. 그렇다, 그의 권력에의 의욕은 결코 그 목적에 다다르는 일 없이 부단히 그 목적물을 새롭게 해나감으로써 살아 있던 것이다. 그러나 페랄은 여태까지의 생애에서 설령 오직 한 사람의 여자를 소유한 적이 없었다고 하더라도 갈망하는 유일한 것, 다시 말해서 그 자신을 파악해 온 것이다. 지금 그를 기다리고 있는 이 중국인 여자를 통해서도 그것을 파악할 것이다. 그는 자기를 보는 데에 남의 눈이, 자기를 느끼는 데에 남의 감각이 필요했던 것이다. 페랄은 문득 벽에 걸려 있는 티베트 그림을 바라보았다. 그것은 나그네들이 떠돌아다니고 있는 빛바랜 세계 위에 똑같이 생긴 두 해골이 황홀하게 껴안고 있는 그림이었다.

그는 여자에게 다가갔다.

오후 10시 30분

'자동차가 더 이상 늦지만 않는다면.' 첸은 생각했다. 캄캄한 어둠 속에서는 정확히 공격할 수가 없는 것이다.

곧 마지막까지 켜 있던 가로등도 꺼질 것이다. 중국의 논과 늪에서 볼 수 있는 황량한 밤이 거의 인적 없는 큰 거리에 스며들었다. 닫혀 있는 유리창을 통해서 반쯤 열려 있는 덧문 사이로 흘러나와 안개 낀 거리를 흐릿하게 비추고 있는 불빛도 하나하나 꺼져 갔다. 잔광(殘光)이 반사하여 젖은 레일이며 전신주의 절연기가 반짝이고 있었다. 그것도 차츰 흐려져, 이윽고 금문자(金文字)로 가득 써넣은 긴 간판 위에 가까스로 비껴 있을 뿐이었다. 안개가 짙은 오늘 밤이야말로 첸에게는 마지막 밤이었다. 그는 그것에 만족하고 있었다. 그는 자동차와 함께 폭사하려는 것이다. 불덩어리 같은 섬광이 한순간 이 더러운 거리를 비추고 담벼락에 피보라를 뿌릴 것이다. 인간이란 땅 위의 벌레라는 중국의 아주 오랜 전설이 첸의 머리에 떠올랐다.

테러리즘은 신비로운 신앙이 되어야 했다. 무엇보다도 먼저 고독하다는 것. 테러리스트는 혼자서 결정하여 혼자서 실행해야 한다. 경찰의 모든 힘은 밀고에 의해서 발휘된다. 혼자 행동하려는 살인자는 자기 자신을 밀고하지는 않는다. 그것은 최고의 고독이었다. 왜냐하면 아무리 세상과 떨어져서 살고 있는 사람이라도 자기 동료를 구하지 않고는 못 견디는 법이기 때문이다. 첸은 테러리즘에 대한 여러 가지 반대 의견을 알고 있었다. 테러를 하면 노동자들에게는 경찰의 탄압이 심해져서 파시즘의 조력을 구하게 될 것이다. 탄압은 점점 더 심해지고 파시즘은 점점 더 노골화할 것이다. 게다가 기요와 첸은 같은 인간을 대상으로 생각하고 있지는 않았다.

첸에게 있어서 문제는, 짓밟히는 계급을 구하기 위해서 그들 가운데 우수한 자들을 그 계급 안에 붙들어 두는 일이 아니었다. 그 압박에 항거하여 쓰러져 가는 것, 그것에 의의를 주는 일이었다. 각자가 책임을 자각하고 지배 계급의 생활을 비판해야만 한다. 희망을 잃은 개인에게 곧바로 나아갈 길을 알려 주고,

테러 행위를 더욱 늘려 가야 한다. 그것을 조직에 의하지 않고 사상에 의해 행하는 것이다. 말하자면 순교자를 재생하는 것이다. 어차피 베이는 무언가 쓸 것이고, 이윽고 사람들은 거기에 귀를 기울일 것이다. 왜냐하면 첸이 지금 죽어 가고 있기 때문이다. 첸은 사상 때문에 흐르는 피가 얼마만 한 무게를 그 사상에 가져다주는가를 알고 있었다.

이렇듯 그가 결심한 행위 이외의 것은 모두 어둠 속에 녹아 들어갔다. 그 어둠 저편에 이윽고 다가올 장제스를 태운 자동차가 잠겨 있는 것이다. 여러 배에서 내뿜는 연기와 뒤섞인 안개가 큰길 저편의 보도를 차츰 지워 나갔다. 그곳을 바쁜 듯이 사람들이 잇따라 걸어가고 있었다. 서로 앞지르는 일은 좀처럼 없었다. 마치 전쟁이 이 도시에 절대적인 질서를 부과하기나 한 것 같았다. 걸음걸이 전체에 스며든 고요가 그들의 움직임을 거의 환상적으로 보이게 했다. 그들은 짐도 바구니도 들지 않았으며, 조그만 수레도 밀고 가지 않았다. 오늘 밤의 그들은 목적 없이 움직이고 있는 것처럼 보였다. 첸은 그렇게 기묘하게 끊임없이 움직이며 소리 없이 강 쪽으로 흘러가는 사람들의 그림자를 보고 있었다. 그러한 그림자를 큰길 끝까지 몰아세우는 그 힘이야말로 바로 '운명' 그 자체가 아니겠는가? 큰길 끝, 강의 어둠 앞에 흐릿하게 보이는 장식용 전등의 아치는 마치 지옥의 문 같았다. 어렴풋한 원경에 잠겨 버린 커다란 문자들은 그 비극적인 막연한 이 세계 속에 모습을 감추고 있었다. 마치 지나간 시대 속에 사라져 버리기나 한 것처럼. 이때 거의 사람 그림자가 없어진 거리 저쪽에서 장제스가 탄 자동차의 군대식 경적이 희미하게 울렸다. 그 소리 역시 참모 본부에서가 아니라 아득한 불교시대로부터 울려 나오는 듯했다.

'이젠 됐다.' 첸은 옆에 낀 폭탄을 꽉 쥐었다. 안개 속에서 헤드라이트만 보였다. 그러더니 곧 호위용 포드 차를 앞세운 자동차가 나타났다. 속도는 이상하리만치 빠르게 느껴졌다. 갑자기 인력거 세 대가 길을 막았다. 그 순간 자동차는 두 대 모두 속력을 늦추었다. 첸은 호흡을 애써 가다듬었다. 이미 인력거는 지나간 뒤였다. 포드 차가 지나갔다. 목표물이 다가왔다. 미국식 대형 자동차. 호위 경관 두 사람이 문 발판에 서서 매달려 있었다. 이 차가 압도하는 느낌으로 확 다가왔다. 첸은 만일 이대로 머뭇거리고 있다가는 자기도 모르게 뒤로 성큼 물러서 버리지나 않을까 하는 기분이 들었다. 그는 우유병을 쥐듯이 폭탄 손잡이를 잡았다. 장제스의 자동차가 5미터 앞, 바로 눈앞에 거대한 모습을 나타냈다. 첸은 황홀한 환희를 느끼면서 앞으로 달려 나가 눈을 감고 몸을 던졌다.

몇 초 뒤 첸은 정신을 차렸다. 예상했던 것처럼 뼈가 바스러지는 소리도 나지 않았고, 그것을 느끼지도 않았다. 그는 눈부신 한 불덩어리 속에 가라앉아 있었다. 윗도리가 없다. 오른손에 흙인지 피인지가 흠뻑 묻은 보닛 조각을 쥐고 있었다. 몇 미터 앞에 벌겋게 물든 파편이 한 덩어리 굴러 있었다. 부서진 유리가 등불의 마지막 반사로 반짝이고 있었다. 그리고 또…… 이미 그는 이제 아무것도 분별할 수가 없었다. 심한 고통이 느껴졌다. 그러나 그 아픔도 곧 의식을 뛰어넘은 것이 되었다. 이미 사물을 뚜렷이 볼 수 없었다. 하지만 아직도 주위에는 사람의 그림자가 느껴지지 않았다. 경찰관들은 두 번째 폭탄을 두려워하고 있는 것일까? 온몸이 아팠다. 어디라고 지적할 수조차 없는 아픔이었다. 그에게는 이제 고통밖에 없었다. 사람들이 몰려왔다. 첸은 권총을 꺼내야겠다고 생각했다. 바지 주머니에 손을 가져가려 했다. 그러나 주머니가 없다. 바지가 없다. 다리가 없다. 살이 뜯겨 나간 것이다. 또 한 자루의 권총이 셔츠 주머니에 있다. 단추가 떨어져 있었다. 첸은 총신을 잡았다. 어떻게 했는지는 모르지만, 그것을 고쳐 쥐고 본능적으로 엄지손가락으로 안전장치를 풀었다. 가까스로 눈을 떴다. 모든 것이 완만하지만 거침없는 기세로 큰 원을 그리면서 빙빙 돌고 있었다. 아직도 고통밖에 느껴지지 않았다. 경관 한 사람이 바로 옆에 서 있었다. 첸은 장제스가 죽었는가 물어볼까 했다. 그러다가 저세상에서 물어보자고 생각했다. 이승에서는 장제스의 죽음조차 그에게는 아무래도 좋은 일이었다.

경관이 힘껏 옆구리를 걷어차서 첸은 나뒹굴었다. 그는 소리를 지르면서 전방에 마구 쏘아 댔다. 걷어차인 충격으로 끝없는 고통이 더욱 심해졌다. 이대로 까무러치거나 죽을 것만 같았다.

첸은 필사적으로 겨우 총구를 자기 입에 넣었다. 먼저보다도 더 아프게 걷어차일 것을 각오한 첸은 이제 몸을 꼼짝하지 않았다. 또 다른 경관이 몹시 거칠게 걷어차는 바람에 첸의 온 근육이 꿈틀하고 경련했다. 첸은 무의식중에 방아쇠를 당겼다.

제5부

오후 11시 15분

안개 속을 헤치고 자동차가 도박장으로 통하는, 모래가 깔린 골목길에 접어들었다. '블랙 캣에 가기 전에 잠깐 여기 들를 시간은 있겠지.' 클라피크는 생각했다. 그는 무슨 일이 있더라도 기요를 만나야겠다고 생각했다. 우선 그에게서 받기로 되어 있는 돈 때문이기도 했지만, 또 이번에야말로 기요에게 경고해 줄 뿐 아니라 그를 구하게 될지도 몰랐기 때문이다. 클라피크는 기요의 부탁대로 정보를 어렵지 않게 손에 넣었다. 장제스의 특무부대가 11시에 행동을 개시하여 공산당 위원회를 모두 체포할 것이라는 사실을 경찰 스파이들은 알고 있었다. 이제 "반동이 임박했다" 하고 태평스러운 소리를 하고 있을 수는 없었다. "오늘 밤엔 어떤 위원회에도 나가서는 안 된다"고 일러 주어야 한다. 클라피크는 기요가 11시 반 전에 나간다고 말했던 것을 잊지 않았다. 오늘 밤에는 어디선가 공산당원의 회합이 있을 것이다. 그것을 장제스는 탄압할 작정인 것이다.

경관들이 알고 있는 것은 어쩌다 틀릴 때도 있었으나 오늘 밤의 경우는 암호가 너무나 확실해서 의심할 여지가 없었다. 미리 그것을 알면 기요는 회합을 늦출 수 있다. 혹은 이미 늦었다면 그 자리에 나가지 않으면 된다. '기요가 100달러만 마련해 주면 아마 충분하겠지. 그 100달러에다 오늘 오후 어느 것이나 비합법적이긴 하지만, 마음에 드는 수단으로 손에 넣은 그 117달러를 합치면 217달러가 된다…… 하지만 어쩌면 기요가 돈을 마련하지 못하는 게 아닐까? 이번에는 돈을 우려낼 무기도 없고 말이야. 아무튼 우선 우리들만이라도 어떻게 잘 빠져나가야지.' 자동차가 섰다. 연미복 차림의 클라피크는 2달러를 주었다. 모자를 쓰지 않은 운전사가 아첨하는 듯한 웃음을 띠고 인사했다. 찻삯은 1달러였던 것이다.

"이렇게 더 주는 것은 자네가 쪼, 쪼, 쪼끄만 중산모라도 살 수 있으리라고 생각해서야."

그리고 정말이라는 듯이 첫손가락을 치켜들고 덧붙였다.

"중산모자야."

운전사는 떠나고 있었다.

"슬기로운 인간들이 갖는 조형적(造型的)인 견지에서 보면 저 친구는 중산모를 필요로 하는 얼굴을 하고 있거든." 클라피크는 자갈길 한복판에 우뚝 선 채 혼자 지껄였다.

자동차는 가버렸다. 클라피크는 어둠을 향해서 말을 건넨 셈이었다. 그러자 마치 거기에 대답하는 것처럼 젖은 회양목과 참빗살나무의 냄새가 정원에서 풍겨 왔다. 그 쌉쌀한 냄새야말로 유럽의 냄새였다. 남작은 오른쪽 주머니를 만졌다. 지갑 대신 권총이 느껴졌다. 지갑은 왼쪽 주머니에 들어 있었다. 그는 등불이 켜 있지 않은 창문을 쳐다보았다. 창은 거의 분간할 수 없었다. '자, 어디 생각 좀 해볼까.' 아직 도박판에 앉기 전의 이 순간, 마음만 먹으면 얼마든지 이 곳을 떠날 수 있는 이 순간을 다만 좀더 끌어 보자는 속셈임을 스스로도 잘 알고 있었다. '만일 비가 오면 내일모레도 이 냄새는 남아 있겠지. 하지만 나는 죽어 있는지도 몰라. 죽어? 무슨 소릴 하는 거야? 어처구니없이! 닥쳐, 나는 불사신이야.'

그는 건물 안으로 들어가서 2층으로 올라갔다. 패 던지는 소리며 도박 관리인의 목소리가 겹겹이 쌓인 담배 연기와 더불어 오르내리는 것처럼 보였다. 보이들은 졸고 있었다. 사립 탐정소의 러시아인 탐정들은 윗도리 주머니에 두 손을 찌른 채(오른쪽 주머니는 콜트 권총으로 팽팽했다) 입구의 문설주에 기대거나 무료하게 서성거리고 있었으나 졸고 있지는 않았다. 클라피크는 큰 홀에 나왔다. 벽의 로코코식 장식이 흐릿하게 빛나고 있는 담배 연기 속에서 서로 엇갈리곤 하는 얼룩빛—검은 연미복과 흰 어깨—이 초록빛 탁자에 기대어 있었다.

"여어, 토토!" 하고 외치는 목소리가 여기저기서 들려왔다.

남작은 상하이에서는 흔히 토토라고 불렸다. 그러나 이곳에는 친구들을 따라 어쩌다 왔을 뿐이었다. 그는 도박을 좋아하진 않았다. 팔을 벌리고 마치 어린아이들을 만나 기뻐하는 착한 아버지 같은 모습으로 말했다.

"허어, 이거 잘됐군! 이런 집안끼리의 조그만 모임에 한몫 낄 수 있다니 이보다 즐거운 일이 있겠소!"

그러나 이때 도박 관리인이 공을 던졌다. 사람들의 주의가 클라피크를 떠났다. 그의 가치는 사라졌다. 그들은 다른 일에 정신을 팔 경황이 없었다. 그들의 눈이 모두 완전한 통제 아래 그 공에 쏠려 있었다.

클라피크는 117달러를 갖고 있었다. 번호로 돈을 거는 노름은 매우 위험했다. 그래서 그는 처음부터 짝수와 홀수 노름을 하기로 마음먹고 있었다.

"내 성미에 맞을 만한 걸로 쪼, 쪼, 쪼끄만 패를 몇 장 주시겠소?" 그는 패를 돌리는 사람에게 말했다.

"얼마짜립니까?"

"20달러요."

클라피크는 숫자 패를 한 개씩 걸기로 했다. 언제나 짝수에. 적어도 300달러는 따야 한다.

그는 돈을 걸었다. 5가 나왔다. 졌다. 대단한 건 아니야. 개의할 것도 없어. 또 걸었다. 한다. 여전히 짝수에. 2가 나와서 땄다. 다시 걸었다. 7이 나와 잃었다. 다음에도 9가 나와 잃었다. 4가 나와 땄다. 3이 나와 잃고, 7과 1로 잃었다. 그는 80달러 잃었다. 패는 한 장밖에 남아 있지 않았다. 마지막 한 판.

그는 숫자 패를 오른손으로 던졌다. 이제 왼손을 움직이지 않았다. 마치 꼼짝도 않는 공이 그 손을 묶어 놓고 있기나 하듯이. 그러나 그 왼손은 그를 그 자신 쪽으로 끌어당기고 있었다. 문득 그는 생각한다. 마음에 걸리는 것은 손이 아니라 손목에 찬 시계였다. 11시 25분이다. 기요를 붙잡으려면 앞으로 5분밖에 없었다.

마지막에서 두 번째로 걸었을 때 클라피크는 반드시 딴다고 확신했다. 설령 잃더라도 이렇게 빨리 잃을 까닭이 없었다. 처음에 잃었을 때 신경을 쓰지 않은 것이 나빴다. 확실히 나쁜 전조였다. 그러나 사람은 거의 언제나 마지막 한 판으로 따는 법이다. 방금 홀수가 세 번이나 계속해 나왔다. 아무튼 그는 잃고 있었다. 여기에 온 뒤 짝수보다 홀수가 많이 나온 셈이다…… 방침을 바꾸어 홀수에 걸까? 그러나 무언가가 그에게 그대로 참을 것을 강요했다. 바로 그렇게 하기 위해서 이곳에 온 것처럼 여겨졌다. 어떤 몸짓도 모독인 것처럼 여겨졌다. 그는 짝수에 걸었다.

도박 관리인이 공을 던졌다. 공은 여전히 천천히 굴러가며 망설이는 것처럼 보였다. 처음부터 클라피크는 빨강이 나오는지 검정이 나오는지 보고 있지 않았다. 그런데 그 눈금이 매우 운수가 좋을 것 같았다. 공은 여전히 굴러가고 있었다. 어째서 빨강에 걸지 않았을까? 공의 움직임이 더 느려졌다. 그리하여 2위에서 멎었다. 땄다.

　그는 40달러를 7에 놓고 번호 노름을 하기로 한다. 물론 이제는 룰렛 가장자리의 눈금은 그만두어야 한다. 클라피크는 패를 두 장 놓아서 땄다. 관리인이 마흔 장의 패를 그 앞으로 밀어 보냈다. 그 패에 손이 닿았을 때 그는 자신이 이길 수 있다는 것을 깨닫고 새삼 놀랐다. 그것은 결코 상상 속에서의 일도 아니고, 낯선 승리자가 차지한 꿈같은 복권 이야기도 아니다. 별안간 클라피크는 도박 관리인이 자기에게 빚을 지고 있다는 기분이 들었다. 그것은 그가 맞은 번호에 걸었기 때문도 아니고 처음에 잃었기 때문도 아니었다. 그것은 원래 그의 정신의 환상과 분방함 때문이었다. 또 그 공이 운명에 지워진 모든 빚을 갚아 주기 위하여 그의 뜻대로 짝수를 날라다 주리라 여겨졌다. 그러나 다시 어떤 번호에 걸면 잃을지도 몰랐다. 에라, 될 대로 되라. 그는 20달러를 홀수에 걸었다. 그리하여 잃어버렸다.

　그는 울화가 치밀어 잠시 탁자를 떠나 창가로 다가갔다.

　밖은 잠의 어둠, 나무 아래에는 자동차 꽁무니의 빨간 등불들. 유리창이 있어도 사람들의 말소리며 웃음소리의 어수선한 소음이 들려왔다. 그리고 별안간 뚜렷이 알아들을 수는 없지만 노한 투로 지껄여 대는 소리가 들려왔다. 온갖 정열…… 안개 속을 가는 저들은 모두 얼마나 어리석고 무기력한 생활을 하고 있는 것일까? 사람의 그림자도 보이지 않았다. 어둠 속에 오직 목소리뿐. 이 홀에야말로 피가 생생하게 흐르고 있는 것이다. 도박을 하지 않는 자는 인간이 아니다. 클라피크의 과거는 모두 오직 한 가닥 어리석은 행위의 기나긴 연속이었던 것이 아닐까? 그는 탁자로 돌아갔다. 클라피크는 다시 60달러를 짝수에 걸었다. 차츰 느려지는 저 공이야말로 운명, 무엇보다도 먼저 그의 '운명'이었다. 그는 신의 창조물과는 싸우지 않았지만, 신에게는 저항했다. 그 신은 동시에 자기 자신이기도 하다. 공이 다시 굴러갔다.

　곧 그는 바라고 있던 수동적인 혼란을 느꼈다. 또다시 그는 자기가 자기 생존을 움켜쥐고, 그 인생을 사람을 놀리는 듯한 이 공에 결부하고 있는 듯이 여겨졌다. 이 공 덕분에 그는 자기를 이루고 있는 두 클라피크, 살고자 하는 클라피크와 파멸을 원하는 클라피크를 비로소 함께 만족시킬 수 있었다. 어째서 시계를 보는가? 그는 기요를 꿈의 세계로 쫓아 버렸다. 이제 돈을 이 공에 걸고 있는 것이 아니라 자기 자신의 생명과—기요를 만나지 못하면 도피자금을 마련할 길을 잃고 만다—다른 한 사람의 생명을 걸고 있는 듯이 여겨졌다. 그 다른 한 사람이 이것을 모르고 있다는 것은 차츰 느려지는 이 공에, 별들의 해후나 불치의 병이 갖는 생명, 인간이 자기 운명을 걸고 있다고 생각하는 모든 것이 가지는 생명을 주고 있었다. 개의 콧잔등 같은 구멍 언저리에서 맴돌고 있는 저 공이 돈과 무슨 관계가 있을까? 그 공을 통해서 그는 자기 자신의 운명을 껴안고 있었다. 그것은 그가 발견한 자기 파악의 유일한 방법이었다! 이기려고 하는 것은, 이제 달아나기 위해서가 아니다. 이곳에 머물러 운수를 다시 시험해 보기 위한 것이다. 얻어 낸 자유를 걸고 다시 더 어리석은 짓을 하고 싶기 때문인 것이다! 클라피크는 팔꿈치에 기대어, 차츰 느려지는 공을 이제 보고 있지도 않았다. 종아리와 어깨의 근육을 부들부들 떨면서 도박의 의의 그 자체와 잃을 때의 미칠 듯한 기분을 깨닫고 있었다.

공은 5에 가서 섰다.

거의 모두가 잃고 있었다. 담배 연기가 홀에 자욱했다. 또한 맥이 탁 풀려 소침해진 얼굴들과 갈고리로 패를 긁어모으는 소리가 자리를 채우고 있었다. 클라피크는 이것으로 그만둘 생각은 없었다. 굳이 17달러를 남겨 둘 필요가 있는가? 그는 10달러 지폐를 꺼내어 짝수에 걸었다.

클라피크는 틀림없이 잃는다고 생각하고 있었으므로 몽땅 걸지는 않았다. 아직 더 잃는다는 자각을 계속 갖고 있으려는 듯이. 공이 망설이기 시작하자 그의 오른손이 그 뒤를 쫓았다. 그러나 왼손은 탁자에 꽂은 채로였다. 그는 지금 도박 도구에서 강렬한 생명을 느꼈다. 저 공은 단순한 공과는 다르다. 도박에 쓰이지 않는 공 따위와는 다른 것이다. 그 동작의 망설임 자체도 살아 있었다. 필연적이며 동시에 타성적인 그 움직임은, 내부에 생각이 잠재해 있기에 비로소 이처럼 떠는 것이다. 공이 구르고 있는 동안은 누구 하나 불붙은 담배를 피우는 자가 없었다. 공은 빨간 칸막이의 눈금에 들어갔다가 거기서 나와 다시 허둥

거리더니 9의 눈금 안에 들어갔다. 클라피크는 탁자에 얹은 왼손으로 슬그머니 거기서 공을 집어내는 시늉을 했다. 그는 다시 잃었다.

5달러를 짝수에. 또다시 마지막 패다.

공은 던져지더니 큰 원을 그리며 달려갔다. 아직도 살아 있다고 생각되지는 않았다. 그러나 손목시계가 클라피크의 시선을 공에서 떠나게 했다. 그는 시계를 손목이 아니라 더 아래쪽의 바로 맥을 짚는 자리에 차고 있었다. 그는 손바닥을 탁자 위에 붙이고 이제 겨우 공만을 볼 수 있게 되었다. 그는 도박이 죽음 없는 자살이라는 것을 발견했다. 돈을 놓고 공을 지켜보며 기다리고 있기만 하면 되는 것이다. 독을 마신 뒤에 때를 기다리듯이. 그것은 끊임없이 새로 채워지는 독약, 더욱이 금지를 갖고 마실 수 있는 독약이다. 공은 4에서 멎었다. 땄다.

그는 딴 돈에 거의 무관심했다. 그러나 만일 잃는다면…… 클라피크는 한 번 따고 한 번 잃었다. 40달러쯤 남았다. 그러나 마지막 한 판의 그 뒤숭숭한 기분을 다시 맛보고 싶어졌다. 패는 한참 나온 적이 없던 빨강 위에 쌓여 있었다. 그 자리 모든 사람의 시선을 끌어모으고 있는 이 눈금이 클라피크도 끌어당겼다. 그러나 짝수를 버리는 것은 승부를 그만두는 일처럼 여겨졌다. 그래서 그는 짝수를 버리지 않고 40달러를 걸었다. 이 한 판에 견줄 만한 내기는 없을 것이다. 아마 기요는 아직 그곳을 떠나지 않고 기다리고 있으리라. 이제 10분만 지나면 그를 붙잡을 수는 없을 것이다. 지금이라면 아직 만날 수 있을지도 모른다. 그런데 바로 그 지금, 클라피크는 마지막 한 푼까지 걸고 자기 생명과 다른 한 사람의 생명을, 특히 다른 한 사람의 그것을 걸고 있었던 것이다. 그는 자기가 기요를 희생시키고 있는 것을 알고 있었다. 이 공에, 이 탁자에 묶여 있는 것은 다름 아닌 기요였다. 그리고 여기 있는 모든 사람과 그 자신을 지배하고 있는 이 공이야말로 다름 아닌 클라피크 자신이었다. 그런 그가 지금 일찍이 겪은 적이 없을 만큼 넘쳐흐르는 생명감으로, 현기증을 느낄 만한 수치심에 온 정력을 고갈시키며 그 공을 바라보고 있는 것이었다.

클라피크는 1시에 밖으로 나갔다. '클럽'이 문을 닫았기 때문이다. 24달러 남아 있었다. 바깥 공기가 숲의 그것처럼 그의 마음을 가라앉혔다. 안개는 11시경보다 훨씬 엷어져 있었다. 아마도 비가 온 모양이다. 모든 것이 젖어 있었다. 어둠 속에 회양목도 참빗살나무도 보이지 않았지만, 그 씁쓸한 냄새로 그 어두운 잎의 무성함을 짐작할 수 있었다. '저, 저, 정말이군, 노름꾼의 감흥은 딸 희망이 있기 때문이라고 흔히들 그러더니만! 검술의 명수가 되기 위해서 결투를 한다고 흔히들 말하지만, 정말 그런 것 같군⋯⋯.' 클라피크는 생각했다. 그런데 밤의 상쾌함은 안개와 더불어 인간의 모든 불안, 모든 고뇌를 떨쳐 버린 것 같았다. 그러나 멀리서 일제 사격 소리가 들려왔다. '또 사살을 시작했군⋯⋯.'

클라피크는 정원을 나왔다. 기요에 관한 것은 애써 머릿속에서 지우고 걸음을 옮겼다. 어느 틈엔가 주위의 나무들이 드문드문해졌다. 별안간 어슴푸레한 달빛이 아직 남아 있는 안개를 헤치고 물체의 표면에 비치기 시작했다. 클라피크는 눈을 쳐들었다. 달이 죽은 듯 움직이지 않는 갈라진 구름 사이로 막 나오는 참이었다. 그리하여 달은 수많은 별의 무리로 가득 찬, 어둡고 투명한 깊은 호수처럼 광막한 공간 속으로 천천히 흘러가고 있었다. 차츰 짙어지는 달빛은 문이 닫힌 모든 인가에, 버림받은 듯한 이 도시 거리거리에 딴 세상 같은 생기를 주고 있었다. 마치 달나라의 대기가 그 달빛과 더불어 갑자기 이 광대한 정적 속에 내려온 것처럼.

그러나 이 생명을 잃어버린 천체의 장식 뒤에는 많은 인간이 있는 것이다. 거의 전부가 지금 잠들어 있었다. 그리고 불안에 싸인 기나긴 잠은 이 또한 다른 행성에서의 일이거나 한 것처럼, 버림받고 매장된 이 도시의 황량한 모습에 참으로 걸맞은 것이었다. 《아라비안나이트》에는 잠든 사람들로 가득 찬 조, 조, 조그만 도시가 있지. 그 도시는 달빛이 어린 사원과 더불어 몇백 년이나 버려져 있었다. 잠자는 사막의 도시⋯⋯ 하지만 나도 역시 곧 황천으로 가게 될 걸.' 죽음, 자기의 죽음조차 여기서는, 자기 자신이 침입자 같은 느낌이 들 만큼 인간 세계답지 않은 이 분위기에서는 그리 절실히 느껴지지 않았다. '잠들지 않은 인간들은 어떡하고 있을까? 책을 읽고 있는 자도 있고, 괴로움에 애태우는 —이건 명문구로다!—놈도 있을 것이다. 여자를 껴안고 있는 녀석도 있을 테지.' 그러나 미래의 생활은 이러한 정적 뒤에서 몸서리치고 있었다. 어떤 힘에 의해서도 스스로 벗어날 수 없는 미치광이 같은 인류! 중국인 거리로부터 송장 썩는 냄새가 다시 불기 시작한 바람에 실려 왔다. 클라피크는 호흡하는 데도 무척이나 애를 써야만 했다. 불안이 되돌아온 것이다. 그는 죽음에 대한 생각은 송장 썩는 냄새보다 쉽게 견딜 수 있었다. 그 송장 썩는 냄새가 서서히 이곳 풍경을 파고들었다. 이 풍경은 영원한 안정 속에 세계의 어리석음을 감싸고 있었다. 바람은 조금도 소리를 내지 않고 여전히 불어 대고 있었다. 달은 반대쪽 구름 기슭에 이르렀다. 그러자 사방은 다시 어둠 속에 가라앉았다. '마치 꿈결 같군……' 그러나 악취는 그를 이 세상으로, 이 불안한 밤으로 다시 끌어다 놓았다. 방금까지 안개 속에 희미하던 가로등이, 발자국이 지워진 보도에 커다란 불빛의 동그라미를 어른어른 그려 내고 있었다.

어디로 간담? 클라피크는 망설였다. 이대로 가서 잔다 해도 기요를 잊을 수 없을 것이다. 그는 지금 조그만 술집과 창녀의 집들이 있는 거리를 지나고 있었다. 거기에는 온갖 해양국의 언어로 쓰인 간판이 걸려 있었다. 클라피크는 골목 입구의 집에 들어갔다.

그는 창가에 앉았다. 세 여급—하나는 혼혈이고, 두 사람은 백인이었다—이 손님들과 앉아 있었다. 손님 한 사람은 막 나가려 하고 있었다. 클라피크는 기다리며 창밖을 내다보았다. 아무것도 보이지 않았다. 선원 한 사람도 지나가지 않았다. 멀리서 총소리가 들려왔다. 다부지게 생긴 금발 여자가 손이 비어 그의 곁에 와서는 털썩 앉았다. 그는 일부러 깜짝 놀라는 체했다. '루벤스의 그림 같지만 되다 말았군. 오히려 조르당 그림일까. 아니, 그만두자……' 그는 속으로 중얼거렸다. 그는 모자를 첫손가락 끝으로 빙빙 돌려 던져 올리더니 교묘히 그 챙을 살짝 잡아서 여자의 무릎 위에 놓았다.

"아가씨, 이 조, 조, 조그만 모자를 소중히 간수해 줘. 이건 상하이에 하나밖에 없는 데다가 길을 잘 들여 놓았거든."

여자는 얼굴에 웃음을 띠었다. 이건 또 웬 기발한 손님일까. 손님의 쾌활함이 지금까지 차갑게 굳어 있던 여자의 얼굴을 별안간 싱싱하게 만들었다.

"술 드시겠어요? 아니면 위로 올라가시겠어요?" 그 여자가 물었다.

"양쪽 다야."

그녀는 스키담 술을 가지고 왔다. "이거 우리 집 특주예요."

"정말인가?" 클라피크가 반문했다.

그녀는 어깨를 움찔해 보였다.

"거짓말을 해서 무슨 소용 있죠?"

"아가씨는 따분하구먼."

그녀는 남자를 쳐다보았다. 무릇 익살꾸러기에겐 조심해야 한다. 그런데 이 사내는 외톨이라서 웃길 상대가 없는 것이다. 게다가 여자를 업신여기는 것 같지도 않다.

"이런 생활인데, 달리 어쩔 수도 없잖겠어요?"

"아편은 피우는가?"

"너무 비싸요. 아마 주사라도 되겠지만 전 그게 무서워요. 더러운 바늘로 찌르면 종기가 생겨요. 종기가 생기면 가게에서 쫓겨나고 말죠. 자리가 하나만 비면 여자들이 열씩이나 달려드는걸요. 게다가……."

'플랑드르 여자구나……' 클라피크는 생각했다. 그는 여자의 말을 가로막았다.

"그리 비싸지 않은 아편도 손에 넣을 수 있지. 이건 2달러 75센트야."

"선생님도 북유럽 분이세요?"

그는 대답하지 않고 상자를 내밀었다. 여자는 고마워했다. 동향인을 만난 데다가 이런 선물까지 받았으니.

"저한테는 이것도 꽤 비싼 편이에요…… 하지만 이거라면 지갑을 몽땅 털지는 않아도 되겠군요. 오늘 밤엔 먹어 보겠어요."

"피우는 건 싫은가?"

"제가 파이프를 갖고 있는 줄 아세요? 대체 무슨 생각을 하고 계시는 거예요?"

그녀는 쓸쓸하게 웃었다. 그래도 기뻐하는 듯했다. 그러나 여느 때의 경계심이 고개를 쳐들었다.

"어째서 이걸 저한테 주시는 거죠?"

"걱정 말라고…… 다만 그렇게 하는 게 즐겁기 때문이야! 게다가 나는 그 '놈팡이' 사회와도 관련이 있었거든……."

실제로 그는 놈팡이 세계와 인연이 없는 사나이로는 보이지 않았다. 그러나 그 사회에서 발을 뺀 지 오래였다. 그는 이따금 자기를 위해서 완전한 자서전을 지어내고 싶을 때가 있었다. 아주 가끔이었지만. 여자가 걸상 위에서 그에게 바싹 붙어 앉았다.

"다만 말이야, 정답게만 대해 줘. 여자와 자는 것도 이게 마지막이니까……."

"왜요?"

그녀의 머리는 둔했다. 그러나 바보는 아니었다.

"자살이라도 할 생각이세요?"

이 남자가 처음은 아니었다. 그녀는 탁자 위에 놓인 클라피크의 손을 두 손으로 감싸 쥐고 어색하게, 거의 어머니 같은 몸짓으로 입을 맞추었다.

"유감이에……."

"그럼, 위로 올라갈까?"

그녀는 때로 죽기 전의 사나이에게 욕정이 일어난다는 이야기를 듣고 있었다. 그러나 자기가 먼저 일어서지는 않았다. 그렇게 하면 남자의 자살을 재촉하는 셈이 된다는 생각에서였다. 그녀는 남자의 손을 두 손으로 쥐고 있었다. 클라피크는 걸상에 깊숙이 허리를 묻고 추위에 떠는 곤충처럼 다리를 포개고 두 팔을 옆구리에 댄 채 코를 쑥 내밀고 있었다. 몸과 몸이 닿아 있는데도 그는 여자를 멀리서 바라보고 있었다. 그는 거의 술을 마시지 않았지만 이 거짓말에, 이 훈훈한 다사로움에, 자기가 창조한 이 허구의 세계에 흐뭇하게 취해 있었다. 자기 입으로 자살한다고 말했을 때도 그는 자기를 믿지 않았다. 그러나 여자가 그것을 믿고 있으므로 그는 이제 진실이 존재하지 않는 세계로 들어갔다. 그것은 진실도 거짓도 아닌 경험된 세계였다. 방금 그가 창조한 것 같은 과거도 존재하지 않거니와, 또 이 여자와의 접촉의 실마리가 되는 예비 행동도, 바로 닥쳐왔다고 여겨지는 그 동작도 아직 존재하고 있지 않으므로 결국은 아무것도 존재하지 않는 거나 마찬가지였다. 이제는 이미 외계가 그를 묵직하게 짓누르지도 않았다. 해방된 그는 이제 자기가 만들어 낸 낭만적인 세계, 죽음을 앞에 놓고 인간의 연민이 만들어 내는 기반(羈絆)에 의하여 강력히 지탱된 그 세계 속에서만 살고 있었다. 클라피크는 손이 떨릴 만큼 감흥에 젖어 있었다. 여자는 그것을 보고 고통 탓이라고 지레짐작했다.

"그거…… 어떻게 하실 순 없나요?"

"없는걸."

탁자 모서리에 놓은 모자가 비꼬는 눈길로 그를 쳐다보고 있는 것처럼 여겨졌다. 그는 그것을 손가락 끝으로 튕겨서 걸상 위에 떨어뜨렸다.

"여자에 관한 일?" 여자가 다시 물었다.

멀리서 콩 볶듯 일제 사격 소리가 났다. '그렇게 죽여 놓고도 아직 모자란 모양이군.' 여자는 속으로 중얼거렸다.

클라피크는 대답도 없이 일어섰다. 여자는 자기의 질문이 남자에게 여러 가지 추억을 불러일으켰나 보다고 생각했다. 호기심도 솟았지만 여자는 사과하고 싶었다. 그러나 감히 그러지도 못했다. 그녀도 일어났다. 두 사람은 위로 올라갔다.

클라피크는 거기서 나와서도 마음도 욕정도 가라앉지 않았다. 그는 뒤돌아보지 않았지만 여자가 창 너머로 자기를 눈으로 좇고 있는 것을 알고 있었다. 안개가 다시 자욱해졌다. 싸늘한 밤공기에도 마음이 가라앉지 않았다. 15분쯤 걸어가서 그는 포르투갈인 술집 앞에서 걸음을 멈추었다. 그곳 유리창은 투명했다. 손님들과 따로 떨어져서 무척 눈이 큰, 밤색 머리칼의 여윈 여자 하나가 앞을 가리듯이 가슴에 두 손을 대고 호젓이 밤의 어둠을 내다보고 있었다. 클라피크는 꼼짝도 않고 여자를 지켜보았다. '내 꼴 좀 보라지, 마치 새 연인이 스스로 무엇을 꺼낼지도 몰라 하는 그런 여자 같군그래…… 어디, 이 여자와 자살이라도 해볼까.'

오후 11시 30분

블랙 캣의 웅성거림 속에서 기요와 메이는 기다리고 있었다.

마지막 5분간. 보통 때 같으면 이미 그들은 떠나 버렸을 것이다. 클라피크가 나타나지 않는 것이 기요로서는 놀라웠다. 그는 클라피크를 위해서 200달러 가까운 돈을 마련해 갖고 있었다. 그러나 전혀 뜻밖의 일도 아니었다. 클라피크의 이런 행동은 참으로 그다운 짓이어서 그를 아는 사람은 그다지 놀라지도 않았다. 기요는 처음 한동안 클라피크를 꽤 재미있고 엉뚱한 사람 정도로밖에 생각지 않고 있었지만, 자기에게 경고해 준 데 대해서는 감사하고 있었다. 그리고 차츰 그에 대해서 진심으로 동정을 느끼게 되었다. 그러나 동시에 아직은 남작이 들려준 정보의 가치는 의심하고 있었다. 만날 약속을 어기는 바람에, 더욱더 의혹의 기분은 짙어졌다.

폭스트롯은 아직 끝나지 않았지만, 막 들어서는 장제스 휘하의 한 사관 앞으로 우르르 사람들이 몰려들었다. 몇 쌍의 남녀들이 사교춤을 그만두고 그 옆으로 다가갔다. 기요는 아무 말도 들리지 않았지만, 뭔가 중대 사건 같다는 짐작이 들었다. 메이는 벌써 사람들이 몰려 있는 데로 걸어가고 있었다. 블랙 캣에 혼자 온 여자 손님은 너무나 눈에 잘 띄었지만, 오히려 그 때문에 무슨 일을 해도 의심을 사지 않았다. 메이가 얼른 돌아왔다.

"장제스의 자동차가 폭탄을 맞았대요. 한데 마침 장은 그 차에 타고 있지 않았대요." 그녀가 나직이 말했다.

"던진 사람은?" 기요가 물었다.

메이는 다시 사람들이 몰려 있는 곳으로 갔다가 돌아왔다. 그 뒤를 한 남자가 따라왔다. 그는 그녀에게 같이 춤을 추자고 조르고 있었는데, 그녀가 혼자가 아니라는 것을 알고 성큼 되돌아가 버렸다.

"도망쳤다나 봐요." 그녀가 말했다.

"그랬으면 좋겠는데……."

기요는 이런 정보가 흔히 얼마나 부정확한 것인가를 알고 있었다. 장제스가 죽었다고는 여겨지지 않았다. 그런 사람의 죽음은 중대 사건이므로 이 사관도 모를 까닭이 없었다.

"군사위원회에 가면 알겠지. 어서 가보자고." 기요가 말했다.

기요는 첸의 도망을 진심으로 바라고 있었으므로 이 정보를 전적으로 의심할 여유는 없었다. 장제스가 아직 상하이에 있건 이미 난징으로 떠났건, 이 실패한 음모는 군사위원회의 회합에 매우 중대성을 주는 것이었다. 그렇다고 그 위원회에 무엇을 기대할 수 있겠는가? 기요는 오늘 오후 클라피크에게 들은 정보를 중앙위원회에 보고했지만 중앙위원회는 회의적이었으며, 또 애써 그렇게 되려고 했다. 탄압이 너무나 뚜렷이 기요의 말을 입증했으므로 오히려 그 입증이 가치를 잃어버린 것이었다. 게다가 위원회가 획책하고 있는 것은 국민당과의 협력이지 투쟁이 아니었다. 며칠 전 적색파 정치부장과 청색파 두목 한 명이 상하이에서 상호 협력을 역설하는 감동적인 연설을 했다. 또 한커우에서 군중이 일본 조계를 점령하려다가 실패한 일로 적색파가 중부 지방에서도 무력해지고 있다는 게 알려지기 시작했다. 또 북중국에서는 만주군 부대가 한커우 공략을 위하여 진군하고 있었다. 한커우에서는 장제스 군대와 싸울 수밖에 없다……

기요는 안개 속을 걸어가고 있었다. 옆에서 메이가 묵묵히 따라왔다. 오늘 밤에라도 공산당원들이 싸워야만 한다면 적을 막아 내기도 어려울 것이다. 마지막 무기를 넘겨주었건 안 했건 10대 1로서야, 더욱이 중국 공산당의 지령을 어기고서야 어떻게 싸울 수 있겠는가? 상대는 서구식으로 무장하여 훨씬 앞선 전투력을 갖춘 부르주아 의용군이다. 지난달까지 온 상하이는 혁명 연합군의 편이었다. 시 정부를 손에 쥐고 있던 북방 군벌 독재자는 외국의 권익을 대표하고 있었지만, 상하이 시민은 배타적이었다. 광범한 소시민층은 민주주의적이기는 했지만 공산주의자는 아니었다. 그리고 이번 군대는 난징으로 달아나는 것이 아니라, 그곳에 남아서는 이 도시를 위협하고 있었다. 또 장제스도 2월 사건 때 같은 사형 집행자로서가 아니라, 공산주의자 이외의 사람들에게는 국민적 영웅으로 떠받들어지고 있었다. 지난달까지는 모두가 경찰에 대항하고 있었다. 그러나 오늘날에는 공산주의자가 군대에 대항하고 있었다.

그리고 시민들은 국공(國共) 대립에 대해서는 중립적인 태도를 취하겠지만, 오히려 장제스 쪽을 편들 것이다. 공산당원들은 겨우 노동자 거리나 방어해 낼 수 있을 것이다. 고작해야 자베이 정도를. 그러나 그 뒤는? ……만일 클라피크의 말이 틀려서 반동이 한 달만 늦어진다면 군사위원회와 기요와 카토프는 20만 명을 조직할 수 있을 것이다. 확신을 가진 공산당원들로 조직된 새로운 돌격대가 노동조합을 손아귀에 넣어 가고 있었기 때문이다. 그러나 대중을 지도할 수 있는 확고한 조직을 만들려면, 적어도 한 달은 걸릴 것이다.

게다가 무기 문제가 아직도 남아 있었다. 문제는 2, 3천 자루의 총을 내주느냐 않느냐 따위가 아니라, 장제스가 공격해 올 때 대중을 어떻게 무장시키느냐 하는 일이었다. 공연히 이치만 따지고 있다가는 무장을 해제당하고 말 것이다. 그리고 군사위원회가 완강히 무기를 요구한다면, 트로츠키파의 이론이 국민당과의 협력을 공격하고 있는 줄로 아는 중앙위원회는 옳고 그름은 고사하고라도, 러시아의 반대당 태도와 연관이라도 있는 듯이 보이는 그와 같은 태도에 공포를 느낄 것이다.

덜 걷힌 안개 사이로 기요의 눈에 군사위원회가 개최되고 있는 인가의 흐릿한 불빛이 보였다. 기요는 안개 속에서 자동차에 치이지 않으려고 보도로 걸었다. 안개와 어두운 밤. 시간을 보기 위해서 조명을 켜야 했다.

그는 몇 분 늦은 것 같았다. 서둘기로 마음먹고 메이의 팔을 자기 팔 밑으로 당겼다. 그녀는 살며시 남편의 몸에 기대 왔다. 두어 걸음 더 걸어갔을 때 그는 아내의 몸이 '재채기'를 하며 별안간 묵직하니 늘어지는 것을 느꼈다. "메이!" 그도 비틀 두 손을 짚고 쓰러졌다. 그리하여 일어나려는 순간 목덜미를 몽둥이로 호되게 얻어맞았다. 그는 아내의 몸 위에 고꾸라졌다.

한 집에서 나온 경관 세 사람이 구타한 경관과 합세했다. 빈 자동차가 조금 앞에 서 있었다. 그들은 차 속에 기요의 몸을 던져 넣고 떠났다. 차가 움직이고 나서야 그들은 기요를 묶었다. 메이는 가까스로 정신을 차렸다. 기요가 '재채기'라고 생각한 것은 늑골 아래를 곤봉으로 얻어맞는 소리였던 것이다. 장제스 휘하의 감시병이 군사위원회의 입구를 감시하고 있었다. 안개 때문에 그녀는 바로 가까이 가서야 그들의 모습을 보았다. 그녀는 태연하게 그들 앞을 지나 계속 걸어갔다. 숨이 막히고 얻어맞은 데가 아팠다. 그리하여 허둥지둥 지조르의 집으로 돌아갔다.

자정

장제스가 폭탄을 맞았다는 소식을 듣자 에멜리크는 당장 정보를 들으러 달려갔다. 그는 장군이 죽고 범인은 달아났다고 듣고 있었다. 그러나 그는 뒤집힌 자동차와 잘려 나간 보닛 앞에 가서야 보도에 딩굴고 있는 첸의 시체를 보았다. 피투성이가 된 조그만 시체는 이미 안개로 후줄근히 젖어 있었다.

그 곁에 병졸 하나가 앉아서 지키고 있었다. 에멜리크는 장군이 자동차에 타고 있지 않았다는 것을 알았다. 새삼 생각하는 것조차 어리석은 일이지만, 첸을 숨겨 주지 않은 것이 그가 죽은 원인인 것만 같았다. 그는 죽을힘을 다하여 그 구역 공산당 지부로 달렸다. 거기서 이 사건에 대해 한 시간이나 논의를 거듭하였지만, 결국 헛일이었다. 동지 한 사람이 들어왔다.

"자베이 방직공 조합이 방금 장제스 군대에 폐쇄당했다네."

"동지들은 저항하지 않았나?"

"반항한 사람은 모두 그 자리에서 총살했다네. 자베이에서는 투사를 총살하고 그들 집에 불을 지르고 있대⋯⋯ 시 정부는 방금 해산되고 조합은 폐쇄당하고."

중앙위원회로부터는 아무 지령도 없었다. 가족을 가진 동지들은 처자를 피란 시키려고 당장 집으로 돌아왔다.

에멜리크가 밖으로 나가는 순간 일제 사격 소리가 들렸다. 사람들 눈에 수상 쩍게 보일 우려가 있었다. 그러나 무엇보다도 먼저 처자들을 끌어내 와야 한다. 안개 속을 뚫고 장갑차 두 대와 장제스 휘하의 병사를 가득 실은 화물차 몇 대 가 그의 눈앞을 지나갔다. 멀리서 여전히 일제 사격 소리가 들려왔다. 그런가 하 면 바로 가까이에서도 들려왔다.

되 레퓌블리크 거리에도, 모퉁이에 그의 가게가 있는 거리에도 병사들의 모 습은 보이지 않았다. 아니, 이제 다 철수해 버린 것이다. 가게 문이 열려 있었 다. 에멜리크는 달려 들어갔다. 바닥에 온통, 부서진 레코드 조각이 널찍한 피 웅덩이 속에 흩어져 있었다. 마치 참호를 소탕하듯 가게 안이 수류탄으로 '깨 끗이 일소되어' 있었다. 아내는 가슴에 상처를 입고 온통 벌겋게 물든 채 웅크 리고 앉은 듯이 계산대에 기대어 쓰러져 있었다. 구석에는 어린애의 한쪽 팔이 뒹굴고 있었다. 그 손은 이렇게 몸에서 잘려 나가고 보니 더 작아 보였다. '차라 리 숨이 끊어져 있었으면!' 에멜리크는 생각했다. 무엇보다도 그는 단말마의 고 통을 눈앞에서 보아야 하는 일이 무서웠다. 여느 때나 다름없이 자기는 아무것 도 할 힘이 없고 다만 괴로워할 뿐이다. 붉은 피의 얼룩에 더러워지고 수류탄 파편을 덮어쓴 레코드 상자를 보는 것보다 그편이 무서웠다. 구두 바닥을 통해 서 땅바닥의 끈적끈적한 것이 느껴졌다. '아내와 아이의 피다.' 그는 이제 꼼짝 도 못 하고 우두커니 선 채 그저 지켜보고만 있었…… 겨우 문 옆에서 아이 의 시체를 발견했다. 문에 가려져 있었다. 멀리서 수류탄이 두 발 터졌다. 에멜 리크는 사방에 흐른 피비린내에 짓눌려서 거의 숨도 쉴 수 없었다. '묻어 주지도 못한다…….' 그는 문에 쇠를 채우고 가게 앞에 멍청히 서 있었다. '만일 누가 와 서 나를 알아보면 나는 죽는다.' 그러나 그는 그 자리를 떠날 수 없었다.

에멜리크는 자기가 괴로워하고 있다는 것을 알고 있었다. 하지만 일말의 무감 각이 무리처럼 그의 고통 주위를 감돌고 있었다. 그것은 병을 앓거나 머리를 얻 어맞았을 때 흔히 있는 그 무감각이었다. 어떤 고통이라도 이제 그는 놀라지 않 을 것이다. 결국 이번만은 운명이 지금까지보다 훨씬 강한 타격을 주었을 뿐이 다. 죽음도 그를 놀라게 하지는 못했다. 죽음이나 삶이나 그에게는 똑같았다. 오직 하나 그의 마음을 흔들어 놓은 것은, 이 문 안쪽에는 거기에 흐르는 피에 못 지않은 고통이 있었다고 생각하는 일이었다. 그러나 이번의 운명은 매우 서투른 짓을 해버렸다. 왜냐하면 운명은 그가 그때까지 소유하고 있던 모든 것을 앗아 감으로써 결국 그를 자유로운 몸으로 만들어 놓았기 때문이다.

에멜리크는 다시 안으로 들어가서 문을 닫았다. 맥이 탁 풀려 주저앉을 것만 같았다. 목덜미를 몽둥이로 얻어맞아 어깨에서 힘이 쭉 빠져 짓눌리는 듯한 깊은 환희를 마음에서 떨쳐 버릴 수 없었다. 그러한 환희가 지하의 강처럼 우렁차게 차츰 다가오는 것을 공포와 만족이 뒤섞인 기분으로 느끼고 있었다. 시체는 거기에 있었다. 그의 발은 처자의 피로 바닥에 엉거 붙어 있었다. 이런 살인만큼, 특히 병든 아이를 죽이는 것만큼 사람을 우롱하는 방법도 없었다. 죽은 아내도 그러하지만 아이에게는 더욱더 아무런 죄도 없지 않은가. 그러나 에멜리크는 이제 더 이상 무력하지 않았다. 지금은 그도 사람을 죽일 수 있다. 그는 홀연 삶만이 인간끼리의 유일한 접촉 방법이 아니며, 가장 좋은 접촉 방법도 아니라는 것을 깨달았다. 또 자기는 삶 속에서보다 복수 속에서 아내와 아이를 더 잘 알고 사랑하고 소유하고 있다는 것을 깨달았다. 에멜리크는 다시 구두 밑이 끈적거리는 것을 느끼고 비틀거렸다. 몸의 근육이 머릿속 생각에 따라오지 못했다. 그러나 일찍이 느껴 본 적이 없는 심한 흥분에 그의 정신은 뒤집히고 있었다. 그는 자기의 모든 것을 다하여 이 무서운 도취에 잠겨 있었다. '애정으로도 사람을 죽일 수 있다. 애정으로도 말이다, 빌어먹을!' 그는 주먹으로 계산대를 두들기며 되풀이했다. 아마 세계를 두들기는 기분이었으리라……

에멜리크는 곧 손을 거뒀다. 가슴이 벅차오르고 당장 울음이 터질 것만 같았다. 계산대도 피에 물들어 있었다. 그는 벌써 갈색으로 변한, 손에 묻은 피의 얼룩을 가만히 들여다보았다. 그 손은 신경의 발작으로 흔들리는 듯이 떨리고 있었다. 조그만 피의 버캐들이 말라 떨어지고 있었다. 그는 웃고, 울고, 이 비꼬여 죄이는 가슴의 답답함에서 벗어나고 싶었다…… 주위에는 아무것도 움직이는 것이 없었다. 그리고 외계의 광막한 무감각이 움직이지 않는 불빛과 더불어 레코드판과 시체와 피 위에 내리고 있었다. "벌겋게 단 쇠집게로 죄수의 팔다리를 간단히 쇠사슬에서 뜯어냈다"는 말이 그의 머릿속에 오락가락했다. 학교에서 나온 뒤로는 잊어버리고 있었던 구절이었다. 그런데 이 말은 그가 떠나야만 한다는 것을, 그가 제 몸을 이 자리에서 뜯어내야 한다는 것을 막연하나마 뜻하고 있는 듯이 여겨졌다.

어떻게 했는지는 모르지만 가까스로 그 자리를 떠날 수 있었다. 에멜리크는 밖으로 나갔다. 끝없는 증오의 소용돌이를 휘덮는, 숨 막힐 듯한 쾌감을 느끼면서 그는 걸음을 옮겼다. 30미터쯤 가서 걸음을 멈추었다. '아차, 가족들이 있는데 문을 열어 놓고 왔구나.' 그는 되돌아갔다. 가까이 감에 따라 오열이 솟구쳐 오르고, 그것이 목구멍보다 아래의 가슴속에서 맺혀 그대로 응어리져 있는 듯한 기분이 들었다. 에멜리크는 눈을 감고 문을 끌어당겼다. 열쇠가 찰가닥 울렸다. 잠긴 것이다. 그는 다시 떠나갔다. "이것으로 끝난 게 아니다. 갓 시작했을 뿐이다. 갓 시작했을 뿐이다." 그는 걸으면서 중얼거렸다. 마치 노를 젓는 사공처럼 어깨를 앞으로 쑥 내민 그는 살인밖에 자행되고 있지 않은 혼돈의 나라를 향해서 나아갔다. 그는 어깨와 머리로 무참히 죽은 처자의 무게를 이끌듯이 걸음을 옮겨 놓았다. 그 시체의 무게는 마침내 그의 걸음걸이를 방해하지 않았다.

이 '무서운 자유'에 흥분된 에멜리크는 두 손을 떨고 이를 딱딱 맞부딪치면서 10분쯤 되어 공산당 지부에 이르렀다. 2층집이었다. 창문 안쪽에 아마 매트리스가 쌓여 있는 모양이었다. 덧문도 없는데, 안개 속에 장방형 불빛의 그림자는 보이지 않고 다만 가느다란 빛의 줄무늬가 가로 보일 뿐이었다. 거의 뒷골목 같은 이 거리는 쥐 죽은 듯이 조용했다. 그리고 그 가느다란 빛의 줄무늬는 매우 작았지만 금세 타오를 듯한 날카로운 강도를 지니고 있었다. 에멜리크는 벨을 눌렀다. 문이 조금 열렸다. 그는 얼굴이 알려져 있었다. 뒤에서 투사 네 사람이 모제르 총을 손에 들고, 지나가는 그를 지켜보았다. 마치 곤충의 소굴과도 흡사하게 넓은 복도는 무언지 알지 못할, 그러면서도 움직임이 또렷한 활기를 띠고 있었다. 모든 것은 지하실에서 오므로 1층은 파괴했다. 다른 사람들과 떨어져서 노동자 두 사람이 층계 위에 복도를 내려다보듯 기관총을 장치하고 있었다. 그 기관총은 반짝거리지도 않았지만, 교회의 성궤처럼 사람들의 주의를 끌었다. 학생과 노동자들이 이리저리 뛰어다니고 있었다. 에멜리크는 철조망 다발 앞을 지나—이것이 어디에 쓰이는 것일까?—층계를 올라가서 기관총 주위를 돌아 층계참까지 갔다. 카토프가 사무실에서 나와 궁금한 듯이 그의 얼굴을 쳐다보았다. 에멜리크는 아무 말 없이 피에 젖은 손을 내밀었다.

"다쳤나? 아래에 붕대가 있어. 아이는 숨겼나?"

에멜리크는 입이 떨어지지 않았다. 얼빠진 얼굴로 고집스레 손만 보여 주고 있을 뿐이었다. '이게 아내와 아이의 피야.' 마음으로는 생각해도 말이 되어 나오지 않았다.

마침내 겨우 입을 열었다.

"나한텐 칼밖에 없어. 총을 주지 않겠나?"

"총이 많지 않아."

"그럼 수류탄을 줘."

카토프는 망설이고 있었다.

"내가 겁을 먹고 있는 줄 아나, 망할 자식아!"

"내려가 봐, 수류탄은 상자에 들어 있으니. 별로 많지 않지만…… 기요가 어디 있는지 아나?"

"못 만났어. 첸은 보았지. 죽었어."

"나도 안다."

에멜리크는 아래로 내려갔다. 동지들이 뚜껑을 뗀 궤짝 속을 어깨까지 팔을 쑤셔 넣어 뒤적거리고 있었다. 저장해 두었던 탄약이 다 떨어져 가고 있었던 것이다. 얽힌 그들의 몸이 램프 빛을 가득 받아 스믈스믈 움직이고 있었다. 여기에는 환기창이 없었다. 복도의 덮개를 덮은 전등불 밑을 지나가는 거뭇한 사람들의 그림자를 본 뒤라 탄약 상자 주위에 몰린 이 육중한 몸뚱어리는 그를 놀라게 하였다. 마치 죽음을 앞둔 이들 동지들은 다른 사람들의 생명보다 더 강렬한 생명을 요구하는 권리라도 획득한 것처럼 보였다. 에멜리크는 주머니에 수류탄을 가득 쑤셔 넣고 위로 올라갔다. 다른 사람들—이라기보다 검은 그림자들은 기관총의 장치를 끝내고, 문 뒤에 그것이 열릴 만큼 조금 사이를 비워 두고는 철조망을 쳐버렸다. 벨이 쉴 새 없이 울렸다. 에멜리크는 문구멍으로 밖을 내다보았다. 안개 덮인 거리는 여전히 조용했고 사람의 그림자도 눈에 띄지 않았다. 지붕이 땅 위에 만들고 있는 그림자 속을 동지들이 다가오고 있었다. 안개에 싸인 그 모습은 흐린 물속의 물고기들처럼 어슴푸레했다. 에멜리크는 한 번 더 카토프를 만나러 가려고 뒤돌아보았다. 그와 동시에 다급한 벨소리가 두 차례나 계속해 울리더니, 총소리 한 방과 목이 막히는 신음이 들리고, 이어 사람의 몸이 픽 쓰러지는 소리가 들렸다.

"놈들이 왔다!"

입구를 감시하고 있던 몇 사람이 일제히 소리쳤다. 침묵이 복도를 채웠다. 그러나 지하실에서 올라오는 사람의 말소리며 무기가 부대끼는 소리로 침묵은 깨졌다. 저마다 모두 싸울 자리를 확보하고 있었다.

오전 1시 30분

클라피크는 마치 사람이 취기에서 깨어나듯 자기의 거짓에서 깨어나 그의 숙소인 중국 호텔의 복도를 걷고 있었다. 보이들이 호출판 밑에 있는 둥근 탁자에 앉아 해바라기 씨를 타구 주위에다 마구 뱉고 있었다. 클라피크는 도저히 잘 수 없으리라는 것을 알고 있었다. 나른하게 방문을 열고 《호프만 이야기》의 보급판 위에 윗도리를 던져 놓고는 위스키를 따랐다. 방 안의 모습이 왠지 달라져 있었다. 그는 애써 그런 것을 생각지 않으려고 했다. 어떤 물건이 괴이하게 없어졌다면 심히 걱정이 되었으련만 그는 세상 사람들이 생활의 기초로 삼는 거의 모든 것, 이를테면 애정이나 가정이나 노동 같은 것에서 거의 벗어나 있었다. 그러나 공포에서 벗어날 수는 없었다. 공포가 고독의 날카로운 의식처럼 마음속에 솟아올랐다. 그는 그것을 뿌리치기 위해 언제나 바로 가까이에 있는 블랙 캣으로 달려갔었다. 하지만 오늘 밤에는 그것도 할 수 없었다. 녹초가 된 데다가 거짓과 일시적인 친구 교제에는 진절머리가 났다…… 그는 거울에 비친 자기 모습을 보고 다가갔다. 클라피크는 거울 속의 자기에게 말했다.

"그렇다고 어째서 넌 그렇게 도망만 치고 다니니? 그게 언제까지나 이어질까? 너에게도 아내는 있었지. 그건 아무래도 좋아! 오오! 그런 건 아무래도 좋고말고! 정부(情婦)와 돈이란 말씀이야. 너를 우롱할 환영이 갖고 싶을 때는 넌 언제나 그걸 생각하지. 아무튼 닥쳐라. 너에게는 사람들의 말대로 온갖 재능이 있어. 기지도 있고. 남의 신세를 지면서 살아가는 데에 필요한 성질은 모두 갖췄단 말씀이야. 철이 들 나이가 되면 언제라도 페랄의 종살이를 할 수 있겠지. 룸펜 신사라는 직업도 있잖은가. 경찰도 있고 자살도 있어. 뚜쟁이는 어떨까? 아니, 이건 또 어이없는 미친 짓이로군. 이제 남은 건 자살뿐이야. 하지만 너는 죽고 싶지 않다지, 죽고 싶지 않은 게지, 이, 이 놈팡이야! 아무튼 얼굴을 잘 보라고, 너는 어쩌면 그렇게도 송장에 꼭 알맞은 상판대기를 하고 있을까……."

그는 코끝이 거울에 닿도록 더 다가섰다. 얼굴을 찌푸렸다. 그리고 입을 벌린 모습은 사원 지붕에 있는 낙수통의 귀면상과 똑같았다.

그 얼굴이 이렇게 대답하는 것 같았다. "아무도 죽을 수 없단 말이야? 확실히 세계를 만들려면 온갖 게 필요하지. 뭐, 넌 죽으면 천국에 갈 수 있을걸. 그렇게 되면 하느님이 너 같은 녀석은 상대해 주실 게다……."

클라피크는 표정을 바꾸었다. 입을 다무니, 입아귀가 턱 쪽으로 처졌으며 눈을 가느다랗게 뜬 품이 마치 사육제의 무사 같은 얼굴이었다. 그리고 곧 말로는 충분히 표현할 수 없는 고통을 직접적으로 강렬하게 표현이나 하는 듯이 이것저것 표정을 짓기 시작했다. 원숭이, 백치, 혼이 나간 사나이, 두 볼이 불룩해진 사나이, 이렇게 인간의 얼굴로 나타낼 수 있는 갖가지 기괴한 표정을 지었다. 그래도 모자라 손가락까지 써서 눈꼬리를 끌어올리기도 하고, 《웃는 남자》[1]의 '두꺼비' 입처럼 입을 한껏 벌려 보기도 하고 귀를 잡아당기기도 하였다.

창가에 밤안개가 밀려온 적적한 방 안의 기괴한 장난은 마치 발광한 듯한 잔인하고 무서운 우스꽝스러움을 띠고 있었다. 그는 자신의 소리를 들었다. 단조로운 소리, 그것은 어머니의 목소리 같았다. 문득 자기의 얼굴을 깨달은 그는 뒷걸음쳐서 헐떡거리며 의자에 앉았다. 안락의자 위에는 흰 편지지와 연필 한 자루가 놓여 있었다. 그는 자기 자신에게 쓰기 시작했다.

친애하는 토토여, 너는 왕으로서 이 세상을 마칠 것이다. 왕으로서 말이다. 네가 계속 술을 마셔 대면, 알코올 의존 섬망증(譫妄症)이라는 너의 유일한 친구 덕분에 어떤 편안한 정신병원에서 충분히 아늑하게 지낼 수 있을 게다. 그런데 지금 너는 취했느냐, 아니면 멀쩡하냐?…… 무엇이든 제멋대로 상상하는 네가 지금 너 자신이 행복하다고 상상하지 않고 대체 뭘 우물쭈물하고 있는가? 정말이지…….

누가 노크를 했다.

---

1) 빅토르 위고의 소설.

클라피크는 현실 세계로 굴러떨어졌다. 해방된 것 같으면서도 얼떨떨했다. 다시 노크 소리가 났다.

"들어오시오."

모직 망토에 검은 펠트 모자. 백발. 지조르 노인이었다.

"이런, 나…… 나는…….." 클라피크는 떠듬거렸다.

"방금 기요가 체포됐습니다. 당신은 쾨니히를 알고 계시지요?" 지조르가 물었다.

"나는…… 아니, 나는 아무런 관계도 없소이다……."

'이 사람, 지금 취해 있는 건 아닐 테지.' 지조르는 생각했다.

"당신은 쾨니히를 알고 계시지요?" 지조르가 다시 물었다.

"그렇습니다, 나, 나는…… 그자를 알고 있지요. 그자의 뒷바라지를 해준 적이 있으니까요. 대단한 뒷바라지를 말이오."

"그 사람에게 부탁 좀 해주실 수 없겠습니까?"

"못할 리가 있겠습니까? 그런데 대체 무슨 일을?"

"쾨니히는 장제스의 비밀경찰 두목이니까 기요를 석방할 수 있습니다. 그렇게까지 할 수 없다면, 적어도 총살만은 면하게 할 수가 있습니다. 어떻습니까, 일각을 다투는 다급한 일입니다……."

"아, 알았습니다."

이렇게 대답하기는 했지만 클라피크는 쾨니히가 은혜를 갚으리라고는 별로 기대하지 않았다. 설령 슈펠렙스키의 지시가 있은 뒤에라도 쾨니히를 만나러 가는 것은 헛일이요, 아마도 경솔한 일이리라 생각하고 있었다. 그는 고개를 숙이고 침대에 걸터앉았다. 말을 할 용기도 없었다. 지조르의 말투로 미루어, 이 체포에는 클라피크도 책임이 있다는 것을 전혀 깨닫지 못하고 있는 것 같았다. 지조르는 클라피크를 오늘 오후 기요에게 경고해 주러 온 친구로만 알고 있을 뿐이지, 만날 시간에 도박을 하고 있던 사나이인 줄은 몰랐다. 그러나 클라피크는 그 점에 확신을 가질 수는 없었다. 상대편의 얼굴을 볼 용기가 나지 않았고, 마음이 가라앉지 않았다. 지조르는 바로 자기가 앞에 나타났으므로 클라피크의 호흡이 거칠어진 것임은 꿈에도 모르고 대체 무슨 슬픈 일이 있었을까, 아니면 어떤 난폭한 짓을 저지른 걸까 하고 궁금해했다. 클라피크는 지조르에게 책망을 당하고 있는 듯한 기분이 들어서 견딜 수가 없었다.

"아시다시피 나, 나는…… 그렇게 머리가 돈 놈은 아닙니다. 나, 나는……."

그는 여전히 떠들거렸다. 때로는 지조르가 자기를 이해해 주는 유일한 사람처럼 여겨졌고, 때로는 그가 자기를 어릿광대로 취급하고 있다고도 여겨졌다. 노인은 잠자코 그를 지켜보았다.

"나를…… 당신은 나를 어떻게 생각하시나요?"

지조르는 클라피크와 쓸데없는 이야기를 나누느니 그 어깨라도 붙들고 쾨니히 앞으로 끌고 가고 싶었다. 그러나 지조르는 클라피크가 틀림없이 술에 취한 줄로 알고 있었는데, 그 취기의 이면에는 이와 같은 정신적 착란이 뚜렷이 드러나 보였다. 그러므로 그를 상대하지 않을 수도 없었다.

"무엇을 쓰고 싶어 하는 녀석이 있지요. 꿈을 꾸고 싶어 하는 녀석도 있고. 지껄이고 싶어 하는 놈도 있소…… 모두 똑같단 말이오. 연극은 진실치 못해요. 진실한 건 투우란 말입니다. 한데 소설이라는 것도 진지하지 않아요. 진지한 건 과대망상증이라는 것일까요."

클라피크는 일어섰다.

"팔이 아프신가요?" 지조르가 물었다.

"뼈근해서요. 아, 아무튼 그만……."

클라피크는 손목시계를 지조르의 눈으로부터 감추기 위해 방금 팔을 어색하게 비틀었던 것이다. 도박장에서 그에게 시간을 알려 준 이 시계가 그의 비밀을 누설하기라도 할 것처럼.

"언제 쾨니히를 만나러 가주시겠습니까?"

"내일 아침이면 어떨까요?"

"어째서 지금 당장은 안 됩니까? 경찰은 오늘 밤새도록 일할 텐데요. 게다가 곧 무슨 일이 일어날지도 모르고요……." 지조르는 괴로운 듯이 말했다.

실은 클라피크도 그렇게 하고 싶었다. 후회 때문이 아니라, 만일 그가 노름을 다시 시작한다면 이번에도 역시 가지 못하게 될 것이다. 하다못해 속죄의 의미에서라도.

"그럼, 지금 가보기로 하지요."

아까 방에 들어서자마자 깨달은, 왠지 무언가 달라진 듯한 상태가 다시 그를 불안하게 만들었다. 클라피크는 방 안을 주의 깊게 둘러보았다. 그리고 어째서 더 빨리 깨닫지 못했을까 하고, 스스로 놀랐다. 왜냐하면 그를 '황홀경으로 이 끄는' 도교적(道敎的)인 그림 한 폭과 비장의 조각 두 점이 없어져 버렸기 때문 이다. 탁자에 편지 하나가 놓여 있었다. 슈펠렙스키가 기요의 몸이 위험하다는 것을 알려 준 것이다. 섣불리 그자에 대해서 이야기를 꺼냈다가는 모든 것을 털 어놓아야만 할 것이다. 클라피크는 얼른 편지를 집어 주머니에 쑤셔 넣었다.

두 사람은 밖으로 나왔다. 장갑차와 병사를 가득 실은 화물차가 지나갔다.

클라피크는 아직 완전히 침착성을 되찾지 못하고 있었다. 아직도 다 가시지 않은 불안을 숨기기 위해 여느 때처럼 익살을 늘어놓았다.

"마법사가 되어 이슬람교 교주에게 일각수(一角獸)를 선사해 주고 싶군요. 일 각수 말이오. 그게 태양 같은 빛깔을 띠고 궁전에 쑥 나타납니다. 그러고는 '알 겠는가 교주여, 그대 첫째 왕비가 그대를 속이고 있음을. 아무튼 잠자코 있어' 하고 외치는 것입니다. 만약에 나 자신이 일각수가 된다면 코가 이 모양이니 아 마 근사할걸요. 아니, 이건 물론 농담이지요. 사람들의 눈앞에서 자기 생활과는 다른 생활을 하는 것이 얼마나 유쾌한 건지 아무도 모르는 것 같구려. 특히 여 자 앞에서……."

"길거리에서 남자가 말을 걸어올 때, 거짓으로 자기 이야기를 꾸며 내지 않는 여자가 있을 것 같소?"

"그럼 당신은…… 인간은 모두 과대망상증이라고 생각하시는구려?"

클라피크의 눈까풀이 신경질적으로 꿈틀거렸다. 그는 걸음을 늦추었다.

"아니, 아시겠습니까? 솔직히 말씀해 주십시오. 당신은 그렇게 생각지 않으십 니까?"

클라피크는 지금 자기로서도 이상야릇한, 그러나 매우 강렬한 어떤 욕망을 느끼고 있었다. 그것은 지조르에게 도박을 어떻게 생각하느냐고 물어보고 싶은 욕망이었다. 하지만 도박 이야기를 꺼내면 틀림없이 모든 것을 털어놓게 될 것 이다. 차라리 얘기해 버릴까? 이대로 침묵이 이어지면 말하지 않곤 못 배기게 될 것이다. 다행히도 지조르가 대답했다.

"아마도 나는 그런 질문에 대답하기에는 가장 부적당한 인간일 것입니다…… 아편이 가르쳐 주는 것은 오직 하나니까요. 그것은 육체의 고통 말고는 현실적인 것이 없다는 것입니다."

"고통, 그렇군요…… 그리고…… 공포는?"

"공포라고요?"

"당신은, 아…… 아편에 공포를 느끼지 않습니까?"

"느끼지 않습니다. 어째서 말입니까?"

"아아……."

실제로 지조르는 이렇게 생각하고 있었다. 외계에 현실은 없더라도 인간들은, 가장 외계에 반항하고 있는 인간조차도 매우 강렬한 현실을 갖고 있는 법이다. 그런데 클라피크는 바로 그 현실을 전혀 갖지 않은 아주 드문 인간 가운데 하나라고. 지조르는 이 생각에 괴로워했다. 왜냐하면 이런 어설픈 인간의 손안에 기요의 운명을 맡긴 셈이었기 때문이다. 어떤 인간이라도 그 태도 이면에는 우리가 감동할 수 있는 밑바탕이 있는 것이다. 그래서 그의 고뇌를 생각하면 그 고뇌의 성질까지 짐작하게 되는 법이다. 그런데 클라피크의 고뇌는 마치 어린아이의 그것처럼 그 자신과 동떨어져 있었다. 그 자신은 그것에 아무 책임도 갖고 있지 않았다. 고뇌는 그를 파멸시킬 수 있었는지 모르지만, 그를 개조시킬 수는 없었다. 그는 존재하는 것을 그만둘 수도 있을 것이다. 악덕과 편집 속에 사라져 버릴 수도 있을 것이다. 그러나 한 사람의 인간이 될 수는 없었다. '아름답지만 텅 빈 마음이다.' 지조르는 클라피크의 마음 밑바닥엔 다른 사람 같은 고뇌도 고독도 없고 다만 감각이 있을 뿐이라고 인정했다. 이따금 지조르는 인간을 그 노후까지 상상하여 평가했다. 클라피크는 늙을 수 없는 인간이다. 나이도 그에게는 경험을 쌓게 하지 못하고, 다만 에로티시즘이나 약품의 중독을 가져다줄 뿐이며, 마침내는 생활을 무시하는 모든 수단이 거기서 연구될 것이다.

한편, 클라피크 남작은 이렇게 생각했다.

'내가 모든 것을 털어놓으면 혹시 이 사람은 모든 것을 당연한 것으로 여길지도 모른다…….'

이제는 중국인 거리 곳곳에서 총성이 들려오고 있었다. 클라피크는 조계 어귀에서 지조르에게, 자기 혼자서 가게 해달라고 부탁했다. 쾨니히가 지조르를 만나 줄 것 같지도 않았기 때문이다. 지조르는 멈추어 서서 클라피크의 너절하고 여윈 검은 그림자가 안개 속으로 사라지는 것을 지켜보았다.

장제스의 비밀경찰 특무반은 1920년경에 세워진 아담한 별장에 자리 잡고 있었다. 파리 교외 새 저택 거리에 흔히 있는 모양의 별장인데, 창틀은 노란색과 푸른 기가 도는 포르투갈풍의 기이한 장식이 되어 있었다. 보초 두 사람에 필요 이상으로 많은 전령들. 모두가 무장을 하고 있었다. 다만 그뿐이다. 비서가 내민 카드에 클라피크는 단지 '토토'라고만 쓰고 용건은 적지 않았다. 그리고 기다렸다. 자기 방에서 나온 뒤 밝은 장소에 온 것은 여기가 처음이었다. 그는 주머니에서 슈필렙스키의 편지를 꺼냈다.

친애하는 클라피크에게
난 귀하의 간청을 따르기로 했습니다. 내가 주저한 것도 실은 그만한 이유가 있기는 했습니다. 그러나 나는 숙고했습니다. 귀하가 이와 같이 하여 나의 생활에 안정을 주시려 하고 있다는 것을. 현재 나의 사업에 보장되어 있는 이윤은 막대하고 확실하므로 1년이 안 가서 이와 같은 종류의, 아니 더 고급품을 사례의 표시로 증정해 드릴 수 있을 줄 믿고 있습니다. 상하이에서의 식료품 거래란…….

뒤에는 구구한 설명이 4페이지나 이어져 있었다.
'정말 안 될까, 아예 틀린 걸까…….' 클라피크는 생각했다. 마침내 보초 한 사람이 부르러 왔다.
쾨니히가 문간을 향해서 책상에 앉아 그를 기다리고 있었다. 두두룩하고 거무튀튀하며 네모난 얼굴에 코가 삐뚤어졌다. 쾨니히는 클라피크에게 다가와서 성급히 억세게 그의 손을 잡았다. 그러나 그것은 두 사람을 친밀하게 하기보다는 오히려 떼어 놓는 듯한 악수였다.
"어떻습니까? 그래, 오늘 만날 것 같은 기분이 들더군요. 이번에는 내가 당신을 도와드리고 싶군요."
"당신은 무, 무, 무서운 사람이군요." 클라피크가 반쯤 익살조로 대답했다. "나는 다만, 오해가 있는 게 아닐까 생각하고 있을 뿐이란 말씀이오. 아시다시피 나는 정치를 할 줄 모르거든……."
"오해 같은 것은 없습니다."

'이 녀석은 신세를 갚을 때 오히려 상대를 경멸하는군.' 클라피크는 생각했다.

"당신에게는 아직 이틀 여유가 있습니다. 전에 당신은 나를 구해 주셨지요. 그래서 오늘 당신에게 위험을 미리 귀띔해 드린 겁니다."

"뭐, 뭐, 뭐라고요? 그럼 당신이 알려 준 거란 말씀이오?"

"슈필렙스키가 감히 독단으로 그런 일을 할 수 있겠소? 당신은 중국 비밀경찰을 상대하고 있는데, 그걸 지휘하는 사람은 이제 중국인이 아닙니다. 아무튼 쓸데없는 얘기는 그만둡시다."

클라피크는 슈필렙스키의 수법에 감탄하면서도 한편으론 짜증이 느껴졌다. 그는 말했다.

"아무튼 날 잊지 않고 생각해 주시니 말입니다만, 한 가지만 더 부탁을 들어주시지 않겠소?"

"뭡니까?"

클라피크는 이제 별로 희망을 걸고 있지 않았다. 쾨니히가 대답을 할 때마다 자기가 기대한 친밀감이 없다는 것을, 아니 이제 아주 없어져 버렸다는 것을 알았기 때문이다. 쾨니히는 그에게 경고해 준 이상 이제 더 갚아야 할 빚은 없는 셈이다. 희망이 있었기 때문이 아니라, 오히려 스스로의 마음을 풀기 위해서 클라피크는 말했다.

"지조르 청년을 위해서 어떻게 해주실 수 없겠소? 당신께선 이런 일은 안중에 없으실 줄 알지만……."

"뭐 하는 사람입니까?"

"아마 공산당원일 거요."

"먼저 묻겠는데, 어째서 그자는 공산당원이 되었지요? 아버지는? 혼혈입니까? 취직 자리를 얻지 못했던가요? 노동자가 공산당원이 된다는 그 자체부터 벌써 어이없는 일입니다. 하물며 그 사람은! 그래서 어떻게 됐나요?"

"한마디로 말할 순 없는데……."

클라피크는 가만히 생각에 잠겼다.

'하기야 혼혈아인지도 모른다…… 그러나 그럴 마음만 있었다면 어떻게든 되었을 텐데. 어머니는 일본 사람이었으니까. 그런데 그 사람은 그 노력을 하지 않았단 말이야.'

그는 말했다.

"그래, 그 친구가 뭐라고 말하더군요. '인간으로서의 존엄의 의지에 따라서'라든가."

"뭐요, 인간으로서의 존엄이라고요!"

클라피크는 깜짝 놀랐다. 쾨니히가 소리를 지른 것이다. 클라피크는 이 말이 그런 효과가 있을 줄은 생각지도 않았었다. '서투른 짓을 했나?' 그는 속으로 중얼거렸다.

"우선 그게 무슨 뜻이지요?" 쾨니히는 마치 상대편의 귀에 들어가지 않더라도 말을 계속 지껄여 댈 때처럼 첫손가락을 삿대질하면서 물었다. "인간으로서의 존엄이라." 그는 되풀이했다. 클라피크는 상대의 음성을 잘못 들었을 리가 없었다. 그것은 바로 증오에 찬 어조였다. 쾨니히는 클라피크의 오른쪽에 앉아 있었다. 이렇게 앉고 보니 매부리형으로 보이는 매우 굽은 코가 그의 얼굴에 강한 특징을 주고 있었다.

"이보세요 토토, 당신은 인간으로서의 존엄이라는 것을 믿나요?"

"타인의 존엄이라면……."

"그래요?"

클라피크는 잠자코 있었다.

"적색분자들이 포로가 된 사관들을 어떻게 했는지 아시나요?"

클라피크는 여전히 대답하지 않았다. 주위 공기가 차차 답답해졌다. 그에게는 이 말이 쾨니히가 자신의 말을 꺼내기 위해서 미리 준비한 것으로 느껴졌다. 쾨니히는 대답을 기다리지 않았다.

"시베리아에서 나는 포로 수용소의 통역을 하고 있었어요. 백군(白軍)의 세묘노프 밑에 복무하게 되어 겨우 거기서 빠져나올 수 있었지요. 나는 백이건 적이건 도무지 그런 것은 개의치 않았습니다. 독일로 돌아가고 싶은 마음뿐이었으니까요. 그런데 적군(赤軍)에게 붙잡히고 말았습니다. 나는 추위로 거의 다 죽어 가고 있었지요. 놈들이 그런 나를 대위님이니 어쩌니(나는 중위였습니다만) 부르면서 마구 주먹으로 두들겨 패는 바람에 마침내 나가떨어지고 말았지요. 놈들에게 이끌려 일어나 보니, 조그만 '해골'이 붙은 세묘노프군의 군복은 온데간데없고 양쪽 견장에는 별이 하나씩 붙어 있지 않겠습니까."

쾨니히는 말을 끊었다. '이렇게 요란스럽게 얘기를 늘어놓을 것 없이 대번에 거절하면 될 것을.' 클라피크는 생각했다. 쾨니히의 숨 가쁜 억눌린 듯한 목소리에는 무언가 필연적인 것이 느껴졌다. 클라피크는 그것을 이해하려고 애썼다.

"놈들은 내 두 어깨의 별에다가 못을 박았습니다. 손가락만 한 못을 말입니다. 그래, 내 말 좀 들어 보십시오. 토토."

그는 클라피크의 팔을 잡았다. 그리고 흐린 눈으로 그의 눈을 들여다보았다.

"나는 여자처럼 울었습니다. 꺼이꺼이 통곡했지요! 놈들 앞에서 울었지요. 아시겠습니까? 네? 아무튼 이 얘기는 그만둡시다. 그만둬 봐야 아무도 손해 보는 자는 없을 테니까."

쾨니히는 사람의 목숨을 빼앗을 기회가 있을 때마다 아마 이러한 이야기를 하는 것임에 틀림없다. 아니면 자기 자신에게 들려주고 있는 것이다. 마치 이 이야기를 하면 자기를 못살게 굴고 있는 그 끝없는 굴욕감을 피가 번질 때까지 깎아내릴 수 있기라도 한 듯이.

"이봐요, 내 앞에선 인간의 존엄이니 하는 말은 삼가시오…… 나에게 인간의 존엄은, 놈들을 죽이는 일입니다. 중국이 대체 내게 뭔가요! 네, 중국요, 농담 마십시오! 내가 국민당에 가담한 것도 다만 놈들을 죽일 수 있기 때문이오. 어떤 인간이어도 상관없어요, 이 창문 앞을 지나가는 바보 얼간이여도 상관없어요. 아무튼 내가 전처럼 인간다운 기분을 느끼는 것은 오직 놈들을 죽일 때뿐이란 말이오. 그런 아편쟁이의 파이프 같은 겁니다…… 그래, 당신은 그 지조르인가 하는 자의 구명을 하러 오셨군요? 설령 당신이 내 목숨을 세 번 구해 주셨더라도……."

그는 잇새로 말하고 있었다. 두 손은 주머니에 찌른 채 꼼짝도 하지 않았다. 말을 토할 때마다 짧게 깎은 머리칼이 흔들렸다.

"망각이라는 것이 있소……."

클라피크가 나직한 소리로 말했다.

"1년 넘게나 나는 여자와 자지 않았단 말입니다! 당신은 견딜 수 있겠습니까? 게다가……."

쾨니히는 갑자기 입을 다물었다. 그리고 다시 소리를 낮추어서 말했다.

"이보시오 토토. 지조르 청년, 지조르 청년은 말입니다…… 그래 당신은 아까 오해라고 하였지요. 어째서 당신이 처형당하게 되었는지 그걸 알고 싶습니까? 그럼 말해 드리지요. 산둥호의 소총 사건을 다룬 것은 바로 당신이지요? 그 총이 누구 손에 넘어갔는지 아시나요?"

"그런 장사에 있어서는 이러쿵저러쿵 묻는 게 아니라오. 그 얘긴 아무튼 그만 둡시다."

이렇게 말하고 클라피크는 순수한 그 특유의 버릇으로 집게손가락을 입에 가져갔다. 그러나 그것이 곧 어색해졌다.

"공산당원들 손에 넘어갔단 말입니다. 그리고 이 사건에 당신도 목숨을 걸었으니, 당신에게 말해도 상관없겠지요. 그건 속임수였습니다. 놈들은 시간의 여유를 얻으려고 당신을 이용한 겁니다. 그날 밤 놈들은 산둥호를 약탈했지요. 내가 잘못 생각한 게 아니라면, 지금 당신이 감싸고 있는 그자가 이 사건에 당신을 끌어넣은 것 아닙니까?"

클라피크는 하마터면 '하지만 나는 수수료를 받았소' 하고 대답할 뻔했다. 그러나 쾨니히의 얼굴에는 자기가 사건의 내막을 알아맞혔다는 만족감이 역력히 드러나 있었다. 이제 더 말해 보았자 소용없음을 깨달은 남작은 이제는 빨리 이곳을 떠나고 싶은 마음밖에 들지 않았다.

기요는 약속을 지키기는 했지만, 클라피크에게는 한마디 말도 없이 그의 목숨을 걸게 했다. 그러나 기요는 과연 그를 속였을까? 아니, 아니다. 기요가 클라피크보다 자기 주의(主義)를 택한 것은 당연한 일이다. 따라서 클라피크로서도 기요를 이대로 내동댕이쳐도 상관없는 셈이다. 게다가 사실 그가 기요에게 해줄 수 있는 일이라곤 없었다. 그는 다만 어깨를 움찔거렸다.

"그럼, 달아나는 데 아직 48시간은 있는 셈이구려?"

"그렇습니다. 이 이상 버티지 않는 편이 좋을걸요. 그편이 현명합니다. 그럼 안녕히 가십시오."

'저 녀석은 언제나 다 죽어 가고 있는 사람에게 저런 속 이야기를 들려주는 모양이지.' 클라피크는 층계를 내려가면서 생각했다. '아무튼 달아나는 수밖에 없겠군.' 쾨니히가 "어떤 인간이라도 상관없어요…… 아무튼 내가 전처럼 인간다운 기분을 느끼는 것은……" 하고 말한 그때의 말투가 클라피크의 머리에서 떠나지를 않았다. 클라피크는 오직 피만이 만족시킬 수 있는 그와 같은 완전한 중독 방법에 아직도 얼이 빠져 있었다. 그는 중국과 시베리아에서 내란의 패잔병들을 싫증이 나도록 보아 왔으므로, 심각한 굴욕감이 얼마나 심한 세계 부정을 초래하는가를 잘 알고 있었다. 다만 지칠 줄 모르게 흐르는 피와 약품과 신경병만이 그런 고독을 길러 가는 모양이었다. 클라피크의 곁에서는 모든 현실이 얼마나 옅어지는가를 쾨니히도 모를 까닭이 없을 텐데, 어째서 쾨니히는 자기와 함께 있고 싶어 했던가, 그는 지금 그 까닭을 알았다. 클라피크는 천천히 걸어갔다. 철조망 저편에서 기다리고 있는 지조르를 만나기가 무서웠던 것이다. 지조르에게 뭐라고 해야 하나?…… 기다리다 못해 더는 참지 못하고 마중 나온 지조르의 모습이 2미터쯤 앞의 안개 속에서 나타났다. 지조르는 미친 사람처럼 험상궂고 날카로운 눈초리로 그를 지켜보고 있었다. 클라피크는 소름이 쭉 끼쳐서 그 자리에 서버렸다. 지조르는 벌써 그의 팔을 붙잡고 있었다.

"어쩔 도리가 없습니까?" 슬픈 듯했지만, 평소의 그 침착한 목소리로 물었다.

클라피크는 말없이 고개만 가로저었다.

"그럼 다른 사람에게 부탁해 보지요."

지조르는 안개 속에서 나오는 클라피크의 모습을 보았을 때 아차 하고 얼빠졌던 자기 자신을 깨달았다. 남작이 돌아오면 두 사람 사이에 오가리라고 상상했던 모든 대화는 어리석은 것이었다. 클라피크는 통역도 심부름꾼도 아니었다. 말하자면 한 장의 트럼프 카드였던 것이다. 더욱이 패배한 카드였다. 클라피크의 표정이 그것을 말해 주고 있었다. 다시 다른 카드를 찾아야 한다. 고뇌와 비탄에 가슴이 죄는 지조르는 황량한 적막의 밑바닥에 가라앉아 가면서도 머리는 매우 맑았다. 그는 페랄을 생각했다. 그러나 페랄은 이런 종류의 분쟁에 손대기를 좋아하지 않을 것이다.

쾨니히는 비서를 불렀다.

"내일 지조르 청년을 이리 보내라."

오전 5시

2층 창가에서 카토프와 에멜리크는 밖을 내다보고 있었다. 여명 속에서 노랗게 '번쩍번쩍' 불꽃이 이는 총화(銃火) 위로 납빛을 한 새벽빛의 반사가 가까운 지붕에 어렴풋이 비치고 있었다. 그와 동시에 집집마다 윤곽이 차츰 뚜렷해졌다. 흐트러진 머리에 창백한 얼굴을 한 두 사람은 서로의 얼굴을 다시 분간할 수 있게 되었다. 그리고 눈앞의 동료가 무엇을 생각하고 있는지도 잘 알 수 있었다. 이것이 마지막 날이다. 이제 탄약도 거의 다 떨어졌다. 그들을 도와주러 올 민중의 움직임도 전혀 없었다. 자베이 쪽에서 일제 사격 소리가 났다. 그들과 마찬가지로 동지들이 포위되어 있는 것이다. 카토프는 에멜리크에게 이제 만사가 다 끝난 이유를 설명했다. 언제 어느 때 장제스군(軍)이 장군의 호위대가 쓰는 소구경 대포를 쏘아 댈지 모른다. 그런 대포 하나라도 지부 정면에 있는 인가에 들어가는 날이면, 매트리스고 벽이고 마치 시장 바닥의 노점처럼 순식간에 허물어지고 말 것이다.

공산당원의 기관총은 아직도 이 집의 문간을 지키고 있었다. 그러나 총알이 없어지면 그곳을 지킬 수도 없어진다. 그것도 이제 시간문제였다. 빨리 복수한다는 일념으로 그들은 몇 시간이나 결사적으로 쏘아 왔다. 어차피 죽음을 면할 수 없는 그들이고 보면, 살인이란 자기들이 마지막으로 줄 수 있는 유일한 의의였다. 그러나 이윽고 그들은 그러기에도 점점 지쳐만 갔다. 적들은 더 교묘하게 몸을 숨기고 거의 모습을 드러내지 않았다. 전투는 밤과 더불어 시들해지는 듯한 느낌이었다. 그리고 생각하는 것도 어리석은 일이지만 마치 밤이 그들을 그곳에 가둔 것처럼, 적의 그림자 하나 보이지 않는 이 새벽이 이번에는 그들을 거기서 놓아주는 것같이 여겨졌다.

지붕 위에 비친 새벽빛이 파르스름한 잿빛으로 바뀌었다. 전투가 그친 시가 위에 빛이 밤의 커다란 덩어리를 흡수하고 있는 것처럼 보이고, 다만 집 앞마다 검은 장방형 그림자가 겨우 남아 있을 뿐이었다. 그 그림자도 차츰 짧아져 갔다. 그것을 바라보고 있으니, 이윽고 여기서 죽어 갈 사람들의 일도 잊어버릴 수 있을 것처럼 여겨졌다. 그림자는 오늘도 여느 때처럼 영원한 움직임을 쉴 새 없이 이어 가면서 줄어들어 갔다. 그것이 오늘은 하나의 처참한 장엄함을 띠고 있었다. 왜냐하면 그들은 이제 두 번 다시 그것을 볼 수 없을지도 몰랐기 때문이다. 별안간 맞은편 창문이 일제히 밝아졌다. 이어 총알이, 돌팔매를 퍼붓듯이 소나기처럼 두두두 문간 주위에 쏟아졌다. 동지 하나가 막대기 끝에 윗도리를 걸어 놓았던 것이다. 적은 여전히 모습을 감추고 있었다.

"열하나, 열둘, 열셋, 열넷……." 에멜리크가 중얼거렸다. 그는 길 위에 서서히 보이기 시작한 시체를 세고 있었다.

"우리를 놀리는군." 카토프가 아주 작은 소리로 대답했다.

"놈들은 그저 가만히 기다리고 있으면 된단 말이야. 날이 새면 놈들에게는 유리하지."

방 안에는 부상자 다섯 명이 누워 있을 뿐이었다. 그들은 신음도 내지 않았다. 그 가운데 두 사람은 벽과 매트리스 틈으로 비쳐 드는 햇빛을 바라보며 담배를 피우고 있었다. 조금 저편에서는 쏸과 투사 한 사람이 두 번째 창문을 지키고 있었다. 이제 사격 소리도 거의 들리지 않았다. 장제스 부대는 곳곳에서 대기하고 있는 것일까? 공산당원들은 지난달에는 승리자로서 시시각각 동지들의 동정을 알고 있었다. 그러나 오늘 그들은 마치 그때의 패배자들처럼 상황을 전혀 알 수 없었다.

방금 카토프가 한 말을 뒷받침하듯 적이 차지하고 있는 집의 문이 열렸다. 양쪽 집 복도는 서로 마주 보고 있었다. 순식간에 기관총 한 자루가 불을 뿜었다. 공산당원들은 그제야 알았다. '저걸 지붕으로 운반했구나.' 카토프는 생각했다.

"이리 와줘!"

이렇게 소리친 것은 이편의 기관총수들이었다. 에멜리크와 카토프가 그리로 달려갔다. 그리고 적의 기관총은 틀림없이 철판으로 앞을 가리고 쉴 새 없이 쏘고 있는 것이라 생각했다. 지부의 복도에는 동지들이 없었다. 층계 꼭대기에 있는 이편 기관총이 적 쪽의 문간을 향해서 이 복도 위로 마구 쏘아 댔기 때문이다. 그런데 이제는 철판이 적을 가리고 있었다. 그러나 어떡하든 계속 쏘아 대야만 했다. 기관총 사격수가 옆으로 쓰러졌다. 죽은 모양이었다. 아까 소리친 것은 장전수였다. 그는 혼자서 장전도 하고 사격도 하고 있었다. 총알이 층계의 나뭇조각이며 벽의 석회 부스러기를 날렸다. 아주 짧은 침묵 사이에 들려오는 둔한 소리로 총알이 산 사람의 육체를 꿰뚫었는지, 아니면 죽은 자의 몸뚱이를 꿰뚫었는지 알 수 있었다. 에멜리크와 카토프가 뛰쳐나갔다. "넌 그만둬!" 벨기에인이 소리치며 어깨로 들이받아 카토프는 복도에 뒹굴었다. 에멜리크는 사격수 자리로 뛰어갔다. 적은 이제 조금 약하게 쏘고 있었다. 불과 눈 깜박할 사이의 일이었다. 에멜리크가 "아직 탄약대는 있나" 하고 물었다. 그 순간 대답 대신 장전수가 층계에서 곤두박질치며 굴러떨어졌다. 그때 에멜리크는 자기가 기관총 다루는 방법을 모른다는 것을 깨달았다.

에멜리크는 층계를 단숨에 뛰어 올라갔다. 한쪽 눈과 장딴지에 무엇이 스쳐 간 것을 어렴풋이 느꼈다. 복도의 적의 사각(射角)에 이르자 걸음을 멈췄다. 눈에는 총알로 튄 벽의 석회 조각이 맞았을 뿐이었다. 장딴지에서는 피가 흐르고 있었다. 다른 총알이 스쳐 지나간 것이다. 그는 이미 카토프가 있는 방 안에 들어와 있었다. 카토프는 벽에 기대어 한 손으로 매트리스를 끌어당겼다. 적탄을 막으려는 게 아니라 숨기 위해서였다. 다른 한 손에는 수류탄 꾸러미를 쥐고 있었다. 이들 수류탄만이 철판을 두른 적 기관총을 파괴할 수 있다.

수류탄은 창문을 통하여 적의 복도에 던져 넣어야만 했다. 카토프는 또 한 개의 꾸러미를 뒤에 놓아두고 있었다. 에멜리크는 그것을 움켜쥐고 카토프와 동시에 매트리스 위에서 던졌다. 카토프는 마치 자기가 던진 수류탄에 쓰러진 것처럼 적이 퍼붓는 총알을 맞고 바닥에 나가떨어졌다. 머리와 팔이 매트리스 위에 솟는 순간 적이 창이라는 창에서 일제히 그들을 겨눠 쏘아 댄 것이다. 용케 몸을 엎드린 에멜리크는 아주 가까이에서 난 성냥에 불붙는 듯한 소리가 자기 다리에서 나는 것이 아닐까 의심했다. 탄환은 계속 날아 들어왔다. 그러나 지금은 벽이 엎드린 두 사람을 가려 주었다. 창은 바닥에서 60센티쯤 위에 열려 있었다. 소총 소리가 들리는데도 에멜리크는 주위가 아주 적막해진 것 같은 느낌이 들었다. 기관총 두 자루가 모두 멎어 버렸기 때문이다. 에멜리크는 팔꿈치로 꼼짝도 않는 카토프 옆으로 기어갔다. 카토프의 어깨를 잡아당겼다. 사격권을 벗어나자 두 사람은 말없이 서로 얼굴을 쳐다보았다. 매트리스와 엄폐물이 창을 가리고 있는데도 이제 밝은 햇살이 방 안에 비쳐 들고 있었다. 카토프는 까무러쳐 가고 있었다. 허벅지에 붉은 반점. 그것이 압지에 번지듯이 바닥 위에 번져 나갔다. 에멜리크의 귀에 쏸이, "대포다!" 하고 외치는 소리가 들렸다. 이어 굉장한 폭음이 울리고 귀가 멍멍해졌다. 머리를 드는 순간 콧부리에 충격을 느꼈다. 이번엔 에멜리크가 까무러쳤다.

에멜리크는 조금씩 제정신이 돌아왔다. 그는 심연에서 침묵의 표면으로 다시 떠올라 왔다. 그에게 힘을 북돋아 주는 듯한 이상한 침묵이었다. 대포 소리는 들리지 않았다. 벽은 허물어져서 기울어 있었다. 바닥에는 카토프를 비롯해서 기절한 자와 죽은 자가 벽의 흙과 온갖 파편을 덮어쓰고 늘어져 있었다. 에멜리크는 심한 갈증을 느꼈다. 게다가 열도 있었다. 장딴지의 상처는 대단치는 않았다. 문간까지 기어갔다. 복도에 이르자 벽에 기대어 가까스로 일어섰다. 벽돌 조각에 얻어맞은 머리 말고는 어디가 아픈지 뚜렷이 알 수 없었다. 그는 난간에 매달려 층계를 내려갔다. 틀림없이 적이 기다리고 있을 앞길로 나가는 층계가 아니라 뒤뜰로 나가는 층계였다. 이제 사격은 멎어 있었다. 입구의 복도 벽에는 몇 군데 우묵한 곳이 있었다. 지금까지 탁자가 놓여 있던 곳이다. 그는 가장 가까운 구덩이에 살며시 몸을 숨기고 뒷마당을 내다보았다.

사람이 없는 것처럼 보이는 인가가 눈에 띄었다. 그러나 그 안에는 틀림없이 누군가 있을 것이다. 그 오른편에는 양철을 입힌 곳간이 있었고, 저편에는 지붕이 뿔같이 뾰족한 인가와, 그가 두 번 다시 보지 못할 들판 너머로 점점 아득하게 작아지면서 뻗어 나간 전신주의 대열이 있었다. 입구를 가로질러서 얽혀 있는 철조망이 마치 사기그릇에 난 금처럼, 이 죽은 듯한 풍경과 회색 햇빛 속에서 검은 줄무늬를 이루고 있었다. 그림자 하나가 그의 뒤에 나타났다. 곰 같은 모습이었다. 얼굴을 이쪽으로 돌리고 등을 둥그렇게 구부리고 있었다. 그 그림자가 철조망을 빠져나오고 있었다.

에멜리크는 이제 총알이 없었다. 그는 그 덩어리가 철사에서 철사로 옮겨 가는 것을 가만히 지켜보고 있었다. 그는 이 덩어리의 움직임을 예측할 수 없었다. 철사는 햇빛에 뚜렷이 드러나 보였지만, 그 몸뚱이는 잘 보이지 않았다. 덩어리는 거대한 곤충처럼 매달리다가는 떨어지고 떨어졌다가는 다시 매달렸다. 에멜리크는 벽을 따라 소리 없이 다가갔다. 분명히 그 사나이는 이곳을 지나려 하고 있었다. 이때 그는 몸이 얽혀 이상한 신음을 내며 옷에 걸린 철사에서 빠져 나오려고 했다. 에멜리크는 이 기괴한 곤충이 그 거대한 몸뚱이를 뒤로 젖히고 매달린 모습대로 언제까지나 이 회색 햇빛 아래 머물러 있을 것만 같은 느낌이 들었다. 그러나 손가락을 쫙 편 손이 뚜렷이 꺼멓게 뻗어 와서 이제 다른 한 가닥의 철사를 붙잡으려 하고 있었다. 그리고 그 몸이 다시 움직이기 시작했다.

이제 마지막이다. 등 뒤에는 한길과 기관총. 위에는 카토프와 부하들이 바닥에 쓰러져 있다. 저 맞은편 폐가에는 확실히 사람이 들어 있었다. 틀림없이 기관총을 갖고 있겠지. 놈들에게는 아직 총알이 있다. 밖에 나가면 적은 무릎을 쏘아 그를 사로잡을 것이다(갑자기 에멜리크는 그 작은 무릎뼈, 그 조그만 뼈의 허약함을 절실히 느꼈다……). 그러나 하다못해 저놈만은 해치울 수 있겠지.

곰과 인간과 거미로 만들어진 듯한 그 괴물은 여전히 철조망에서 바동거리고 있었다. 그 검은 덩어리의 옆구리에 한 줄기 빛이 권총 손잡이를 드러내고 있었다. 에멜리크는 마치 구덩이 속에 들어앉은 듯한 기분이 들었다. 그리고 죽음 그 자체처럼 서서히 다가오는 이 생물에 현혹되었다기보다는 그 존재 뒤에 따라오는 모든 것, 산 인간을 가두는 관의 뚜껑처럼 다시 한번 그를 짓누르려 하고 있는 모든 것에 현혹되고 있었다. 그것들은 여태까지 그의 그날그날의 생활을 질식시켜 왔으며, 그리고 지금 다시 단숨에 그를 짓누르려고 몰려오고 있는 것이다. 37년 동안이나 놈들은 나를 실컷 못살게 굴었다. 그리고 지금 나를 죽이려 하고 있다. 지금 다가오고 있는 것은 단지 그 자신의 고통만이 아니었다. 그것은 또한 배를 갈린 아내와 학살당한 병든 아이의 고통이기도 하였다. 모든 것이 목마름과 열과 증오의 안개 속에 뒤섞여 있었다. 그는 다시 왼손에 핏기를 느꼈으나 그것은 거들떠보지 않았다. 그것은 화상만큼도 느껴지지 않았고, 또 마음에 걸리지도 않았다. 다만 그것이 거기에 있다고 생각할 뿐이었다. 그리고 저 사내가 마침내 철조망에서 벗어나고 있다는 것만 의식되었다. 가장 먼저 오고 있는 저 사나이가 위층에서 아직 꿈틀거리고 있는 사람들을 죽이러 오는 것은 돈 때문이 아니었다. 어떤 사상, 어떤 신념 때문일 것이다. 에멜리크는 지금 철조망 앞에 서 있는 저 그림자의 사상에까지 증오를 느꼈다. 이 행운의 종족은 그들을 죽이는 것만으로는 충분하지 않았다. 게다가 그들은 자기네들이 정당하다고 믿어야만 했다.

이제 몸을 일으킨 그 그림자는 회색 마당과, 비가 올 듯한 봄날 아침의 끝없는 정적 속에 잠겨 있는 전신주의 대열을 배경으로 하여 기이하게 우뚝 솟아 보였다. 그때 한 창문에서 외치는 소리가 들렸다. 그 소리에 사나이가 대답했다. 그 대답은 복도를 가득 채우고 에멜리크의 몸을 휩쌌다. 권총 위에 비치던 한 줄기 빛이 사라졌다. 권총을 케이스 안에 집어넣은 것이다. 그 대신 넓적한 몽둥이를 하나 꺼냈다. 그것은 어두컴컴한 속에서 거의 하얗게 보였다. 사나이가 총검을 뽑은 것이다. 그는 이제 단순한 인간이 아니다. 그것은 여태까지 에멜리크를 괴롭혀 온 모든 것이었다. 입구 저편에는 기관총을 든 자들이 매복해 있었고, 이 적은 접근해 왔으며, 어두운 복도 안에서 벨기에인은 증오로 미치광이가 되어 있었다. 그리고 자기편 사람들의 피는 이제 그의 손에 묻은 피의 반점 같은 것이 아니라, 아직도 따뜻하게 흐르고 있는 것처럼 느껴졌다. '놈들은 우리를 모조리 죽이겠지. 그러나 저놈에게만은 이 피의 복수를 해줄 테다. 복수해줄 테다.'

사나이는 총검을 겨눠 들고 한 걸음 한 걸음 다가왔다. 에멜리크는 쭈그리고 앉았다. 그러자 곧 말뚝처럼 굳건한 두 다리 위에 상체가 줄어든 것처럼 보이던 그 그림자가 와락 덮쳐 왔다. 총검이 머리 위를 스치는 순간 에멜리크는 뛰어올라 오른손으로 사나이의 목을 움켜쥐고 졸랐다. 이 충격으로 총검이 바닥에 떨어졌다. 한 손으로 조르기에는 목이 너무 굵었다. 엄지손가락과 나머지 손가락 끝은 경련하여 숨통을 막는다기보다 다만 살 속에 파고들어 갔을 뿐이었다. 그러나 나머지 한 손은 미친 듯이 사나이의 헐떡이는 얼굴을 마구 갈기고 있었다. "뒈져라! 뒈져!" 에멜리크는 외쳤다. 상대편이 비틀거렸다. 그리고 본능적으로 벽에 기댔다. 에멜리크는 사나이의 머리를 힘껏 벽에 쾅쾅 부딪쳐 놓고 잠깐 몸을 굽혔다. 이 중국인은 무언가 큼직한 것이 자기 몸속에 파고들어 내장을 찢어 헤치는 것을 느꼈다. 그것은 총검이었다. 사나이는 두 손을 벌리고 날카로운 신음과 함께 그 두 손을 배로 가져가더니 양 어깨를 앞으로 쑥 내밀고 에멜리크의 두 다리 사이로 쓰러졌다. 그리고 갑자기 축 늘어졌다. 사나이의 벌린 손 위에 총검에서 피가 한 방울 떨어졌다. 서서히 피로에 젖어 가는 그 손은 마치 에멜리크의 복수가 이루어졌음을 보여 주는 것 같았다. 그래서 그는 마침내 과감히 자기 손을 보았다. 그리고 거기에 묻어 있던 핏자국이 벌써 오래전에 지워지고 없는 것을 깨달았다.

문득 살아서 빠져나갈 수 있다는 생각이 들었다. 에멜리크는 부랴부랴 그 사관의 옷을 벗었다. 자기에게 구원을 가져다준 그에게 문득 친밀감을 느끼는 동시에, 마치 그가 거부하기나 하는 것처럼 재빨리 옷이 벗겨지지 않아 초조함을 느꼈다. 그는 담요를 굴리듯이 그 구세주의 몸뚱이를 굴렸다. 겨우 사관복을 입고 난 에멜리크는 앞길로 난 창가에 모습을 나타냈다. 드러난 얼굴을 모자 차양으로 가렸다. 맞은편에 있던 적이 함성을 올리며 창문들을 열었다. '놈들이 이리 오기 전에 달아나야 한다.' 에멜리크는 앞길로 나가서 왼쪽으로 꺾어 돌았다. 마치 그의 손에 죽은 사나이가 동료들에게 돌아가는 것처럼.

"살아 있는 놈은 없나?" 창가에서 사람들이 소리쳤다.

그들은 에멜리크가 자기들 쪽으로 돌아오는 줄 알고 있는 모양이었다. 그는 그들을 향해 적당히 몸짓을 해 보였다. 그를 쏘지 않는 것은 얼빠진 일이지만, 또 당연하기도 했다. 에멜리크의 모습에는 이제 놀라고 당황하는 빛이라곤 없었다. 그는 다시 왼쪽으로 꺾어 조계로 향했다. 조계는 경계가 삼엄했다. 그러나 그는 되 레퓌블리크 거리의 2중 입구가 있는 모든 집을 훤히 알고 있었다.

국민당원들이 한 사람 한 사람 밖으로 나오고 있었다.

제6부

오전 10시

"가처분이다." 교도관이 말했다.

기요는 일반 죄수들의 감방에 수용되는 것이라고 생각했다.

감방에 들어가자 주위를 살펴보기도 전에 코를 찌르는 악취에 아연했다. 마치 도살장이나 개집 같았으며 똥 냄새가 났다. 그가 방금 들어온 문은 지금까지 걸어온 복도를 향해서 열려 있었다. 오른쪽에도 왼쪽에도 천장까지도 굵은 나무 창살이 박혀 있었다. 나무 우리에 갇혀 있는 인간들 한가운데에 교도관이 조그만 탁자를 앞에 놓고 앉아 있었다. 탁자 위에는 채찍이 얹혀 있었다. 자루가 짧고 손바닥 넓이와 손가락 두께의 납작한 가죽끈—이것도 일종의 무기—이었다.

"이봐, 밥벌레, 게 좀 가만있어." 교도관이 말했다.

어둠에 익숙한 교도관은 그의 인상과 특징을 기록하고 있었다. 기요는 아직도 머리가 아팠다. 꼼짝 않고 있으니, 곧 까무러칠 듯한 기분이 들었다. 그래서 창살에 기댔다.

"어때, 어때, 어떤가?" 누군가가 뒤에서 말을 건넸다.

앵무새 소리처럼 사람을 얼떨떨하게 만드는 소리였다. 그러나 사람의 목소리였다. 그곳은 너무 어두워서 기요는 얼굴을 분간할 수 없었다. 기요의 목에서 그다지 멀지 않은 곳에서 창살을 꽉 움켜쥐고 있는 큰 손가락밖에 보이지 않았다. 그 안쪽에는 마룻바닥에 뒹굴거나 혹은 서 있는 무척 긴 그림자가 스멀스멀 꿈지럭거리고 있었다. 구더기처럼 꿈지럭거리고 있는 그 그림자는 사람들이었다.

"괜찮아." 기요는 창살에서 떨어져 나오며 대답했다.

"이 개새끼야, 상판대기를 얻어맞고 싶지 않거든 입 다물고 있어." 교도관이 말했다.

기요는 여태까지도 몇 번이나 '가처분'이란 말을 들었다. 그래서 여기에는 오래 있지 않겠구나 하고 생각했다. 그는 모욕에는 귀를 기울이지 말고 참을 수 있는 일은 참자고 결심하고 있었다. 중요한 것은 여기서 나가 다시 투쟁을 시작하는 일이었다.

그러나 그는 지배하고 있는 인간 앞에서 누구나가 느끼는 그 굴욕감을 욕지기가 날 정도로 느끼고 있었다. 그는 채찍을 쥔 그 더러운 그림자에 대해서는 무력한 것이다. 자기 자신을 빼앗기고 있는 것이다.

"어때, 어때, 어떤가?" 다시 한번 그 목소리가 외쳤다.

다행히도 교도관이 왼쪽 창살의 문을 열어 주었다. 기요는 그 감방으로 들어갔다. 안쪽에 긴 널빤지가 깔려 있고, 거기에 남자가 혼자 드러누워 있었다. 문이 다시 닫혔다.

"정치범인가?" 그 사나이가 물었다.

"그렇소. 당신은?"

"나는 제정(帝政)시대의 관리였지……."

차츰 어둠에 눈이 익숙해졌다. 과연 그는 노인이었다. 코가 거의 없고 빈약한 입수염을 기른 데다가 귀가 뾰족하여 늙은 흰 고양이 같았다.

"……난 계집들을 매매하고 있지. 경기가 좋을 때는 경찰에 돈을 쥐여 주는 거야. 경찰은 내가 하고 싶은 대로 내버려 두지. 경기가 나쁠 때는 경찰은 내가 돈을 숨겨 놓은 줄 알고 나를 감옥에 처넣는 거야. 하지만 경기가 나쁠 때는 공연히 자유로운 몸으로 굶어 죽느니보다 차라리 감옥에서 얻어먹는 편이 낫거든……."

"이런 데라도!"

"뭐, 익숙해지는 법이라고…… 나처럼 늙어서 약해지면 사회에 나가도 이제 별로 뾰족한 수가 없거든……."

"그런데 어째서 당신은 다른 사람과 함께 있지 않나요?"

"이따금 입구의 서기에게 돈푼이나 쥐여 주거든. 덕분에 나는 여기 올 때마다 '가처분' 취급을 받는 거야."

교도관이 식사를 들고 와서 창살 사이로 조그만 주발 두 개를 들이밀었다.

거기에는 진흙빛의 죽 같은 것이 가득 들어 있었는데, 주위 공기와 마찬가지로 악취를 풍기는 김이 무럭무럭 솟고 있었다. 교도관이 냄비에서 걸쭉한 것을 국자로 떠서 밥공기에 하나하나 담을 때마다 철벅하는 소리를 냈다. 그리고 다른 감방에 있는 죄수들에게도 하나씩 나누어 주었다.

"난 필요 없어." 한 목소리가 말했다. "어차피 내일까지밖에 못 사는 목숨이니까."

"저 친구는 사형당하거든." 관리 출신 노인이 기요에게 말했다.

다른 목소리가 끼어들었다. "나도 내일이지만, 그럼 내게 두 사람분을 줘. 난 오히려 시장기를 느낀단 말이야."

"아가리에 주먹이라도 한 대 맞고 싶나?" 교도관이 말했다.

병졸이 한 사람 들어와서 무언가 물었다. 교도관은 오른쪽 감방으로 들어가더니 구석에 드러누워 있는 어떤 몸뚱이를 슬쩍 걷어찼다.

"움직이는군. 아마 아직 살아 있나 봐……." 교도관이 말했다.

병졸은 나갔다. 기요는 주의 깊게 가만히 살펴보았다. 그 자신도 같은 처지일지 모르지만, 아까 그 죽음이 눈앞에 다가온 목소리의 주인공이 이들 그림자 가운데 어느 것인가 확인하려고 했다. 그러나 분간할 수 없었다. 이 인간들은 기요에게는 한갓 목소리로만 남은 채로 죽어 갈 것이다.

"당신은 안 먹을 참인가?" 관리가 물었다.

"그렇소."

"처음에는 누구나 다 그렇지……."

그는 기요의 밥공기를 집어 들었다. 교도관이 들어와서 그의 얼굴을 후려치더니 아무 말 없이 밥공기를 들고 나갔다.

"어째서 저놈은 나한테 손을 대지 않을까?" 기요가 나직이 말했다.

"내가 잘못했으니까. 그런데 그 때문만은 아니야. 당신은 정치범으로 가처분받은 몸이고, 또 좋은 옷을 입고 있거든. 그래서 저놈은 당신이나 당신 가족한테서 돈을 우려낼 속셈인 거야. 아니, 그렇지만…… 가만있자……."

'이런 우리 속까지 돈이 나를 쫓아오는구나.' 기요는 생각했다.

이와 같은 교도관의 비열함은 과연 이야기 들었던 대로였지만, 아직도 기요에게는 충분히 현실적인 일로는 여겨지지 않았다. 동시에 이런 비열함이 참으로 추한 숙명처럼 여겨졌다. 이래서야 마치 권력을 쥐기만 하면 거의 모든 인간을 개짐승으로 바꿔 버릴 수 있다는 게 아닌가. 어릴 때 꿈에 본 갑각류나 거대한 곤충처럼 왠지 마음을 못 놓게 하는 존재들, 창살 저편에서 꿈지럭거리고 있는 저 흐릿한 것들은 이제 더는 인간이 아니었다. 그것은 완전한 고독과 굴욕이었다. '정신 차려.' 기요는 속으로 말했다. 이미 심약해진 자기를 느꼈기 때문이다. 만약 자기의 죽음을 지배할 자유가 없었다면 벌써 공포에 사로잡혔을 것만 같았다. 그는 허리끈의 버클을 열어 청산가리를 주머니에 살짝 밀어 넣었다.

"어때, 어때, 어떤가?" 또 목소리가 소리쳤다.

"그만 좀 해!" 저편 감방에서 죄수들이 일제히 소리쳤다. 기요는 이제 어둠에 눈이 익었다. 많은 목소리에도 놀라지 않았다. 창살 저편에서 마룻바닥에 뒹굴고 있는 몸뚱이는 열이 넘었다.

"이 새끼, 입 다물지 못해?" 교도관이 소리쳤다.

"어때, 어때, 어떤가?"

교도관이 일어섰다.

"저 사람은 농담을 하는 거요, 아니면 고집을 피우고 있는 거요?" 기요가 나직이 물었다.

"그 어느 쪽도 아니야. 미치광이니까." 관리 출신이 대답했다.

"하지만 어째서……."

기요는 질문을 그만두었다. 노인이 자기 귀를 막기 때문이다. 고통과 공포를 나타내는 날카롭고 목이 메는 비명이 어두운 구석을 채웠다. 그가 전직 관리를 보고 있는 동안에 교도관이 채찍을 들고 저편 감방에 들어갔던 것이다. 가죽끈이 윙윙 울렸다. 전과 같은 비명이 다시 일어났다. 기요는 귀를 가리려고도 하지 않고 두 개의 창살에 매달린 채, 다시 한번 그의 온몸과 손톱 끝까지 전율을 느끼게 하는 그 무서운 비명을 기다리고 있었다.

"이번엔 실컷 혼을 내주라고. 망할 놈, 시끄러워 죽겠네." 한 목소리가 말했다.

"이제 그만해라, 잠 좀 푹 자게 해다오!" 네댓 명의 목소리가 말했다.

전직 관리는 여전히 두 손으로 귀를 가린 채 기요 쪽으로 몸을 굽혔다.

"저 친구가 지난 한 주일 동안에 얻어맞은 게 이것으로 열 번째쯤 될걸. 내가 들어온 지는 이틀밖에 안 되지만 이것으로 네 번째니까. 아무리 귀를 틀어막아도 역시 조금은 귀에 들려온단 말이야…… 그래도 나는 눈은 감을 수 없어. 저 친구를 줄곧 보고 있으면 저 친구에게 용기를 주고 있는 듯한 기분이 들거든……."

기요도 눈을 크게 뜨고 있었다. 그러나 거의 아무것도 보이지 않았다. '이건 동정일까, 아니면 잔인함을 좋아하는 기분일까?' 기요는 놀라움을 느끼면서 자기 가슴에 물었다. 인간 누구나의 마음속에 잠재해 있는 아주 비열하고 또 유혹당하기 쉬운 것이 지금 더없이 거칠고 격렬하게 일깨워지고 있었다. 기요는 온 정신을 쏟아서 인간의 오욕(汚辱)과 싸우고 있었다. 일찍이 고문당하고 있는 육체를 우연히 보고 그 환상에서 벗어나기 위해 줄곧 안간힘을 썼던 일이 생각났다. 그야말로 문자 그대로 그것을 뿌리치듯 해야만 했던 것이다. 목소리로 미루어 노인이 분명했다. 이런 악인도 아닌 미친 사람이 얻어맞고 있는 것을 사람들이 가만히 지켜볼 수 있다는 것, 이런 고문을 묵인할 수 있다는 것은 기요의 마음에 한커우에서의 어느 날 밤, "문어 같은 것이……" 하던 첸의 고백담과 똑같은 공포를 불러일으켰다. 의학도가 처음으로 절개한 복부를 앞에 놓고 아직 살아 있는 기관을 볼 때는 얼마나 긴장해 있어야 하는가를 전에 카토프가 이야기한 적이 있었다. 지금의 공포는 바로 그것과 마찬가지로 보통의 공포와는 전혀 다른, 온몸을 마비시키는 공포였다. 그것은 정신으로 판단할 겨를도 없을 만한 절대적인 공포, 기요 자신이 그것에 좌우되고 있는 것을 통절히 느끼고 있는 만큼 한층 정신을 어지럽힐 만한 공포였다. 그러나 한방에 있는 동료보다 훨씬 어둠에 덜 익숙해진 기요의 눈에는 겨우 가죽끈이 번뜩이는 것이 보일 뿐이었다. 그 가죽끈은 드높은 비명을 마치 갈고리처럼 옭아내고 있었다. 첫 일격 때부터 기요는 꼼짝도 하지 않았다. 얼굴 높이에 치켜든 두 손으로 창살에 매달린 채로였다.

"교도관!" 그는 소리쳤다.

"너도 얻어맞고 싶어?"

"할 말이 있소."

"할 말?"

교도관이 거칠게 큼직한 빗장을 지르고 있는 동안 뒤에 남은 죄수들은 몸을 뒤틀며 와자하게 떠들어 댔다. 그들은 '정치범'을 미워하고 있었다.

"해보쇼! 교도관님, 한번 해보쇼! 재미있는 구경 좀 시켜달라고!"

교도관과 기요는 마주 보고 섰다. 창살 하나가 교도관의 몸을 반으로 가른 듯이 보였다. 그 얼굴에는 몹시 비열한, 자기 권력에 상처를 입었다고 생각하는 얼간이의 노여움이 나타나 있었다. 그러나 그 얼굴은 천하지 않았다. 이목구비가 단정한, 그저 평범한 용모였다.

"내 말 좀 들어 보시오." 기요가 말했다.

그들은 서로의 눈을 들여다보았다. 기요보다 키가 큰 교도관은 얼굴 양쪽으로 여전히 창살을 꽉 쥐고 선 기요의 두 손을 보았다. 기요는 무슨 일이 일어났는지 알기도 전에 소스라치게 놀랄 만큼 왼손의 아픔을 느꼈다. 교도관이 등 뒤에 쥐고 있던 채찍으로 냅다 후려친 것이다. 기요는 앗 하고 저도 모르게 외마디 소리를 질렀다.

"잘한다! 언제나 한 놈만 못살게 굴란 법은 없지!" 맞은편 죄수들이 떠들어 댔다.

공포가 본능을 사로잡았는지, 스스로 깨닫기도 전에 기요의 두 손은 축 늘어져 있었다.

"아직도 할 말이 있나?" 교도관이 말했다. 채찍은 이제 그들 사이에 있었다.

기요는 있는 힘을 다하여 이를 악물었다. 그리고 무언가 아주 무거운 것이라도 들어올릴 때와 같은 노력으로 교도관을 쏘아보면서 다시 두 손을 창살 쪽으로 쳐들었다. 기요가 서서히 두 손을 올리는 동안 교도관은 적당한 거리를 두기 위해 슬그머니 뒷걸음쳤다. 채찍이 이번에는 순식간에 창살 위에서 울렸다. 반사 작용은 기요의 의지보다 강했다. 그는 손을 물렸다. 그러나 벌써 그는 어깨의 맥이 탁 풀릴 만큼 잔뜩 힘을 주어 두 손을 다시 제자리로 가져갔다. 교도관은 기요의 눈초리에서 이번에는 손을 물리지 않겠구나 짐작했다. 그는 기요의 얼굴에 침을 뱉고 천천히 채찍을 치켜들었다.

"당신이…… 저 미친 사람을 때리지 않는다면 내가 여길 나갈 때 당신에게…… 50달러 주겠소." 기요가 말했다.

교도관은 망설였다.

"좋아." 겨우 그는 말했다.

교도관의 시선이 다른 데로 옮겨 갔다. 그러자 기요는 당장 까무러칠 듯한 긴장에서 풀려나왔다. 왼손은 꼭 쥐지 못할 만큼 몹시 아팠다. 그는 그 손을 오른손과 함께 어깨 높이까지 올렸다. 그리고 그대로 앞으로 내밀었다. 다시 왁자하니 웃음이 일었다.

"네놈은 나와 악수가 하고 싶으냐?" 교도관도 조롱하듯 물었다.

교도관은 기요의 손을 덥석 잡았다. 기요는 죽을 때까지 이 악수를 잊지 못할 것 같았다. 그는 손을 안으로 끌어 넣고 맥없이 바닥에 앉았다. 교도관은 좀 머뭇거리더니, 채찍 자루로 머리를 긁적거리며 탁자로 돌아갔다. 미치광이는 흐느끼고 있었다.

한결같이 모든 것이 비열하고 천한 몇 시간…… 마침내 병사 몇 사람이 특별 경찰에 기요를 호송하러 나타났다. 아마 그를 기다리고 있는 것은 사형일는지도 모른다. 그런데도 기요는 스스로가 놀랄 만큼 기쁨에 넘쳐 밖으로 나갔다. 기요는 자기 자신의 불결한 부분을 이곳에 버리고 가는 듯한 느낌이 든 것이다.

"들어가!"

중국인 호위병 하나가 기요의 어깨를 밀었다. 그러나 아주 가볍게. 그들은 상대가 외국인이면, 평소에는 자기들의 특권으로 알고 있는 그 난폭한 취급을 좀 누그러뜨렸다. 중국인으로 봐서는 기요가 일본인이건 유럽인이건 외국인임에는 변함없었다. 쾨니히의 손짓으로 그들은 방 밖에 남았다. 기요는 책상 앞으로 성큼성큼 다가갔다. 부어오른 왼손을 주머니에 감춘 채 그를 바라보았다. 그 역시 기요의 눈을 좇고 있다. 면도를 한 네모난 얼굴, 비뚤어진 코, 짧게 깎은 머리. '사람을 사형에 처하는 놈은 모두 똑같은 얼굴을 하고 있군.' 쾨니히는 책상에 얹힌 권총으로 손을 내밀었다. 그러나 권총을 집어 들지 않고 궐련갑을 집어 들었다. 그리고 그것을 기요에게 내밀었다.

"고맙습니다만, 담배를 피우지 않습니다."

"감옥의 식사는 지독하지요? 당연한 일이기는 하지만. 어떻소, 함께 식사나 하지 않겠소?"

책상 위에는 커피와 우유, 찻잔 두 개와 빵 조각.

"고맙습니다. 빵만 먹겠습니다."

쾨니히는 미소를 지었다.

"당신 것도 내 것도 같은 커피포트에서 따른 거요······."

기요는 의자가 없어 책상 앞에 선 채 어린아이처럼 빵을 뜯어 먹었다. 그 더러운 감방에서 나온 뒤라 모든 것이 현실로 여겨지지 않을 만큼 경쾌해 보였다. 그는 자기 생명이 위험에 처해 있다는 것을 알고 있었지만, 설령 죽는다손 쳐도 그건 간단한 일로 여겨졌다. 이 사내가 짐짓 속뜻을 감추고 자신을 정중하게 대하는 것은 별로 이상할 것도 없었다. 백인인 그가 이런 직책에 앉게 된 것은 어떤 우연이거나 아니면 이득 때문일 것이다. 그렇기를 기요는 바랐다. 기요는 그에게 아무런 호의도 느끼지 않았지만, 그를 녹초가 되도록 괴롭힌 감방의 긴장에서 풀려나 편히 쉬고 싶어졌다. 자기 자신 속에 전적으로 도피하려는 것이 얼마나 견딜 수 없는 일인가를 기요는 막 깨달은 참이다.

전화가 울렸다.

"여보세요. 그래, 지조르 기요시(기요는 기요시의 약칭). 그렇다, 맞았어. 지금 여기 있다." 쾨니히가 말했다.

"당신이 아직 살아 있느냐고 물어보는군요." 그가 기요에게 말했다.

"왜 나를 부르셨습니까?"

"서로 얘기가 통할 줄 알고 그랬소."

다시 전화.

"여보세요. 아니, 지금 막 둘이서 얘기를 하면 틀림없이 서로 이해할 수 있으리라고 말하던 참이야. 뭐, 총살이라고? 나중에 다시 한번 전활 걸어 주게."

처음부터 줄곧 쾨니히의 시선은 기요의 눈에서 떠나지 않았다.

"어떻게 생각하오?" 그는 수화기를 걸면서 물었다.

"별로, 아무것도."

쾨니히는 눈을 내리깔더니 다시 쳐들었다.

"당신은 살고 싶소?"

"사는 방법에 달렸지요."

"죽는 데도 여러 가지 방법이 있소."

"하지만 선택할 수 없잖습니까?"

"그럼, 당신은 사람이 언제나 자기가 사는 방식을 선택할 수 있다고 생각하오?"

쾨니히는 자기 자신의 일을 생각하고 있었던 것이다. 기요는 중요한 점에서는 양보하지 않겠다고 마음먹고 있었지만, 그의 비위를 건드릴 생각은 조금도 없었다.

"잘 모르겠는데요."

"당신은 그······ 뭐라더라?······ 그래, 인간의 존엄인가 뭔가를 위해서 공산주의자가 되었다는데, 그게 사실이오?"

기요는 처음에는 무슨 뜻인지 알아들을 수 없었다. 전화가 걸려 오기를 기다리느라 긴장하고 있던 기요는 대체 어떤 의도로 이런 괴상한 질문을 하는 건가 하는 의심이 들었다. 이윽고 기요는 반문했다.

"그런 것에 당신은 정말로 흥미를 느낍니까?"

"당신이 상상하는 것 이상으로."

쾨니히의 말투는 협박적이었다. 기요는 대답했다.

"나는 이렇게 생각합니다. 공산주의는 나와 함께 싸우는 사람들에게 인간의 존엄을 가능케 해줄 것이라고 말이지요. 공산주의에 반대하는 사람들은 어떻든 그들이 인간의 존엄을 갖지 못하도록 강제하고 있습니다. 당신은 내 대답은 듣고 있지 않군요. 그러면 왜 이런 질문을 했지요?"

"대체 무엇을 인간의 존엄이라고 부르오? 그런 건 의미 없는 것이오."

다시 전화가 울렸다. '드디어 내 차례인가.' 기요는 속으로 중얼거렸다. 쾨니히는 수화기를 들지 않았다.

"그건 굴욕과 반대되는 것입니다." 기요가 말했다. "조금 전까지 내가 있었던 곳에서 온 사람에게는 그게 무엇인가를 뜻하고 있지요."

전화 벨소리가 침묵 속에서 울리고 있었다. 쾨니히는 수화기에 손을 가져갔다.

"무기는 어디에 감추었지?" 그는 이 말만 했다.

"전화는 내버려 두시죠. 당신네들 속셈을 이제야 알겠군요."

기요는 그 전화가 자신에게 겁을 줘 압박하기 위한 속임수에 지나지 않는다고 생각했다. 그는 재빨리 머리를 숙였다. 하마터면 쾨니히가 권총 두 자루 가운데 하나를 기요의 얼굴에 집어 던질 뻔한 것이다. 그러나 쾨니히는 그것을 책상 위에 놓았다.

"나한테는 좀더 그럴듯한 생각이 있지." 그는 말했다. "이 전화만 하더라도 과연 속임수인지 아닌지 곧 알게 될걸. 자네는 고문당하는 광경을 본 적이 있나?"

기요는 주머니 속에서 채찍으로 얻어맞아 부어오른 손가락을 애써 꽉 쥐어 보았다. 청산가리는 그 왼쪽 주머니에 들어 있었다. 그것을 입으로 가져갈 때 흘릴까 두려웠던 것이다.

"적어도 고문받는 사람들을 본 적은 있지요. 그런데 무기 감추어 둔 장소를 왜 나한테 묻습니까? 당신이 잘 알고 계실 텐데? 아니면, 곧 알게 될 게 아닙니까? 그래서요?"

"공산당원들은 곳곳에서 소탕되고 있어."

기요는 잠자코 있었다.

"놈들은 소탕되고 있단 말이야. 잘 생각해 보라고. 만일 자네가 우리를 위해서 일한다면 목숨은 건질 거야. 그리고 그 일은 아무에게도 알려지지 않아. 내가 자네를 달아나게 해줄 테니까……."

'난 또 뭐라고. 진작 그 말부터 꺼냈어야지.' 기요는 생각했다. 별로 그것을 바란 것은 아니지만, 과민한 신경이 그에게 익살을 부릴 여유를 주었다. 그러나 경찰은 불확실한 약속만으로는 만족하지 않는다는 것을 그는 알고 있었다. 그렇지만 이 흥정은 기요를 놀라게 했다. 그것이 너무나 틀에 박힌 수법이어서 오히려 실감이 나지 않았던 것이다.

"나만 그걸 알고 있게 돼, 그러면 되는 거야……." 쾨니히는 되풀이하여 말했다.

"그러면 되는 거야"라는 대목에서 어쩌면 그렇게도 만족스러운 얼굴을 할까. 기요는 적이 의아스러워졌다.

"나는 당신 일을 도와드릴 수 없습니다." 그는 전혀 감정이 깃들지 않은 목소리로 말했다.

"조심해. 나는 아무 죄도 없는 사람을 열 명쯤 잡아다가 자네와 함께 감옥에 처넣을 수 있어. 그들의 운명은 오로지 자네에게 달렸다고 그들에게 말해 두는 거지. 자네가 입을 열기 전에는 그들도 감옥에서 나갈 수 없다는 것, 그리고 자네에게 어떤 수단을 써도 좋으니까……."

"그 사람들에게 내 목을 베게 한단 말이군요. 차라리 그편이 간단하겠는데요."

"그렇게는 안 되지. 그들에게 탄원과 고문을 번갈아 받게 되겠지만, 그게 훨씬 고통스럽거든. 잘 알지도 못하는 일을, 적어도 아직은 알지도 못하는 일을 가지고 이러쿵저러쿵 말하지 않는 게 좋아."

"조금 전에 난 미친 사람이 고문당하고 있는 것을 보았지요."

"그러니까, 자네가 어떤 벌을 당하는지 잘 알 수 있을 게 아냐."

"알고 있습니다."

쾨니히는 기요가 자기에게 뭐라고 지껄이고는 있지만, 스스로에게 덮치고 있는 위협은 모르고 있는 것이라고 생각했다. '젊은 탓이야.' 쾨니히는 생각했다. 두 시간 전에 그는 소련 정치경찰이었던 죄수를 심문했다. 그러나 10분 뒤에는 그에 대해서 친밀감을 느끼고 있었다. 그들 두 사람의 세계는 이제 인간의 세계가 아니었다. 만일 기요가 상상력이 모자라서 두려움을 모른다면 조금만 더 참으면 된다고 쾨니히는 생각했다.

"어째서 내가 이 권총을 자네 얼굴에다 집어 던지지 않는지 이상하게 생각지 않나?"

"당신은 아까 '나한테는 좀더 그럴듯한 생각이 있지……'라고 말했잖습니까?"

쾨니히는 벨을 눌렀다.

"오늘 밤 인간의 존엄에 대한 자네 생각을 들으러 갈는지도 몰라." 이렇게 말한 뒤, 들어온 호위병에게 명령했다. "우천 체육관으로 데리고 가라. A반이다."

오후 4시

클라피크는 조계에서 철조망 쪽으로 밀려 들어가는 군중의 무리 속으로 섞여 버렸다. 되 레퓌블리크 거리에선 사형 집행 관리들이 청룡도를 어깨에 메고 지나가고 있었다. 그 뒤를 모제르 총을 든 호위병들이 따랐다. 클라피크는 곧 발걸음을 돌려 조계 안으로 들어갔다. 기요는 체포되고 공산당원의 저항은 분쇄되었으며, 많은 동조자들이 외국인 거류지에서도 살해되고 있었다. 클라피크는 쾨니히로부터 저녁때까지 여유를 얻었다. 그 뒤에는 보호가 없는 셈이다. 여기저기서 총소리가 들려왔다. 그 총성은 바람에 실려 점점 가까워지는 것처럼 느껴졌다. 그것과 더불어 죽음도 가까워지고 있는 듯이 여겨졌다.

"나는 죽고 싶지 않아, 죽고 싶지 않단 말씀이야……." 그는 중얼거렸다. 그가 문득 정신을 차렸을 땐 뛰어가고 있었다.

부둣가에 이르렀다.

여권도, 배표를 살 돈도 없었다.

상선이 세 척 있었는데, 그 가운데 한 척은 프랑스 배였다. 클라피크는 걸음을 늦췄다. 방수포를 덮은 구명보트 안에 숨을까? 그러나 현문을 지키고 있는 사나이가 통과시켜 주지 않을 것이다. 게다가 보트 안에 숨는다는 착상은 어리석은 일이었다. 그럼 선창은 어떨까? 이것도 어리석은 일이다. 단독으로 선장을 만난다? 클라피크는 그런 식으로 여태까지 난관을 돌파해 왔다. 그러나 이번에는 그를 공산당원으로 잘못 알고 승선을 거부할는지 모른다. 배는 두 시간 뒤에 떠난다. 선장의 신세를 지기에는 시기가 좋지 않다. 일단 배가 부두를 떠난 뒤라면 발각되더라도 어떻게든 될 텐데. 아무튼 무슨 수를 써서라도 올라타야 한다.

클라피크는 어느 구석에 숨어 있는 자기와 통 속에 웅크리고 있는 자신을 상상해 보았다. 그러나 이번만큼은 그와 같은 공상도 그를 구원하지 못했다. 그는 미지의 신(神)의 중개자들에게 자기를 바치듯이 이 커다란 배에 자기를 바치고 있는 것처럼 여겨졌다. 얄밉도록 자기에게 무관심한 온갖 운명을 가득 실은 이 배에. 그는 프랑스 배 앞에서 걸음을 멈추고, 트랩에 이끌려서 오르내리는 사람들을 바라보았다. 그들 가운데 아무도 그를 생각해 주고 그의 고민을 짐작해 주는 자는 없었다. 그걸 생각하니 그들을 모두 죽여 버리고 싶었다. 그들은 승강구를 지날 때 배표를 보이고 있었다. 가짜 표를 만들어 볼까? 그것은 도대체 말도 안 되는 생각이었다.

모기가 물었다. 그 모기를 쫓은 뒤 손으로 볼을 쓰다듬었다. 수염이 자라 있었다. 몸이라도 깨끗이 해두면 여행을 떠나는 데 편리하기라도 한 듯이 그는 면도를 하기로 마음먹었다. 그러나 배에서 너무 멀리 떠나선 안 된다. 창고 저편의 술집과 골동품 가게 사이에 중국인 이발소를 발견했다. 그 집 주인은 초라한 다방도 경영하고 있었다. 두 가게는 사이에 쳐놓은 가마니 한 장으로 칸막이가 되어 있을 뿐이었다. 클라피크는 자기 차례를 기다리는 동안 가마니때기 곁에 걸터앉아 계속 배의 승강구를 감시했다. 가마니 저편에서 말소리가 들려왔다.

"이젠 세 집째야." 남자 목소리였다.

"애를 데리고 다녀서 아무도 우릴 재워 주지 않아요. 하지만 역시 어디 큰 호텔에 들어가 보면 어때요?"

이렇게 대답하는 것은 여자였다.

"이런 차림으로 말이야? 우린 문에 손도 대기 전에 금테 두른 보이에게 쫓겨나고 말걸."

"애란 으레 울게 마련이잖아요…… 아무 데고 더 찾아봐요."

"고용인이 이 '꼬마'를 보면 거절할걸. 재워 줄 만한 데는 중국인 여관뿐이야. 하지만 그런 더러운 음식을 먹였다간 '꼬마'가 병나고 말야."

"싸구려 서양 호텔을 찾아가서 애를 살짝 데리고 들어가는 거예요. 일단 들어갔는데, 아무렴 쫓아내기야 할라고. 그러면 아무튼 하룻밤은 살잖아요. 애를 둘둘 싸서 세탁물처럼 보이게 하면 어떨까요?"

"우는 빨랫감도 있나?"

"이 입에 뭐 '빨 걸' 물려 두면 울지 않아요……."

"그렇군. 입구에 있는 놈은 내가 어떻게든 해볼게. 그러면 당신은 뒤따라와서 그놈 앞을 재빨리 통과해 버리면 되는 거야."

침묵. 클라피크는 배의 승강구를 지켜보고 있었다. 바삭거리는 종이 소리.

"이 녀석을 이런 식으로 들고 가다니 내가 얼마나 가슴 아픈지 당신은 모를 거야…… 아아, 이 녀석의 운명에 좋지 않은 징조가 드는 것 같은 느낌이 드는 군…… 그리고 이렇게 꾸려서 이 녀석 아프지 않을지 걱정인데……."

다시 침묵이 흘렀다. 그들은 떠났을까? 손님이 의자에서 일어났다. 이발사가 클라피크에게 눈짓을 했다. 클라피크는 의자에 앉았으나 여전히 배에서 눈을 떼지 않았다. 승강구 사다리에는 사람의 그림자가 없었다. 그러나 클라피크의 얼굴이 온통 비누거품 투성이가 되었을 때 선원 한 사람이 새 물통 두 개를(아마 방금 사 가지고 오는 모양인지) 손에 들고, 비를 어깨에 멘 채 사다리를 오르고 있었다. 클라피크는 그 모습을 한 걸음 한 걸음 눈으로 좇았다. 마치 개가 사다리를 올라가면 저러리라 싶을 만큼 그 모습은 개와 흡사했다. 선원은 승강구에 선 남자 앞을 아무 말도 하지 않고 지나쳐 갔다.

클라피크는 세면대 위에 잔돈을 던져 요금을 치르고는 수건을 끌러서 내동댕이쳤다. 그리고는 비누투성이의 얼굴로 밖으로 뛰어나갔다. 그는 헌옷 가게가 어디 있는지 알고 있었다. 사람들이 모두 그를 쳐다보았다. 열 걸음쯤 갔다가 되돌아가서 얼굴을 씻고 다시 나왔다.

그는 맨 먼저 들른 헌옷 가게에서 푸른 선원복을 쉽게 발견했다. 그러고는 재빨리 숙소로 돌아가서 옷을 갈아입었다. '비나 뭐 그런 것이 필요하겠지. 보이한테서 헌 비를 한 자루 살까? 그건 어처구니없는 노릇이야. 선원이 뭣 때문에 비를 어깨에 메고 육지를 어슬렁거린단 말인가? 꼴 보기 좋단 말인가? 정말 어이없는 생각이군. 그 선원 녀석이 비를 들고 배 입구를 통과한 것도 육지에서 방금 새로 샀기 때문이렷다. 그렇다면 새것이어야 해…… 그걸 사러 가야지.'

그는 여느 때의 클라피크다운 모습으로 가게에 들어섰다. 영국인 점원이 멸시하듯 훑어보고 있는 눈앞에서 그는 "이거 참 반갑소!" 하고 큰 소리로 말하고는 비를 어깨에 메고 확 돌아섰다. 그 순간 놋쇠로 만든 램프가 떨어졌다. 그는 밖으로 나왔다.

"이거 참 반갑소"라는 말은 짐짓 과장해서 말하는 평소의 입버릇인데, 실제로 느끼고 있는 것을 잘 나타내고 있었다. 여태까지 클라피크는 무료와 공포에서 불안한 연극을 해왔지만 실패하지 않을까 하는 생각에서 은근히 벗어날 수 없었다. 차림새는 초라했지만, 아직 뱃사람 같은 동작은 하고 있지 않았다. 그럼에도 방금 겪은 그 점원의 경멸은 그가 성공할 수 있다는 것을 증명했다. 그는 비를 어깨에 메고 배를 향해 걸어갔다. 가는 도중에 사람들의 시선에서 자기의 새로운 신분에 대한 확증을 얻으려고 했다. 아까 승강구 앞에 걸음을 멈추고 서 있었을 때와 마찬가지로 자기 운명이 얼마나 남과 무관하며, 얼마나 자기 자신만을 위해서 존재하는가를 깨닫고 그는 아연했다. 조금 전 여객들은 죽음의 위험에 처해 부둣가에 우두커니 서 있는 그를 거들떠보지도 않고 트랩을 올라갔다. 이번에도 또한 통행인들은 이 뱃사람을 아무런 관심도 없이 쳐다볼 뿐이었다. 군중 속에서 뛰어나와 놀란 표정을 하거나, 그가 바로 클라피크라는 것을 깨닫는 사람은 하나도 없었다. 호기심을 띤 얼굴조차 볼 수 없었다. 이번에는 자기를 놀라게 하기 위한 연극이 아니었으니 달리 어쩔 수도 없는 일이었다. 그의 진짜 생활도 필시 여기에 달려 있었다. 목이 말랐다. 중국인 술집에 들러 비를 밑에 내려놓았다. 한 모금 마시자, 실은 목이 마른 게 아니라 오직 다시 한번 자기를 시험해 보려 했을 뿐이라는 것을 깨달았다. 가게 주인이 거스름돈을 돌려주는 거동으로 그는 확신했다. 옷을 갈아입고부터는 주위 사람들의 시선이 바뀐 것이었다. 그의 과대망상증의 평소 상대가 이번에는 군중이 된 것이다.

그와 함께 방어의 본능이랄까 아니면 쾌락의 본능이랄까, 새로운 신분을 전적으로 받아들이려는 기분이 그의 마음에 젖어들었다. 그는 별안간 뜻밖에도 생애에서 가장 눈부신 성공을 거둔 것이었다. 아니, 자기 자신에게서 벗어나 남의 눈에 지금까지와 다른 생활을 가진 인간처럼 비치기 위해 한 벌의 옷으로 족하다는 것은, 이제 인간이란 존재하지 않는다는 거나 마찬가지였다. 이 느낌은 그가 처음으로 중국인 군중 속에 뛰어들었을 때 절실히 그를 사로잡았던 그 향수, 그 행복감과 바탕에 있어서는 똑같은 것이었다. '프랑스어로 얘기를 짓는다는 것은 그걸 쓴다는 것이지 그것으로 산다는 것은 아니다!' 클라피크는 생각했다. 그는 비를 총처럼 메고 트랩을 올라갔다. 다리가 후들거렸지만 승강구에 서 있는 사나이 앞을 지나 복도에 나섰다. 그는 갑판 위의 승객들 속에 섞여 성큼성큼 뱃머리로 가서, 둘둘 사려 놓은 밧줄 위에 비를 올려놓았다. 이것으로 첫 기항지까지는 이제 안전했다. 그러나 아직 마음을 놓을 수는 없었다. 갑판 선객으로 잠두(蠶豆) 같은 얼굴을 한 러시아인이 앞으로 다가왔다.

"이 배 사람이오?" 묻고는 대답도 기다리지 않고 말을 이었다.

"선원 생활은 재미있소?"

"그런데 그것이 말입니다, 도저히 손님들은 짐작도 못 하죠. 프랑스 사람들은 배 여행을 좋아한다더니, 과연 사실입니다. 아무튼 쉿. 고급 선원 놈들은 정말 성가시죠. 육지 양반들도 마찬가지겠소만. 그런데 배에선 밤에 잠도 제대로 못 잔답니다—난 해먹이라는 걸 좋아하지 않아서요. 하기야 이건 저마다 성격 나름입니다만—하지만 음식만은 잘 먹을 수 있죠. 게다가 별의별 걸 다 볼 수 있고요. 내가 남미에 있을 때 일인데, 선교사들이 찾아와서는 야만인들에게 며칠이나 라틴어로 야, 약간 그럴듯한 찬송가를 가르친 적이 있죠. 한번은 높은 사제님이 찾아왔습니다. 그래서 선교사는 찬송가의 장단을 맞추기 시작했는데, 도무지 소리가 없어요. 야만인들은 황송해서 그만 주눅이 들어 버렸단 말입니다. 그런데 아무튼 쉿! 그 노래가 저절로 들려오지 않겠습니까. 그건 그 선교사의 목소리밖에 들은 적이 없는 숲속의 앵무새들이 놀랍게도 그걸 열심히 부르기 시작한 겁니다…… 그건 그렇고, 한번 생각해 보시라고요. 난 한 10년 전에

셀레베스섬[1] 앞바다에서 아라비아 범선이 표류하고 있는 걸 본 적이 있단 말입니다. 그 배엔 야자열매처럼 조각이 새겨져 있었지요. 그런데 그 배에 페스트로 죽은 송장이 가득 차 있지 않겠습니까. 모두 이렇게 갈매기가 빙빙 날고 있는 가운데 팔을 뱃전에다 축 늘어뜨리고 있었단 말입니다요…… 아니, 정말입니다…….”

“거참 운이 좋군. 나는 7년 동안이나 여행을 하고 있지만, 그런 건 본 적이 없소.”

“생활 속에 예술의 방법이라는 것을 채택할 필요가 있습니다. 그것으로 예술따윌 만들기 위해서가 아니라. 아아, 그건 천만의 말씀이지! 그것으로 생활을 더 풍부하게 만드는 겁니다. 아, 아무튼 이쯤 해둡시다!”

그는 러시아인의 배를 살짝 찌르고는 조심스레 몸을 옮겼다. 눈에 익은 자동차가 한 대 트랩 밑에 서 있었던 것이다. 페랄이 프랑스로 돌아가는 모양이었다.

보이가 출발 신호의 종을 울리면서 1등 갑판을 돌기 시작했다. 종을 칠 때마다 클라피크의 가슴도 울렸다.

‘유럽행이다. 축제는 끝났다. 자, 유럽이다.’ 그는 가슴속으로 중얼거렸다. 종소리가 가까워짐에 따라 그 유럽이 자기에게 다가오는 것처럼 느껴졌다. 그러나 그것은 이미 해방의 종소리가 아니라 감옥의 종소리 같았다. 죽음의 위협만 없었다면 그는 배에서 내리고 말았을 것이다.

“3등 바는 열려 있을까요?” 그는 러시아인에게 물었다.

“한 시간 전부터 열려 있더군. 앞바다에 나가기 전이라면 누구나 갈 수 있소.”

클라피크는 그의 팔을 잡았다.

“그럼, 우리 같이 가서 한바탕 취해 봅시다…….”

오후 6시

전에 학교의 우천 체육관이었던 넓은 홀에서 200명쯤 되는 공산당원 부상자들이 죽음을 기다리고 있었다. 카토프가 마지막에 끌려온 사람들 속에 끼어 한쪽 팔꿈치를 세운 채 가만히 앞을 바라보고 있었다. 모두들 땅바닥에 누워 있

---

1) 술라웨시섬의 다른 이름. 인도네시아 중앙부에 있는 ‘K’ 자 모양의 섬.

었다. 많은 사람들이 신음 소리를 내고 있었다. 당 지부에서처럼 담배를 피우는 자도 몇 사람 있었다. 연기의 소용돌이는 이제 어두워진 천장까지 피어 올라가서 사그라졌다. 위에는 서양식 큰 창문이 있었으나 그것도 저녁의 어둠과 밖에 낀 짙은 안개 때문에 벌써 어두워져 있었다. 천장은 사람들이 모두 누워 있어서 매우 높아 보였다. 햇빛은 아직 사라지지는 않았지만 주위는 이제 완전히 밤의 분위기였다.

'부상자 탓일까, 아니면 모두 정거장 안에서처럼 뒹굴고 있기 때문일까? 이곳은 정거장이다. 그러나 우리는 어디로 가는 줄도 모르고 여기를 떠난다. 그리고……' 카토프는 무의식중에 가슴속에서 자문자답하고 있었다.

중국인 감시병 네 사람이 칼을 총 끝에 꽂고 부상자들 사이를 이리저리 돌아다니고 있었다. 총검이 힘없는 햇살에 기이하게 반사되어 이들 보기 흉한 육체의 무리 속에 뚜렷하게 일직선으로 드러났다. 집 밖 안개 속에 어른거리는 아마 가스등인 듯한 누르스름한 불빛도 그들을 감시하고 있는 것처럼 보였다. 마치 그 불빛에서 나오는 것처럼, 안개 속에서 기적 소리가 웅성거림과 신음을 누르고 한층 드높이 울려 퍼졌다. 기관차의 기적이었다. 그곳은 자베이 역에 가까웠다. 이 휑뎅그렁하게 넓은 홀 안에는 무섭게 긴장된 무엇이 있었다. 그것은 죽음을 기다리는 긴장감도 아니었다. 카토프는 자기의 목구멍으로 그것을 깨달았다. 그것은 목마름과 시장기였다. 카토프는 벽에 기대어 좌우를 돌아보았다. 낯익은 얼굴들이 많았다. 왜냐하면 부상자의 대부분은 당의 돌격부대 투사들이었기 때문이다. 홀의 한쪽 좁은 벽을 따라 폭이 3미터쯤 되는 빈터가 남아 있었다. "어째서 부상자들은 저긴 가지 않고 한데 몰려 있는 거지?" 그가 큰 소리로 물었다. 그는 마지막으로 끌려온 사람들의 패거리 속에 끼어 있었다. 그는 벽에 기대어 일어서려 했다. 상처가 아팠지만, 일어설 수 있다고 생각했다. 그러나 그만두었다. 아직도 몸을 굽힌 채 누구 하나 한마디도 입을 열지는 않았지만, 그는 주위에서 소름이 쫙 끼치는 전율을 느끼고 몸을 구부렸다. 사람들의 눈초리 탓일까? 그는 거의 분별을 할 수 없었다. 그럼 사람들의 태도 때문일까? 하지만 모두의 태도는 우선 보기에 자신의 고통에 괴로워하고 있는 부상자다운 그것이었다. 그러나 그 전율이 어떤 식으로 전해졌건 틀림없이 느껴진 것이다. 그것은 단순한 불안이 아니라 공포였다. 동물이 느끼는 공포, 비인간적인 것을 눈앞에 본 인간만이 느끼는 그 공포였다. 카토프는 벽에 기댄 채 옆에 있는 사람의 몸을 타 넘었다.

"자네 미쳤나?" 땅바닥과 닿을 듯한 곳에서 나온 소리였다.

"왜?"

그것은 질문인 동시에 명령의 어조였다. 그러나 아무도 대답하지 않았다. 5미터 저편에서 감시병 하나가 그를 걷어차 넘어뜨리는 대신에 오히려 놀란 얼굴로 지켜보고 있었다.

"왜야?" 카토프는 다시 더 거칠게 물었다.

"저 친구 까닭을 모르는군." 여전히 땅바닥에 닿을 듯 말 듯한 곳에서 또 하나의 목소리가 말했다. 동시에 다시 나직한 다른 목소리가 말했다.

"곧 알게 돼……."

카토프는 두 번째 질문을 매우 큰 소리로 외쳤다. 이 군중의 망설임에는 그 자체에 무언가 무서운 것이 있었다. 또 이 주저는 이들 거의 모든 사람들이 그것을 알고 있기 때문이기도 했다. 이 벽 언저리에 감도는 으스스한 귀기(鬼氣)는 모든 사람 위에 똑같이 내리덮이고 있었다. 특히 카토프 위에.

"한숨 푹 자둬." 부상자 한 사람이 말했다.

어째서 모두 그의 이름을 부르지 않는 것일까? 어째서 저 감시병이 참견하지 않을까? 조금 전까지만 해도 장소를 바꾸려는 부상자 한 사람을 감시병은 개머리판으로 때려눕히지 않았던가…… 카토프는 마지막에 말한 사람 쪽으로 다가가서 그 옆에 드러누웠다.

"고문받을 사람을 저리로 끌고 가는 거야." 그 사나이가 조그만 소리로 말했다.

모두 그것을 알고 있었던 것이다. 그러나 입 밖에 내기가 무서웠거나, 아니면 그에게는 차마 말할 수 없었던 것이다. 아까 누군가 말했듯이, '곧 알게 될' 일이었다.

문이 열렸다. 칸델라르[2]를 든 병사 몇 사람이 들것 주위를 에워싸고 들어왔다. 들것을 든 병사들은 마치 짐짝이나 무엇처럼 부상자들을 카토프 바로 옆에

---

[2] 금속이나 도기로 만든 주전자 모양의 호롱에 석유를 채워 켜 들고 다니는 등.

굴려 떨어뜨렸다. 밤이 소리 없이 다가왔다. 그것은 땅바닥에서부터 솟아 올라왔다. 땅바닥에는 신음이 무서운 악취와 섞여 마치 쥐들처럼 꿈틀거리고 있었다. 많은 사람들이 몸도 움직이지 못했다. 문이 다시 닫혔다.

시간이 흘렀다. 보초의 발소리만 들리고, 헤아릴 수 없는 고통의 신음 위에 총검의 마지막 번뜩임이 있을 뿐이었다. 어둠이 안개를 더욱 짙게 한 것처럼 별안간 기관차의 기적 소리가 매우 멀리서 한층 둔하게 울려왔다. 새로 들어온 사람 하나가 엎드린 채 부들부들 떨리는 손으로 귀를 꽉 막으며 악을 썼다. 다른 사람들은 소리치지 않았다. 그러나 공포가 다시 그곳 땅바닥과 닿을락 말락 한 곳에 떠돌았다.

그 사나이는 머리를 쳐들고 발꿈치로 몸을 일으켰다.

"나쁜 놈들! 살인귀 같으니!" 그는 소리쳤다.

보초 하나가 다가와 그의 옆구리를 걷어차서 거꾸러뜨렸다. 사나이는 입을 다물었다. 보초는 저쪽으로 가버렸다. 그 부상자는 떠듬거리면서 지껄여 댔다. 이미 너무 어두워져서 카토프는 그의 눈을 볼 수 없었지만 목소리는 들렸다. 그는 그것이 뚜렷한 말이 되어 간다는 것을 느꼈다. 그 사나이는 이렇게 말하고 있었다. "총살 같은 것이 아니다. 놈들은 사람들을 산 채로 기관차의 보일러 속에 던져 넣는단 말이야. 그래서 지금 삐익삐익 울리고 있는 거야." 보초가 돌아왔다. 침묵, 오직 고통의 신음만이 들릴 뿐이었다.

문이 다시 열렸다. 다시 총검이 들어왔다. 총검은 이제 아래서 위까지 칸델라르 빛에 드러나 있었다. 그러나 부상자는 없었다. 국민당 사관 한 사람이 들어왔다. 카토프의 눈에는 이제 육체의 덩어리로밖에는 보이지 않았다. 사람마다 모두 뻣뻣이 굳어 버린 듯한 느낌이었다. 사관은 황혼의 어스름을 배경으로 칸델라르 빛에 흐릿하게 비치는 그 그림자처럼 중량감이 느껴지지 않았다. 그는 한 보초에게 명령을 내리고 있었다. 보초가 옆에 다가와서 카토프를 찾더니 그를 발견했다. 보초는 경의를 표하며 그에게 손도 대지 않고 한마디 말도 없이 그저 일어나라고 손짓했다. 카토프는 겨우 일어나서 입구 쪽으로 몸을 돌렸다. 그곳에는 사관이 아직도 무엇인가 지시하고 있었다. 병사는 두 손에 각각 총과 칸델라르를 들고 카토프 왼쪽에 섰다. 그의 오른쪽에는 빈터와 흰 벽이 있을 뿐이었다. 병졸이 그 빈터를 총으로 가리켰다. 카토프는 절망적인 마음으로 비통한 미소를 지었다. 그러나 그 얼굴은 아무에게도 보이지 않았다. 보초는 일부러 그를 보지 않았다. 다 죽어 가는 자들을 제외한 부상자들은 모두 한쪽 다리나 한쪽 팔이나 턱을 짚고 몸을 일으켜서, 아직도 그리 짙지 않은 카토프의 그림자를 눈으로 좇았다. 그 그림자는 고문을 받는 자에게 할당된 벽 위에서 차츰 커졌다.

사관은 나갔다. 문은 열린 채였다.

보초들이 받들어총을 했다. 민간인 한 사람이 들어왔다. "A반!" 하고 밖에서 외침이 들리자 곧 문이 닫혔다. 보초 하나가 무어라고 줄곧 중얼거리면서 그 민간인을 따라 벽 쪽으로 갔다. 가까이 왔을 때 카토프는 그것이 기요라는 것을 알고 깜짝 놀랐다. 기요는 부상을 입지 않았으므로, 보초들은 사관이 둘이나 따라온 그를 보고 장제스의 외국인 고문으로 착각한 것이었다. 그러다가 그가 포로라는 것을 깨닫고 멀리서 호통을 쳤다. 기요는 어둠 속에 카토프와 나란히 드러누웠다.

"우리가 어떻게 되는지 아는가?" 카토프가 물었다.

"나한테 일부러 그걸 알려 준 녀석이 있네. 멋대로 하라지! 난 청산가리를 갖고 있으니까. 자네도 가졌나?"

"응."

"다친 모양이군."

"다리를 다쳤지. 하지만 걸을 수 있어."

"자넨 오래전부터 여기 있었나?"

"아니. 자넨 언제 붙잡혔지?"

"어젯밤이야. 여기서 달아날 수 있겠나?"

"속수무책이야. 거의 모두가 몹시 다쳤거든. 밖에는 어디서나 군인들이 감시하고 있고. 그리고 입구 앞에 있는 기관총 봤지?"

"응. 자네는 어디서 붙잡혔나?"

두 사람은 모두 이 음산한 밤샘에서 벗어나고 싶었다. 그리고 언제까지나 이야기를 이어 가고 싶었다. 카토프는 지부가 점령당한 이야기를 했다. 기요는 감방 이야기와 쾨니히와의 대담을 이야기하며 그 뒤에 들은 소식도 들려주었다. 기요는 가처분이 내리기 전부터 메이가 구속되지 않았다는 것을 알고 있었다.

카토프는 기요 옆에 바싹 다가가서 누워 있었다. 끝없는 고통이 그를 기요로 부터 격리시키고 있었다. 반쯤 벌린 입, 쾌활한 코 밑의 두툼한 입술, 거의 감은 눈. 그러나 그는 죽음만이 줄 수 있는 속을 모두 터놓은, 검토의 여지없는 절대적인 우정으로 기요와 결합되어 있었다. 유죄 선고를 받은 그의 생명은 위협과 상처로 가득 찬 암흑 속에서 혁명의 탁발 수도승이라고도 할 이들 순교자들 속에 끼여 기요의 생명에 기대고 있었다. 그들 한 사람 한 사람은 자기 것이 될 수 있는 유일한 위대성을 인생 항로에서 미친 듯이 휘어잡고 있었다.

감시병이 세 중국인을 끌고 왔다. 그들은 부상자들과 격리되었을 뿐만 아니라 벽가에 있는 사람들과도 격리되었다. 그들은 전투 전에 검거되어 어설픈 재판을 받고 다만 총살되기를 기다리는 사람들이었다.

"카토프!" 그 가운데 하나가 불렀다. 그것은 에멜리크의 동업자인 루위쉬안이었다.

"왜 그래?"

"총살 집행하는 곳이 여기서 먼가, 아니면 이 근처인가?"

"모르겠어. 하여간 여기선 아무 소리도 들리지 않아."

좀 떨어진 곳에서 한 사나이가 말했다.

"형을 집행하는 놈들이 나중에 금니를 뽑아 간다던데."

그러자 다른 목소리.

"맘대로 하라지. 나한테는 금니가 없으니까."

세 중국인은 궐련을 피우면서 짓궂게 푹푹 연기를 뿜어내고 있었다.

"당신들, 성냥 여러 개 가졌소?" 한 부상자가 저쪽에서 물었다.

"응."

"하나 주시오."

루가 자기 것을 던져 주었다.

"내가 당당하게 죽었다는 걸 누가 아들놈에게 전해 줄 수 있으면 좋을 텐데." 루가 나직이 말했다. 그리고 다시 소리를 낮춰 말했다. "죽는다는 것이 그리 쉬운 일은 아니거든."

카토프는 은밀한 기쁨을 마음속에 느꼈다. 아내도 없고 자식도 없었기 때문이다.

문이 열렸다.

"한 사람 내보내!" 보초가 소리쳤다.

세 사람은 서로 꼭 들러붙어 한 덩어리가 되었다.

"뭐 하는 거야, 아무나 빨리 나와!" 감시병이 말했다.

감시병은 자기가 직접 골라내지는 않았다. 갑자기 낯선 두 중국인 가운데 하나가 한 걸음 앞으로 나섰다. 아직도 얼마 타지 않은 궐련을 내던지고 성냥 두 개비를 부러뜨린 다음 새 궐련에 불을 붙였다. 그리고 웃옷 단추를 하나하나 모두 채우면서 문 쪽으로 재빨리 걸어 나갔다. 문이 닫혔다.

한 부상자가 밑에 떨어진 부러진 성냥을 주웠다. 그와 가까이에 있는 사람들은 루위쉬안한테서 얻은 성냥을 잘게 부러뜨려 그것으로 제비뽑기를 하고 있었다. 5분이 채 안 되어 문이 다시 열렸다.

"또 한 사람!"

루와 그 일행이 팔을 끼고 함께 나섰다. 루는 울리지는 않으나 높은 목소리로, 어느 유명한 고전 희곡에 나오는 주인공의 죽음을 찬미한 시를 낭랑히 읊고 있었다. 그러나 낡은 중국은 이제 멸망하고 있었다. 누구 하나 그것에 귀를 기울이는 사람은 없었다.

"누가 나가겠다는 거야?" 병사가 물었다.

두 사람은 대답하지 않았다.

"그래, 어느 쪽이든 좋단 말이지?"

이렇게 말하고 병사는 개머리판으로 두 사람을 갈라놓았다. 루가 다른 한 사람보다 병사와 더 가까이 있었다. 병사가 그의 어깨를 잡았다.

루는 어깨로 그 손을 뿌리치고 앞으로 나섰다. 같이 나갔던 사나이는 본 자리로 돌아가서 드러누웠다.

기요는 먼저 간 두 사람보다 이 사나이에게 있어 죽음이 훨씬 더 쓰라릴 거라고 짐작했다. 혼자 뒤에 남았기 때문이다. 루와 함께 나섰으니 용기라는 점에서는 루에 못지않다. 그러나 지금 사냥개처럼 두 팔로 자기 몸을 부둥켜안고 땅바닥에 드러누운 그의 모습에는 공포의 빛이 역력했다. 실제로 감시병이 그의 몸에 손을 댔을 때, 그는 신경 발작에 사로잡혔다. 두 병사가 각각 팔과 머리를 붙들고 그를 끌어냈다.

기요는 반듯이 누워 가슴에 손을 얹고 눈을 감았다. 바로 죽은 사람의 자세 그대로였다. 그는 꼼짝도 않고 쭉 뻗고 누운 자기의 모습을 떠올렸다. 두 눈은 감기고, 불과 하루면 죽음이 거의 모든 시체에 주는 평온으로 해서 얼굴에 평화가 깃들 것이다. 마치 거기에는 아무리 비참한 인간의 존엄이라도 반드시 표현되는 것처럼. 그는 지금까지 자주 사람의 죽음을 목격했다. 일본 교육을 받은 그는 언제나 자기 자신의 손으로 죽는다는 것, 자기 인생에 알맞은 죽음을 맞이하는 것을 아름답다고 생각해 왔다. 죽는다는 것은 수동적이지만 자살은 행위다. 그의 동지 가운데 누군가를 끌어내려 한다면 그는 가장 먼저 나서서 충분한 각오로 스스로의 목숨을 끊을 것이다. 그는 축음기의 레코드가 생각났다. 심장의 고동이 멎었다. 그 무렵에는 아직도 희망이라는 것에 그 어떤 의미가 있었다. 이제 두 번 다시 메이는 만날 수 없겠지. 그의 단 하나뿐인 치명적인 고뇌는 아내가 겪을 고통이었다. 마치 자기의 죽음이 과실이거나 한 것처럼. '죽어서 후회를 남길 것인가.' 그는 발작적인 아이러니로서 생각했다. 여태까지 결코 그에게 심약한 느낌을 준 적 없는, 언제나 강한 느낌밖에 주지 않았던 아버지에 대해서는 그러한 불안을 조금도 느끼지 않았다. 지난 1년 남짓, 반드시 아내 덕분에 고뇌에서 구제된 것은 아닐지라도 아무튼 고독에서 구출되었었다. 이미 살아 있는 사람과는 하직을 한 그도 그녀를 생각하니 금방 아이! 처음으로 포옹하고 짜릿짜릿한 육체의 기쁨에 젖었던 때의 기억이 불현듯 솟아올랐다……'이제는 메이도 나를 잊어버려야 한다……' 이렇게 그녀에게 써 보내면, 그것은 다만 그녀를 괴롭히고 점점 더 그녀를 자기에게 비끄러매게 될 뿐이다. '말하자면 그것은 다른 남자를 사랑하라고 그녀에게 말하는 것이 된다. 아아, 감옥! 다른 곳에서는 끝없이 흘러가는 시간조차 멈추어 버리는 곳. 그렇다! 기관총으로 바깥세상과 격리된 이 우천 체육관에서 혁명은—그것이 어떤 운명을 더듬건 또 어디서 부활하건—마지막 운명을 맞고 말 것이다. 그러나 고통 속에서나 부조리 속에서, 혹은 굴욕의 한가운데서 인간들이 일하고 있는 곳이면 어디서나 사람들은 이곳에 있는 이와 같은 수형자들을 생각할 것이다. 마치 신자들이 기도를 드리듯이. 그리고 벌써 거리에서는 이들이 이미 죽어 버린 것처럼 이 죽어가는 사람들을 사랑하기 시작했다…… 이 마지막 밤에 덮인 지상의 모든 장소 가운데서도 단말마의 신음에 가득 찬 이 장소는 아마도 남성적인 사랑이 가장 두터운 곳이리라. 이 드러누운 사람들과 더불어 신음하고 고통을 호소하는 웅성거림 속까지 들어가서, 이 제물로 바쳐진 고뇌를 함께하는 것이…… 이 일찍이 들어본 일 없는 웅성거림은 고통의 신음을 어둠의 저편까지 전하고 있었다. 에멜리크처럼 대개는 자식이 있었다. 그러나 그들이 받아들인 숙명은 밤의 정적처럼 부상자들의 신음과 더불어 치솟고 있었으며, 엄숙한 장송곡같이 기요의 온몸을 휘덮고 있었다. 그는 눈을 감고 단념한 육체 위에 두 손을 모아 놓고 있었다. 그는 이 시대에 있어서 가장 깊은 의의와 가장 큰 희망을 걸머지고 있는 사람들을 위해서 싸운 것이다. 그리고 지금 서로 손을 잡고 살아가자고 생각하던 자들과 섞여서 죽어 가는 것이다. 여기에 쓰러져 있는 누구나와 마찬가지로 자기의 생활에 의의를 부여했으므로 죽어 가는 것이다. 죽음을 각오할 수 없는 인생이 무슨 가치가 있겠는가? 혼자 외로이 죽는 것이 아닐 때, 사람은 쉽게 죽을 수 있는 법이다. 이와 같이 동지의 떨리는 말소리에 가득 찬 죽음, 많은 사람들이 마침내는 자기의 순교자를 발견하게 될 패배자의 집합, 황금전설(黃金傳說)[3]을 만들 이들 피비린내 나는 전설! 이미 죽음에 맞닥뜨리고 있는 그가 어떻게 생명을 희생한 인간의 중얼거림을 듣지 않을 수 있겠는가? 그 중얼거림은 죽어 가는 자들로 봐서는 인간의 씩씩한 마음이야말로 영혼의 세계 못지않은 은신처라고 부르짖는 것 같았다.

기요는 지금 청산가리를 손에 쥐고 있었다. 과연 쉽게 죽을 수 있을 것인지 지금까지도 몇 번이나 자기 마음에 물어본 적이 있었다. 각오만 서면 자살할 수 있다고 생각하고 있었다. 그러나 생명이란 냉혹한 무관심으로써 우리 자신의 정체를 우리 자신에게 폭로해 보일 수가 있다는 것을 기요는 알고 있었다. 그러기에 죽음이 철저하게 자기의 사고력을 분쇄해 버릴 그 순간을 불안하게 느끼지 않을 수가 없었다.

아니, 죽는다는 것은 열광적인 행위일는지도 모른다. 이렇게 죽는 것이 참으로 알맞은 삶의 지고(至高)의 표현일는지도 모른다. 그리고 또 그것은 망설이면서 이리로 다가오고 있는 두 병사에게서 달아나는 길이기도 했다. 기요는 명령

---

3) 성인전(聖人傳)을 말한다.

이라도 내리는 듯한 기세로 독약을 이로 깨물어 부수었다. 아직도 카토프가 불안에 잠겨서 무언가 자기에게 묻는 소리가 들리고 자기 몸을 건드린 것을 느낄 수 있었다.

이윽고 숨이 막혀 카토프에게 매달리려는 순간에 그는 온몸의 힘이 억누를 수 없는 경련 때문에 갈기갈기 찢겨 몸에서 빠져나가는 것을 느꼈다.

병사들이 군중들 속에서 일어나지 못하는 두 죄수를 찾으러 왔다. 산 채로 불에 타 죽는다는 것은 확실히 어느 정도까지는 특별 취급을 받는 일임에 틀림없었다. 그들은 두 죄수를 하나의 들것에 거의 포개듯이 하여 날라와서는 카토프 왼쪽에 내려놓았다. 숨이 끊어진 기요는 카토프의 오른쪽에 누워 있었다. 그들과 사형 선고를 받은 자들 사이에 있는 빈터에 병사들이 칸델라르를 옆에 놓고 쭈그리고 앉아 있었다. 차차 사람들의 얼굴과 시선도 어둠 속에 잠겨서, 홀 안쪽의 사형 선고를 받은 자들이 있는 장소를 표시하는 그 불빛 쪽을 이제는 더 돌아보려고 하지 않았다.

기요는 적어도 1분쯤 헐떡이며 숨을 쉬고 있었다. 카토프는 그의 숨이 끊어지고부터 고독 속에 혼자 남은 기분이었다.

그 고독은 동지들에게 둘러싸여 있는 만큼 오히려 더 강렬하고 고통스러웠다. 아까 신경 발작에 사로잡히면서 살해당하기 위해 억지로 끌려 나간 중국인의 일이 카토프의 마음을 사로잡아 떠나지 않았다. 그러나 그는 이렇게 완전히 버림받은 데서 마음의 휴식을 발견하고 있었다. 마치 그것을 몇 해 전부터 기다리고 있었던 것처럼 여겨졌다. 생애 최악의 순간에 만나 발견한 휴식. 이런 문구는 어디서 읽었을까? '내가 선망하고 나를 매혹한 것은 탐험가의 발견이 아니라 그 고통이었다…….' 그의 사색에 응답하듯 멀리서 세 번 기적 소리가 이 방 안에까지 울려왔다. 왼쪽의 두 사람이 움찔 몸을 일으켰다. 아주 젊은 중국인이었다. 한 사람은 쑨이었다. 카토프는 지부에서 함께 싸웠으므로 그를 알고 있었다. 또 한 사람은 처음 보는 얼굴이었다(베이는 아니었다). 어째서 그들은 다른 중국인과 함께 있지 않을까?

"돌격대를 조직했다 해서 이리 끌려온 건가?" 카토프가 물었다.

"장제스를 노렸기 때문입니다." 쑨이 대답했다.

"첸도 함께?"

"아니요, 첸은 혼자서 폭탄을 던졌습니다. 그런데 장제스는 그 차에 타고 있지 않았습니다. 나는 훨씬 앞에서 차를 기다리고 있었는데, 폭탄을 갖고 있다가 붙잡혀 버렸지요."

이렇게 대답하는 목소리가 무척 숨 가빠 보였으므로 카토프는 두 사람의 얼굴을 주의 깊게 들여다보았다. 젊은이들은 소리 없이 울고 있었다. '말만 가지고는 신통한 일은 못 한다.' 카토프는 속으로 중얼거렸다. 쏸은 어깨를 움직이려다가 아파서 얼굴을 찌푸렸다. 그도 팔에 부상을 입고 있었다.

"불에 타 죽는 거야." 쏸이 말했다.

"산 채로 불에 타 죽는 거야. 두 눈도 타지, 눈도 말이야……."

그 옆의 중국인은 이제 소리 내어 흐느끼고 있었다.

"우연히 타 죽는 수도 있어." 카토프가 말했다.

그들은 서로 이야기를 나누는 것이 아니라, 누군가 눈에 보이지 않는 제삼자에게 말하고 있는 것 같았다.

"그것과는 사정이 다르지요."

"그럼, 그것보다 얼마나 고통스러울지."

"두 눈까지." 쏸이 더 낮은 소리로 되풀이했다. "눈까지…… 손가락도 한 개 한 개, 그리고, 배도, 배가……."

"잠자코 있어 줘!" 또 한 사람이 나직이 말했다.

그는 소리치고 싶었겠지만 이제 그러지도 못했다. 그 손이 쏸의 상처 가까이에서 경련을 일으켰다. 쏸의 근육이 움츠러들었다.

"인간의 존엄이라……." 카토프는 기요와 쾨니히의 회견을 생각하며 나직이 중얼거렸다. 형의 선고를 받은 사람들은 이제 누구 하나 입을 열지 않았다. 칸델라르 저편, 이제 아주 캄캄해진 어둠 속에서 여전히 부상자들의 신음만이 들리고 있었다…… 카토프는 쏸과 그 일행 쪽으로 더 바싹 다가갔다. 보초 한 사람이 저희 동료들에게 무언가 지껄이고 있었다. 그들은 이마를 맞대고 칸델라르와 수형자들 사이에 앉아 있었다. 수형자들은 이제 서로의 얼굴조차 볼 수 없었다. 신음이 들려와도, 자기와 똑같이 싸워 온 동지들이 그곳에 있어도 카토프는 역시 고독했다. 죽은 친구의 시체와 공포에 사로잡힌 두 동지 사이에서 고독했다. 이 벽에 둘러싸여 어둠 속에 사그라지는 그 기적 소리 속에서 고독했다. 그러나 인간은 그러한 고독을 이길 수 있는 것이다. 아니, 아마도 저 잔인한 기적 소리조차도 이길 수 있을 것이다. 공포가 그의 가슴속에서 일찍이 없었을 만큼 무서운 생명의 유혹과 싸우고 있었다. 마침내 그도 허리띠의 버클을 끌렀다.

"이봐, 쏸." 그는 나지막이 말했다. "네 손을 내 가슴에 얹어. 내가 네 손을 만지거든 꽉 쥐는 거야. 너희들에게 청산가리를 줄 테니. 꼭 두 사람분밖에 없어."

카토프는 모든 것을 단념하고 있었다. 다만 두 사람분밖에 없다는 것만은 말해야 했다. 그는 몸을 옆으로 돌려 청산가리를 돌로 쪼겠다. 교도관들은 불빛을 가리고 있었다. 불빛은 어슴푸레한 빛무리로 그들을 감싸고 있었다. 하지만 저 놈들이 움직이지 않을까? 이제 아무것도 보이지 않았다. 카토프는 자기의 생명보다도 귀중한 것을 육체의 주인도 아니고 목소리의 주인도 아닌 오직 자기 위에 얹힌 뜨거운 손에 넘겨주었다. 그 손은 마치 짐승처럼 움찔 오므라들더니 곧 그에게서 떨어져 갔다. 카토프는 온몸을 긴장시켜 기다렸다. 갑자기 둘 가운데 한 목소리가 들렸다.

"없어졌다! 떨어뜨렸어!"

당황스러워하는 목소리는 아니었다. 마치 그런 돌이킬 수 없는 이변은 있을 수 없는 것처럼. 마치 모든 일도 잘되어 감에 틀림없는 것처럼. 카토프로서도 그런 일은 있을 수 없는 것처럼 여겨졌다. 한없는 분노가 뭉클 치솟았지만, 있을 수 없다는 이 생각에 짓눌려 버렸다. 그렇지만 말이다! 저 얼빠진 놈더러 잃어버리게 하려고 그걸 준 셈이 되지 않는가!

"언제!" 카토프가 물었다.

"내 몸 옆입니다. 쏸이 건네줄 때 잡지를 못했습니다. 나도 손을 다쳐서 말입니다."

"저 녀석이 둘 다 떨어뜨려 버렸어." 쏸이 말했다.

그들은 물론 자기들 몸 사이를 찾았다. 그리고 카토프와 쏸 사이도 찾았다. 쏸 위에 아마 또 한 사람이 거의 덮치다시피 누워 있는 모양이었다. 카토프는 아무것도 보지 못했지만, 몸 가까이에 두 육체의 덩어리를 느꼈다. 카토프도 화가 치미는 것을 꾹 참으며 찾고 있었다. 펼친 손을 10센티미터쯤의 간격으로 바닥에 대고 손이 닿을 만한 곳을 구석구석 더듬었다. 두 사람의 손이 그의 손에 닿았다. 별안간 손 하나가 그의 손을 꽉 쥐고 놓지 않았다.

"비록 찾지 못하더라도……." 한 목소리가 말했다.

카토프도 그 손을 꽉 쥐었다. 하마터면 눈물이 쏟아질 뻔했다. 얼굴도 보이지 않고, 거의 진짜 목소리도 들을 수 없었건만(속삭이는 소리는 누구의 것이나 똑같이 들린다) 이 애처로운 우애에 사로잡히고 말았다. 이 우애가 이 어둠 속에서 그가 일찍이 안 적 없는 귀중한—더욱이 어쩌면 헛된 것이 될지도 모르는—선물에 대한 인사로서 주어진 것이다. 쏸은 계속 찾고 있었으나 두 사람의 손은 그대로 쥔 채였다. 별안간 손이 꽉 죄어들었다.

"있다."

아아, 살았다! 그러나…….

"설마 돌멩이는 아닐 테지?" 또 한 사람이 물었다.

바닥에는 석회 조각이 많이 떨어져 있었다.

"이리 줘봐!" 카토프가 말했다.

그는 손가락 끝으로 그 모양을 확인했다.

그는 그것을 돌려주었다. 돌려주고 다시 자기 손을 찾고 있던 손을 더욱 힘껏 쥐었다. 그리고 어깨를 떨고 이를 닥닥 부딪치며 기다렸다. '은종이에 싸두긴 했지만, 청산가리가 변질되지만 않았다면.' 그는 생각했다. 카토프가 잡고 있던 손이 별안간 그의 손을 비틀었다. 어둠 속에 잠긴 육체와 그 손을 통해서 소통되듯이 그는 그 육체가 굳어져 가는 것을 느꼈다. 그는 그와 같은 경련적인 질식이 부러웠다. 그와 거의 동시에 나머지 한 사람이 숨이 답답한 듯 소리를 질렀으나 아무도 주의를 기울이지 않았다. 그 뒤에는 아무 소리도 들리지 않았다. 카토프는 자기 혼자 버려졌음을 느꼈다. 그는 몸을 돌려 납작 엎드려서 기다렸다. 어깨가 계속 떨리며 진정되지 않았다.

한밤중에 사관이 다시 나타났다. 병사 여섯 명이 총을 서로 절꺼덕 부딪치면서 수형자들 곁으로 다가왔다. 죄수들은 모두 눈을 뜨고 있었다. 새 칸델라르도 다만 흐릿한 긴 형태와 빛을 받아 반짝이는 몇 개의 눈을 비출 뿐이었다. 여기는 이제 땅속에 파인 무덤구덩이와 다름없었다. 카토프는 겨우 일어날 수 있었다. 호송대를 지휘하고 있는 사나이가 기요의 팔을 잡으니 굳은 것을 느꼈다. 그는 곧 쏸을 잡았다. 쏸도 굳어 있었다. 그러자 죄수들의 첫 줄에서 마지막 줄까지 웅성거림이 번져 나갔다. 대장이 기요의 발을 들어 올리고 이어 쏜의 발을 들어 올렸다. 둘 다 굳은 채 쿵 하고 아래로 떨어졌다. 그는 사관을 불렀다. 사관도 같은 짓을 했다. 죄수들 사이에서 웅성거림이 점점 퍼져 나갔다. 사관은 카토프를 쏘아보았다.

"이놈들 모두 죽었나?"

어째서 이에 대답할 필요가 있을까?

"몰려 있는 이 여섯 놈들을 떼놔라!"

"그래 봐야 헛수고인걸." 카토프가 대답했다. "내가 이 친구들에게 청산가리를 주었으니까."

사관은 머뭇거렸다.

"너는 어떻게 됐나!" 겨우 그가 물었다.

"두 사람분밖에 없었거든." 카토프는 아주 통쾌한 듯이 대답했다.

'개머리판으로 얼굴을 얻어맞겠구나.' 그는 생각했다.

죄수들의 웅성거림이 거의 떠들썩한 고함으로 변했다.

"자, 가자." 사관은 이렇게만 말했다.

카토프는 자기가 앞서 사형 선고를 받았다는 것, 기관총이 자기에게 돌려진 것을 보았다는 것, 또 일제 사격 소리를 들었다는 것 등을 결코 잊지 않았다······ '여기서 나가면 곧 한 놈쯤 목을 졸라 주자. 내가 목을 죄고 있으면 놈들도 부득이 빨리 날 처치하겠지. 나는 불타 죽거나 죽어서 불에 타게 될 테지.' 이런 생각에 잠겨 있을 때 병사 하나가 카토프의 윗몸을 꽉 붙들더니, 또 한 병사가 그의 두 손을 등으로 돌려서 묶었다. '놈들이 운이 좋았어. 하는 수 없군. 나는 불 속에서 타 죽게 되나 보군.' 그는 생각했다.

카토프는 걷기 시작했다. 신음이 들리고는 있었지만, 환기창을 닫은 것처럼 다시 침묵이 흘렀다. 칸델라르가 시커먼 카토프의 그림자를, 마치 아까 흰 벽에 비쳤듯이 이번에는 어둠 속 큰 창문 위에 던졌다. 그는 무거운 걸음걸이로 한 걸음 한 걸음 천천히 걸었다. 상처 탓이다. 그의 흔들거리는 몸이 칸델라르에 가까이 가자 머리 그림자가 천장으로 사라져 갔다. 방의 암흑 전체가 살아 있었다. 그리고 그의 한 걸음 한 걸음을 눈으로 좇고 있었다. 너무나 주위가 쥐 죽은 듯 고요해서 발로 땅바닥을 디딜 때마다 바닥이 울렸다. 머리라는 머리는 모두 아래위로 움직이면서 사랑과 공포와 체념에 잠겨 카토프의 발소리를 좇고 있었다. 그들의 몸 움직임은 한결같았다. 이렇게 비척비척 떠나가는 사나이의 모습을 지켜보고 있으니, 저마다 거기에서 자기의 모습을 발견한 듯한 느낌이 들었다. 모두 얼굴을 쳐든 채였다. 문이 닫힌 것이다.

코 고는 소리 같은 깊은 숨결 소리가 땅바닥에서 올라오기 시작했다. 아직 죽지 않은 자들은 고통에 이를 악물고 코로 숨을 내쉬면서 꼼짝도 않고 곧 들려올 기적 소리를 기다리고 있었다.

다음 날

벌써 5분 넘게 지조르는 파이프를 들여다보고 있었다. 그의 앞에는 불 켜진 램프(그러나 그것은 별로 그의 마음을 끌어당기지 않았다)와 열어 놓은 조그만 아편 상자, 깨끗이 닦인 바늘이 놓여 있었다. 밖은 어둠이 짙었다. 방 안에는 조그만 램프와 큼직한 장방형 불빛, 옆방으로 통하는 문이 열려 있었다. 그 옆방에는 기요의 시체가 옮겨져 있었다. 우천 체육관은 많은 죄인들을 수용하기 위해 깨끗이 치워졌다. 그래서 밖에 버려진 시체를 가져가는 것은 아무도 막지 않았다. 카토프의 시체는 발견되지 않았다. 메이는 중상자라도 다루듯이 조심스레 기요의 시체를 날라 왔다. 기요는 거기에 누워 있었다. 그것은 기요가 자살하기 전에 상상한 것처럼 온화한 모습이 아니라, 질식으로 일그러져서 사람으로 보이지 않는 모습이었다. 메이는 죽은 사람의 화장(化粧)을 하기 전에 그의 머리를 빗겨 주고 있었다. 그리고 이제 마지막 보는 그 얼굴을 향해서 마음속으로 어머니가 자식에게 하는 듯한 비통한 말을 속삭이고 있었다. 그녀는 자기 귀에 들리는 것이 두려워 입 밖에 내어 말하지는 않았다. 그녀는 '내 사랑하는 사람' 하고 속으로 중얼거렸다. 마치 '내 육체'라고 말하듯이. 그녀는 자기가 빼앗긴 것이 남이 아니라 자기 자신의 어떤 것, '내 생명……'이라고도 할 수 있는 것임을 알고 있었다. 그녀는 죽은 사람에게 이런 말을 하고 있다는 것을 깨달았다. 그러나 그녀의 눈물은 벌써 오래전에 말라 버린 뒤였다.

'아무도 돕지 못하는 고뇌는 도대체 어리석은 것이다.' 지조르는 생각했다. 그는 램프 불빛에 졸음을 느껴 비몽사몽 속으로 달아나고 있었다. '내 평화는 그곳에 있다. 내 평화는.' 그는 생각했다. 그러나 그는 감히 손을 내밀려고는 하지 않았다. 그는 내생(來生)도 믿지 않았으며, 죽은 자를 존경하지도 않았다. 그렇지만 그는 손을 내밀려고는 하지 않았다.

메이가 곁으로 다가왔다. 그 입은 힘없이 일그러지고, 눈은 공허했다. 그녀는 살며시 지조르의 팔목에 자기 손을 갖다 댔다.

"이리 좀 와주세요." 그녀는 불안스러운 듯이 거의 속삭이는 소리로 말했다. "그이의 몸이 좀 따뜻해진 것 같아요……."

지조르는 메이의 눈을 찾았다. 그녀의 얼굴은 고뇌로 수척했지만, 조금도 헝클어져 있지는 않았다. 그녀는 조용히 마음을 가라앉히고 지조르를 지켜보았다. 그녀의 모습에는 희망보다도 기도의 감정이 깃들어 있었다. 독약의 효과라는 것은 믿을 수 없는 것이 보통이다. 게다가 그녀는 의사였다. 지조르는 일어서서 그녀 뒤를 따라갔다. 너무 큰 기대를 걸지 않도록 스스로 자제하면서. 섣불리 거기에 기댔다가 기대가 어그러졌을 때는 못 견딜 것 같았기 때문이다. 그는 기요의 창백한 이마를 짚어 보았다. 이제 결코 주름 잡히는 일이 없을 그 이마를. 이마는 싸늘했다. 그것은 의심할 여지 없이 죽음의 차가움이었다. 지조르는 손을 떼려고도 하지 않고 메이의 눈을 보려고도 하지 않았다. 기요의 벌린 손만 들여다보고 있었다……

"틀렸어." 지조르는 다시 고뇌로 되돌아가서 말했다. 아니, 그는 고뇌에서 빠져나와 있었던 것은 아니었다. 아까 메이의 말을 들었을 때도 그녀의 말을 믿지 않았던 것을 깨달았다.

"할 수 없네요……." 그녀는 대답했을 뿐이다.

메이는 지조르가 망설이며 옆방으로 사라지는 것을 지켜보았다. 그는 무엇을 생각하고 있을까? 기요가 살아 있었을 때는 어떤 생각이고 기요와 관계없는 것이 없었다. 이 죽음은 그녀에게 무언가를, 그녀도 무엇인지 알 수 없었지만, 아무튼 틀림없이 존재할 어떤 대답을 기다리고 있었다. 아아, 장송의 기도와 화환이 바쳐지는 자들의 비속한 행복이여! 그녀가 아직 어느 어린아이에게도 준 적 없는 모성적인 애무를 그녀의 손에서 끌어내게 한 그 고뇌. 또 더없이 정다운 형태로 죽은 사람에게 말을 건네게 하는 그 무서운 마음의 호소. 그 어떤 대답은 고뇌와 호소 저편에 있는 것이다. 바로 어제 "나는 당신이 죽은 줄만 알았지" 하고 말한 이 기요의 입도 이제 영원히 열리지 않을 것이다. 여기 남아 있는 덧없는 삶의 잔해—이 육체—가 아니라 죽음 그 자체와 그녀는 일체가 되어야만 했다. 그녀는 꼼짝도 않고 서 있었다. 체념의 기분으로밖에 바라볼 수 없는 그 숱한 고뇌를 기억의 밑바닥으로부터 끌어내면서 될 대로 되라는 허무의 안일 속에 온몸을 내맡긴 채. 지조르는 다시 긴 의자에 드러누웠다.

'다시 눈을 떠야 하나? ……얼마 동안이나 아침마다 기요의 죽음을 생각해야 하나?' 파이프는 그 자리에 있었다. 그의 평화가. 손을 뻗쳐 아편 알을 만들어 넣으면 된다. 15분쯤 뒤에는 죽음조차도 바다처럼 너그러운 마음으로 생각하게 되리라. 자기를 해치려는 어느 마비 환자를 대하듯이. 말하자면 죽음은 이제 그에게까지는 미치지 못하며 모든 힘을 잃고 넓은 정적 속에 서서히 녹아드는 것이다. 해방은 그곳에, 바로 가까이에 있었다. 죽은 자에게는 어떠한 구원의 손길도 닿을 수 없다. 그런데 왜 그 이상 괴로워해야 하나. 고뇌는 사랑에 바치는 공물일까, 아니면 공포에 바치는 공물일까? ……여전히 쟁반에 손을 댈 용기가 없었다. 고뇌가 욕망과 억눌린 오열과 더불어 그의 목을 죄었다. 그는 무심코 그 자리에 있던 팸플릿을 집어 들었다(그는 기요의 책에 결코 손을 댄 적이 없었다. 손에 집어도 그것을 읽으려는 것이 아님을 자신도 알고 있었다). 그것은 《베이징 정계(政界)》의 어느 달 것이었으며, 기요의 시체가 운반되어 왔을 때 그곳에 떨어져 있었던 것이다. 이 호(號)에는 지조르가 대학에서 추방되는 원인이 된 연설이 실려 있었다. 그 여백에는 기요의 필적으로, "이것은 우리 아버지의 연설이다"라고 적혀 있었다. 기요는 한 번도 아버지의 연설에 동감한다는 말을 아버지에게 한 적이 없었다. 지조르는 조용히 팸플릿을 덮고 덧없이 사라져 간 자기 희망의 흔적을 바라보았다.

지조르는 문을 열고 어둠 속에 아편을 내던졌다. 그리고 되돌아와서는 힘없이 어깨를 늘어뜨린 채 날이 새기를 기다렸다. 고뇌와의 대화에 지쳐서 그것이 가라앉기를 기다렸다…… 지나친 고통에 입은 반쯤 벌어지고 평소의 그 근엄한 표정도 망연한 표정으로 바뀌어 있었지만, 자제력까지 모두 잃은 것은 아니었다. 오늘 밤 그의 한평생은 일변하려 하고 있었다. 사고력도 죽음이 인간에게 강요하는 급격한 변화에 대해서는 거의 무력한 것이었다. 오늘부터 그는 자기 자신에게 되돌아간 것이다. 외계는 이제 의의를 상실하고 더는 존재하지 않는 것이었다. 여태까지 그를 이 세상과 결부시켜 왔던 이 시체 곁에서 언제까지나 꼼짝도 않고 있다는 것은 신(神)의 자살과도 같은 것이었다. 그는 기요에게 출세도, 아니 행복조차도 기대하고 있지 않았다. 그러나 기요가 없는 세계는……
'나는 시간 밖에 던져져 있다.' 그는 생각했다. 자식이라는 것은 시간이나 사상(事象)의 흐름에 따르는 것이었다. 아마 지조르도 마음 밑바닥에는 고뇌와 더불어 희망을, 별로 이렇다 할 것도 없는 희망과 기대를 느끼고 있었을 것이 틀림없다. 그는 그의 애정이 짓밟힌 뒤에야 비로소 그런 것을 깨달았던 것이다. 그런데! 그를 파괴한 모든 것은, 그의 마음속에서 열광적인 환대를 받고 있었다. '죽는다는 것에는 아름다운 무엇이 있다.' 지조르는 속으로 중얼거렸다. 그는 인간의 근원적인 고뇌가 자기 내부에서 떨고 있는 것을 느꼈다. 그것은 외계의 존재나 사물에서 오는 고뇌가 아니라 인간 자체에서 솟아오르는 고뇌, 삶이 우리를 거기서 벗어나게 하려고 노력하는 고뇌였다. 지조르도 그런 고뇌에서 빠져나올 수는 없었다. 그것은 오직 잊는 방법으로써만 가능했다. 그런데 그는 거꾸로 점점 더 그 속으로 빠져들어 갔다. 마치 그러한 무서운 명상이 죽음이 들을 수 있는 유일한 음성인 것처럼. 마치 그의 마음속까지 스며든 이 인간이라는 고뇌가 살해된 아들의 시체가 들을 수 있는 유일한 기도인 것처럼.

제7부

파리 7월

페랄은 그의 재단을 신랄하게 공격하고 있는 신문으로 부채질을 하면서 맨 나중에 재무장관 대기실에 나타났다. 거기에는 자금국의 국장 대리—국장인 페랄의 형은 현명하게도 지난주부터 병으로 누워 있었다—프랑스 은행의 대표자, 프랑스 최대의 상업은행 대표자, 그 밖에 여러 은행의 대표자들이 떼를 지어 기다리고 있었다. 페랄은 그 한 사람 한 사람을 잘 알고 있었다. 그곳에는 명문의 아들이나 사위 같은 사람들, 재무 감독국과 자금국의 오랜 관리들이 있었다. 정부와 은행의 관계는 매우 긴밀해서 은행은 관리들과 밀접히 결부되어 있으면 반드시 무언가 이익이 있었으며, 따라서 관리들은 은행에 있는 옛 동창들에게 언제나 융숭한 대접을 받게 되는 것이다. 페랄은 그들의 얼굴에 스친 놀라운 빛을 놓치지 않았다. 왜냐하면 그가 으레 그들보다 먼저 와서 기다렸기 때문이다. 그가 그곳에 없는 것을 보고 그들은 페랄이 오늘 초청되지 않았나 보다고 생각했었다. 그가 이렇게 맨 나중에 나타난 것은 여러 사람들에게 뜻밖의 느낌을 주었다. 모든 것이 그와 그들 사이를 떼어 놓고 있었다. 페랄이 그들에 대해서 생각하고 있는 것, 그들이 그에 대해서 생각하고 있는 것, 또 그들의 복장까지도 그러했다. 마치 다른 두 종족처럼.

그들은 곧바로 안내되었다.

페랄은 장관과 거의 안면이 없었다. 장관의 어딘가 전(前)세기 인물 같은 얼굴 표정은 필리프 오를레앙 섭정 시대(1715~23)에 썼던 가발처럼 풍부한, 그의 숱 많은 백발에서 오고 있는 것일까? 맑은 눈에 품위 있는 얼굴, 애교 있는 그 미소—그는 국회의원을 오래 지냈다—는 장관이 참으로 따뜻한 사람이라는 전설과 부합하고 있었다. 그런데 그 전설과 더불어, 그가 나폴레옹파의 파리〔蠅〕에 물리면 금방 무뚝뚝해진다는 전설 또한 유명했다. 모두가 자리에 앉았을 때 페랄은 유명한 일화 하나를 떠올렸다. 이 장관이 전에 외무장관이었을 때의 일이다. 그가 모로코에 파견되는 프랑스 사절의 모닝코트 자락을 잡아당긴 순간 코트 뒷솔기가 북 뜯어졌다. 그는 벨을 울려서, "손님께 드릴 내 모닝코트를 한 벌 가져오너라!" 하고 소리쳤다. 하인이 방에서 나가려고 하자 다시 벨을 울려 불러서는, "제일 헌 것이면 된다! 좋은 것을 입을 만한 사람은 못 되니까" 하고 덧붙였다 한다. 입으로 약속하고 있는 것을 그 자리에서 부정하고 있는 것처럼 보이는 저 눈만 없더라면 그의 얼굴은 매우 매혹적이었을 것이다. 그의 한쪽 눈은 다쳐서 유리 의안(義眼)이었던 것이다.

사람들은 자리에 앉아 있었다. 장관 오른쪽에는 자금국의 국장 대리, 왼쪽에는 페랄이 자리를 잡았다. 그리고 은행 대표자들은 사무실 안쪽에 있는 긴 의자에 앉았다.

장관이 입을 열었다. "그러면 여러분, 여러분을 오시게 한 이유는 이미 알고 계실 줄 압니다. 아마 여러분께서는 이미 문제를 검토하셨을 줄 압니다. 페랄 씨에게 그 요령을 말씀해 주시도록 부탁드리고, 이어 페랄 씨의 의견을 들어 보기로 하겠습니다."

대표자들은 페랄이 여느 때처럼 또 익살을 부릴 것이 틀림없다고, 끈기 있게 기다렸다. 페랄이 시작했다.

"여러분, 오늘과 같은 이런 자리에서는 반드시 낙관적인 대차대조표를 보여 드리는 게 상례인 것 같습니다. 그러나 여러분은 이미 재무 감독국의 보고를 앞에 놓고 계실 겁니다. 솔직히 말씀드려서 우리 재단의 현 상태는 이 보고에 의해서 상상되는 것보다 훨씬 나쁜 상태에 있습니다. 나는 굳이 과장된 항목을 드는 것도 아니고, 또 불확실한 채권(債權)을 보여 드리려는 것도 아닙니다. 우리 재단이 빚을 지고 있는 것은 여러분도 잘 아시다시피 아주 명백한 사실입니다. 그런데 나는 어느 대차대조표에도 표시되어 있지 않은 대변(貸邊)의 두 점에 여러분의 주의를 환기시켜서 조력을 얻고자 하는 것입니다.

첫째, 우리 재단은 프랑스가 극동에 갖고 있는 이런 종류의 유일한 사업체라는 것입니다. 비록 수지가 적자라도, 파산 직전에 있더라도 그 조직은 완전무결한 것입니다. 빈틈없이 깔려 있는 대리점망(網), 중국 내륙 매매의 기지, 중국의 구매자와 인도차이나 생산회사와의 밀접한 관계, 이 모든 건 엄연히 현재에 존재하며 또 장래에도 유지될 것입니다. 내가 지금 양쯔강 연안에 있는 태반의 상인들에 대해서 프랑스를 대표하는 것은 우리 재단, 일본을 대표하는 것은 미쓰비시 재벌이라고 말한다 하더라도 그다지 지나치지 않을 것입니다. 우리 재단의 조직은 아시다시피 그 규모가 스탠더드 석유회사와 비견되는 것입니다. 게다가 그 중국 혁명만 하더라도 영원히 계속되지는 않을 것입니다.

둘째는 우리 재단이 중국 상업계의 대부분과 긴밀한 관계를 유지해 온 덕택에 내가 더없이 유효한 방법으로 장제스 장군의 패권 장악에 관계한 일입니다. 그래서 앞으로는 조약에 의해 프랑스에 허용되고 있는 중국의 철도 부설권은 우리 재단에 위임하도록 명백히 정해진 것입니다. 이것이 얼마나 중대한 일인가는 여러분도 잘 아시리라 믿습니다. 이 점을 잘 생각하셔서 우리 재단이 여러분께 요청하는 원조를 꼭 승낙해 주시기를 부탁드립니다. 아시아에서 프랑스를 대표하는 오직 하나의 강력한 조직인 우리 재단이 그곳에서 밀려나는 일이 없도록, 이런 부탁을 드린다는 것은 참으로 당연한 일이라고 생각합니다. 설령 이 재단이 설립자의 손에서 떠나는 한이 있더라도 말입니다.”

대표자들은 배부된 대차대조표를 주의 깊게 살펴보고 있었다. 하기야 다들 잘 알고 있는 것이어서 딱히 새로운 내용도 없었다. 그들은 모두 장관이 입을 열기를 기다렸다.

장관이 말했다.

“신용이 위협을 받지 않는다는 것은 정부의 이익일 뿐 아니라 마찬가지로 여러 은행의 이익이기도 합니다. 중국 산업은행이라든가 페랄 재단 같은 중요한 조직의 와해는 누구에게나 유감된 일임에 틀림없습니다······.”

그는 안락의자에 등을 기대어 멍한 눈으로 앞을 바라보며, 연필 끝으로 앞에 놓인 압지를 톡톡 때리면서 무관심한 태도로 말했다. 대표자들은 그의 태도가 좀더 명확해지기를 기다렸다.

프랑스 은행의 대표자가 입을 열었다.

“장관님, 나는 좀 다른 의견을 말씀드려야겠습니다. 나는 여기서는 신용 관계의 은행을 대표하지 않는 유일한 사람입니다.[1] 따라서 공평한 입장에 있죠. 과

---

1) 프랑스 은행은 발권은행이다.

연 지난 몇 달 동안 공황으로 말미암아 은행의 예금은 줄어들고만 있습니다. 그러나 6개월 뒤에는 인출된 돈이 자동적으로 회수될 것입니다. 특히 많은 담보를 제공하는 주요 은행의 경우 틀림없이 회수됩니다. 그래서 지금 문제가 되고 있는 재단의 몰락은 틀림없이 이 자리에 참석하신 여러분이 대표하는 은행에는 불리해지기는커녕 오히려 바람직한 일로 여겨지는 것입니다……."

"신용을 가지고 농간을 부린다는 것이 언제나 위험하다는 사실을 제외한다면 그것도 그렇겠지요. 지방 은행이 열다섯 군데나 파산하면, 예를 들어 그것이 가져다주는 정치적 처리만 생각해 보더라도 여러분의 은행으로 봐서는 결코 이익이 되지는 않을 것입니다."

'이런 이야기는 결국 무의미하다.' 페랄은 생각했다. '요컨대 프랑스 은행은 자기가 소용돌이 속에 휘말려들 것을 두려워하고 있으며, 만일 다른 은행이 돈을 내놓게 되면 자기도 돈을 내놓아야 할 것을 두려워하고 있는 것이다.' 모두 잠자코 있었다. 장관의 궁금한 듯한 눈이 대표자 한 사람의 눈과 마주쳤다. 경기병 중위 같은 얼굴에다 당장 그를 힐책할 듯한 험한 눈초리를 하고 있었다. 그는 뚜렷한 목소리로 말했다.

"오늘과 같은 이러한 회담에서는 보통 이런 말씀을 드리지 않는 것이 상례입니다만, 제시된 대차대조표의 모든 항목을 살펴보았을 때 내 견해는 페랄 씨만큼 비관적이지는 않다고 말씀드리고 싶습니다. 하기야 이 재단 관계 은행들이 곤란한 상태에 빠져 있는 것이 사실입니다. 그러나 그 가운데 몇몇 회사는 현상 유지만 하더라도 충분히 버텨 나가리라 봅니다."

"내가 여러분의 지원을 부탁드리는 것은 우리 재단 사업 전체입니다." 페랄이 말했다. "만일 우리 재단이 와해되는 날에는 프랑스로서는 이 사업의 의의를 모두 상실하고 마는 것입니다."

갸름하고 매우 영리해 보이는 얼굴의 대표자 하나가 입을 뗐다. "그러나 어쨌든 페랄 씨가 뭐라고 말씀하시건 재단의 주요 자산에 대해서는 낙관하고 계시는 것처럼 보이는데요. 재단의 채권(債券)은 아직 발행되지 않았지요?"

그는 말하면서 자꾸만 페랄의 상의 언저리를 힐끔힐끔 보고 있었다. 왠지 마음에 걸린 페랄은 그의 시선을 더듬어 겨우 깨달았다. 여기 있는 사람들 가운데 훈장을 받지 않은 것은 그 혼자뿐이었다. 그는 일부러 받지 않은 것이었다.

그에게 말하고 있는 사나이는 코망되르 훈장을 지니고 있었다.

그는 사람을 얕잡아 보는 듯한 페랄의 단추 구멍을 적의를 품고 바라보았다. 페랄은 자기 힘에 대한 존경 말고는 어떠한 존경도 여태까지 한 번도 바란 적이 없는 인간이었다.

"말씀대로 그것은 발행될 것입니다." 그는 말했다. "발행되어 소화되겠죠. 그것은 모두 미국 은행이 맡아 해주며, 미국 은행의 고객들은 은행이 사라는 것은 살 테니까 문제가 없습니다."

"그럼 그건 그렇다고 해둡시다. 채권은 소화된다고 치고, 철도는 어떻게 됩니까? 틀림없이 부설되나요?"

'마치 내가 무슨 대답을 할지 다 알고 있는 듯한 투로군.' 페랄은 좀 놀라면서 대답했다.

"자본의 대부분을 중국 정부에 투입할 필요는 없습니다. 물론 그것은 미국 은행이 자재 제조를 맡은 기업체에 직접 지불할 겁니다. 그렇지 않다면 과연 미국인이 이 채권에 투자를 하겠습니까?"

"그야 그렇지요. 그러나 장제스는 피살되거나 실각할는지도 모르지요. 만일 볼셰비즘이 다시 고개를 들면 채권은 발행할 수 없게 되지 않을까요? 내 생각으로는 아무래도 장제스는 패권을 유지할 수 없을 것 같은데요. 우리 손에 들어오는 정보는 그의 몰락이 머지않다고 말하고 있어서 말입니다."

"공산당원들은 곳곳에서 소탕되고 있습니다." 페랄이 대답했다. "볼로긴은 한커우를 떠나서 모스크바로 돌아갔고요."

"그야 공산당원들은 당했겠지만, 공산주의 그 자체는 그렇게 안 될걸요. 중국은 이제 결코 지난날의 중국으로 되돌아가지 않을 것입니다. 장제스가 승리를 차지한 뒤에도 공산주의의 새로운 파도가 다시 일어날 위험은 있습니다……."

"내 의견으로는 장제스가 앞으로 10년간은 정권을 쥐고 있으리라 믿어집니다. 아무튼 무슨 일이고 위험이 전혀 따르지 않는 일이란 있을 수 없지요."

페랄은 마음속으로 말하고 있었다—자네들은 용기에만 귀를 기울이게. 그건 아무 까다로운 소릴 하고 있지 않아. 저 터키(튀르키예)가 자네들에게 한 푼도 갚지 않고 자네들 돈으로 대포를 샀을 때는 어떠했는가? 자네들은 자네들만으로는 무엇 하나 큰 사업을 할 수 없었어. 자네들은 정부와 친밀한 관계가 되더니 비겁을 마치 총명처럼 생각하고 있단 말이야. 그리고 팔 없는 병신이기만 하면 '밀로의 비너스'가 되는 줄 안단(이건 좀 표현이 지나쳤나?) 말이야.

고수머리의 젊은 대표가 부드러운 목소리로 말했다.

"만일 장제스가 정권을 쥐면 중국은 세관의 자주권을 회복하려 할 것입니다. 페랄 씨가 가정하시는 일을 그대로 인정한다 하더라도 이 일은 만일 중국이 한 조각의 법률로 그것을 무효화해 버리는 날엔 아무 가치도 없는 것이 되어 버리지 않을까요? 이에 대해서는 여러 가지 대답이 나올 줄 압니다만……."

"그렇습니다, 여러 가지 대답이 있습니다." 페랄이 말했다.

사관 같은 얼굴을 한 대표자가 말했다.

"아무튼 이 사업이 불확실하다는 데는 이론의 여지가 없군요. 설령 거기에 아무런 위험도 없다고 인정한다 하더라도 아직 그것은 장기간의 신용을 필요로 한다는 난점이 있습니다. 게다가 실제에 있어서 이에 손을 댄다는 것은 기업 그 자체의 소용돌이 속에 휘말려 드는 셈이 되니까요…… 제르맹 씨가 아닐린 염료회사에 손을 댔다가 하마터면 리옹 은행[2]을 파산시킬 뻔한 것을 우리는 이미 잘 알고 있는 바입니다. 하기야 이 사업은 프랑스의 가장 유명한 사업 가운데 하나이긴 하지만 말입니다. 우리의 직능은 기업 그 자체에 관여하는 것이 아니라 다만 담보물에 대해서 돈을 빌려주는 일입니다. 그것도 단기간의 돈이지요. 그 이외는 우리 영역 밖의 일입니다. 그것은 산업은행이 다룰 영역이지요."

또다시 침묵, 긴 침묵.

페랄은 어째서 장관이 주선해 주지 않는지 그 이유를 이것저것 생각하고 있었다. 모두, 그리고 그 자신도 아시아의 의식적(儀式的)인 용어같이 형식적이고 가식적인 말로 지껄이고 있었다. 하기야 이러한 일은 중국에 한한 일은 아니었다. 페랄 재단의 담보물이 충분치 않다는 것은 명백한 일이었다. 만일 충분하다면 그가 이 자리에 앉아 있을 까닭이 없는 것이다. 전쟁 이래 대은행이나 상업은행이 추천한 주식과 상업 채권을 샀기 때문에 프랑스의 국민저축이 입은 손해는 약 400억 프랑에 이르고 있었다. 이것은 분명히 프랑크푸르트 조약으로 프랑스가 입은 손해 이상인 것이다. '바로 공갈 전문의 적색 신문이 말하는 대

---

2) 프랑스 대은행의 하나.

로군.' 페랄은 생각했다. 짜증스러운 기분이 그에게 힘을 주었다. 수지 안 맞는 거래는 정상적인 거래 이상으로 훨씬 비싼 커미션을 지불해야만 한다. 요는 그뿐이다. 그러나 이런 수지 안 맞는 거래도 한 패거리의 누구에게서나 은행에 소개를 받아야만 했다. 만일 장관이 정식으로 알선해 주지 않으면 여기 있는 사람들은 돈을 내지 않을 것이다. 왜냐하면 페랄은 그들 패거리가 아니기 때문이다. 그는 결혼도 하지 않았다. 여성 관계로 여러 가지 염문도 많았다. 게다가 아편을 피운다는 혐의도 받고 있었다. 그는 레지옹 도뇌르 훈장을 경멸해 왔다. 너무나도 자존심이 강해서 순응주의자도 위선자도 되지 못했다. 위대한 개인주의란 위선의 비료 위에서가 아니면 충분히 발달하지 못하는지도 모른다. 보르자는 우연히 교황이 된 것이 아니다…… 위대한 개인주의가 거리낌 없이 활보한 것은 18세기 말의 선행 미덕에 취해 있던 프랑스 혁명가들 사이에서가 아니라, 르네상스 시대의 분명히 기독교적이었던 사회 조직 속에서였던 것이다…….

"장관님." 대표자 가운데 가장 나이 많은 사람이 입을 열었다. 그는 파도인 양 굽이치는 그 머리칼처럼 하얀 짧은 입수염을 음절과 함께 씹고 있었다. "우리가 정부에 협력하고 싶어 한다는 것은 더 말할 나위도 없는 일입니다. 알겠습니다. 안심하십시오."

그는 코안경을 벗었다. 손가락 사이가 약간 벌어진 그의 손짓은 마치 장님의 손짓 같았다.

"그렇다고 하더라도 역시 어느 범위에서 협력해야 할지 알아야겠지요! 우리는 각자 500만 프랑쯤이면 관여할 수 없다고는 말하지 않겠습니다. 그 정도면 괜찮겠지요?"

장관은 가냘프게 어깨를 움츠렸다.

"문제는 그 정도가 아닙니다. 원체 페랄 씨의 재단은 적어도 2억 5천만 프랑이나 되는 예금을 상환해야 하니까요. 그러니 어떻게 하시겠습니까? 만일 정부가 이와 같이 중요한 재단의 파산을 유감으로 생각한다면, 정부가 직접 자금을 융통할 수도 있는 것입니다. 프랑스의 예금자나 안남(베트남)의 예금자를 구하기 위해서라면, 역시 프랑스 은행이나 인도차이나 총독부 쪽이 우리들보다 훨씬 적임자로서 지정되어야 할 것입니다. 뭐니 뭐니 해도 우리 역시 우리 자신의 예금자와 주주를 갖고 있으니까요. 우리는 저마다 여기서는 각자의 은행을 대표하고 있는 데 지나지 않는 것입니다……."

페랄은 마음속으로 중얼거렸다. '여기서 만일 장관이 재단을 확실히 치켜세워 주기만 하면 예금자니 주주니 하는 것은 새삼 문제가 되지 않을 텐데.'

"……그럼 우리들 가운데 누가 단언할 수 있겠습니까? 쓰러져 가는 재단을 유지하는 데만 충당되는 대부를 주주들이 승인할 것이라고 말입니다. 장관님, 주주들이 생각하고 있는 것을—그건 단순히 그분들만의 생각이 아닙니다만—우리는 잘 알고 있습니다. 말하자면 상거래는 더 건전히 이루어져야 한다, 장래성이 없는 사업은 파산되어야 한다, 그리고 그런 사업을 인위적으로 유지한다는 것은 많은 사람들에게 더할 나위 없는 폐를 끼치는 일이다, 이렇게 생각하고 있는 것입니다. 만일 이미 가망 없는 사업이 언제까지나 기계적으로 유지된다면 프랑스 상업의 생명이라고도 할 자유경쟁의 효력은 대체 어떻게 되겠습니까?"

'웃기지도 않는군. 당신네는 지난달, 관세의 32퍼센트 인상을 정부에 요구했었지? 아마 그 자유경쟁을 돕기 위해서였나?' 페랄은 속으로 맞받아쳤다.

"그러니…… 어떻게 하시겠습니까? 아까 어느 분인가가 정확하게 말씀하셨듯이, 우리의 사업은 담보에 의하여 돈을 빌려주는 일입니다. 페랄 씨가 우리에게 제공하시는 담보에 대해서는…… 장관님은 페랄 씨 자신의 입으로 들으셨겠지요. 정부는 페랄 씨 대신 재단이 필요로 하는 자금을 제공하기 위한 담보를 우리에게 주시는 겁니까? 간단히 한마디로 말씀드려서 정부는 아무런 보상의 약속도 없이 우리에게 요구하시는 겁니까? 아니면 국고의 운영을 용이하게 하기 위해 조력을, 더욱이 장기간에 걸친 조력을 의뢰하시는 겁니까? 물론 페랄 씨가 아니라 정부가 말입니다. 첫째의 경우라면 물론 우리는 할 수 있는 한 헌신적으로 도와드릴 생각입니다. 그러나 결국 우리는 우리 주주의 이익을 생각하지 않을 수 없습니다. 둘째의 경우라면, 대체 무슨 담보를 주시겠다는 말씀입니까?"

'마치 이건 암호로 지껄이는 거나 같군.' 페랄은 생각했다. '만일 우리가 희극을 연출하고 있는 것이 아니라면 장관은 마땅히 이렇게 대답할 것이다—나는 지금 헌신적이라는 말의 희극미를 실컷 맛보았다. 여러분의 이익 대부분은 정부와의 관계에서 오고 있는 게 아니던가? 여러분은 여러분 은행의 중요한 기능을 발휘하고 있는 수수료로 살고 있는 것이지 결코 노력이나 일의 능률로 살아가는 게 아니다. 정부는 금년에 여러 가지 형식으로 1억 프랑의 돈을 주었다. 정부는 그 가운데 5천만 프랑을 회수하자는 것이다. 정부의 이름을 축복해서 좋게 타협하면 어때?—이렇게 말이야. 하지만 장관이 이런 말을 할 염려는 없겠군.'

장관은 책상 서랍에서 부드러운 캐러멜 상자를 하나 꺼내어 차례로 돌렸다. 페랄을 제외하고 모두 하나씩 입에 넣었다. 페랄은 대표자들이 무엇을 바라고 있는지 환히 알고 있었다. 장관에게 무언가 좀 주지 않고는 이 방을 나갈 수 없으므로 그들이 돈을 낸다는 것은 확실한 일이었다. 그러나 되도록 적은 액수를 지불하려는 것이다. 그런데 장관은…… 장관은 틀림없이 이런 생각을 하고 있으리라.

"슈아죌[3]이 지금의 내 위치에 있다면 과연 어떤 일을 하는 체했을까?"

페랄은 이렇게 생각하며 그의 발언을 가만히 기다렸다. 그렇다, 이 장관은 옛 왕국의 위인한테서 의지에 대한 교훈을 끌어낼 생각은 하지 않았지만, 태도라든가 아이러니에 대한 교훈을 받고 있었던 것이다.

장관은 연필 끝으로 책상을 톡톡 두들기며 말했다.

"자금국의 국정 대리도 나와 같은 말을 여러분께 하겠지만, 그런 담보는 국회의 협찬 없이는 여러분께 드릴 수가 없는 것입니다. 여러분, 오늘 나는 여러분께 와주십사고 부탁드렸습니다만, 그것은 우리가 토의하고 있는 문제가 실은 바로 프랑스의 위신에 관한 문제이기 때문입니다. 이와 같은 문제를 공중의 여론 앞에 드러내는 것이 과연 우리 프랑스의 위신을 옹호하는 방법이라고 생각하십니까?"

"그렇군요, 지당한 말씀이죠. 하지만 장관님……."

침묵. 마침 대표자들은 한참 캐러멜을 씹고 있었으므로 입을 벌리면 느닷없이 오베르뉴 사람 같은 말투가 될 것 같았다. 그래서 자못 생각에 잠긴 듯이 얼버무렸다. 장관은 빙긋 웃지도 않고, 이런 그들을 한 사람 한 사람 둘러보았다. 유리 의안을 낀 방향에서 그의 옆얼굴을 보고 있던 페랄은 참새 떼 속에서 아

<hr>

3) 루이 15세 시대의 외교관·정치가. 빈(Wien) 주재 대사를 지냈으며 오스트리아와의 동맹을 체결시킴.

주 냉혹하게 꼼짝도 하지 않는 커다란 흰 금강앵무새라도 보고 있는 듯한 느낌이 들었다.

장관이 다시 입을 열었다. "여러분, 그럼 이 점에 대해서는 우리 모두 이의가 없을 줄 압니다. 이 문제를 고찰하여 보더라도 예금은 무슨 일이 있어도 지불되어야 되겠지요. 인도차이나 총독부는 재단의 재기를 위해서 필요한 자금의 5분의 1을 맡기로 하겠습니다. 그런데 여러분은 얼마나 맡아 주실 수 있을까요?"

이제 모두 캐러멜에서 피신처를 찾고 있었다. '재미있어지는군.' 페랄은 속으로 중얼거렸다. '딴전을 피울 모양이군. 하지만 결과는 캐러멜을 입에 넣지 않더라도 마찬가질걸……' 그는 장관이 꺼낸 의론의 가치를 잘 알고 있었다. 전에 그의 형은 국회의 협찬 없이 자금국에 공채 이율의 절감을 요청한 사람들을 향해서, "그런 짓을 하다가는 나도 귀여운 딸자식들에겐들 내 독단으로 2억 프랑쯤 왜 못 주겠습니까?" 하고 대답했다.

침묵. 이번 침묵은 여태까지보다 훨씬 길었다. 대표자들은 서로 수군수군 말을 주고받았다.

페랄이 말했다. "장관님, 만일 우리 재단이 건전한 사업을 어떡하든 본래대로 복구하고 그 예금도 꼭 변제되어야 한다면 더 큰 노력이 기울여져야 한다고 생각지 않으십니까? 하기야 재단의 유지도 그 노력에서 제외되어서는 안 되지요. 그만큼 광범위한 프랑스의 한 조직체의 존재는 국가적 견지에서 보면 수억 프랑의 예금과 맞먹는 중요성을 지녔다고 할 수 있지 않을까요?"

"사실 500만 프랑쯤이야 대단한 숫자가 아니지요, 여러분." 장관이 말했다. "이쯤에서 꼭 여러분이 아까 하신 헌신적이라는 말씀에 호소해야겠습니다. 여러분이, 아니 여러분 은행의 중역회의가 어떡하든 국가에 의한 은행 통제를 피하려하고 있다는 것을 나도 잘 알고 있습니다. 그러나 이 재단의 몰락 같은 예는 여론을 그러한 통제의 요구 쪽으로 몰아세워, 그 통제가 불가피하고 일각의 주저도 없는 성급한 것이 될지도 모른다고는 생각지 않으십니까?"

'이건 점점 더 중국식을 닮아 가는데.' 페랄은 속으로 중얼거렸다.

장관의 이러한 말은 요컨대 '고작 500만 프랑 같은 푼돈이라면 아예 그만둬라'는 뜻이다. 은행의 통제라니, 그야말로 터무니없는 협박이다. 그러나 방책과는 정반대의 정책을 쓰고 있는 정부가 아닌가. 게다가 아바스 통신사를 손아귀에 쥐고 있는 이들 대표자 가운데 한 거물이 신문 지상에 장관에 대한 공격을 펼 생각을 하고 있지 않은 이상, 장관도 실제로 그와 같은 수단에 호소할 생각은 꿈에도 없는 것이다.

정부는 은행이 국가에 정면으로 대결하는 이상으로 가혹하게 은행에 도전할 수는 없는 법이다. 결국 다 한 패거리들인 것이다. 양쪽에 다 관계하고 있는 공통의 인간, 공통의 이해관계, 공통의 심리. 그런데 같은 회사라도 간부들끼리 반목이 있는 수가 있다. 어쩌면 그것이 있기 때문에 그 회사가 살아갈 수 있다고도 할 수 있다. 그러나 그것은 바람직스러운 것은 못 된다. 전에 아스토르 호텔에서 그러했듯이 페랄은 결코 허리를 굽히지 말아야 하고, 조금도 노여움의 빛을 나타내 보이지 않음으로써만 구제될 수 있었다. 하지만 그는 지고 있었다. 그는 자기가 유효한 인간이라는 것으로써 자기 가치를 구축해 온 사람이다. 그러나 지금은, 평소 인간적으로나 수완에 있어서 경멸해 온 그들에 대하여 바로 앞에서 굴욕적인 위치에 서게 되었지만, 그 입장을 보충해 주는 것은 아무것도 없었다. 확실히 그는 그들보다 약했다. 따라서 사업가로서의 방식에 있어서도 그의 모든 생각은 헛된 것이었다.

가장 나이 많은 대표가 다시 말했다. "장관님, 나는 다시 한번 국가에 대한 우리의 호의를 표명하고 싶습니다. 그러나 든든한 담보가 없으면 우리 주주들을 생각해서라도 이 재단과 거래할 수 없습니다. 그들이 요구하는 금액은 우리가 변제해야 하는 예금의 총액보다 많으니까요. 그리고 또 하나는 재단의 건전한 운영에서 얻을 수 있는 회수가 보장되어야만 합니다. 우리는 결코 이 회수에 집착하고 있는 것은 아닙니다만, 국가의 최고 이익을 존중해서 그러는 것입니다⋯⋯."

페랄은 또 이렇게 생각했다. '이 녀석은 호락호락 넘어갈 것 같지 않군. 퇴직 교수가 눈먼 오이디푸스로 분장하고 나선 꼴을 해가지고. 프랑스 자체가 그렇지만, 프랑스의 바보들은 모두 은행 대리점의 지배인을 찾아가서 의논한단 말이야. 그리고 러시아나 폴란드나 북극에서 전략철도를 부설하는 얘기가 되면 털가죽 같은 공채[4]가 그들에게 마구 강매된단 말이야! 이번 전쟁 뒤에도 긴 의

---

4) 발자크의 소설 《털가죽》에서는 털가죽이 차차 줄어들어 버린다. 여기서는 가치가 차차 하락하는 공채를 뜻한다.

자에 나란히 앉아 있는 이런 인간들 때문에 공채만으로 180억 프랑의 손해를 프랑스 예금자에게 입히고 있거든. 그것도 좋아. 이 친구는 10년 전에는 자주 말하고 있었지, 투자할 때 잘 알지도 못하는 사람에게 의논하는 인간이 파산하는 것은 당연한 일이라고 말이야. 180억 프랑. 상업 방면의 400억 프랑은 별개로 하고, 그리고 나도 제쳐 놓고 말이야…….'

"다미랄 씨 의견은 어떠시오?" 장관이 물었다.

"나는 장관께서 방금 들으신 말에 전적으로 찬성입니다. 모렐 씨와 마찬가지로 나도 내가 대표하는 은행을, 아까 모렐 씨가 말씀하셨듯이 담보도 없는 거래에 끌어넣을 수는 없습니다. 그것은 우리 은행을 유럽에서 가장 유력한 은행의 하나로 만든 원칙과 전통을 그르치는 일이 되기 때문입니다. 이 원칙과 전통은 여태까지 흔히 공격의 대상이 되었습니다만, 국가가 우리 은행에 헌신을 요구할 때는 언제나 그에 응할 수 있게 되어 있습니다. 그와 같은 국가의 요청은 이미 5개월 전에도 있었고, 또 지금도 나오고 있으며, 아마 내일도 있을 것입니다…… 장관님, 그와 같은 요청은 빈번한 것입니다. 그리고 우리는 언제나 거기에 응할 결심을 하고 있지요. 그러기에 더욱더 우리는 부득이 원칙과 전통에 따라 그 담보를 요구할 수밖에 없는 것입니다. 우리는 그 담보로 우리의 예금자를 안심시켜야 합니다. 그런 담보가 있어야만 비로소 우리는 장관님의 희망에 부응할 수 있는 것입니다…… 우리는 약 2천만 프랑 정도라면 어떻게 될 것으로 알고 있습니다."

대표자들은 깜짝 놀라며 서로 얼굴을 쳐다보았다. 이 안에 따르면 예금만은 지불할 수 있기 때문이다. 페랄은 이제야 장관의 속셈을 똑똑히 알았다. 그것은 이 사건의 소용돌이 속에 끌어들이지 않고 페랄의 형에게 만족을 준다는 것, 예금을 반제케 한다는 것, 은행에 돈을 내게 한다는 것(단 되도록 적게), 나무랄 데 없는 성명서를 작성할 수 있다는 것 등이었다. 이와 같이 양자 사이에 흥정이 이어졌다. 재단은 붕괴할지 모른다. 그러나 예금만 반제된다면 재단의 와해쯤 장관으로서는 전혀 문제가 아니다. 은행은 그들이 요구한 담보를 얻었다. 이만한 조치를 취해 두면, 설령 손해를 보더라도 얼마 안 되는 금액으로 끝낼 수 있다. 재단에서 유지하던 약간의 사업도 은행의 방계회사가 될 것이다. 그 밖의 일은…… 그들에게 걸리면 상하이의 모든 사건도 완전히 의미 없는 한

편의 난센스 극으로 끝날 것 같다. 그는 오히려 발가숭이가 된 자기를 느끼고 싶었다. 자기 사업이 억지로 빼앗기건 누군가 훔쳐 가건 아무튼 자기 손을 떠나 더라도 존속되는 것을 보고 싶었다. 그러나 장관은 장관대로 국회에 대한 두려 움밖에 생각지 않는 모양이다. 오늘 같은 날은 남의 모닝코트를 찢는 짓은 하지 않을 것이다. 페랄이 장관이라면 쇄신된 재단을 먼저 인수받아 유지를 위해서 는 무슨 일이든 감수할 것이다. 오래전부터 페랄은 은행을 도저히 개선의 여지 없는 비겁한 무리라고 단정해 왔다. 페랄은 그와는 아주 사이가 나쁜 어느 은 행가의 말을 긍지를 갖고 되새겼다. "페랄은 언제나 은행을 노름판으로 만들고 싶어 한단 말이야."

"장관님, 총리님의 특별 전화입니다."

"모든 일이 잘되었다고 전해 줘…… 아니, 내가 받지."

그는 나갔다. 잠시 뒤 돌아와서 중요한 상업은행의 대표자에게 눈으로 물었 다. 이 자리에서 상업은행을 대표하고 있는 것은 오직 그뿐이었다. 코안경에 나 란히 자란 꼿꼿한 입수염을 기르고, 대머리에 피로한 기색을 보이고 있는 이 사나이는 아직 한마디도 입을 떼지 않고 있었다.

그는 느릿느릿 말을 시작했다. "이 재단의 유지는 우리들에게는 전혀 흥미 없 는 일입니다. 철도 부설권은 조약으로 어김없이 프랑스에 보증되어 있습니다. 이 재단이 붕괴하면 다른 회사가 새로 생기거나 아니면 확장하거나 해서 그 뒤 를 잇게 되겠지요……."

페랄이 말을 받았다. "그런데 그 새 회사는 인도차이나를 완전히 공업화해 버리기도 전에 이익 배당을 시작할 겁니다. 그런데 그 회사는 장제스에게 조금 도 도움을 준 게 없으니 어떤 입장에 놓이게 될까요. 예컨대 여러분이 프랑스에 아무런 공헌도 해오지 않았다고 가정할 경우 오늘 여러분이 처할 그런 입장에 그 회사도 놓이게 되는 것입니다. 그리고 조약은 프랑스라는 병풍의 그늘에서 미국이나 영국 회사에 의해 알맹이는 모두 빼앗기고 말 것입니다. 그것은 불을 보듯 뻔한 일입니다. 그리하여 결국 여러분은 내게 거절하신 돈을 뒷날 그들에 게 빌려주게 되는 것입니다. 우리가 그 재단을 창설한 것은, 아시아에 있던 종래 의 여러 프랑스 은행이 중국인에게 대부하지 않고 영국인에게 대부하게 될 보 장 정책을 쓰고 있었기 때문입니다. 따라서 우리는 위험이 많은 정책을 쓴 셈이지요. 그것은······." 페랄은 말을 이었다.

"나는 거기까지 분명히 단언하는 것을 삼갔습니다만······."

"······그건 명백한 일입니다. 우리가 그 뒤처리를 한 것은 매우 당연한 일입니다. 저금은 580억 프랑의 손해까지는 보호되겠지요. (그는 입술 한 귀퉁이로 웃었다.) 580 몇억 프랑이면 안 되지요. 그러면 여러분, 여러분이 원하신다면 우리 재단이 어떻게 사라지는가, 그 종말의 모습을 함께 잘 지켜보도록 합시다."

고베(神戶)

화창한 봄빛 속에서 메이는 차를 잡아탈 돈도 없어서 가마의 집을 향하여 걸어 올라갔다. 그녀에게는 찻삯을 낼 돈마저도 없었다. 만일 지조르의 짐이 무거우면 배에 돌아갈 때 노화가에게 얼마간 돈을 빌려야 할 것 같다. 상하이를 떠날 때 지조르는 가마의 집에 머물겠다고 그녀에게 말했었다. 그리고 도착하자마자 주소를 알려 왔다. 그러나 그 뒤로 아무 소식도 없었다. 그가 모스크바의 쑨원 학원에 교수로 임명되었다는 소식을 전해 주었을 때도 답이 없었다. 일본 경찰이 두려워서였을까?

그녀는 걸으면서 베이한테서 온 편지를 읽었다. 그것은 배가 고베에 닿아 여권을 검사받을 때 그녀에게 건네진 것이었다. 그녀는 첸이 죽은 뒤 그 첸의 젊은 제자를 자기가 피신해 있던 별장에 숨겨 주었었다.

어제 에멜리크를 만났습니다. 그 사람은 메이 씨를 걱정하더군요. 지금은 전기 공장의 조립공이죠. 그는 저한테 이런 말을 했습니다. "난생처음으로 나는 왜 일을 하는가 그 이유를 똑똑히 알고 일하고 있네. 참을성 있게 죽음을 기다리면서 일하는 게 아니네······" 하고 말입니다. 지조르 선생님께 우리 모두 돌아오시기를 기다리고 있다고 전해 주십시오. 이곳에 온 이래 저는 선생님의 강의 가운데 이런 말씀을 떠올려 보고 있습니다. "문명을 구성하고 있는 가장 고뇌에 찬 요소, 이를테면 노예의 굴욕이나 현대 노동자의 노동 따위가 별안간 하나의 가치가 되었을 때 문명의 본질은 변한다. 즉 노예가 굴욕에서 달아나는 것이 아니라 그것에 구원을 기대할 때, 또 노동자가 노동에서 달아나는 것이 아니라 거기에서 생존 이유를 찾을 때를 말한다. 오늘날에 있어서는 여태껏 무덤으로 가득 찬 일종의 교회에 지나지 않던 공장이 지난날의 대사원 같은 것이 되어야만 한다. 그리고 인간은 그곳에서 여러 신(神) 대신 대지(大地)와 싸우고 있는 인간의 힘을 보아야만 한다……."

그렇다, 확실히 인간의 가치는 자기 힘으로 변화시킨 것에 의해서만 측정되는 것이다. 지금 중국 혁명은 무서운 병마를 거쳐 왔다. 그러나 죽지는 않았다. 그리고 그것을 이 세상에 낳은 것은 기요와 그 동지들인 것이다. 그들이 살아 있건 죽었건, 패자(敗者)건 아니건 그런 것은 문제가 아니었다.

저는 다시 선동자로서 귀국하려 합니다. 중국에선 아직 아무것도 끝나지 않았습니다. 아마 그곳에서 다시 뵙게 되겠지요. 메이 씨의 희망은 승인되었다고요…….

첸에 대해서는 한마디도 쓰여 있지 않았다. 메이는 베이가 써 보낸 편지를 매우 중히 여겼다. 편지에 가득 흘러넘치는 그 지성이라니! 전에 그가 첸에 대해서 그녀에게 말한 것도, 얼마나 청년 시절의 열광적인 지성에 의해 손상된 듯이 여겨졌던가! 신문을 오려 낸 쪽지 한 장이 접은 편지 사이에서 떨어졌다. 그녀는 그것을 주웠다.

노동은 계급 투쟁의 최대 무기가 되어야 한다. 현재 세계에서도 가장 중요한 공업화 계획이 실험되고 있다. 즉, 전 소비에트 러시아를 5개년간에 변화시켜서 유럽의 가장 강력한 공업국으로 만들고, 이어 미국에 따라붙어 능가하자는 것이다. 이 방대한 계획은…….

지조르가 문간에 우뚝 서서 메이를 기다리고 있었다. 그는 일본옷을 입고 있었다. 복도에는 짐이라곤 보이지 않았다.
"제 편지는 받아 보셨어요?" 그녀는 다다미와 벽지뿐, 장식이 없는 방에 들어서면서 물었다. 미닫이가 열려 있어서 바로 앞에 만(灣)의 전경이 펼쳐 있었다.
"그래, 받아 보았다"

"빨리 나가시죠. 배는 두 시간 있으면 떠나요."

"나는 안 갈 테다, 메이."

메이는 지조르를 쳐다보았다. '물어보아야 헛일이다. 곧 직접 설명하시겠지.' 그녀는 생각했다. 그런데 오히려 지조르가 물었다.

"너는 어떡할 참이냐?"

"여성 선전 공작반에서 일해 볼까 해요. 거의 그렇게 결정된 것 같아요. 저는 모레 블라디보스토크에 닿습니다. 그런 뒤 곧 모스크바로 떠날 거예요. 만일 일이 잘 안 될 때는 시베리아에서 의사로서 일할 생각이에요. 하지만 저는 이제 병자의 간호는 지긋지긋해졌어요…… 언제나 병자와 함께 산다는 건, 더구나 투쟁을 위한 것이 아닐 때는 일종의 습관적인 부드러움과 상냥한 마음씨가 없으면 할 수 없는 일이에요. 그런데 제 마음속에는 이제 어떤 종류의 부드러운 마음도 없습니다. 그리고 또 사람이 죽는 것을 보는 것은 이제 정말 견딜 수 없어요…… 하지만 결국 그렇게 해야만 한다면…… 그것은 또 기요의 원수를 갚는 방법의 하나이기도 한 거예요."

"내 나이쯤 되면 이제 복수 따윈 당치 않아……."

실제로 지조르는 어딘가 전과 달라진 듯했다. 마치 그의 오직 한 부분만이 이 방에 메이와 함께 있는 것처럼 그는 먼 곳에 떨어져 있었다. 지조르는 다다미 위에 몸을 쭉 뻗었다. 의자는 없었다. 메이도 아편 쟁반 옆에 다리를 뻗고 앉았다.

"아버님은 어떻게 할 작정이세요?" 그녀가 물었다.

지조르는 자못 덤덤히 어깨를 움찔했다.

"가마 덕분에 여기서 서양 미술사 강사 노릇을 하고 있지…… 그러니까 가장 본직으로 되돌아온 셈이야. 알겠지……."

메이는 은근히 놀라며 그의 눈을 들여다보았다.

"지금도, 우리가 정치적으로 타격받고, 우리 병원이 폐쇄된 지금도 비밀 단체가 모든 지방에서 재조직되고 있어요. 우리를 따라오는 민중은 자기들의 고생이 다른 사람들을 위해서지, 이전 시대의 업보가 아니라는 것을 이제 잊지 않을 거예요. 아버님은 언젠가 말씀하셨죠. '그녀들은 느닷없이 30세기 동안의 긴 잠에서 깼다. 다시 잠드는 일은 없을 것이다.' 아버님은 또 이런 말씀도 하셨어요. '3억의 비참한 인간들에게 반항 의식을 일깨워 준 사람들은, 지나가는 사람 같은 일시적 그림자가 아니다. 설령 얻어맞고 처형당하고 죽어 간 사람이라도……'"

메이는 한순간 입을 다물었다.

"그 사람들은 이제 이 세상에 없어요."

"나는 언제나 생각한다만 메이, 그건 다르다…… 기요의 죽음, 그것은 나에게는 단순한 고통이 아니야. 단순한 변화가 아니야. 뭐라고 말해야 좋을까…… 하나의 변모(變貌)지. 나는 이 세상을 별로 사랑해 온 게 아니야. 나를 인간과 이어 주고 있었던 것은 기요였지. 기요가 있었기 때문에 나에게도 인간이 존재하고 있었던 거야…… 나는 모스크바에 가고 싶지 않아. 가보았자 비참한 기분으로 강의를 해야 할 테니까. 마르크스주의는 이제 내 속에서 살고 있지 않아. 기요에게는 마르크스주의가 의지였지. 그렇지 않느냐? 그러나 내 눈에 그건 숙명이었던 게야. 내가 마르크스주의와 일치한 것은 나로 봐서 죽음의 고뇌가 숙명과 일치했기 때문에 그랬을 뿐이야. 하지만 이제 내 마음에는 메이, 고뇌라는 것이 거의 없어. 기요가 죽은 뒤 나에게는 죽는다는 것이 아무렇지도 않은 일이 되었어. 나는 죽음과 삶에서 동시에 해방된 거야─정말로 해방된 거다!…… 모스크바에 가서 무슨 할 일이 있을까?"

"다시 한번 변하실 거예요, 아마."

"이제 내게는 잃어버릴 아들이 없다."

지조르는 남성 못지않게 굳센 여성은 별로 좋아하지 않았다. 메이가 그와 결부되어 있었던 것은 단지 그가 아들을 위해서 며느리에게 주고 있던 애정과, 기요가 그녀에게 품고 있던 애정 때문이었다. 실제에 있어서 그녀의 지적이고 또 그의 짐작에 의하면 황폐한 애정은 그와는 도무지 인연이 없는 것이었다. 지조르는 일본 여성을 좋아했다. 왜냐하면 그는 상냥한 애정을 좋아했기 때문이다. 그로 봐서 애정은 투쟁이 아니라 사랑하는 얼굴을 믿고 바라보는 일이며, 더없이 조용한 음악을 구체적으로 생활 속에 실현하는 것이며, 가슴에 스며드는 정다움이었기 때문이다. 지조르는 아편 쟁반을 끌어당겨 파이프를 준비했다. 메이는 아무 말도 하지 않고 손가락으로 가까운 언덕 하나를 가리켰다. 거기서는 서로 어깨를 맞댄 100명쯤 되는 인부들이 무언지 잘 보이지는 않지만, 아무튼 매우 무거워 보이는 물건을 끌고 있었다. 그것은 1천 년 전 노예의 몸짓 그대로였다.

"음." 지조르는 잠시 말을 끊었다가 다시 이었다.

"하지만 잊지 마라. 저들은 언제라도 일본을 위해서 죽을 각오가 되어 있는 사람들이란다."

"그런 것이 언제까지 계속될까요?"

"내 목숨보다는 길 테지."

지조르는 파이프를 한 모금 깊숙이 빨아들였다. 그리고 다시 눈을 떴다.

"인간은 오랫동안 인생을 속일 수 있어. 하지만 결국엔 인생이 언제나 우리를 본연의 모습으로 되돌려주지. 모든 늙은이들이 그걸 여실히 말해 주고 있는 셈이야. 그렇지 않니? 숱한 사람들이 나이 먹어 늙은 뒤 공허를 느끼는 것은, 그들의 인생 또한 본래 공허했다는 것을 말할 따름이야. 사람들은 그걸 숨기고 있을 뿐이야. 하기야 그런 일도 별로 대단할 건 없지만. 인간은 현실이란 없다는 걸 알아야 해. 아편을 피우건 안 피우건, 있는 것은 관조(觀照)의 세계라는 것을 알아야 할 거야. 그리고 그 세계에서는 모든 것이 공허하다는 것도……."

"거기서 사람들이 뭘 관조하죠?"

"아마도 그 공허겠지…… 그것만이라도 대단한 일이니까."

기요가 일찍이 메이에게 한 말이 있었다. "아편은 아버지의 생활 속에서 큰 역할을 하고 있어. 그러나 아편이 과연 아버지의 생활을 결정짓고 있는 것인지, 아니면 아버지를 불안하게 만드는 어떤 힘을 정당화하고 있는 것인지를 이따금 생각하게 돼……."

지조르가 다시 입을 열었다. "만일 첸이 혁명 밖에서 살고 있었더라면 그는 틀림없이 살인 같은 것은 잊어버리고 있었을걸……."

"다른 사람들은 그걸 잊지 않아요. 그 사람이 죽은 뒤에도 두 번이나 테러 사건이 있었거든요. 그 사람은 여자와 교제하기를 싫어했기 때문에 전 그이를 잘 알지 못해요. 하지만 그 사람은 단 1년도 혁명 밖에서 살 수는 없었을 거예요. 고뇌에 근거를 두지 않은 인간의 존엄이란 없으니까요."

지조르는 메이의 말에 거의 귀를 기울이지 않았다.

"잊어버렸을 거야……." 그는 말을 이었다. "기요가 죽은 뒤 나는 음악을 발견했거든. 음악만이 죽음에 대해서 말할 수 있지. 나는 지금도 가마가 샤미센을 연주하기가 무섭게 기울이지. 하지만 나 스스로 노력하지 않으면(그는 메이에게 말하는 동시에 자기 귀에 말하고 있었다) 내가 무엇을 회상할 수 있을까? 내 욕망도, 내 고뇌도, 내 운명의 무게조차도, 그리고 내 인생도 말이야. 그렇지 않니?"

'하지만 당신이 당신의 인생에서 해방되고 있는 동안에, 다른 카토프가 기관차 보일러 안에서 타 죽고 있습니다. 그리고 다른 기요도……' 메이는 생각했다.

지조르의 시선은 자기 망각의 몸짓을 좇듯이 집 밖으로 사라져 갔다. 길 저편에서는 수많은 부두 노동자들의 웅성거림이 파도와 더불어 번쩍이는 바다로 실려 가는 것 같았다. 그 웅성거림은 인간의 모든 노력, 배, 승강기, 자동차, 심하게 흔들리는 사람의 파도에 실려서 일본의 눈부신 봄빛에 호응하고 있었다. 메이는 베이의 편지를 생각했다. 러시아 전국에 번지고 있는 전쟁처럼 심한 노동 속으로, 그리고 그 노동이 생명이 되고 있는 많은 사람들의 의지 속으로, 그렇듯 죽은 사람들은 달아난 것이다. 하늘은 소나무 잔가지의 틈새에서 태양처럼 빛나고 있었다. 가지를 부드럽게 흔드는 바람은 쭉 뻗은 두 사람의 몸 위를 스쳐 갔다. 지조르는 그 바람이 자기 육체 속을 마치 강물처럼, 또 시간 그 자체처럼 흘러가는 것을 느꼈다. 그리고 이때 비로소 자기를 죽음으로 이끌어 가는 시간이 자기 속에도 흐르고 있다는 생각이 그를 세계와 격리하지 않고 오히려 고요하게 맑은 조화 속에서 세계에 연결해 주었다. 그는 도시 저 끝에 보이는 얽히고설킨 기중기며, 바다에 뜬 기선과 조각배, 길 위에 점점이 흩어진 사람의 그림자를 바라보았다. '모두가 괴로워하고 있는 것이다. 모두들 무언가 생각하기 때문에 괴로워지는 것이다. 결국 인간의 정신은 인간을 영원의 세계에서만 생각한다. 그런데 생에 대한 의식은 고뇌일 수밖에 없다. 정신으로써 생을 생각해서는 안 된다. 아편으로 생각해야 한다. 만일 그 사고(思考)라는 것이 모습을 감춘다면 이 빛 속에 흩어져 있는 그 많은 고통도 사라져 버리련만……'

모든 것에서 해방되어, 인간으로 산다는 것에서까지 해방된 지조르는 눈부신 햇빛 속에서 죽음을 향하여 걸어가고 있는 낯선 사람들의 움직임을 바라보면서 감사한 마음으로 담뱃대를 어루만지고 있었다. 저 사람 하나하나는 자기 마음의 저 깊숙한 곳에서 자기의 생명을 빼앗는 기생충을 소중히 하고 있는 것이다. '인간은 모두 미치광이다.' 그는 여전히 명상에 빠졌다. '하지만 이 광증과 우주를 결부하기 위한 인생의 노력이 인간의 운명이 아니라면, 인간의 운명이란 과연 어떤 것이겠는가?……' 지조르는 안개에 찬 밤을 배경으로 낮게 드리운 램프 빛을 받으며, "인간은 누구나 신이 되기를 꿈꾸고 있는 것입니다……" 하는 자기 말에 귀를 기울이고 있던 그 페랄의 모습이 생각났다.

50여 개의 사이렌이 일제히 울려서 공기를 찢었다. 이날은 축제일 전날이라 이것으로 일이 끝난 것이다. 아직 항구에서는 아무 변화도 보이기 전에 조그만 사람의 그림자가 척후병처럼 시가로 통하는 쭉 곧은길을 더듬어 갔다. 곧 사람의 무리가 저 멀리까지 새까맣게 자동차 경적의 소음 속에서 그 길을 휘덮고 말았다.

고용주도 노동자도 함께 일을 마치고 돌아오고 있는 것이다. 이 군중은 멀리서 보는 사람의 무리가 다 그렇듯이 불안하고 커다란 동요를 보이면서 꼭 밀려오는 것처럼 보였다. 지조르는 언젠가 황혼 녘에 샘으로 우르르 몰려가는 동물 떼를 본 적이 있었다. 한 마리, 몇 마리, 나중에는 전부가 어둠과 더불어 되살아난 힘으로 물을 향해 몰려가고 있었다. 이 기억 속에서 아편은 동물 떼가 쇄도해 오는 장대한 광경에 무언가 야생적인 조화를 주고 있었다. 이때 그는 나막신의 먼 소음 속에 사라져 가는 사람들이 모두 미치광이들로서 이 우주에서 유리되어 있는 듯이 여겨졌다. 어딘가 아득히 높은 곳, 약동하는 빛 속에서 고동치고 있는 우주의 심장이 이 인간들을 보리알처럼 한 줌씩 집어서는 고독 속에 던져 버리고 있는 듯한 기분이 들었다. 하늘 높이 뜬 가벼운 구름이 어두운 소나무 위로 흘러가다 차츰 하늘에 녹아들었다. 그는 거기에 흐르고 있는 구름 하나가, 바로 그것이, 그가 일찍이 알고 혹은 사랑한, 그리고 지금은 이미 죽어 버린 사람들을 나타내고 있는 것 같았다. 사람은 두껍고 무겁다. 살과 피와 고뇌로 무거운 것이다. 무릇 죽는 것이다. 그러하듯 인간은 영원히 자기 자신에 매달려 있는 것이다. 그러나 그 피조차도, 살조차도, 고뇌조차도, 그리고 죽음까지도 저 높은 광명 속으로 빨려 들어가 버린다. 음악이 밤의 정적 속에 빨려 들어가듯이. 지조르는 가마의 음악을 생각했다. 그러자 인간의 고뇌가 마치 대지의 노래처럼 지상에서 솟아올라서는 이윽고 잦아져 가는 것처럼 생각되었다. 그의 가슴속에 심장처럼 숨어서 바르르 떨고 있는 마음의 평화 위에 고뇌가 외곬으로 다시 천천히 그 비정의 팔을 뻗쳐 왔다.

"무척 많이 피우시는군요." 메이가 같은 질문을 되풀이했다.

그녀는 아까도 이렇게 말했지만, 지조르의 귀에는 들리지 않았다. 그의 시선이 방으로 돌아왔다.

"네가 뭘 생각하고 있는지 내가 모를 줄 아느냐? 네 생각을 내가 너보다 모를 줄 아느냐? 또 어떤 권리로 네가 나를 판단하느냐고 내가 말하지 못할 줄 아느냐?"

그는 메이의 얼굴을 지그시 바라보았다.

"너는 아이가 갖고 싶지 않느냐?"

메이는 아무 대답도 하지 않았다. 전에는 그토록 열렬했던 그 욕망도 지금의 그녀에게는 기요에 대한 배신 행위같이 여겨졌다. 그녀는 지조르의 온화한 얼굴을 공포에 떨면서 바라보았다. 노인은 메이에게 사실상 죽음의 밑바닥에서 공동묘지 시체의 하나처럼 낯선 사람으로서 나타난 것이다. 기요의 행동은 지쳐 버린 중국 위에 덮친 탄압 속에서 민중의 고뇌와 희망 속에, 마치 협곡에 새겨진 원시시대 왕국의 비명(碑銘)처럼 새겨져 있었다. 그러나 몇 사람이 눈사태 같은 굉음과 더불어 영원히 과거의 암흑 속에 던져 넣은 낡은 중국조차도, 기요의 인생의 의의가 그의 아버지 얼굴에서 사라지는 정도로 세계에서 사라지지는 않을 것이다. 그는 다시 입을 열었다.

"내가 이 세상에서 사랑하고 있던 유일한 것을 나는 빼앗겨 버렸다. 그렇잖느냐? 그런데도 너는 내가 그전처럼 있기를 바란단 말이야. 내 사랑이 네 사랑만 못하다고 생각하느냐? 기요가 죽어도 별로 생활이 바뀌지 않은 네 사랑만큼도 말이다."

"산 시체가 변하지 않듯이……."

지조르는 메이의 손을 잡았다.

"너는 '사람을 만들려면 아홉 달이 걸리지만, 죽이는 데는 하루로 족하다'는 말을 알고 있지? 우리 두 사람은 그걸 신물이 나도록 보아 왔다…… 메이, 들어 보아라. 인간 하나를 만들려면 아홉 달로는 모자라. 60년이 걸리는 거야. 희생과 의지와…… 그 밖에 온갖 일이 있는 60년이야! 이 인간이 다 되었을 때 거기엔 유년 시절이나 청년 시절의 잔재가 깨끗이 없어져서, 그야말로 훌륭한 인간이 되었을 때는 이미 죽는 것밖에 남아 있지 않거든."

메이는 슬픔에 짓눌려서 지조르를 가만히 바라보았다. 그는 다시 흘러가는 구름으로 눈을 돌렸다.

"나는 기요를 진실로 사랑했다. 그렇게 자식을 사랑하는 아버지는 없을 만큼. 그렇지……."

지조르는 여전히 메이의 손을 쥐고 있었다. 그 손을 끌어당겨 두 손바닥 사이에 꼭 쥐었다.

"내 말을 잘 들어 두어라. 알겠느냐. 살아 있는 자를 사랑해야 하는 게야. 죽은 자가 아니라."

"저는 사람을 사랑하러 모스크바에 가는 건 아녜요."

지조르는 태양빛으로 가득 찬 아름다운 만(灣)을 가만히 바라보았다. 메이는 자기 손을 뺐다.

"메이야, 복수를 찾아가는 길목에서 생활을 만날 게다……."

"그렇다고 이편에서 생활을 찾을 생각은 없어요."

메이는 일어섰다. 작별의 표시로 손을 내밀었다. 그러나 지조르는 그녀의 얼굴을 두 손바닥으로 받쳐서 입을 맞추었다. 기요도 그 마지막 날 이와 조금도 다름없이 키스해 주었었다. 그리고 그날부터 그녀의 얼굴에는 누구의 손도 닿은 적이 없었다.

"저는, 이제 더 이상 울지 않아요." 메이는 가슴 아픈 긍지를 가지고 말했다.

La Voie Royale

왕도

오랫동안 꿈을 바라본 사람은 그 그림자를 닮는다.

인도, 말라바르 지방 속담

제1부

1

이번에야말로 클로드의 끈덕진 관심이 억누를 수 없을 만큼 끓어올랐다. 그는 그 사내를 계속 노려보고 있었다. 등불을 등지고 어스름한 어둠 속에 잠긴 그 얼굴에 떠오른 표정을 어떻게든 알아내려고 했다. 그 사내의 얼굴 윤곽은 마치 소말리아 해안에서 반짝이는 염전을 비추는 유난히 밝은 달빛 속에 어슴푸레하게 잠긴 해안의 등불처럼 희미하게 보였다…… 그 유달리 비꼬는 말투가 또한 멀리 아프리카 해안의 어둠 속에 녹아들어 사라지는 것 같았다. 시시한 소문이나 마닐[1]이라면 사족을 못 쓰는 승객들이 이 어렴풋한 그림자에 대해 쑤군거리는 전설, 그리고 아시아 독립국들의 생활을 맛본 백인한테는 필연적으로 따라붙는 풍문과 이야기와 망상 따위가 클로드의 머릿속에 절로 떠올랐다.

"젊은이들은 모른단 말이야…… 응? 그러니까 에로티시즘이라는 걸 잘 모른다고. 나이 사십이 다 되도록 착각에 빠져 살아. 그놈의 '사랑'이란 것에서 영 벗어나질 못하거든. 여자를 섹스의 곁다리로 생각하지 않고 섹스를 여자의 곁다리로 여기는 사내는 딱하게도 사랑에 빠지기 꼭 알맞은 나이인 게야. 그러나 더 나쁜 시기도 있지. 악착스레 머리에 떠오르는 섹스와 청춘의 환상이 더 억세게 되살아오는 시기가 있거든. 온갖 추억이 길러 낸 환상이……."

클로드는 새삼스레 자기 옷에 밴 먼지와 삼(麻)과 양털 냄새를 느끼고는 그 꺼칠한 거적문을 떠올렸다. 조금 전에 본 광경이 눈앞에 또렷이 펼쳐진다. 어떤 팔 하나가 살며시 거적문을 걷어 올렸다. 그 뒤로 보이는 발가벗은—털도 없는—반지르르한 깜둥이 계집, 뾰족하게 볼록 솟은 젖가슴 위에 눈부신 태양의 흑

---

1) 카드놀이의 일종.

점처럼 뚜렷이 보이던 젖꼭지. 그래, 그 여인의 두꺼운 눈꺼풀 주름은 그야말로 에로티시즘을, 광적인 욕망을, 페르캉처럼 표현하자면 '아주 갈 데까지 가려는 격렬한 정욕'을 거침없이 드러내고 있었다. 페르캉은 이야기를 계속했다.

"그놈의 추억이라는 게 또 변화무쌍하거든…… 상상력이란 참 놀랍기도 하지! 우리들 자신 속에 들어 있으면서 우리에게는 낯선…… 상상력…… 그놈이 늘 모자란 부분을 메워 주는 거야."

페르캉의 강렬한 얼굴 윤곽이 겨우 어스름한 어둠 위로 모습을 드러내기 시작했다. 아마 끝에 금종이를 두른 궐련을 물었는지 입술 근처가 반짝반짝 빛났다. 클로드는 지금 자기 머리에 떠오르는 생각이 차츰 페르캉의 이야기와 접근하고 있음을 느꼈다. 마치 보트가 느릿느릿 물결을 헤치며 다가오자 노 젓는 사내들의 가지런히 뻗친 팔 위에 배에서 내리비치는 불빛이 반사되듯이.

"그러니까 결국 무슨 말씀을 하고 싶으신 거죠?"

"언젠가 스스로 깨닫게 될 거야…… 뭐, 소말리아의 매음굴에 놀라운 광경이 수두룩하다는 얘기지……."

클로드도 알고 있었다. 이런 독살스러운 익살은 남자가 자기 자신이나 자신의 운명에 관한 경우가 아니면 거의 토하지 않는 익살이라는 것을.

"놀라운 광경이 수두룩하지……." 페르캉은 되뇌었다.

'이를테면?' 클로드는 혼자 자문해 보았다. 벌레들이 달려들어 에워싸는 석유 램프의 얼룩덜룩한 불빛, 눈동자와 검은 눈두덩 사이에 눈이 시리도록 반짝이는 흰자위를 제하면 '깜둥이 계집애'란 인상은 조금도 들지 않는 콧날이 선 계집들이 머릿속에 떠오른다. 그들은 장님이 부는 피리 소리에 맞추어 뺑 둘러서서 나아가고 있었다. 저마다 앞에 가는 계집의 탄탄한 엉덩이를 철썩철썩 정신없이 두들기면서. 관능적인 피리 소리와 더불어 그들의 대열이 일제히 무너진다. 계집들은 저마다 관능적인 피리 곡조에 맞추어 소리를 지르고 발을 멈추더니 눈을 지그시 감고 머리와 양어깨를 곧추세운 자세로 뻣뻣하게 서 있었다. 그 불룩 솟은 젖가슴과 볼기짝의 팽팽한 살덩이들을 끝없이 부르르 떨며 황홀경에 빠져 있는 것이었다. 석유램프 불빛에 빛나는 땀방울이 또한 그 몸부림에 유달리 강렬한 느낌을 더했고…… 그때 그 집 마담이 미소를 짓고 있는 아직 어린 계집애를 페르캉 쪽으로 떠밀었다.

"아냐, 저기 있는 다른 애를 보내. 애가 시무룩해 보이는군."

'사디스트일까?' 클로드는 이번에는 이렇게 자문해 보았다. 페르캉에 관해서는 여러 이야기가 떠돌고 있었다. 시암[2] 정부가 귀순하지 않는 부족과 접촉하는 특별 임무를 그에게 맡겼다는 둥, 또는 샨 지방[3]과 라오스 국경 지대 통치에 그가 관여했다는 둥, 방콕 정부와 때로는 우호적이고 때로는 험악한 관계를 맺고 있다는 둥, 요즘에는 지칠 줄 모르는 정복욕과 통제 불가능한 야성적인 정력으로 그의 정열이 발산되고 있다는 둥, 혹은 그의 기력도 이젠 떨어지고 있다는 둥, 그가 엄청난 호색한이라는 둥…… 뭐, 그런 거다. 그렇지만 지금 이 배에서도 그는 마음만 먹으면 계집들을 잔뜩 끼고 놀 수 있을 것이다. '하여간 좀 수상해. 그러나 사디스트는 아니고……'

페르캉은 긴 의자 등에 머리를 얹고 기댔다. 잔인한 집정관 같은 얼굴이 눈두덩과 코 그림자 때문에 더욱 두드러지게 불빛 속에 드러났다. 궐련 연기가 똑바로 피어올라 야밤의 짙은 어둠 속으로 사라져 버렸다.

사디스트, 사디즘이란 낱말이 클로드의 머리에 들러붙어 추억을 하나 끄집어냈다.

"언젠가 파리에서 어느 누추한 갈보집에 끌려갔었죠. 살롱에 들어서니까, 한 여자가 끈으로 기둥에 묶여 있었어요. 어쩐지 그랑기뇰[4]관의 무대 광경 같더군요. 스커트는 홀딱 걷어 올리고……."

"앞을 향했던가? 아니면 돌아서 있던가?"

"돌아서 있었죠. 그걸 예닐곱 명의 사내놈들이 둘러싸고 있었죠…… 기성품 넥타이를 매고 알파카 윗도리를 입은 소(小)부르주아들이더군요. 뭐, 여름이었어도 여기보다는 덜 더웠거든요. 그런데 그놈들이 눈알이 뒤집혀 가지고 뺨은 시뻘겋게 되어서, 그래도 장난삼아 하는 짓처럼 보이려고 야단들입디다만…… 그들은 차례로 여자에게 다가와서는 볼기짝을 냅다 치고…… 저마다 한 대씩 말입니다…… 그러고서 돈을 내고 나가 버리더군요. 어떤 놈은 2층으로 올라가기도 하고……."

---

2) 지금의 태국.
3) 미얀마 동북쪽 국경 지대.
4) 살인이나 강간 같은 끔찍한 주제로 공연을 하던 파리의 극장.

"그걸로 끝이야?"

"네. 2층에 올라가는 놈은 아주 드물고 거의 모두 그대로 나가 버리더군요. 밀 짚모자를 다시 쓰고 옷깃을 가다듬으면서 밖으로 나가는 그 작자들은 대체 무슨 환상을 품고……."

"아니 뭐, 그건 아직 단순한 축이야……."

페르캉은 몸짓을 섞어 이야기하려는 듯이 오른팔을 내밀더니 갑자기 주춤했다. 마치 솟구쳐 오르는 자기 생각과 싸우는 듯했다.

"요는 상대가 잘 알지 못하는 낯선 여자라는 거지. 그저 계집이면 그만이거든."

"상대가 사생활이 있는 여자만 아니라면 말이죠?"

"마조히즘인 경우는 더욱 그렇지. 그들은 오직 자기 자신과 싸울 뿐이야…… 결국 상상력과 맞물리는 것은 자기가 원하는 짓이 아니라 할 수 있는 짓이거든. 가장 어리석은 갈보들도 자기네를 괴롭히는 사내, 또는 자기네가 괴롭히는 사내가 얼마나 저들과는 거리가 먼 인간인가를 알고 있단 말이야…… 갈보들이 그런 변태들을 뭐라고 부르는지 아나? '똑똑이'라는 거야……."

페르캉도 그 변태라는 단어에 꼭 들어맞는 인물이 아닐까. 그런 생각을 하면서 클로드는 그 긴장된 얼굴에서 눈을 떼지 않고 있었다. 지금 이 대화는 대체 어디로 흘러가고 있는 것일까?

"똑똑이라 이거야." 페르캉은 말을 이었다. "그 여자들 말이 옳아. 세상 멍청이들은 '성도착(性倒錯)'이라고 부르는 모양이지만 그것은 결국 상상력의 발전이며, 채워지지 않는 욕망일 뿐이야. 내가 방콕에서 만난 남자는 말이지, 발가벗고 계집더러 제 몸뚱이를 옭아매 달라고 했어. 컴컴한 방에서 한 시간 동안이나……."

"그래서?"

"그저 그뿐이야. 그걸로 충분하니까. 그 사내야말로 아주 순수한 '성도착자'였지……."

그는 벌떡 일어섰다. '졸려서 자러 가는 걸까? 아니면 더 이상 대화하기 싫은 걸까?' 클로드는 속으로 생각해 보았다. 페르캉은 산호(珊瑚) 광주리 틈에서 장밋빛 입을 헤벌린 채 자고 있는 검둥이 애들을 하나하나 성큼성큼 넘어 연기를 헤치며 저쪽으로 가버렸다. 페르캉의 그림자가 차츰 작아졌다. 클로드의 그림자만이 갑판 위에 길게 드리워 있었다. 그림자의 아래턱을 좀 내밀면 페르캉의 턱과 거의 비슷하게 강인해 보였다. 등불이 흔들리자 그림자도 따라 흔들리기 시작했다. 두 달 뒤에는 대체 이 그림자에서 무엇이 남을까? 이 그림자가 길게 늘여 놓은 내 몸뚱이에서 무엇이…… 그것은 눈이 없는 형체, 굳은 결의와 불안감이 깃들어 있는 눈빛을 잃어버린 형체가 아닐까. 오늘 저녁에 그 눈빛은 남성적인 윤곽을 띤 그의 그림자보다도 더 뚜렷이 그를 나타내고 있건만. 난데없이 고양이 한 마리가 나타나 그 그림자를 막 가로 건너려 하고 있었다. 그는 불쑥 손을 내밀었다. 고양이가 달아났다. 끈질기게 그의 머리를 떠나지 않던 생각이 다시 그를 붙들었다.

아직도 보름 동안이나 그 끊임없는 갈증과 싸워야 한다. 이 배에서 보름 동안, 아편 떨어진 중독자와도 같은 고뇌에 시달리며! 그는 시암과 캄보디아의 고고학 지도를 또 한 번 끄집어냈다. 그 지도는 이미 제 얼굴보다도 더 환히 알고 있었다. 그는 그 지도 위에 '죽은 도시'들의 둘레를 표시하는 푸른 줄과 고대 왕도(王都)로 가는 길 즉 '왕의 길'을 표시하는 점선, 그리고 그 길이 시암의 원시림 한가운데에서 끊어져 있는 것을 홀린 듯이 확인했다. '거기서는 죽느냐 마느냐, 둘 중 하나이다……' 거의 꺼져 가는 모닥불 곁에 내버려진 짐승 뼈다귀들과 희미한 발자국. 그것은 최후로 자라이족[5]이 사는 지방까지 뚫고 들어갔던 탐험대의 처참한 마지막 길이었다. 백인 탐험대장 오뎅달[6]…… 어느 날 밤 탐험대의 코끼리들이 종려나무 잎을 헤치고 다가오는 소리가 들리자 '불의 사데트'족이 어둠 속에 달려들어 그를 창으로 찔러 죽였다.

클로드도 아마 다를 바 없으리라. 얼마나 많은 밤을 기진맥진한 채로 모기 떼에 시달리며 지새워야 할까. 또는 어느 낯선 안내자의 충실한 열성에 몸을 내맡기고 잠을 이루어야 할까? 죽임을 당하기 전에 싸워 볼 기회도 거의 없으리라…… 페르캉은 그 고장을 훤히 알고 있건만 좀처럼 입을 열지 않았다. 클로드가 처음 페르캉에게 매력을 느낀 것은 그 어조 때문이었다(이 배에서 '정력'이란 말을 자연스레 입 밖에 내는 자는 오직 페르캉뿐이었으니까). 그래서 클로드는 머

---

5) 베트남 중부, 라오스 국경 부근 산악 지대에 사는 부족.
6) 유명한 프랑스 고고학자로서 1904년 무렵 캄보디아 탐험대를 이끌고 밀림으로 들어갔다가 학살됨.

리털이 거의 잿빛인 그 사내도 자기가 좋아하는 것들을 역시 좋아하리라고 짐작했던 것이다. 처음으로 그 사내의 이야기를 들은 것은 배가 이집트의 광대한 붉은 해안을 끼고 지나갈 무렵이었다. 그때 그 사내는 승객들의 호기심과 적개심이 뒤얽힌 분위기 속에서 이야기하고 있었다. 고대 이집트 왕실 묘지인 '왕가의 계곡'을 최근 발굴했을 때 도굴꾼으로 추정되는 두 개의 해골이 묘지 지하실 땅바닥에서 발견되었는데, 바로 거기서 벽이 온통 '성묘(聖描)' 미라로 덮인 회랑이 이리저리 뻗어 나가고 있었다는 것이다. 다른 직종과 마찬가지로 모험가 중에도 역시 어리석은 자들이 적지 않다는 것은 클로드의 극히 제한된 경험만으로도 충분히 알 수 있었지만 그 사내만은 유달리 클로드의 호기심을 끌었다. 클로드는 그가 '메르나'[7]에 대해 이야기하는 것도 들었다. 메르나는 세당족[8]의 왕으로 잠시 군림했던 사내다.

"내 생각으로는 배우가 역할을 연기하듯이 그자도 악착스레 자기 전기(傳記)의 주인공 역할을 한 거야. 당신네 프랑스 사람들은…… 그래, 그러니까…… 정복하는 것보다도 자기 배역에나 신경 쓰는 작자들을 좋아하지."

이 이야기를 듣자 클로드는 갑자기 아버지 생각이 떠올랐다. '지금은 법률이며 문명이며, 무참히 잘려 나간 어린이들의 손까지도 모조리 동원되고 있는 판국이다. 나는 평생에 두세 차례 이처럼 어리석은 인간의 동란을 몸소 겪어 왔다. 그중 드레퓌스 사건도 대단했지만, 이번 전쟁은 모든 점에서 그리고 질로 보아도 종전 사건들을 뛰어넘는다…….' 그의 아버지는 친구에게 이런 편지를 쓰고 나서 몇 시간 뒤에 마른 전투[9]에서 지원병으로 장렬하게 전사했었다.

페르캉은 말을 이었다.

"그런 태도는 흔히 용기를 북돋우지. 그게 그 연극에서 빼놓을 수 없는 일면이니까. 그래 메르나도 참 용감무쌍한 자였지. 그놈은 자기 애첩인 시암 여자가 죽자 그 시체를 코끼리 등에다 싣고 야만족들이 사는 숲을 헤치고 갔거든. 그저 그 시체를 그 여자네 부족의 왕비로서 성대히 매장하기 위해서 말이야. 선교사들이 그리스도교도 공동묘지에 묻는 걸 거절했거든. 알다시피 놈은 세당

---

7) 프랑스의 전설적인 모험가.
8) 자라이족과 가까운 곳에 사는 부족.
9) 제1차 세계대전 무렵 파리 동쪽의 마른강 부근에서 벌어진 격전.

의 추장 두 놈과 칼을 휘두르며 싸워 이겨서 마침내 왕이 되었지. 그뿐인가, 얼마 동안 자라이 지방에서 위용을 떨치며 버텨 나갔거든…… 암, 그리 쉬운 일이 아니지."

"자라이족과 함께 생활한 사람들을 잘 아시나요?"

"나도 그 가운데 한 사람이지. 여덟 시간 동안 그곳에 있었어."

"잠깐 동안이군요." 클로드는 미소를 띠고 대답했다.

그러자 페르캉은 주머니에서 왼손을 꺼내더니 활짝 펴서 클로드 눈앞에다 바싹 대었다. 보니까 가운데 손가락 셋에 모두 나사 모양으로 꾸불꾸불한 자국이 깊이 패어 있지 않은가. 마치 마개뽑이 송곳으로 뚫은 듯이.

"송곳으로 이런 꼴을 당하면 여덟 시간도 그리 짧은 건 아니지."

클로드는 무신경한 소리를 해버렸다는 생각이 들어 당황했다. 그러나 페르캉은 담담히 다시 메르나 이야기로 돌아갔다.

"결국 그자는 아주 비참하게 죽었지. 그런 종류의 인간들이 모두 그렇듯이……."

클로드도 말레이의 어느 초가집에서 마지막 숨을 거뒀다는 그 처참한 말로를 잘 알고 있었다. 한평생을 건 자기 희망이 좌절되어 종기처럼 온통 곪아 버리자 그는 거대한 나무들에 울려 되돌아오는 제 고함 소리에 질겁하여 죽어 간 것이다."

"그리 비참한 것도 아닐 텐데……."

"난 자살 따위엔 흥미가 없어."

"어째서요?"

"자살하는 놈은 대개 스스로 빚어 놓은 자기 환상을 쫓아가는 법이지. 그러다가 결국 자기를 존속시키기 위해서 자살하는 거야. 난 신에게 속아 넘어가고 싶지는 않아."

클로드가 예감했던 두 사람의 비슷한 성격은 날이 갈수록 더욱 뚜렷이 나났다. 페르캉의 어조라든가 딴 선객들—나아가 보통 사람들 전부 다—을 가리켜 '그들'이라고 하면서 선을 긋는 어투, 마치 스스로를 사회적으로 규정짓는 데는 전혀 무관심해 보이는 이러한 페르캉의 언동으로 말미암아 클로드와 비슷한 성격이 점점 두드러지게 드러나는 것이었다. 클로드는 페르캉의 그 독특한 어조에서 군데군데 닳고 헐었을망정 끝없이 넓은 인생 경험을 발견할 수 있었다. 그 경험은 그의 비상한 눈초리와도 신통하게 잘 어울렸다. 상대를 감싸는 듯한 무거운 그 눈초리, 그러나 무슨 이유가 있어 그 지친 얼굴 근육이 바싹 긴장할 때면 유달리 단호해지는 눈초리였다.

이제 클로드는 갑판 위에 홀로 남아 있었다. 아마도 잠을 이루지 못할 것 같았다. 공상에 잠겨 밤을 샐까? 그렇지 않으면 책이라도 읽을까? 수백 번 펴본 《탐사보고서》를 다시 훑어볼까? 또 그 흙먼지와 넝쿨에 덮이고 사람 얼굴 달린 탑들이 서 있는 도읍들…… '죽은 도시'를 표시하는 그 푸른 잉크 자국 밑에 무너져 있는 고도(古都)를 향하여 다시 한번 공상의 날개를 펼까? 마치 자기 머리를 벽에다 부딪치듯이…… 그리하여 굳은 신념에서 샘솟는 용기에도 불구하고 클로드는 늘 같은 지점에서 그의 몽상을 막아서고 파괴하는 그 숱한 장애물과 다시 마주치게 될까?

드디어 배는 바브엘만데브[10]에 다다랐다. 위험한 문이라는 곳이다.

페르캉과 이야기를 할 때마다 클로드는 베일에 싸인 과거를 페르캉이 은근슬쩍 내비치는 탓에 초조하게 조바심을 내곤 했다. 지부티[11]의 어느 갈보집에서 만난 이후로 그들은 부쩍 친해졌다. 클로드가 딴 집들을 두고 그 집으로 들어간 것도 실은 그 집에서 울긋불긋한 천을 걸친 큼직한 검둥이 계집이 내뻗은 팔 아래로 페르캉의 모습이 어렴풋이 보였기 때문이었다. 그러나 그들의 친밀한 사이도 클로드의 속이 타는 호기심을 덜어 주지 못했다. 오히려 그 호기심 때문에 클로드는 마치 페르캉에게서 자기 자신의 운명을 미리 보는 듯 자꾸만 그에게로 끌리고 있었다. 다시 말하면 나이가 들어 이제는 내리막길로 접어든 고독한 시기에도 끝끝내 인간 사회에서 살려고 하지 않는 사내의 필사적인 싸움 쪽으로 자기도 어쩔 수 없이 끌리는 것이다. 페르캉과 종종 같이 다니는 늙은 아르메니아인은 오래전부터 그를 잘 알고 있는 모양이었지만 그에 관해서는 그다지 이야기하지 않았다. 페르캉이 무서워서 그러는 걸까. 그는 페르캉과 친하기는 했지만 그의 친구는 아니었으니까 말이다.

---

10) 인도양의 아덴만(灣)과 홍해를 연결하는 해협.
11) 아프리카 동북부 아덴만 기슭에 있는 공화국. 1977년 프랑스에서 독립.

시시각각으로 변하는 사람들의 웅성거림 밑에 늘 변함없이 울리는 배 엔진 소리처럼 언제나 클로드의 머리를 떠나지 않는 원시림과 사원들의 끈질긴 환상이 또다시 되살아난다. 그 집념은 그의 머릿속을 완전히 뒤덮고는 안절부절못하게 그를 사로잡았다. 신비에 잠긴 아시아가 클로드 속에 강력한 공모자를 발견기라도 한 듯이, 꿈인지 생시인지 모를 혼미한 머릿속에 옛 문서에서 떠오르는 온갖 환상을 불어넣는 것이었다. 매미 소리가 온 세상을 메우고 말 달리는 자욱한 먼지 위에 모기 떼가 연기처럼 피어오르는 황혼에 출진하는 군대, 미지근하고 얕은 내를 건너는 대상(隊商)들이 서로 부르는 소리, 나비 떼 총총히 나는 하늘 아래 파랗게 깔린 물고기 떼를 바라보면서 썰물에 끊긴 뱃길이 회복되길 기다리는 사절단, 궁녀들의 어루만지는 손길에 도취되어 있는 늙어 빠진 왕후들…… 이런 공상이 하염없이 떠오르는가 하면, 또 한편으로는 물리칠 수 없는 끈덕진 환상이 끊임없이 되살아나는 것이었다. 무너진 사원들, 이끼로 덮인 돌부처, 그 어깨 위에 개구리가 한 마리 냉큼 올라앉아 있고 돌부처 곁에는 이지러진 머리가 떨어져 뒹굴고 있다…….

페르캉에 대한 전설이 한창 배 위를 떠돌고 있었다. 배가 목적지에 닿는 걸 기다리는 초조함과 기대감처럼, 또는 지루한 항해의 달랠 길 없는 권태증처럼, 선객들의 긴 의자에서 의자로 페르캉의 전설이 오가고 있었다. 그러나 늘 종잡을 수 없는 이야기였다. 믿을 만한 사실이라기보다는 어처구니없는 이야기들이 훨씬 많았다. 또 이야기하는 작자들도 사실을 제대로 알아본 사람들은 별로 없고 대개는 서로 귓속말로 "참 놀라운 놈이지, 암 놀랍다니까!" 하며 수군거리는 소릴 듣고 재빨리 남의 귀에 옮기기에 바쁜 축들이었다. 페르캉은 많은 모험가들이 무참히 살해된 무시무시한 지역에 들어가 원주민들 틈에 끼어 살면서 이런저런 비합법적인 수단으로 그들을 지배했다는 것이었다. 이것이 알아낼 수 있는 전부였다. 클로드의 생각으로는 남다른 페르캉의 능력이란 그런 모험보다는 차라리 그 줄기찬 정력과 인내력, 그리고 자기와는 전혀 다른 인간들을 애써 이해하려는 넓은 도량과 무사(武士)다운 품성으로 말미암은 것 같았다. 클로드는 같은 배를 탄 식민지 관리들처럼 황당무계한 꿈을 꾸는 자들을 일찍이 본 적이 없었다.

그들은 꿈같은 이야기로 그들의 공상을 북돋우려는 반면 걸핏하면 자기네 세계와는 전혀 다른 세계가 있다는 걸 인정하기를 두려워하면서 환심에 속지 않으려고 애쓰는 매우 모순되고 난처한 욕망에 사로잡힌 자들이다. 그자들은 이미 죽은 메르나의 전설을 철석같이 믿고 있었다. 그리고 현재 페르캉이 눈앞에 없었다면 그에 관한 이야기도 아마 믿었을 것이다. 그러나 그와 같은 배를 탄 이 마당에서는 한사코 그를 믿지 않으면서 그의 침묵을 경계했다. 또 그들과는 섞이지 않고 고독을 지키려는 페르캉의 의도가 노골적으로 드러날 때마다 복수심을 불태우며 그를 경멸하느라 바빴다.

클로드도 처음에는 어째서 페르캉이 자기하고 어울리기를 피하지 않는 것일까, 하는 의문도 가져 보았다. 하기는 선객들 가운데에서 그에게 탄복하여 그를 비판하기는커녕 이해하고 받아들이는 태도를 보인 사람은 오직 클로드뿐이었다. 그렇다, 클로드는 좀더 그를 잘 이해하려고 애쓰고 있었다. 그러나 그의 주위를 따르는 전설 같은 해괴한 이야기들—이를테면 그가 시암 지역을 정복하려고 공작을 하던 가운데 반항하는 원주민들의 포위를 뚫고 강물에 떠내려가는 시체들 속에 밀서를 봉한 통을 넣어 가지고 밀서를 보냈다는 이야기부터, 가지가지 요술 같은 이야기에 이르기까지—이 문제였다. 이런 해괴한 이야기와 클로드가 느낄 수 있는 그 사내의 본질을 쉽게 연결시킬 수가 없었던 것이다. 아무리 보아도 페르캉은 자기 전기의 주인공 역할을 연기하면서 기쁨을 느끼는 어릿광대 같은 사내는 아니었으며, 사람들이 제 행동에 감탄해 주기를 바라는 것 같지도 않았다. 그는 남모를 어떤 깊은 의지를 간직하고 있음이 분명했다. 클로드는 그 의지를 자주 느끼기는 했지만 도저히 그 정체를 파악할 수 없었다. 그런데 그 배의 선장도 그걸 느끼는 모양이었다. 선장은 클로드에게 이런 말을 했다. "모험가란 따지고 보면 사람들의 망상증이 낳은 산물이오." 그러나 페르캉의 그 정확한 행동이며, 치밀한 조직 감각이며, 자기 자신에 관한 이야기를 일체 거부하는 태도에는 선장도 놀라움을 금치 못했다.

"저 사내를 보면 정보부 간부가 절로 연상되는구려. 왜 영국 정부가 파견하면서도 겉으로는 그렇지 않다고 하는 정보부원 말이오. 그렇다 치더라도 저 사낸 런던에 있는 간첩 수사국의 일개 국장쯤으로 끝날 재목은 아니오. 뭔가가 있소, 뭔가. 그는 독일 사람이니까……."

"독일 사람 아니면 덴마크 사람이 아니던가요?"

"베르사유 조약 때문에 슐레스비히[12]가 덴마크로 양도되었으니까 국적은 덴마크라고 할 수 있죠. 그게 또 편리한 점이오. 시암 정부의 군대와 경찰 간부가 모두 덴마크인이니까. 뭐, 다들 국적 없는 자들이지…… 아니, 아무리 봐도 한평생 관청에서 썩을 재목이 아니오. 봐요, 지금 아시아로 되돌아가는 길이지 않소?"

"시암 정부를 위해서?"

"그렇다고도 할 수 있고 그렇지 않기도 하지요. 그 사람들 일은 늘 그러니까…… 귀순하지 않은 지대에 남아 있는…… 아니, 자취를 감췄다고도 할 수 있는 어떤 작자를 찾으러 간다는 거죠. 더구나 놀라운 일은, 이번에는 페르캉이 돈에 관심이 있단 말이오…… 이때까지 없던 일인데……."

어느덧 두 사람 사이에는 야릇한 인연이 맺어졌다. 늘 그를 괴롭히던 '왕의 길'에 대한 환상이 일시적이나마 가라앉고 무료한 시간을 갖게 되자 클로드의 생각은 그리로 쏠렸다. 페르캉이야말로 클로드를 키워 준 그의 할아버지가 자기 동족으로 취급하던 몇 안 되는 사내들에 속하는 인간인 듯싶었다. 할아버지와 페르캉은 같은 피가 흐르는 것처럼 아주 비슷한 점을 지니고 있었다. 기존 가치관에 대한 똑같은 적개심이 그렇고 허무함이 느껴지는 인간 행위에 대한 취향도 그렇고, 특히 단호하게 거부하는 태도가 그렇다. 클로드가 자기 장래의 모습을 막연히나마 그려 볼 때마다 늘 추억에 떠오르는 할아버지의 모습과 지금 눈앞에 있는 페르캉의 모습이 엇갈렸다. 그 모습들은 마치 이중의 위협처럼, 마치 동시에 고하는 두 가지 예언처럼 그를 덮치는 것이었다. 페르캉과 이야기할 때면 상대의 풍부한 경험과 추억에 대하여 그는 독서로 얻은 해박한 지식으로밖에는 맞설 도리가 없었다. 하지만 저쪽은 자기 행동에서 우러나오는 이야긴데 이쪽은 늘 책에서 얻은 지식만 가지고 대하기도 무엇해서, 가끔은 페르캉이 자기 과거 이야기를 하듯이 그는 할아버지 이야기를 꺼내는 수도 있었다. 페르캉이 그의 할아버지에게 유달리 흥미를 가지는 듯해서 그것을 이용한 셈이었다. 그뿐 아니라 간혹 페르캉이 자기 이야기를 꺼내면 클로드의 머리에는 할아버지의 위풍당당한 흰 수염이며, 온 세상이 아니꼽다는 듯한 언동, 그리고 그

---

12) 독일 북부의 덴마크와 인접한 지역.

가 들려주던 젊었을 때의 쓸쓸한 추억 따위가 떠오르는 것이었다.

할아버지는 아득한 전설 속 해적이었던 먼 조상님과 배의 짐꾼이었던 자기 조부를 자랑으로 삼았으며, 농부가 가축을 툭툭 두들기듯이 자기 배 갑판을 발로 쿵쿵 구르며 자랑스럽게 여기던 사람이었다. 그 할아버지는 바네크 상회를 건설하여 후손들에게 물려주기 위해서 자기 청춘을 바쳤다. 할아버지는 서른다섯 살에 결혼했는데 식을 올린 지 열이틀 만에 신부는 친정으로 돌아가고 말았다. 친정아버지는 딸을 거들떠보지도 않았고 어머니는 풀이 죽어서 이런 말만 되풀이했다. "얘, 아가, 그래도 애가 생기면 어떻게든 될 거야……." 그래서 하는 수 없이 부인은 남편이 사준 옛 저택으로 되돌아갔다는 것이다. 저택 정문 위에는 배와 관련된 물건들이 드높이 장식돼 있었고, 널따란 뜰에는 돛을 여기저기 펴 말리고 있었다. 부인은 양친의 초상을 벽에서 떼어 침대 밑에 처넣고 그 대신 조그마한 십자가를 걸었다. 남편은 아무 말도 없었다. 며칠 동안 둘 다 입을 열지 않았다. 그리하여 결혼 생활이 다시 시작되었다. 열심히 일하는 것이 그들이 대대로 이어받은 가풍이었고 둘 다 요란하거나 감동적인 건 일체 싫어하는 성미여서 그 첫 오해로 말미암아 생긴 부부 사이의 앙심도 결코 싸움으로 나타나지는 않았다. 그들은 똑같은 불구자가 서로의 병을 의식하듯이 말 없는 적의를 느끼면서 같이 살았다. 두 사람이 모두 감정 표현에 서투른지라 자기가 상대보다 우월하다는 걸 보여 주기 위하여 저마다 그저 기를 쓰고 일에만 매달렸다. 양쪽이 모두 일에서 피난처를 찾았고 일에 음험한 정열을 쏟았다. 아이들이 생기니 그들의 오랜 증오심에 하나의 굴레가 얽혀 들어 그들의 증오를 더욱 고통스럽게 만들었다. 사업 결산을 할 때마다 새로운 증오의 힘이 태어났다. 저택과 뜰의 갈색 돛이 어둠에 잠기고 밤늦은 시각을 알리는 종이 울리는 가운데 뱃사람들과 어린 수습 선원, 그리고 직공들이 집으로 돌아가거나 또는 다 잠들었을 때 둘 가운데 어느 쪽이 창에 기대어 밖을 내다봤다가, 저쪽 방 창에 아직 불빛이 환한 걸 보고는 고단한 몸을 채찍질해 가며 또다시 새 일에 매달리는 경우가 번번이 있었다. 아내는 폐병에 걸렸다. 그래도 별로 신경 쓰지 않았다. 해가 갈수록 남편은 더욱 일에만 매달렸다. 밤새도록 켜져 있는 아내의 방 등불보다 먼저 자기 등불을 끄지는 않겠다는 심산이었다.

어느 날 그는 아내의 방에서 십자가가 양친의 초상과 함께 침대 밑에 처박혀 있는 걸 발견했다.

그는 사랑하는 이의 죽음뿐만 아니라 사랑하지 않는 여자의 죽음에도 크나큰 고통을 받았다. 아내가 죽자 그는 가슴이 무너지는 듯한 체념으로 그 죽음을 감당했다. 평생 입 밖에 내지는 않았지만 속으로는 아내를 존경하고 있었다. 아내가 불행한 여자라는 것도 잘 알고 있었다. 그러나 인생이란 원래 그러한 것이었다. 아내의 죽음도 죽음이지만 그보다는 그의 혐오와 염세주의 때문에 결국은 가세가 기울어지고 말았다. 그가 소유하고 있던 배가 거의 송두리째 뉴펀들랜드 앞바다에서 침몰되었을 때 보험회사들은 보험금 지불을 거절했다. 그러자 그는 꼬박 하루 걸려서 그 숱한 과부들에게 죽은 뱃사람의 수효대로 돈 뭉치를 나누어 주었다. 이 사건으로 돈을 더없이 혐오하게 된 그는 그길로 자기 사업에서 손을 떼었다. 그때부터 소송 사건이 잇따라 일어났다.

소송은 끊임없이 몇 번이고 계속 일어났다. 하루는 이런 일도 있었다. 서커스단이 시내에 들어오자 시 당국은 그들이 들어오는 걸 거절했다. 그런데 노인은 세상 사람들이 존경하는 덕행이니 뭐니 하는 것에 전부터 적개심을 품고 있었으므로, 두말없이 나서서 돛을 널던 뜰 안으로 서커스단을 맞아들였다. 늙은 하녀가 대문을 활짝 열어젖혔다. 여러 해 전부터 수레 한 대도 넘어서 본 적이 없는 문턱을 코끼리란 놈이 성큼성큼 넘어갔다. 한편 이 노인은 허전할 만큼 넓은 식당에서 홀로 술 장식이 달린 안락의자에 걸터앉아 제일 좋은 포도주를 한 모금씩 짭짭거리면서 옛 장부책을 꺼내 뒤적거리며 아득한 추억을 하나하나 되새기는 것이었다.

자식들은 스물이 되기가 무섭게 하나둘 집을 나가 버렸다. 집은 날이 갈수록 더욱 적막해졌다. 전쟁이 일어나 손자 클로드가 그 집으로 들어오게 될 때까지는. 클로드의 아버지가 전사하자 오래전부터 남편과 헤어져 살고 있던 어머니가 아들을 보러 돌아왔다. 남편과 갈라서고 나서 그녀는 죽 혼자 살았던 것이다. 바네크 노인은 다시 찾아온 과부 며느리를 곧바로 집안에 들였다. 인간들의 행동을 멸시하는 습성이 아주 골수에 밴 노인인지라 어떤 행동이든지 모두 다 혐오감이 담긴 너그러움으로 받아들이고 마는 것이었다. 날이 저물자 그는 며느리를 집에서 재우기로 했다. 그의 생전에 자신의 며느리가 마을 여관에 투숙하는 일은 있을 수 없었기 때문이었다. 게다가 그는 사랑하지 않는 사람끼리도 한집에서 살 수 있다는 걸 잘 알고 있었다.

그날 저녁에 두 사람은 이런저런 이야기를 주고받았다. 아니, 정확히는 클로드의 어머니가 일방적으로 이야기를 했고 노인은 그저 묵묵히 들을 뿐이었다. 그 여자는 이미 버림을 받아 갈 곳도 없이 세월의 공격 앞에 무너져 가고 있었다. 인생에 절망하다 못해 허탈한 눈초리로 인생을 바라보던 판국이었다. 이런 인간하고는 같이 살 수 있겠다고 노인은 생각했다. 그 여자는 먹고살기가 어려울 정도는 아니지만 여유 있는 상태도 아니었다. 노인은 며느리를 알뜰히 여기는 건 아니지만 묘한 연대감이 느껴져서 저절로 마음이 끌렸다. 생각해 보면 그 여자 역시 노인과 마찬가지로 어리석고 음흉한 온갖 타협을 요구하는 인간 사회와 동떨어져 살고 있지 않은가. 사촌누이도 이젠 너무 늙어서 집안을 잘 보살피기도 힘들었다. 그래서 그는 며느리에게 집에 눌러 있으라고 권해 보았다. 며느리도 그 권유를 받아들였다.

클로드의 어머니는 외로운 자신을 위하여 화장을 했다. 이것은 벽에 걸린 조상들의 초상화를 위하여, 또 바다와 관련된 영광의 흔적들을 위하여 화장하는 것이나 다름없었다. 그러나 무엇보다도 거울을 들여다보기 위하여 화장을 했다. 다만 능직 커튼을 쳐서 일부러 방 안을 어스름하게 하지 않으면 차마 거울에 자기 얼굴을 비춰 볼 수 없었다. 이렇게 덧없는 세월을 보내다가 그만 지레 늙어 죽고 말았다. 마치 말년의 끊임없는 불안과 고통이 그 다가온 죽음을 예고하기나 했던 것처럼. 노인은 당신보다 앞서 가버린 며느리의 죽음을 쓰디쓴 마음으로 받아들였다. "흥, 내 나이에 인생관을 바꿀 수 있나……." 불행하고 어리석은 그녀의 인생이라는 직물이 이제는 운명의 이름 아래 다 짜였을 뿐이니, 무엇을 한탄하고 슬퍼하랴?

그때부터 그는 적의에 찬 침묵 속에 갇혀 도무지 입을 열지 않았다. 간혹 손자에게 이야기할 때를 제하고는. 늙은이의 뒤틀린 이기심으로 해서 손자를 꾸짖을 일이 있을 때는 언제나 늙은 사촌누이나 며느리나 선생들에게 대신 시켰다. 그래서 됭케르크에 있을 때 (아니, 나중에 파리에서 공부를 하며 숙부들을 만났을 때도 그랬지만) 클로드는 할아버지를 유난히 너그럽고 자유로운 분으로 여길 정도였다. 그 순박한 노인은 자기를 둘러싸고 있던 그 수많은 사람들의 죽음과, 바다에 몸을 바친 사람들의 인생을 물들여 주는 그 비극적인 바다의 광채로 말미암아 더욱 위대해진 듯했다. 그 단순한 풍모에는 어딘가 세련되지는 않았지만 주님도 두려워하지 않는 솔로몬왕 같은 점이 있었다. 그 무거운 과거 경험을 더듬어 표현하는 말들은 마치 저택의 작은 문이 삐걱거리는 둔한 소리처럼 클로드의 가슴에 사무치게 울려오는 것이었다. 지금은 쓸쓸한 거리에 외로이 선 채 날이 저물면 세상과는 단절되어 버리는 그 오래된 저택의 문이.

저녁 식사를 마치고 성성한 턱수염을 가슴까지 드리운 할아버지가 명상 속에 한마디씩 띄엄띄엄 말을 꺼낼 때면 클로드는 가슴이 설레는 것을 억제하기 힘들었다. 그것은 바다나 시간의 저편에서, 세상 어느 누구보다도 인생의 은밀한 힘과 무게와 쓰디쓴 맛을 잘 아는 인간들이 사는 아득한 미지의 나라에서 들려오는 듯한 말이었다. "아가, 기억이란 한 가문의 성스러운 지하묘지나 다름없는 거다. 산 사람들보다 훨씬 더 많은 죽은 사람들과 함께 사는 거야…… 우리 집안사람들로 말하자면 난 그들을 훤히 알고 있는데, 그들은 모두—너도 포함해서—같은 본성을 타고났단다. 아무리 부정해도 소용없어. 제 몸을 갉아먹는 기생충을 자기도 모르는 새 어미처럼 몸속에 키우고 있는 바닷게도 있단 말이다. 알겠느냐? 바네크 집안사람이라는 것, 좋은 점에서나 나쁜 점에서나 그게 언제나 무슨 의미를 지니거든……."

클로드가 공부를 계속하려고 파리로 떠난 이후로 노인은 날마다 바다에서 죽은 뱃사람들의 이름이 새겨진 돌담을 찾아가는 게 습관이 되었다. 그들의 죽음이 오히려 부러웠다. 그러면서 자기의 늙음과 허무를 당연하게 받아들이는 것이었다.

어느 날 굼뜨기 짝이 없는 젊은 일꾼에게 노인은 당신이 젊었을 시절엔 뱃머리에 쓰일 재목을 어떻게 다듬었는가 본을 보여 주려고 했다. 그래서 양날 도끼를 번쩍 든 순간, 그만 정신이 아찔해지면서 자기 머리를 콱 쪼개고 말았다. 클로드는 지금 페르캉과 마주하면서 다시금 그 늙은 할아버지의 성미와 적대감, 그리고 정열적인 유대감을 발견했던 것이다. 그는 일흔여섯이나 되고도 아직 젊은 시절의 능숙한 솜씨를 잃지 않으려다가 그 적막한 집에서 먼 옛날의 바이킹처럼 강렬한 최후를 맞이했다. 그럼 눈앞에 있는 이 사내는 또 어떻게 일생을 끝낼 것인가? 어느 날 아득한 바다가 보이는 뱃전에 서서 페르캉은 이런 말을 한 적이 있다. "나는 자네 조부의 생애를 자네가 생각하는 것처럼 그리 의미

심장한 것으로는 보지 않네. 오히려 자네의 생애야말로 훨씬 더 뜻있는 것이 될 거야……." 우리 두 사람은 그렇게 비유적인 표현으로 자기 이야기를 하듯이 저마다의 추억 뒤에 숨어 나날이 서로 가까워지고 있었다.

자욱한 안개 속에 선을 그으며 내리는 빗줄기가 배를 온통 둘러싸고 있었다. 콜롬보 등대의 긴 삼각형 불빛이 어둠 속을 노 젓듯이 스쳐 간다. 그 밑에 일직선으로 늘어선 불빛들이 보인다. 부두일 게다. 선객들은 갑판 위에 모여서 비에 젖은 뱃전 너머로 흔들리는 시가의 불빛을 바라보고 있었다. 클로드 바로 곁에서 뚱뚱한 사내가 아르메니아 사람을 도와 짐을 꾸리고 있었다. 아르메니아 사내는 상하이에 가서 팔 사파이어를 실론[13]에서 사들이려고 온 보석상이었다. 페르캉은 조금 떨어진 곳에서 선장과 무슨 이야기를 하고 있었다.

이렇게 옆으로 비켜서서 보니 그의 모습이 특별히 남자답고 억세 보이지는 않았다. 특히 미소를 지을 때는 더욱 그랬다.

"아, 정말 샹다운 낯짝이지요? 이렇게 보니 제법 호인같이 보이는데……."

뚱뚱보가 말을 걸었다. 나는 그에게 물었다.

"네? 지금 뭐라고 하셨죠?"

"샹 말이오? 시암 사람들이 저 사내를 그렇게 부르죠. 코끼리란 뜻이오. 그것도 길들인 코끼리가 아니고 야생의 사나운 코끼리랍니다. 그의 체격에는 그리 어울리지 않지만 성격에는 꼭 맞는 말이오……."

등대 불빛이 후려치듯이 지나가며 그들을 훤히 밝혔다. 잠시 동안 밝은 광원이 눈부시게 빛나더니 다시 어둠 속으로 사라졌다. 불빛에 반짝이는 빗방울이 소용돌이치는 가운데 높직한 아라비아 범선 한 척이 보일 뿐이었다. 뱃머리부터 고물까지 조각을 아로새긴 범선은 꼼짝 않고 캄캄한 어둠 속에 외따로 조용히 서 있었다. 순간 페르캉이 두세 발짝 이쪽으로 내딛었다. 그러자 뚱뚱보는 본능적으로 말소리를 낮추었다. 클로드는 그 꼴을 보고 히죽이 미소를 띠었다.

"아니, 뭐 두려워서 그러는 게 아니오, 절대 아니래도! 이래 봬도 스물하고도 일곱 해나 식민지에서 굴러먹었단 말이오. 쳇! 그렇지만 저 작자 앞에서는……

---

13) 지금의 스리랑카. 인도반도 동남쪽에 있는 섬나라.

뭐랄까, 약간 질린다는 거지. 그렇지 않소?"

"흥, 사람을 지독히 무시하면서 저렇게 살 수 있다는 건 매우 좋은 일이지." 아르메니아 사람이―역시나 별로 크지 않은 목소리로―대꾸했다. "그러나 늘 일이 잘되기만 하는 건 아니죠……."

"프랑스어가 아주 유창하시군요."

아마도 아르메니아인은 자기가 받은 어떤 모욕을 앙갚음하려는 모양이었다. 그런 까닭에 배에서 떠날 때까지 꾹 참고 기다렸다가 그런 말을 던지는 것일까? 비꼬는 투는 아니었지만 어딘지 원한에 사무친 듯했다.

또다시 페르캉이 저쪽으로 멀어졌다.

"나는 콘스탄티노플[14] 사람이오. 휴가는 대개 몽마르트르에서 보내고 있죠. 하여튼…… 암, 그렇고말고. 늘 일이 잘되기만 하는 건 아니라오……."

그러고는 클로드를 돌아보며 말을 이었다.

"당신도 곧 진실을 깨닫고 넌더리를 내게 될 거요…… 저 사내가 하는 일로 말하자면, 허 참! 아니, 그래도 저 작자한테 좀더 기술적인 지식이 있었더라면…… 알겠소? 기술적인 지식 말이오. 저자가 시암 정부를 위해 일하면서 그 지방을 손아귀에 넣고 있을 때 말입니다. 그때 기술적인 지식이 있었으면 그 지위를 살려서 한 재산 족히 만들 수 있었을 거요. 모르긴 몰라도 한 재산 톡톡히, 알겠소?"

아르메니아 사람은 두 팔을 들더니 둥그렇게 큰 원을 그려 보였다. 순간 육지의 불빛이 그 팔 뒤에 가려졌다. 거리의 등불들이 지금은 더 많아졌고 더 가까워졌지만 비에 젖어 축축해진 듯 더 희미하게 보였다. 등불마저 해면처럼 물을 머금고 부푼 듯했다.

"생각해 보쇼, 아직도 저항하는 야만족 부락에서 열이틀이나 보름쯤 걸리는 곳에 시암 장터가 있는데 거기서는 지금도 루비 같은 보석들을 헐값으로 구할 수 있거든! 물론 당신이 눈치 빠르게 그들과 거래할 줄 안다면 말이오. 당신은 그 방면 사람이 아니니까 이 바닥 사정은 전혀 모를 테지만…… 뭐, 하여튼 멋지게 가공된 인조 보석을 투박한 진짜 보석과 맞바꾸러 가는 장사보다야 훨씬

---

14) 지금의 이스탄불. 동로마 제국과 오스만 튀르크의 수도였음.

낮지요! 스물세 살이라도 못할 거 없지! 그러나 이런 장사도 저 양반에겐 당치 않은 일이지. 어느 백인은 벌써 50년 전에 시암 왕과 그런 거래를 했는데, 아니 글쎄, 저 작자는 그저 무턱대고 그 야만족들의 고장으로 들어가려고 했어요. 그때 놈들이 곧바로 그를 찢어 죽이지 않은 게 놀라울 뿐이오! 하여간 저 작자 는 줄곧 대감 노릇을 할 배짱이었단 말이야. 그렇지만 아까도 말했듯이 늘 일 이 잘되기만 하는 건 아니오. 언젠가는 일이 뒤틀리는 날이 있지. 유럽에서 저 자도 그 사실을 뼈저리게 깨달았을 거요. 20만 프랑! 말이 쉽지 정작 20만 프랑 을 만들려고 해보시오. 야만족들을 상대로 대감놀이하는 것처럼 쉬울까! 아니 뭐…… 저자가 토인들을 손안에 넣고 맘대로 휘두르는 거야 나도 알지만……."

"저 사람이 돈을 장만하려 한다고요?"

"물론 생활비가 필요한 건 아니죠. 더구나 그런 오지(奧地)에서야……."

인도인과 과일이 가득 실린 보트가 몇 척 뱃전에 바짝 다가왔다. 인도인들은 흠뻑 젖은 터번을 쥐어짜면서 이쪽으로 왔다. 아르메니아 상인은 마중을 나온 호텔 보이를 따라 내렸다.

"그가 돈을 장만하려 한다고……." 클로드는 다시 한번 중얼거렸다.

"그 점은 저 아르메니아 원숭이 놈 말이 옳소. 산속 오지에서 생활비가 비싸 게 먹힐 리는 없으니!" 뚱뚱보가 나에게 말했다.

"선생님은 산림 감시원이시라죠?"

"감시국 주임이죠."

왕의 길 탐험에 대한 집념이 또다시 열병처럼 클로드를 사로잡았다. 그가 이 제부터 도전하려고 하는 목숨을 건 모험에 관한 정보를 이 사내에게서 끌어낼 수 있을지도 몰랐다.

"달구지를 몰고 여행해 본 경험이 있나요?"

"암, 물론 있다뿐이겠소!"

"달구지로 실제로는 어느 정도나 짐을 운반할 수 있을까요?"

"뭐 대단치 않죠! 무거운 물건을 실어야 한다면……."

"돌 같은 건……."

"옳아, 에…… 규정 적재량은…… 에…… 60킬로그램이죠."

만일 '규정 적재량'이라는 게 한낱 행정관들 사이에만 존재하는 식민지법 개념에 불과한 것이 아니고 실제 형편이 그렇다면 달구지는 단념할 수밖에 없었다. 미지의 밀림 속에서 꼼짝달싹 못 하게 된다는 무서운 환상이 여기 배 위에까지 클로드를 따라다니고 있었다. 그렇다면 200킬로그램이나 되는 돌덩이를 인간이 등에 메고 한 달 동안 날라야 한다는 건가? 아니, 그건 말도 안 된다. 그럼 코끼리는 어떨까?

"코끼리라…… 이봐요, 그건 다 다루기 나름이오. 대개들 코끼리란 놈은 다루기 까다로운 짐승으로 여기는 모양인데, 그렇지도 않죠. 그렇게 까다롭지는 않아요. 다만 그놈이 멍에나 짐 고삐를 몸에 걸려고 하지 않는다는 게 문제지. 간지러워서 싫어한단 말이죠. 그러면 어떡해야 할까요? 응?"

"내가 어떻게 알겠소? 좀 들어 봅시다."

사람 좋아 보이는 뚱뚱보는 클로드의 팔에 손을 얹더니 신이 나서 설명했다.

"이럴 땐 자동차 타이어를 쓰는 거요. '미슐랭' 타이어든지 뭐든지 아무거나 하나 구해 가지고 코끼리 목에다 쑥 끼는 거죠. 마치 식탁에 냅킨을 거는 고리처럼 말이오. 자, 그다음에는 당신 짐을 그 타이어에다 비끄러맨다…… 뭐 별로 힘들 것도 없죠. 고무는 부드러우니까 목에 닿아도 괜찮고……."

"앙코르[15] 맨 북쪽으로 들어가서도 코끼리를 구할 수 있을까요?"

"맨 북쪽?"

"네."

잠시 침묵이 흘렀다.

"당렉산맥[16]보다 더 북쪽으로?"

"세문강[17]까지."

"혼자서 그런 무모한 짓을 하려는 백인이 있다면 아마 목숨이 붙어 있지를 않을걸요."

"거기서 코끼리를 구할 수 있겠느냐고요!"

"아, 그래요. 그것도 당신하기 나름이겠지요…… 아니, 애초에 거기서 코끼리를 구한다는 것 자체가 놀라운 일이오. 원주민도 당신을 상대도 안 할 거요. 자

---

15) 캄보디아 서북부에 위치한 크메르족의 옛 도시. 9~11세기에 건설된 왕도.

16) 캄보디아와 태국 사이에 있는 원시림 산맥.

17) 태국을 횡단하는 메콩강 지류.

칫하면 저 사나운 모이족[18] 소굴에 걸려들 테니까 당연히 싫겠죠. 더구나 그 고장에 제일 인접한 벽촌 원주민들은 온통 말라리아에 걸려 산송장이거든요. 마치 며칠 동안 얻어맞은 놈들처럼 눈가가 푸르뎅뎅해 가지고 아무 쓸모도 없어요. 또 지독한 모기도 있어요. 한번 그놈의 모기한테 물려 보면—암, 실컷 물릴 테죠—그게 얼마나 끔찍한 놈인지 알 수 있을 거요…… 그 망할 놈의 모기들! 게다가 또…… 아니, 뭐, 오늘은 이쯤 해둡시다. 시내나 한 바퀴 돌아볼까요? 저기 보트가 와 있는데……."

"그만두겠습니다."

클로드는 혼자 생각에 잠겨 있었다.

'저 사람은 생활비가 필요해서 돈을 마련하려는 것은 아니다. 더구나 그런 오지에서야……'

그럴 테지. 그럼, 대체 왜?

끊임없는 환상으로 그를 괴롭히던 밀림의 위협보다도 훨씬 위대하게 느껴지는 정체 모를 인물의 불쾌한 전설 같은 이야기가 지금은 마치 누룩처럼, 또는 자기를 둘러싼 밤의 어둠처럼 현실적인 모든 것을 삭혀서 뭉그러뜨리고 있었다.

환히 불을 밝힌 배가 고동을 울리며 보트를 부를 때마다 항구를 온통 뒤덮은 눅눅한 공기 속에 뱃고동 소리가 길게 꼬리를 끌며 울린다. 그때마다 밤거리는 더욱 아득하게 멀어지며 이윽고 인도의 어둠 속에 녹아 버리고 말았다. 클로드가 지닌 최후의 유럽 사상마저 그 환상적인 분위기 속에 잠겨 버렸다. 큰 바람이 느리게 훅 불어오자 클로드의 눈꺼풀이 파르르 떨렸다. 눈앞에 페르캉의 모습이 부조(浮彫)처럼 뚜렷이 드러나 보였다. 그것은 더 이상 독특한 인간이 아니라 세상에 순응한 인간의 모습이었다. 세상에 반발을 느끼는 사람들이 모두 그렇듯이 클로드도 본능적으로 자기 동류를 찾았고 또 그들이 모두 위대한 인간이기를 믿고 싶어 했다. 그럴 때면 자기기만에 빠지는 한이 있어도 그 위대성을 믿어 버리는 것이었다. 그래, 저 사람이 돈을 탐한다 하더라도 그건 튤립 따위를 수집하려는 부르주아 근성과는 다를 테지. 그렇지만 이때까지 그가 이야

___
18) 베트남 중부, 라오스 근처 산악 지대에 사는 부족.

기한 내용 가운데에는 그러고 보니 어쩐지 돈에 대한 암시가 스며 있는 것 같더라. 마치 고요한 순간에도 귓속에 밴 매미 울음소리가 어렴풋이 들리듯이…… 선장도 말하지 않았던가. 지금에 와서 그는 돈에 관심을 보이고 있다고. 그리고 산림 감시국 주임도 그 고장에 혼자서 뛰어 들어가는 백인이 있다면 목숨이 그대로 붙어 있지를 않을 거라고 했지.

그 고장에 혼자서 뛰어 들어가는 백인이 있다면 목숨이 그대로 붙어 있지를 않을 거야…….

지금쯤 페르캉은 아마 바에 있겠지.

2

클로드는 그를 찾아다닐 필요가 없었다. 페르캉은 급사들이 갑판 위에 배치해 놓은 등나무 탁자 앞에 자리 잡고 한 손으로 식탁보 위에 놓인 컵을 쥐고 있었다. 그러나 다른 손으로는 뱃전을 짚은 채 저쪽으로 돌아앉아 여전히 바람 속에 껌벅거리는 먼 항구의 불빛을 바라보는 모양이었다.

막상 그를 마주하니 어쩐지 클로드는 말을 꺼내기가 거북해졌다.

"마지막 기항지로군!" 페르캉은 빈손으로 거리의 반짝이는 불빛을 가리키며 불쑥 말했다.

왼손이었다. 선등(船燈) 불빛을 한쪽으로만 받은 그 손이 순간 말끔히 개고 별이 총총한 밤하늘을 배경으로 부조처럼 또렷이 드러났다. 손가락 사이사이의 틈이 검은 곡선을 그리고 있었다. 그는 몸을 돌려 클로드를 똑바로 마주 보았다. 뜻밖에도 그 얼굴에는 낙심한 표정이 역력했다. 번쩍 들었던 왼손이 내려졌다.

"한 시간 뒤에는 출발이지…… 그런데 자네는 도착하면 어쩔 셈인가?"

"공상은 집어치우고 행동으로 부딪쳐 봐야지요. 그러는 당신은요?"

"시간 낭비나 하겠지……."

클로드는 상대를 탐색하려는 듯 그를 쳐다보았다. 그는 눈을 감아 버렸다.

'아차, 시작이 글렀는걸.' 클로드는 생각했다. '딴 방향으로 파고들어 보자.'

"야만족들이 사는 곳으로 다시 들어가실 겁니까?"

"그런 걸 시간 낭비라고 부르진 않지. 그 반대야."

클로드는 여전히 암중모색이었다. 에라 모르겠다는 심정으로 아무렇게나 대꾸했다.

"반대라뇨?"

"그 고장에서 얻을 건 거의 다 얻었으니까."

"돈을 제하고는 말이죠?"

페르캉은 말없이 뚫어지게 클로드를 바라보았다.

"그런데 그 고장에 돈이 있다면 어떨까요?"

"그럼 자네가 찾으러 가보게!"

"네, 아마 그럴지도……."

클로드는 잠시 망설였다. 멀리 절에서 울리는 장중한 염불 소리가 보이지 않는 자동차의 클랙슨 소리에 간간이 끊기며 은은하게 들려왔다.

"라오스에서 해안에 걸쳐 펼쳐진 밀림 속에는 유럽 사람들이 아직 모르는 절이 꽤 많습니다……."

"아…… 소문의 황금부처 말인가? 제발 그런 이야기는……."

"부조와 석상에 손톱만치도 금은 안 들었지만 그것들은 꽤 값이 나가거든요……."

여기서 클로드는 또 한 번 망설였다.

"20만 프랑을 장만하려 하신다고요."

"아르메니아 놈한테 들었지? 뭐 숨기려는 건 아니네. 하지만 조각 따위는 이집트 왕릉에도 있는데. 그 밖에 또 무엇이 그리 귀한 게 있는가?"

"이봐요, 제가 고양이 미라에 둘러싸인 너저분한 이집트 왕릉으로 헤집고 다닐 사람으로 보입니까?"

페르캉은 잠시 생각하는 모양이었다. 클로드는 그에게서 눈을 떼지 않고 있었다. '여자의 매력이 그렇듯이, 어떤 남자의 강렬한 힘 앞에서는 사회적 신분이나 이런저런 사실 따위는 도무지 문제가 되질 않는구나…….' 새삼스럽게 이런 생각이 들었다. 아까 들은 보석 이야기도 이 사내의 과거 경력도 순식간에 안개처럼 사라지고 말았다. 지금 눈앞에 우뚝 서 있는 그 자신이 너무나도 또렷한 현실로 다가와서, 지난날의 온갖 행적은 마치 꿈인 양 현실의 그에게서 멀어져 가는 것이었다. 온갖 사실 가운데에서 지금의 내 감정에 꼭 어울리는 사실만이 가슴에 남을 것이다. 결국 그가 대답을 할 것인가?

"좀 같이 걸을까?"

그들은 묵묵히 몇 걸음 걸었다. 페르캉은 여전히 항구의 불빛을 바라보고 있었다. 이제 별이 환하게 빛나는 밤하늘 아래 꼼짝도 않고 있는 노란 등불들을. 말이 끊기자 밤인데도 눅눅한 공기는 마치 부드러운 손길처럼 클로드의 살에 착 달라붙는 듯했다. 그는 담뱃갑에서 궐련 한 대를 꺼냈다. 그러나 실없는 자기 몸짓에 어쩐지 화가 나서 그대로 바다로 던져 버리고 말았다.

"나도 절들을 더러 본 적이 있지만…… 어디에나 조각이 널려 있는 것도 아니던데."

마침내 페르캉이 입을 열었다.

"그렇습니다. 그러나 조각이 있는 것도 많지요."

"담롱 추장이 내게 준 불상 두 개를 베를린으로 가지고 갔더니 카시러가 금화 5천 마르크를 주더군…… 아니, 그래도 그렇지. 오래된 절을 찾아 거기까지 가다니! 차라리 원주민들처럼 보물을 찾는 게 낫지."

"만일 600미터 떨어진 뚜렷한 두 지점 사이에 오십여 개의 보물이 강을 따라 묻혀 있는 것이 확실하다면, 당신은 그걸 찾으러 가겠습니까?"

"그런 강이 어딨어? 말도 안 돼."

"아니, 있습니다. 하여튼 그러면 보물을 찾으러 가시겠어요?"

"자네를 위해서?"

"절반씩 나누죠."

"그 강이란?"

엷은 미소를 띤 페르캉의 표정에 클로드는 그만 화가 치밀었다.

"갑시다. 보여 드리지요."

클로드의 선실로 가는 복도에서 페르캉은 앞장선 청년의 어깨 위에 손을 얹으며 물었다.

"최후의 도박을 걸 거라고 어제 내게 암시하더니, 방금 이야기한 게 그거로군?"

"맞습니다."

조그만 잠자리 위에 지도가 펼쳐진 채로 있는 줄 알았더니 보이가 그새 접어 두었나 보다. 그는 지도를 펼쳤다.

"여기 이게 호수들. 그 주위에 모여 있는 붉은 점들, 이게 절들이죠. 여기 흩어져 있는 점들도 그렇고."

"이 푸른 점들은?"

"캄보디아 옛 도시들의 폐허. 이미 탐사된 죽은 도시들입니다. 제 생각에는 그거 말고도 또 있을 텐데요. 뭐, 그 이야긴 뒤로 미루죠. 자, 여기 보십시오. 이 검은 줄의 기점과 그 줄을 따라 절을 나타내는 붉은 점이 많이 찍혀 있죠?"

"그게?"

"왕의 길이죠. 앙코르 및 그 주변 호수와 메남강[19]을 잇던 길입니다. 유럽으로 말할 것 같으면 중세에 론강과 라인강을 잇던 도로처럼 한때는 중요한 국도였지요."

"그러면 이 줄을 따라 사원들이 어디까지……."

"정확히 어디까지인지는 문제가 아닙니다. 실제로 탐사된 지역의 한계선까지죠. 그러니까 나침반을 가지고 이 고대 도로의 자취를 그대로 밟아 가기만 하면 옛 사원들을 찾아낼 수 있다는 것입니다. 생각해 보세요, 만일 오늘날 밀림 속에 묻혔던 유럽이 다시 발견된다고 가정합시다. 그때 론강과 라인강 줄기를 쫓아 마르세유에서 쾰른까지 훑어가는 길에 성당 유적들을 발견할 수 없다면 그야말로 말이 안 될 겁니다. 그리고 지금 제가 하는 이야기는 이미 탐사된 지역에 한해서는 충분히 증명될 수 있어요. 아니, 실은 벌써 증명되어 있습니다. 옛날 여행자들의 기록에 적혀 있으니까요……."

이때 페르캉의 되묻는 듯한 눈초리에 부딪치자 클로드는 잠시 말을 끊었다.

"물론 천둥벌거숭이처럼 무턱대고 이 일에 뛰어든 건 아니죠. 저는 동양어 학교를 나왔습니다. 산스크리트어 지식도 필요할 때가 있겠지요. 실제로 측량이 끝난 지역에서 몇십 킬로 떨어진 곳까지 헤치고 들어가 본 행정관들도 그 사실을 확인했습니다."

---

19) 태국 북쪽 국경에서 남쪽으로 흘러 타이만(灣)으로 흘러드는 강.

"자네보다도 먼저 이 지도를 보고 그런 생각을 품은 사람이 없었을까?"

"측량국에서는 고고학에 관심이 별로 없으니까요."

"그럼 프랑스 학술원에선?"

클로드는 대뜸 《탐사보고서》에서 표시를 해두었던 페이지를 펼쳤다. 여기저기 밑줄 친 문장 가운데 이런 것이 있었다. "우리가 탐사한 도정(道程) 밖에 있는 고적들은 더 조사해 봐야 한다…… 우리가 작성한 목록이 완벽하다고 주장할 마음은 전혀 없다……."

"이것이 가장 최근에 발표된 고고학 탐사대 보고서입니다."

페르캉은 보고서 날짜를 들여다보고 있었다.

"1908년이군?"

"네. 1908년과 세계대전 사이에는 이렇다 할 탐사가 한 번도 이루어지지 않았습니다. 그 뒤로는 소규모 세부 조사만 했고요. 모두 다 기초적인 작업에 지나지 않죠. 제가 여러모로 살펴본 결과, 아무래도 옛 여행가들의 측량으로 종합된 거리는 재검토되어야 하겠다는 확신을 가질 수 있었어요. 그러니 한갓 전설로 취급되는 이야기들도 진실일 가능성은 충분하니까 실제로 검토해 볼 필요가 있습니다…… 게다가 이것은 캄보디아에 국한된 이야기예요. 시암은 그야말로 전혀 개척이 안 된 상태지요."

"……."

침묵만 지키지 말고 뭐라고 대답 좀 해봐요!

"무슨 생각을 하십니까?"

"음, 글쎄. 나침반으로 대충 방향을 알 수 있겠지만, 그다음은 원주민들에게 물어볼 작정인가?"

"네, 옛 왕의 길에서 그리 멀지 않은 부락에 사는 사람들에게."

"응…… 그럴 테지…… 나도 사람 말을 좀 아니까 시암에선 원주민들과 이야기할 수 있을 거야. 그리고 보니 그런 오래된 사원들을 본 적이 있는데…… 아마 브라만교 사원이었지?"

"그렇습니다."

"그렇다면 광신도는 없겠군. 도처에 불교도만 있으니…… 그래, 아주 터무니없는 계획은 아닐지도 몰라…… 그럼 그 방면의 예술은 잘 알 테지?"

"꽤 오래전부터 그것만 연구하고 있는걸요."

"오래전…… 참, 자네 나이가 몇이지?"

"스물여섯입니다."

"흠……."

"더 어려 보이죠? 네, 저도 압니다."

"뭐 놀란 건 아냐. 그저 부러워서 말이야……."

비꼬는 투는 아니었다.

"프랑스 총독부가 별로 좋아하지 않을걸……."

"이래 봬도 파견되어 왔답니다."

페르캉은 너무 뜻밖이어서 놀랐는지 잠시 침묵을 지키다가 다시 입을 열었다.

"이제 이해가 가는군……."

"오! 물론 무보수 파견이죠! 무보수로 일하는 거라면 우리 정부도 선선히 허락해 준답니다."

클로드의 머리에는 그 친절하면서도 은근히 무례한 담당 국장의 모습이 다시금 떠올랐다. 그곳의 인기척 없는 복도에는 찬란한 햇빛을 받는 조그만 지도가 걸려 있었는데, 그 지도에는 비엔티안,[20] 지부티, 통북투[21] 등 여러 도시들이 그야말로 수도답게 커다란 진분홍 동그라미 안에 눈에 띄게 그려져 있었다. 그 광경은 마치 어두운 붉은색과 금색으로 칠해진 희극 실내장식 같았다…….

"그런 명목으로 왔다면 하노이 학술원과 교섭하거나 마차 징발하기가 편리하겠군. 뭐 대단한 일은 아니지만 그래도……."

페르캉은 이렇게 다시 입을 열더니 또 한 번 지도를 들여다보면서 말했다.

"운반은 달구지로 하지."

"아! 맞다, 그놈의 규정 적재량 60킬로그램이라는 건 뭡니까?"

"아무것도 아니지. 신경 쓸 것 없어. 50킬로그램에서 300킬로그램까지, 뭐든지…… 뭐든지 발견한 놈을 실어 나를 수 있어. 그러니 달구지로 하지. 그런데 만일 한 달이나 뒤져도 아무 소득이 없다면……."

---

20) 메콩강 북쪽에 있는 도시. 라오스의 수도.
21) 서아프리카의 상업도시. 현재 말리 공화국에 속해 있다.

"그럴 리가 없어요. 아시다시피 당렉산맥은 사실상 전혀 탐사되지 않은 상태 잖아요……"

"자네가 생각하는 정도는 아닐걸."

"게다가 원주민들도 사원이 어디 있는지 잘 알고 있고…… 그런데 무슨 말이 죠? 제가 생각하는 정도는 아니라뇨?"

"그 이야긴 나중에 하지."

페르캉은 잠시 말이 없더니 다시 입을 열었다.

"여기 프랑스 행정 당국에 대해서는 나도 잘 알고 있지. 그들이 자네를 곱게 보지는 않을 거야. 여러 가지 방해를 놓을 테지. 그러나 그 위험은 대단치 않 아…… 그보다는 다른 위험이 훨씬 더 큰 문제지. 둘이서 간대도."

"다른 위험이라뇨?"

"현지에 머무르는 거 말이야."

"모이족 말이죠?"

"응, 그들도 그렇고, 밀림과 말라리아도 문제고."

"저도 그 생각은 하고 있었습니다."

"그래? 그럼 이 이야긴 그만하지. 난 습관이 돼서 말이야…… 이제 돈 이야기 나 하지."

"아주 간단하죠. 자그마한 부조라든가 무슨 석상 하나만 해도 30만 프랑쯤은 너끈히 나갑니다."

"금화로?"

"너무 욕심이 크신데요."

"유감이군. 그럼 적어도 내 몫으로 열 개는 필요하겠는데. 또 자네가 열 개…… 도합 스무 개라."

"석상 스무 개."

"흠, 분명히 어려운 일은 아니야……"

"게다가 무용수 조각처럼 아름다운 예술품이라면, 부조 하나만 해도 줄잡아 20만 프랑은 너끈히 나갑니다."

"그래, 그런 건 대개 하나가 몇 개의 돌로 되어 있나?"

"서너 개쯤 됩니다."

"확실히 팔 수는 있고?"

"물론이죠. 확실합니다. 런던과 파리에서 제일가는 전문가들을 잘 알고 있거든요. 경매에 부치기도 쉽고······."

"쉽지만 오래 걸리지?"

"직접 팔아도 무방한걸요. 경매를 거치지 않고도 팔 수 있죠. 그런 물건이란 매우 귀하거든요. 종전 이후로 아시아 골동품은 꽤 값이 뛰었으니까요. 그 뒤 새로 발견된 게 전혀 없답니다."

"또 하나 문제가 있어. 우리들이 그 사원들을 발견한다 치고······."

'우리들이라······.' 클로드는 속으로 중얼거렸다.

"······그 조각한 돌을 어떻게 떼어 낸다?"

"그게 제일 골치 아픈 문제입니다. 그래서 저도 생각해 봤는데······."

"내 기억이 틀림없다면 아주 큼직한 돌덩이일 텐데?"

"맞아요. 하지만 크메르 사원은 초석도 없고 시멘트도 붙이지 않고 그저 쌓아 올린 겁니다. 말하자면 도미노 패[22]를 쌓아 올린 거나 다름없죠."

"옳아, 그 도미노 패 하나하나가 폭이 50센티미터에 길이가 1미터니까······ 그럼 750킬로그램쯤 나가겠군. 굉장한데!"

"저는 톱으로 조각 면만 얇게 켜서 가져갈 생각이었죠. 그러나 목재용 톱으로는 불가능해요. 쇠를 쓰는 톱이라면 좀더 빠를 테죠. 그것을 가지고 왔어요. 그리고 오랜 세월이 흐르면서 거의 모든 게 무너져 땅바닥에 나뒹굴고 있을지도 몰라요. 또 폐허에 뿌리박은 열대 나무라든가 시암 사람들이 저지른 파괴 행위도 우리 작업을 한결 편하게 해줄 겁니다."

"그러고 보니 나도 절이라기보다는 다 무너진 폐허를 자주 봤던 것 같군······ 보물을 찾는 원주민들도 그 곁을 지나간 흔적이 있었고······ 난 이때까지 사원은 그냥 사원일 뿐이라고 생각했는데······."

페르캉은 어느덧 지도에서 눈을 떼고 전구를 물끄러미 쳐다보고 있었다. 아마 이것저것 생각해 보고 있는 것이리라고 클로드는 짐작했다. 페르캉의 멍청한 눈초리는 거의 꿈꾸는 사람 같았다. '나는 대체 이 사내에 관해서 무엇을 알

---

22) 상아로 만든 서양 골패. 납작한 직사각형 모양.

고 있단 말이냐?' 새삼 이런 생각이 클로드의 머리를 스쳤다. 세면대 위에 달린 거울에 비친 그 억센 윤곽과 넋을 잃은 듯한 표정이 그만큼 클로드에게 강렬한 충격을 주는 것이었다. 서서히 도는 엔진 소리가 우렁차게 침묵을 깨뜨리며 그 사내에게 한 걸음씩 육박하여 그에게서 동의를 끌어내려는 듯했다.

"그래, 그러면……."

페르캉은 지도를 밀어젖히며 침대 위에 걸터앉았다.

"더 이상 반대 의견은 말하지 않기로 하지. 모든 점을 따지고 보더라도 이 계획은 해볼 만한 가치가 있네. 뭐, 사실 조리 있게 따져 본 건 아니고 그저 돈을 손에 쥔 순간만을 생각하고 있었지만…… 하지만 나는 내버려 둬도 저절로 성공할 일에는 굳이 손대고 싶지 않아. 오히려 그러면 실패하는 법이거든. 뭐, 어쨌든 나도 어차피 모이족이 사는 데로 가야 하니까 자네 제안을 받아들이기로 하지. 이 점 명심하게, 알겠나?"

"어디로 가시게요?"

"저 북쪽이지. 그러나 이 계획에 지장이 있지는 않을 거야. 정확한 것은 방콕에 가봐야 알 테지만…… 매우 공감이 가지만 동시에 몹시 의심스러운 어떤 자를 찾으러 가는 걸세. 찾는다기보다는 다시 한번 수색하려는 거지…… 방콕으로 가면 행방불명된 그 사람에 관한 현지 민병대의 조사 결과를 알 수 있을 거야. 그들 말로는 행방불명이라고 하지만 내 생각에는……."

"하여튼 같이 가시는 거죠?"

"같이 가지…… 내 생각에 그자는 내가 손댔던 지역으로 간 것 같아. 그가 이미 죽었다면 내가 취할 행동은 확실히 정해져 있지만, 만일 살아 있다면……."

"살아 있다면?"

"뭐, 살아 있어도 할 수 없지만, 그놈이 일을 다 망쳐 버리지나 않을지……."

화제 전환이 너무 빨라서 클로드는 무슨 이야긴지 잘 알아들을 수 없을 정도였다. 같이 간다는 승낙이 떨어지자 클로드는 이미 다른 건 안중에 없었다. 그는 페르캉의 시선을 좇았다. 페르캉이 뚫어지게 바라보고 있는 건 바로 클로드 자신의 얼굴, 정확히는 거울에 비친 얼굴이었다. 클로드는 자신의 이마와 쑥 튀어나온 자기 턱을 잠시 다른 사람의 시선으로 바라보았다. 이때 그 다른 사람이 생각하고 있었던 것도 바로 클로드에 관한 것이었다.

"싫으면 대답 안 해도 좋지만……." 페르캉의 눈동자가 갑자기 빛을 발했다. "어째서 그런 모험을 하려는 건가?"

"대답하지요. 돈이 없어서 그럽니다. 정말이에요."

"돈을 버는 방법도 여러 가진데…… 애초에 무엇 때문에 돈이 필요한가? 돈으로 인생을 즐기려는 사람처럼 보이지는 않는데."

'그럼 당신은 왜?' 클로드는 속으로 이렇게 반문하면서 말했다. "가난한 놈이 싸울 상대를 골라잡을 수 있나요! 몇 푼 안 되는 돈으로 제대로 반항할 수 있다고는 생각지 않습니다."

페르캉의 시선은 여전히 그를 노리고 있었다. 뚜렷하면서도 흐릿한 시선, 추억에 가득 찬 시선이었다. 클로드는 문득 총명한 사제들의 시선을 떠올렸다. 그 눈빛이 더욱 날카로워졌다.

"인생은 우리 힘으로 어떻게 할 수 있는 게 아니야."

"그렇지만 인생은 우리를 그 무엇으로 만들어 주죠."

"반드시 그런 것도 아니지…… 자네는 인생에 무엇을 기대하나?"

클로드는 금방 대답하지 않았다. 눈앞에 있는 사내의 과거가 그의 체험과 어렴풋이 암시된 그의 사상과 함께 그 시선 속에 완전히 변모되어, 그의 과거 이력이라는 게 이제는 일체 무의미해졌다. 지금 이 순간 그들을 서로 이어 주는 것이라고는 오직 두 사람의 인간 존재 자체에 깃든 가장 깊은 무언가뿐이었다.

"저도 인생에 아무것도 기대할 것이 없다는 건 잘 알고 있다고 생각합니다만……."

"그럼 자네가 반드시 무엇을 택해야만 할 때는……."

"제가 선택하는 게 아니죠. 그건 제 속에서 반항하는 그 무엇입니다."

"반항이라니, 무엇에 대한?"

클로드도 이 문제에 관해서는 자주 자문해 보았으므로 망설임 없이 대답할 수 있었다.

"죽음의 의식에 대해서죠."

"진정한 죽음이란 바로 노쇠야."

이때 페르캉은 거울 속에 비친 자기 자신의 얼굴을 노려보고 있었다.

"늙는다는 것이야말로 참으로 중대한 일이지! 자기 운명과 역할, 그리고 자기만의 인생 위에 세운 개집 같은 안식처를 결국 받아들여야 한다는 것…… 한창 젊을 때는 죽음이 뭔지 모르는 법이지."

그 순간 클로드는 깨달았다. 뚜렷한 이유는 모르지만 하여간 그의 제안을 받아들인 이 사내와 자신을 이어 준 것이 무엇인가를. 그것은 '죽음의 강박 관념'이었다.

페르캉은 지도를 집어 들었다.

"내일 돌려주겠네."

그는 클로드와 악수를 하고 나가 버렸다.

선실의 공기는 감옥 문처럼 클로드를 짓눌렀다. 페르캉이 던진 질문이 또 하나의 죄수처럼 클로드와 함께 방 안에 남아 있었다. 페르캉의 반박도 마찬가지였다. 아니, 그러나 자유에 이르는 길이 그렇게 많을 리 없다! 그는 최근에 문명의 조건을 생각해 본 적이 있다. 요컨대 문명은 정신을 먹고사는 사람들이 너무 처먹어서 나중엔 어느새 헐값으로 먹고살게 되도록 정신의 가치를 떨어뜨리는 것이다. 하지만 그는 그 사실을 알았다고 새삼스럽게 놀랄 만큼 순진하지 않았다. 그러면 어쩌자는 거냐? 정성스럽게 매만져서 딱 붙인 머리가 그들의 우월한 신분을 나타낸다고 믿는 친구들처럼 자동차를 팔고 주식을 팔고, 또는 논설을 팔아먹고 살 생각은 추호도 없었다. 그렇다고 부스스한 더벅머리가 학식을 나타낸다고 믿는 친구들처럼 다리나 건설하고 싶은 것도 아니었다. 대체 그들은 무엇 때문에 일하는가? 세상의 존경을 얻기 위해서. 그는 그들이 구하는 그 존경이라는 걸 증오했다. 자식도 없고 우러러볼 신도 없는 인간이 인간 질서에 복종한다는 건 죽음에 대한 가장 철저한 굴복이 아니겠는가! 그러니 다른 자들이 구하지 않는 곳에서 자기 무기를 구할 수밖에.

자기가 세상에서 따로 떨어져 있다는 사실을 아는 자가 우선 자기 자신에게 요구해야 할 것, 그것은 용기다. 내 삶이 어떤 구제 활동에 이바지하고 있다고 믿는 자들의 언동을 지배하는 관념의 시체 따위 엿이나 먹어라! 또 자기 삶을 어떤 틀에 끼워 맞추려고 애쓰는 자들의 언동도 마찬가지다. 다 똑같은 시체다. 인생에 궁극적인 목적이 없다는 것이 행동의 조건이 되고 있는 판이다. 이런 미지의 무언가를 끊임없이 초조하게 생각해 보는 행위를, 모든 것을 우연에 내맡기는 단순한 투기적 모험과 혼동한다는 건 정말 기막힌 노릇이다. 이 침체한 세계에서 자기 모습을 도로 끌어내야 한다. '그들이 모험이라고 부르는 것은 도피가 아니라 추격이다. 세상의 질서란 결코 우연한 힘으로 파괴되는 것이 아니고 우연을 이용하려는 의지의 힘으로 파괴되는 것이다.' 클로드는 그렇게 생각했다. 모험이라는 게 한갓 꿈을 제공하는 것에 그치는 자들을 클로드는 잘 알고 있는 터였다. '도박을 하려무나, 그러면 꿈을 꿀 수 있으리라.' 또 클로드는 희망을 가질 수 있는 온갖 방법의 자극제도 모르는 바 아니었다. 그것은 가난이었다. 그가 방금 페르캉에게 이야기한 그 준엄한 지배, 죽음의 지배가 관자놀이에 느껴지는 피의 맥동과 함께 온몸에서 쉼 없이 고동쳤다. 마치 억제할 수 없는 성욕의 발작처럼.

학살당한다. 행방불명된다…… 그에게는 대수롭지 않은 일이었다. 별로 자기 자신에 대한 집착은 없었으니까. 설령 승리를 얻지 못하더라도 그는 싸울 기회를 잡은 셈이다. 그러나 체내에 깃들인 암세포를 대하듯이 산 채로 자기 삶의 허무함을 받아들인다는 것, 손바닥에 그 눅눅한 죽음을 쥐고 산다는 것…… 이 눅눅한 죽음에서 바로 영원한 것에 대한 절박한 욕구, 그럼에도 육체 냄새가 짙게 밴 그 욕구가 생겨나는 것이리라. 한데 이 미지에 대한 갈망, 일시적이나마 노예와 주인과의 관계를 파괴해 버리는 것―그것이 뭔지 모르는 자들은 모험이라고 부르지만―그것이 미적지근한 죽음에 대한 방어가 아니고 무엇이겠는가? 느릿느릿 다가오는 죽음을 정복하여 그것을 도박 밑천으로 삼으려고 눈 딱 감고 대드는 결사적인 방어가 아니겠는가…….

자기 생명 이상의 것을 얻어 내야 한다. 매일매일 지긋지긋하게 보고 있는 사람들의 티끌 같은 생활에서 탈출해야 한다…….

싱가포르에서 페르캉은 배를 내려 북쪽에 있는 방콕으로 향했다. 두 사람은 이미 약속을 해놓았다. 클로드는 사이공에서 파견장 검증을 받고 프랑스 학술원을 방문한 다음 프놈펜에서 페르캉을 다시 만나기로 되어 있었다. 그가 첫 행동을 어떻게 취하느냐는 학술원 원장과의 타협 여하에 달려 있었다. 원장은 클로드의 계획처럼 대담한 계획을 싫어하는 사람이었다.

어느 날 아침(날씨는 또다시 험해졌다), 그는 선실 창밖의 선객들이 무슨 광경을 발견하고 손가락질하는 걸 보았다. 그는 갑판으로 뛰어 올라갔다. 두꺼운 구름 사이로 엷은 햇빛이 비치고 그 속에 수마트라 해안이 넘실거리는 수평선 위로 드러나 있었다. 그는 쌍안경을 대고 해안을 바라다보았다. 무성한 잎이 산꼭대기에서 해변까지를 온통 뒤덮고 있었고 여기저기 종려나무 잎사귀가 빽빽하게 나 있어서 숲이 그야말로 컴컴한 덩어리로 보였다. 띄엄띄엄 산봉우리 위에 봉화가 어렴풋이 반짝이며 검은 연기를 뭉게뭉게 토하고 있었다. 좀더 낮은 곳에는 고사리 덤불이 숲의 컴컴한 어둠 속에서 유달리 뚜렷하게 드러나 보였다. 그는 온갖 초목이 한데 뭉그러져 수평선 위에 컴컴한 덩어리를 이루고 있는 그 광경에서 눈을 뗄 수가 없었다.

저렇게 얽힌 밀림을 뚫고 길을 헤쳐 나가야 하는 것인가? 이미 남들도 그렇게 했다. 나라고 왜 못하겠는가? 그러나 그가 이 불안스러운 단정을 내리자, 캄보디아의 구름 덮인 우중충한 하늘과 곤충들이 우글대는 나뭇잎들로 빽빽하게 얽힌 밀림의 환상이 말 없는 위협으로 그 앞을 딱 가로막는 것이었다.

그는 선실로 돌아왔다. 그의 계획은 홀로 가슴속에 품고 있는 한, 그를 인간 세계에서 분리하여 마치 장님이나 미치광이의 세계처럼 남이 엿볼 수 없는 혼자만의 세계로 이끄는 것이었다. 그것은 어쩌다 그의 긴장이 풀리면 그 밀림과 사원이 마치 거대한 야수들처럼 으르렁거리며 고개를 들기 시작하는 무시무시한 세계였다. 다만 페르캉이 옆에 있을 때는 그 세계도 제법 인간적인 세계처럼 느껴졌다. 그러나 페르캉이 떠나 버린 지금 그는 정신이 또렷하고 긴장된 채 또다시 집념에 사로잡힌 중독 상태에 빠져 있었다. 그는 다시금 표시를 해둔 페이지를 들여다보았다.

핵심적인 조각 장식은 수풀의 습기와 폭우에 오랫동안 노출되어 심히 파손되었으며…… 원형 천장은 완전히 붕괴되었다…… 현재 사람은 거의 드나들지 않고 다만 코끼리 떼와 물소 떼가 방황하고 있는 이 황폐한 밀림 지대에서 아마 여러 고적을 발견할 수 있으리라 짐작된다…… 원형 천장에 쓰인 사암이 회랑 내부로 무너져 내려 옛 자취를 살필 수 없게끔 되었다. 이 매우 처참한 파손의 원인은 건축에 목재를 썼기 때문이라고 추측된다…… 그 퇴적물에 뿌리박은 거목들이 지금은 세공된 벽보다도 높이 자라났고 그 뿌리가 그

물처럼 얽혀 벽을 둘러싸고 있으며…… 이 지역은 거의 인간의 손길이 닿지 않은 황막한 밀림의 비경이다…….

무엇을 가지고 싸울 것인가? 배 엔진 소리가 연방 높아질 무렵 그는 마치 톱날 소리처럼 마구 머릿속을 맴도는 낱말에서 빠져나오려고 몸부림쳤다. '프랑스 학술원, 프랑스 학술원, 프랑스 학술원.'

"흥, 나도 그 벼슬아치들에 대해서는 잘 알고 있지. 자네와는 다른 족속이네." 페르캉은 이런 말을 했었다. 암, 그렇지. 정신 똑바로 차려야 할 게다. 그러나 인간은 흔히 자기네 생각을 받아들이기를 거부하는 사람을 당장 알아본다는 것도 그는 잘 알고 있었으며, 세상이 신앙을 잃은 이래로 무신론자가 누구보다도 훨씬 많은 스캔들을 일으키고 있음도 모르는 바 아니었다. 그의 조부는 오로지 그에게 이러한 사실을 가르쳐 주기 위해서 평생을 살아온 것이나 다름없었다. 그런데 그놈들이 지금 클로드의 투쟁에 필요한 무기의 대부분을 차지하고 있는 것이다…….

희망과 환상에 사로잡힌 삶에서 벗어나야 한다. 이 지루한 수동적인 여객선에서 벗어나야 한다!

3

네모난 창문으로부터 들어오는 햇빛이 벽을 비추고 있었다. 벽은 종려나무와 열대 지방의 비 때문에 푸르죽죽하게 변색되어 있었다. 그 창문 앞에 앉은 프랑스 학술원 원장 알베르 라메주 씨는 밤색 수염을 한 손으로 쓰다듬으면서 클로드 바네크가 들어오는 것을 바라보고 있었다.

"당신이 출발했다는 소식은 미리 식민지부(植民地部)에서 전해 들었소. 그리고 어제 당신이 보낸 전보로 당신의 도착을 알고 매우 기쁘게 생각하고 있던 참이오. 물론 될 수 있는 한 당신의 편의를 돕겠소. 뭐 물어볼 게 있으면 망설이지 말고 여기서 일하는 직원들에게 물어보시오. 가장 우호적인 친절로 도와드릴 테니. 그 일에 관해 자세한 이야기는 나중에 따로 합시다."

그는 책상에서 일어나 클로드 옆으로 다가앉았다.

'옳지, 바야흐로 친절이 시작되는군.' 클로드는 속으로 중얼거렸다. 원장의 어조가 더 친밀해졌다.

"당신을 만나게 되어 매우 반갑습니다. 당신이 작년에 발표한 아시아 미술에 관한 흥미로운 논문을 유심히 읽어 보았소. 또 솔직히 말해서 당신이 도착했다는 얘기를 듣고 부리나케 당신의 학설도 읽어 보았고요. 그런데 당신이 논술한 몇몇 견해에 동의한다기보다는 매우 흥미 깊었다고 말해야 할 것 같습니다. 여하간 사실 흥미진진했었소. 당신네 세대는 매우 독특한 정신을 가졌으니……."

"제가 그러한 의견을 논술한 목적은 종래의 관념을…… (그는 '일소하고'라는 말을 입 밖에 내려다가 잠시 주춤하고는 말을 이었다) 그대로 답습하기보다는 더욱 흥미 있는 새로운 의견을 끌어내려는 것이었습니다……."

라메주는 의심하는 듯한 눈길로 가만히 바라보고 있었다. 클로드는 그가 자기 직무와 자기가 동일시되기를 원치 않는다는 것, 직무보다는 더 나은 인간이라는 걸 나타내고 싶어 하며, 그리고 갑갑증 때문이기도 하겠지만 어떤 동지 의식 때문에 자기를 초대 손님으로 맞으려 한다는 것 따위를 뚜렷이 느낄 수 있었다. 게다가 클로드는 문헌학에서 출발한 고고학자가 학문적 경향을 달리하는 다른 모든 고고학자들에게 품고 있는 가소로운 적개심도 지나치게 잘 알고 있었다. 라메주는 파리 학술원 회원이 되고 싶어 하는 모양이었다. 이래서야 곧 바로 자기 사명에 관한 이야기를 꺼낼 수도 없었다. 상대는 마치 모욕이라도 받은 듯이 기분이 언짢아질 테니까 말이다.

"제 생각은 이렇습니다. 우리가 예술가에게 근본적인 가치를 부여하다 보면 예술 작품의 생명의 한 극치를 이루고 있는 것, 즉 작품을 보는 어느 시대 문명의 상태를 그냥 지나치기 쉽다 이겁니다. 예술에서는 시간이란 존재하지 않는다고 해도 좋을 겁니다. 하여간 가장 제 흥미를 끄는 것은 말이죠, 그런 예술 작품의 해체와 변모입니다. 인간의 죽음으로써 이루어지는 예술 작품의 가장 깊은 생명이죠. 결국 일체의 예술 작품은 신화(神話)가 되려는 경향을 나타내는 것입니다."

그는 자신의 생각을 너무 간추려 간략하게 나타내려고 한 나머지 뜬구름 잡는 이야기가 되어 버렸음을 알 수 있었다. 찾아온 목적을 이루기도 해야 하지만, 또한 그의 이야기에 흥미를 보이는 상대하고 적당히 타협하기도 해야겠다는 생각 때문에 그만 혼란에 빠진 것이다. 라메주는 골똘히 생각하는 눈치였다. 창밖에 떨어지는 굵은 빗방울 소리가 방 안으로 스며들어 오고 있었다.

"하여간 매우 재미있는 착안이오만……."

"제 생각으로는 박물관이란 과거의 예술 작품들이 저마다 신화로 되어 잠들어 있는 곳입니다. 말하자면 후세의 예술가가 나타나서 자기네를 현실 세계로 다시 불러내 주기를 기다리며 역사적 삶을 살고 있는 셈이지요. 그 작품들이 직접 내 가슴을 흔들어 준다면 그건 예술가가 그것을 되살릴 힘을 가졌기 때문입니다. 따지고 보면 어떤 문명이든지 다른 문명의 깊숙한 심층부까지는 닿을 수 없는 법입니다. 그러나 아주 다른 여러 문명의 작품들만은 남아 있습니다. 다만 우리들의 신화가 그 작품들의 세계와 일치하는 날까지는 그 작품 앞에서 우리는 장님과 다름없습니다……."

라메주는 흥미롭다는 듯이 주의 깊게 들으면서 여전히 미소를 짓고 있었다.

'흥, 날 꽤나 이론 애호가로 아는 모양이지. 얼굴이 푸르뎅뎅한 게 영락없이 간에 고름이 든 거야. 만약에 예술 작품의 영원성으로써 자기 죽음에 맞서려는 인간의 그 파란만장하고 정열적인 싸움이 바로 내 끈질긴 집착과 맥을 같이한다는 것을 이 사람이 느낄 수 있다면, 아니 그보다도 내 이야기를 지금 자기 간에 든 고름과 관련지어 생각해 준다면 아주 이해가 빠를 텐데! 할 수 없지…….' 이번에는 클로드가 이런 생각을 하고 빙긋이 웃었다. 라메주는 그가 자기에게 환심을 사려 한다고 생각했다. 그들 사이에는 상당히 우호적인 분위기가 이루어졌다. 마침내 원장이 입을 열었다.

"결국 당신은 자신이 없는 거군요. 맞죠? 자신을 가질 수 없는 겁니다…… 암, 나도 압니다. 늘 자신을 가진다는 건 그리 쉬운 일이 아니죠…… 저것 보시오, 깨진 도자기 조각 사진이 하나 있죠. 책 밑에 말이오. 톈진(天津)에서 보내온 거요. 거기 그려진 무늬는 틀림없는 고대 그리스 양식이오. 적어도 기원전 6세기 것이죠. 그런데 말이오. 거기 방패 무늬 좀 보시오. 분명히 중국식 용(龍)이 나타나 있지 않소? 기원전 유럽과 아시아의 관계에 관한 우리들의 견해가 분명히 대폭 수정되어야 한다는 것은 이거 하나만 봐도 알 수 있소! 하지만…… 어떡합니까? 우리 생각이 틀렸다는 걸 학문이 명시할 때는 결국 처음부터 다시 출발할 수밖에……."

그가 이렇게 처량한 투로 이야기하자 클로드도 한결 더 친근감을 느낄 수 있었다. 그런 뜻밖의 발견 때문에 오랫동안 해왔던 연구를 한순간에 내던지지 않을 수 없었던 경험이라도 있는 것일까? 클로드는 일부러 도자기 조각에서 시선을 돌려 딴 사진들을 바라보고 있었다. 한편엔 크메르 조각, 또 한편엔 참족[23] 조각을 따로 떼어 진열한 사진이었다. 클로드는 침묵을 깨뜨리려고 두 줄의 사진을 손가락으로 가리키며 물었다.

"어느 쪽을 더 좋아하시죠?"

"어느 쪽이 좋냐고요? 이봐요, 나는 고고학을 하는 사람이오……."

'순진한 젊은이나 가질 법한 그런 취미는 옛날에 버렸다오.' 이렇게 말하고 싶은 모양이었다. 클로드는 상대가 한 걸음 물러서는 듯한 기미를 느끼고 약간 초조해졌다. 그는 이쪽에서 질문을 던지지 않는 한 주도권을 쥘 수 있다고 생각했다.

"자 그럼, 당신의 계획에 대해 이야기해 봅시다. 내가 제대로 이해했다면 아마 옛 캄보디아 왕의 길의 자취를 뒤밟아 보겠다는 의도이신 것 같은데……."

클로드는 고개를 끄덕였다.

"미리 말씀드리지만 길은 물론이고 그 자취도 꽤 넓은 범위에 걸쳐 사라져서 거의 알아볼 수 없게끔 되었어요. 당렉산맥 근처까지 가면 아예 흔적조차 찾을 수 없고요."

"제가 찾아낼 겁니다." 클로드는 미소를 띠고 대답했다.

"그럴 수 있다면…… 거기서 당신이 부딪칠 위험에 관하여 미리 주의를 주는 게 본인의 의무이자 직책이오. 전에 우리 학술원에서 파견한 앙리 메트르와 오뎅달이 거기서 학살당한 사실을 당신도 모르지 않겠지요. 더구나 그 불쌍한 친구들은 그 고장 형편에 밝은 사람들이었소."

"물론 아실 테지만 저도 편하고 조용한 생활을 기대하고 여기까지 찾아온 것은 아닙니다. 그보다도 제 계획을 어떻게 도와주실 수 있는지 말씀해 주실 수 없을까요?"

"아, 징발 허가증을 교부해 드리지요. 그게 있으면 현지 주재관의 알선으로 당

---

23) 베트남 남부와 캄보디아에 걸쳐 거주하는 종족. 3~17세기에 번성했다고 함.

신 짐을 운반하는 데 필요한 달구지와 달구지꾼을 구할 수 있을 겁니다. 다행히 당신네 탐험대는 짐도 비교적 가벼울 테니까……."

"석상이 가볍습니까?"

"아, 그게 말이죠. 작년에 매우 유감스런 위반 사건이 있었거든요. 그래서 다시는 그런 불상사가 없도록 발견한 것은 어떤 물건이든지 현존 위치에 보존한다는 결정을 내렸소."

"네? 그게 무슨 말씀인지……."

"현존 위치에, 제자리에 놔둔다는 말이오. 그걸 보고해 주셔야죠. 그러면 그 보고를 검토한 뒤에 필요하다면 본원(本院) 고고학 부문 주임이 현장에 출장 가게 되죠."

"원장님 말씀으로 보아 이곳 고고학 부문 주임께서 제가 가려는 지역까지 위험을 무릅쓰고 찾아와 주실 것 같지 않은데요."

"확실히 이건 특수한 경우죠. 우리도 그 점을 고려할 것이오."

"게다가 그분이 용감하게 그곳까지 간다 하더라도, 어째서 제가 그분을 위하여 위험한 탐사의 선봉장 구실을 떠맡아야 하는지 이해하기 곤란합니다만."

"그러면 자신을 위하여 그 일을 해야겠다는 거요?" 라메주는 조용히 물었다.

"20년 동안이나 이곳 사람들은 그 지역을 탐사하지 않았습니다. 뭐라도 할 수 있었을 텐데 말이죠. 저는 이것이 목숨을 건 일이라는 것을 잘 알고 있습니다. 다만 누구의 명령도 받지 않고 제 목숨을 걸고 싶다는 것입니다."

"그러나 원조는 받고 싶고요?"

두 사람 다 언성을 높이지 않고 천천히 응수하고 있었다. 클로드는 끓어오르는 역정을 억누르느라고 무척 애를 썼다. '이 벼슬아치가 무얼 믿고 뻗대는 거야? 내가 발견할 수 있는 고대 미술품에 대한 권리를 감히 빼앗으려 하다니! 나는 그걸 찾으러 내 최후의 희망을 걸고 여기까지 왔는데!'

"방금 전에 약속해 주신 원조만으로도 충분합니다. 당신들이 평온한 귀순 지역을 지나는 일개 측량사에게 베풀어 주는 원조보다도 적은 원조로 말입니다."

"설마 행정 당국이 당신한테 호위군이라도 제공해 줄 거라고 기대하시는 건 아니겠죠?"

"원장님께서 제안한 것 이외에 딴것을 제가 당국에 요구했던가요? 여기선 딴 방법이 없으니 달구지꾼을 징발하는 수단을 좀 달라고 부탁했을 뿐이지 않습니까?"

라메주는 말없이 그를 바라보았다. 좀 어색한 침묵이 흘렀다. 클로드는 밖에서 빗방울 소리가 들려오려니 하고 귀를 기울였다. 그러나 이미 비는 개어 있었다. 클로드는 입을 열었다.

"어차피 둘 가운데 하나입니다. 첫째 내가 돌아오지 않는 경우, 이 경우는 얘기할 필요도 없죠. 둘째로 내가 살아 돌아오는 경우, 이때는 내가 무슨 이득을 얻든지 간에 내 탐사 성과에 비하면 그건 정말 하찮은 것일 터입니다."

"성과라니, 누구를 위한……."

"원장님께서 스스로 관할하시는 이 학술원이 미술사에 끼치는 공헌 이외에 어떠한 공헌도 인정 안 하기로 작정하셨다면 모르되 원장님을 그런 분으로 여긴다면 오히려 실례가 아니겠습니까?"

"유감천만하게도 그 공헌이라는 게 말이죠, 실은 그것을 가져오는 사람들의 기술적인 교양과 경험, 그리고 엄격한 훈련의 연공에 전적으로 좌우되는 것이라서……."

"엄격한 훈련 정신은 불귀순(不歸順) 지역에서는 아무 의미가 없어요."

"불귀순 지역에서 의미가 있는 정신이란……."

라메주는 여기서 말을 딱 끊더니 자리에서 일어섰다.

"바네크 씨, 어쨌든 일정한 원조는 해드리겠소. 내가 책임지고 처리하지요. 하지만 그 밖의 일은……."

"그 밖의 일은……."

클로드는 최대한 조심스러운 몸짓으로 '나 스스로 책임지겠다'는 뜻을 나타냈다.

"언제 출발하죠?"

"가능한 한 빨리."

"그럼 내일 저녁에 필요한 서류를 받아 가시오."

원장은 공손히 문턱까지 바래다주었다.

'상황을 정리해 보자.' 클로드는 어지러운 마음으로 뜰을 걸었다. 그런 내면의 명령으로부터 달아나기라도 하려는 듯이 곳곳에 놓인 이지러진 불상으로 눈을 돌렸다. 그 위를 야행성 도마뱀이 살살 기어다니고 있었다.

'상황을 정리해 보자.'

그러나 좀처럼 잘되지 않았다. 인적 없는 큰길에 접어들었다. '식민지'라는 말이 자꾸만 떠올랐다. 서인도 제도의 사랑 노래처럼 처량한 음조를 띤 말이었다. 고양이들이 웅덩이 곁을 살며시 기어가고 있었다. '그 귀하신 털보 양반은 남이 자기 영지를 어지럽히는 게 딱 질색이렷다.' 그러나 처음 그가 생각한 것처럼 라메주가 이해타산에 따라 움직이는 건 아니라는 걸 클로드는 깨닫기 시작했다. 라메주는 그의 당돌한 계획에 반발했다기보다는 차라리 자기 성격과는 전혀 딴판인 성격에 반발하면서 나름의 질서를 지키려고 한 것이리라. 그리고 자기 관할 학술원의 권위도…… '그자의 관점이 그렇다 치더라도, 그는 나에게서 가능한 한 성과를 끌어내려고 애써 보아야 할 게 아닌가. 현재 그곳 직원들이 위험을 무릅쓰고 그런 지역을 탐사하러 갈 리는 없으니까 말이지. 그런데도 한 30년 뒤에는 어떻게든 되겠지 하면서 뭐든지 보류하기만 하는 정부 관리들같이 굴고 있으니 원. 하지만 30년 뒤에도 프랑스 학술원이 여기 그대로 있기나 할 것인가? 대체 인도차이나에 프랑스 사람들이 그대로 버티고 있을 수 있을까? 그자는 탐사대원들이 그 지방에서 목숨을 바친 것은 동료들이 자기네 사업을 잇도록 하기 위함이라는 생각까지 하고 있을지 몰라…… 그 두 사람은 따지고 보면 학술원을 위하여 목숨을 바친 건 아닌데도…… 만일 그자가 자기를 통해서 학술원이라는 단체를 지킨다는 심사라면 나를 무시하고 퉁명스럽게 대하겠지. 죽은 동지들의 뜻을 지킨다는 배짱이라면 격분할 테고…… 아무튼 그가 어떤 태도로 나올지 미리 생각해 보아야겠어.'

4

두 사람을 육지로 데려다줄 보트 유리창 위에서 클로드는 전에 보던 페르캉의 옆모습을 다시 발견했다. 전에 유럽에서 오던 상선에서 식사 중에 번번이 선창에 비치던 옆모습이다. 저 뒤쪽에는 간밤에 프놈펜에서 그들을 싣고 온 흰 배가 닻을 내리고 있었다. 페르캉의 옛 친구가 실종됐다는 지점은 귀순 지역의 한계선상에 있는 왕의 길에서 그리 멀지 않은 곳이었다. 그리고 방콕에서 비밀리에 입수된 정보에 의하면 클로드의 계획은 매우 가능성 있는 것이었다.

보트는 강기슭을 떠나 물속에 잠긴 나무들 사이로 들어갔다. 열기로 굳어 버린 흙덩이와 실처럼 늘어진 진흙으로 뒤덮인 나뭇가지들이 마구 유리창을 스쳤다. 나무 원줄기 주위에 둥그렇게 말라붙은 거품이 증수기(增水期)의 최고 수위를 표시하고 있었다. 클로드는 자기를 기다리고 있는 밀림의 전주곡 같은 이 광경을 뜨거운 눈으로 바라보고 있었다. 찌는 듯한 더위에 서서히 굳어 가는 흙탕, 말라붙어 변색된 거품, 풍화된 짐승들의 시체 따위에서 풍기는 독특한 냄새, 그리고 나뭇가지에 착 붙어 움직이지 않는 진흙빛 양서류들. 이런 기이한 광경에 클로드는 정신이 팔리고 말았다.

그는 숲이 가끔 뚫릴 때마다 울창한 나뭇잎 너머로 앙코르와트의 탑들을 찾아내려고 해보았다. 그러나 그 탑은 호숫가의 거센 바람에 비꼬인 나무들 위로 나타나지 않았다. 저녁놀에 붉게 물든 나뭇잎들이 그림자를 드리우며 늪의 생태를 둘러쌀 뿐이었다.

주위의 썩은 냄새에 끌려 프놈펜에서 본 광경이 클로드의 머리에 떠올랐다. 가난한 사람들에게 둘러싸여 한 장님이 원시적인 현악기를 켜며 〈라마야나〉[24]를 낭송하고 있었다. 몰락하는 캄보디아의 모습이 바로 그 늙은 장님과 같았다. 그 영웅적인 서사시는 기껏 한 무리의 거지와 하녀들을 감동시킬 뿐이었다. 사원들이 무너져 가듯이 민족적인 찬가도 시들어 가는 나라, 지배를 받아 억눌리면서 힘을 잃어 가는 나라. 그 처참한 모습은 진흙탕 속에서 부글부글 거품 소리를 삼키는 조개나 보기 흉한 열대 귀뚜라미 떼에서도 찾아볼 수 있으리라.

클로드 앞에 드디어 뭍의 밀림이, 그를 기다리는 적(敵)이 나타났다. 불끈 쥔 주먹처럼 그를 노리고 있었다.

보트는 드디어 언덕에 닿았다. 포드 택시가 몇 대 승객들을 기다리고 있었다. 모여 선 원주민들 속에서 한 사람이 불쑥 나오더니 선장에게 다가왔다.

"저기 왔군." 선장이 클로드에게 알렸다.

"보이인가요?"

"맘에 꼭 들지 장담은 못 하겠소만 시엠레아프[25]에선 쓸 만한 애라곤 저 애뿐

---

24) 기원전 수 세기경에 만들어진 고대 인도의 영웅 서사시.
25) 앙코르와트 바로 남쪽 호숫가의 도시.

이죠."

페르캉은 보이에게 몇 마디 일반적인 질문을 해보고 채용했다.

"급료를 미리 주어서는 안 됩니다!" 선장이 좀 떨어진 곳에서 외쳤다.

원주민 보이는 그 소릴 듣고 어깨를 약간 으쓱하더니 백인들이 탄 자동차의 조수석에 자리 잡았다. 자동차는 곧 떠났다. 또 다른 차가 짐을 싣고 뒤따라 왔다.

"방갈로로 갈까요?" 운전사는 고개도 안 돌리고 물었다. 자동차는 이미 도로를 달리고 있었다.

"아니, 우선 주재관 관사로."

밀림이 붉은 도로 양옆으로 미끄러지듯이 스쳐 갔다. 그 위로 보이의 까까머리가 유독 선명하게 드러나 보였다. 엔진 소리가 요란스러운데도 불구하고 날카로운 매미 소리가 여기까지 들려왔다. 갑자기 운전사가 팔을 들어 얼핏 나타난 지평선을 가리켰다.

"앙코르와트!"

그러나 클로드의 눈에는 20미터 앞밖에 보이지 않았다.

드디어 횃불과 등불들이 나타났다. 닭이며 돼지들의 검은 그림자가 점점이 보였다. 촌락이다. 이윽고 차가 멈췄다.

"주재관 관사인가?"

"그렇습니다."

"얼마 안 걸릴 거예요." 클로드는 페르캉을 돌아보며 말했다.

주재관은 높다란 방에서 클로드를 기다리고 있었다. 그는 이쪽으로 다가오더니 클로드가 내민 손을 잡고 천천히 흔들었다. 마치 손의 무게를 재기나 하듯이.

"반갑소이다. 바네크 씨, 참 반갑소. 아까부터 기다리고 있었죠. 그놈의 배가 늦었군요. 언제나 그렇지만……."

그 사내는 클로드의 손을 붙든 채로 온통 흰 수염에 덮인 입 속에서 중얼중얼 환영한다는 인사를 하고 있었다. 그의 큼직한 코가 하얗게 회칠한 벽에 그림자를 던져 캄보디아 그림의 한 모서리를 가리고 있었다.

"그래 정글에 들어가신다죠?"

"제가 온다는 소식을 들으셨으니 제가 착수할 일도 잘 아실 테죠?"

"당신이…… 음, 당신이 착수할 일이라…… 뭐, 결국은 당신 문제죠. 난 상관없소이다."

"저희 일행이 떠나는 데 필요한 것들을 징발할 때 당신께서 도와주실 거라고 믿고 있습니다. 그렇지요?"

늙은 주재관은 아무 대답도 않고 자리에서 일어섰다. 우두둑하고 뼈마디 울리는 소리가 방 안의 침묵을 깨뜨렸다.

그는 그림자를 질질 끌면서 방 한복판을 묵묵히 걷기 시작했다.

"망할 놈의 모기에게 물리지 않으려면 이렇게 걸어야 하죠…… 지금이 가장 안 좋은 시간대라서…… 아시죠? 그나저나 징발이라…… 흠!"

'그놈의 헛기침 소리가 비위에 거슬리는데. 늙어 빠진 장군 흉내는 그만 집어 치우지 못할까!' 클로드는 속으로 외쳤다.

"네, 징발 말입니다."

"그게 말이오…… 징발이야 할 수 있을 겁니다. 문제없죠…… 징발이라는 것 자체는 그리 대단치 않은 일이죠. 그런데…… 이곳에 파견되어 오는 탐사원들은 남이 감 놔라 배 놔라 하는 걸 그리 좋아하지 않는 줄은 나도 압니다. 잔소리는 지겹다는 거지요. 그러나 역시……."

"말씀해 보십시오."

"당신이 지금 하려는 탐사는 말이죠, 다른 사람들이 하는 대수롭지 않은 장난과는 다릅니다. 내 한 가지 알려 드리겠는데, 이 고장에서 징발이란 말하자면 다 헛일이라는 거죠."

"그럼 아무것도 얻지 못한다는 거요?"

"오! 그런 것은 아닙니다. 당신은 본국에서 파견된 분인걸요. 본국에서 파견되었으니 아무도 그걸 무시할 수는 없죠. 당신이 받을 수 있는 원조는 물론 다 받으시도록 우리가 조처해 드려야죠. 이 점에 관해선 안심해도 좋습니다. 상부의 명령은 명령이니까요. 뭐, 사실 털어놓고 말하자면 그 명령이라는 게 당신에게는 그다지 호의적인 것이 아니었소만……."

"그게 무슨 말씀이죠?"

"물론 당신한테 전부 다 털어놓고 지껄이라고 나를 여기 주재시킨 건 아니죠.

그렇지만 말이오, 이 망할 직업에는 늘 비위에 맞는 일만 있는 건 아니거든요. 나는 골 아프고 뒤숭숭한 이야긴 싫다는 거죠. 그래 복잡한 사정은 다 덮어 두고 당신에게 꼭 필요한 말씀을 드리죠. 정말 필요한 말입니다. 그래요, 난 지금 충고하는 겁니다! 바네크 씨, 정글 탐험은 하지 않는 게 좋습니다. 그만두십쇼. 그게 현명한 판단입니다. 사이공 같은 큰 도시로 돌아가시오. 그리고 때가 되기를 기다리시오. 그게 좋다니까. 내 말이 틀림없을 거요."

"멍청하게 사이공에나 가 있자고 지구를 반 바퀴나 돌아온 줄 아십니까?"

"지구 반 바퀴야 여기 온 사람이라면 누구나 겪어 봤는걸요. 자랑할 만한 건 아니죠…… 그런데 정말 그처럼 고생스럽게 여기까지 오셨는데 어째서 라메주 씨와 그 뭐라던가…… 옳지, 그 학술원인가 하고 타협하기가 그렇게 힘들었습니까? 타협이 잘되었으면 만사가 잘되었을 테고 나도 귀찮은 일에 걸려들지도 않았으련만…… 하여간에 내 말은……."

"감사합니다. 당신은 저를 동정하셔서('또 학술원에 불만이 있으셔서'라고 덧붙이려다가 그만두었다) 충고를 베풀어 주신 거지요. 그런데 또 한편으로는 어쨌든 제 임무 수행을 가로막을 순 없다고 하셨는데…… 아무래도 이해하기 곤란한 게……."

"그런 말이 아니었죠. 난 그저 당신이 마땅히 받을 권리가 있는 원조를 받을 수 있다고 했습니다."

"아하…… 네, 차츰 이해가 됩니다. 그렇지만 좀더……."

"더 자세히 알고 싶다는 건가요? 미안하지만 그 이상은 이야기해 드릴 수가 없습니다. 자, 이제는 구체적인 문제로 돌아갑시다. 어때요? 마음을 돌릴 생각은 없습니까?"

"네."

"정말 떠나시겠습니까?"

"그렇습니다."

"좋습니다. 충분히 그럴 만한 이유가 있는 것으로 생각하겠습니다. 그렇지 않다면 바네크 씨, 당신의 기분을 언짢게 하고 싶지는 않지만, 나중에 분명히 후회할 테니까요. 자, 그럼 당신한테 드려야 할 것이…… 아니 그건 이따가 하죠. 그 전에 미안하지만 페르캉 씨에 관해서 한마디 말하고 싶은데."

"네, 페르캉 씨요?"

"여기 있었는데…… 가만있자…… 딴 서류철에 있나? 아니, 됐고…… 여하튼 캄보디아 경찰청에서 온 통첩이 어디 있었는데…… 당신에게 그 취지를 전달해야 하거든요. 오해 마시오. 이런 이야길 하는 건 내 직책 때문이니까요. 아, 당신도 알아주시겠죠. 난 이런 뒤숭숭한 일은 딱 질색이란 말이오. 참 한심한 노릇이지. 공연히 일이나 벌리고…… 이 지방에서 꼭 해야 할 일은 오직 한 가지뿐이오. 재목 무역이죠. 불상이니 돌멩이니 하는 뒤숭숭한 일로 귀찮게 굴지 말고 좀 착실한 일을 할 수 있도록 날 도와주면 오죽 좋아……."

"그래서 하실 말씀이 뭐죠?"

"아 참, 그래요. 당신과 같이 여행한다는 페르캉 씨 말이오. 시암 정부가 강경하게 요구하는 바람에 그에게 여권을 내주었답니다. 페르캉 씨는 누구라던가…… 뭐 그라보라는 자를 찾으러 간다고요. 그런데 알겠소? 당국은 여권 발급을 거부할 수도 있었어요. 그라보라는 작자는 프랑스 탈주병이니까요."

"그럼 왜 거부하지 않았을까요? 인정 때문은 아니겠죠?"

"그야 사람이 행방불명되면 여기선 전말을 밝혀야 하니까요. 어쨌든 그라보라는 자는 건달입니다. 되는대로 살다가 궁지에 몰려서 확 튄 거죠."

"페르캉 씨도 그 사람 정체는 잘 모르는 모양인데…… 그런데 그 사람이 저랑 무슨 상관인가요?"

"페르캉 씨는 말이죠, 시암 정부의 고관 격이라오. 공식적으로 그런 건 아니지만. 내가 그분을 알지요. 벌써 10년 전부터 그분에 대한 소문을 들어왔거든요. 이건 비밀이지만 이번에 그가 유럽으로 떠날 때 말이오, 우리 행정 당국과 교섭을 했어요. 기관총을 몇 자루 입수하려고 우리 정부와 교섭했단 말이오. 시암 정부는 제쳐 놓고. 알겠소?"

클로드는 말없이 주재관을 바라보았다.

"뭐, 그런 얘깁니다, 바네크 씨. 자 그럼 언제 떠나렵니까?"

"될수록 빨리 해야겠습니다."

"그럼 사흘 뒤 아침 6시까지 준비해 놓죠. 보이는 구했소?"

"네, 차 안에서 기다리고 있습니다."

"차 있는 곳까지 같이 내려가죠. 보이에게 필요한 지시를 해야겠소이다. 아차!

당신에게 편지가 와 있지!"

그는 클로드에게 봉서를 몇 통 내주었다. 그 가운데 하나는 프랑스 학술원에서 보낸 것이었다. 클로드는 그 봉투를 막 뜯으려다가 주재관이 보이를 부르는 소리에 고개를 들었다. 현관 등불 아래 파랗게 빛나는 자동차가 대기하고 있었다. 보이는 차에서 내려 멀찍이 떨어져 있다가—아마 주재관이 오는 걸 보고서 그랬나 보다—머뭇거리며 가까이 다가왔다. 주재관과 보이는 안남(베트남)어로 몇 마디 주고받았다. 클로드는 말을 알아들을 수 없어 더욱 유심히 그들을 바라보았다. 보이는 아주 주눅이 든 모양이었다. 전등불에 비쳐 수염이 유난히 하얗게 빛나는 주재관은 몸짓을 섞어 가며 말하고 있었다. 그가 나에게 말했다.

"미리 알려 드리오만 이놈은 전과자요."

"무슨 죄를 지었죠?"

"도박이랑 그 밖에 여러 가지 절도죠. 딴 자를 고용하는 게 좋을 텐데."

"어디 두고 봅시다."

"여하간 잘 타일러 뒀소. 그놈 대신에 딴 자를 채용하더라도, 흠, 흠! 놈은 내 지시를 전달할 겁니다."

주재관은 또다시 안남어로 몇 마디 타이르더니 클로드의 손을 쥐었다. 그는 젊은 클로드의 눈을 똑바로 바라보며 무슨 말을 하려는 듯 입을 반쯤 열었다간 다시 다물었다. 꼼짝도 않고 우뚝 서 있는 늙은이의 전신이 컴컴한 밀림을 배경으로 짧게 깎은 흰머리에서 천으로 만든 단화에 이르기까지 또렷이 드러났다. 그는 꼭 쥔 손을 늦추지 않은 채 그대로 서 있었다. '무슨 하고 싶은 말이라도 있나?' 클로드는 속으로 생각했다. 그러나 주재관은 이윽고 손을 놓더니 휙 돌아서서 마지막으로 또 한 번 '에헴' 소리를 내고는 뭐라고 중얼중얼하면서 들어가 버렸다.

"보이!"

"네, 나리?"

"이름이 뭐지?"

"크사."

"주재관이 너에 관해 이야기하는 걸 들었지?"

"네, 나리, 거짓말이에요!"

"거짓말이든 정말이든 상관없어. 알겠나? 아무래도 좋단 말이야. 네가 할 일만 잘한다면 딴 건 아무래도 좋아. 알겠어?"

보이는 어리둥절해서 클로드를 쳐다보고 있었다.

"알겠어?"

"네, 나리……."

"좋아, 아까 선장이 한 말도 들었겠지?"

"선금을 주지 말라고요."

"자, 5피아스터 주마. 운전사! 출발해."

클로드는 자리에 앉았다.

"그것도 한 가지 방법인가?" 페르캉이 빙긋이 웃으며 물었다.

"글쎄요. 만일 시시한 건달 놈이라면 내일쯤은 달아나 버릴 테고, 그렇지 않으면 괜찮은 사람을 하나 얻은 셈이죠. 충성심이란 아직도 썩어 빠지지 않은 아주 희귀한 감정 가운데 하나라고 봅니다만……."

"그럴지도 몰라…… 아까 계속 중얼거리던 노병(老兵)은 뭐라고 했지?"

클로드는 잠깐 생각 끝에 입을 열었다.

"아주 이상한 이야길 하던데요. 당신께도 말씀드려야겠지만 우선 결론부터 간단히 말하죠. 모레 달구지 준비가 된답니다. 그리고 그 사람이 꽤 노골적으로 그냥 사이공으로 되돌아가는 게 상책이라는 눈치를 보이던걸요."

"이유는?"

"별 이유는 없었어요. 그 이상 입을 열지 않더군요. 상부 지시에 따르려나 본데 분명히 그게 귀찮고 난처한 모양이에요."

"그 이상 알아낸 건 없고?"

"없었어요. 다만…… 참, 가만있자, 어…… 이걸 줬는데……."

그는 문제의 봉투를 여전히 손에 들고 있었다. 겨우 겉봉을 뜯고 편지를 펴 들었는데 이번에는 어두워서 읽을 수가 없었다. 페르캉이 회중전등을 꺼냈다.

"차 세워!" 클로드가 외쳤다.

엔진 소리가 차츰 약해지더니 쏟아지는 매미 울음 속에 딱 꺼져 버렸다. 클로드는 소리를 높여 읽어 내려갔다.

클로드 바네크 귀하

본관의 의무로 사료되는 바…… (흥, 서두가 근사하군) 어떠한 오해의 소지도 없도록, 아울러 귀하와 동반할 일행에 대하여 필요한 감시를 귀하가 행할 수 있도록 하기 위하여 동봉한 프랑스령 인도차이나 총독의 포고문을 귀하에게 전달하는 바입니다. 이 법령은 현재 유효하며, 약간 모호한 점은 이번 주에 새로운 총독령(令)으로써 명백히 될 것입니다.

부디, (쳇, 그만해 두시지!) 귀하의 행운을 빌며. 삼가 아룀.

'대체 무슨 포고인데?' 클로드는 둘째 장을 펴 보았다.

인도차이나 총독은 프랑스 학술원 원장의 요청에 의하여(제기랄!) …… 다음과 같은 총독 포고를 발함.

시엠레아프, 바탐방 및 시소폰[26] 지역 내에 위치한 모든 고대 유적은 과거에 발견된 것, 또는 앞으로 발견될 것을 막론하고 모두 국가 사적(史蹟)으로 지정함…….

"……1908년에 발표된 거군."

"또 뭐 없나?"

"나머지는 다 정해진 공문 서식이에요. 잘 가다가 괜히 차를 멈춰 세웠군! 운전사! 출발."

"그래, 어쩔 건가?"

페르캉은 이번엔 회중전등을 클로드의 얼굴 쪽으로 돌리며 물었다.

"좀 꺼주세요. 어쩌긴요? 겨우 이런 일로 제 결심이 바뀔 줄 아세요?"

"나도 그럴 줄은 알았지만, 그 말을 들으니 기쁘네. 당국자들 반응이 그러리라곤 예상했었지. 전에 배에서도 말했잖나. 뭐, 예상보다 좀더 일이 귀찮게 되겠지만, 어차피 그뿐이지. 일단 밀림 지대로 들어서면야……."

이제 와서 물러설 수 없다는 건 너무나 뚜렷한 일이어서 이런 논의를 한다는

---

26) 바탐방, 시소폰은 캄보디아 톤레사프 호수 서쪽에 있는 마을. 앙코르와트 주변 지역.

것 자체가 생각만 해도 역정이 날 지경이었다. 도박은 이미 시작되었다. 차라리 잘됐지 뭐냐! 그는 덮쳐 오는 불안을 몰아내고 있었다—더 깊숙이 기어 들어가야 한다. 어둠을 헤치고 분간할 수 없는 숲속을 질주하는 이 자동차처럼 말이다.

자동차 헤드라이트 불빛 속에 말 그림자 하나가 언뜻 나타나더니 눈 깜짝할 사이에 뒤로 물러갔다. 이어 전등불이 눈앞에 점점이 떠올랐다.

방갈로에 다다랐다. 보이가 짐을 나르고 있었다. 클로드는 마실 것을 주문하기도 전에 성큼성큼 등나무 탁자 쪽으로 가더니, 그 위에 있던 〈일뤼스트라시옹〉[27] 몇 권을 한쪽 구석으로 밀어젖혔다. 모기 떼가 요란하게 들끓어도 신경조차 쓰지 않고 얼른 만년필을 꺼내더니 뚜껑을 열었다.

"지금 당장 회답을 보내려는 건 아닐 테지?"

"걱정 마십시오. 떠나기 직전에나 부칠 거니까요. 그렇지만 지금 당장 써놔야겠어요. 그래야 마음이 좀 가라앉을 것 같군요. 뭐 아주 짤막한걸요."

과연 석 줄뿐이었다. 그는 편지를 페르캉에게 건네주고 겉봉에 주소를 썼다.

학술원 원장 귀하
곰 가죽 역시 국가 사적이겠으나 곰 가죽을 얻으려면 그 서식지로 뛰어드는 만용도 무릅써야 할 것입니다.
삼가 아룀.

클로드 바네크

보이가 눈치 빠르게 소다수를 가져왔다. "마시고 좀 밖으로 나갑시다. 아직 이야기도 남았으니." 클로드가 재촉했다.

도로 건너에는 앙코르와트 사원으로 통하는 넓은 포장도로가 뻗쳐 있었다. 두 사람은 그 길로 접어들었다. 군데군데 틈이 벌어진 돌바닥 위를 걸을 때마다 살짝 비틀거렸다. 이윽고 페르캉이 돌 위에 걸터앉았다.

"그래, 무슨 이야기지?"

---

27) 그 시대 프랑스의 대표적인 화보 잡지.

클로드는 주재관과 주고받은 이야기를 그에게 모두 보고했다. 페르캉은 궐련에 불을 붙였다. 순간 라이터 불 바로 옆에서 어둠을 헤치고 그의 얼굴이 떠올랐다. 주름살 잡힌 윤기 없는 얼굴이다. 얼굴은 다시 푹 꺼지더니 작고 불그레한 담배 불빛 속에 어렴풋이 잠기고 말았다.

"나에 관해서 그가 그 이상은 말하지 않았나?"

"그 정도면 충분히 한 것 같은데요."

"그래, 그럼 자네는 이야기를 듣고 어떻게 생각했지?"

"뭐 생각할 거 있나요? 우리는 지금 함께 생명을 걸고 있는데. 저는 당신을 도와주려는 거지, 당신의 과거 잘잘못을 따지려고 여기까지 같이 온 건 아니에요. 만일 기관총이 필요하다면 그렇다고 확실히 저한테 말해 주셨으면 해요. 그러면 저는 어떻게든 그걸 구해 드리려고 노력할 테니까."

밀림의 가없는 침묵이 두 사람을 내리덮었다. 새로 파헤친 흙냄새가 진하게 났다. 순간 돼지 멱 따는 소리 같은 두꺼비의 거친 울음소리가 갑자기 침묵을 깨뜨렸다. 고요한 정적은 어둠과 늪 냄새 속에 스며 사라졌다.

"전 이래요. 저는 누구를 받아들일 때면 송두리째 받아들여요. 그를 저 자신처럼 있는 그대로 받아들여요. 그 사람이 어떤 행위를 했든지 간에 그건 곧 제 행위죠. 그걸 하지 않았으리라고 단언할 수는 없어요?"

또다시 침묵.

"이때까지 호되게 배반당한 일이 없나?"

"세상에 득실득실한 속물들과 맞서는 게 얼마나 위험한 일인지는 잘 알고 있어요. 그러니 저처럼 자기를 방어하려고 싸우는 사람들의 편을 들 수밖에 없잖아요? 그들 말고 누구 편을 들란 말입니까?"

"공격하는 놈들 편을 들 수 있지……."

"아, 네, 공격하는 놈들요."

"그래, 자네는 그 무조건적인 우정 때문에 어떤 일에 말려들더라도 대수롭지 않다고?"

"매독이 무섭다고 정을 맺지 못하겠어요? 대수롭지 않다는 건 아니죠. 어쨌든 그걸 그대로 받아들인다는 겁니다."

어둠 속에서 페르캉이 클로드의 어깨 위에 손을 얹었다.

"클로드, 난 자네가 젊어서 죽기를 기도하겠네. 난 이 세상에 별로 바라는 게 없지…… 아직 자네는 자기 인생의 포로가 된다는 게 뭔지 전혀 모를 거야. 나도 사라라는 여자하고 헤어지고 나서야 비로소 깨닫기 시작했거든. 그 여자가—특히 홀몸이었을 때는—입술이 맘에 든다느니 뭐니 하면서 아무 남자들하고 놀아났어도 난 조금도 개의치 않았어. 마치 그 여자가 토굴 감옥까지 내 뒤를 따라왔어도 반갑지 않았을 것과 마찬가지야. 그녀는 시암에서 핏사눌룩 공작과 결혼한 뒤로 여러 가지 일을 겪었지. 삶은 알지만 죽음은 모르는 여자였어.

그런데 어느 날 그녀는 자기 삶이 일정한 틀에 박혀 버렸다는 걸 깨달았지. 바로 그녀와 동거하는 내 생활양식의 틀이었어. 그녀는 자기 운명이 그 속에 있고 다른 아무것에도 없다는 걸 알았어. 그때부터 그 여자는 거울을 들여다볼 때나 나를 바라볼 때나 똑같은 증오의 눈초리로 바라봤지. 알다시피 백인 여자가 열대 지방에서 살면 얼굴이 열병 환자처럼 되어 버리거든. 그래서 거울을 들여다볼 때마다 또 한 번 그 꼴을 보게 되지. 그러니 그게 어떤 눈초리인지 알 만하지? 그래, 과거에 꿈 많은 젊은 여인이 품었던 가지가지 희망들이 이제는 그녀의 생명을 좀먹기 시작한 거야. 마치 젊었을 때에 옮아 잠복해 있던 매독처럼…… 그리고 내 생명도 역시 전염이나 된 듯이 무너지기 시작했지…….

마치 죄수를 옭아매는 법규처럼 거부할 수 없는 정해진 운명이 과연 어떤 것인지 자네는 모를 테지. 이를테면 이런 거야. 앞으로 넌 이러저러한 인간이 될 것이며 절대로 딴것은 못 되리라, 넌 앞으로 기껏 살아 보았자 이렇게 될 수밖에 없으며 다른 길은 애초에 존재하지도 않으리라, 네가 가지지 못한 것은 앞으로도 못 가지리라…… 이렇듯 에누리 없는 확실성이 있는 걸세. 인간의 모든 희망, 생생히 살아 숨 쉬는 소중한 희망…… 그것은 이제 살아 있는 그 무엇도 손에 넣지 못할 것임을 선고하기라도 하듯이 전부 과거로 사라져 버리는 거지……."

연못에서 풍겨 오는 썩은 냄새가 클로드를 둘러쌌다. 어느덧 그는 적막한 할아버지 집에서 방황하던 자기 어머니 모습을 눈앞에 그리고 있었다. 묵직하게 말아 올린 머리 꼭대기에만 햇빛을 받으면서 늘 방 안의 어스름한 그늘 속에 숨어 계셨지⋯⋯ 섬뜩한 표정으로 로맨틱한 갤리언선[28]을 아로새긴 조그만 거울을 들여다보곤 하면서 입 가장자리가 늘어진 모양이나 콧등에 붙은 살을 보고는 끔찍스러운 듯이 장님처럼 눈까풀을 자꾸 문지르곤 했지⋯⋯.

페르캉은 말을 이었다.

"나도 사라의 심경을 알 수 있었어. 나 역시 머지않아 그 시기에 부딪칠 터였으니까. 한때 품었던 자기 희망을 총결산해야 할 시기 말이야. 마치 자기 생의 목적으로서 지금까지 소중히 키웠던 한 생명을 제 손으로 죽여야 하는 순간처럼. 쉽고도 즐거운 일일세. 죽기 싫어하는 한 목숨을 내 손으로 죽여야 한다는 건데⋯⋯ 이것도 자네는 이해할 수 없을 테지. 세상 사람들처럼 아들딸 거느리고 사는 것도 아니며 자식을 가지려고 하지도 않는 사람에겐 희망이란 그 무엇과도 바꿀 수 없고 아무에게도 물려줄 수 없는 것이야. 그러니 제 손으로 그 목을 비틀 수밖에. 그러니 딴 사람이 그와 똑같은 희망을 품고 있는 걸 보면 형용하기 어려운 깊은 공감을 느낄 수밖에 없지⋯⋯."

옥타브를 바꿔 가며 끝없이 되풀이되는 악절처럼 개구리 소리가 저 멀리 캄캄한 지평선까지 어둠을 뚫고 잇달아 울리고 있었다.

"젊음이란 언젠가는 개종해야 할 종교와 같은 거야. 그렇지만⋯⋯ 난 메르나가 자네 조국의 극장에서 연기라도 하듯이 하려던 일을 진정으로 해보려고 했지. 왕이 된다는 건 어리석은 장난이지. 중요한 건 하나의 왕국을 건설하는 거야. 난 밥통처럼 칼을 휘두르지는 않았어. 총도 거의 안 썼지. 뭐, 사실 사격은 잘하지만 말이야. 어쨌든 나는 빈주먹으로 이럭저럭해서 라오스 북쪽 고지대에 이르기까지, 지금까지 정복당하지 않은 여러 부족의 추장들과 동맹을 맺었지. 그 관계를 15년이나 유지해 왔어. 그 가운데에는 아둔한 인간이며 용감한 인간이며 온갖 부류가 다 있었지만 나는 하나씩 하나씩 그들을 내 손아귀에 넣었지. 그래서 그들이 지금 알아보는 건 시암 정부가 아니고 바로 나란 말이야."

"그래 무얼 할 작정입니까?"

"내가 하려던 것은⋯⋯ 우선 군사력을 손에 넣는 것이었지. 원시적이긴 해도 재빨리 편성할 수 있는 걸 말이야. 그리고 나서는 그 부근에서 피할 수 없는 분

---

28) 16~17세기 유럽의 전형적인 외항용(外航用) 돛단배. 에스파냐, 프랑스, 영국 등의 해군 주력선.

쟁이 터지길 기다리는 거지. 백인 정복자들과 피정복자가 맞붙든지, 혹은 정복자끼리 싸우든지 간에 말이야. 그렇게 되면 본격적인 도박판이 벌어지는 셈이지. 꽤 많은 사람들 속에 오래오래 살아 보겠다는 거야. 이 동남아시아 지도 위에 내 흔적을 남기고 싶어. 죽음과 한판 승부를 펼치는 바에야 어린애 한 놈보다는 이십여 부족들을 거느리고 결판을 내는 편이 훨씬 낫겠다고 생각했지……나는 걷잡을 수 없는 욕구에 사로잡혔어. 마치 내 아버지가 이웃의 토지를 탐냈듯이, 또 내가 계집들을 탐냈듯이."

클로드는 그 억센 어조에 놀랐다. 조금도 이성을 잃은 어조는 아니었다. 어디까지나 힘차고 침착한 어조였다.

"어째서 이제는 그 계획을 단념했나요?"

"이제 나는 평화를 원하거든."

그는 '평화'라는 말을 마치 '행동한다'는 것처럼 말했다. 담뱃불을 붙이고도 라이터 불을 끄지 않고 그대로 벽 근처로 가져가더니, 거기 새긴 조각이며 돌을 맞붙인 금을 유심히 들여다보았다. 방금 말한 평화를 거기서 찾고 있는 듯했다.

"이런 벽에서는 아무것도 얻을 수 없겠군."

이윽고 그는 작은 불을 꺼버렸다. 다시 벽에는 짙은 어둠이 달라붙었다. 그들 머리 위에 덮인 어둠에 희미한 불빛이 어리고 있었다. 아마 부처 앞에 피운 향불이리라. 하늘의 별들도 그들 눈앞에 있는 거대한 건축물의 폐허로 절반은 가려져 있었다. 그 거대한 덩어리는 뚜렷이 눈에 보이는 것도 아니건만 지금 어둠 속에 웅크리고 있다는 사실만으로도 그들을 위협하는 듯했다.

페르캉이 다시 입을 열었다.

"흙탕물 썩은 냄새가 나지? ……내 계획도 역시 썩어 버렸어. 이젠 어디 시간이 있어야지! 2년 내에 철도 연장 공사가 끝나게 되네. 그리고 5년도 안 돼서 도로나 철도 같은 게 밀림을 관통하게 될 거야."

"그 도로의 전략적 가치를 두려워하는 겁니까?"

"그건 무섭지 않아. 전략적 가치라곤 조금도 없으니까. 다만 그 도로를 쫓아 들어오는 백인들의 술과 그 밖의 너저분한 상품들이 내 손안에 든 용맹한 모이족도 망쳐 버릴 거야. 그렇게 되면 끝장이지. 시암 정부와 합작을 하든가, 다 포기하든가 둘 가운데 하나야."

"하지만 기관총이 있으면?"

"내가 다스리고 있는 지역에서는 난 아직 맘대로 할 수 있거든. 무장만 갖춘다면 죽을 때까지 거기서 버틸 수 있어. 그리고 계집들도 있고. 기관총 몇 자루만 있으면 어느 국가도 엄청난 인명을 희생하지 않는 한 그 지역을 정복할 수 없어."

철도가 아직 부설되지 않았다는 이유만으로 페르캉의 이야기가 설득력을 지닐 수 있을까? 그 불귀순 지역이 '문명'의 힘 앞에, 안남과 시암의 문명 전위대 앞에 과연 끝까지 버티고 배길 수 있을지가 의문이었다. 여자들이라…… 클로드는 지부티에서 본 광경을 잊을 수 없었다.

"그럼 다만 그런 염려 때문에 계획을 포기했나요?"

"아니, 아주 잊어버리고 있는 건 아니지. 기회만 오면…… 그러나 이제는 그것만을 위해서 살 수 없다는 것도 사실이야. 지부티 매음굴에서 실패한 뒤에도 그 계획은 여러 번 생각해 보았지…… 아니, 그렇지만 자네 말대로 내가 그 계획을 포기한 것도 실은 내가 공략하는 데 실패한 계집들 때문일 거야. 하지만 성적 무능력은 아냐. 알겠나? 그런 위험한 낌새랄까 뭐랄까…… 처음으로 사라가 늙는 꼴을 보았을 때처럼 말이야. 특히 그 무엇인가가 끝난다는 종말의 느낌…… 내 속에서 희망이 쑤욱 빠져나가는 느낌이 드는 거야. 그리고 동시에 어떤 힘이 내 속에서 내게 맞서듯 끈덕지게 치밀어 오르는 게 느껴지지…… 뭐랄까, 그래 마치 허기를 느끼듯이."

억센 한 마디 한 마디가 클로드와 자기 사이에 숨 막힐 듯한 공감대를 이루는 것을 느끼며 그는 말을 이었다.

"이때까지 난 늘 돈에 무관심했지. 시암 정부는 내가 아무리 큰돈을 요구해도 모자랄 만큼 커다란 빚을 나한테 지고 있어. 그러나 이젠 그들도 순순히 굴지는 않을 테지. 날 의심하고 있으니까…… 아니 뭐 특별히 의심할 만한 이유가 있는 것도 아냐. 그저 뭉뚱그려 나라는 사람을 의심하기 시작한 거야. 내가 어쩔 수 없이 일을 뒤로 미뤄 오던 지난 2, 3년 동안 나에 대한 불신이 싹튼 거지. 일을 단행한대도 누군가에게 기대지 않고 혼자서 해치워야 해. 나 자신을 위한 사냥이 시작되기를 기대하는 어리석은 사냥개 같은 짓은 집어치우고 말이야.

그러나 이때까지 아무도 그런 일에 성공한 적이 없지…… 요컨대 아무도 진심으로 그 일을 시도해 본 적이 없어. 사라와크로 들어간 브룩[29]도 그렇고 메르나까지도 그랬지. 그런 일이 대체 무슨 가치가 있느냐? 이런 생각을 하게 되면 그 계획도 하나의 병이랄 수밖에 없어. 내가 분수에 맞지 않는 도박에 생명을 건 것은……."

"달리 무엇을 하려고?"

"그런 건 없어. 그런데 그 도박이 그것 이외의 딴 세계를 몽땅 가리고 있었단 말이야. 그리고 나도 그 일에 집착한 나머지 그 밖의 모든 세계가 내 눈에 띄지 않기를 바라는 기묘한 심리였지. 아, 그 계획이 만에 하나 실현됐다면…… 아니, 됐어. 내가 생각한 모든 것이 폭삭 썩어 버린들 뭐가 어떻단 말이냐! 계집들이 있는 바에야."

"여자의 육체 말입니까?"

"아직 소유하지 못한 또 하나의 여자를 손에 넣으려는 의식 속에 얼마나 엄청난 증오가 스며 있는지 자네는 상상도 못 할 테지. 정복하지 못한 육체란 모두가 적이야…… 이제 온갖 옛 꿈이 내 허리에서 들먹거리고 있어……."

상대를 설복하고야 말려는 그 억센 의지가 마치 어둠 속에 잠긴 사원처럼 바싹 다가와 클로드를 짓눌렀다.

"이 고장이 어떤 곳인지를 잘 알아 두게. 나도 이제 겨우 그들의 에로스 숭배를 이해하기 시작했어…… 사내가 몸을 섞는 계집하고 감각적으로까지 혼연일체가 되기에 이르는 그 동화 작용을. 그때 사내는 여전히 자기 자신을 잃지 않으면서도 여자가 되어 볼 수 있거든. 감당할 수 없으리만큼 강렬해지는 한 생명의 이러한 관능적인 쾌감에 견줄 만한 것은 이 세상에 아무것도 없지. 암, 그렇고말고. 그때는 이미 여자들이란 육체가 아니지. 그건…… 뭐랄까…… 가능성이랄까……? 그렇지! 그래, 내가 원하는 것은……."

이렇게 중얼거리며 페르캉은 무슨 몸짓을 했다. 클로드는 캄캄한 어둠 속에서 그가 한 손으로 냅다 무엇인가를 찌르는 듯한 시늉을 하고 있음을 겨우 눈치챘을 뿐이었다.

---

29) 보르네오섬에서 다약족을 제압하고 서북부 사라와크 지방의 왕이 된 19세기 영국 모험가.

"마치 전에 내가 어떤 놈들을 정복하려던 것처럼……."

클로드는 생각에 잠겼다. '이 사람이 원하는 바는 자기를 파괴하는 거야. 지금 이야기하는 것보다 더 뚜렷하게 그걸 자각하고 있는 것일까? 모르겠다. 하여튼 조만간 잘 해낼 것이다.' 방금 페르캉은 짓밟힌 자기 희망을 이야기했지만 그 어조로 보아 완전히 포기했다고는 믿을 수 없었다. 설혹 정말로 포기했다 하더라도 에로티시즘만이 그 빈자리를 메워 주는 건 아니었다.

"뭐, 실은 그놈들하고도 아직 완전히 결판을 지은 건 아냐…… 이제부터 들어갈 곳에서 다시 한번 메콩강 유역을 노려볼 수 있겠지. 우리가 앞으로 갈 지역을 내가 잘 모른다는 것과, 자네가 북쪽으로 300킬로쯤 더 깊숙이 들어간 곳에서 왕의 길을 발견하지 못한 것이 유감천만이지만! 뭐, 여하튼 나는 혼자서 그 지역을 장악하고 싶어. 근처에 딴 놈이 얼씬거리기를 원치 않아. 여하간 그라보가 어찌 되었는지를 알아보아야지……."

"그 사람은 어디로 갔을까요?"

"당렉산맥에서 아주 가까운 곳이지. 우리들의 도정에서 50킬로쯤 떨어진 곳이야. 뭘 하러 그런 곳에 갔냐고? 방콕에 있는 그자 패거리들은 금 찾으러 갔다지만…… 유럽에서 밀려온 축들은 늘 금타령이거든. 그러나 놈은 그 고장을 잘 알고 있지. 그런 이야길 믿을 리 없어. 무슨 계략이 있었다는 소문도 있던데. 물물교환할 물건을 야만족한테 팔러 갔다던가……."

"그들은 어떻게 거래를 하죠?"

"대개는 짐승 가죽으로 지불하지. 더러 사금으로 하는 수도 있고. 그래, 무슨 계략이 있다는 게 더 그럴 법한 이야기야. 놈은 파리 태생인데, 그의 아버지는 손재간이 있어서 넥타이걸이라든가 기동기(起動機), 수압 조절기 따위를 발명했다더군. 하지만 내 생각으론 무엇보다도 자기 자신의 어떤 문제를 청산하러 간 게 아닌가 싶어…… 그 얘긴 나중에 다시 하지. 그런데 한 가지 분명한 점이 있네. 놈이 방콕 정부와 어떤 합의를 맺고 떠난 것만은 확실해. 그렇지 않았으면 이렇게 애써 찾아내려고 하지도 않을 테니까 말이지. 아마 처음엔 시암 정부를 위하여 그 지방으로 들어갔는데 거기 가서는 얼른 자기 자신의 도박을 시작했는지도 몰라. 그렇다면 그것도 역시 시기상조지만…… 그렇지 않고서야 벌써 그놈들하고 연락이 됐겠지. 아마 내 추측으론 놈이 그 지역에서 내 지위를 건드려

보라는 사명을 띠고 간 것 같아. 분명히 내가 없는 틈을 타서 떠났거든."

"그렇지만 당신과 같은 지역으로 떠난 건 아니지 않아요?"

"그 고장으로 곧장 갔다가는 발을 들여놓기가 무섭게 모이족의 화살을 맞든 가, 무엇보다도 내가 가져다준 훈련용 그라 소총[30]에 영락없이 맞았을 거야. 볼 장 다 봤지. 설사 그놈이 그곳으로 가려는 배짱이었더라도 당렉산맥을 넘지 않 고는 갈 수 없었을걸."

"대체 그라보란 어떤 사내죠?"

"이런 이야기가 있지. 그가 아직 군대에 있을 때 군의관 하나를 몹시 미워했 다더군. 자기가 병에 걸렸는데 군의관이 그걸 인정해 주지 않았다던가, 뭐 딴 이 유 때문이라던가, 나도 잘 모르겠지만 말이야. 하여간 놈은 또 병이 났다면서 다음 주일에 다시 병실로 갔지. '너, 또 왔어?' '종기가 났어요.' '어디……?' 놈이 손바닥을 벌렸지…… 군의관이 들여다보니 글쎄 바지 단추 여섯 개가 손바닥 에 쥐여 있더라나.[31] 그래서 한 달 동안 영창 신세를 지게 됐지. 그러자 이번에 는 눈병이 났다고 부대장에게 구구절절 호소하는 편지를 썼다는 거야. 놈은 영 창에 들어가자 일부러 임질 고름을 한쪽 눈 안에 비벼 넣었다는 거야. 어떤 결 과가 나올지 당연히 알고서 한 짓이지. 기어코 군의관에게 복수를 해야겠다는 거야. 물론 눈이 멀었지. 그래서 놈은 애꾸눈이 된 거야. 프랑스 사람 가운데 흔 히 볼 수 있는 둥글둥글한 낯짝에 코는 감자 덩어리 같고 몸집은 꼭 운송점 배 달꾼 같지. 방콕에서는 그저 깡패처럼 할 일 없이 건들거리며 바에 드나드는 꼴 이 멋있었던 모양이야. 상상이 가지 않나? 놈이 나타나면 손님들이 힐끔힐끔 곁 눈질을 하다가 차츰 자리를 비켜 주지. 그리고 한 모퉁이에서 몇몇 패거리들이 모여 놈을 둘러싸고 큰 소리로 떠들며 술잔을 드는 거야…… 놈은 자네 조국의 아프리카 수비대를 벗어난 탈주병이라네. 또 놈의 에로티시즘이라는 게 괴상망 측하지……."

---

30) 19세기 프랑스의 구식 총.

31) 프랑스에서 단추란 단어(bouton)는 종기를 뜻하기도 한다.

제2부

1

나흘 전부터 가도 가도 끝없는 밀림이었다.

나흘 전부터 밀림에서 저절로 생겨난 원주민들의 부락 근처에서 야영을 하며 밀림을 헤쳐 들어가고 있었다. 마을에 나무로 깎아 세운 불상도 그렇고, 도처에 득실득실한 그 괴상한 곤충처럼 부드러운 땅에서 비어져 나온 듯 서 있는 오두막집의 종려나무 잎사귀 지붕도 그렇고, 모든 게 밀림의 일부처럼 보였다. 수족관처럼 깊은 물속을 비추는 듯한 밀림의 빛 속에 잠겨 있으면 사람의 정신까지도 푸석푸석 썩어 문드러지는 듯하다. 그들 일행은 벌써 몇몇 자그마한 고적들의 이지러진 폐허에 부딪쳤다. 그러나 어지러이 얽힌 나무뿌리가 마치 짐승 다리처럼 무너진 돌들을 어찌나 꽉 죄고 땅에 콱 박혀 있는지, 그게 한때 사람들의 손으로 세워졌던 고적의 흔적이라고 믿기 힘들 정도였다. 그것은 이미 지상에서 자취를 감춘 어떤 생물들, 마치 어두운 물속 같은 세계에 살던 어떤 생명들이 세웠던 건물의 흔적 같은 기분이 드는 것이었다. 이미 여러 세기를 두고 서서히 사라져 간 왕의 길은 오직 이렇게 간간이 부딪치는 삭아 버린 돌덩어리로 그 흔적을 보여 줄 뿐이었다. 때때로 그 돌 모서리에 두 눈을 부릅뜬 두꺼비가 꼼짝 않고 도사리고 있었다. 밀림 속에 해골처럼 나뒹굴고 있는 이 폐허들은 대체 그들 일행에게 무엇을 암시하는 걸까? 희망의 약속? 거절의 표시? 일행은 과연 조각이 있는 사원에 부딪칠 것인가? 여하간 젊은 안내자는 끊임없이 페르캉의 담배를 얻어 피우면서 일행을 이끌어 가고 있었다. 예정대로라면 벌써 세 시간 전에 목적지에 닿았을 텐데…… 불안도 불안이려니와 끝없는 밀림과 숨 막히는 더위는 더 괴로웠다. 클로드는 마치 병에 걸린 듯 축 늘어지면서 이글이글 삭는 열대 밀림 속으로 가라앉고 있었다. 그 세계에서는 삼라만상이 모두 부풀고 축 늘어지며 썩어 가고 있었다. 인간 세계 밖에 존재하는 이 세계에서는 무시무시한 암흑의 힘이 인간의 혼을 쏙 빼놓는 것이었다. 게다가 제 세상인 양 사방에 와글와글 들끓는 곤충들!

딴 짐승들은 대개는 눈에 띄지 않고 휙 스쳐 가지만 그것이 또한 마치 딴 세계에 속한 것 같았다. 나뭇잎조차도 말이 밟고 지나가는 끈적끈적한 풀잎들과는 전혀 다른 듯한 세계다. 그 딴 세계가 갑자기 햇빛이 미친 듯이 쏟아지는 나뭇가지 틈에서 열리고 있었다. 그럴 때마다 햇빛 속에 반짝반짝 튀는 먼지가 소용돌이치는 가운데 이름 모를 새 그림자가 번갯불처럼 스쳐 가곤 했다.

그럼 곤충들은? 그들은 모두 밀림에 서식하며 살고 있었다. 달구지를 끄는 소 발굽에 짓밟히는 시커먼 비단벌레. 구멍이 가득 뚫린 나무줄기를 바르르 떨며 기어오르는 개미 떼, 그리고 폭이 4미터쯤이나 되는 그물을 치고 한복판에 메뚜기 같은 긴 다리로 매달려 있는 거미에 이르기까지…… 그 거미줄이 나무 틈으로 스며드는 햇빛을 받으며 땅바닥까지 걸려 있어 멀리서 보면 복잡하고 단단한 기하학 무늬를 그리면서 인광(燐光)처럼 반짝이며 나타났다. 정글의 연체동물 같은 움직임 속에서 그들 거미만이 고정되어 있으며 뚜렷한 형체를 띠었는데 거기서 밀림의 딴 곤충들이 어렴풋이 떠오르는 것이었다. 진디며, 왕파리며, 껍질 속에서 머리만 내밀고 기어가는 이름 모를 곤충들, 그리고 보기만 해도 구역질 나는 미생물들의 꼬락서니에 이르기까지…… 흰개미의 모습은 전혀 보이지 않았지만 높다란 회색 흰개미 집이 어스름한 그늘 속에 솟아 있었다. 마치 죽은 별나라에 뾰족뾰족 솟은 바위 같았다. 그것 역시 부패한 공기와 퀴퀴한 버섯 냄새와, 나뭇잎 밑에 마치 파리가 쉬슬어 놓은 것처럼 와글와글 붙어 있는 지저분한 거머리 새끼들 속에서 태어난 것처럼 느껴졌다. 지금 이 순간 밀림 전체가 한데 뭉쳐 그들을 에워싸고 위협하는 듯했다. 클로드는 엿새 전 열대 밀림의 세계에 들어온 이후로 이미 생물과 가지가지 형상들을, 또 살아 움직이는 생명과 끈끈하게 배어나는 생명을 구별하여 생각할 수 없게 되었다. 헤아릴 수 없는 어떤 힘이 기생균들과 나무들을 한 뭉치의 생명으로 이으면서 이 덧없는 생명들을 늪의 거품과도 같이 흐늘흐늘한 흙 위에, 천지개벽 때와도 같이 김이 뭉실뭉실 떠오르는 숲속에 온통 들끓게 하고 있었다. 여기서 인간의 행동이 대체 무슨 의미를 가지겠는가? 어떤 인간의 의지가 그대로 유지될 수 있겠는가? 여기서는 모든 것이 분열되고 번식하며 삭아 버리고 마는 것이다. 모든 것이 천치의 정신 나간 눈초리처럼 불쾌하고도 흡인력 있는 이 밀림의 세계와 섞이려 하고 있었다. 밀림의 세계는 저 나뭇가지 사이에 걸린 거미줄처럼—처음에 클로드는 이 거미줄에서 좀처럼 눈을 뗄 수 없었다—수상쩍은 힘으로 사람 신경을 강하게 건드리는 세계.

　말들은 머리를 숙인 채 묵묵히 걷고 있었다. 젊은 안내자는 느리기는 해도 머뭇거리는 기색 없이 헤쳐 나가고 있었다. 그 뒤를 스바이가 따르고 있었다. 그는 달구지꾼들을 징발하고 일행을 감시하라는 주재관의 명으로 그들을 따라온 캄보디아 원주민이었다. 클로드는 될수록 빨리 고개를 뒤로 돌려 보았다(그는 거미줄에 걸릴까 봐 병적으로 신경이 날카로워져서 늘 정신을 바짝 차리고 앞을 노려보느라 바빴던 것이다). 한데 그 순간 무엇이 몸에 닿는 걸 느끼고 질겁을 했다. 페르캉이 그의 팔을 붙든 것이었다. 그는 담뱃불로 나무 그늘에 묻힌 돌무더기를 가리키고 있었다. 어둠 속에서 담뱃불이 유난히 빨갛게 빛났다. 돌무더기 근처에는 여기저기 갈대가 자라 있었다. 클로드는 다시 한번 살펴봤지만 우뚝우뚝 솟은 나무들 저편에 있는 것을 제대로 볼 수가 없었다. 그는 재빨리 곁으로 가보았다. 이끼로 얼룩덜룩 덮인 검붉은 돌담이 무너진 자취였다. 아직 마르지 않은 이슬방울들이 반짝이고 있었다. '돌담이로군. 웅덩이는 메워졌고.' 클로드는 혼자 생각했다. 거기까지 뻗은 좁다란 길도 발밑에서 사라져 버렸다. 무너진 돌담을 돌아 반대쪽으로 가보니 갈대가 빽빽하게 들어차 있어 사람 키만 한 천연 울타리가 되어 폐허와 밀림 사이를 가로막고 있었다.

　보이가 달구지꾼들에게 낫을 가지고 오라고 외쳤다. 그 외침은 천장처럼 덮인 나뭇잎에 짓눌린 듯 이상하게 가라앉은 소리로 울렸다. 클로드의 두 손은 반쯤 경련을 일으키고 있었다. 손에 쥔 망치로 미지의 물건을 찾아 지층을 두드리며 무언가를 발굴하던 순간의 감촉이 생생하게 되살아났다. 달구지꾼들은 천천히 상체를 구부렸다가는 우뚝 일어서곤 했다. 낫을 휙 돌릴 때마다 보이지 않는 햇빛이 낫날에 반사되어 푸른 섬광이 번쩍 떠올랐다. 그들이 낫을 가지런히 좌우로 썩썩 후려갈길 때마다 클로드는 팔에 찌르는 듯한 아픔을 느꼈다. 옛날에 어느 의사가 서투르게 혈관을 찾느라고 주삿바늘로 그의 살을 헤집었던 감각이 되살아나는 것이었다. 차츰차츰 갈대밭을 헤쳐 들어가는 길에서 썩은 늪 냄새가 풍겨 왔다. 밀림 냄새보다 더 퀴퀴한 냄새였다. 페르캉은 한 걸음 한 걸음 달구지꾼들을 따라 앞으로 나아갔다. 그의 가죽신에 밟혀 지끈 하고 메마른 소리가 났다. 아마 오래전에 죽은 갈대가 부러지는 소리였으리라. 폐허에 살던 개구리 두 마리가 꾸물꾸물 도망을 쳤다.

울창한 나무숲 위를 큼직한 새들이 묵직하게 날고 있었다. 갈대숲을 베는 달구지꾼들이 막 돌담까지 길을 열었다. 거기까지 오면 문을 찾아 내부로 들어가기는 아주 쉬울 듯했다. 그들은 왼쪽으로 꺾어 들어가야 했으므로 벽을 오른쪽에 두고 나아가야 했다. 갈대와 가시덤불이 담벼락 밑까지 덮여 있었다. 클로드는 약간 뒤로 물러섰다가 반동을 이용해 벽 위로 뛰어올랐다.

"앞으로 갈 수 있겠나?" 페르캉이 물었다.

담벼락은 빽빽한 덤불 사이를 헤치고 오솔길처럼 뻗어 있었다. 그러나 미끈미끈한 이끼가 가득 덮여 있었다. 그 위를 걸어갈까 했지만 결국 그만두었다. 실수로 미끄러져 떨어지는 날에는 큰일이었다. 이 열대 밀림에서는 곤충들과 더불어 괴저(壞疽)를 일으키는 세균이 온 생물계를 지배하고 있으니까 말이다. 그는 할 수 없이 담장 위를 기어가기 시작했다. 끈적끈적한 이끼의 썩은 냄새가 코를 찔렀다. 그 위에는 나뭇잎이 얼굴에 닿을 듯 덮여 있으며, 나뭇잎 역시 이끼에 휘말려 삭아 버렸는지 거의 잎맥만 남아 있었다. 바로 코앞에 있는 이끼가 유난히 크게 확대되어 보였다. 바람 한 점 없는데도 바르르 떨리는 것이 눈에 띄었다. 그 가느다란 털이 떨리는 걸 보니 그 속에 곤충들이 들끓고 있음을 알 수 있었다. 3미터쯤 기어가니 갑자기 목덜미가 가려워졌다.

그는 멈칫하며 손으로 목을 긁었다. 그러자 이번에는 손이 가려워졌다. 그는 섬뜩하여 손을 움츠렸다. 벌만큼 큼직한 검은개미 두 놈이 눈에 띄었다. 놈들은 더듬이를 흔들며 어느 틈에 손가락 사이로 기어들고 있었다. 손을 냅다 휘둘렀다. 개미는 떨어졌다. 그는 당장에 벌떡 일어났다. 옷을 살펴보니 개미는 보이지 않았다. 약 100미터 저편에 담장이 끝나고 더 환하게 트인 공간이 있었다. 틀림없이 거기에 문이 있으리라, 그리고 조각들도…… 밑을 내려다보니 땅에는 무너진 돌들이 깔려 있었다. 그런데 환하게 열린 저쪽 공간을 배경으로 나뭇가지가 뚜렷하게 가로 뻗쳐 길을 막고 있지를 않은가. 그뿐 아니라 큼직한 개미 떼가 다리는 보이지 않지만 몸통 윤곽을 뚜렷이 드러내면서 줄을 지어 그 나뭇가지

다리를 건너가고 있었다. 클로드는 나뭇가지를 젖히고 지나가려 해봤으나 처음엔 실패하고 말았다. '흥, 어떤 일이 있더라도 끝까지 가야지. 불개미라면 위험한데. 그렇지만 이제 와서 뒤로 물러나는 건 더더욱 안 될 말씀이고…… 흔히 불개미 이야기를 하지만 그것이 부풀린 게 아니라면……'

"어떤가?" 페르캉이 외쳤다. 클로드는 아무 대답도 없이 한 걸음 내디뎠다. 그러나 도저히 몸을 가눌 수가 없었다. 발밑의 담벼락이 마치 살아 있는 것처럼 그의 두 손을 끌어당기는 것이었다. 그는 그만 벽에 손을 짚으며 주저앉고 말았다. 그 순간 반사적인 근육의 움직임으로 그는 가장 쉽게 걷는 방법을 저절로 깨달았다. 무릎과 손바닥으로 기는 게 아니라 발끝과 손바닥을 짚고 기는 거다. 등을 둥글게 구부린 고양이의 모습이 머리를 스쳤다. 그는 곧바로 기어가기 시작했다. 과연 그런 자세로 기어가면 손도 맘대로 움직여 양손이 서로 보호할 수 있고 발과 종아리는 가죽 장화로 덮였으니 이끼와 접촉하는 면이 최소한도로 줄어들었다. 그제야 겨우 그는 "괜찮아요!"라고 큰 소리로 대답했다. 그는 뜬금없이 날카롭게 튀어나온 제 목소리에 놀랐다. 개미에 대한 공포가 아직 가시지 않은 목소리였다.

그는 천천히 기어갔다. 몸이 제대로 말을 듣지 않아서 불편했다. 초조하게 몸을 움직이면 빨리 나가기는커녕 엉덩이만 자꾸 좌우로 휘젓게 되는 것이었다. 그는 느릿느릿 나아가다가 마치 망보는 개처럼 한 손을 들고 멈칫 섰다. 이때까지 너무 흥분한 나머지 느끼지 못했던 감각이 새삼스레 느껴져서 그를 얼어붙게 만든 것이었다. 손바닥을 들여다보니 끈적거리는 알과 껍질을 쓴 조그만 동물이 가득 붙어 있질 않은가! 또 한 번 질겁을 하고 사지가 작대기처럼 뻣뻣하게 굳어 버렸다. 그의 눈동자는 저 멀리 훤히 트인 곳에 비치는 눈부신 햇빛에만 쏠려 있었지만 전신의 신경은 손바닥에 붙어 있는 곤충들과 그 촉감에만 끌리고 있었다. 그는 벼락 맞은 사람처럼 다시 일어서서 침을 탁 뱉었다. 순간 땅 위의 돌덩이들이 와글와글 들끓는 곤충 떼처럼 보였다. 저기에 떨어지기라도 하면 정말로 끝장이다. 생명의 위험을 느끼자 그는 본능적으로 구역질이 나는 불쾌감을 잊고 마치 궁지에 몰린 짐승처럼 벽 위에 도로 납작 엎드려서 또다시 기기 시작했다. 손바닥에 썩은 잎이 달라붙었다. 메스꺼워 속이 뒤집히는 듯했다. 정신이 아득해지는데도 그는 계속 나아갔다. 그는 지금 그의 시선을 온통 사로잡는 저 환히 트인 공간만을 위해서 존재하는 것이었다.

마치 폭발하듯이 그 공간이 확 트이며 하늘이 활짝 열렸다. 그는 넋을 잃고 그 자리에 섰다. 기어가던 자세 그대로 멈춰 선 채 그는 뛰어내리지 못하고 있었다.

드디어 담장 모서리를 붙들고 겨우 땅 위에 내려섰다.

돌바닥은 잡초로 덮였고 저쪽 끝에 컴컴한 새로운 돌덩어리가 서 있었다. 그 것은 분명히 하나밖에 없는 탑이었다. 그는 이런 형식의 사원 구조를 잘 알고 있었다. 드디어 자유롭게 두 발로 달릴 수 있게 된 그는 팔로 얼굴 앞을 대충 가리면서 마구 내달렸다. 그러다가 등덩굴에라도 덜컥 걸리면 목이 베일 위험이 있다는 것도 잊은 채…….

거기서 조각을 찾아봤자 헛수고였다. 사원은 미완성인 채 내버려져 있다.

2

좌절된 그들의 희망 앞을 가로막으며 밀림은 또다시 빽빽하게 주위를 에워싸고 있었다. 여러 날 전부터 일행이 부딪친 것은 보잘것없는 폐허들뿐이었다. 실개천처럼 사라졌다가 나타나곤 하는 왕의 길을 쫓아가건만 그들 앞에 나타나는 건 이주한 부족이나 군대들이 해골처럼 남기고 간 자취뿐이었다. 바로 직전에 야영한 부락에서 나무꾼들에게 '타민'이라는 굉장한 건물 이야기를 들었다. 그 고적은 캄보디아 국경과 시암의 아직 탐사되지 않은 밀림 사이, 모이족이 사는 산악 지대에 있는데 놀랍게도 부조가 몇백 미터나 잇달아 있다는 것이다.

만일 그것이 사실이라 해도 유명한 탄탈로스[1]의 가혹한 시련이 거기서 기다리고 있는 것이 아닐까? 앙코르와트의 벽에서 돌 한 개 뽑아내는 것도 불가능하다고 전에 페르캉이 말했었다. 그래, 정말로 그럴지도 모른다. 클로드의 얼굴에 땀이 주르르 흘렀다. 몸 전체에 땀이 흘러 끈적끈적한 게 참을 수 없었다.

이 밀림 지대에는 1년에 한 번씩 단출한 토인 대상(隊商)이 야만족들의 향신료나 도료(塗料)와 교환하려고 유리 제품을 달구지에 싣고 지나가는 정도였다.

---

1) 그리스 신화에 나오는 소아시아의 왕. 신을 모독한 죄로 지옥에 떨어져 영원한 기갈에 허덕이게 됨.

그러니 아무리 사람 목숨이 총알 한 발 값밖에는 나가지 않는 곳이라지만, 이곳에 산적이 있다 하더라도 무슨 엄청난 소득이나 기대하지 않고는 섣불리 무장한 백인 일행을 공격하리라고는 생각되지 않았다. '그렇지만 산적들은 아마 사원이 어디 있는지 잘 알고 있을 테지…….' 그러나 클로드의 가슴속에서는 왠지 불안이 가시질 않았다. '고단해서 그런가?' 이런 생각이 떠올랐다. 바로 그 순간 그는 깨달았다. 조금 전부터 환하게 트인 수풀 사이에 나타난 저쪽 언덕의 숲 위를 휘휘 둘러보던 자기 시선이 거기서 떠오르는 한 줄기 연기를 무의식 중에 물끄러미 좇고 있다는 것을. 그들은 벌써 며칠 전부터 사람 그림자도 보지 못했던 것이다.

짐을 나르던 원주민들도 그 연기를 보았다. 일행은 모두가 무슨 엄청난 재난이나 만난 듯이 어깨를 움츠리고 연기를 바라보고 있었다. 바람은 없었지만 고기 익는 냄새가 풍겨 왔다. 짐을 나르던 마소들도 발을 멈추고 말았다.

"유목 미개인들…… 놈들이 저기서 사람 시체를 태우고 있다면 모두 거기 모여 있을걸……." 페르캉이 입을 열었다. 그는 이어 권총을 꺼내 들며 중얼거렸다. "그러나 그들이 우리 길을 가로막고 있다면……." 말을 맺기도 전에 그는 숲속으로 뛰어 들어가 버렸다. 클로드도 얼른 그 뒤를 따랐다. 벌써 옷에 달라붙기 시작한 거머리가 끔찍스러워 양손을 허리에 착 붙이고 손가락은 권총을 꽉 쥔 채, 두 사람은 몸을 앞으로 잔뜩 굽히고 말 한마디 없이 나아갔다.

갑자기 나뭇잎에 햇살이 환하게 비치며 숲이 누런빛을 띠었다. 클로드는 숲속의 빈터가 앞에 있나 보다 짐작했다. 과연 건너편 숲이 햇빛을 받아 마치 물결처럼 반짝이며 환하게 드러나 보였다. 여기저기 가느다란 종려나무가 솟아 있는 저쪽 숲 위에는 여전히 연기가 뭉글뭉글 똑바로 피어오르고 있었다.

"나무 그늘에 숨어 있어!" 페르캉이 나지막이 주의를 주었다. 그들은 멀리서 들려오는 웅성거리는 소리를 길잡이 삼아 앞으로 나아갔다. 또다시 고기 익는 냄새가 클로드의 코를 찔렀다. 겨우 손이 닿게 되자 그는 나뭇가지들을 헤치고 앞을 내다보았다. 이때까지 앞을 가리고 있던 가지런한 덤불 위로 입술이 두툼한 얼굴들과 눈부신 창날이 야단스럽게 움직이는 광경이 드러나 보였다. 단조롭게 웅얼거리는 노랫소리가 주위 나뭇잎을 울리며 들려왔다. 빈터 한복판에 댓개비를 낮게 쌓아 올린 뭉툭한 탑이 있고 거기서 흰 연기가 자욱이 솟아오르는 것이었다. 그 꼭대기에는 조각배처럼 생긴 큼직한 뿔이 달린 네 개의 목제 물소 대가리가 허공에 높이 솟아 있었다. 살결이 누런 전사(戰士) 한 놈이 벌거벗은 채 번쩍거리는 창 자루에 몸을 기대고 머리를 긁적거리며 시체를 태우는 모닥불 쪽으로 몸을 구부려 불 속을 들여다보고 있었다. 그 가랑이 사이에는 성기가 불끈 솟아 있었다. 꼼짝 않고 웅크린 채 그 광경을 바라보는 클로드는 자기 눈과 손과 옷을 거쳐 느끼는 나뭇잎들과 머리칼이 곤두서는 공포로 그 자리에 못 박힌 듯했다. 어린 시절 뱀이나 징글맞은 갑각류 앞에서 느끼던 그 공포였다.

페르캉이 뒷걸음질했다. 클로드도 권총 방아쇠에 손가락을 건 채 재빨리 몸을 일으켰다. 나뭇가지가 버석거리는 소리가 멎자 적막해진 숲속에 다시 노랫소리가 울려오기 시작했다. 그들이 물러감에 따라 소리는 점점 더 멀어졌다…….

두 사람은 다시 일행이 기다리는 곳으로 나왔다.

"빨리! 출발이다!" 페르캉이 거칠게 외쳤다.

달구지 굴대가 잇달아 급속도로 삐걱거리는 소리가 클로드의 근육 한 가닥 한 가닥에 짜릿짜릿 울렸다. 그들은 서둘러 떠났다. 나무 사이로 아직도 연기가 간간이 꼿꼿이 솟아오르는 게 보이곤 했다. 원주민 일행은 그 연기가 보일 때마다 마소들을 채찍질하여 걸음을 재촉했다. 그때마다 귀신이라도 만난 것처럼 겁에 질려서 달구지 멍에에 바싹 매달려 몸을 움츠리는 것이었다. 때때로 빗물에 깎여 나간 계곡 저편에 거대한 오렌지색 바위 절벽이 나타나곤 했다. 그 아래에는 울창한 숲이 파도처럼 펼쳐졌으며 바위들은 짙푸른 하늘 아래 찬란히 빛나고 있었다. 다시 통로가 열려 숲에서 벗어나자 그들은 모두 약속이나 한 듯이 일제히 높은 나무 꼭대기를 휘휘 둘러보았다. 또다시 모닥불 연기를 발견할까 봐 두려웠던 것이다. 그러나 울창한 숲과 막막한 하늘을 어지럽히는 것은 하나도 보이지 않았다. 다만 굴뚝 위에서나 볼 수 있는 열기를 띤 기류가 숲 위에서 굽이치고 있었다.

밤과 낮이 계속 바뀌었다. 드디어 새로운 외딴 부락에 다다랐다. 여기서도 온 마을이 말라리아의 공포로 떨고 있었다. 눈에 띄지 않는 태양 밑에 만물이 그저 삭아 들어가는 듯한 고장이었다. 때때로 주위를 둘러보면 산이 점점 가까워지는 것이 실감이 났다. 얕게 가로퍼진 가지들이 달구지 지붕을 두들겼다. 그때마다 지붕은 공명기(共鳴器)처럼 울렸다. 그러나 이따금 들리는 그 소리마저 밀림의 무더위 속에 녹아 버리는 듯했다. 땅에서 확확 피어오르는 숨 막힌 열기에 맞설 수 있는 것은 오직 마지막으로 고용한 안내자의 장담에 거는 한 가닥 희망뿐이었다. "지금 찾아가는 고적에는 조각이 있다."

이제까지 줄곧 그래 왔다.

이번 고적도 그렇고 그들이 찾아가는 고적 하나하나에 대하여 클로드는 의심을 품지 않을 수 없었지만, 고적 전체에 대해서는 여전히 막연한 확신을 잃지 않았다. 그것은 조각이 분명 있으리라는 논리적인 단정과, 거의 생리적으로 되어 버린 깊은 회의가 뒤섞인 확신이었다. 마치 그의 눈과 온 신경이 자신의 희망을 반박하고, 그 환상 속 왕의 길이 그를 사원으로 인도하리라는 미래의 약속을 반박하는 듯한 회의였다.

드디어 일행은 담장에 다다랐다.

클로드의 눈도 이제는 밀림에 차츰 익숙해지기 시작하고 있었다. 돌 위를 달리는 지네들이 눈에 띌 정도로 바싹 담장 곁으로 다가왔다. 전에 고용했던 안내자들보다 훨씬 눈치가 빠른 이번 안내자는 얼른 그들을 인도하여 담장이 나지막한 곳으로 갔다. 그곳이 예전에 문이 있던 곳이라는 건 틀림없는 일이었다. 딴 사원들과 마찬가지로 주위에는 역시 기승스럽게 자란 갈대가 서로 얽혀 울타리를 이루고 있었다. 페르캉도 지금은 고적 폐허에 나는 풀의 종류와 양태를 짐작하게 되었는지 곧장 저쪽 어딘가를 손가락질했다. 거기는 갈대 덤불이 훨씬 듬성듬성한 품이 분명 그가 말한 대로 돌바닥 길이 틀림없었다. 확실히 불당으로 통하는 길이었다. 달구지꾼들이 낫으로 길을 헤치기 시작했다. 갈대는 종이를 구기는 듯한 소리를 내며 좌우로 썩썩 쓰러진다. 베어 낸 갈대 줄기가 어스름한 지면 위에 유난히 하얗게 드러나 보였다. 갈대청이 비스듬히 잘려 나간 자리였다.

'만일 이 절에서도 조각이나 불상을 발견하지 못한다면……' 클로드의 머리에는 불길한 생각이 떠올랐다. '우리한테 대체 무슨 기회가 남아 있겠는가? 달구지꾼은 한 놈도 타민까지 쫓아오려고 하지는 않을 테고…… 페르캉하고 보이, 그리고 나까지 세 명이라…… 얼마 전 미개인들과 마주칠 뻔한 뒤부터는 그들의 머릿속에는 달아나려는 생각밖에 없다. 부조를 발견한대도 셋이서 2톤쯤이나 되는 돌덩이를 어떻게 건드린담? 불상 같으면 혹시 나를 수 있을까? 그리고 어쩌다 재수가 좋으면…… 흥, 터무니없는 얘기야. 노상 보물찾기 같은 이야기로군……'

그는 번쩍거리는 낮을 물끄러미 바라보던 시선을 땅 위로 떨어뜨렸다. 갈대 벤 자리가 벌써 불그레한 빛으로 변색되고 있었다. '나도 낮을 들어 볼까? 저놈들보다 더 힘차게 썩둑썩둑 베어 버릴까! 제기랄, 낮을 휘둘러 갈밭을 온통 쳐 버려라!' 이때 안내자가 그를 툭툭 치며 주의를 끌었다. 마지막 남은 갈대 덤불이 쓰러지자 돌담 저편에 아직 서 있는 몇 가닥 갈대로 줄을 친 듯한 돌덩이가 나타났다. 문틀을 이루고 있는 번들번들한 돌들이다.

이번에도 조각은 없었다.

안내자는 여전히 집게손가락으로 앞을 가리킨 채 빙글빙글 웃고 있었다. 클로드는 남을 때려눕히고 싶은 충동을 이토록 강하게 느껴 본 적이 없었다. 주먹을 불끈 쥐고 페르캉 쪽으로 돌아섰다. 이럴 수가, 페르캉도 역시 웃고 있었다. 이때까지 페르캉에게 쏟아 오던 우정이 단번에 광포한 분노로 바뀌었다. 그러나 그들의 시선이 모두 한쪽으로 쏠리고 있는 것이 눈에 띄자 그는 다시 고개를 그쪽으로 돌렸다. 그러자 그가 찾던 곳이 아니라 담장 앞쪽에서 시작되고 있는 문이 눈에 들어왔다. 옛날에는 아주 웅장한 문이었음을 알 수 있었다. 밀림 지대에 익숙한 그들이 바라다보고 있는 것은 문을 떠받드는 돌기둥 가운데 하나였다. 그 돌기둥은 무너진 돌담 위에 피라미드처럼 우뚝 서 있고 그 꼭대기에는 관을 쓴 얼굴을 새긴 매우 정교한 조각이 붙어 있었다. 좀 부실해 보이기는 하지만 사암에 새겨진 그 조각은 조금도 손상되지 않은 상태였다. 그러자 이번에는 나뭇잎 사이에 돌로 새긴 새 조각이 클로드의 눈에 띄었다. 부리가 앵무새처럼 생긴 새가 날개를 활짝 펴고 있었는데, 그 새 다리 위에 강렬한 햇살이 부딪쳐 부서지고 있었다. 방금 북받치던 분노도 그 자그마한 눈부신 공간 속에서 눈 녹듯 단번에 사라져 버렸다. 벅찬 기쁨이 온몸을 뒤흔들듯 치밀었다. 그는 감격에 겨워 누구에게랄 것도 없이 감사했다. 밀려오는 환희는 곧 자기도 모를 눈물 겨운 감동으로 바뀌었다.

그 조각에 그만 넋을 잃고 그는 얼떨결에 바로 문 앞까지 나갔다. 문의 상인

방(上引枋)이 무너져 그 위에 쌓아 올렸던 것이 몽땅 허물어져 버렸지만 문설주만은 그대로 우뚝 서 있었다. 그리고 문설주를 빽빽하게 둘러싼 나뭇가지들이 복잡하게 뒤얽히면서 부드럽고도 울퉁불퉁한 원형 천장을 이루어 완전히 햇빛을 가리고 있었다. 그 나뭇가지 아래 생긴 굴로 들어가자 무너져 내린 돌들이 저편의 환한 빛을 배경으로 새까만 모서리를 까칠하게 세우고 길을 막고 있었다. 그 건너편에는 잎맥처럼 가느다란 줄기를 가진 풀들이 장막을 친 듯 펼쳐져 있었다. 페르캉이 앞장을 서서 그 풀 장막을 헤쳤다. 그러자 눈부신 햇빛 속에서 거울처럼 빛을 반사하는 용설란 잎이 뾰족뾰족 세모꼴로 솟아 있는 게 보였다. 클로드는 벽을 짚고 돌을 하나하나 넘어 그 굴을 지나갔다.

벽의 이끼가 마치 젖은 해면같이 손에 묻어 그때마다 클로드는 그 징글맞은 감촉을 털어 버리려는 듯 바지에 대고 손바닥을 문질렀다. 갑자기 클로드의 머리에 먼젓번 폐허 담장 위에서 개미 떼에 부딪쳤던 기억이 또렷하게 떠올랐다. 그때처럼 이번에도 저편에는 눈부신 공간이 빽빽한 나뭇잎 사이의 구멍처럼 뚫려 있는 것이다. 역시 그 구멍이 이번에도 온통 썩어 버린 세계에 자리 잡고 그 눈부신 별세계로 열려 있는 듯했다. 한참을 가도 돌투성이였다. 평평한 돌들도 있었지만 대개는 모서리를 삐죽 내밀고 있는 돌들이었다. 오랫동안 방치되어 쑥대밭이 된 공사장 같은 느낌이었다. 자줏빛 사암 벽면이 여기저기 나타났다. 조각이 있는 것과 없는 것이 뒤섞여 있고 그 벽에는 고사리 잎들이 축축 늘어져 있었다. 그중에는 벌겋게 녹이 슨 벽도 있었다.

클로드 앞에 부조들이 나타났다. 인도 조각 양식이 매우 짙게 나타나 있는 아주 오래된 아름다운 부조였다. 그는 바싹 앞으로 다가섰다. 그 부조는 지금은 이지러진 돌담 아래 반쯤 가려진 옛 출입구를 둘러싸고 있던 것이 틀림없었다. 클로드는 자꾸만 그 부조에 끌리는 눈길을 억지로 떼어 한번 주위를 훑어보기로 했다. 고개를 드니 세 개의 탑이 무너져 높이 2미터쯤 남아 있었다. 그 세 개의 둥근 탑신이 완전히 허물어져 쌓인 돌무더기 속에 삐죽이 솟아 있는 품은 마치 거기에다 일부러 꽂아 놓은 듯했다. 너무 지독하게 무너져서 그 언저리에는 풀도 자잘한 것들만이 드문드문 나 있었다. 누런 개구리 몇 마리가 거기서 천천히 기어 나오고 있었다. 그림자들이 훨씬 짧아졌다. 보이지는 않지만 해가 벌써 높아진 모양이었다. 바람 한 점 없건만 끊임없는 몸부림과 가없는 대기의 진동에 가지 끝의 잎들이 바르르 떨리고 있었다. 후끈후끈 달아오르는 열기……

돌덩어리가 한 개 빠져 떨어지며 두 번을 튀었다. 처음엔 무딘 소리, 다음엔 맑은 소리를 냈다. 순간 클로드의 머리에 문득 '해괴한'이란 낱말이 떠올랐다. 이 죽어 버린 돌덩이들…… 일찍이 사람 그림자를 본 적이 없는 개구리들이 느릿느릿 지나갈 때에나 겨우 생명의 숨결을 느끼는 이 죽은 돌들, 완전히 버려져서 폐허가 된 사원, 파괴와 폭력을 행사하는 식물들의 은밀한 힘, 그 모든 것보다도 오히려 더 비인간적인 무엇인가가 그 해괴한 분위기를 빚어내고 있었다. 그 무엇인가가 폐허와, 공포에 사로잡힌 듯 꼼짝도 않고 있는 무성한 식물들 위를 형용할 수 없는 고뇌로 덮어 누르고 있었다. 그 폐허를 덮고 있는 형용할 수 없는 고뇌야말로 마치 죽음과 같은 힘으로 그 조각들을 지켜 온 것이다. 그리하여 몇백 년을 거쳐 온 그 석상들의 몸짓이 폐허에 들끓는 지네 떼와 짐승들의 세계를 왕처럼 다스리고 있는 것이다. 이윽고 페르캉이 클로드 옆을 지나갔다. 순간 마치 깊은 바다 밑에 잠긴 듯한 폐허는 해변으로 밀려온 해파리처럼 맥없이 생명을 잃고 두 사람의 백인 앞에 무력한 모양새로 떠올랐다. "연장을 가져오겠네." 페르캉이 지나치면서 한마디 던졌다. 그의 그림자는 잡아 뜯긴 잡초 장막이 축축 늘어져 있는 굴속으로 사라졌다.

큰 탑의 삼면 벽이 아직 서 있는 걸 보면 한쪽 벽만 무너진 모양이었다. 그 남은 벽들은 커다란 돌무더기 맨 끝에 우뚝 서 있었다. 그 벽 사이 땅바닥에는 움푹 파헤쳐진 자국이 남아 있었다. 시암 사람들이 불사른 뒤에 보물을 찾아다니는 원주민들이 헤치고 지나간 흔적이었다. 그 움푹 파헤친 구멍 한복판에 잿빛 개미집이 뾰족하게 서 있었지만 이제는 개미들이 살지 않는 모양이었다. 페르캉이 쇠 자르는 톱과 막대기를 들고 돌아왔다. 축 늘어진 왼쪽 주머니에 망치 머리가 삐죽이 나와 있었다. 그는 주머니에서 채석 망치를 꺼내더니 손에 든 막대기 끝에 맞추며 입을 열었다.

"내가 말한 대로 스바이는 마을에 남아 있어."

클로드는 톱을 받아 들었다. 니켈 칠을 한 톱자루가 거무스레한 돌 위에 번쩍번쩍 비쳤다. 계단 모양으로 층층이 무너진 벽에 다가서서 부조 하나가 이미 손 닿는 곳에 있건만 클로드는 톱을 든 채 주춤했다.

"왜 그러나?" 페르캉이 물었다.

"참 바보 같은 이야긴데…… 어쩐지 잘될 것 같지 않아서……."

그는 생전 처음 보는 것처럼 그 돌을 물끄러미 바라보았다. 아무래도 그 돌과 톱이 너무 어울리지 않으며, 이런 걸로는 돌을 해칠 수 없다는 생각이 자꾸만 들었다. 드디어 그는 돌덩이를 물로 축인 다음 톱을 갖다 댔다. 톱은 삐걱삐걱 소릴 내며 사암에 조금씩 파고들었다. 한 다섯 번쯤 톱질을 하자 톱이 미끄러지는 것이었다. 홈에서 톱을 꺼냈다. 톱날은 깨끗이 떨어져 나가고 없었다.

그들은 톱날을 두어 타(打) 가지고 왔다. 톱자국은 깊이 1센티미터쯤이었다. 그는 톱을 내던지고 문득 앞을 내려다보았다. 이때까지는 눈에 띄지 않았지만 자세히 보니 거의 지워져 가는 부조 조각이 새겨져 있는 돌이 땅바닥에 수없이 깔려 있는 게 아닌가! 벽에 정신이 팔린 나머지 그 돌들은 거들떠보지도 않고 있었던 것이다. 조각 면이 땅에 박혀 있는 돌을 젖혀 보면 원형이 고스란히 땅속에 보존되어 있는 것이 아닐까?

페르캉은 그보다 먼저 그런 생각을 했었다. 그는 달구지꾼들을 불러 댔다. 그들은 재빨리 어린나무를 베어 지렛대를 만들더니 돌덩이를 들어 젖히기 시작했다. 돌은 천천히 들려 한 번 맴을 돌고는 "여차!" 하는 기합 소리와 함께 육중한 소리를 내며 쓰러졌다. 돌 밑에 들끓던 쥐며느리들이 깜짝 놀라 그물 모양을 그리며 정신없이 흩어지는 속에 차츰 드러나는 것은 영락없는 부조 윤곽이었다. 땅에 박혔던 우묵우묵한 양각 자국이 마치 거푸집처럼 또렷하고 윤이 나는 것이었다. 바로 그 자국 위에 또 다른 돌덩이가 쓰러져 하나하나 제각기 지닌 부조 면을 드러내고야 말았다. 마지막 시암 군대의 침략 시대 이래로 땅에 침식되어 왔던 그 부조 면이 젖혀질 때마다 혼겁을 한 조그만 벌레들의 대열이 이지러지며 미친 듯이 숲속으로 흩어져 달아났다. 이지러진 부조 면이 드러날수록 클로드는 새삼스레 그 큰 탑의 무너지지 않고 서 있는 벽에 박힌 조각만이 운반할 만한 것이라는 확신을 더욱 굳히게 되었다.

벽의 맨 끝 귀에 맞춘 석재 양면에는 두 무녀상(舞女像)이 조각되어 있었다. 하나의 주제를 겹쳐 놓은 세 폭의 석재에 걸쳐 새긴 것이었다. 맨 꼭대기 돌은 힘껏 밀치면 무난히 떨어질 것 같았다.

"얼마나 값이 나갈 것 같아?" 페르캉이 물었다.

"무녀상 두 개에 말이죠?"

"응."

"정확한 가격은 몰라도 어쨌든 50만 프랑은 넘을 테죠."

"정말로?"

"그럼요."

이럴 수가. 내가 유럽까지 구하러 갔던 기관총, 그게 바로 이곳에 있었다니! 내가 훤히 알고 있는 이 밀림 속에, 바로 이 돌덩이들 속에…… 내가 다스리는 고장에도 아마 이런 사원들이 있었지? 그렇다면 거기서 기관총 정도가 아니라 더 엄청난 것을 기대할 수 있지 않은가? 거기서 이런 절을 몇 개 발견하기만 하면 부하들을 무장시켜 가지고 방콕 정부에 간섭할 수 있을 테지. 절 하나에 기관총이 열 개, 소총이 이백 자루…… 이 고적을 앞에 놓고 페르캉은 절 가운데에는 조각 없는 절이 수없이 많다는 것도, 이때까지 헤쳐 온 왕의 길도 모두 잊어버리고는 공상에 잠겨 있었다. 벌써 기관총을 들고 행진하는 자기 군대의 위풍이 눈앞에 떠오르는 것이었다. 일렬로 늘어선 기관총 총신 위에 찬란히 부서지는 햇빛, 그 반짝이는 조준기…….

한편 클로드는 벌써 인부를 시켜 땅바닥을 치우고 있었다. 맨 위의 돌이 떨어질 때 딴 돌과 부딪쳐 부서지지 않도록. 인부들이 돌덩이들을 치우는 동안 클로드는 그 윗돌을 유심히 들여다보고 있었다. 크메르 조각이 흔히 그렇듯이 이 무녀들도 입술에 희미한 미소를 띠고 있었는데, 한 무녀의 얼굴에는 푸르스름한 회색 이끼가 엷게 퍼져 있어 서양 복숭아 솜털을 떠올리게 했다. 인부 세 명이 호흡을 맞춰 어깨로 그 돌을 떼밀었다. 돌은 건들거리더니 측면을 아래로 하여 떨어졌다. 땅에 푹 박혀 꼿꼿이 선 채로 있었다. 윗돌이 움직이자 그 밑을 받치고 있던 돌 위에 두 줄로 홈이 패어 번들거렸다. 그 홈을 따라 거무스름한 개미 떼가 알을 안전한 곳으로 옮기느라 줄을 지어 바쁘게 기어가고 있었다. 그러나 방금 윗면이 드러난 둘째 돌은 첫째 것처럼 놓여 있지 않았다. 그것은 몇 톤쯤 됨직한 돌덩이 두 개 사이에 낀 형태로 아직 건재한 벽 속에 요지부동으로 박혀 있었다. 저걸 끌어내리려면 벽 전체를 무너뜨리는 수밖에 없지 않나? 사암으로 된 부조상의 일부를 이루는 돌들은 겨우 건드릴 수 있다고 해도 거대한 딴 돌들은 까딱없을 게 아닌가…… 몇백 년이 지나 저절로 무너지든가, 폐허에 뿌리를 내리는 나무들이 벽을 허물어뜨리지 않는 한.

한때 시암 침략군들은 어떻게 그 많은 절을 파괴할 수 있었을까? 굉장히 많은 코끼리를 몰아 벽을 무너뜨렸다는 이야기도 있지만…… 지금 이곳에 코끼리는 없다. 그러니 벽에 박힌 돌덩이에서 조각된 부분만을 떼어 내리면 돌덩이를 자르든가 깨든가 해야만 된다…… 조각된 돌 위에서는 마지막 남은 개미들이 한사코 달아나고 있었다.

달구지꾼들은 지렛대에 기댄 채 가만히 기다리고 있었다. 페르캉은 주머니에서 망치와 끌을 꺼냈다. 아마 가장 현명한 방법은 페르캉의 생각대로 돌덩이에 끌로 가늘게 홈을 파고 두들겨 짝 갈라 버리는 것이리라. 그는 끌을 대고 망치질을 하기 시작했다. 그러나 망치질이 서툴러서 그런지 또는 사암이 너무 단단해서 그런지, 아무리 두들겨도 겨우 좁쌀만 한 돌 부스러기가 될 뿐이었다. 원주민들한테 시켜 보았자 그보다도 더 서투를 것이었다.

클로드는 그 돌에서 눈을 떼지 않고 노려보고 있었다…… 뜨거운 열기에 떨리는 나뭇잎과 둥근 해를 배경으로 뚜렷하게, 굳건하게, 육중하게 버티고 있는 돌, 그 적의에 가득 찬 돌을…… 이미 돌 위에 팬 금도, 흩어지는 사암 가루도 눈에 들어오지 않았다. 마지막 남았던 개미들도 연한 개미알 한 개 남기지 않고 깨끗이 튀어 버렸다. 돌은 바로 눈앞에 있었다. 완강하게, 수동적이면서도 인간의 의지를 물리칠 수 있는 살아 있는 존재로서. 클로드의 가슴속에 우울하고 어처구니없는 분노가 끓어올랐다. 그는 냅다 달려들더니 다리를 딱 벌리고 상체로 돌덩이를 들이받아 있는 힘껏 밀어 댔다. 미칠 듯한 분노가 어디로든 터지려고 하면서 점점 커져 가는 것이었다.

페르캉은 망치를 번쩍 든 채로 입을 멍하니 벌리고 그 꼴을 지켜보고 있었다. 밀림에 대해서는 훤히 알고 있는 이 사내도 결국 돌에 관해서는 무식쟁이가 아닌가. 아! 반년 동안이라도 석공 노릇을 했던들! 밧줄을 매서 모두 한꺼번에 잡아당겨 보면 어떨까? ……별 소용없겠지. 손톱으로 긁는 거나 다름없어. 애초에 밧줄은 또 어떻게 매달 건데? 아아, 그러나 지금 여기서 위기에 빠진 것은 바로 내 생명이었다…… 내 생명! 밀림을 헤치고 그를 여기까지 이끌어 온 그 끈덕진 집념과 칼날처럼 긴장된 의지, 억눌린 분노…… 그 모든 것이 결국 이 장벽, 시암이라는 나라와 자기 사이를 가로막는 이 끄떡없는 돌에 부딪치게 하려고 여기까지 그를 끌고 온 것이다.

그 돌을 바라보면 바라볼수록 달구지를 몰고 타민까지 갈 수 없으리라는 것이 확실해지는 것이었다. 예컨대 거기까지 간다 하더라도 타민의 돌들 역시 이 돌과 마찬가지가 아니겠는가? 기어코 정복하고야 말겠다는 의지가 갈증이나 허기처럼 그의 정신을 뒤집어 놓고 말았다. 그는 페르캉의 손에서 망치를 빼앗아 손아귀에 움켜쥐었다. 미친 듯이 달려들어 돌을 힘껏 두들겨 팼다. 밀림의 적막을 깨뜨리고 망치는 몇 차례 이상한 소리를 내며 튀었다. 망치 끝에 붙은 반들반들한 못뽑이가 햇빛에 번쩍거렸다. 그는 문득 손을 멈추고 돌을 가만히 노려보았다. 이어 망치를 번쩍 돌려 들더니 또다시 페르캉이 판 번들거리는 홈 근처를 냅다 후려갈겼다. 마치 각오가 사라질까 봐 두렵다는 듯이. 길이 몇 센티미터 되는 돌 조각이 하나 튀었다. 그는 얼른 망치를 놓고 눈까풀을 비벼 댔…… 다행히도 돌가루가 스친 것뿐이었다. 다시 시야가 맑아지자 이번에는 주머니에서 검은 안경을 꺼내 쓰더니 또 두들기기 시작했다. 망치에 달린 못뽑이는 아주 쓸 만한 연장이었다. 끌의 힘을 빌릴 것 없이 더 힘차게 훨씬 더 자주 사암을 때릴 수 있었다. 후려칠 때마다 큼직한 돌 조각이 사방에 튀었다. 이런 식으로 가면 몇 시간 뒤에는…….

한편 원주민들을 시켜 통로 전부를 가로막고 있는 갈대를 베어야 했다. 이번에는 페르캉이 다시 망치를 들었다. 클로드는 돌덩이를 나를 길을 마련하기 위하여 달구지꾼들을 데리고 그 자리에서 물러갔다. 망치 소리는 계속 들려왔다. 또렷하고 재빠르며 고르지 않은 소리가 마치 무전 치는 소리 같았다. 그 망치 소리는 정글의 가없는 침묵과 더위 속에서 극히 인간미를 띠고 힘없이 울리는 갈대 베는 소리를 덮어 버리는 것이었다.

클로드가 다시 돌아왔을 때 돌 조각이 땅바닥에 흩어져 있었다. 그 중간에 길게 퍼진 돌가루 빛에 그는 놀랐다. 사암은 보랏빛인데 돌가루는 흰빛이었으니까 말이다. 페르캉이 고개를 돌렸다. 클로드는 페르캉이 그동안 쪼아 낸 홈을 보았다. 그 가루처럼 흰빛을 띤 홈은 조금 넓혀져 있었다. 줄곧 어김없이 같은 자리를 때릴 수는 없었기 때문이다.

이번에는 클로드가 교대로 일을 시작했다. 페르캉은 방해물을 치우고 임시 통로를 마련하는 일을 계속했다. 그렇게 큰 돌덩이를 나른다는 건 쉬운 일이 아닐 것이다. 아마 땅바닥에 흩어진 돌멩이들을 깨끗이 치워 버리고 돌덩이를 떼

굴떼굴 굴려서 나르는 게 가장 쉬운 방법일 것이다. 바로 머리 위에서 내리쬐는 햇빛을 받아 수직으로 생겨난 그늘 밑에서 통로는 조금씩 넓혀지고 있었다. 해는 더욱 노란빛을 띠고 그림자는 시시각각으로 짧아지며 더위는 점점 더 심해지는 가운데, 오직 망치 소리만이 끊임없이 울리고 있었다. 그 더위는 단순히 살갗을 태우는 게 아니라 마치 독약처럼 체내에 퍼지며 차츰차츰 근육의 맥을 풀고 온몸에서 흐르는 땀과 함께 힘이 다 빠져나가게 하는 더위였다. 얼굴에서 흐르는 땀이 돌가루를 뭉개 가지고 검은 안경 밑으로 도랑을 이루면서 주르르 흘렀다. 그 모습은 마치 눈알 뽑힌 사람의 눈 밑에 흐르는 피처럼 해괴망측한 몰골이었다. 그런 꼴로 클로드는 거의 넋을 잃고 그저 두들겨 패고 있었다. 사막에서 길 잃은 사람이 한사코 기어가듯이. 그의 이성과 사고는 마치 그 절의 폐허처럼 허물어지고 조각조각 이지러져서 그저 망치질하는 소리를 세는 데 몸 서리치는 흥분을 느낄 뿐이었다. "한 번 더", "한 번 더……." 끝없이 "한 번 더"였다. 밀림도 사원도 다 삭아 으스러지리라…… 감옥과도 같은 벽, 그리고 한사코 그 벽을 줄로 깎듯이 망치를 두드리는 소리…… 끝없는, 끝없는 소리.

갑자기 소리가 끊겼다. 공백의 순간. 온 세계가 다시 제자리를 차지하고 숨을 돌리는 듯한 순간이다. 클로드는 이때까지 그를 에워싸고 있던 것이 와르르 머리 위에서 무너지기라도 한 듯이 맥이 탁 풀려 꼼짝 않고 앉아 있었다. 소리가 딱 끊기자 페르캉도 의아하게 여겨 몇 걸음 되돌아왔다. 방금 망치의 두 갈래 못뽑이가 부러져 버린 것이었다.

페르캉은 와락 달려들더니 클로드의 손에서 망치를 뺏어 들고 그 부러진 끝을 갈든가 거기에 줄칼을 대서 못뽑이처럼 만들어 볼 생각을 했다. 그러나 그것이 터무니없이 어리석은 생각임을 알자 그는 성이 벌컥 나서 미친 듯이 돌 앞으로 달려들더니 아까 클로드가 한 것처럼 돌을 냅다 후려치기 시작했다. 이윽고 그는 주저앉아서 좀 생각을 가다듬어 보려고 했다. 그들은 혹시 몰라서 자루는 여러 개 사 왔지만 쇠망치는 한 개밖에 없었다…….

청천벽력 같은 첫 충격에서 벗어남에 따라 클로드도 다시금 막막하기 짝이 없는 온갖 궁리를 하기 시작했다. 망치로 두들길 생각이 떠오르기 전에도 바로 그렇게 궁리를 했었다. 그런 식으로 망치질을 해보려는 생각이 갑자기 떠오른 것과 마찬가지로 이번에도 좋은 생각이 떠오를지 누가 알랴? 그러나 한편 진력을 다해 기진맥진하고 만사에 싫증이 난 상태에서 확 밀려오는 혐오감이 일시에 뼈마디로 스며드는 것이었다. 아, 그냥 눕고 싶다…… 그렇게도 기를 쓰고 죽을힘을 다했는데도 밀림은 또다시 감옥처럼 우람스럽게 그를 덮쳐누르는 것이었다. 그저 아무 데나 기대고 싶다. 의지도 버리고 육신까지 내던지고…… 맥박이 뛸 때마다 피가 철철 흘러 나가는 듯…… 그때 마치 열병에 걸린 듯 정신을 잃고 두 팔을 가슴에 댄 자세로 웅크린 채 다 포기하고 정글과 더위의 유혹에 심신을 떠맡겨 버린 자기 꼴이 머리에 떠올랐다. 그러자 갑자기 소스라쳐 또다시 제 생명을 위해 싸워야겠다는 의욕이 용솟음쳤다.

세모꼴로 팬 홈에서 소금처럼 희고 반짝이는 돌가루가 소르르 흘러내리고 있었다. 그 모래시계같이 흐르는 돌가루를 보니 거대한 돌덩어리가 한층 더 두드러지는 듯했다. 돌은 아무도 파괴할 수 없는 생명을, 태산 같은 자기 생명을 다시 찾은 모양이었다. 그의 눈길은 돌에 붙들려 떠날 수가 없었다. 그는 마치 살아 있는 것에 대한 증오로 그 덩어리와 묶인 듯했다. 바로 그런 식으로 그 돌덩이는 여기까지 오는 길과 클로드 자신을 지켜보았고, 몇 달 전부터 그의 생명을 버텨 온 그의 열정을 갑자기 스스로 떠맡는 것이었다.

그는 밀림 속에서 그만 무뎌진 자기 지성을 되살리려고 애써 보았다. 그러나 이 세계에서는 지성을 지니고 사는 것보다도 그저 사는 게 문제였다. 모든 것을 마비시키고야 마는 밀림의 힘으로 해서 해방된 본능은 그로 하여금 이를 악물고 어깨를 앞으로 떼밀며 필사적으로 그 돌덩이에 부딪치게 하는 것이었다.

그는 사냥감을 덮치려고 노리는 짐승처럼 돌에 팬 홈을 곁눈으로 살펴보더니, 커다란 채석 망치를 쳐들고 온몸을 비틀었다가 냅다 돌을 후려쳤다. 돌가루가 다시 주르르 흘러내리기 시작했다. 그는 그 하얗게 빛나는 줄기에 홀린 듯이 돌가루를 바라보았다. 후끈 달아오르는 증오심이 거기 집중된 듯 눈을 떼지 않은 채 후려쳤다. 망치를 상체와 팔에 딱 붙이고 무거운 시계추처럼 상체를 흔들다가 온 힘을 실어 망치를 내리쳤다. 의식이 오직 팔과 허리에만 몰린 듯했다. 그의 삶, 지난 1년간 품었던 희망, 패배감 따위가 한데 뭉쳐 형용할 수 없는 분노로 폭발하고 있었다. 지금 이 순간 그는 오직 정신없이 그 돌에 부딪치는 충격 속에 살고 있었다. 망치가 돌에 부딪칠 때마다 온몸이 떨리고 마치 현기증처럼 그를 정글의 위협에서 벗어나게 해주는 것이었다.

그는 문득 손을 멈췄다. 페르캉이 벽 모서리 앞에서 허리를 구부리고 들여다보고 있었다.

"잠깐, 저것 봐요. 지금 우리가 두들기고 있는 돌만이 벽 속에 끼여 있는 거예요. 그 밑의 돌을 보면 윗돌과 마찬가지로 그저 세워 놓았을 뿐이에요. 우선 밑에 있는 놈부터 끌어내야겠어요. 그러고 나면 둘째 돌은 중간에 걸려 있게 될 테니 그저 떨어뜨리면 되죠. 무작정 홈을 두들겨 패보았자 별로 소용이 없는 거예요……."

클로드는 곧 캄보디아 원주민 두 명을 불러, 모두가 있는 힘을 다하여 잡아당겼다. 그러나 끄떡없었다. 아마 땅에 박혀서 초목 뿌리에 꽉 얽혀 버린 모양이었다. 크메르 사원엔 주춧돌이 없다는 걸 그는 잘 알고 있었으므로 당장 돌 주위와 아래쪽 흙을 약간 파헤쳐서 돌을 끌어내려고 했다. 그러나 원주민들은 돌 주위를 파헤칠 때는 재빠르게 솜씨 있게 일하더니 돌 밑은 느릿느릿 파는 둥 마는 둥 했다. 돌덩이에 손이 깔려 으스러질까 봐 벌벌 떠는 모양이었다. 클로드는 보다 못해 그들을 물리치고 손수 파기 시작했다. 굴이 어지간히 깊어졌을 때 그는 나무토막을 잘라 오게 하여 그것으로 돌을 괴었다. 축축한 흙이며 썩은 잎, 그리고 비에 씻긴 돌들의 냄새가 한층 강렬하게 풍기며 땀에 젖은 그의 리넨 옷에 스며들었다.

드디어 페르캉과 클로드는 돌을 빼러 나섰다. 돌이 갑자기 쓰러지면서 묻혀 있던 면이 밖으로 드러났다. 그곳에는 인간들의 공격을 피해 밑으로 달아난 잿빛 쥐며느리들이 우글거리고 있었다.

이젠 무녀상의 머리와 발 부분은 손에 넣었다. 몸통만이 허공에 홀로 뜬 두 번째 돌에 남아 있었다. 그 돌은 마치 성벽에 수평으로 불쑥 나온 총 발사구(發射口)처럼 보였다.

페르캉은 큼직한 망치를 들더니 다시 윗돌을 후려치기 시작했다. 일격에 떨어져 나갈 줄 알았는데 돌은 끄떡도 없었다. 그는 또다시 분노에 사로잡혀 거의 기계적으로 연달아 후려쳤다…… 문득 기관총도 없는 자기 군대가 사나운 코끼리 떼에 몰려서 처참하게 짓밟히는 광경이 머릿속에 떠올랐다. 연방 후려치는 동안에 정신이 차츰 몽롱해지면서 마치 오랫동안 이어진 성행위의 투쟁에서와 같은 짜릿짜릿한 성적 쾌감이 느껴졌다. 그 망치질로 말미암아 또다시 그는 돌덩이와 하나가 되었다…….

갑자기 망치 소리가 달라졌다. 그는 숨을 죽였다. 안경을 거칠게 벗었다…… 푸른빛, 초록빛 흐릿한 영상이 눈에 들어왔다. 그러나 눈을 끔벅거리고 있노라니까 또 다른 영상이, 다른 무엇보다도 강렬한 영상이 육박해 오질 않는가! 드디어 돌이 쪼개진 것이다! 그 떨어져 나간 단면에 햇빛이 반짝였다. 조각된 부분도 역시 또렷한 단면을 보이며 풀숲에 떨어져 있었다…… 마치 잘려 나간 머리통처럼.

마침내 페르캉은 천천히, 깊게 숨을 내쉬었다. 클로드 역시 안도의 한숨을 내쉬었다. 좀더 마음이 약했더라면 눈물이라도 쏟아져 나올 지경이었다. 그는 마치 물에 빠져 의식을 잃었던 사람처럼 이제 다시 구조되어 세상으로 돌아와, 맨 처음에 조각을 발견했을 때 느꼈던 그 무턱대고 감사하고 싶던 심정에 또 한 번 사로잡혔다. 쪼개진 단면을 위로 한 채 땅에 거꾸로 박힌 그 돌을 앞에 놓고 밀림과 사원과 자기 자신과의 사이에 갑자기 화해가 이루어진 기분을 느꼈다. 가지런히 포개 놓은 세 개의 돌을 머릿속에 그려보았다…… 그가 알고 있는 한 가장 아름답고 순수한 부류에 속하는 두 무녀상을!

이제는 얼른 달구지에 실어 옮겨야지…… 그의 생각은 한시도 돌을 떠날 수 없었다. 잠자다가도 누가 한 걸음이라도 그걸 끌고 간다면 후닥닥 깼을 것이다. 아까 마련해 놓은 통로로 원주민들이 세 개의 돌을 조심스럽게 굴려 간다. 클로드는 온 힘을 기울여 겨우 얻은 그 돌을 바라보며 털썩털썩 돌바닥이 땅에 부딪는 소리에 귀를 기울였다. 돌이 구를 때마다 갈대 줄기들이 짓눌려 납작해졌다. 그는 돈을 세는 수전노처럼 거의 무의식중에 그 잇단 털썩거리는 소리를 세고 있었다.

돌을 굴리던 원주민들이 무너진 돌담 문 앞에까지 오자 멈춰 섰다. 문 저편에 있는 소들의 울음소리는 들리지 않았지만 발굽으로 땅을 차는 소리가 들려왔다. 페르캉은 긴 나무줄기를 두 개 베어 오게 했다. 조각 하나를 밧줄로 묶어 나무줄기에 비끄러맸다. 여섯 명의 원주민들이 그 나무줄기를 어깨에 메었다. 그러나 들어 올리지 못했다. 클로드는 그 가운데 두 명을 물리치고 보이와 자기 자신이 들어섰다.

"하나, 둘, 셋!"

이번에는 여섯 명의 짐꾼이 일제히 느릿느릿 일어섰다. 고요함 속에 숨소리조차 들리지 않았다.

나뭇가지가 하나 뚝 소리를 냈다. 이어서 여러 개가 뚝뚝 소리를 내고 있었다. 그 소리가 점점 가까워졌다. 클로드는 발을 멈추고 밀림을 휘휘 둘러보았지만 역시 아무것도 눈에 띄질 않았다. 맨 마지막으로 지나온 부락의 어느 호기심 많은 주민이 와서 숨어 있나……? 아니, 아마 마을에 남기고 온 스바이란 놈일 거다.

클로드는 페르캉에게 눈짓을 했다. 페르캉이 와서 그 대신 나무줄기를 걸머졌다. 클로드는 권총을 뽑아 들며 소리 나는 쪽으로 갔다. 원주민들은 권총 케이스를 벗기는 소리와 이어 안전장치를 푸는 소리가 나지막이 들리자 영문을 모르고 불안스러운 듯 바라보고 있었다. 페르캉도 두 손으로 떠받치고 있던 나무줄기를 이제는 순전히 어깨로 받치면서 역시 권총을 꺼내 들었다. 클로드는 벌써 나무 밑으로 헤치고 들어섰지만 아무것도 눈에 띄지 않았다. 여기저기 거미줄이 걸려 있는 밀림의 얼룩덜룩한 나무 그늘만이 보일 뿐이었다. 이런 곳에서 밀림에 익숙한 원주민을 찾아내겠다는 것 자체가 잘못된 생각이 아닐까.

페르캉은 우뚝 선 채 발을 떼지 않았다. 갑자기 클로드의 머리 위로 2미터쯤 떨어진 곳에서 나뭇가지 몇 개가 휘더니 다시 휙 하고 솟아올랐다. 그 순간 거기서 거무스레한 덩어리 몇이 튀어나와 딴 가지 위로 옮아갔다. 가지가 크게 곡선을 그리며 휜다. 원숭이들이었다. 클로드는 화도 났지만 한편으로 마음이 놓여 돌아섰다. 여기저기서 웃음이 터질 줄 알았다. 그러나 원주민들은 아무도 웃지 않았다. 페르캉도 덤덤했다. 페르캉 쪽으로 걸음을 옮겼다.

"원숭이 놈들이에요!"

"그뿐이 아니지. 원숭이 놈들은 나뭇가지 부러지는 소릴 내지 않거든"

클로드는 권총을 다시 케이스 속에 집어넣었다. 다시 찾아온 막막한 침묵 속의 실없는 몸짓이었다. 모든 것이 썩어 들어가는 숨 막히는 밀림 속에 갇힌 온갖 생명이 다시금 침묵에 잠겨 든 것이었다.

그는 그 자리에 꼼짝 않고 서 있는 일행 곁으로 돌아와서 다시 제자리에 들어가 나무줄기를 어깨에 메었다. 몇 분이 지나 무너진 돌담을 넘어섰다. 그는 달구지를 되도록 가까이 끌어오게 했다. 너무 가까이 다가와서 페르캉은 달구지꾼들에게 명령하여 다시 뒤로 물리게 하지 않으면 안 되었다. 물소들의 움직임에 정신이 팔린 그들은 밧줄로 엇걸어 놓은 조각들을 그저 무심히 바라보고 있었다.

클로드는 맨 뒤에 남았다. 포장을 씌운 달구지들이 바다에 뜬 조각배처럼 기우뚱거리며 나뭇잎 속으로 천천히 기어 들어갔다. 바퀴가 한 번 돌 때마다 굴대가 삐걱거렸다. 그리고 신음하는 듯한 둔한 소리가 규칙적으로 들려왔다. 무슨 나무 그루터기 같은 게 있어 달구지들이 그 위를 지날 때마다 소리가 나나? 그는 겨우 달구지 바퀴가 풀 위를 지나간 자국을 들여다보았다. 바닥에 널린 갈대 가운데 어떤 것은 아주 이지러지지 않은 채 다시 슬며시 고개를 들고 있었다. 망치 위에 번쩍이던 햇빛이 지금 돌벽의 깨진 돌에 부딪쳐 여전히 반짝거리고 있었다. 힘겹게 그 광경을 보고 있노라니 근육 하나하나가 맥이 탁 풀리고 지독한 피로가 더위와 졸음과 신열에 겹쳐 녹아 들어갈 듯했다. 그러나 이때까지 그를 짓누르던 밀림의 그 축축한 등덩굴과 잎들의 힘은 한결 약해지는 것 같았다. 드디어 손에 넣은 그 조각들이 그를 보호하고 부축해 주는 것이었다. 그의 정신은 밀림이 아니라 딴 데 쏠려 있었다. 육중해진 달구지들을 앞으로 앞으로 밀고 가는 그 움직임에 사로잡혀 있었다. 달구지들은 무거운 짐 때문에 전과는 다른 소리로 삐거덕거리며 가까운 산 쪽으로 멀어지고 있었다. 그는 소매를 털었다. 불개미 몇 마리가 떨어졌다. 그는 말 위에 올라타고 일행을 따라갔다. 환하게 공간이 트인 곳에 나서자 달구지를 하나하나 앞서 나갔다. 달구지꾼들은 꾸벅꾸벅 졸고 있었다.

3

드디어 밤이 왔다. 산으로 가는 길에 마을에서 숙영(宿營)을 했다. 달구지에서 소를 풀어 놓고 돌덩이들을 마치 주머니에 넣듯 살라[2] 지붕 밑에 끌어 넣었다. 목욕을 하고 난 듯 온몸이 풀렸다. 클로드는 짚을 얹은 지붕을 떠받들고 있는 기둥 사이를 왔다 갔다 하고 있었다. 조그만 이엉지붕 아래 진흙으로 거칠게 빚어 놓은 불상이 있었고 그 앞에는 선향이 타올랐다. 휘영청 밝은 달빛 아래

---

2) 여행자 숙박소.

그 장밋빛 불똥이 반짝이고 있었다. 그때 방바닥에 그림자 하나가 불쑥 나타나더니 그의 발밑을 지나 말없이 그에게 다가왔다.

그는 휙 돌아섰다. 뒤로 다가오던 보이가 주춤 발을 멈췄다. 인광(燐光)을 띤 듯한 바나나 잎들을 배경으로 보이는 새까맣고 또렷한 윤곽을 드러내고 서 있었다.

"나리, 스바이가 사라졌어요."

"정말?"

"정말이에요."

"미친개 범이 물어 간 것 같군."

보이는 맨발로 소리 없이 나가 버렸다. 숲속 빈터를 환히 비추는 달빛 속에 녹아들어 버리듯이.

'그놈이 무능하지는 않아……'

클로드는 새삼스레 이런 생각이 들었다. 의심할 여지 없이 스바이는 당국의 명령으로 움직이는 놈이었다. 정체를 속속들이 잘 아는 적과 싸운다는 게 클로드에겐 그리 불쾌한 일도 아니었다. 상대가 뚜렷한 싸움이라면 언제든지 피가 끓어오르니까. 그는 살라에 들어가 길게 누웠다. 페르캉은 벌써 배를 깔고 엎드린 채 두 손을 절반쯤 펴고 잠들어 있었다.

클로드는 마침내 조각을 손에 넣은 기쁨과 극도의 흥분을 좀처럼 가라앉힐 수가 없었다. 눈부신 달빛 속에 멀리서 들려오는 원주민들의 음성이 은은하게 울려 꼬리를 끄는 듯했다. 그러나 그들의 목소리도 점점 뜸해졌다.

어느 이야기꾼이 중얼거리는 소리와 때때로 왁자지껄 떠드는 소리가 아직도 마을 추장의 초가집에서 새어 나오고 있었다. 하지만 그 소리도 어느덧 뚝 그쳐 버렸다. 달빛이 가득 찬 대기 속에 열대 지방의 막막한 적막이 내리덮였다. 이따금 멀리 한적한 닭 울음소리가 고요를 깨뜨리며 들려왔다. 그러나 그 소리도 숨죽은 대지의 평화 속에 묻혀 금세 사라져 버렸다.

한밤중에 클로드는 버석거리는 소릴 듣고 잠이 깼다. 아주 나지막한 소리였다. 그렇게 낮은 소리에 어떻게 잠이 깼는지 스스로 놀랄 정도였다. 나뭇가지가 버석거리며 땅바닥을 쓰는 듯한 소리였다. 그의 눈길은 당장 조각 쪽으로 갔다. 조각은 페르캉과 자기 야영 침대 사이에 들여놓았다. 도적들이라면 하필 백인들이 와 있는 때를 골라 마을을 습격하지는 않을 텐데…… 점점 정신이 맑아지고 피로와 권태로움이 차츰 가셨다. 살라 밖으로 몇 걸음 나가 보았다. 죽은 듯이 잠든 마을과 푸르스름하게 늘어진 자기 그림자가 보일 뿐이었다. 다시 들어가 눕긴 했지만 잠들지는 않았다. 그대로 한 시간쯤 귀를 바싹 기울이고 있었다. 부드러운 밤바람에 무더운 대기는 물결처럼 흔들리고 있었다. 잠결에 소가 이따금 내는 소리도 점점 뜸해졌다. 이윽고 그는 다시 잠이 들었다.

해가 떠오를 무렵에 클로드는 잠에서 깼다. 평생 그렇게도 완전한 기쁨을 느껴 본 일은 없었다. 몇 달 동안이나 그렇게도 확실치 못한 행위를 하도록 그를 미친 듯이 몰아댔던 그 열정은 결국 결실을 맺은 것이다. 그는 층계를 밟지 않고 마루에서 땅바닥으로 깡충 뛰어내렸다. 물통 쪽으로 가보니 보이가 그 옆에 서 있었다. 근처에 있는 나무 그림자 때문에 마치 죄수처럼 전신에 줄무늬가 그어져 있었다. 그는 낮은 목소리로 보고했다.

"나리, 마을을 온통 찾아봐도 달구지가 전혀 없어요."

클로드는 본능적인 방비 자세로 보이에게 다시 한번 말해 보라고 하려다가 문득 실없는 짓임을 깨닫고 이렇게 물어보았다.

"그래? 달구지가 다 어디 갔을까?"

"틀림없이 숲속입죠. 간밤에 끌고 간 거예요."

"스바이가?"

"그 사람 말고 누가 그런 짓을 하겠어요?"

그렇다면 달구지를 바꿔 싣고 갈 수도 없다. 달구지 없이는 조각도 없는 거나 다름없다. 밤에 그 버석거리던 소리는 역시…….

"그럼 우리 달구지들은?"

"우리 달구지꾼들은 죽어도 더 안 가려고 할 텐데요. 제가 뭐 물어보기나 할까요?"

클로드는 살라로 달려가 페르캉을 깨웠다. 그는 눈을 뜨자마자 조각을 바라보고 빙긋이 웃었다.

"큰일 났어요! 스바이가 간밤에 마을 달구지와 달구지꾼들을 몽땅 데리고 뺑소니쳤어요. 그러니 달구질 갈아탈 수 없게 됐어요. 그리고 우리가 데리고 온 달구지꾼들도 자기네 마을로 돌아가려 한답니다. 어서 정신 좀 차리세요!"

페르캉은 물통 쪽으로 달려가더니 머리를 철벅 담갔다. 멀리서 원숭이 울음소리가 들려왔다.

그는 얼굴을 수건으로 닦고 클로드 곁으로 돌아왔다. 클로드는 침대에 털썩 앉아 무엇인지 손가락으로 꼽으면서 세고 있었다.

"첫째 해결책, 뺑소니친 놈들을 찾아올 것."

"안 되지."

"물통에 머릴 담그시더니 꽤 정신이 드시는 모양이군요! 그럼 둘째로, 우리 달구지꾼들을 억지로라도 계속 데리고 가는 것……."

"안 되지. 하지만 인질을 한 놈 잡으면……."

"인질? 어떻게요?"

"그들 가운데 한 놈을 계속 감시하면서 말이야, 딴 놈들에게 만일 달아나면 놈을 쏴 죽인다고 위협하는 거지."

크사가 조숙한 애처럼 심각한 표정으로 헬멧을 들고 돌아왔다. 벌써 해가 머리 위에까지 떠올라 있었다.

"나리, 제가 보고 왔어요. 우리 달구지꾼들도 가버렸어요."

"뭐라고?"

"아까는 제가 우리 달구지만 보고 달구지꾼은 가지 않았다고 했어요. 우리 달구지는 그냥 있고 동네 달구지만 가버렸어요. 그런데 달구지꾼은 몽땅 떠나 버렸어요."

클로드는 초가집 쪽으로 가보았다. 어젯밤 절에서 돌아오자 그 집 뒤에 달구지를 끌어다 넣었던 것이다. 달구지들은 비끄러맨 소 곁에 그대로 있었다. 스바이가 너무 숙사 가까이 와서 달구지를 건드리다가 자칫 잘못해서 백인들을 깨울까 봐 두려워했던 걸까?

"크사, 달구지를 몰 수 있겠나?"

"그럼요. 문제없어요, 나리."

온 동네가 조용했다. 몇몇 여자들이 남아 있을 뿐이었다. 타고 온 말을 버리고 셋이 달구지 하나씩 맡아 몰고 간다? 크사를 앞장세우고 딴 소들은 그 뒤를 따라가도록 할 수밖에 없었다. 달구지는 다 합쳐서 세 대. 그것으로는 모자랐다.

게다가 말을 버리고 간다……? 만일 습격을 받게 된다면 달구지로 어떻게 막아낼 것인가? 이처럼 막막하고 대책 없는 상황에 놓이자 마음이 약해지면서 불안감이 고개를 들었다. 더구나 설상가상으로 아침 햇빛 속에 아득하게 가로놓인 정글이 차츰 그 위력을 회복하는 것이었다. 그 무기력한 불안감과 싸우려면 밀림과 싸우고 또 인간들과 싸우며 한사코 전진하려는 악착스러운 의지와 무조건적인 온갖 정열이 필요했다.

"크사, 안내자는 어디 있지?" 페르캉이 외쳤다.

"그자도 달아났어요, 나리……."

이젠 안내자도 없다. 안내자 없이 그들끼리 첩첩 산을 넘고 고개를 찾아내야 한다. 온 주민이 말라리아에 걸린 그 깊은 산속 마지막 부락에까지 운 좋게 닿는다 해도, 저녁때면 모기 떼들이 눈부신 햇살처럼 앞을 가리고 공중에서 까맣게 소용돌이치는 기둥을 이루며 떠오를 테지…… 그 속에서 무사히 목숨을 건지고 달구지꾼들을 새로 구하고 계속 앞으로 앞으로 나아가야 한다…….

"나침반이 있고 크사도 있는데요, 뭐. 어차피 길이라고 할 만한 길도 별로 없으니 헤매지 않고 잘 찾아갈 수 있을 거예요……."

클로드가 입을 열었다.

"흥, 한사코 그 와글와글 들끓는 곤충 떼에 깔려 끝장이 나고 싶다면 그렇게 하는 것도 나쁘진 않지. 이봐, 헬멧은 손에 쥐고 있지 말고 머리에 쓰란 말이야. 해가 높아지고 있는데……."

'한번 해봅시다그려' 하는 대꾸가 목구멍까지 올라왔다. 그러나 적의 침략을 피해 달아나듯이 주민들이 한꺼번에 뺑소니친 그 마을을 빨리 떠나고 싶고, 또 아침 햇빛에 더욱 크게 드러나 보이는 굵은 나무들로 둘러싸인 그 빈터를 빠져나가고 싶은 마음이 속에서 부쩍부쩍 치밀어 오르건만, 클로드는 결단을 내리지 못하고 망설였다. 무슨 수를 써서라도 계속 앞으로 나아가리라는 것, 그것만은 확실한 일이었다. 그러나 어떻게? 그때 페르캉이 말을 이었다.

"이 지역에는 산길을 아는 사람이 꽤 많을 테니 내가 크사를 데리고 살아갈 없는 작은 마을까지 가보겠네. 우리가 여기 닿기 전에 본 타케라는 부락 말이야. 달구지꾼은 아마 구할 수 없겠지만 안내자는 하나 데려올 수 있을 테지. 스바이도 거기까지 손을 뻗치진 않았을 거야."

벌써 크사는 말에 안장을 올려놓고 있었다.

두 그림자가 구보로 달리는 말 위에서 이리저리 흔들리면서 마치 굴속에 들어가는 광부처럼 나뭇잎 틈으로 들어가 자취를 감추었다. 이따금 그들이 햇볕이 내리쬐는 공간에 나설 때마다 새까만 두 그림자가 파랗게 물들어 나타나곤 했다. '금방 안내자를 구해서 말을 따라 같이 달려오게 한다면 정오에는 돌아올 수 있을 테지…… 그래, 안내자를 구할 수 있으면……' 클로드는 혼자 이런 생각을 했다. 혹시 스바이가 타케 마을 사람들까지 다 데리고 가버리지는 않았을까?

사다리는 초가집 안에 들여놓았다. 진동하는 대기 속에 확확 달아오르는 열기로 말미암아 온 천하가 불안에 떨며 술렁이기 시작하는 듯했다. 클로드는 접이식 침대로 올라가서 눕고는 두 손으로 턱을 괴었다. 과연 안내자를 구해서 무사히 산까지 갈 수 있을까? 떨리는 햇빛이 빚어낸 구멍과 여러 건물들을 둘러싸고 있는 빽빽한 밀림이 빈터를 중심으로 사방에 펼쳐져 있었다. 그것은 움직이지 않는 듯 끊임없이 움직였다. 느리게 전율하며 흐르는 햇빛이 밀림 위까지 내려와서는 반짝이는 물결 무늬로 부서지고 있었다. 그 빛의 물결이 클로드에게로 스며들어 거의 정신이 몽롱해질 지경이었다. 그 햇빛의 미지근한 파동 하나하나가 부드럽게 그의 축축한 살결에 와 닿았다가 사라지는 것이었다. 때때로 까무러칠 듯 졸음이 밀려오는 가운데 그는 하염없는 몽상에 잠겼다.

멀리서 들려오는 성급한 말굽 소리에 클로드는 퍼뜩 눈을 떴다. 11시. 지금 안내자를 데리고 오는 거라면 달리기를 엄청 잘하는 안내자인가 본데…… 양미간을 찌푸리고 숨을 죽인 채 귀를 기울였다. 말굽 소리는 땅 밑에서 울려오고 있었다. 나뭇잎이 뒤얽힌 숲속에서 말이 한창 질주하는 모양이었다. 사람이 아무리 기운차다 할지라도 두 시간을 달리고도 여전히 질주하는 말을 따라올 수는 없을 것이다. 아니 그럼 그들은 어째서 이렇게 빨리 돌아온 것일까?

그는 인간의 발소리를 들으려고 애써 보았지만 소용없었다. 가까이는 마을 빈터의 적막과 땅바닥에서 잉잉거리는 곤충들의 가냘픈 소리뿐이고 멀리서는 다급한 말굽 소리가 들려올 뿐……

그는 길가로 뛰어나갔다. 달가닥, 달가닥달가닥…… 말이 다가오고 있었다. 드디어 기수들의 그림자를 볼 수 있었다. 빨리 달리는 말 등 위에서 위아래로 펄쩍펄쩍 움직이고 있었다. 이윽고 두 기수가 그늘에서 햇볕 속으로 뛰어들자 헬멧을 뒤로 젖히고 말 목덜미에 착 붙은 모습이 뚜렷이 드러났다. 기수들 사이에 달려오는 자는 없었다. 그 순간 가슴이 덜컥 무너지는 듯한 절망과는 다른 감정이 클로드의 가슴속에 퍼졌다. 그것은 모든 게 빛이 바래면서 느리지만 확실하게 허물어지는 듯한 느낌이었다…… 두 사람은 다시 검은 그림자로 바뀌었다가 또다시 빛을 뚫고 지나가면서 또렷하게 드러났다…… 크사가 점점 더 몸을 구부렸다. 그러자 양어깨의 흰 점이 희미한 몸뚱이와는 대조적으로 뚜렷이 드러나 보였다. 두 개의 손이었다. 자세히 보니 크사 뒤에 또 한 명이 타고 있었다.

"어떻게 됐어요?"

"잡혔어!"

페르캉이 펄쩍 뛰어내리며 대답했다.

"스바이 탓이죠?"

"그놈 솜씨가 장난이 아니야. 그곳까지 손을 뻗쳐 가지고 고개 넘는 길을 아는 자는 모조리 데리고 남쪽으로 달아났거든."

"그럼 지금 데리고 온 사람은?"

"모이족 부락으로 가는 길이라면 잘 안다고 하더군."

"그쪽으로 가면 어떤 종족이 있죠?"

"스티엥족[3]에 속하는 케디앙들이지. 그러나 달리 방법이 없는걸."

"바로 불귀순 지역을 돌파하는 수밖에 없다는 거죠?"

"그렇지. 왕의 길을 따라가노라면 아직도 알려지지 않은 지역과 귀순 지역 그리고 불귀순 지역을 다 지나가야 해. 그런데 귀순 지역으로 들어가면 프랑스 총독부가 우리한테 무슨 짓을 할지 모른다고."

"학술원장 라메주가 우리들이 발견한 걸 안다면 가만있지 않을걸요."

"그러니 큰 고개를 넘을 생각은 깨끗이 버리고 불귀순 지역을 돌파하잔 말이

---

3) 캄보디아 북부 국경 근처 고지대에 사는 소수 부족.

야. 이 안내자가 스티엥족의 첫 부락까지 가는 산길을 안다니까. 그 부락에 물물교환을 하는 장이 서는 모양인데 거기서 작은 고개를 몇 번 넘으면 시암으로 갈 수 있거든."

"그럼 서쪽을 향해서 떠나는 거죠?"

"그렇지."

"하지만 당신은 스티엥족에 대해서 잘 모르지요?"

"알건 모르건 상관없어. 일이 이렇게 된 이상 그라보가 있는 지역을 택할 수밖엔. 안내자는 그저 거기에 백인이 한 명 있다는 것만 알고 있을 뿐이지. 그러나 그는 스티엥 방언을 안다는 거야. 하여튼 그 부락에 가면 안내자를 바꾸세. 거기서부터는 추장들에게 정식으로 통과 허가를 받아야겠으니. 글쎄, 그들이 어떻게 반응할지는 두고 봐야겠지. 마법의 술병 두 개랑 유리 제품이 있으니까 아마 괜찮을 거야. 통과 허가를 받고도 남을걸. 난 그들을 모르지만 그들은 내가 누군지를 알 걸세. 만일 그라보가 우리가 자기 지역을 지나는 걸 원치 않는다면 안내자를 보내서 딴 길로 돌아가도록 할 테고."

"그들이 우리를 무사히 통과시키리라고 장담할 수 있어요?"

"글쎄, 어차피 우리한테는 선택의 여지가 없어. 이러나저러나 불귀순 지역에는 가야 하니까. 예정보다 그게 좀 빨라졌을 뿐이지…… 안내자 말로는 놈들은 사나운 전사(戰士)들이지만 그래도 쌀로 빚은 술을 놓고 맺은 약속은 꼭 지키는 놈들이라더군."

통통하고 작달막한 안내자는 말에서 내려 두 손을 공손히 모아 쥐고 기다리는 자세였다. 부처처럼 코가 굽은 캄보디아 사나이였다. 어디선가 낫을 숫돌에 대고 가는 소리가 들려왔다. 아마 야자열매를 빠개려고 하는 모양이었다. 크사가 귀를 기울였다. 소리가 딱 멎었다. 발 틈으로 여자들이 불안한 듯 눈을 굴리면서 백인들의 거동을 살피고 있었다.

"그 그라보란 사람은 뭘 하러 여기까지 온 거죠?"

"우선 에로티시즘 때문이지. 이 고장 여자들은 라오스 여자들에 비하면 형편없는 몰골들이지만 말이야. 그자에게는 힘과 권력이란 무엇보다도 성적인 것을 남용할 수 있는 가능성쯤으로 규정되니까……."

"똑똑한 사람인가요?"

대답 대신에 그는 웃음을 터뜨렸다. 그러나 자기 웃음소리에 자기가 놀란 듯이 곧 웃음을 거두어 버렸다.

"그자를 아는 사람이라면 그런 질문이 무척 우습게 들릴 거야. 그렇지만…… 그자는 오로지 자기 자신만, 아니 차라리 자기를 세상과 따로 떼어 놓는 일만 생각하는 남자야. 마치 세상 사람들이 도박이나 권력을 생각하듯이 맹렬하게 말이야…… 글쎄 뭐랄까, 놈은 '대단한 사람'은 아니지만 확실히 '대단한 물건'이야. 놈은 놀라운 용기 덕분에 자네나 나보다도 훨씬 더 이 세상과는 동떨어진 사내지. 놈은 막연하게나마 희망이라는 걸 품지 않거든. 그리고 보통은 정신이 아무리 약해져도 어딘가 남아 있어 우리를 바깥세상과 잇는 법인데 놈에겐 그게 없단 말이야. 그자가 한번은 내게 이런 말을 한 적이 있지. 이른바 '타인'에 관한 이야긴데, 그는 자기 같은 인간의 존재를 인정하지 않는 세상 사람들을 '굴복한 놈들'이라고 불렀어.

그런데 그놈들에 관해서 그라보가 그러더군. '그놈들 가슴을 찌르려면 놈들의 쾌락을 통해서 찌르는 수밖에 없어. 그러니 무슨 매독 같은 거라도 발견해 내야 할 거야.' 그래, 전에 그는 아직 보지도 못한 대원들에게 아주 열광하여 아프리카 외인부대에 들어갔지. 그런데 수송선을 타고 가는데 신참들을 재범자(再犯者)나 붙들린 탈주병들과 따로 떼어 태웠다더군. 가운데다 포장을 치고 말이야. 한데 그 포장에 구멍이 두셋 뚫려 있었나 봐. 그래서 그라보가 그 구멍으로 저쪽을 들여다보려고 했는데, 그러다가 펄쩍 뛰면서 뒤로 물러섰다는 거야. 저편에서 뭔가 냅다 뛰어드는데 보니까 손톱이 뾰족하게 날이 선 손가락이 날아오더라는 거야. 하마터면 하나 남은 눈알까지 터져 버릴 뻔했지…… 그자야말로 참으로 고독한 놈이지. 그리고 고독한 사람이 모두 그렇듯이 그자도 어떻게든 잘 포장해서 그 외로움을 덮어 버려야 했는데, 그걸 엄청난 용기로 해낸 거야…… 음, 뭐라고 설명해야 좋을까……?"

페르캉은 말을 끊고 생각에 잠겼다. 클로드는 속으로 생각했다.

'페르캉의 말이 사실이라면 그 사내는 무엇인가 논의할 여지 없이 확실한 것에 삶의 근거를 두고 있을 거야. 스스로 인정하고 감복할 수 있는 그 무엇에……'

침묵 속을 곤충들의 희미한 날개 소리가 떠돌고 있었다. 시커먼 돼지 한 놈이 조용한 빈 동네를 독차지한 듯이 어슬렁어슬렁 걸어 나오고 있었다.

"언젠가는 내게 이런 말을 한 적도 있지. '흥, 아주 지독하게 혼쭐이 나보면 뒈지든가 말든가 하겠지 뭐. 난 딴 놈들이 하지 않는 도박을 하는 거야. 놈들은 숨통이 끊길까 봐 벌벌 떨고 말지. 흥, 난 그렇지 않거든. 뒈져도 상관없다고. 아니 오히려 환영이야. 지금 당장 뒈져도 너무 이르지는 않지. 내가 멋지게 할 수 있는 건 세상에 그것밖에 없거든. 죽어도 상관없다기보다는 차라리 그쪽이 한결 좋아 보이게 되면, 그때부터는 세상에 못할 짓이 없단 말이야. 까짓것 일이 뒤틀린대도 권총 한 방이면 그만이잖아. 그 이상 갈 건 없단 말이야...... 그걸로 충분히 끝장을 낼 수 있지......' 그놈은 그런 인간이었어. 사실 용감한 놈이야. 번잡한 도시로 돌아가려 해도 자기가 영리하지도 못하고 남달리 거칠다는 걸 스스로 느끼는 모양이지. 그래서 놈은 다른 걸로 채우는 셈이야. 그가 용감하게 행동한다는 건, 다른 사람들이 가정에서 아늑하게 사는 거나 다름없이 그에겐 가장 익숙한 일이지. 목숨을 건 모험에서는 누구나 쾌락을 느끼지만, 그것이 남들보다 더 절박하게 요구되는 만큼 그는 유난히 강렬한 쾌락을 거기서 찾아내는 거지. 그는 생명의 위험 정도가 아니고 그 이상을 감행할 수 있어. 뭐랄까, 증오심에 불타는 위대함이랄까? 매우 유치하기는 하지만 아주 남다른 거인(巨人)의 풍모를 가지고 있거든. 그가 어쩌다 애꾸눈이 됐는지는 전에 얘기했지? 혼자서 이 지역에 혈혈단신으로 뛰어든다는 것도 그만큼이나 비상한 담력이 필요한 짓이야...... 검은 전갈에게 찔려 고통을 겪어 본 적이 있나? 나야 송곳으로 손가락을 긁히는 고문은 겪어 봤지만 전갈 독침에 찔리면 그보다 더 아프다니까 이만저만한 아픔이 아닐 테지. 그런데 그라보는 전갈을 보고서 너무 신경에 거슬렸기 때문에 일부러 달려가서 그놈에게 자기를 쏘게 했다는 거야. 여지없이 세상을 거부한다는 건 늘 무섭도록 엄청난 고통을 사서 하는 거지. 스스로 제 힘을 느끼기 위해서 말이야. 이러한 행위에는 터무니없는 원시적인 자만심이 숨어 있는데, 그 삶과 숱한 고통이 결국은 그 자만심에 한 형태를 주고야 말거든. 또 한번은 이런 일도 있었지. 바보 같은 짓을 했는데 위기에 빠진 동무를 구하려다가 하마터면 자기가 불개미 떼 밥이 될 뻔했단 말이야. 뭐, 권총 한 방이면 끝장이라는 그자의 인생관을 듣고 나면 이런 일화쯤은 그다지 대단한 것 같지도 않을 테지만......"

"사람은 언제든지 자살할 수 있다고 생각하지 않아요?"

"아마 자신을 위해서 죽는 편이 자신을 위하여 사는 것보다 더 어려운 일은 아닐 테지. 장담할 순 없지만…… 돌이킬 수 없을 만큼 인생에 실패했을 때 바로 자살을 해야 할 노릇인데 그런 때야말로 새삼스레 인생에 애착이 생기거든…… 그러나 그라보는 자네 말대로 언제든지 자살할 수 있다고 믿고 있어. 그게 중요한 점이지."

"만일 그가 이미 죽었다면?"

마을 초가집 문들은 더욱 경계하는 듯 꼭꼭 닫히고 있었다.

"죽었다면 유럽제 물건들을 벌써 내다가 팔았을 테니까. 물물교환이 이루어지는 마을에 다니는 딴 원주민들과 마찬가지로 안내자도 그걸 모를 리가 없지. 내가 아까 물어보았지만, 그런 건 전혀 팔지 않았다던데. 어쨌든 우리는 추장에게 정식으로 통행 허가를 받아야 할 텐데……."

그는 말을 뚝 끊고 사방을 휘휘 둘러보았다.

"여자들이군. 여자들뿐이야. 여자들의 마을…… 어때, 자네는 아무렇지도 않은가? 남자 기척이라곤 조금도 없는 이 분위기…… 저 모든 여자들, 뼈마디가 저리고 온몸이 마비될 듯한…… 불끈 솟아오르는 성적 감각……."

"흥분은 나중에 하세요. 자, 얼른 출발합시다."

보이는 짐을 달구지에 싣고 소를 끌어다 매었다. 달구지를 끌고 소는 차례차례 살라 앞에서 멎었다. 조각은 가까스로 클로드의 접이식 침대 위에 내려놓았다. 드디어 달구지 대열은 움직이기 시작했다. 안내자가 첫 번째 달구지를, 크사가 두 번째 달구지를 끌었다. 클로드는 세 번째 달구지 위에 몸을 쭉 뻗고 있었다. 그가 몰고 간다기보다는 소가 가는 대로 내버려 두었다. 페르캉은 말에 올라타고 일행의 뒤를 따랐다. 보이가 놓아준 클로드의 말이 머리를 숙이고 천천히 쫓아오고 있었다. 그렇게 순순히 따라오는 모양이 눈에 띄자 덴마크 태생인 페르캉의 머리에 순간 이런 생각이 스쳤다. '저놈은 버리지 않는 게 상책일 게다.' 그래서 그는 자기 앞에 가는 맨 끝 달구지에다 말고삐를 비끄러맸다.

길이 구부러져 부락이 시야에서 사라지려는 순간 그는 뒤를 돌아다보았다. 몇몇 초가집 발이 어느덧 젖혀지고 여자들이 얼굴을 내밀어 난처한 표정으로, 그러나 매우 호기심에 끌린 듯 떠나는 사내들의 뒷모습을 바라보고 있었다.

제3부

1

반은 미개 상태인 불귀순 지대는 이때까지 겪어 온 밀림 지대나 다름없이 험악하고 불안스러웠다. 물물교환이 이루어진다던 마을은 폐허가 된 절보다도 더 퇴락한 곳이었다. 거기서 마지막으로 만난 캄보디아 원주민들은 클로드 일행이 앞으로 부딪칠 부락이라든가 그곳 추장이나 그라보에 대해 물어봐도 기죽은 모양새로 이리저리 대답을 피할 뿐이었다. 그러나 페르캉에 관해서는 그들도 들어서 알고 있는 모양이었다. 거기서는 라오스나 남부 캄보디아에서 볼 수 있는 그 방종하고 향락적인 기풍은 전혀 볼 수 없었다. 오직 고기 냄새가 풍기는 야만성만 느껴진다.

성가시게 끌던 교섭도 드디어 유럽 술 두 병을 바치자 낙착이 되었다. 추장의 심부름꾼이 일행을 찾아와 통과가 허가되었고 안내자 한 명을 붙여 주기로 합의를 보았다고 고했다. 그런데 대체 누가 그런 결정을 내렸는지 알 수 없었다. 그것도 찜찜했지만 일행이 스티엥족의 중심지를 향해 들어가면서부터 보다 큰 불안이 그들을 짓눌렀다.

문득 페르캉이 클로드의 팔을 치며 그 자리에 세웠다.

"발밑을 봐. 움직이지 말고!"

5센티미터쯤 떨어진 오른발 앞쪽에 작살 모양으로 뾰족하게 깎은 대나무 두 개가 바닥에서 머리를 내밀고 있었다.

페르캉이 앞을 가리켰다.

"또 뭐가 있어요?"

페르캉은 대답도 않고 잇새로 '쉿' 소리를 내더니 입에 물었던 궐련을 냅다 던졌다. 해 질 무렵이어서 검푸르게 변한 그늘 속을 담뱃불은 새빨간 곡선을 그리면서 날아가 낙엽 쌓인 부식토 위에 떨어졌다. 바로 그 옆에 또 뾰족한 놈 두 개가 꽂혀 있었다.

"대체 뭡니까?"

"적의 침입을 막는 전침(戰針)이야."

클로드는 눈을 들어 거대한 활을 짚고 그들을 기다리는 모이족 안내자를 바라보았다. 그들은 먼저 부락에서 안내자를 바꿨던 것이다.

"저놈이 미리 이런 게 있다고 알려 주었어야 할 게 아닌가요?"

"일이 수상하게 돌아가는데……."

그들은 다시 걷기 시작했다. 땅바닥에 발을 질질 끌며 누런 반점처럼 보이는 안내자 등 뒤를 따라갔다. 클로드의 눈에는 핏자국이 말라붙은 더러운 안내자의 허리띠만이 보였다. 아주 동물 같지도 않고 아주 인간 같지도 않은 괴이한 모습이었다. 그루터기라든가 나무줄기에 부딪칠 때마다 클로드는 발을 끌지 않고 번쩍 들어야 했는데 그때마다 발을 너무 빨리 내디딜까 봐 두려워 본능적으로 다리 근육을 움찔 당기곤 했다. 그는 무의식적인 근육의 움직임에 끌려서 '위험'에 온 신경이 쏠리고 혼연일체가 되어 이제는 장님처럼 살아가고 있었다. 아무리 눈을 부릅떠 보았자 소용이 없는 대신 유달리 코가 예민해지고 있었다. 위험을 암시하는 부식토 냄새가 밴 후끈후끈한 공기가 코를 찌른다. 썩은 낙엽들이 덮인 산길에서 어떻게 전침을 알아볼 수 있겠는가? 이건 두 다리가 묶여 옴짝달싹 못 하는 노예 꼴이로구나…… 그는 벌벌 떨면서 걷지 않으려고 애써 보건만 자꾸 종아리 힘줄이 움찔움찔 당기는 걸 어쩔 도리가 없었다.

"그럼 우리 소들은 어떡하죠? 자칫 한 마리라도 쓰러지는 날엔……."

"응, 소는 문제없어. 전침을 알아내는 감각이 우리보다 훨씬 더 예민하거든."

'크사가 혼자 몰고 있는 저 달구지에 올라타면 어떨까? 그러다가 습격을 받으면 방어에 너무 불리할 테고…….'

이윽고 일행은 물이 마른 개천 바닥을 건너게 되었다. 온통 조약돌이 깔려 있어 바닥에 아무것도 꽂아 놓을 수 없으므로 한동안 휴식이라도 취하는 듯 마음이 놓였다. 문득 앞을 보니 세 명의 모이족이 몇 미터 떨어진 진흙 언덕 위에 우뚝 서 있었다. 경사를 따라 세 놈이 위에서 아래로 나란히 서서 꼼짝도 않고 이쪽을 노려보고 있었다. 인간미가 느껴지지 않는 그 경직된 자세는 그들 자신이 아니라 주위의 침묵에서 오는 자세처럼 느껴졌다.

'우리 뒤에도 저런 놈들이 있을 테니 자칫하면 앞뒤로 적의 공격을 받아야 할 판이구나…….'

세 명의 야만인은 여전히 눈썹 하나 까딱하지 않고 눈으로만 그들 일행을 좇았다. 한 명만이 큰 활을 들고 있었다. 산길이 좀 환해졌다. 나무가 아까보다는 듬성듬성해졌기 때문이리라. 여전히 정신을 차리고 걸어야 했지만 그를 사로잡고 있던 불안은 한결 누그러졌다.

마침내 산길 저편 끝에 환히 빛나는 빈터가 나타났다.

안내자는 정확히 사람 목에 닿도록 쳐놓은 가느다란 등덩굴 앞에서 발을 멈추더니 그걸 풀어 헤쳤다. 조그만 등덩굴 가시들이 반짝거리며 햇빛 속에 녹아 버리듯 사라졌다. 클로드는 그 가시가 눈에 띄지 않았다. '흥, 일이 잘못되는 날에는 이 길로 달아나는 것도 쉽지 않겠군.' 이런 생각이 머리를 스쳤다.

모이족은 그 톱날 같은 가시넝쿨을 조심스럽게 다시 제자리에 쳐놓고 있었다. 빈터에는 아무 길도 나 있지 않았다. 그러나 적어도 길이 하나만은 나 있음에 틀림없었다. 그들이 여태껏 따라왔고 또 그 너머로 이어지는 길이다. 그날 밤일행이 묵기로 되어 있는 그 빈터는 아주 고요했지만 어쩐지 살아 있는 함정이라는 느낌이 들었다. 절반은 벌써 어둠에 잠겨 있고 절반은 해가 넘어가기 직전의 샛노란 햇살을 받고 있었다. 종려나무 한 그루 서 있지 않았다. 아시아의 면모는 오직 그 무더운 열기와 줄기가 붉은 거대한 나무들, 그리고 그 깊은 적막으로 나타나고 있을 따름이었다. 수없이 많은 벌레들 소리며, 때로 나뭇가지 꼭대기에서 들려오는 새의 외마디 울음소리가 그 깊은 적막에 가없이 넓은 장엄한 느낌을 주고 있었다. 마치 웅덩이 물과 같은 고요는 새 울음소리가 멀리 번져 사라지자 아까보다 더 깊어졌다. 고개를 들면 아득한 나무 꼭대기 가지들이 어슴푸레한 저녁 하늘 속에 천천히 흔들리며 녹아 들어가는 것이 보였다. 지상에서는 길도 발자취도 하나 없는 무성한 수풀이 저 멀리 안개 속에 잠긴 깊숙한 곳으로 기어들고 있으며, 그 숲 저편에 산봉우리들이 벌써 죽은 듯 컴컴해진 허공에 우뚝우뚝 솟아 있었다.

마치 거대한 나무를 파먹는 벌레처럼 모이족들은 이 거대한 밀림 속에서 예리하고 치명적인 무기를 가지고 싸우며 살아가고 있었다. 이러고 보니 모이족의 베일에 싸인 생활과 설명하기 어려운 빈틈없는 경계가 더욱 위협적으로 느껴졌다. 이쪽은 겨우 세 명이서 호위도 없이 저편에서 멋대로 보낸 안내자를 따라 여기까지 온 처지였으니까. 애초에 그 무서운 전침이라든가 등덩굴 따위를 마련할 필요가 없지 않은가? 어째서 이 빈터를 그리도 엄하게 방비하는 걸까? '그라보가 자기 권력의 자유를 확보하려고 물샐틈없이 경계하고 있는 걸까?' 클로드는 이런 생각도 해보았다. 이런 곳에서는 생각을 한다는 게 드문 일이어서 곧바로 그것이 남에게 전해지는지 페르캉은 클로드의 의문을 금세 눈치챘다.

"확실히 놈이 혼자 하는 짓은 아냐……."

"그렇다면?"

"추장이 그놈 혼자가 아니라는 뜻이지. 아니면 놈이 완전히 야만인이 되어……."

그는 말을 맺지 못하고 멈추었다. 자기 말이 장엄한 주위 숲속에 퍼져 나가는 듯하여 불만스러웠던 것이다. 저편에 쭈그려 앉아 피부병으로 허옇게 된 무릎을 긁적긁적 긁는 안내자의 꼴이 방금 페르캉이 입 밖에 낸 야만인이라는 말을 증명해 보이는 듯했다.

"그래서 놈이 전과는 아주 딴판으로 변해 버렸든가……."

또 하나 알 수 없는 일에 부딪쳤다. 탐험은 그들을 몰아 왕의 길의 보이지 않는 코스를 더듬게 한 것과 마찬가지로 이번에는 그라보라는 사내에게 부딪치게 한 것이었다. 그라보 역시 그들의 운명을 애매모호한 미지의 운명으로 만들어 버렸다. 여하간 그들에게 통과를 허락하기는 했지만…….

페르캉이 방콕에서 가져온 사진 몇 장이 마치 집념처럼 클로드의 머리를 떠나지 않고 끈질기게 살아 있었다. 유쾌하고 애꾸눈에 황소 같은 사내. 정글이든 시암에 있는 중국 술집이든 한결같이 헬멧을 뒤로 젖혀 쓰고 떠돌아다니며, 입을 크게 벌리고 눈썹을 추켜올리면서 너털웃음을 웃는 사내…… 클로드는 그러한 얼굴을 흔히 보았다. 언뜻 보기에는 우락부락한 사내지만 깔깔 웃거나 놀라서 눈이 휘둥그레지거나 장난스런 몸짓을 할 때는 앳된 모습이 나타나는 얼굴이었다. 예컨대 친구나 적수의 머리에 헬멧을 귀까지 냅다 콱 눌러 씌우는 그런 몸짓 따위. 그러나 이런 곳에서 도시에 살던 사내의 모습 가운데 무엇이 그대로 남아 있을까? '놈이 완전히 야만인이 되어…….'

클로드는 문득 안내자를 찾아 주위를 둘러보았다. 그는 단조로운 노래를 부르고 있었다. 크사는 꼼짝 않고 서 있는 소 곁에서 그 노래에 귀를 기울이고 있었다. 밤새 피려고 피워 놓은 화톳불이 불똥을 탁탁 튀기며 타고 있었다. 침대를 놓고 모기장을 친 데서 그리 떨어지지 않은 곳이었다. 더위가 심해서 천막은 치지 않기로 했다.

"태우기 전에 모기장을 걷어치워." 페르캉이 주의를 시켰다.

"망할 놈의 불 때문에 우리 모습이 사방에 환하게 드러나 있는 판에, 습격이라도 받으면 그놈들 면상을 똑똑히 보기라도 해야 할 것 아닌가!"

빈터는 아주 넓었으므로 어디서 습격해 오든지 우선 텅 빈 땅을 지나야만 그들의 야영지에 다다를 수 있게끔 되어 있었다.

"무슨 일이 생기면 우선 불침번이 저 안내자 놈을 쓰러뜨리고, 저 오른쪽 덤불 뒤로 달아나서 불빛을 피하잔 말이야……."

"여기서 이긴다 치더라도 안내자가 없으면……."

지금 그들을 덮쳐누르고 있는 모든 것이 마치 문에 꽂는 빗장처럼 한데 뭉쳐 그라보의 손아귀에 들어 있는 듯했다.

"페르캉, 놈이 어떤 짓을 할 것 같아요?"

"그라보 말이야?"

"물론이죠!"

"그 녀석을…… 아니, 그 녀석이 할 것 같은 짓을 이렇게까지 코앞에서 마주하니 나로서도 정확히 예상하기 어려운데……."

여전히 불똥이 탁탁 튀고 있었다. 한편 불길은 꼿꼿이 환하게 장밋빛으로 타올랐다. 그 불빛은 뭉클뭉클 끊어졌다 이어졌다 하는 연기만을 비추면서 이제는 캄캄한 하늘과 거의 구별할 수 없게 된 울창한 나뭇잎에 그림자를 비추고 있었다. 페르캉은 스스로 도박을 걸어 놓고서도 상대의 정체를 파악하지 못한 것이다.

"그런 전침을 꽂아 놓은 걸 보고도 아직 그가 우릴 무사히 통과시키리라고 믿어요?"

"놈이 혼자서 결정을 내린다면, 그럴 거야."

"놈이 이 조각의 가치를 모른다고 장담할 수 있어요?"

페르캉은 어깨를 으쓱하고는 대꾸했다.

"아주 무식쟁인걸. 나도 처음엔······."

"놈이 혼자가 아니라면 누구랑 같이 있을까요?"

"확실히 백인은 아닐 거야. 그리고 감히 이런 지방까지 뛰어든 사내들이라면 그들 사이의 의리는 굳거든. 그라보는 전에 내가 좀 돌봐 준 일도 있으니······."

그는 땅바닥에 난 잡초를 바라보며 생각에 잠겼다.

"그자가 무엇에 대해서 한사코 자기를 지키려고 싸우는지 알고 싶어. 이루지 못한 꿈이나 뼈아픈 좌절이 정열을 불러일으킬 수도 있고······.'

"그게 어떤 종류의 정열인지가 문제죠."

"전에 이런 이야길 한 일이 있었지····· 방콕에서 어떤 사내가 계집들을 시켜 발가벗은 자기를 밧줄로 묶게 했다던 얘기 말이야····· 그 사내가 바로 그라보야. 글쎄, 그건 사내가 자기와는 전혀 다른 인간인 어느 여자하고 같이 자고 동거를 하는 것에 비한다면 별로 어리석지도 않은 일인데····· 놈은 그것 때문에 지독한 굴욕을 느꼈지······."

"남이 그걸 알아서?"

"남이 알긴 뭘 알아. 그저 자기 짓에 스스로 굴욕을 느꼈다는 거지. 그래서 그는 보상을 하려는 거야. 그가 여기까지 온 것도 아마 그 이유가 가장 클걸. 말하자면 용기로 보상하겠다는 거지. 쩨쩨한 인간적 수치를 떨쳐 내는 데는 그것으로 충분하니까······."

페르캉은 이렇게 맺으며 턱으로 주위 빈터와 어둠 속에 자취를 감추는 먼 산들을 가리켰다. 마치 인간의 조그만 온갖 몸짓도 이 넓은 세계에서는 별 의미가 없다는 듯이····· 어둠에 잠겨 이 공간을 담장처럼 멀리 둘러싸고 있는 나무들과, 광막한 원시림에 피어오르는 화톳불보다도 더 밝은 별들이 반짝이는 저 하늘에서 나타나는 밤의 거대한 힘이 서서히 다가와 클로드를 압도한다. 그리하여 그를 엄청난 고독으로 짓누르며 '막바지로 몰려가는 인생'이란 느낌을 다시금 소생시키는 것이었다. 그 어둠의 힘은 마치 항거할 수 없는 무관심처럼, 죽음의 확실성처럼 그의 마음을 짓눌러 가라앉혀 버리고 있었다.

"흠····· 그가 죽음을 무서워하지 않는다는 것을 알겠어요······."

"그가 무서워하지 않는 건 죽음이 아니라 죽음을 당하는 거야. 그는 아직 죽음을 모르거든. 그렇지만 대가리에 총을 한 방 맞고 뻗는 건 문제없단 말이야!" 그는 목소릴 낮추며 말을 이었다. "그러나 배에 한 방 얻어맞는 건 좀 불안한 일이야. 고통이 이어지니까…… 나와 마찬가지로 자네도 인생이 무의미하다는 걸 잘 알고 있을 테지. 사람이란 외로이 살면 자기 운명에 대한 집념을 벗어날 수 없는 법이지…… 죽음은 바로 거기에 있어. 안 그런가? 마치…… 마치 삶의 부조리의 부정할 수 없는 증거인 양……."

"누구에게나 다 그렇죠."

"천만에! 죽음은 아무에게도 없는 거야. 도대체 살아갈 수 있는 인간이 얼마나 되겠어…… 실은 모두가…… 아! 뭐라고 설명해야 좋을까? 그래, 다들 죽임을 당하는 것을 생각하고들 있는 거야. 하지만 그건 대수롭지 않은 문제지. 그러나 죽음, 이건 문제가 달라. 그것과는 정반대야. 자네는 아직 너무 젊어서 몰라. 내가 그걸 깨달은 건 여자…… 그래, 한 여자가 차츰 늙어 가는 꼴을 보았을 때야. 사라 이야긴 전에도 했지…… 그리고 그다음엔 마치 그 죽음의 예고만으로도 모자란다는 듯이 내가 생전 처음으로 계집 앞에서 성적 불능을 나타냈을 때……."

한 마디 한 마디가 속에서 끈덕지게 얽히고 잡아당기는 수많은 뿌리를 끊고서야 겨우 겉으로 나오듯이 입 밖으로 나왔다. 그는 계속했다.

"그건 시체 앞에서 느끼는 건 절대로 아니지…… 늙는다, 바로 그 늙는다는 거야. 더구나 세상 사람들과 떨어져 살 때는 더더욱 그렇지. 노쇠, 홀연히 엄습하는 그 파멸의 느낌! 내 가슴을 무겁게 짓누르는 것은…… 뭐라고 할까? 음, 그건 내 '인간 조건'이야. 내가 늙는다는 것, 잔인하게 흘러가 버리는 세월…… 죽어 버린 시간이 내 속에서 암처럼 퍼져 가고 있다는 사실…… 시간, 바로 그거야. 저 더러운 곤충들은 광명에 복종하여 우리가 피운 불 쪽으로 오는 거야. 저 흰개미들은 그들의 집에 복종하여 그 속에서 살고. 그러나 난 굴복하고 싶지 않아."

밀림은 막막한 저녁의 움직임 속에 그 은밀한 상대를 찾아냈다. 그리하여 대지의 원시적인 생명이 밤과 더불어 활기를 되찾고 있었다. 클로드는 이미 뭐라고 질문을 던질 수가 없었다. 그의 머릿속에 떠오른 말들이 마치 지하수 위를 지나듯이 페르캉 위를 쓱 지나쳐 갈 것만 같았다. 이성이니 진리니 하는 것을 문제 삼는 인간들과 떨어져 이 광막한 밀림 속에 격리된 지금, 대체 이 사내는 어떤 인간적인 구원을 바라는 것일까? 클로드를 앞에 두고 캄캄한 어둠 속에서 바싹 곁에 다가붙은 자기의 환상들과 싸우면서…… 페르캉은 갑자기 권총을 꺼내 들었다. 희미한 빛이 번뜩 총대를 스쳤다.

"내 전 생애는 이 총대를 입에 무는 순간 방아쇠에 힘을 주는 그 몸짓을 내가 어떻게 생각하느냐에 달려 있단 말이야. '자멸'이냐 '행동'이냐, 어느 쪽이라고 생각하느냐가 중요한 문제지. 인생은 한갓 재료야. 요는 그것으로 무얼 어떻게 만드느냐야. 결국 그걸로 아무것도 못 만든다 해도, 그렇게 아무것도 못 만드는 모습들도 가지각색이거든. 스스로 정한 어떤 방식에 따라서 살려면 우선 인생의 가지가지 위협이며 노쇠며, 그 밖의 여러 가지를 끝장내야 한단 말이야. 그럴 때 이 권총이 아주 훌륭한 보장이 되지. 죽음이 하나의 수단이 될 때는 자살하는 것도 쉬운 일이니까. 그라보의 남다른 힘은 바로 거기서 나오는 거야……."

캄캄해진 밤이 아시아의 아득히 먼 대지까지 스며들어 모든 고독 위에 적막과 더불어 내리덮인다. 희미한 불똥 튀는 소리를 넘어 두 원주민의 음성이 들려오고 있었다. 뚜렷하고 단조롭지만 갇힌 듯 그 자리에서만 맴도는 소리였다. 바로 곁에 튼튼한 자명종이 있었다. 시계는 가없는 정글의 침묵을 정확히 새기고 있었다. 인간이 만들어 낸 불이나 음성보다도 시계가 째깍째깍 울리는 소리야말로 그 끊임없는 연속성과 정확성과 기계적인 것 특유의 내구성으로 말미암아 클로드를 인간 생활과 이어 주고 있었다. 클로드의 생각은 차츰 뚜렷한 형태로 떠오르고 있었다. 그러나 그 생각은 그가 생각하려 하지 않는 깊숙한 심연에서 배양되어 여전히 초자연의 힘에 짓눌려 있었다. 그 힘은 마치 세상 만물이, 대지까지도 인간의 비참함을 무조건 그에게 납득시키고야 말겠다는 듯이 벼르는 가운데 어두운 밤과 뜨거운 대지에서 솟아나는 것이었다.

"그럼 또 하나의 죽음, 우리들 속에 지닌 그 죽음은요?"

"이 모든 것에 맞서 살아간다는 것이지(페르캉은 소름이 끼치도록 장엄한 어둠의 세계를 눈짓으로 가리키며 말했다). 이게 무슨 뜻인지 자네는 알 테지? '죽음'에 항거하여 산다는 것도 마찬가지야. 때때로 난 그 죽음에 항거하는 순간에 나 자신을 송두리째 걸고 도박을 하는 것 같아. 아마 금세 모든 것이 청산될 테지만.

놈들의 고약한 화살에 맞아서……."

"자기 죽음을 임의로 택할 수는 없는 노릇이니까요……."

"그렇지만 나는 내가 죽음을 피했다는 것을 받아들임으로써 이미 내 삶을 선택하게 된 셈이야."

페르캉의 어깨선을 따라 생긴 빨간 빛줄기가 움직였다. 아마 손을 앞으로 내민 모양이다. 그것은 어둠 속에서 헤매면서 별이 총총한 드넓은 밤하늘 아래 소리를 내고 있는 보잘것없는 인간 그림자처럼 미미한 몸짓이었다. 저 눈부신 하늘과 죽음과 어둠 사이에서 한 인간으로부터 새어 나오는 것이라고는 오직 그 음성뿐이었다. 그러나 그것마저 어딘지 모르게 비인간적인 점이 있어 클로드는 정신이 슬슬 나가기라도 하는 듯이 그 음성이 전혀 딴 세계에서 들려오는 듯한 느낌을 받았다.

"그럼 강렬하게 죽음을 의식하면서 죽고 싶습니까? 저어…… 약해지지 않고?"

"나는 이미 죽을 뻔한 적이 있었지. 자네는 삶의 부조리에서 솟구치는 엄청난 흥분을 모를 테지. 죽음과 맞부딪쳤을 때 말이야, 마치 벌거벗은……."

그는 무엇인가를 벗기는 시늉을 했다.

"벌거벗은 여자와 마주쳤을 때처럼, 갑자기 홀딱 벗은 채……."

클로드는 뚫어져라 별만 쳐다보고 있었다.

"우린 대개 자기 죽음을 놓치고 마는 거죠……."

"난 내 죽음을 보려고 한평생을 보내고 있는 거야. 자네 얘기도 옳아. 자네도 역시 두려워하니까. 내가 내 죽음보다 약할지도 모르지. 유감스럽게도 말이야! 그러나 패배하는 인생도 나름대로…… 뭔가 후련해지는 점이 있거든."

"정말 자살할 생각을 해본 적이 없어요?"

"내가 내 죽음을 생각하는 건 죽기 위해서가 아니야. 살기 위해서야."

그 억센 음성은 결코 다른 정열에서 오는 것이 아니었다. 그것은 바로 저 캄캄한 어둠 속처럼 까마득히 먼 심연 속에서 끌어낸 파편 조각처럼 아무 희망은 없지만 폐부를 깊숙이 찌르는 기쁨에서 나오는 것이었다.

2

잠을 깨자 차츰 뜸해지는 전침과 거머리 사이를 뚫고 또 몇 시간이나 전진했다. 이따금 원숭이의 날카로운 고함 소리가 쏟아지는 폭포수처럼 산골짜기 밑 바닥까지 쩌렁쩌렁 울리고, 간간이 나무 그루터기에 부딪치는 둔탁한 달구지 바퀴 소리가 그 울음소리를 가로막고 있었다.

스티엥족의 부락이 보이기 시작했다. 마치 쌍안경으로 들여다보는 둥글고 흐린 시야에 드러나듯이 산길 저 끝에 어렴풋하게 나타났다. 부락은 공터 전체에 퍼져 있었다. 클로드는 부락을 둘러싼 목책을 전에 보지 못한 무기라도 보듯이 유심히 바라보았다. 숲을 가리고 있는 굵직한 통나무 울타리가(일행은 벌써 바로 곁에까지 와 있었다) 어떤 힘을 우람스럽게 과시하고 있었다. 그것은 목책 위에 우뚝 솟은 물건들이 소름 끼치게 암시하는 힘이었다. 목책 위에는 새털로 된 물신 (物神)으로 꾸며진 묘비와 가우르[1]의 거대한 두개골이 솟아 있었다. 뜨거운 햇살이 두개골 뿔 위에 번쩍이며 이글이글 비치고 있었다. 마치 높은 방책 뒤에 모습을 감춘 밀림이, 나뭇잎에서 벗어난 하늘에 박힌 그 해괴한 물건만을 그대로 남기고 간 듯. 안내자는 또 한 번 등덩굴을 치우더니 일행 뒤에 달구지가 들어서자 다시 덩굴을 쳐놓았다.

정문이 열려 있었다. 일행이 들어섰다. 그들이 지나가자 문지기 모이족이 소총 개머리로 문을 밀쳐 닫았다. "저것 보세요, 드디어 그라보의 물건이 나왔군요!" 클로드가 중얼거렸다. 그 순간 '총 레버가 세워져 있군' 하고 페르캉은 생각했다. 그러나 나무 문이 닫히며 덜컥 소리를 내는 바람에 그들은 앞으로 떠밀리듯 나가지 않을 수 없었다.

오른쪽에는 낮게 들쭉날쭉 가로퍼진 오두막집들이 밀림의 동물들처럼 절반은 땅속에 묻혀 있었다. 쓰레기 더미 위에서는 작은 들개들이 짖어 댔다. 싸리문 사이로 사나나 계집들이 눈을 번뜩이며 이쪽을 엿보고 있었다.

안내자는 딴 집들보다 높다란 집으로 일행을 데리고 갔다. 들소 두개골을 떠받든 작대기가 서 있는 빈터 한복판에 세운 집이었다. 두 팔을 번쩍 든 모양으로 허공을 찌르는 뾰족하고 거대한 들소 뿔도 그랬거니와 그 집도 사람이 가득 찬 부락의 고독한 적막을 무겁게 내리누르고 있었다. 추장 집이 아니면 공회당일 게다. 아마도 그라보가 저 종려나무 잎으로 덮은 지붕 밑에, 저 뿔 아래

---

1) 남아시아의 들소. 소류 가운데 가장 크며 목에서 등의 가운데까지가 붉거져 있다.

에…… 하여간 아직 일행의 목숨이 붙어 있으니 그는 지금까지 그들을 보호해 준 셈이다. 이런 생각을 하며 그들은 안내자 뒤를 따라 사다리를 기어올라 안으로 들어가서 쭈그려 앉았다.

아직 아무것도 알아볼 수가 없었다. 그러나 백인은 하나도 없는 듯했다. 페르캉은 다시 일어서더니 경의를 표하기 위해서인지 비스듬히 몸을 돌리고 좀 멀리 떨어진 곳에 앉았다. 클로드도 그대로 따라 했다. 그러자 그들 앞에—좀 전까지는 그들 뒤였지만—열 명쯤 되는 전사들이 오두막 안쪽에 서 있는 것이 눈에 띄었다. 모두 검도 도끼도 아닌 스티엥족 특유의 짤막한 무기를 들고 있었다. 그중 한 놈이 몸을 긁고 있었다. 페르캉은 그게 눈에 띄기 전에 긁적긁적하는 손톱 소리를 먼저 들었다.

"안전장치를 벗겨 둬!" 페르캉이 나지막한 소리로 재빨리 타일렀다.

클로드의 허리에 찬 콜트 권총은 어림도 없었다. 재깍 소리가 희미하게 들리더니 페르캉이 주머니에서 유리 제품을 몇 개 꺼내는 게 눈에 띄었다. 클로드도 주머니 속에 감춰 둔 작달막한 브라우닝 권총 안전장치를 들키지 않도록 살그머니 벗기고는 푸른 구슬 몇 알을 꺼냈다. 벌써 페르캉은 이쪽으로 한 손을 내밀고 있었다. 그는 클로드의 구슬을 자기 것과 합쳐 가지고 시암 말로 뭐라고 지껄이며 상대에게 내주었다. 안내자가 그 말을 받아 통역을 했다.

"클로드, 저 늙은이가 추장일 게야. 그 머리 위를 좀 봐."

과연 어둠 속에 흰 점이 보였다. 백인의 하얀 웃옷이었다.

'그라보가 분명히 이곳 어딘가에 있을 거야.'

늙은 추장이 잇몸을 드러내며 징글맞게 웃고 있었다. 그가 두 손가락을 들었다. "이제 항아리²⁾를 가져올 거야." 페르캉이 알려 주었다.

햇빛이 세모꼴로 집 안을 비추어 늙은이의 어깨에서 허리로 비끼고 있었다. 간사하게 생긴 얼굴이 컴컴한 그늘 속에 가려진 대신 쇄골과 늑골이 유난히 툭 드러나 보였다. 그 추장의 눈길이 두 백인에게서 자기 앞에 비친 들소의 두개골 그림자로 옮겨갔다. 두 뿔은 그림자가 겹쳐 비쳤지만 새까맣게 도려낸 듯 뚜렷했다. 난데없이 쿵 하는 소리가 나더니 그림자가 흔들렸다. 사다리 위에 항아리

---

2) 충성을 서약하기 위하여 한 항아리의 술을 나눠 마신다. 또한 항아리는 스티엥족 부락에서는 가장 귀중한 물건이다.

하나가 나타났다. 우선 항아리 입에 걸친 갈대 하나와 그것을 떠받든 두 손은 보였다. 두 손이 마치 항아리에 붙은 손잡이처럼 양쪽으로 손가락을 펴고 경건하게 항아리를 떠받들고 있었다. 수직으로 뻗은 양손 위에 들린 그 항아리는 아직도 바르르 떠는 그림자를 달래기 위하여 그 앞에 바쳐진 듯했다. 또 가벼운 쿵쿵 소리가 들렸다. 아마 항아리를 든 자가 들소 대가리가 꽂힌 장대에 부딪쳤다가, 지금 사닥다리 층계를 더듬는 모양이었다. 드디어 땅에서 솟듯이 그 항아리를 떠받든 사내가 나타났다. 모이족은 추장조차 허리띠를 두르고 있을 뿐이건만 그 사내는 누더기일망정 캄보디아 주민이 입는 푸른 옷을 온몸에 걸치고 있었다. 그는 천천히 꼿꼿이 올라오더니 자기 앞에 항아리를 가만히 내려놓았다. 그 거동이 놀라울 만큼 조심스러웠다. 그 순간 크사가 옆에 앉은 클로드의 무릎을 손가락으로 콱 붙들었다.

"왜 그래?"

크사는 클로드에게 대답도 않고 캄보디아 말로 뭐라고 물었다. 항아리를 날라 온 자가 크사 쪽을 돌아보더니 후닥닥 다시 추장 쪽으로 돌아섰다.

크사의 손톱이 무릎을 찌르는 듯 파고들었다.

"저 녀석…… 저 녀석……."

순간 클로드는 그 사내가 맹인이라는 걸 깨달았다. 그러나 그뿐이 아니었다.

"크메르—미앙!" 크사는 캄보디아 말로 페르캉에게 외쳤다. 캄보디아 노예라는 뜻이었다.

그 사내는 차츰 마루 판자 저편에 가려지며 다시 부락 쪽으로 사라졌다. 클로드는 또 한 번 부딪치는 소리가 나기를 기다렸다. 그가 돌아갈 때도 또다시 그 장대에 꼭 부딪칠 것이라는 듯이. 그러나 일행의 불안 섞인 기다림과 무거운 침묵조차도 엄숙한 몸짓으로 항아리 위에 내밀어진 추장의 손과 더불어 얼어붙어 버린 듯했다. 드디어 추장이 손을 내렸다. 눈을 딱 감고 갈대로 된 빨대를 통해 술을 빠는 것이었다. 이어 그 빨대를 페르캉에게 넘겨주었다. 다음은 클로드 차례였다. 그는 더럽다는 생각을 할 겨를도 없이 순순히 빨대를 물었다. 불안이 너무나 강했기 때문이었다. 밖에서 일어나는 일을 엿보려고 바쁘게 움직이는 페르캉의 눈초리 때문에 불안은 점점 더 커지기만 했다.

"그라보가 그림자조차 보이질 않아. 도대체 무슨 일이지? 우린 벌써 모이족들과 서약을 하고 있는데 놈은 감감하거든. 그자를 믿기는 하지만 그래도……."

"그러나 저 작자들은…… 서약을 하고 있지…… 않나요?"

"아무도 감히 '미주(米酒)의 맹세'를 배반하진 못할 거야. 그러나 놈이 그들 보는 데서 서약을 안 했으니, 뭐가 어떻게 될지 모르지."

페르캉이 시암 말로 뭐라고 하니까 안내자가 통역을 했다. 추장은 간단하게 대답할 뿐이었다.

그 대답이 안쪽에 서 있는 사내들의 관심을 유난히 끌었던 모양이다. 그들은 몸을 긁을 때 말고는 여전히 까딱 않고 조용히 서 있었다. 마침내 클로드도 그들의 모습을 알아볼 수 있게 되었다. 몸뚱이의 흰 피부병 자국이 눈길을 끌었다. 모두가 유심히 이쪽을 노려보고 있었다.

"백인 추장은 없다는 거야." 페르캉이 통역해 주었다.

페르캉의 눈이 또 한 번 벽에 걸린 흰 웃옷에 부딪쳤다.

"그놈이 여기 있는 게 확실해!"

클로드도 아까 정문에서 본 소총 생각이 떠올라 다시금 그 웃옷을 쳐다보았다. 그러자 웃옷 그림자가 둘로 보였다. 하나는 진짜 그림자, 다른 하나는 뽀얗게 앉은 먼지.

"저 옷이 저기에 걸린 지 오래된 것 같지는 않은데." 마치 자기 말을 남이 알아들을까 봐 두렵다는 듯이 클로드는 조그맣게 중얼거렸다.

아마 여기선 먼지가 빨리 쌓이나 보다. 그러나 바닥은 깨끗하고 우상(偶像) 모양의 촛대들도 역시 그렇다. 그라보가 여기서도 방콕에서처럼 옷을 입고 있으리라고는 생각할 수 없었다. 하지만 숲속 공터에서 페르캉이 하던 말이 마치 얼마 전부터 그 방 안에 걸려 있던 것처럼 홀연 클로드의 머리를 스쳤다. "놈이 완전히 야만인이 되어 버리지 않았다면……." 아아, 그는 어째서 숨은 걸까? 대체 무슨 심산으로 자기가 몸소 나타나지 않고 그 대신 이 사내들의 짐승처럼 노려보는 무서운 눈초리와 우리를 맞세워 놓은 걸까?

페르캉이 또 한 번 추장에게 말을 걸었다. 대화는 아주 짧았다.

"그는 동의한다는군. 그러나 동의라는 게 전혀 무의미한 말이야. 사실 난 믿지 않는걸…… 만일의 경우를 생각해서 다시 돌아오는 길에 여길 지나가겠노라고 말해 두었지. 그때는 지금 그에게 주는 술병 이외에도 짐이랑 항아리를 선물로 갖다주마고 말이야. 우릴 죽이려면 돌아오는 길에 죽이는 게 상책일 테니까…… 놈도 내 말을 믿지 않지…… 아무래도 일이 뒤틀리나 봐. 안 되겠어, 어떻게 해서든 그라보를 찾아내야지! 우리랑 대면하면 놈도 감히……."

페르캉이 일어섰다. 교섭이 끝난 것이다. 그는 두개골 그림자를 밟는 게 두려운 듯 빙 돌아서 사닥다리에 다다랐다. 안내자는 일행을 빈 오두막집으로 인도했다.

부락이 다시 활기를 띠기 시작했다. 집집마다 싸리문을 열어젖혔다. 허리띠를 두른 사내들, 또는 푸른 누더기를 걸친 노예들이 방금 일행이 나온 추장 집 주위를 바삐 왔다 갔다 하고 있었다. 흡사 맹인들처럼 조심스러운 거동이었다. 페르캉이 걸음을 옮겼다. 그러나 눈길은 여전히 그들에게서 떼지 않고 있었다. 그때였다. 그중 한 사내가 방금 일행이 들어선 광장을 가로질러 오기 시작했다. 이대로 가면 우리 일행과 그는 서로 스쳐 갈 터였다. 페르캉은 주춤하더니 가시에라도 찔린 듯이 자기 발을 움켜쥐었다. 그는 발을 끌어당겨 들여다보면서 몸을 가누느라고 크사에게 매달리는 시늉을 하며 나직하게 말했다.

"저자와 부딪치거든 백인 집이 어느 것이냐고 물어봐. 백인 집이 어느 것이냐고. 딴말은 말고. 알겠나?"

크사는 대답이 없었다. 노예는 거의 곁에까지 다가왔다. 더 이상 설명할 겨를이 없었다. 목소릴 알아들을 만큼 가까이 와 있었다…….

실패냐? 아니다. 거의 가슴이 서로 닿을 정도로 다가서서 크사는 뭐라고 속삭였다. 노예는 고개를 숙이고 역시 낮은 소리로 대답했다. '같은 노예가 묻는 걸로 알고 대답하는 걸까?' 페르캉은 얼른 크사에게 다가가 한시바삐 통역을 시키고 싶었다. 그래서 하마터면 앞으로 쓰러질 뻔했다. 마음이 급한 나머지 아직도 자기 발을 움켜쥐고 있다는 걸 깜빡했던 것이다. 크사는 페르캉이 비틀거리자 좀 거리가 멀었지만 팔을 얼른 내밀었다. 페르캉이 그 손목을 겨우 붙들었다.

"그래, 뭐라던가?" 페르캉이 다급히 묻자 크사는 불안스러운 눈초리로 그를 바라보았다. 백인들의 터무니없는 짓에 익숙해진 원주민들이 지을 법한 체념 어린 표정이었으나, 한편 페르캉의 사나운 표정과 전에 없이 낮은 목소리에 어리벙벙한 모양이었다. 페르캉의 음성은 유난히 가라앉았다. 다시 제 갈 길을 가고 있는 노예와 그늘로 달아나는 개 한 마리밖에는 아무도 없는 이 평평한 광장에서 누가 자기네 대화를 들을까 봐 경계하는 듯이.

"저 바나나나무 숲 곁에……."

의심할 여지 없이 뚜렷했다. 이 빈터에 바나나나무 숲이라고는 하나밖에 없었다. 거의 야생한 대로 버려둔 그 숲 옆에 커다란 집이 하나 있었다. 클로드는 영문을 몰라 수상하게 여기며 되돌아왔다가 어렴풋이 무슨 일이 있었는지를 짐작했다.

"노예 말로는 그가 저 집에 있다는 거야."

"그라보가? 어느 집인데요?"

페르캉은 조심스럽게 한 손을 허리에 짚고 그 손가락으로 슬며시 방향을 가리켰다.

"가볼까요?"

"잠깐 기다려. 우선 우리 소를 풀어놓자고. 그러고 나서 우연히 발길이 그리로 간 것처럼 꾸며야 해. 될 수 있는 대로 가장 자연스럽게 말이야."

그들은 다시 안내자 뒤를 따랐다. 그들에게 주어진 집 앞에까지 오자 크사가 달구지를 끄는 소의 멍에를 벗기기 시작했다.

"됐어. 자, 페르캉, 빨리 가봅시다!"

"좋아, 가자."

그들은 일부러 멀찍이 돌아서 갔지만 그 바나나나무 옆집이 그들을 사뭇 끌어당기는 듯했다. 그라보를 만나는 것으로 시간을 허비하게 되든 말든, 여하튼 그들의 운명은 그라보의 손아귀에 들어 있었다. 확실히 결판을 내야 한다면 서두르는 것이 상책이다.

"일이 뒤틀리면?" 클로드가 물었다.

"내가 해치우지. 우리가 살아남을 유일한 기회야. 그놈이 지배하는 지역에서, 그것도 밀림 속에서 우물쭈물하다간 볼 장 다 보는 거지."

그라보는 분명 권총을 바지 속에 감춰 쏘는 걸 알고 있을 터였다. 그들은 벌써 목적지에 와 있었다. 창 하나 없고 딴 집처럼 싸리발 문이 아니라 조악한 나무 문이 입구를 막고 있었다. 그런데 빗장이 바깥에 꽂혀 있지 않은가! 딴 출입구가 있는 걸까? 집 뒤에서 개가 으르렁거리기 시작했다. '저놈의 개가 짖어 대는 통에 놈들이 몰려오겠는걸.' 이런 생각이 페르캉의 머리를 스쳤다. 그는 빗장을 뽑았다. 그러고는 혹시 안에서도 잠겨 있을까 봐 주저주저하면서 슬그머니 문을 잡아당겼다. 문은 페르캉의 불안한 마음을 대변하듯 서서히 젖혀졌다. 장마 동안에 나무가 습기를 먹어서 그런 모양이었다.

땡그랑땡그랑 방울이 울리고 있었다. 햇빛이 한 줄기 비스듬히 천장에서 떨어지며 앞을 가로막고 있었다. 먼지가 자욱이 떠올라 검푸른빛을 띠었다. 무슨 컴컴한 그림자들이 마치 굴대 주위를 돌듯이 오르내리며 빙빙 돌고 있었다. 제일 높은 그림자의 정체가 또렷해졌다. 옆모습을 또렷이 드러낸 수평 횡목(橫木)이었다. 그 횡목 맨 끝에 무엇인가가 매달려서 그걸 끌고 있었다. 그것이 커다란 대야, 커다란 물통 같은 것의 주위를 빙빙 돌면서 그들 쪽으로 다가오더니, 천장에서 들어오는 눈부신 광선으로부터 멀어짐에 따라 점점 희미하게 자취를 감추는 것이었다. 그 햇살은 몸통은 길고 다리는 짧은 그들의 뒤엉킨 그림자를 중심으로 먼지가 자욱한 바닥을 넓게 비추고 있었다. 이윽고 그것은 열어젖힌 문으로 비치는 장방형 햇빛 속에 그 전모를 드러냈다. 연자매였다. 순간 방울소리가 딱 멎었다.

페르캉은 더 자세히 보려고 뒷걸음질해 그늘 안으로 들어갔다. 클로드도 그를 따라 게걸음으로 자리를 옮겼다. 그 자리에 그냥 있을 수도 없거니와 자리를 옮길 때도 그 햇빛에서 눈을 뗄 수가 없었던 것이다. 햇빛은 마치 흰 돌멩이처럼 집 안에 묵직하게 침입하고 있었다. 그러나 페르캉은 여전히 멈추지 않고 뒷걸음을 치고 있었다. 공포에 질려 물러가는 듯했다. 클로드가 돌아보니 그의 손가락이 무슨 붙잡을 것을 찾아 움찔움찔 경련하는 것이었다. 놀라서 정신이 나간 듯 혼비백산한 표정…… 이미 그는 입도 열지 못하고 꼼짝없이 못 박힌 듯 서 있었다.

그 연자매에는 한 노예가 매여 있었다. 얼굴이 온통 수염으로 덮여 있었다. 백인인가?

순간 페르캉은 개 짖는 소리가 들리지 않을 정도로 큰 소리로 뭐라고 외쳤다. 그러나 말이 너무 빨라서 클로드는 알아듣지 못했다. 페르캉은 숨을 헐떡이면서 곧 다시 외쳤다.

"어찌 된 거야?"

노예는 어둠 속에서 어깨를 부르르 떨며 앞으로 내닫고 있었다. 방울이 또 한 번 초인종처럼 찌르릉 울렸다. 노예는 발을 멈췄다.

"그라보?" 페르캉이 소리를 질렀다.

그 공포와 의문이 뒤섞인 소리는 그들을 돌아본 노예의 얼굴에 부딪쳐 부서졌다. 클로드는 그 얼굴에서 눈을 찾아보려 했으나 오직 수염과 코밖에 안 보였다. 그 사내는 무언가를 쥐려는 듯이 다섯 손가락을 벌리면서 한 손을 내밀었다. 그러나 그 손은 철썩 살이 닿는 소리를 내며 허벅다리로 떨어졌다. 그는 가죽끈으로 묶여 있었다. '맹인인가?' 클로드는 그 말을 감히 입 밖에 내어 페르캉에게 묻질 못하고 속으로 중얼거렸다.

그러나 그 추악한 얼굴은 여전히 그들 쪽을 향하고 있었다. 그들 쪽인가 또는 햇빛 쪽인가? 클로드는 암만 찾아보아도 그 눈초리를 발견하지 못했다. 언젠가 페르캉이 그라보는 애꾸눈이라고 했는데…… 그 사내는 정면이 아니라 비스듬히 문 쪽을 향하고 있었다.

"그라보!"

차라리 대답이 없기를 바랐지만…….

사내는 기괴한 목소리로 몇 마디 입을 열었다.

"뭐라고?" 페르캉은 숨 막힌 듯이 독일 말로 외쳤다.

"이 사람, 독일어로 말하지 않았어요!"

"맞아, 모이족 말이야. 내가 그만 얼떨결에…… 뭐야? 뭐라고?"

노예는 그들 쪽으로 발을 내디디려고 했다. 그러나 가죽끈으로 횟목 끝에 묶여 있었으므로 움직일 때마다 오른쪽 왼쪽으로 연자매의 둥근 궤도를 따라 자꾸만 끌려가는 것이었다.

"돌아, 돌아와! 아아!"

그 순간 두 백인은 자기네가 가장 무서워하는 것이 실은 그게 바싹 앞으로 다가오는 일임을 느꼈다. 끔찍스러움도 두려움도 아니었다. 성스러울 정도로 지독한 공포. 클로드가 전에 밀림에서 야만족이 시체를 화장하는 광경을 보고 느꼈던 그 비인간적인 것에 대한 몸서리나는 공포였다. 그러나 사내는 아까처럼 두어 걸음 내딛더니—또 방울이 울렸다—또다시 멈춰 버렸다.

"우리 말을 알아들었나 봐요." 클로드가 중얼거렸다.

아주 낮은 목소리였지만 클로드가 중얼거리는 말도 사내는 알아들은 모양이었다.

"누구야?" 마침내 사내는 프랑스어로 말했다. 억양이라고는 하나도 없는 이상한 어조였다.

말할 수 없는 절망이 클로드의 가슴을 졸라매는 듯했다. 그 질문이 여러 가지 의미로 그를 휘몰아치는 듯하여 대답할 바를 몰랐다…… 이름을 대야 하나? 아니면 프랑스인이라고? 백인이라고? 대체 뭐라고?

"지독한 놈들!" 페르캉이 더듬는 소리로 외쳤다. 이제까지 입 밖에 냈던 모든 말들과 이쪽으로 돌아오라던 그 명령까지도 그는 질문하고 호소하는 심정으로 했건만, 이제는 그저 불타는 증오에 찬 소리로 외쳤던 것이다. 그는 다가가더니 자기 이름을 댔다. 사내의 두 눈까풀이 눈망울 없는 뼈 위에 착 달라붙은 것이 뚜렷이 클로드의 눈에 띄었다. 저 사내를 건드리면 그 무언가가 나와 그를 이어줄지도 모른다! 그러나 저 주름 잡힌 눈까풀 아래, 저 지독하게 더러운 몰골 아래 말소된 얼굴에서 어떻게 한 줄기라도 무슨 생각을 끌어낼 수 있겠는가? 그때 페르캉이 그의 양어깨를 덥석 쥐었다. 페르캉의 손은 경련을 일으키고 있었다.

"뭐야? 응?"

사내는 바로 곁에 있는 페르캉 쪽으로 고개를 돌리지 않고 햇빛을 향하고 있었다. 그 뺨이 실룩실룩거렸다. 또 뭐라고 말을 하려는 것이다. 클로드는 그가 대체 무슨 말을 할지 두려움에 떨면서 귀를 세우고 그 음성을 기다렸다.

"아무것도 아냐……." 마침내 짤막한 대답이 들려왔다.

미친 것은 아니었다. 그는 좀더 할 말을 찾는 듯이 말꼬리를 길게 늘어뜨렸다. 그는 기억을 잃은 것도 아니며 대답을 피하는 것도 아니었다. 그는 '자기의 진실'을 그대로 말하는 사람이었다. 그러나 (클로드는 "이로써 끝장이 났다"는 말을 떠올리지 않을 수 없었다) 그것은 산송장이었다. 이 송장 속에 무엇인가를 다시 살려내지 않으면 안 되는 것이다. 마치 물에 빠진 사람을 건져 마사지를 하듯이…….

삐걱 소리를 내며 문이 닫혔다. 어둠이 다시 그들을 내리덮었다. 지하 감옥을 비추는 햇살처럼 햇빛이 한 줄기 어둠을 가르고 있을 뿐이었다. 그 순간 클로드는 의혹으로 똘똘 뭉쳐 있었다. 아까 본 모이족들이 그들을 빙 둘러싸고 있는 듯했다. 그는 그 감옥 같은 어둠을 의식하자 냅다 문에다 몸을 부딪쳤다. 쾅! 문이 열렸다. 그는 다시 돌아섰다. 두 사람이 이곳에 처음 들어섰을 때와 똑같이 햇빛에 마주친 그라보는 공포에 질린 짐승처럼 몸부림치면서 펄쩍 한 걸음 내디뎠다. 또 방울이 쩔렁 울렸다. 그는 햇살과 목소리에 반응하여 반사적으로 움직이는 것이었다.

클로드가 그러고 나자 문에서 들어오는 장방형 햇빛 속에 막대기가 하나 쓰러져 있었다. 페르캉이 그걸 집어 들었다. 조련용 작살이었다. 나뭇가지 끝에 전침 같은 뾰족한 대쪽을 붙인 것이었다. 그는 눈을 들어 그라보 어깨를 살폈다. 그러나 그라보는 그들을 마주 보고 있었다. 페르캉은 칼을 꺼내더니 횡목에 매달린 가죽끈을 뚝 잘랐다. 매듭이 우툴두툴하고 조잡하면서도 매우 교묘하게 맺혀 있어 칼날이 잘 들어가질 않았다. 되도록 팔에서 먼 곳을 끊었다. 그는 그라보 곁으로 다가가서 비끄러맨 가죽 줄을 끊어야 했다. 그라보는 완전히 풀려났다. 그러나 움직이질 않았다.

"걸어 봐!"

그는 앞으로 나갔다. 여전히 연자매 궤도를 따라 허리에 잔뜩 힘을 주며 벽을 끼고서. 그러다 비틀거리며 쓰러질 뻔했다. 페르캉은 무의식적으로 그의 방향을 돌려 주고 문 쪽으로 밀쳤다. 그는 또 우뚝 섰다. 어깨가 자유로워진 것을 깨달은 모양이었다. 그는 곧 손을 앞으로 내밀었다. 처음으로 나타낸 분명한 맹인의 몸짓이었다. 페르캉은 가죽끈을 다 끊고 나서 할 일 없는 손을 횡목에 얹었다. 그 지긋지긋한 방울에 손이 닿았다. 그 끈도 뚝 자르더니 냅다 문밖으로 내던져 버렸다. 방울이 땅에 떨어져 짤랑짤랑 울리는 소리에 그라보는 질겁했는지 입을 멍하니 벌렸다. 페르캉의 눈길은 그 방울 소리를 좇아갔다. 몇 미터 밖에서 모이족들이 집 안을 들여다보려고 기웃거리는 게 눈에 띄었다. 꽤 많이 모여 있었다. 허리를 꾸부리고 들여다보는 몸뚱이들 위에 머리가 여러 줄로 겹쳐 늘어서 있었다.

"우선 여기서 나갑시다!" 클로드가 외쳤다.

"처음 몇 걸음은 눈을 딱 감고 나가! 안 그러면 햇빛이 눈부셔서 주춤하게 되니까. 놈들이 달려들어 깔고 넘어뜨리기 십상이지."

지금 이 순간에 눈을 감고 나간다? 두 번 다시 눈을 못 뜨게 되지나 않을까……? 그런 생각을 하면서 클로드는 땅을 내려다보며 밖으로 뛰쳐나갔다. 발을 멈추지 않으려고 이를 악물고 온몸에 힘을 주었다. 일렬로 선 모이족들이 뒤로 물러섰다. 단 한 놈만이 그대로 서 있었다. '노예의 주인이렷다.' 페르캉은 재빨리 판단하고 그를 향해 나갔다.

"피아." 페르캉이 한마디 하자 모이족은 어깨를 흔들더니 길을 비켰다.

"뭐라고 했어요?"

"피아, 추장이란 뜻이야. 그 통역 놈이 늘 쓰던 말이지. 뭐, 좀더 힘차게 뛰어들려고 우선은 한 걸음 물러선다는 격이지…… 그런데 저건 뭘 하고 있나, 저런 밥통 같으니!"

맹인은 두 사람을 따라오지 않고 그대로 문턱에 서 있었다. 밝은 데서 보니 더 끔찍스러운 몰골이었다. 페르캉이 되돌아가서 그의 팔을 붙들었다.

"우리 오두막으로 가자."

모이족들이 주르르 그들의 뒤를 따랐다.

3

추장 집에는 아무도 없었다. 그늘진 벽에 흰 웃옷이 걸려 있었다. 모이족들은 멀찍이 그들을 반원형으로 에워싸고 있었다. 페르캉은 그 속에서 안내자를 발견하고 물었다.

"추장은 어디 있는가?"

벌써 적개심이 일어났는지 그는 대답을 꺼렸다. 그러나 마침내 결심한 듯 말했다.

"나갔어. 오늘 저녁에 돌아와."

"거짓말이죠?" 클로드는 페르캉에게 물었다.

"우선 우리 오두막으로 돌아가자!"

둘이서 그라보의 팔을 하나씩 붙들었다.

"아니, 거짓말이 아닐 거야. 내가 백인 추장에 관해서 물어보니까 좀 불안해진 모양이야…… 이런 때 굳이 마을을 떠났다는 건 아마도 만일의 경우를 대비해서 이웃 부락에 원군을 청하러 간 거겠지."

"요컨대 우릴 기습하려는 거죠?"

"일이 자꾸 꼬이는군……."

그들은 그라보의 송장 같은 옆모습을 사이에 두고 말을 주고받았다.

"놈이 돌아오기 전에 떠나는 게 상책이 아닐까요?"

"밀림은 저놈들보다 더 고약하지."

곧바로 이곳을 떠난다면 식량도 조각들도 버리고 갈 수밖에 없다…… 더구나 안내자 없는 밀림에서 헤매다 죽을 게 뻔한 노릇이었다.

그들은 오두막집에 닿았다.

크사는 벌벌 떨면서도 그다지 놀라는 기색 없이 그들을 바라보았다.

"소를 달구지에 맬까요?" 클로드가 물었다.

페르캉은 목책 위를 바라보더니 어깨를 들썩했다.

"놈들이 모여드는걸……."

모이족들은 더 이상 페르캉 일행을 쫓아오지 않았다. 벌써 딴 놈들이 무기를 들고 합세하고 있었다. 밀림은 아무리 격퇴해도 온갖 형태로 다시 나타나므로 결코 완전히 물리칠 수는 없다는 듯이 또다시 클로드를 곤충 세계로 몰아넣는 것이었다. 여기저기 흩어져 있는 오두막들은 좀 전까지 분명히 조용하고 황폐해 보였건만, 이제는 어디로 나오는지는 모르겠지만 모이족들이 그 집에서 우르르 쏟아져 나와 산길을 내려왔다. 꿀벌처럼 정확한 몸짓으로 저마다 사마귀 같은 무기를 들고 몰려나오는 것이었다. 큰 활과 창이 더듬이처럼 꼿꼿이 선 모습이 공중에 또렷이 드러나 보였다. 사내들은 고함을 치지도 않고 조용히 계속 모여들고 있었다. 덤불을 헤치는 소리 이외에는 아무것도 들리지 않았다. 새까만 돼지 한 마리의 고함 소리가 잠시 빈터를 가득 채우더니 다시 잠잠해졌다. 환한 햇살 속에 또 한 번 적막이 흐르다가 다시 사내들이 밀려 나와 저쪽 광장을 메우고 있었다.

백인들은 크사와 함께 무기와 탄약을 가지고 그들의 오두막집으로 들어갔다. 페르캉과 클로드는 다시금 달구지를 보았다. 조각한 돌덩이가 하나 밖으로 비어져 나와 있었다. 삼면이 막히고 앞으로만 뚫린 채 가느다란 말뚝 위에 세워져 있는 이 오두막집에서 대체 무슨 방어전을 펼칠 수 있단 말인가? 땅바닥에 싸리발이 하나 있었다. 그것을 세워 보았지만 높이가 1미터쯤밖에 안 돼서 겨우 하반신을 막아 줄 뿐이었다. 화살이 날아오기가 무섭게 땅에 엎드려야 할 판이었다. 말하자면 그들은 임시로 대충 지은 가건물 안에 들어 있는 셈이었다. 큼직하게 장방형으로 뚫린 입구에서 바라보니, 텅 빈 광장 저편에 모이족들이 왔다 갔다 하는 게 목책 너머 오두막집들과 그들이 가꾼 나무들 사이로 보이는 것이었다. 그들 앞에 가로놓인 그림자 하나 얼씬거리지 않는 빈 광장은 적개심에 가득 찬 침묵에 눌려 몸부림치고 있었다.

"어이, 그라보. 넌 저놈들을 잘 알 테지? 우린 지금 추장 집 오른쪽에 있는 오두막집에 있어. 놈들이 지금 모여드는 모양인데 어떡하려는 거지? ……대답 좀 해! 알겠어?"

침묵. 모기 한 마리가 귀에서 잉잉거렸다. 페르캉은 화가 치민 듯 자기 귓불을 철썩 때렸다. 마침내 그라보가 입을 열었다.

"그래서 뭐, 어쩌라고?"

"그럼 넌 여기 그냥 있겠단 말이냐?"

그는 고개를 흔들며 싫다는 시늉을 했다. 그러나 그 싫다는 감정을 밑받침해 주는 눈초리가 없고 보니, 목을 흔드는 몸짓은 꼭 황소 몸짓처럼 동물적으로 느껴졌다. 별로 사람 음성 같지 않은 그 목소리와 마찬가지로.

"이제 와서 뭐가 어떻게 된다고?"

"이제 와서는, 너……."

"이제는 모든 게, 체!"

"그래도 어떻게 될 테지……."

"저놈들은 내 눈깔을 빼서 개들한테 먹였어. 그놈의 개들도 어떻게 되나?"

뾰족한 무기를 지닌 대열들이 줄을 지어 열린 문 너머로 나타났다. 광장 건너편 안쪽에 창의 대열이 새로 늘어섰다.

"지금 여기 나 말고 또 누가 있지? 너하고 또 하나는 틀림없이 젊은 애, 그리고 또 하나는?"

"데리고 온 소년이야."

"그게 전부야? 놈들은, 놈들은 여길 포위하고 있나?"

"여기선 광장밖엔 보이지 않아 잘 모르겠는데."

페르캉은 칼을 꺼내 벽에 구멍을 뚫었다.

"응, 딴 쪽에는 없는걸."

"이제 올 테지…… 밤이 되면 놈들이 이 밑에 불을 지를 거야. 그걸로 끝이지. 나도 비슷한 수법에 당했거든…… 이젠 다 틀렸어……."

침묵이 내리덮였다. 늘어섰던 창들도 자취를 감췄다. 부락 전사들은 멀찍이 쭈그려 앉아 있었다…….

'뭐 신통한 말을 끌어낼 도리가 없을까?' 클로드는 자문해 보았다.

"그럼 여기서 죽을 작정입니까?"

클로드는 이렇게 외치며 주먹을 휘둘렀다. 그라보에게는 보이지도 않는 주먹을…… 그라보가 꽉 막힌 자기 머릿속에 갇혀 있듯이 클로드는 지금 구체적인 형체를 띤 외부 세계에 갇혀 몸부림치는 것이었다. 대체 어떡해야 이 맹인을 설득할 수 있을까? 클로드는 그라보처럼 눈을 지그시 감고 다른 말을 궁리해 보았다. 그때 그라보의 대답이 들려왔다.

"누가 한 놈을 쏴 넘어뜨리거든 그놈을 나한테 넘겨줘…… 꽁꽁 묶어서……."

클로드는 방금 광장에 다시 나타난 창을 유심히 살펴보다가 그라보의 섬뜩한 한마디가 가슴을 푹 찔러 그만 창에서 눈을 떼고 그를 돌아보았다. 참을 수 없는 굴욕의 구렁텅이에서 떠오른 잔인한 말이었다. 동물적이라기보다도 그저 잔혹할 뿐이었다. 그 오두막집 안에서는 도저히 되살려 낼 수 없었던 그의 넋이 이제야 오직 더없이 혹독하게 전락한 자신을 의식하기 위해서 되돌아왔단 말인가? 머리에 떠오르는 고문의 꿈, 힘을 주어 뾰족하게 모은 손가락…… 다섯 손톱을 까칠하게 모은 그 손가락은 도대체 누구의 눈을 찌르려고 하는 것인가? 그 손이 지금 팔 끝에서 부르르 떨고 있다. 얼굴에는 아무 표정도 없다. 그러나 10개의 발가락이 한껏 오므라들고 있다. 그 육체는 입으로 말할 수 없는 것을 능히 말하고 있었다. 그 연자맷간 문이 열렸을 때부터 먹이를 찾는 그 손과 조련용 작대기에 익숙해진 구부러진 등이 입처럼 말을 한다. 다만 그 육체는 오직 그가 받은 고통만을 말해 주는 것이었다. 눈앞에 있는 육체의 언어가 너무 강력해서 클로드는 잠시 광장 저편에 같은 고문이 바로 자기를 기다리고 있다는 절박한 사태를 잊어버렸다. 그러나 놈들이 오두막집 밑에서 불을 지른다면 꼼짝할 도리가 없다. 막다른 골목이다. 어디선지 공작새 울음소리가 들려오더니 허공의 깊은 적막 속에 다시 사라졌다. 쭈그려 앉은 모이족들도 사냥꾼 같은 그 눈초리만 없다면 꾸벅꾸벅 조는 것처럼 보이리라. 그 모든 눈초리 위에 극도로 긴장된 공기가 형성되어 있었다. 마치 공중에 날개를 펴고 조용히 떠 있는 독수리 같았다. 그래도 해가 있는 동안은……

"페르캉, 정말 놈들이 불을 지를까요?"

"의심할 여지 없지."

그라보는 입을 다물고 있었다.

"놈들은 무얼 기다리고 있는 거야? 추장이 돌아오기를 기다리는 건지, 아니면 해가 지기를 기다리는 건지. 또는 두 가지 다 기다리는지…… 야, 너 두고 봐라. 놈들은 자신만만하다."

클로드는 처음엔 그라보에게 하는 말인 줄 알았다. 페르캉이 '너'라고 부르면서 그러한 말투로 자기한테 말한 건 처음이기 때문이었다.

"그럼 지금 놈들에게 총격을 퍼붓고 어떻게든지 정문 울타리까지 가는 편이 낫지 않나요? 탄약은 꽤 많이 있으니까…… 물론 구사일생의 모험이지만…… 그래도 놈들이 꽤 겁을 집어먹을 테니까……"

"한두 명 쓰러뜨리기가 무섭게 놈들은 엄폐물 뒤에 숨어 버릴걸. 그렇게 섣불리 덤볐다가는 말로 교섭해서 해결할 기회가 영 없어질 거야. 어떻게 일이 돌아가는지 정확히는 알 수 없지만…… 놈들은 우리가 그라보를 찾아낸 걸 '미주의 맹세'를 깨뜨린 것으로 여기는 거야. 하지만 꼭 그렇다고만 할 수도 없는 것 같아. 우선은 상황을 살펴봐야지…… 뭐, 어쨌든 저놈들은 밀림에서는 지금보다 더 상대하기 힘들어질 거야."

"이래저래 죽을 바엔 차라리 몇 놈이라도 해치우는 게 낫죠. 저기 보세요, 이 구멍으로 두 놈이 나타났어요, 아니 넷…… 다섯, 오! 여섯, 여덟 놈, 전부 여덟인가? 어떻게든 될 것 같은데. 이쪽으로 달아나면 어떨까요? 아무튼 저 방책 있는 데로……"

"그 뒤엔 밀림이 있지!"

클로드는 다시 입을 다물었다. 페르캉이 귀를 기울이고 있었다. 솥을 굴리는 듯한 소리가 여기까지 들려왔다.

"어두워지기 전에는 불을 지르지 않을 거야." 페르캉이 다시 입을 열었다. "그러니 해가 질 무렵에 달아나는 길밖엔 없어. 어둠을 이용해서 싸워야 해. 선수를 쳐서……"

"제기랄, 그래도 몇 놈 쓰러뜨리면 가슴이 후련해지겠는데! 저기 혼자서 빈둥빈둥하는 놈, 저놈 간담을 이 총으로 서늘하게 해줄까요…… 정말 저놈을 그냥 내버려 둬야 하나요?"

그는 탄창에 낀 탄알을 보이며 물었다.

"그 속에 언제나 두 방은 남아 있어야 하지……."

"뭐라고?"

그라보의 목소리였다. 단 한마디. 그러나 그 한마디가 엄청난 증오심을 나타내고 있었다. 지금까지 그들과 같이 있는 그 사내에게는 다만 증오심만 있는 것은 아니었다. 확실성이 있었다. 클로드는 기가 질려 그를 바라보았다. 토굴 속에서 살아온 사람 같은 창백한 피부, 그러나 투사 같은 우람한 양어깨…… 힘이 넘치는 폐물이라고나 할까. 그리고 그 사내는 한때는 그저 용감한 정도가 아니었다. 그 대단한 거인도 지금은 아시아 하늘 아래 사원들처럼 썩고 있는 것이다…… 제 손으로 제 눈알을 못 쓰게 만든 사내, 혼자서 아무 보장도 없이 이런 오지까지 감히 뚫고 들어올 수 있었던 사내. '흥, 결국 이 권총 한 방이면 그뿐이지…….' 이렇게 생각한 순간 모이족 주위와 마찬가지로 그라보의 주위에는 형용할 수 없는 공포가 감돌고 있었다.

"그래도, 젠장, 일단 해보면 어떻게든……."

"바보 같은 놈!"

갑자기 그라보의 입에서 터져 나온 이 욕설, 그 노기에 찬 음성보다도 그 처참하게 이지러진 얼굴이 그의 심정을 더 잘 나타내 주고 있었다. 쓸데없을 때는 할 수 없고 필요할 때에도 이미 하려야 할 수 없는 지경에 이르는 수가 있다. '……한번 하려고 맘만 먹으면 그뿐이다…….' 클로드로서는 참견할 여지가 없는 것 같다는 게 문제였다…… 그는 무심코 손을 밖으로 뒤틀어 권총대를 자기 머리 쪽으로 슬그머니 들었다…… 그리고 자기 몸짓의 어리석음을 깨달았다. 그는 만일 방아쇠를 당긴다면 마지막 순간까지 가서 결국 자기 앞에 있는 그라보를 먼저 겨누리라는 걸 알았다. 무엇보다도 저 끔찍스러운 얼굴을 없애기 위해서, 저 증오심, 저 가슴 답답한 존재를 없애기 위해서…… 마치 살인범이 자기 범행을 드러내는 제 손가락을 잘라 버리듯이, 저 눈앞에 버티고 있는 추악한 인간 조건을 일소하기 위해서…….

문득 클로드는 권총의 묵직한 무게를 느꼈다. 그대로 손을 털썩 떨어뜨렸다. 부질없고 어리석은 느낌이 썰물처럼 전신에서 왈칵 빠져나가는 것이었다. 그 썰물이 빠져나간 뒤에는 광장 저편 끝에 도사린 불길한 그림자들이며 까칠하게 늘어선 창살들이며 허공에 꽂힌 사나운 들소 뿔, 그 모든 것이 처음으로 클로드의 눈에 얼빠진 듯 힘없이 느껴졌다. 그러나 그것은 한순간뿐이었다. 다시 그 모든 것이 위력을 갖추기에는 모이족 한 놈이 갑자기 일어서는 몸짓만으로도 충분했다. 그놈이 비틀거렸다. 옆에 있는 놈한테 덥석 매달렸다. 그놈이 뭐라고 고함을 쳤다. 거리가 멀어서 어렴풋하게만 들리는 그 고함이 서서히 퍼지면서, 굳어 버린 듯 잠잠하던 빈터를 그 숨 막히는 기습 준비 상태에서 해방시키고 다시 활기를 띠게 하는 것이었다.

　광장 저편에는 모이족의 수가 점점 늘어 가고 있었다. 저마다 창이나 큰 활을 들고 쭈그리고 있는 놈들도 있고 움직이는 놈들도 있었으나 모두 한결같이 광장으로 들어서는 경계선 밖에서 발을 멈추었다. 무슨 신비로운 마력이 그 경계선을 넘지 못하게 금하고 있기라도 하듯이 다들 그 불가사의한 선 곁에서 개나이리 떼처럼 들끓는 것이었다.

　오직 시간만이 그 텅 빈 광장 전체를 짓누르며 살아 움직이고 있었다. 1분 1초 시간의 흐름이 야만인들의 둥그런 포위망에 갇혀 있었다. 그 포위망은 영원 불변해 보였다. 마치 그들의 늘어선 머리들을 넘어선다는 것이 이 세계에서는 아예 불가능하다는 듯이. 그리고 남은 시간의 흐름 속에 산다는 것은—어두워져 가는 하늘이 알려 주는 시간, 곧 그들이 불을 지를 일몰 시간까지 산다는 것은—지금의 백인들에게는 오직 거대한 통나무 방책 앞에 겹겹이 둘러싸인 산 사람들의 벽이 시시각각으로 그들에게 더욱 심하게 가해 오는 위협적인 압력을 받는 것에 지나지 않는다는 듯이…… 마치 이 갇혀 버린 사태가 어떤 끔찍스러운 노예의 운명을 예고하고 있는지 그들로 하여금 점점 깨닫게 하는 데 지나지 않다는 듯이. 그들은 막다른 골목에 몰려 있었다. 모이족들의 머리는 먹이를 노리는 야수들의 머리처럼, 오직 그 살벌한 눈초리만으로 살아 있는 듯했다. 그 눈초리들이 함정 한복판을 노리듯이 온통 그들의 오두막집으로 쏟아지고 있었다. 클로드는 쌍안경을 눈에 댔다. 어느 한 놈의 머리에 초점을 맞출 때마다 어김없이 그놈의 눈초리와 마주쳤다. 쌍안경을 내리자 그 악착스러운 야만인의 눈초리는 다시 멀찍이 물러나 사라졌다. 그러나 그 주름 잡힌 눈까풀과 개들처럼 목을 쑥 뺀 대가리들은 여전히 그의 눈앞에 그대로 남아 있었다.

또 한 무리의 전사들이 나타났다. 먼저 놈들과 똑같이 큰 활을 짚은 꼴이 영락없이 먼저 놈들과 자리를 바꿔 서고 있는 것 같았다. 그들은 그 신비로운 경계선을 따라 개미 떼처럼 왼쪽으로 이동하고 있었다. 이윽고 오두막집 벽이 그들을 가려 버렸다. 페르캉은 그 벽에 구멍을 뚫었다. 내다보니 바로 밑에 무덤이 하나 있고 그 위에는 이빨을 드러낸 커다란 두 우상이 우뚝 서 있었다. 시뻘겋게 칠한 생식기를 두 손으로 잔뜩 움켜쥔 남녀 한 쌍의 우상. 그 건너편에 오두막집이 한 채. 모이족들은 그 집 뒤로 이동하고 있음이 분명했다. 놈들이 그 집에 진을 치려는 것이었다. 그러나 출입구에 싸리발을 여러 개 친 그 집은 여전히 아무 움직임도 보이지 않았다. 모이족 대열은 무슨 함정 속에 빠지기라도 하는 것처럼 그 집 뒤로 사라졌다. 그렇게 소용돌이치면서 차츰 다가오는 모이족 떼는 자취를 감춘 때부터 그 집 전면으로 행진해 오고 있는 것이었다. 전면이 완전히 가려져 있는 그 집은 나무로 깎아 세운 두 우상의 손가락이 움켜쥐고 있는 남녀 생식기 바로 저편에서 벌집처럼 와글와글 들끓고 있었다.

그 집 전면도 역시 살아 있었다. 꼼짝도 않고 음험하게 숨을 쉬고 있었다. 그 뒤로 사라지자 무시무시한 '공허'로 변하여 그곳에 숨어 버린 그 인간 이하의 것들로 인하여⋯⋯.

"놈들은 이쪽으로 진출해서 뭘 하자는 걸까요? 접촉을 시도하는 걸까요?" 클로드가 나지막이 속삭였다.

"그럼 저렇게 잔뜩 몰려오지는 않을 텐데⋯⋯."

페르캉은 의아스러운 듯 쌍안경을 다시 들었다. 그러더니 곧 한 손을 들어 클로드를 부르는 듯한 시늉을 한 다음, 쌍안경이 흔들리지 않도록 다시 그 손으로 쌍안경을 붙들었다. 이윽고 클로드에게 쌍안경을 건네주면서 말했다.

"저 구석을 들여다봐."

"어디, 어디요?"

"좀더 밑으로, 마루 밑바닥 가까이 말이야."

"뭘 가지고 그러세요? 뭔지 삐죽하게 나온 거? 아니면 저 구멍 같은 거?"

"다 같은 거야. 삐죽하게 비어져 나온 거는 구멍으로 큰 활을 내민 것이고, 그

구멍은 지금부터 활을 내밀 구멍이지."

"그런데요?"

"그게 스무 군데가 넘어."

"뭐 권총으로 쏘아 대면 저까짓 싸리발 따위가 맥을 추나요!"

"놈들은 바짝 엎드리고 있거든. 꽤 많은 탄환을 허비해야 할걸. 그리고 곧 어두워질 거야. 이 집을 불사를 테니 놈들한테는 우리가 보여도 우리한테는 놈들 모습이 거의 안 보일 거야."

"그럼 왜 저렇게 쓸데없이 수선을 떠는 거예요? 그냥 제자리에서 기다리고 있어도 됐을 텐데?"

"우릴 사로잡으려는 거야."

클로드는 홀린 듯 넋을 잃고 그 거대한 함정을, 함정 그 자체인 건물을, 함정 밑바닥에서 주둥이처럼 삐죽삐죽 나온 굽은 나무활을 바라보고 있었다. 옆에서 크사가 페르캉에게 뭐라고 하는 말도 거의 들리지 않는 모양이었다. 페르캉이 다시 쌍안경을 들었다. 이번에는 클로드도 페르캉을 따라 빈터 저편 구석을 살펴보았다. 꽤 많은 모이족들이 모종이라도 하는 듯 땅 위에 엉거주춤 앉아 있었다. 어떤 자들은 고양이처럼 무릎을 구부리고 연방 발을 성큼성큼 들면서 살금살금 걷고 있었다. 클로드는 의아스러운 표정으로 페르캉을 쳐다보았다.

"전침을 꽂고 있는 거야."

그들은 밤이 되기를 기다리며 만전의 준비를 갖추고 있음이 분명했다. 그렇다면 저 집 뒤에는, 또 광장 경계선에 우글우글 모여 엉거주춤하고 있는 부대들 뒤에는 그러한 전투 준비 공작이 대체 얼마나 진행되고 있을 것인가!

모이족들이 이 오두막집에 불을 지르지 못하게 막는다는 것은 생각할 수도 없는 일이었다. 일단 오두막에 불이 붙으면 그 속에 있는 그들은 앞으로, 바로 큰 활들이 겨누고 있는 앞으로 뛰쳐나갈 수밖에 없다. 아니면 오른쪽, 지금 놈들이 전침을 꽂은 쪽으로 뛰어가는 수밖에. 그 너머로는 부락을 둘러싼 목책이 있고 그 너머로는 밀림이 있고…… 놈들을 한 명이라도 더 죽이는 수밖에는 별 도리가 없다. 아아! 성냥불을 갖다 대면 바지지 그을리며 온몸을 뒤틀던 저 거머리랑 같은 꼴이구나!

아까 페르캉이 말한 대로 하는 수밖에 없다. 해가 떨어지면 방화 직전에 탈

출을 감행할 것. 그다음엔 밀림이 그들을 덮치리라…… 그러나 그 탈출 자체도 저렇게 전침이 깔려 있으니 과연 가능하기나 할지?

클로드는 문득 달구지를 돌아보았다.

달구지…… 조각들…….

처음부터 다시 시작해야 하는가…….

우선 여기서 탈출할 것, 그렇지 않으면 깨끗이 놈들에게 살해당할 것. 어쨌든 산 채로 붙들려서는 안 된다…….

"놈들이 또 뭘 꽂고 있어요?"

그들은 빈터 저편 끝에서 창을 엇갈려 세워 놓고 또다시 술렁거리고 있었다.

"꽂긴 뭘 꽂아. 추장이 돌아온 거야."

페르캉은 또 한 번 쌍안경을 클로드에게 내주었다. 이렇게 확대해서 보니 그 술렁거리는 움직임은 확실히 질서 정연했다. 어떤 일이 있더라도 모이족들은 자기네 목표에 대한 주의를 잃지 않는 것이었다. 극도로 긴장된 분위기, 적개심으로 충만한 공기, 마치 그들을 노리는 모이족들의 온갖 몸짓이 단 하나의 덩어리로 뭉친 듯 그 모든 것이 먹이를 노리는 그들의 존재를 궁지에 몰린 인간들한테 온통 쏠리게 하는 것이었다. 바로 그때였다. 무엇인가가 이 오두막 안에서 잔뜩 독이 오른 페르캉의 넋과 한데 어울리는 기색이 감돌았다. 페르캉은 스냅사진에 찍힌 영상처럼 흐릿한 눈초리로 입을 멍하니 벌린 채 그 자리에 못 박힌 듯 서 있었다. 표정을 이루는 얼굴선이 온통 아래로 처져 있었다. 이미 오두막집 안에 인간적인 분위기는 없었다.

크사는 한쪽 구석에 털썩 주저앉아 짐승처럼 웅크리고 기다리고 있었다. 그 옆에서 그라보는—저대로 계속 입 다물고 있었으면! 그러나 저 야수의 얼굴, 저 죽음의 이빨을 드러낸 들소 두개골처럼 뚜렷하고 짐승 같은 사디스트의 본능이란…… 그리고 화석처럼 서 있는 페르캉. 갑자기 끔찍한 고독함이 낳는 공포가 클로드의 명치와 허리 한복판을 짓누르는 것이었다. 막 요동을 하려는 미치광이들 사이에 홀로 내던져진 사람의 공포. 그는 입도 벙긋하지 못하고 그저 페르캉의 어깨에 손을 댔다. 페르캉은 그를 돌아보지도 않고 물리치더니 두 걸음 앞으로 나섰다. 문틀 한복판에 우뚝 섰다. 영락없이 화살이 닿을 곳에.

"조심해요!"

그 소리는 이미 페르캉의 귀에는 들리지 않았다. 이미 짧다고 할 수 없는 그의 생애도 이렇게 여기서 한 줄기 뜨거운 피를 뿜고 끝을 맺으려는 것인가. 바로 그라보를 망가뜨린 그 문둥병 같은 용기에 휩쓸려 끝을 맺으려는 것인가. 마치 어디에 있는 그 무엇도 만물을 썩혀 버리는 밀림의 손아귀에서 결국 벗어날 수 없다는 듯이. 페르캉은 그라보를 가만히 돌아보았다. 고개를 푹 숙이고 얼굴은 머리카락으로 온통 덮인 채 그 맹인은 어느새 노예 생활로 되돌아가, 한쪽 어깨를 불쑥 내밀고 연자매를 돌리듯이 느릿느릿 빙빙 돌고 있었다. 페르캉은 내일이면 그것이 그 자신의 얼굴이 되어 영원히 눈까풀이 두 눈 위에 내리덮일지도 모른다는 생각에 괴로워했다…… 그러나 싸울 수는 있다. 어쨌든 죽여라! 이 밀림도 인력으로 어쩔 수 없는 그저 팽창하는 한 덩어리에 지나지는 않을 것이다. 거기에는 나무도 있고 덤불도 있다. 그 뒤에 숨어 총을 쏠 수 있지 않은가…… 그리고 굶어 죽을 수도 있고, 내장을 푹푹 찌르는 듯 참을 수 없는 허기증도 모르는 바 아니지만, 그것도 육중한 연자매에 가죽끈으로 묶인 채 죽은 듯이 살아가는 이 마을 노예의 삶에 비하면 아무것도 아니다. 숲속에서는 그래도 조용히 자살이라도 할 수 있잖은가.

페르캉은 우글우글 모여서 그들을 노리고 있는 모이족들의 머리에 마주쳐 무엇을 뚜렷하게 생각하는 힘이 사라지고 말았다. 자기 운명에 몰릴 대로 몰린 인간이 느낄 수밖에 없는 지독한 굴욕감이 드디어 폭발했다. 마치 죽어 버린 자기 용기의 송장을 가운데 놓고 돌듯이 아직도 빙빙 돌고 있는 그라보…… 그 꼴을 보고 치밀어 오르는 격분에 끌려, 자신의 파멸에 맞서 싸우려는 투쟁심이 불끈 솟는 성욕처럼 미친 듯이 용솟음치는 것이었다. 동시에 터무니없는 생각이 그를 뒤흔들었다. 굴욕보다는 차라리 자부심으로 해서 스스로 택하는 지옥의 형벌—사지가 꺾여 뒤틀리고 머리는 뒤로 젖혀져 자루처럼 등에 늘어진 채 영영 말뚝처럼 땅에 박힌 몸뚱이…… 그런 참혹한 형벌이 부디 이 세상에 존재하여, 한 인간이 울부짖으면서도 말짱한 의식과 꿋꿋한 의지로 마침내 그 고문 앞에 냅다 침을 뱉을 수 있기를 바라는 걷잡을 수 없는 욕망. 그는 자기 죽음 이상의 것을 걸고 싶은 미칠 듯한 격정을 느꼈다. 그 격정은 마침내 우주에 대한 복수, 인간 조건으로부터 벗어나는 것을 목표로 하게 되었으니, 페르캉은 자신을 사로잡는 광기와 어떤 계시 같은 초현실적인 무엇에 맞서 싸우는 자기를 느낄 지경이었다. "누구도 고문을 당하면 견뎌 낼 도리가 없지." 문득 이런 말이 머리를 스쳤다. 그러나 그것은 아무 힘도 없이 그저 뜻 없는 딱딱 소리와 결부되어 있었다. 그것은 자기 이가 서로 부딪쳐 울리는 소리였다. 그는 문 앞에 세운 싸리발 위로 깡충 뛰어올랐다. 순간 그대로 비틀거리다가 일어서서 한 팔을 번쩍 들었다. 그 손에는 마치 제 몸값이라도 내밀듯이 권총이 거꾸로 쥐어져 있었다.

'저자가 미쳤나?' 클로드는 숨을 죽이고 자기 권총 총대로 페르캉의 뒤를 쫓고 있었다. 페르캉은 온몸이 뻣뻣해진 채 한 걸음 한 걸음 모이족을 향해 걷고 있었다. 해는 이미 기울어 긴 그림자들을 비스듬히 빈터에 던지고 개머리판에 마지막 빛을 반사하고 있었다. 페르캉의 눈에는 이미 아무것도 보이지 않았다. 발이 나지막한 덤불에 부딪치자 그걸 물리치기라도 하려는 듯 손을 뻗어 물리치는 시늉을 했다(그는 길을 따라가는 것이 아니었다). 그는 그대로 나아가려다 발이 걸려 한쪽 무릎을 꿇고 털썩 주저앉았다. 다시 몸을 일으켰다. 여전히 몸은 뻣뻣했으며 권총은 그대로 쥐고 있었다. 가시덤불에 찔린 상처가 너무 아파서 그는 잠시 자기 앞에 있는 것을 눈여겨보았다. 추장이 끈덕지게 한 손으로 땅바닥을 가리키는 것이었다. 권총을 땅에 내려놓으라는 것이었다. 권총은 변함없이 높이 든 손에 들려 있었다. 마침내 그는 그 팔을 꾸부렸다. 빈손으로 권총을 자기 손에서 뜯어내다시피 하여 빼앗았다. 무기가 아쉬워 망설이는 것은 아니었다. 손 하나 까딱할 수 없을 만큼 전신이 굳어 있었다. 마침내 권총을 빼어 든 손이 털썩 떨어져 내렸다. 다섯 손가락이 뻣뻣하게 펼쳐졌다. 권총이 미끄러져 떨어졌다.

또 몇 걸음. 일찍이 이처럼 무릎을 구부리지 않고 뻣뻣하게 걸음을 걸어 본 적이 없었다. 뼈가 없어 흐느적대는 몸을 억지로 가누면서 걷는 것이었다. 마치 홀린 짐승처럼 고문을 향하여 그를 떼미는 끈덕진 의지만 없다면 그저 둥둥 떠내려가는 것 같았으리라. 그 뻣뻣한 다리를 옮겨 한 발 한 발 디딜 때마다 허리와 목 마디가 계속 울리고 있었다. 밑을 내려다보지 않고 걷다 보니 자꾸만 그의 발에 걸려 풀포기가 뽑혔다. 그때마다 그의 몸이 땅에 붙들려 앞으로 나아가기를 거부한다. 그러면 그는 몸에 부쩍 힘을 주어 다리를 하나씩 옮겨 디뎠고 그때마다 온몸이 쿵쿵 울리며 떨어지곤 했다. 페르캉이 모이족들 곁으로 다가감에 따라 그들의 창이 일제히 페르캉 쪽으로 기울어졌다. 죽어 가는 햇빛을 받아 창들이 무디게 빛났다. 그때 문득 페르캉은 깨달았다. '놈들은 아마 노예들의 눈알을 뽑을 뿐 아니라 불알을 잘라 버릴 것이다.'

또 한 번 그는 땅에 못 박힌 듯 서 있었다. 살과 내장과 사람의 의지에 반항하는 모든 것에 끌려 어쩔 수 없이 움찔 멎을 것이다. 그러나 공포에 질린 것은 아니었다. 어쨌든 황소 같은 걸음으로 끝까지 계속해서 나아가리라는 것을 스스로 잘 알고 있었기 때문이다. 운명이란 사람의 용기를 파괴할 뿐만 아니라 그 이상의 짓을 할 수 있었다. 그러고 보면 그라보는 이중으로 죽은 송장이다. 그래도 참 시끄러운 녀석이라…… 페르캉은 어처구니없게도 다시 한번 돌아서서 그라보의 모습을 보고 싶었다. 그러나 눈에 띄는 것은 땅에 떨어진 권총뿐이었다.

권총은 바로 길가에 떨어져 있었다. 반반한 흙바닥 한복판에 있었다. 그 무기가 주위의 풀들을 태워 버린 듯이 아주 또렷하게. 저 권총만 있으면 일곱은 죽일 수 있지 않는가. 온갖 방어를 할 수 있지 않는가. 땅바닥에 고스란히 살아 있는 무기. 그는 그쪽으로 되돌아왔다. 순간 굽은 나무활들이 빈터의 붉게 물든 하늘에 번쩍번쩍 비쳤다.

생각해 보면 눈알이 뽑히고, 방금 깨달은 바처럼 거세까지 당하고 난 다음에는 또 다른 잔인한 세계가 펼쳐질 것이었다…… 그리고 발광이, 마치 이 마을의 숲 저편에 있는 끝없는 밀림의 세계처럼…… 그러나 아직 그는 미치지는 않았다. 처절한 흥분과 잔인한 환희에 사로잡혀 그는 정신이 뒤집힐 지경이었다. 눈은 여전히 권총이 놓인 땅바닥을 들여다보고 있었다. 찢어진 각반과 꼬인 가죽끈이 눈에 띄었다. 그런데 희한하게도 그 각반과 가죽끈에서 현실과는 동떨어진 환상이 끌려 나오는 것이었다. 전에 들은 어느 야만족 추장의 비장한 최후가…… 지금 자기와 똑같이 포로가 된 그 추장은 독사가 우글우글한 통 속에 산 채로 끌려 들어가서 전투의 노래를 울부짖으며 마치 가죽끈의 매듭 같은 두 주먹을 휘두르면서 죽어 갔다고 하는데…….

소름이 확 끼치며 공포와 결의가 솟구쳐 올랐다. 그는 발로 냅다 권총을 찼다. 권총은 총대와 개머리판을 번갈아 땅에 부딪치면서 두꺼비처럼 깡충깡충 1미터쯤 튀어 갔다. 그는 다시 모이족들 쪽으로 걸음을 옮겼다.

클로드는 숨을 헐떡거리며 총의 조준선을 맞추듯 페르캉에게 쌍안경의 둥근 초점을 맞추고 있었다. 모이족들이 그를 쏘지 않을까? 그는 문득 쌍안경을 돌려 이번에는 모이족들을 보려고 했다. 그러나 갑자기 거리가 바뀌어 초점이 잘 맞질 않았다. 초조한 나머지 다시 페르캉 쪽으로 초점을 옮기고 말았다. 페르캉은 이때까지 전진하던 자세와 똑같은 구부정한 자세로 다시 돌아와 있었다. 꼭 팔이 없는 사람이 강기슭에서 배를 끌고 가듯이 등을 잔뜩 앞으로 꾸부리고 두 다리는 뻣뻣이 끌고 나가는 자세였다.

그가 잠깐 뒤를 돌아보는 순간 클로드는 그의 얼굴을 보았다. 너무 짧은 순간이어서 다만 멍하니 벌린 입밖에는 눈에 띄지 않았지만, 그 뻣뻣한 몸뚱이와 한 걸음 한 걸음 기계적으로 멀어져 가는 양어깨의 움직임으로 보아 페르캉의 눈길이 오직 한곳에 쏠리고 있음을 짐작할 수 있었다. 쌍안경 렌즈 안에는 페르캉만 남기고 그 밖의 온 세계가 사라져 버렸다. 시야가 어느덧 왼쪽으로 빗나가고 있었다. 대뜸 그는 손목을 돌려 초점을 맞췄다. 또 한 번 페르캉을 놓쳤다. 너무 먼 곳을 찾고 있었으므로, 페르캉은 방금 걸음을 멈췄던 것이다.

순간 페르캉은 묘한 느낌을 받았다. 이때까지 자기가 목표로 삼고 다가왔던 그 모이족들의 대열이 막상 앞에 있으니 별로 부피가 없어 보였다. 늘어선 머리 높이는 또렷하지만 하체는 땅에서 떠오르기 시작하는 저녁 안개 속에 희미하게 보이고 있었다. 그 움직이는 것들 위에 반사된 마지막 햇빛이 아지랑이처럼 떨며 흐릿하게 비추고 있었다. 마치 다가오는 황혼의 평화에 맞서는 인간들의 숨 가쁜 고뇌를 나타내듯. 페르캉의 빈손이 지금 다시 쥐어지고 있었으나 병자의 손처럼 맥이 빠지고 가벼웠다. 그 손은 아직도 무기를 찾는 듯했다. 이때 문득 그의 눈길이 나무들 우듬지에서 멈추었다. 지상에는 움직이지 않는 인간들의 동요가 이어지고 있건만, 하늘에는 아직 붉은 저녁놀이 기다랗게 퍼져 있었다. 그 순간 그가 잃어버리고 말 자유에 대한 충동이 미칠 듯이 그를 엄습해 왔다. 끈질긴 집념에 이끌려 피할 수 없는 변신의 낭떠러지 바로 위에까지 다다르자, 페르캉은 왈칵 다시 제 자신에게 매달리듯 본능적으로 반발하는 것이었다. 꽉 움켜쥔 두 손으로 자기 허벅다리를 쥐어뜯고, 눈에 보이는 온갖 것의 침입을 거부하려고 눈을 가늘게 뜨고, 피부가 온통 신경이 되어 버린 것처럼 과민해진 상태로. 죽음을 앞두고 숨을 헐떡이는 그 자유의 성적인 충동에 사로잡힌 듯

왈칵 매달린 페르캉. 그러나 그는 다가온 파멸 앞에 스스로를 지배하는 악착스러운 의지에 도움을 받아, 눈길은 저 멀리 수평으로 기울어진 햇살에 고정한 채 죽음 속으로 한 걸음 한 걸음 걸어 들어가는 것이었다. 적을 노리는 불길한 지상의 그림자들이 대지에서 피어나는 어둠에 묻혀 그의 시야에서 사라진다.

순간 불그레한 저녁놀이 그림자처럼 쫙 길게 퍼졌다. 열대 지방에 밤이 내리깔리기 직전에 하루해가 폭발하듯이 산산이 조각나더니 빈터의 어둠 속에 흩어져 녹아 버렸다. 죽은 듯 어두워진 하늘에 우뚝우뚝 늘어선 창들의 새까만 그림자만을 남기고 모이족들의 대열도 희미해지고 말았다. 공중의 붉은 놀도 사라져 버렸다. 그 증오에 찬 끔찍스러운 꼴들과 악착스러운 야만적 창살들이 눈앞에 나타나자, 페르캉은 다시금 그놈들 수중에 떨어졌다. 그러자 갑자기 온 천하가 뒤집히는 듯 아찔해지며, 저 자신의 부르짖음 소리가 귀에 울렸다. 꼼짝없이 붙잡혔다고 생각했다. 아니다, 아직은 말짱하다. 그 감각은 피부가 아니라 두려움에서 온 것이었다. 그러나 이 쓰라린 상처의 아픔은…….

마침내 그는 깨달았다. 풀 냄새가 확 풍기자 생각이 났다. 한쪽 발이 전침에 걸려 다른 전침 위로 넘겨졌던 것이다. 한쪽 손목이 터져 피가 흐르고 있었다. 그는 두 손으로 땅을 짚고 일어섰다. 아무래도 무릎을 다친 모양이다. 모이족들은 거의 움직이지 않았지만 아까보다 조금 더 가까이 다가와 있었다…… 놈들이 냅다 달려들려고 했는데 누가 놈들을 제지한 건가? 어스름한 어둠 속에 또렷이 눈에 띄는 거라곤 놈들 눈의 흰자위뿐이었다. 뒤룩뒤룩 움직이는 놈들의 눈초리가 끊임없이 페르캉 쪽으로 다시 돌아오는 것이었다. 짐승 떼나 다름없었다. 이렇게 가까이…… 누가 창을 겨누고 펄쩍 뛰어들면 콱 찔릴 만큼 가까웠다. 상처의 아픔이 찌르는 듯 날카롭고도 마비되는 듯 저려 왔다. 그러나 어쩐지 그는 벗어난 듯한 느낌이 들었다. 의식이 현실적인 표면으로 떠올랐다. 모이족들은 들짐승을 몰아가듯이 저마다 창을 가슴 앞에 비스듬히 두 손으로 쥐고 있었다. 사실 페르캉은 짐승처럼 헐떡이고 있었다. 주머니 안에는 여전히 브라우닝 소형 권총이 들어 있었다. 그대로 꺼내지 않고 추장 놈을 쏠까? 그러고 나면?

상처 입은 다리를 그대로 디디고 서 있을 수가 없었다. 다른 다리에 무게를 싣고 아픈 다리를 슬쩍 들어 보았다. 그러자 무거운 발이 다리를 당겨 찌르는 듯한 아픔이 무릎을 쑤셔 댔다. 그 아픔은 관자놀이에서 지끈지끈 골을 두드리는 혈관의 맥박과 더불어 규칙적으로 떠오르며 몽롱하고도 찌르는 듯한 통증을 수반했다. 그런데 갑자기 그 주위에서 와르르 무엇인가 움직이는 듯했다. 그는 아픔 덕분에 감각이 깨어난 것처럼 그 움직임을 온몸으로 의식했다. 모이족들이 와르르 뒤로 몰려와서 그를 둘러싸더니 클로드의 시야에서 완전히 페르캉을 가로막아 버렸다. 놈들이 그를 여기까지 오도록 내버려 둔 것은 오직 이런 짓을 하기 위해서였던가?

4

페르캉은 그들 앞에 서 있었다. 추장이 잠시도 그에게서 눈을 떼지 않고 노려보고 있었다. 바르르 떠는 눈까풀 아래 꿈틀거리는 두 눈으로 매섭게 페르캉의 다음 거동을 엿보는 것이었다. 그는 성한 오른손을 여전히 주머니 안에 넣고 브라우닝 권총을 쥐고 있었다. 주머니에 든 짐의 무게를 줄이기 위해서라도 언제든지 그대로 주머니 속에서 권총을 쏠 기세였다. 그래야만 상처 입은 다리가 덜 당길 것만 같았다. 그는 상처 입은 왼손을 추장 옆에 있는 안내자 쪽으로 내밀었다. 안내자는 그 손을 좇아 자기 검을 비스듬히 들었다. 그러나 그 몸짓에 조금도 적의가 없음을 페르캉은 깨달았다. 칼끝이 거의 손에 닿았다. 손에서는 피가 한 방울 한 방울 소리 없이 땅바닥에 떨어지고 있었다. 그러자 칼은 조용히 물러갔다.

"그 백인이 항아리 100개 값은 더 나간다는 걸 아는가?" 페르캉이 외쳤다.

안내자는 통역을 안 하고 묵묵히 서 있었다. 하늘의 계시처럼 무거운 무력감이 페르캉을 덮친다. 온몸의 맥이 탁 풀렸다. 저 야만인의 목덜미를 잡아 흔들어서라도 입을 열게 해야지!

"통역해, 빌어먹을!"

안내자는 어깨를 움츠리고 그를 물끄러미 바라보았다. 마치 그 한마디가 전투보다 더 무섭다는 듯이. 페르캉은 놈이 자신의 말을 알아듣지 못하고 있다는 것을 알아차렸다. 아무리 정확한 시암 말이라 해도 너무 빨리 내뱉은 데다가 고함까지 치는 바람에 어조 구별이 잘 되지 않았을 것이다.

그는 애써 아까 한 말을 천천히 되풀이하고는 덧붙였다.

"네가 추장에게 말해……."

숨이 가쁜 탓으로 음절이 하나하나 흔들리는 게 스스로도 화가 나서 그는 한 마디 한 마디를 또박또박 떼어 발음했다. 야만인의 눈빛은 수수께끼 같았지만 그래도 페르캉은 통역자의 눈을 노려보며 그놈의 속을 알려고 애를 썼다. 그 모이족은 뭐라고 이야기를 하려는 듯이 어깨를 약간 추장 쪽으로 돌렸다.

"그 눈먼 백인 몸값이……."

놈이 알아들었을까? 페르캉의 운명이 바로 저 산 고깃덩어리의 말 한마디에 달려 있다. 그의 생애가 저 피부병 자국으로 덮인 두 다리에, 저 핏자국이 묻은 더러운 허리띠에, 밀림 속 짐승처럼 오직 함정을 파고 교활한 짓만 할 줄 아는 인간의 탈을 쓴 저놈에 이르러 마침내 끝나고 마는 것이다. 그 자신이 송두리째 저것, 저 벌레 같은 새끼 머릿속에 달려 있는 것이다. 이 순간 그 머릿속에 무엇인가가 조용히 꿈틀거리고 있었다. 마치 뇌 속에 슬어 놓은 파리 쉬에서 구더기가 기어 나오듯이…… 지난 한 시간 동안 페르캉은 지금 이 순간만큼 상대를 미치도록 죽이고 싶은 충동에 사로잡힌 적은 없었다.

"값이 항아리 100개보다 더……."

마침내 통역을 했다! 늙은 추장은 꿈쩍도 하지 않았다. 누구 하나 까딱하지 않고 죽은 듯 잠잠하여 마치 어둠만이 걸음을 멈추지 않고 흘러 하늘로 떠오르는 것이 눈에 보이는 듯했다. 아침 의식 때처럼 세상과는 단절된 이 장소에 있는 모든 생명이 오로지 묵묵한 추장의 그림자에 달려 있는 것이었다. 울창한 숲속에서는 짐승 소리 하나 들려오지 않았다. 그 깊은 숲도 이 침묵과 정지 상태 속으로 가라앉아 아득한 대지의 끝까지 이어지고 있는 듯했다. 페르캉은 무슨 손짓이라도 있을까 기다렸다. 그러나 손이 아니었다. 추장은 통역자 곁으로 다가서더니 뭐라고 입을 열었다. 통역자는 곧 옮겼다.

"100개보다 더 많이?"

"더 많이."

추장은 잠시 생각하는 모양이었다. 토끼처럼 연방 입을 놀리고 있었다. 그는 고개를 번쩍 들었다. 바로 그때 빈터 저쪽 끝에서 고함 소리가 들려왔다.

"페르캉!"

페르캉이 보이지 않게 되어 초조해진 클로드가 부르는 소리였다. 몇 분만 더 있으면 아주 어두워질 게다. 만일 지금 이 거래를 놓치면, 마지막 기회를 놓치면 우리들은 그야말로 끝장이다…….

"이리 와!"

페르캉은 목이 터져라 외마디 고함을 쳤다. 추장이 여전히 잇몸을 움직이며 그를 의심스러운 눈으로 노려보고 있었다. 또다시 내리덮인 침묵 속에 험악한 공기가 감돌았다.

"이리 오라고 부른 거요." 페르캉이 통역에게 말했다.

"무기는 버리고!" 추장이 대답했다.

"브라우닝만 감춰 가지고 와!" 페르캉은 프랑스어로 외쳤다.

전투는 여전히 이어지고 있었다…….

페르캉의 고함 소리가 스며 사라진 잿빛 어둠 속에 동그란 불빛이 나타났다. 클로드가 회중전등을 켠 것이었다. 클로드의 모습은 보이지 않았다. 풀덤불을 밟는 소리도 나지 않았다. 오직 동그란 빛만이 똑같은 높이로 떠돌며 갈지자걸음으로 다가왔다. 그 움직임에 맞추어 페르캉의 관자놀이에서 지끈지끈 그의 머리를 두드리는 핏줄의 고동이 계속 쿵쿵거리며 느껴졌다. 동그란 빛은 분명 좁은 길을 따라 다가오고 있었다. 휙 불빛이 땅을 떠나 공중으로 들리더니, 모이족의 대열을 낫으로 후려치듯 가로지르고는 다시 땅으로 떨어져 길을 더듬는다. 순간 그놈들이 모조리―갑자기 불에 비친 흰 이빨들이며 페르캉 쪽으로 엉거주춤 기울이고 있는 벌거벗은 상체들이―어둠 속에 떠올랐다가 다시 그림자로 되돌아갔다.

페르캉의 상처가 쑤시기 시작했다. 그는 고통을 견디면서 겨우 땅바닥에 주저앉았다. 쿡쿡 찌르는 날카로운 아픔은 좀 뜸해졌다. 갑자기 회중전등이 사라졌다. 클로드는 불과 몇 미터 밖에서 나뭇잎을 짓밟으며 다가오고 있었다. 페르캉은 두 다리를 쭉 뻗고 머리를 땅 위에 기울인 상태였다. 그러다 보니 주변의 모든 것을 다 뭉쳐서 한데 흡수하고 있는 어두운 밀림과 철책처럼 까칠하게 허공을 찌르고 있는 창들만이 눈에 들어올 뿐이었다. 숨죽인 토론처럼 웅성거리는 소리가 주위에 떠돌고 있었다.

"다쳤습니까?" 클로드가 물었다.

"아니. 응, 뭐 대단치는 않아. 여기 내 옆에 앉아. 그건 끄고."

한편 모이족들은 큰 화톳불을 준비하고 있었다.

페르캉이 전말을 간추려 알려 주었다.

"항아리 100개 이상을 내걸었다니…… 전사가 모두 몇 명이나 되죠?"

"100 내지 200명쯤."

"놈들이 웅성거리고 있는데…… 어떻게 나올 것 같아요?"

과연 그들은 아까보다도 더 목에 걸린 소리로 술렁이며 웅성거리고 있었다. 그중 두 음성이 특히 높고 단호한 투로 드러나고 있었다. 하나는 추장의 목소리였다.

"추장이 그라보를 노예로 삼은 주인 놈하고 다투는 모양인데."

"추장은 무얼 옹호한다죠? 부락 전체를?"

"그런가 봐."

"그럼, 전사 전원에게 항아리를 하나씩 주고 부락 전체 몫으로 적당히…… 다섯 개든 열 개든 얼마든지 주겠노라고 해보면?"

페르캉이 곧바로 그 제안을 말했다. 통역이 끝나기가 무섭게 웅성거리는 소리가 온 그림자를 휩쓸었다. 저마다 한마디씩 하는 것이었다. 처음엔 나지막했지만 나중에는 다들 왁자지껄 야단스럽게 떠들어 댔다. 이젠 공중에 늘어선 창들도 사뭇 뒤흔들리고 있었다. 하늘에는 간밤과 다름없이 별이 총총히 떠 있었다. 갑자기 창 그림자들이 사라졌다. 화톳불이 쉭쉭 소리를 내며 불길을 뿜기 시작했다. 갈라진 불꽃의 혀가 모든 것을 집어삼키려는 듯 활활 타올랐다. 강한 불빛을 받아 맨 앞쪽에 늘어선 머리들이 뚜렷이 보이고 뒤에 둘러싼 패들은 희미하게 어둠에 잠겨 나타났다. 전사들은 거의 모두 거기 모여 있었다. 다들 자기네끼리 이야기하느라 바빠서 백인들은 깜빡 잊어버린 모양이었다. 저마다 점점 더 큰 소리로 제 주장을 한다. 팔은 움직이지 않고 머리를 휘두르며 지껄여 댔다. 불길이 똑같은 간격을 두고 확확 피어올라서 숨죽인 캐스터네츠처럼 울리는 그들의 이야기 소리를 삼켜 버리며 한순간 늙수그레한 농부 같은 그들의 얼굴을 시뻘겋게 비추었다. 그때마다 타오르는 불길보다 더 빨리 그들의 사냥꾼 같은 날카로운 눈초리가 다시 나타나곤 했다.

왁자지껄하게 떠드는 소리 한복판에는 묵묵히 둘러앉은 한 떼가 있었다. 그 둥근 침묵의 원에서는 늙은 장로들이 추장을 중심으로 둘러앉아 한 명씩 발언을 하고 있었다. 유난히 긴 두 팔을 앞으로 모으고 앉은 꼴이 꼭 원숭이 같았다. 클로드는 그들의 얼굴 표정에서 속내를 알아내려고 뚫어지게 그들을 노려보고 있었다. 하지만 그 얼굴 표정은 그들이 지껄이는 말과 다름없이 낯설기만 해서 도저히 이해할 수 없었으므로 그만 단념하고 말았다.

통역이 페르캉에게 다가왔다.

"둘 가운데 한 명은 떠나도 좋아. 다른 한 명은 그가 돌아올 때까지 여기 남아……."

"안 돼."

"혼자 떠났다가 도중에 죽으면 그땐 항아리 교환도 못 하게 돼요." 클로드가 덧붙여 말했다.

모이족이 돌아가다가 페르캉의 다친 다리에 부딪쳤다. 페르캉은 비명을 지를 뻔했다. 또다시 아픔이 차츰 무뎌졌다…….

다시 담판이 시작되었다.

"최악의 경우엔……." 클로드가 입을 열었다.

"아냐, 미개인들이 어떤 놈들인지는 내가 잘 알아. 온 부락 사람들이 진정 원한다면 저 늙은 것들이 막을 수는 없지. 요는 될수록 시간을 끌어야 해. 날이 밝으면 또 딴 방법이 있겠지……."

갑자기 지껄이는 소리가 숨 막힌 소리로 잦아들어 뚝 끊겼다. 마치 새가 날아오르는 순간 새소리가 뚝 끊기듯이. 그들은 일제히 늙은 패들을 바라보았다. 그쪽으로 다들 고개를 돌리는 동시에, 저마다 옆 사람이 이야기하는 동안에는 벌리고 있던 입들을 꾹 다물고 주의를 기울였다.

"어느 부족도 한 사람이 항아리 하나씩 가진 부족은 없지 않은가!"

페르캉이 시암 말로 벼락같이 외쳤다.

통역이 곧 옮겼다. 추장은 아무 대답도 없었다. 누구 하나 꿈쩍도 하지 않았다. 침묵 속에 적의에 찬 기다림이 파문처럼 퍼졌다. 전사들은 추장의 기색을 엿보고 있었다.

페르캉은 벌떡 일어서고 싶었다. 그러나 섣불리 절뚝절뚝 걷다가는 오히려 자기 말의 위력이 약해질까 봐 두려웠다. 그는 그대로 또 한 번 외쳤다.

"우리는 호위병을 데리고 오지 않을 테다. 항아리는……."

통역이 이쪽으로 달려왔다. 모이족들의 머리가 일제히 그 뒤를 따라 움직였다.

"항아리는 달구지에 싣고 온다."

"호위병 없이."

페르캉은 바로바로 통역할 수 있도록 한마디씩 딱딱 끊어 말했다.

"우리 세 사람만 온다."

"교환은 너희들이 정하는 빈터에서 한다."

클로드는 그때그때 머리를 끄덕여 동의를 표시하는 백인 사회의 습관에 아주 젖어 버렸으므로 방금 자기네 쪽으로 고개를 돌린 그 얼굴들이 조금도 변화가 없는 걸 보자 영락없이 거절당한 기분을 느꼈다. '그래도 저마다 자기 항아릴 가질 수 있다는데 솔깃해지지 않을 리 없지!' 그는 이렇게 속으로 중얼거렸다.

'놈들이 영문을 잘 모르는 모양이야……'

대체 어찌 됐단 말인가. 모이족들 몇 사람이 주섬주섬 일어서고 있었다. 아직 허리를 구부린 채 팔을 방금 짚고 있던 땅 쪽으로 그대로 뻗치고 있는 품이 좀 머뭇거리는 기색이었다. 이윽고 그들은 그림자를 앞장세우고는 방금 백인들이 나온 오두막집을 향해 갔다. 세 명, 네 명…… 그들은 컴컴한 나무 그늘 속으로 사라졌다. 다만 그들이 든 창끝만이 별이 총총한 하늘에 아직도 떠올라 있었다…… 남은 모이족들은 긴장한 낯으로 기다리고 있었다. 뭔가를 기다리는 강한 초조감이 백인들에게까지 옮아올 정도였다. 물결치는 나무숲 장벽 위에 창끝이 다시금 뾰족뾰족 떠오르는 순간을 클로드는 안타깝게 기다리고 있었다.

고함 소리가 들려왔다. 그러자 남은 모이족들이 만족한 듯 함성을 질렀다. 순간 뾰족한 창끝이 유난히 반짝이는 별 언저리에서 서로 엇갈리며 떠오르더니 다시 가라앉았다 솟아오르곤 했다. 모이족 사내들이 밤의 어둠 속에 녹아든 그림자를 끌고 우르르 붉은 불빛 속으로 들어섰다. 페르캉은 그들 사이에 그라보의 주인이 끼여 있음을 보았다. 자기 노예가 그대로 잘 있는지 확인하러 갔던 것이며, 딴 모이족들은 그가 달아났을까 봐 불안스러워 쫓아갔던 것이다. 그 주인 놈은 다시 오두막집으로 되돌아가려고 했지만 딴 두 놈이 그의 손목을 붙들고 끌어오는 것이었다. 세 놈이 모두 고함을 치고 있는데 페르캉은 도무지 알아들을 수가 없었다. 마침내 그들은 쭈그려 앉았다. 담판이 다시 벌어졌다. 또다시 그 어리석은 시골뜨기 토론이라도 벌이는 듯한 분위기가 생겨나 그들의 야수 같은 잔인성을 얼마간이나마 덮어 주는 것이었다.

"얼마나 오래 이어질까요?" 클로드가 물었다.

"화톳불이 꺼질 때까지, 새벽까지 이어질 거야. 늘 그렇거든. 그때가 제일 좋은 결정을 내릴 수 있는 시간이라는 거야."

긴장이 풀리자 페르캉은 다시 자기 자신을 의식할 수 있게 되었다. 그러나 자기 삶을 다시 찾은 것도 거의 느끼지 못할 정도였다. 조금 전 그에게 다가올 고문과 파멸을 감당해 내지 못할까 봐 두려워하면서도 용감하게 위험을 무릅쓰고 나아갔을 적에 그는 너무나 자기 자신에게서 멀어졌으므로, 이제 와서는 한갓 안개처럼 희미한 삶을 앞에 두고서도 자신의 삶을 느낄 수 없게 된 것이었다. 밀림과 어둠이 사정없이 압도해 오는 한복판에서 이 미치광이들이 벌이는 비밀 집회, 불길과 더불어 떠올랐다 가라앉았다 하는 이 웅성거림 속에 대체 그 어떤 현실적인 것이 있단 말이냐? 온몸이 후끈 달아오르며 인간에 대한 증오, 인생에 대한 증오가 그를 엄습해 왔다. 지금 다시 자기를 지배하며 황홀한 기억과 마찬가지로 몸서리나는 기억을 차츰차츰 몰아내는 온갖 힘에 대한 증오가 페르캉을 온통 사로잡는다. 그는 자기 머리에 떠오르는 생각보다도 자기 상처와 그 아픔과 뜨거운 열에 더 정신이 쏠리기는 하지만 이미 자기를 사로잡힌 몸으로 느끼지는 않고 있었다. 그러나 뺨과 관자놀이에서 목욕탕 증기처럼 확확 발산되는 열기가 인간 세계에서 오는 일체를 산산이 삭아 버리게 하는 것이었다.

모이족들은 이젠 움직이지 않았다. 환하게 일렁이는 화톳불의 불길이 땅에 꽂힌 똑같은 창들을 줄무늬를 그리며 비추고, 땀이 번지르르한 똑같은 팔들을 번들번들 비추고 있었다. 그때부터 웅성거리는 소리는 어둠에 잠겨 거의 그림자처럼 변해 버린 그들 위를, 마치 쭈그린 미라들 위를 곤충들의 날개 소리가 지나듯 스쳐 가고 있었다. 불길이 사그라지자 어둠이 파도처럼 다시 밀려와서는 표류물(漂流物) 같은 인간들을 덮치고, 그것이 물러가면 산란한 창들이 다시 떠오른다. 여전히 높은 열에 들떠 있는 페르캉의 눈에는 그것들이 마치 광물인 양 꿈쩍도 안 하는 것처럼 느껴졌다. 어두운 밤은 그 이지러진 야만의 습격에 맞서듯이 치밀려 와서는 마치 과거에 밀림이 사원들을 덮어 버렸듯이 야만성을 모조리 덮는다. 그리고 그 어둠의 파도가 무너지면 다시 그들의 머리들이 떠오른다. 그때마다 그들의 움직이지 않는 새빨간 눈들이 불빛을 반사해 캄캄한 어둠 속에서도 반짝거린다.

새벽.
흙덩이를 한 번 끼얹자 차츰 꺼져 가던 화톳불이 완전히 죽어 버렸다. 통역이 페르캉 곁으로 와서 쭈그리고 앉았다.
"그럼 너희들이 장소와 날짜를 정해라."
"맹세해?"
"물론 맹세하지."
통역은 대화 내용을 소리를 질러 전달했다.
모이족들은 하나하나 일어섰다. 창백한 빛에 물든 싸늘한 새벽에 흩어져 있는 난파선 조각들처럼. 한데 모여 있던 그들은 지붕 포장처럼 물결치더니 이윽고 흩어졌다. 몇 놈은 제자리에 우뚝 선 채 오줌을 갈기고 있었다.
"페르캉, 그 맹세라는 걸 믿어요?" 클로드가 입을 열었다.
"글쎄, 잠깐 탄약을 가져와야겠는데…… 내 낡은 상자에 들어 있어. 첫 달구지에 있는 내 웃옷 밑에 말이야…… 아, 그리고 내 콜트 권총도 찾아야지……."
"어디 있는데요?"
"나도 잘 모르겠는데…… 우리 오두막이랑 여기 사이에 있을 거야……."
다행히 권총은 풀 없는 땅바닥에 떨어졌기에 클로드가 곧 찾아낼 수 있었다. 그걸 집어 들자 이젠 평화가 찾아왔다는 증거인 양 그들의 오두막집에서 옷을 입은 사내가 나왔다. 크사였다. 둘은 달구지 쪽으로 갔다. 크사가 상자를 꺼내 가지고 페르캉에게로 갔다.
"그라보는?"
크사는 두 팔을 벌리면서 대답했다.
"이젠, 자고 있어요!"
늙은이들이 들소 두개골 밑에 쭈그리고 있었다. 노예가 술 항아리를 가져왔다. 페르캉이 클로드의 부축을 받아 일어섰다. 그 수염을 깎지 않은 움푹한 볼이 바르르 떨리는 걸 보고 클로드는 불안스러워졌다. 페르캉은 고통으로 얼굴을 찌푸리지 않으려고 이를 악물었다. 추장이 술을 마시고 나서 빨대를 내밀었다. 페르캉은 얼굴을 가까이 갖다 대더니 딱 멎었다. 모든 시선이 그에게로 쏠렸다.

"왜 그래요?" 클로드가 물었다.

"잠깐만……."

맹세를 거절하려는 건가? 모이족들이 일제히 추장의 신호를 기다리며 눈을 부릅뜨고 있었다. 순간 페르캉은 왼손을 들어 모두의 주의를 끌었다. 그는 상자에서 콜트 권총을 꺼내더니 통역을 향하여 말했다. "저 들소 머리를 잘 봐라." 그러고는 권총을 겨누었다. 조준점이 바르르 떨렸다. 신열과 상처…… 권총이 밤이슬에 젖었으면 안 되는데…… 기름은 발라 두었건만…… 모든 시선이 새벽하늘에 걸린 두개골로 향했다. 개미 떼가 갉아 먹고 햇빛을 받아 반들반들 윤이 나는 그 뼈로. 페르캉은 방아쇠를 당겼다. 순간 두개골에 솟아난 두 개의 뿔 사이에 한 점 핏덩이가 탁 터져서 가장자리로 퍼졌다. 새빨간 한 줄기가 망설이다가 쪼르르 콧구멍 쪽으로 흘러내려 맨 끝에서 잠시 멎었다. 마침내 똑똑 핏방울이 떨어졌다. 추장은 부들부들 떨며 손을 내밀었다. 새빨간 핏방울이 바로 그 위 두개골 끝에 가만히 맺혀 있었다. 이윽고 핏방울이 그 손가락 위에 떨어졌다. 추장은 부리나케 혓바닥으로 핥아 보았다. 뭐라고 한마디 외쳤다. 그러자 모이족 전체가 천만뜻밖의 새로운 불안에 사로잡혀 땅바닥으로 시선을 떨어뜨렸다.

"사람의 피?" 통역이 물었다.

"그래……."

클로드는 페르캉이 설명해 주기를 기다렸다. 그러나 그는 모이족을 조용히 쳐다볼 뿐이었다. 모이족들은 어깨를 앞으로 내밀어 웅크린 채, 맥을 못 추면서도 잔뜩 긴장하여 서로 바싹 다가서 있었다. 그러다가 하나씩 슬그머니 그 두개골을 쳐다보고는 화들짝 놀라 허둥지둥 시선을 떨어뜨리곤 하는 것이었다. 그 끊임없이 좇는 눈초리와 공포에 둘러싸여 붉은 점은 여전히 번지고 있는 듯했다. 위쪽 언저리에선 피가 말라붙고 있지만 또 다른 핏줄기가 구불구불 줄을 그으며 천천히 땅 위로 흘러내리고 있었다. 그 움직이는 피는 곤충 다리같이 뻗친 몇 갈래 선과 더불어 큼직한 곤충처럼 살아 있었다. 아침 햇빛을 받아 푸르스름한 두개골에 그것은 마치 귀신 붙은 증거처럼 찍혀 있었다.

방금 혓바닥으로 핥아 핏방울이 번진 바로 그 손으로 추장은 빨대를 가리켰다. 페르캉은 그것으로 술을 빨아 마셨다. 클로드는 놈들이 갑자기 숭배하는 기색을 보이지나 않을까 은근히 기대했었다. "⋯⋯놈들은 신비로운 것에는 너무 익숙해. 지금 놈들은 마치 우리 백인들이 훌륭한 총을 가진 놈을 보듯이 나를 보는 것뿐이야. 그리고 나를 두려워하는 것도 그런 정도야. 이런 연극으로 우리가 확실하게 얻은 수확이 있다면, 그건 미주의 맹세에 절대적 가치를 부여했다는 것이지." 페르캉이 설명했다. 이번에는 클로드가 마시고 나서 물었다.

"대체 어찌 된 셈이에요?"

"별것 아냐, 빈 탄환에다가 내 무릎 상처에서 난 피를 받아 넣었던 거지."

추장이 일어섰다. 크사가 달구지에 소를 매어 놓았다. 페르캉과 클로드는 그라보가 혼자 남아 있는 오두막으로 돌아갔다. 그라보는 한 팔을 뻗고 손은 조금 벌리고 옆으로 누워 있었다. 아직 자고 있었다. 페르캉이 그를 깨워 모이족들과 맺은 약속을 알려 주었다. 그는 일어나 앉은 자세로 양어깨 사이에 고개를 힘없이 묻은 채 아무 대답도 하지 않았다. 아직 잠이 덜 깨서 그러는지, 또는 터뜨릴 데 없는 증오심 때문인지 가릴 수 없었다.

"놈들이 이제 미주의 맹세를 배반하지 않을 것은 확실해."

페르캉이 덧붙여 말했다. 그라보는 아무 대답 없이 그저 손을 벌렸다. 클로드는 시선을 돌리고 말았다. 크사가 벌써 달구지를 몰고 왔다. 일행이 마지막으로 고용한 모이족 안내자도 크사 곁을 따랐다. 약탈당한 것은 아무것도 없었기에 전과 다름없이 곧 달구지를 준비할 수 있었던 것이다. 그리하여 다시 전과 다름없이 행진이 시작되고 보니, 간밤의 처절한 비극이 마치 저 자신의 허무한 인생을 뜻하듯 꿈결같이 머리를 스치는 것이었다.

들소 두개골 밑은 텅 비어 있었다. 새까만 두 핏줄기 끝, 우툴두툴한 턱뼈 밑에 핏방울이 엉긴 채 햇빛에 반짝이고 있었다.

5

안내자가 창끝으로 시암 촌락을 가리켰다. 300미터쯤 떨어진 저 아래쪽 숲속 공터에 마을이 보였다. 몇 그루의 바나나무 옆에 조그마한 초가들이 모여 있는 것이 여전히 숲속에 사는 짐승들을 떠올리게 하였다. 여러 언덕들의 능선이 평행을 이루어 지평선까지 점점 낮아지면서 길게 이어지고 있었다. 거기가 시암 지역이었다. 안내자는 땅에 창을 꽉 박아 그라보와 항아리를 교환할 지점을 표시했다. 그걸 보고 클로드가 중얼거렸다.

"옳지, 장소를 썩 잘 골랐는데. 이리로 올라오는 길은 전부 한눈에 내려다볼 수 있으니."

페르캉은 크사가 들것 모양으로 포장을 뜯어 버린 달구지에 누워 있다가 겨우 몸을 일으켰다.

"흥, 가련한 밥통이지. 시암 정부가 행동을 개시할 배짱이라면 교환을 끝낸 뒤에 비로소 할 거야. 사람을 시켜 항아리 실은 달구지 뒤를 밟게 하는 건 별로 어려운 일이 아니거든. 그러니 한 놈이 뒤를 밟아 길을 알아 놓고 이어 토벌대를 안내하는 거지……."

모이족은 여전히 창으로 땅을 짚고 있었다. 마침내 백인들이 자기 의사를 깨달은 것을 확신했다. 그는 휙 돌아서더니 돌아가기 시작했다. 처음엔 천천히 걷더니 나중엔 쫓기는 짐승처럼 서툴게 줄달음을 치는 것이었다. 이미 그의 발소리는 사라졌건만 어쩐지 아직도 그가 근처에 있는 것만 같았다. 그러나 모이족은 야만의 세계로 다시 돌아가고 있었다. 마치 보트가 큰 배로 돌아가듯이.

드디어 그들 일행만이 남았다. 달구지와 그들의 조각, 그리고 마을 쪽으로 그들을 이끌어 가는 그 좁은 길과 더불어. 마을 지붕들이 아득한 햇빛 저쪽에 반짝이고 있었다.

마을에 들어가 보니 시암 말을 하는 주민이 몇 명 있었다. 페르캉은 달구지꾼을 뽑아 데리고 다시 행진을 이어 갔다. 캄보디아에서 그랬듯이 이번에도 부락에 닿을 때마다 소와 달구지꾼을 바꾸면서 하루하루 행군을 이어 갔다. 그들의 행진은 더 빨라졌는데, 이는 나날이 부풀어 오르는 다리와 점점 더 붉어지는 무릎 속에 펄떡펄떡 흐르는 피의 고통과 같은 속도였다. 페르캉은 거의 음식을 입에 대지 않았다. 어지간한 일이 아니면 자리에서 일어나지도 않았다. 저녁 때면 열이 올랐다. 드디어 열대 햇빛 속에 새파랗게 드러나는 파고다[3]의 높다

---

3) 동양의 불탑(佛塔).

랗고 흰 종탑이 그들 앞에 나타났다. 시암에 들어와 처음으로 부딪치는 큰 마을이었다. 방갈로에 들어서자 크사가 서둘러 알아보았다. 우선 젊은 원주민 의사가 하나 있었다. 싱가포르에서 공부를 했고 평상시는 방콕에 사는 자라는 것이었다. 그리고 순회 중인 영국인 의사가 한 명 있는데, 아직 이틀은 더 머물러 있을 거라고 했다. 그는 중국집에서 식사를 한다고 했다. 이제 곧 정오였다. 클로드는 곧 중국 대중 음식점으로 달려갔다. 들어가 보니 천장에 팡카⁴⁾가 매달려 있고 더러운 거적을 둘러친 벽에는 큼직한 담배 광고가 붙어 있었다. 그 벽 앞에 소다수와 푸르스름한 유리병 사이로 백발이 성성한 노인이 흰옷을 걸친 등을 이쪽으로 돌리고 앉아 있는 게 눈에 띄었다.

"의사 선생님이시죠?"

그 사내는 젓가락으로 콩나물을 집어 올린 채 천천히 이쪽으로 고개를 돌렸다. 얼굴도 머리 빛깔이나 거의 다름없이 창백했다. 그는 지친 얼굴로 하는 수 없다는 듯이 클로드를 바라보았다.

"또 뭐요?"

"백인 부상자입니다. 매우 위독합니다. 상처가 곪은 모양입니다."

노인은 느리게 어깨를 들썩하더니 다시 식사를 시작했다. 클로드는 잠깐 망설이다가 독한 맘을 먹고 두 주먹으로 탁자를 탕 내리쳤다. 의사는 힐끗 쳐다보았다.

"식사나 좀 끝내도록 해주구려, 안 되오?"

클로드는 잠시 망설였다. '확 따귀라도 갈겨 버릴까?' 그러나 마을에 단 하나밖에 없는 백인 의사였다. 클로드는 하는 수 없이 의사와 문 사이에 있는 옆 탁자에 앉았다.

"그냥 알겠다고 한마디만 대답해 주면 됐을 게 아닙니까? 하여튼 좋아요, 어서 끝내시죠."

마침내 의사가 일어섰다.

"환자는 어디다 뒀소?"

그 어조와 표정으로 보아 어디다가 또 어리석게 환자를 처넣었을까? 하고 묻

---

4) 열대 지방에서 천장에 매달아 놓는 거대한 부채.

는 투였다.

"방갈로에."

"갑시다."

햇볕, 내리쬐는 햇볕…….

방 안에 들어서자 의사는 곧바로 침대에 걸터앉더니 칼을 꺼내 들고 환자의 바짓가랑이를 째려고 했다. 그러나 바지 옆쪽은 이미 찢겨져 있었다. 다리가 퉁퉁 부어 올라 페르캉이 참다못해 손수 찢어 놓았던 것이다. 의사는 바지 천을 거칠게 뜯어내고 일단 손으로 다리를 짚어 보더니 갑자기 움직임이 변했다. 쭈글쭈글 크고 시꺼멓게 부어오른 상처는 벌겋게 부풀어 오른 무릎과는 전혀 관계가 없는 것처럼 보였다.

"다리를 구부릴 수 없소?"

"네."

"화살에 맞았소?"

"전침 위에 넘어졌어요."

"언제?"

"닷새 전에."

"이거 큰일이군……."

"스티엥족들은 화살 끝에 절대로 독을 바르지 않는데."

"독을 발랐더라면 곧바로 죽었지 별수 있소? 그렇지만 저절로 상처에 독이 퍼지는 사람도 있는 걸 어떡하오. 기가 막히게 독이 잘 퍼지도록 되어 있으니."

"요오드팅크는 발라 뒀는데…… 다치자마자 바른 건 아니지만……."

"이렇게 깊은 상처에는 뭘 발라도 소용없어요."

의사가 번들번들한 무릎을 살살 짚을 때마다 그 느낌이 유달리 탄력적이어서 페르캉은 꼭 팽팽한 고무 같다고 생각했다.

"심한걸…… 무릎뼈가 아주 들떴어…… 체온계 좀 봅시다. 흠, 38.8도…… 물론 저녁때면 열이 더 오를 테고. 아마 식욕도 거의 없겠지요?"

"네."

"스티엥족이 사는 데까지!"

그는 또 한 번 어깨를 들썩하고는 뭔가 골똘히 생각하는 듯이 보였다. 이윽고 밉살스럽다는 듯이 페르캉을 노려보더니 말했다.

"좀 가만히 들어박혀 있을 수는 없었던 거요?"

순간 페르캉은 의사의 창백한 얼굴을 뚫어져라 쳐다보더니 입을 열었다.

"아편 중독자가 내게 안온한 생활이 어쩌고 지껄일 때마다 나는 빨리 돌아가 편히 눕기나 하라고 하죠. 이봐요 당신, 지금 한 대 피울 시간이면, 사양 말고 어서 가서 피우고 오시오. 그게 좋겠소."

"아니, 어떻게 그런 말을 함부로……"

"당신은 페르캉이란 사내 이야길 들은 적이 있소?"

"그게 당신이랑 무슨 상관이오?"

"그 페르캉이 바로 나요. 알겠소? 그러니 주의를 좀 하셨으면 좋겠군요."

"허 참, 누구든 안온하게 살려고 하는 것을……"

그는 다시 상처 쪽으로 허리를 굽혔다. 페르캉의 기세에 눌려 그러는 게 아니라 무엇인가를 찾아내려는 듯한 몸짓이었다. 의사는 자기 생각을 더듬고 있었다. '쯧쯧…… 이런 어리석은 짓을……' 그는 입술에 엷은 미소를 떠올렸다. 아주 질렸다는 듯이 입가를 치올리는 게 아니고 내려당기는 미소였다. 미소는 금세 사라졌다가 다시 스쳤다.

"그래 당신이 페르캉이오?"

"아니, 페르시아 왕이오!"

"그래, 당신은 그게 그렇게도 자랑스럽소? 집구석에 가만히 있지 않고 그런 오지까지 들어가서 뭘 했다는 게, 그렇게 소동을 일으켰다는 게 말이오. 그렇게 대단한……"

"누가 당신에게 집에 처박혀 있는 게 옳겠느냐 어쩌느냐 따지기라도 했소?"

의사의 미소가 사라졌다.

"이봐요, 페르캉 씨. 딱 잘라 말하겠소. 당신 무릎은 화농성 관절염에 걸렸소. 보름 안에 당신은 짐승처럼 뻗게 될 거요. 어찌할 도리가 없소. 알겠소? 절대로 없단 말이오."

페르캉은 반사적으로 의사를 후려갈기고 싶은 충동이 치밀었다. 그러나 의사의 어조는 증오심이라기보다는 오히려 훨씬 비통한 심정이 담긴 어조여서 그는 그대로 못 박힌 듯 꼼짝하지 않았다. 그럼에도 불구하고 페르캉은 의사에게서 증오심을 발견할 수 있었다. 늙은 아편 중독자가 본능적으로 가지는 행동에 대한 증오심을…….

"어쨌든 좀더 믿음직한 의사를 찾아야겠는데요."

클로드가 입을 열었다.

"그럼 내 말을 믿지 못하겠단 말이오?"

페르캉은 생각에 잠겼다.

"당신을 보기 전에 벌써 나도 그러리라고는 짐작했소. 뭐, 죽음과는 벌써 오래전부터 친한 사이라서……."

"그런 시답잖은 소린 작작 해두시오!"

"……그래도 난 못 믿겠소."

"당신은 지금 잘못 생각하는 거요. 어쩔 도리가 없다니까. 절대로 없다고요. 아편이라도 피워요, 편해질 테니까. 쓸데없는 생각은 해서 뭐하겠소? 이 동네 아편은 질이 꽤 좋은 편이지…… 고통이 심해지거든 주사를 맞아 봐요. 내 주사기를 하나 드리지. 혹시 아편 중독자는 아니겠죠?"

"아니요."

"그럴 테지! 그럼, 여차할 때는 아편 양을 세 배로 하시오. 그러면 언제든지 자기가 원하는 때에 끝장을 낼 수 있을 거요. 주사기는 보이를 시켜 보내겠소."

"전침에 찔려 부상당한 일은 전에도 있었는데……."

"그땐 무릎이 아니었을 테죠. 이번은 무릎 속에 생긴 세균성 독소가 서서히 몸 전체에 퍼지고 있소. 해결책은 오직 다리를 자르는 수밖에 없는데, 절단 수술을 받을 수 있는 도회지까지 갈 시간이 없단 말이오. 그러니 주사나 맞고 딴 생각이나 하시오. 조용히 누워 있으면 당신 생각도 좀 달라질걸! 그 길밖에 없소."

"메스로 한 번 푹 도려내 보면?"

"헛수고죠. 상처가 너무 깊이 썩어 들었고 뼈에 가려 있어요. 그래도 한번 해보고 싶다면 이 젊은이 말대로 시암 토박이 의사라도 부르구려. 미리 알려 드리지만, 그자는 임상 경험이라곤 조금도 없는 자요. 게다가 어차피 시골 토박이에 불과하고…… 그렇지만 당신네 생각으론 우리보다 그런 토박이들이 더 나을지도 모를 일이지만……."

"지금 이 마당에선 훨씬 낫죠."

의사는 크사와 함께 문턱을 넘으려다 말고 돌아서서 다시 한번 페르캉과 클로드를 바라보며 말했다.

"어떻소, 당신은 아무렇지도 않소?"

"괜찮습니다."

"다친 데라도 있으면 내가 있는 동안에……"

클로드에게 이렇게 물으면서도 그의 눈길은 여전히 페르캉에게 쏠리고 있었다. 그 무거운 눈초리며 눈까풀의 주름살을 보니 그가 무슨 생각을 하고 있는지 대충 짐작할 수 있었다. 마치 흐릿한 거울에 비친 그림자처럼. 마침내 의사는 떠나갔다.

"분하지만 뺨따귀를 후려 보았자 아무 소용도 없겠지요. 아, 진짜 괴상한 놈이에요. 됐으니까 시암 의사나 데려올까요?" 클로드가 입을 열었다.

"서둘러 데려와 주게. 이런 곳을 순회하는 백인 의사란 괴상한 놈일 수밖에. 아편쟁이가 아니면 색정광이지…… 크사, 수비대 대장한테 가봐라. 대장에게 이걸 건네줘(그는 시암 말로 된 서류를 내주었다. 페르캉의 서명만이 라틴어로 쓰여 있었다). 페르캉이 보내서 왔다고 말해. 알았지? 그리고 오늘 저녁 나한테 계집들을 좀 데려오너라."

클로드가 돌아와 보니(원주민 의사는 곧 뒤따라오겠다고 했다), 수비대 대장이 와 있었다. 그는 페르캉과 시암 말로 얘기하고 있었다. 장교는 귀를 기울이고 때때로 짤막한 대답을 던지며 메모를 하고 있었다. 그러더니 이번에는 페르캉이 죽 부르는 말을 열 줄쯤 받아 적었다.

"그라보는? 어떻게 된대요?" 수비대 대장이 방을 나가자 클로드가 얼른 물었다.

"그라보는 데려올 수 있어. 저 작자도 나랑 같은 의견이더군. 이 기회를 이용하여 시암 정부가 토벌대를 보낼 거라는 거야. 그 불귀순 지대에서 점령할 수 있는 곳은 다 점령하자는 거지. 핑계도 좋거니와 실리도 적지 않거든. 백인이 모이족에게 끔찍한 고문을 당했으니 프랑스 측에서도 뭐라고 할 말이 없단 말이야. 또 어차피 프랑스는 프랑스대로 언젠가는 비슷한 핑계를 내세워 행동을 개시할 테니까. 그렇게 되면 일이 성가셔지지. 철도 부설권을 얻은 자들은 어서 빨리 군대가 점령해 주기를 고대하고 있고…… 하여간 아까 그자가 내 전보문을 적어 가지고 갔으니 이르면 오늘 저녁에 회답이 올 테지. 토벌대가 우선 첫 부락을 쳐부수면 온 지역이 벌집을 쑤신 듯이 난리가 날 거야……."

클로드는 유리 없는 창틀에 드리운 발이 살짝 들린 틈으로 길거리를 내다보았다. 거리에는 아무도 없었다. 그놈의 시암 의사라는 게 정말 오기는 올 것인가? 종려나무 잎들은 수은등처럼 하얗게 타오르는 푸른 하늘 속에 녹아 버리듯 사라지고 있었다. 햇살이 어찌나 강렬하게 땅 위를 내리쬐는지 모든 생명이 일체 숨죽은 듯 멎어 있었다. 그것은 밀림 속의 불안한 마비 상태는 아니었지만, 뜨거운 열기가 인간과 대지를 서서히 차지하여 완벽한 지배를 확립하는 그러한 더위였다. 인간의 계획이며 의지며 하는 것이 그 열기 속에서는 수증기처럼 증발하는 것이었다. 방 안에 다시 침묵이 내리깔리고 더위가 엄습해 오자 또 하나의 정체 모를 무엇이 나타나기 시작했다. 뜨겁게 타오르는 땅바닥에서, 숨죽인 동물들에게서, 그 견딜 수 없이 더운 그늘 속에 숨어 꼼짝도 않고 있는 두 백인의 침묵에서 모습을 드러내는 것. 죽음. 아까 영국인 의사 앞에서는 페르캉은 깨달으려 하기보다는 차라리 대꾸를 하고 싶은 충동에 사로잡혀 있었다. 그리고 한사코 행동하려고 애썼다. 눈부신 태양처럼 그를 에워싸는 죽음의 의식이 되돌아오는 것을 어떻게든 늦춰 보려고. 그러나 마침내 죽음의 의식이 그를 붙들고야 말았다.

의사의 냉담한 선언에도 그는 굴하지 않았다. 의사가 뭐라고 하든지 간에 자기 자신이 느끼는 감각은—지금 그는 더 뚜렷이 그 감각을 포착하려고 애쓰고 있었다—그가 죽어 간다는 사실을 그 자신에게 가르쳐 주지 않았다. 전에도 자주 상처를 입은 적이 있어 별로 놀랄 건 없었다. 그 열도, 무릎이 뒤틀리는 듯한 아픔도 처음 겪는 일은 아니었다. 찌르는 듯한 고통은 상처가 곪아서 민감해진 탓이리라. 무엇이 살짝 닿기만 해도 펄쩍 뛰는 부은 살의 반사 작용. 그게 문제였다. 피에 독이 퍼졌다는 것은 별로 대수롭지도 않고 그는 그 고통을 느끼지도 않았다. 오직 의사라는 한 인간이 내린 선고만이, 상처 자체가 선고를 내리듯 그에게 주는 고통에 맞서 싸우는 것이었다. 그는 시암 의사의 도움으로 자기 생명을 건져 내야 할 것만 같았다.

그러나 시암 의사가 방 안에 들어서자 꿈에서 깨듯 그 모든 기대가 와르르 무너지고 말았다. 그 직업적인 냉담한 태도만으로도 페르캉이 쌓아 올린 방어벽을 파괴하기에 충분했다. 페르캉은 가차 없이 제 육체에서 떨어져 나가는 듯한 느낌이었다. 그를 죽음으로 끌고 가려는 그 무책임한 육체에서. 의사는 침대가에 시암인의 습관대로 쭈그려 앉아 붕대를 풀더니 상처를 들여다보았다. 페르캉은 영국인 의사에게도 알린 증세를 죽 말해 주었다. 시암 의사는 아무 대답 없이 아주 능란한 솜씨로 연방 다리를 짚어 보고 있었다. 페르캉은 속이 뒤집힐 듯이 답답했다. 그러나 불안하지는 않았다. 새삼스레 그는 적과 대면한 것이다. 예컨대 상대가 자신의 피라 하더라도 적임에는 틀림없었다.

"페르캉 씨, 오는 길에 블랙하우스 선생을 만났습죠. 그분은…… 깨끗한 인간은 못 되지만 경험 많은 의사입니다. 그는 참으로 영국인답게 사람을 멸시하면서…… 마치 내가 그 병을 당연히 모를 거라는 듯이…… 화농성 관절염이라고 알려 주더군요. 그런 병쯤은 벌써 초보 의학서로 알고 있지요. 유럽 전쟁 때에 퍼졌던 병이죠. 그러나 실제로 보는 것은 이번이 처음입니다. 그 병의 증상은 지금 당신이 알려 준 증세 그대로입니다. 이런 감염성 질환을 치료하려면 절단 수술을 해야 하죠. 그러나 여기서는, 이런 정도의 의학 수준으로는……."

페르캉은 두 손을 들어 그의 말을 가로막았다. 이 서양식에 물든 토박이가 늘어놓는 말을 듣고 있노라니까, 이놈이 정당한 보수를 받기 위해 자신의 죽음을 신중히 확인해 주고 있다는 생각이 들었던 것이다. 페르캉은 돈을 치렀다. 의사는 방을 나갔다. 그는 눈으로 그 모양을 좇았다. 마치 자기 죽음의 증거인 양.

그에게는 죽음 자체보다도 죽음의 위협이 더 절실하게 다가왔다. 예전에 산 채로 송장과 한데 묶여 강물에 던져졌다는 죄수들처럼 페르캉은 자기 육신에 매여 있으면서도 동시에 육체로부터 떨어져 나가는 기분을 느꼈다. 그러나 자기 내부에 숨어 있는 죽음과는 너무나 동떨어진 사내였으므로 그의 가슴에는 또다시 투쟁심이 치밀어 올랐다. 하지만 그것도 순간이었다. 자기를 바라보는 클로드의 시선에 부딪치자 그는 다시 자기 육체 속으로 주저앉듯이 되돌아가고 말았다. 그 눈초리에는 용감한 깊은 우정과 측은한 동정이 복잡하게 뒤얽힌 공감의 감정이, 죽음이 선고된 육체를 앞에 놓고 산 것들이 느끼는 동물적인 결합이 강렬히 드러나고 있었다. 페르캉은 이때까지 누구에게도 느껴 본 적이 없는 애정을 클로드에게 느끼면서도 마치 자기의 죽음이 그에게서 오는 것처럼 느꼈다. 피할 수 없는 죽음의 선고는 의사들의 말보다 오히려 방금 클로드가 본능적으로 내리간 눈꺼풀 속에서 뚜렷이 나타나고 있었다.

또다시 무릎이 쿡쿡 찌르기 시작했다. 그때마다 반사적으로 다리가 움찔움찔 오그라들었다. 고통과 죽음 사이에는 어떤 계약이 맺어져 있었다. 마치 그 고통이 죽음의 피할 수 없는 준비이기나 하듯이. 갑자기 고통의 파도가 썰물처럼 물러갔다. 그와 동시에 고통에 맞서던 의지마저 사라졌다. 그 자리에 남은 것은 몽롱한 정신에 숨어 있는 희미한 고통뿐이었다. 다시 떠오를 때를 기다리면서 잠시 누그러진 고통…… 페르캉은 생전 처음으로 자기도 당할 수 없는 무엇인가가 자기 속에 불쑥 고개를 드는 것을 느꼈다. 어떠한 희망으로도 맞설 수 없는 것, 그러나 그것과도 역시 싸워야 한다…….

"클로드, 참 놀라운 일이야. 비록 죽음이 아직 코앞까지 오지는 않았어도 이렇게나 가까워지니까, 자기가 무엇을 원하는지를 단번에 알 수 있게 되는군. 아무런 망설임도 없이 말이야."

둘은 묵묵히 마주 바라보고 있었다. 이때까지 몇 번이나 그들을 하나로 묶어 준 그 침묵의 우정에 얽힌 시선이었다. 페르캉은 침대 위에 앉아 한쪽 다리를 쭉 펴고 있었다. 그의 눈빛이 다시 또렷해졌다. 그러나 의지가 가지가지 아쉬움에서 아직 완전히 벗어나지 못한 것처럼 무거운 의식을 지닌 눈초리였다. 클로드는 그의 속내를 알아내려고 애를 썼다.

"토벌대를 따라 또 오지로 들어가려는 거죠?"

페르캉은 허를 찔려 잠시 대답을 하지 못했다. 그런 생각은 미처 하지 못했기 때문이다. 페르캉으로서는 이미 자기 죽음과 스티엥족과는 아무 관계도 없는 것이었으니까.

"아니, 지금 나한테는 내 부하들이 필요해. 내 나라로 돌아가겠어."

그 순간 클로드는 페르캉이 얼마나 자기보다 늙었는가를 새삼스럽게 실감했다. 그것은 얼굴이나 음성에 나타나는 것은 아니었다. 페르캉이 살아온 오랜 세월이 신앙처럼 그를 무겁게 누르고 있는 것 같았다. 둘 사이에는 도저히 뛰어넘을 수 없는 차이가 있었다. 전혀 딴 종족에 속한 존재들처럼…….

"그럼 조각은?"

"이렇게 되고 보니 과거의 희망보다 더 씁쓸한 것은 없군그래……."

그가 혼자서 제 나라 산악 지대까지 올라갈 수 있을까?

아무것도 지금 클로드가 방콕으로 가는 것을 막을 수는 없었다. 아무것도.

지금 눈앞에 다가오는 친구의 죽음을 제외하고는.

"페르캉, 저도 당신과 함께 갈 거예요."

침묵. 보기 드문 소중한 인간적 결합의 위대한 세계에서 벗어나기라도 하려는 듯 둘은 모두 눈을 돌려 창밖을 물끄러미 바라보았다. 발 밑 틈새로 보이는 찬란한 바깥 햇살에 눈이 부셨다. 꼼짝도 않는 태양 아래 이글이글 타는 듯한 몇 분이 흘렀다.

클로드는 문득 달구지 지붕 밑에 들어 있는 조각들을 떠올렸다. 한때 그렇게도 심하게 그와 맞서던 돌덩어리건만 이제는 그 생명을 잃어버리고 말았다. 수비대에 맡겨 두고 가면 다시 돌아왔을 때 찾을 수 있으리라. 그리고 설사 다시 찾지 못한대도…… 어째서 그와 함께 갈 결심을 했을까? 그러나 클로드는 페르캉을 내버리고 갈 수 없었다. 페르캉이 도저히 한데 섞일 수 없는 인간임을 뻔히 알면서 인류와 죽음에 그를 내맡기고 떠날 수는 없는 노릇이었다. 그가 몰랐던 새로운 힘의 시련에 부딪친다는 것이 마치 하나의 계시인 양 클로드를 끌어당기고 있었다. 무엇보다도 클로드의 경우에는 그러한 결심에 의해서, 오직 그것만이 세상 사람들과의 온갖 타협을 물리치게 하는 그 세속에 대한 경멸을 돋우어 주는 것이었다. 이기고 지는 것은 이미 문제가 아니었다. 힘을 시험하는 도박에서 그는 오직 사나이답게 승부를 하고, 원하는 대로 실컷 용기를 발휘하고 세상의 허무와 인간의 고뇌를 골수에 사무치도록 느낄 수 있는 것이었다. 할아버지 댁에서 일그러진 형태로나마 자주 마주칠 수 있었던 그 인간의 고뇌를…….

발이 소리 없이 벙긋이 들렸다. 그러자 먼지가 자욱한 햇빛이 세모꼴로 방 안에 비쳤다. 공기 덩어리 속에서는 금방 클로드의 머리에 떠오르던 생각들이 모두 덧없는 연기처럼 사라져 버리는 듯했다. 그리고 보니 제 자신에 관해서도 의지를 제외하고는 아무것도 모를 성싶었다.

원주민 하나가 맨발로 들어오더니 전보 한 장을 전했다. 수비대 대장이 받은 긴급 회답이었다.

기관총수 800명 토벌대의 근거지 숙사를 준비하라.

"800명이라." 페르캉이 말했다. "그 지역을 깨끗이 평정할 작정이구먼…… 대체 어디까지 밀어붙일 거지? 그럴 심산이 아니었더라도 이렇게 되면 나도 오지까지 기어 올라가지 않을 수 없지…… 놈들이 기관총을 가지고 온다, 놈들이……."

이때 크사가 돌아왔다.

"나리, 여자들이 왔어요."

"어디 내 상대도 좀 찾아 줄 수 있을까?" 클로드가 물었다.

"네."

클로드는 크사를 따라나섰다.

두 여자가 문 오른쪽에 와 있었다. 자그마한 계집의 몸에 꽂은 꽃과 유난히 입술이 보드라워 보이는 얼굴에 똑같은 증오심을 느끼며 페르캉은 그대로 굳어 버렸다. 지금 심경으로는 그 노곤한 감각이 참을 수 없이 싫었다. 그는 제대로 보지도 않고 딴 여자에게 손짓으로 오라는 시늉을 했다. 작은 여자는 그대로 나가 버렸다.

방 안 공기는 죽은 듯 잠잠했다. 시간이 멎은 것만 같았다. 콧날이 굽은 여자의 아시아적인 무표정한 얼굴에 지배된 듯한 침묵 속에 오직 부르르 떠는 페르캉의 손가락만이 살아 움직이고 있는 듯했다. 페르캉은 예민한 감각으로 그를 에워싸는 강렬한 분위기에 이끌려 몸이 화끈 달아오르는 것을 느끼기는 했지만 그것은 정욕 때문도 아니고 신열 때문도 아니었다. 그것은 도박꾼이 승부를 할 때 느끼는 후끈한 감각이었다. 오늘 밤 그는 성적 무력을 두려워하지 않았다. 다만 지금 인간의 체취에 푹 젖어 있으면서도 또다시 형용할 수 없는 고뇌에 사로잡히고 있었다.

여자는 홀딱 벗은 채 누웠다. 엷은 어둠 속에 매끈매끈한 육체가 희미하게 떠올랐다. 국부가 시작되는 부분의 흐린 선과 두 눈만이 뚜렷이 드러나 보였다. 페르캉은 그 눈을 뚫어지게 들여다보고 있었다. 발가벗은 여인의 육체에서 드러나는 그 매력적인 전락의 감각이 발견되기를 끈덕지게 기다리면서. 페르캉의 정체를 알 수 없는 감정이 내뿜는 지배력에서 벗어나려는 듯이 여자는 눈을 지그시 감았다. 사내들의 욕정에는 익숙했지만 이 절대적인 침묵 속에, 제 눈과 딱 마주친 채 떨어지지 않는 페르캉의 시선에서 떠오는 야릇한 분위기에 홀려서 그저 조용히 기다리고 있었다. 밑에 받친 쿠션 때문에 하는 수 없이 두 다리와 팔을 살며시 벌린다. 벙긋이 입을 열고 젖가슴을 천천히 흔들어 제 자신의 욕정을 빚으면서 욕망이 한껏 채워지기를 바라고 있는 듯하였다. 그들의 숨 가쁜 움직임이 온 방에 퍼졌다. 똑같은 동작이 되풀이됐지만 동작이 다시 시작될 때마다 더욱 활기를 띠었다. 파도처럼 가라앉다가는 차츰차츰 솟아오르곤 했다. 온 근육이 팽팽하게 당기고 움푹움푹한 모든 구석에 그림자가 퍼졌다. 페르캉이 여자 밑에 팔을 넣고 얼싸안으려 하자 여자는 몸을 들어 도와주었다. 그 순간부터 여자가 완전히 공포감을 잊었음을 느낄 수 있었다. 여자는 허리에 힘을 주고 살며시 몸을 틀어 자세를 바꾸려 했다. 순간 한 줄기 노르스름한 광선이 여자의 엉덩이를 채찍질하듯이 휘감았다가 사타구니로 사라졌다. 여자가 내뿜는 뜨거운 열기가 그에게로 스며들었다. 그때 여자가 갑자기 입술을 깨물었다. 거칠게 물결치는 가슴을 억누를 수 없을 지경이라는 것을 여인은 그렇게 기를 쓰는 몸짓으로 드러내 보이는 것이었다.

페르캉은 여자의 몸을 때려눕히다시피 하여 제 것으로 만들었다. 사나운 욕정이 그 육체와 그를 이어 주고 있었다. 하지만 그는 그 야만적인 감정과는 거의 동떨어진 상태로 눈까풀이 푸르스름한 그 여자의 얼굴을 불과 10센티밖에 안 떨어진 위치에서 무슨 가면을 들여다보듯이 바라보고 있었다. 얼굴 전체가 바로 그 꼭 다문 입에 집중되어 있었다. 갑자기 그 부푼 입술이 벌어졌다. 바르르 떠는 입술 밑에 하얀 이가 드러났다. 그러고는 마치 이 세상에 갓 태어난 것처럼 긴 전율이 긴장된 온몸에 바르르 흘렀다. 확확 다는 열기 아래 꼼짝 않는 나무처럼 인간미를 잃고 딱딱하게 굳어 있는 그 몸뚱이. 그 얼굴은 여전히 오직 입을 통해 살아 있을 뿐이었다. 페르캉의 움직임에 맞춰 여자의 손톱이 시트를 긁어 댔지만, 온몸의 경련이 점점 더 심해지자 손가락이 허공에 쫙 퍼지면서 침대를 긁는 동작도 뚝 끊겼다. 그리고 입술이 눈까풀을 내리깔듯이 닫혔다.

그 입술이 바로 눈앞에서 경련함에도 불구하고 자신에게 취한 듯 쾌락에 몸부림치는 이 여자 몸뚱이는 영 희망 없이 그와는 멀리 떨어져 있었다. 결코, 결코 그는 이 여자가 느끼는 감동을 직접 느낄 수는 없으리라. 결코 그는 그의 몸을 흔드는 이 열광 속에서도 끔찍한 이별 이외에는 아무것도 발견할 수 없으리라. 사람은 오직 사랑하는 것만 가질 수 있을 뿐이다.

이제 와서는 여자의 사타구니에서 자기 몸을 빼냄으로써 여자를 다시 제정신으로 돌려준다는 것도 마음대로 할 수 없었다. 그는 제 동작에 사로잡혀 두 눈을 딱 감고 독약을 삼키듯이 몸을 내맡겼다. 자기를 죽음으로 몰고 가는 그 가면같이 이름 없는 막막한 얼굴을 전력으로 광포하게 무너뜨리는 행위에 흠뻑 취하여.

제4부

1

푹푹 쑤시는 무릎에서 구름같이 피어오르는 듯한 더위와 모기 떼에 둘러싸여 또다시 낮과 밤을 보내면서 여행을 한다. 옆을 떠나지 않는 클로드처럼 죽음도 한결같이 페르캉의 곁을 따랐다. 의식이 몽롱해지는 마비 상태 속에 밀림을 뚫고 들어간다. 밤과 낮이 교대하듯이 무성한 수풀과 환한 공터가 번갈아 나타나는 가운데 이제는 밤이 울창한 나뭇잎처럼 자꾸만 길게 꼬리를 끌어 거기서는 시간마저 썩어 들어가는 것이었다. 벌채되어 나가는 밀림이 찢어져 하는 수 없이 햇볕에 자리를 내주고 있는 듯한 공터가 드디어 눈앞에 나타났다. 그러나 페르캉은 그것이 널따란 계곡이라는 걸 알고 있었다. 그리하여 또다시 새로운 밀림이 움직일 수 없는 그의 육체와 황폐해진 의지를 파도처럼 덮칠 것이었다. 그의 의지 속에 떠오르는 희망도 멀리 들려오는 들개 울음소리와 벌레에 쏘여 얼얼하게 오르는 열에 시달려 꺼지고 마는 것이었다. 페르캉은 지독한 아픔에 못 이겨 잠시 신발을 벗고 있었다. 그의 다리는 피부 속까지 찔려 문신이라도 한 듯이 검붉은 자국이 났다. 그 아픔과 가려움과 만물의 부패에도, 끊임없이 들려오는 원숭이들 울음소리에도, 그리고 그가 자기 나라 라오스 쪽으로 올라가기 시작한 이래로 밀림의 틈바구니가 열릴 때마다 볼 수 있는 뒤틀린 나뭇가지에도, 몰려 달아나는 스티엥족들의 생명은 그 가장 깊숙한 곳까지 넘치고 있었다. 비록 그 생명은 궤멸하여 완전히 해체된 듯 표면에 떠오르지는 않았지만.

정부는 항아리를 내주고 그라보를 인계하여 방콕 병원으로 보냈다. 그 뒤 토벌대는 전침과 함정에 부상당한 병정들을 운반하며 모이족 촌락으로 나아가 정문을 폭파하고 오두막집들을 수류탄으로 소탕해 버렸다. 뒤에 남은 것은 산

더미처럼 쌓인 시체와 산산이 부서진 항아리 사이를 꿀꿀거리며 돌아다니는 시커먼 돼지들과, 온갖 생물이 와글와글 들끓는 인간 내장들뿐…… 스티엥족들은 달아나는 길에 닥치는 대로 인근 부락을 휩쓸었다. 토벌대는 그들을 추격하여 깊은 밀림 속으로 들어갔다가 특히 상처 감염 때문에 수많은 희생자를 냈다. 민병들은 수류탄으로 쓰러진 환자를 처리하고 부상자들을 총검으로 찔러 버리곤 했다. 스티엥족은 물터를 찾아 서서히 옮아가는 짐승 떼처럼 밀림을 헤치고 나갔다. 첩첩한 밀림 표면은 그대로 두고 동쪽으로 흔적도 없이 이동했다. 그러나 저녁때가 되면 고요한 공중에 여기저기 긴 연기가 꼿꼿이 솟아올랐다. 그것은 그 끝없이 펼쳐진 숲에서 야만족들의 비장한 행군이 잠시 머무른 지점을 가리키는 연기였다.

클로드와 페르캉이 시암의 큰 마을을 떠난 지 며칠 뒤부터 그런 화톳불이 나타나기 시작했었다. 페르캉의 나라이자 철도 공사 예정지이기도 한 지대에 접근함에 따라 불은 밤마다 수효가 늘어 지금은 숲이 트일 때마다 화톳불 연기가 지평선을 가로막곤 했다. 매미 울음소리로 가득 찬 어둠 속에 눈에 띄지 않는 토벌대가 밀고 올라오고, 그 토벌대 뒤에는 시암 정부가 있었다…….

"나 같은 인간은 늘 국가를 상대로 도박을 해야 해." 페르캉이 이런 말을 한 적이 있다. 그 국가가 지금 캄캄한 어둠 저편에 있는 것이다. 그 국가가 지금 딴 국가들보다도 먼저 야수 같은 종족들을 사냥하면서 자기네 철도선을 1킬로미터씩 차근차근 늘려 가며, 해마다 조금씩 멀리 앞장을 서는 모험가들의 시체를 묻으며 나아가는 것이다. 환한 하늘에 화톳불 연기가 나무줄기처럼 뚜렷이 나타나는 날에 쌍안경으로 바라보자, 그 연기 사이에 새빨갛게 칠한 들소 두개골이 우뚝 솟아오른 것이 보였다. 불똥 튀는 소리는 광대한 대자연에 눌린 듯 들리지 않지만 대체 저 불들이 언제쯤 통행이 가능한 길에 다다를 수 있을 것인가? 그 연기들이 밤의 어둠 속에 사라지기 시작하자 저 멀리 철도 공사가 시작되는 지점에서 탐조등이 공중을 비추었다. 마치 달아나는 모이족들의 대이동(大移動), 무성한 수풀 아래 숨어 나아가는 가축 떼 같은 그들 무리의 중심은 백인들이 하늘에 던지는 삼각형 불빛 속에 있기라도 한 것처럼.

다시 숲이 트인 곳에 나서자 마치 비행기 위에서 내려다보듯이 깊숙한 계곡 풍경이 나타났다. 아래로 뻗은 능선들과 짙은 푸른빛 원경은 전혀 산길과는 이어져 있지 않았다. 그 계곡의 원경 속으로 가라앉는 저녁 햇빛은 마치 물속에 가라앉듯이 떨릴 것이다. 산꼭대기엔 반투명한 유리처럼 석양이 비끼고 종려나무 잎 언저리엔 먼지처럼 자욱이 저녁 안개가 낀다. 멀리 검푸른 원경 속에 하얀 종탑들이 솟아 있는 곳은 드디어 페르캉의 나라에 접근했음을 알리는 최초의 라오스 동맹 부락인 삼롱인데, 페르캉이 알고 지내는 추장이 있는 첫 번째 마을이었다. 앞쪽에서는 광막한 숲 위에 몇 줄기 연기가 오르고 그 연기로 해서 드넓은 밀림이 더욱 광막하게 보였다. 그리고 그 연기들의 이동은 온 밀림의 생태와 빈틈없이 이어져 있어 인간들에게서가 아니라 바로 대지에서 유래하는 현상 같았다. 마치 화재나 조류(潮流)처럼 인간의 힘으로 극복할 수 없을 성싶었다.

"어째서 저놈들이 저 부락으로 나아가는 걸까? 부락 전사들이 무장을 하고 있을 텐데. 분명히 그럴 수밖에 없는 무슨 곡절이……."

"식량이 떨어져서 그럴까요?" 클로드가 물었다.

"토벌대는 이젠 놈들을 포기했을 텐데. 처음부터 토벌대는 저 개천을 넘지 않기로 나하고 합의를 봤거든. 저 개천 너머가 사방이란 자의 영토이고 그 너머가 내 영토야."

개천은 푸른빛 심연 속에 홀로 하얗게 번쩍이며 U자 모양으로 구부러져 흐르고 있었다.

"사방이 자기 부락을 지킬 수 있도록 도와줘야겠는걸……."

"그 몸을 가지고요?"

"산등성이를 타고 내려가면 놈들보다 훨씬 일찍 닿을 수 있지. 기껏 하루쯤 늦었으니까……."

페르캉은 여전히 그 부락과 숲을 바라보고 있었다. 그러나 다리를 긁지 않으려고 기를 쓰고 손톱을 물어뜯었지만 어느덧 그의 눈동자는 몽롱하게 흐려져 있었다. 페르캉을 그 부락으로 이끌어 가는 깊은 동지애를 클로드는 너무나 잘 알기에 굳이 그를 말릴 수도 없었다. 게다가 왠지 불안해서 말이 목구멍에 걸렸다. 그는 그저 묵묵히 있었다. 그때 뭔가를 탕탕 치는 듯한 소리가 연달아 일어나 몽롱하게 퍼져 있는 거대한 침묵 속에 사라졌다. 밀림의 신령인 양 광막한 숲을 거침없이 헤치며 나아가고 있는 그 연기에서 나기라도 하는 듯한 야릇한 소리였다. 그 소리는 지옥 불 같은 햇볕 속을 채우기에는 너무 약한지 볕 속에 차례차례 나타났다 사라져 갔다. 마치 돌멩이를 던진 듯, 이따금 숲에서 날아오르다가도 내리쬐는 태양에 혼겁을 하고 다시 숲으로 떨어지고 마는 새들처럼. 규칙적인 간격을 두고 울려와서는 볕 속에 사라지는 그 정체 모를 소리는 어쩐지 먼 별나라에서 울리는 장엄한 선고(宣告)의 북소리 같은 느낌이었다. 클로드는 문득 전에 폐허에서 망치로 돌을 두들기던 소리를 떠올렸다.

"저것 좀 들어 봐요……."

"응? 뭐?"

페르캉의 귀에는 아픔이 밀려오는 고동 소리밖에는 들리지 않았다. 그는 잠시 숨을 죽이고 귀를 기울였다. 하나…… 둘…… 셋…… 넷…… 소리는 점점 가까워졌다. 분명하고도 둔한 소리였다. 꼭 해면처럼 속이 비어 있었다. 연기가 느릿느릿 전진하는 것과 대조되어 소리는 한층 잦게 울리는 듯했다.

"사람들이 내는 소린데. 놈들이 진지라도 구축하는 게 아닐까요?" 클로드가 말을 이었다.

"모이족들이? 아냐. 연기는 여전히 전진하고 있거든. 그리고 소리는 훨씬 더 가까이 들리고."

페르캉은 소리 나는 방향으로 쌍안경 초점을 맞춰 보려고 했다. 그러나 헛수고였다. 열기 때문에 생겨난 푸른 안개가 숲을 뒤덮을 정도는 아니었지만 사물의 형태를 죄다 부옇게 흐려 놓고 있었다. 갑자기 다시 무릎이 쿡쿡 쑤시기 시작했다. 그 아픔이 마치 종소리처럼 체내에 왕왕 울리는 것이, 희미하게 들리는 먼 소리와는 전혀 어울리질 않았다. 마치 증오에 불타면서 저 연기며 야릇한 소리를 스스로 일으키고 있는 듯한 대자연 속에는 사람 그림자라곤 하나도 보이지 않았다. 그런데 저 아래쪽에 유리에 반사된 햇살처럼 반짝반짝 빛나는 점이 나타났다.

그 언저리에는 개천도 없었다.

그는 또다시 쌍안경을 들여다보았다. 달구지를 세우고 다시 한번 들여다보았다. 여전히 아프건만 이미 죽은 거나 다름없는 다리가 앞을 가렸다. 그 방해되는 다리를 비키려고도 하지 않고 그는 그대로 상체를 일으켰다. 다리는 이미 자기와는 따로 떨어진 살덩이나 다름없었지만 그래도 남의 살의 아픔을 느낄 수도 있다는 듯이 여전히 쿡쿡 쑤시고 있었다. 마침내 정체가 보이기 시작했다. 클로드가 손을 내밀었지만 그는 도무지 쌍안경을 내주려고 하지 않았다. 그 반짝이는 점은 거기서 들려오는 듯한 잇단 총격 소리와 함께 연방 위아래로 움직이고 있었다. 그의 손이 풀썩 아래로 떨어졌다. 클로드가 옆에서 쌍안경을 집으려 했지만 페르캉은 놓질 않았다. 그러다 이윽고 손가락을 슬며시 폈다.

"……개천은 더 저쪽에 있지 않아?" 페르캉이 입을 열었다.

클로드는 반짝이는 점에 가만히 초점을 맞추었다. 냄비일까? 야영 도구일까? 개천보다는 훨씬 앞이다. 그 바로 곁에 가느다랗게 교차된 줄이 있고 사람 같은 것들, 그리고 더 크게 드러나는 기하학적 표면들이 보인다. 아, 저건 본 적이 있는데…… 천막들이다. 교차된 선은 나란히 맞세워 놓은 총들이었다. 클로드도 새삼 개천 쪽을 바라보았다. 훨씬 저편에 떨어져 있다. 모이족의 연기를 찾아 초점을 옮기자 그 전방에 또 반짝이는 점이 나타났다.

"토벌대인가요?" 클로드가 물었다.

페르캉은 대답이 없다가 한참 만에 말했다.

"놈들 입장에서는 이미 난 죽은 사람인 거야……."

페르캉은 혐오감을 드러내며 자기 다리와 그 반짝이는 점을 번갈아 노려보고 있었다. 시선이 다리에서 떨어졌다. 광막한 숲을 거쳐 들려오는 그 나무망치 소리, 천막 말뚝을 치는 소리가 빈 통 두들기는 소리처럼 점점 퍼짐에 따라서 모이족들의 연기와, 숲 자체와, 마침내는 태양 밑에 짓눌린 온 천하를 서서히 지배하고 있었다. 이제야 인간의 의지가 이 거대한 원시림 속에서 죽음을 위하여 호령을 내릴 제자리를 되찾고 있는 것이다. 죽음의 고통에도 불구하고 페르캉은 자신의 파멸을 선언하는 이 모든 것에 미칠 듯이 항거하는 제 생명을 느끼고 있었다. 또 한 번 싸워야 한다! 그러나 자기가 이때까지 이루어 놓은 모든 것이 지금 자신의 시체처럼 그 앞에 가로놓여 있지 않은가! 일주일 안에 토벌대는 그의 영토로 침입할 것이다. 그렇게 되면 그의 생애도 한갓 헛된 기대로 끝장날 것이 아닌가.

맞세워 놓은 총들이 지금 저기 있다. 번갯불처럼 푸르스름한 인광을 발하면서 크게 굽이치는 개천은 안중에도 없다는 듯 토벌대는 나아가고 있는 것이다. 천막들이 바로 그곳에 진을 치고 있다. 그런데 아무래도 마음이 놓이질 않는다.

구토에 앞서 정신이 멍해질 때처럼 속이 메스껍고 가슴이 답답하게 울렁거렸다. 그는 잠시 의지를 굽히고 우선은 파도에 휩쓸린 배처럼 떠올랐다간 가라앉곤 하는 고통에 주의를 기울였다. 좀 안정이 되자 다시 토벌대와 죽음이 머릿속에 고개를 들었다. 그 둘은 한데 얽혀 저 커다란 연기처럼 목적지를 향하여 똑같이 나아가고 있었다.

'나한테는 멋지게 죽는 것이 멋지게 사는 것보다 훨씬 중요한 문제일지도 모르겠군…….'

페르캉은 속으로 중얼거리면서 다시 쌍안경을 들어 부락 쪽으로 초점을 맞추었다. 부락은 흐릿하게 불쑥 나온 그의 두 가죽신 사이로 놀랄 만큼 또렷이 드러났다.

지금 그의 인생은 절벽으로 굴러떨어지고 있는 거나 다름없다. 그리고 그 부락은 그가 한사코 매달려야 할 돌덩이처럼 떡하니 버티고 있었다. 얼마 전에 무너진 절에서 마주쳤던 돌덩이처럼…… 쌍안경은 어느 결에 토벌대 쪽으로 옮겨졌다. 그러나 지금 두 개의 파도가 연달아 오고 있었다. 우선 스티엥족을 쳐부숴야 할 게다.

"사방의 부락에도 놈들보다는 우리가 먼저 들어갈걸……."

"그 사방이라는 자를 믿고 있나요?"

"아니, 내가 믿는 건 북부 지방의 추장들뿐이야. 하지만 지금은 이것저것 따질 여유가 없거든……."

2

총격이 점점 심해지더니 이제는 메아리와 한데 어울려 컴컴한 숲 한 모퉁이를 제하고는 삼롱과 그 사원 종탑들을 수많은 불빛으로 온통 에워싸고 있었다. 거의 한 바퀴나 둘러싸는 그들의 포위망 안쪽에는 쓰르라미 소리와 어렴풋한 신호등의 불그레한 빛만이 있었다. 갇혀서 짓눌린 라오스의 고요한 평화.

"클로드, 여전히 저 아래쪽엔 아무 일도 없나?"

이제 페르캉은 몸을 일으킬 수가 없었다.

클로드가 다시 쌍안경을 집었다.

"통 보이지 않는데요……."

클로드가 쌍안경을 놓기 직전에 산꼭대기 바로 곁에서 또 다른 총성이 터졌다. 총소리보다 메아리가 더 요란스럽게 울리며 지나갔다. 또 한 방. 그 희미한 불빛들은 반짝이는 별들 옆에 있으니 어쩐지 더러워 보였다.

"스티엥 놈들이 부락을 포위했을까요?

"아니, 절대로 그럴 리는 없어."

페르캉은 손가락으로 희미하게 보이는 언덕을 가리키며 말했다.

"저기서 지키고 있는 정찰병이 그쪽으로는 발포하지 않는 걸 보면 놈들이 그리로 올라가려고 하지 않는 게 분명해."

"모이족들도 알아요. 철도 공사장 근처에 기관총이 있는 걸."

크사가 옆에서 한마디 했다.

총격이 일어나는 곳 저편에 불덩이들이 붉은 불길처럼 떨리고 있었다. 페르캉은 그 불들을 계속 바라보고 있었다. 불이 번득거리는 곳까지는 아직 토벌대도 닿지 못한 모양이었다. 그런데 그때 무슨 그림자가 페르캉의 시야를 가로막으면서 쌍안경 바로 앞을 언뜻 스치고 지나갔다.

"누구야?"

침상에 누운 채 그는 앞뜰에 둘러 꽂은 말뚝 언저리를 훑어보았다. 그림자는 이미 없었다. 그쪽을 향해서 되는대로 총을 한 발 쐈다. 비명 소리라도 나기를 기대했지만 아무 소리도 나지 않았다.

"두 번째야……."

"당신이 그놈들한테 토벌대를 막으라고 타이른 다음부터, 아무래도 일이 수상하게 돌아가고 있어요…… 그놈들이 스티엥족과 싸우는 것을 돕는 건 좋지만……." 클로드가 말했다.

"하여간 다들 멍청이라니까!"

페르캉이 배치한 정찰병들이 이제는 아까보다 훨씬 맹렬히 쏘아 대고 있었다. 토벌대와 싸우던 스티엥족들이 부락으로 쳐들어오고 있었다.

"당신이 그들에게 말한 것 말인데, 그거 정말 확실한 겁니까? 그들이 토벌대에게 군사(軍使)를 보내서 담판할 생각을 해도 토벌대 대장은 코웃음만 칠 수도 있고, 또 그들이 섣불리 발포라도 했다간 기관총 세례를 받을 수도 있을 텐데……."

"당국 지시로 토벌대는 그들과 싸우지 못하게 되어 있거든. 그들은 불교도이고 토착민일 뿐 아니라 내 부하들처럼 무장을 갖추고 있으니까. 아마 협상에 응할 거야. 그러나 만일 놈들이 아무 조건 없이 쉽게 토벌대를 부락에 들여보냈다가는 시암 당국자들 말대로 부락은 '관리'를 당하게 될 거란 말이야. 이런 사정을 알 만한 자는 사방밖에는 없는데, 사방의 추장으로서의 권위는 지금 마치 저 총격의 불꽃처럼 위태롭게 흔들리고 있는 판국이니…… 하여튼 한 가지는 확실해. 저놈들이 이 부락으로 들어오면 내 영토까지 철길이 확 터지고 말 거야. 내가 꽉 손아귀에 넣고 있는 건 북부 추장들뿐……."

원시적인 화톳불 냄새가 밤공기에 실려 스쳐 갔다.

"그러니 우리는 다만 놈들이 스티엥족의 공격을 막아 내는 걸 돕기 위해서만 여기 버티고 있는 게 아니야!"

점점 더 늘어 가는 총소리가 마치 속도를 늦춘 기관총 사격처럼 들리면서 페르캉의 허무한 집념을 더욱 부채질하였다. 총격이 자꾸만 일어났다 끊어졌다 하니까 저편의 끄떡없는 불꽃이 더욱 고정된 것처럼 느껴지는 것이었다. 또 다른 불이 몇 개나 일어났다. 일제 사격이 급속도로 휘몰아치자 불은 멀리 떨어진 곳에 띄엄띄엄 몇 겹으로 줄을 지어 고정되어 있었다. 그러나 날쌔게 어둠을 째는 화약 불빛 아래에서도 끄떡없는 그 불꽃들은 마치 이 치열한 전투와는 더위와 어둠 자체에서 스스로 떠오르는 듯 장엄하게 제자리에서 타오르고 있었다.

"놈들이 집결해 가지고 습격을 할 것 같나요?" 클로드가 물었다.

"글쎄, 이젠 상당한 수효인데. 저 화톳불들을 봐……."

페르캉은 잠시 생각하더니 말을 이었다.

"저놈들은 확실히 부락을 습격할 거야. 그러나 단결할 리는 없어. 내 부하들도, 또 내가 단결시키려던 추장들도 이곳 주민들처럼 라오스 불교도들이지. 그런데도 막상 그들을 한데 모아 단결시키기는 어렵거든. 게다가 스티엥족들은 늘 통로를 공격하지. 그러니 지금처럼 송장이 눈앞에 널려 있는 상황에선 재빠르게 습격할 수도 없거니와, 그 송장 썩는 지독한 냄새에 습격 준비도 갖추기가 힘들 거야. 지금 놈들이 달려드는 건 무엇보다도 굶주림 때문이지. 내일쯤은 또다시 토벌대가 놈들을 공격할 테고……."

그는 말끝을 흐리며 잠시 생각하더니 이윽고 한마디 덧붙였다.

"우리도 역시……."

일제 사격이 화톳불 위로 포물선을 그리듯이 다시 시작되더니 또다시 뜸해졌다. 한 사내가 어둠 속에서 나와 막사 입구로 다가왔다. 맨발이 마치 손으로 짚고 기어오르듯 사다리 횡목을 딛고 소리 없이 사뿐사뿐 올라왔다. 희미한 촛불 빛에 그림자가 뚜렷이 떠올랐다. 머리, 상체, 다리…… 전령이다. 페르캉은 윗몸을 일으키더니 고통에 못 이겨 얼굴을 찌푸리고는 다시 쓰러졌다. 고통이 내부에서 미친 듯이 솟아올라 전령에게 명령을 내릴 수도 없었다. 그는 살아 있는 침략자가 물러서는 걸 기다리듯이 고통이 가라앉는 걸 초조하게 기다렸다. 전령은 벌써 재빠른 소리로 짧은 문구를 지껄이고 있었다. 무엇을 술술 외우기라도 하는 듯한 투였다. 클로드는 그가 시암 말로 된 문장을 통으로 외워 가지고 온 것임을 깨달았다. 그래서 하는 수 없이 페르캉의 표정을 살폈다. 토착민이 아무 생각 없이 지껄이는 소리보다는 같은 유럽인의 침묵이 더 알기 쉽다는 듯이. 페르캉은 여전히 지껄이는 그 전령에게서 눈을 떼더니 조용히 내리깔았다. 뺨이 희미하게 바르르 떨리지만 않는다면 마치 자는 듯한 모습이었다. 갑자기 그는 눈을 들었다.

"뭐라는 거예요?" 클로드가 물었다.

"이자 말이, 스티엥족들은 내가 여기 와 있다는 걸 알고 공격하러 되돌아왔다는 거야. 하기야 우리는 토벌대만큼 위험한 적은 아니니까……."

일제 사격이 멎었다. 전령은 크사를 데리고 떠났다.

"부락을 포위할 순 없어…… 우린 총도 있고……."

총성이 두 번 탕탕 터지며 메아리가 겹쳐 울렸다. 다시 침묵이 흘렀다.

"그리고 전령 말로는, 철도 기사(技師)들도 토벌대와 함께 있다는군."

클로드는 차츰 사태를 파악할 수 있었다.

"아니, 기사들이라면 지금 저기서 공사를 하고 있는 중인데요 뭐! 하루에도 다이너마이트를 적어도 열 번은 터뜨리면서!"

"그놈의 폭발 소리가 하나하나 나를 압박하듯이 울리고 있지…… 그들은 공사를 진행시키고 있어. 의심할 여지가 없어…… 놈들이 이 부락까지 오는 날엔……."

"놈들이 철도 방향을 바꾼다고요?"

페르캉은 꿈쩍도 하지 않았다. 그저 묵묵히 자기 앞의 어둠을 바라보고 있더니 이렇게 말했다.

"내 영토를 지나가는 게 그들에겐 대단한 절약이 될 테니까…… 그들은 매우 용감한 것 같아. 그러니 모이족들도 개돼지들처럼 달아나고 있지. 그렇지만 아무리 대단한 토벌대가 쳐들어와도 그쪽으로는 쉽게 통과하지 못할걸."

클로드는 대답이 없었다.

"……흥, 토벌대가 쳐들어와도……."

페르캉은 혼자 되풀이하더니 다시 입을 다물었다. 그러다가 한마디 덧붙인다.

"기관총 세 자루만, 딱 세 자루만 있으면 놈들은 절대로 통과하지 못하련만……."

일제 사격이 좀 약하게 다시 일어났다가 또 그쳤다.

"이제 슬슬 조용해지겠군. 날이 밝으면……."

"날이 밝으면 사방이 오겠죠?"

"뭐, 아마 그렇겠지…… 빌어먹을 멍청이들! 글쎄, 저것들이 토벌대를 통과시키는 날에는……."

3

사방이 사닥다리를 기어 올라왔다. 결정적인 파국의 순간이 닥쳐올 때까지 몇 번이나 더 새벽을 맞이할 수 있을까? 페르캉은 차츰 문턱을 넘어오는 사방의 모습을 보고 있었다. 짧게 깎은 회색 머리며 불안스럽게 두리번거리는 눈이며, 라오스 불상과 닮은 코…… 자기 속에 죽음이 깃든 뒤로는 페르캉의 정신세계에서는 모든 존재가 그 고유한 형태를 잃어버리고 말았다. 전부터 잘 알던 이 추장도 개인으로서는 전에 스티엥 부락에서 본 늙은 추장보다도 오히려 존재감이 약했다. 그렇지만 벌써 토론을 시작하려는 듯 움직이는 그 손…… 그저 토론에 알맞을 뿐인 한 사내. 그 뒤에 다른 얼굴들이 겹쳐 나타났다. 부하들이 따라온 것이었다. 곧 일행 전부가 들어섰다. 사방은 우물쭈물하고 있다. 그는 백인들 앞에서 쭈그리기를 좋아하지 않았고 앉는 것도 싫어하기 때문이다. 그는 우뚝 선 채로 자기 발밑을 유심히 들여다보고 있을 뿐 아무 말도 없었다. 저마다 그저 기다리고 있었다. 클로드는 참으로 아시아다운 그 침묵에 화가 치밀었다. 페르캉은 그런 것에는 익숙한 편이었지만 그래도 부상당한 뒤부터는 신경이 날카로워져 참기 힘들었다. 그저 묵묵히 기다리고 있노라면 꼼짝할 수 없는 자기 꼴을 뼈저리게 느끼게 되기 때문이었다. 페르캉은 결심하고 먼저 입을 열었다.

"토벌대가 여기까지 진출하게 되면 어떤 일이 벌어질지 당신은 잘 알고 있을 거요."

날이 서서히 밝아 이제는 지평선까지 내리뻗은 언덕 비탈이 보이기 시작했다. 수백 미터 떨어진 곳에 점점이 우뚝우뚝 서 있는 나무에 매달아 놓은 두개골들이 어둠 속에서 차츰 드러나고 있었다. 새벽바람에 나뭇가지 꼭대기가 휘며 바람에 물결치는 거대한 숲의 파도가 언덕에서 언덕으로 겹겹이 이어진다. 마치 그 속을 휘몰아 가는 보이지 않는 야만족들의 도주 행군이 일으키는 파도 같았다. 다이너마이트 폭파 소리가 꽈르릉 울렸다. 막사 반대쪽에서 진행되는 철도 공사는 그들에게 보이지 않았지만, 계곡이 떠나갈 듯이 울리는 폭음에 뒤이어 돌멩이와 바위가 빗발처럼 후드득 떨어지는 소리가 들려왔다.

"모레는 토벌대가 여기까지 올 거요. 거듭 말하지만 당신네가 가진 총으로 부락 전체가 항전한다면 토벌대는 하는 수 없이 북부로 올라갈 거요. 그렇지 않으면 철도는 기어코 여길 통과할 것이오. 당신네는 시암 관리들에게 굴복하고 싶소?"

사방은 그렇지 않다는 몸짓을 해 보였지만 믿음보다는 불신이 넘치는 태도였다.

"나중에 철도를 따라 쳐들어올 정규군과 싸우느니보다는, 지금 당신네를 공격하라는 명령을 받지 않은 토벌대하고 싸우는 편이 훨씬 쉽단 말이오."

"뭐, 그때쯤 되면 난 이미 죽었을 테지만⋯⋯." 페르캉은 클로드를 돌아보며 이렇게 프랑스 말로 덧붙였다.

그 침통한 어조⋯⋯ 또 한 번 그는 제 생명을 믿고 있었다.

토인들이 하나씩 막사로 들어와서는 쭈그려 앉았다. 그들은 자기들끼리는 시암 말을 쓰지 않았다. 페르캉은 그들의 방언을 몰랐지만 그들이 자기에게 적개심을 품고 있다는 것은 확실히 알았다. 사방이 그들을 손가락으로 가리키며 말했다.

"저자들은 다른 무엇보다도 스티엥족들을 두려워하고 있소."

"당신네 총 앞에서 스티엥족 따위가 대체 뭘 할 수 있다고!"

추장의 손가락은 그대로 허공에 뜬 채 밀림 쪽으로 향했다. 페르캉은 곧 쌍안경을 들고 그쪽 나무들을 바라보았다. 보니까 가장 큰 나무 꼭대기에 장대가 하나하나 세워지고 그 장대 끝에는 추한 둥근 덩어리가 붙어 있었다. 스티엥족들은 이제는 달아나지 않고 버티고 있었다. 진짜 우상은 몇 개 없었지만 그 대신 두개골과 사냥에서 죽인 짐승들을 매달아 놓은 것이 여기저기 숲에서 떠올라서 위협적인 야만의 힘을 아침 하늘에 뚜렷이 새겨 놓고 있었다. 그 광경은 마치 들소 두개골에서 나온 수많은 뼈들이 달아나다가 곤충처럼 번식하여 개천까지 늘어선 것 같았다. 갈비뼈, 두개골에서 뱀 껍질에 이르기까지 다양한 것들이 공중에 걸려 석회처럼 하얗게 흔들리고 있었다. 그것들은 야만족들의 이동을 휩쓰는 기아(飢餓)를 일제히 표현하고 있는 듯했다. 그리고 오른쪽에는 개천 바로 곁에 상을 당한 여인을 나타낸 우상이 세워져 있었다. 조그만 새털로 둘러싸인 사람 두개골을 머리에 이고 있는 그 우상은 문명인으로서는 도무지 알 수 없는 처절한 고뇌를 드러내어 보는 이의 마음을 사로잡는 것이었다. 페르캉은 그만 쌍안경을 내렸다. 그새 또 새로운 부락 주민들이 막사 안으로 들어왔다. 그중 두 놈은 소총을 가지고 있었다. 총신이 희미하게 번득인다. 그라보의 웃옷이 걸려 있던 오두막집이 페르캉의 머리에 떠올랐다.

"당신네들 마을 사람 전체의 생명이 걸린 문제요. 당신들이 군사를 보내고 토벌대에게 사격을 가하면 그들은 그다지 저항하지 않고 물러갈 것이오. 나는 토벌대가 어떤 지시를 받았는지 잘 알고 있소. 그렇게 되면 토벌대는 스티엥족들을 배후에서 공격하게 될 것이오. 아니면⋯⋯."

그중에는 시암 말을 아는 자가 몇 명 있었다. 울부짖듯이 맹렬한 반박이 일어나 페르캉의 말을 가로막았다. 사방은 머뭇거리더니 이윽고 결심한 듯 입을 열었다.

"부하들은 스티엥족들이 우리를 공격하는 건 당신 탓이라고 하고 있소."

"놈들이 당신네를 공격하는 건 굶주림에 못 이겨 하는 짓이오!"

전원의 시선이 일제히 사방에게 쏠렸다. 그는 또 머뭇머뭇하더니 마침내 딱 잘라 말했다.

"당신만 없으면 놈들도 우릴 건드리지는 않을 거란 말이오."

페르캉은 아무 말 없이 어깨를 으쓱했다.

"그래서 저들은 당신이 떠나기를 바라고 있소."

페르캉은 주먹으로 침대를 쾅 쳤다. 쭈그리고 있던 주민들이 일제히 개구리처럼 펄쩍 뛰어 일어섰다. 총을 가진 라오스인 두 놈은 벌써 백인들을 겨누고 있었다.

'옳지, 그럴 줄 알았다. 머저리 같으니!'

순간 이런 생각이 클로드의 머리를 스쳤다. 페르캉은 어쩐 셈인지 살기등등한 놈들의 머리들 뒤를 넘겨다보고 있었다. 그 뒤에 크사가 와 있는 것도 아닌데. 그는 놈들 뒤를 넘겨다보면서 힘차게 외쳤다.

"이놈들이 꼼짝만 하면 쏴라!"

총을 겨누고 있던 두 놈이 그대로 겨눈 채 획 뒤를 돌아보았다. 그 순간 탕탕! 두 방이 터졌다. 페르캉이 방금 주머니 속에서 그대로 발사한 것이다. 그 반동이 어찌나 심하던지 순간 자기 무릎을 쏴버렸나 하고 착각할 정도였다. 그러나 그중 한 놈이 몸을 뒤틀며 쓰러졌다. 또 한 놈은 총을 떨어뜨리고는 두 손으로 배를 움켜쥔 채 송장같이 멍청하게 두 눈을 부릅뜨고는 입을 멍하니 벌리고 서 있었다. 그러나 남은 사람들이 와르르 일제히 달아나는 바람에 그놈도 산산이 흩어지는 머리들 위에 다섯 손가락을 벌려 들고는 털썩 쓰러졌다. 찰팍찰팍 맨발로 뛰어 달아나는 소리가 멀어지자 다시 침묵이 깔렸다.

남은 사람은 사방뿐이었다.

"자, 그럼 이제 어쩔 거요?" 그는 페르캉에게 물었다.

추장은 하는 수 없다는 듯 닥쳐오는 파탄을 기다리고 있었다. 백인들의 광기와 어리석음이 언젠가는 반드시 초래하고야 마는 파탄이었다. 그가 그 속에서 살고 있는 불교와 무관심의 세계가 그를 에워싸는 듯했다. 바싹 웅크린 두 시체에서 소리 없이 피가 흘렀다. 그 광경을 멍한 눈으로 내려다보면서 추장은 인적 없는 황폐한 곳에 나타난 망령인 양 우두커니 서 있었다.

'방금 제일 떠들어 대던 그놈들은 틀림없이 추장의 반대파였을 테니, 놈들을

깨끗이 처리해 준 나한테 그다지 성내지는 않을 것이다.'

페르캉은 이런 생각을 하며 문득 자기 앞에 널브러진 두 시체를 보았다. 피는 겉으로는 보이지 않는 구멍에서 흘러나오고 있었다. 마치 처음부터 생명이 없었던 물건들에서 흘러나오기라도 하는 듯. 페르캉은 묘한 느낌을 받았다. 시체가 바로 거기 있음을 잘 알고 있는데도 어쩐지 그 두 놈도 딴 놈들과 함께 달아나 버렸다는 생각이 드는 것이었다. 이놈들은 틀림없이 죽었다. 그럼 나 자신은? 살아 있느냐? 죽어 가는 거냐? 사방과 나 사이를 무엇이 이어 준단 말이냐? 이해관계와 구속이지. 그건 나도 알고 있다. 그래, 내가 여기서 이 토인들을 선동할 수는 있을 테지. 그러나 여기서 필요한 건 반란이나 전쟁이다. 내가 오래전부터 기다리고 있던 바로 그것. 지금 사방이 토벌대와 항전하기를 승낙한다 하더라도 부락민의 절반은 아마도 달아나 버릴 것이다.

이런 생각을 하니 한때 자기 일생의 대사업처럼 커다란 기대를 걸었던 불귀순 부락들의 동맹도 순식간에 못 미더운 것으로 느껴졌다. 마치 이때까지 한 번도 함께 싸워 본 적이 없는 이 결단성 없는 라오스인 추장처럼. 지금 밀물처럼 쳐들어오는 백인들의 세력과 토벌대와 계곡을 뒤흔드는 폭파 작업에 맞서기 위해서 그가 기대할 수 있는 것은 오직 자기와 인간적으로 맺어져 있는 사람들, 오직 충성심 있는 사람들, 오직 자기 부하들뿐이었다. 그리고 이 죽어 뻗은 놈들도…… 아마 이렇게 부상당한 몸이 아니었더라면 라오스 놈치고 감히 자기에게 총을 겨누는 놈은 없었으리라. 저놈들 눈에는 내가 약해진 것으로 보일지 모르지만 내가 보기엔 절대로 그렇지 않다. 놈들도 방금 그 증거를 보지 않았던가…….

페르캉은 문득 사방 쪽으로 고개를 들었다. 그들의 시선이 마주쳤다. 그 순간 마치 사방이 뭐라고 말이라도 한 것처럼 페르캉은 깨달았다. 그 추장의 눈에 비치는 자기는 이미 죽음을 선고받은 인간이라는 것을. 남의 눈초리에서 자기 죽음과 부딪치는 것은 이것이 두 번째였다. 그 순간 불현듯이 추장을 죽여 버리고 싶은 충동이 솟구쳤다. 마치 살인만이 자기가 살아 있다는 것을 확인해 주며, 자기 자신의 종말과 싸울 수 있게 해준다는 듯이. 제기랄, 앞으로 모든 자기 부하들 눈에서도 저 눈초리를 다시 발견하게 될 것이 아닌가! 죽음을 콱 붙들어 거꾸러뜨리고 짐승처럼 죽음과 맞붙어 싸우고 싶은 미칠 듯한 격정, 방금 사방을 쏘고 싶어졌을 때 그를 사로잡던 격정이 억누를 수 없는 발작처럼 그의 온몸에서 복받쳐 올랐다. 가장 끔찍한 적, 그 자신의 파멸…… 앞으로 페르캉은 자기 부하들 하나하나의 가슴속에 스며들 자기 자신의 파멸과 싸워야 하는 것이다.

문득 자기 숙부 생각이 떠올랐다. 덴마크의 시골 명문가 아들이었던 그의 숙부는 갖은 미친 짓을 다한 뒤에, 마지막에는 훈족의 왕처럼 말뚝에 맨 죽은 말 위에 올라타고 자기를 산 채로 묻은 것이었다. 다가오는 고통스런 죽음 앞에서 온 신경이 뒤틀리는데도 터질 듯한 비명을 콱 눌러 죽이고, 무도병 환자처럼 양 어깨가 덜덜 떨리는 그 소름 끼치는 공포를 한사코 물리치려 애쓰던 그 처절한 최후…… 페르캉은 추장에게 말했다.

"떠나겠소."

4

이제는 부락도 없었다. 그들은 산봉우리들이 하늘을 가로막고 있는 산악 지대에 접어들었다. 페르캉은 어서 그 산을 넘고 싶었다. 아래쪽으로는 개천이 흐르고 있었다. 밀림 위를 새와 나비들이 햇빛에 반짝이면서 둔하게 스쳐 날아가고 있었다. 한편 토벌대가 지평선까지 휘몰아 가는 모이족들 앞에는 작은 짐승들, 그중에도 원숭이들이 산불을 만난 듯이 질겁하여 야단스럽게 달아나고 있었다. 원숭이들은 수백 마리씩 떼를 지어 개천을 건너가고 있었다. 개천에 몰려올 때는 나뭇잎처럼 휘몰려 오더니 기슭까지 와서는 일제히 꼬리를 치켜들고 멈추는 꼴이 꼭 고양이 같았다. 그중 큼직한 놈이 하나 바위 위에 올라섰는지 개천 한복판에 서서 몸뚱이를 흔들고 있었다. 쌍안경으로 클로드는 또렷이 그 상황을 살필 수 있었다. 흠뻑 젖은 개처럼 등에 한사코 매달리는 작은 원숭이들을 뿌리치려고 몸부림치고 있는 것이었다. 저편 기슭에 닿은 놈들은 나뭇가지를 뚝뚝 부러뜨리며 바람같이 숲속으로 사라졌다. 달아나는 원숭이 떼가 숲 양쪽 기슭 사이에 나타나 마치 그 눈부신 개천과 모이족들이 이동하는 거대한 흐름의 곡선을 연결해 놓은 것 같았다.

이제는 온종일 꺼지지 않는 화톳불이 언덕 위에 연기를 스카프처럼 넓게 퍼뜨리고 있었다. 대낮에 내리쬐는 햇볕에도 자욱한 연기는 가시지 않고 바람도 없건만 서서히 산 중턱을 기어오르고 있었다. 지금 페르캉 일행이 가는 산길을 향해 군대의 육중한 걸음처럼 나아가고 있었다. 새로운 연기가 치솟을 때마다 그 위치상 한층 위협적으로 다가오면서 꼿꼿이 뭉게뭉게 떠오른다. 그리고 그 흩어진 꼬리가 마침내 일대에 퍼진 연막과 합치고 마는 것이었다. 클로드는 속이 달아서 약 1킬로미터 전방을 노려보며 거기서 또 새로운 연기가 떠오르기를 조마조마하게 기다리고 있었다. 마치 자물쇠에 꽂은 열쇠가 완전히 한 바퀴 빙 돌듯이.

"저기 또 불이 피워지려는 모양인데요. 저쪽에 하나만 더 피워지면 우리 길도 막히고 말 판입니다."

그러자 페르캉은 눈을 딱 감은 채 뜨지도 않고 혼자 중얼거리듯이 말했다.

"이 모든 게 아무래도 상관없다는 생각이 들 때가 있어."

"앞을 차단당하는 거 말이에요?"

"아니, 죽음 말이야."

저 산들을 넘어서면 페르캉의 나라가 있다. 죽음이 가로막고 화톳불 없는 고독한 산봉우리들 밑에 짓눌린 그의 영토가. 반대쪽에는 철도가 있다. 페르캉이 죽는다면 클로드는 그를 기다리고 있는 부조(浮彫)에게로 달려갈 터이다. 스티엥족들도 단독으로는 철도선을 감히 공격할 수 없을 것이다.

페르캉은 의식이 몽롱한 마비 상태로 가라앉고 있었다. 귓전에서 모기 떼가 잉잉거리며 날아다니고 있었다. 모기에게 뜯기는 아픔이 마치 줄무늬처럼 상처의 고통을 드러내며 투명하게 덮어 버리듯 했다. 모기에게 물린 아픔 역시 신열을 돋우며 심해졌다간 가라앉곤 하여 페르캉은 기를 쓰고 물리지 않으려고 악몽 같은 싸움을 벌이지 않을 수 없었다. 마치 다리 상처의 아픔이 모기 물린 아픔을 미끼로 삼아 그의 목숨 자체를 노리는 듯했다.

철썩하는 소리에 페르캉은 깜짝 놀랐다. 곤충에 물려 뜨끔한 바람에 저도 모르게 손가락을 경련하며 달구지를 후려친 것이었다. 인생에 관해서 이때까지 생각하던 일체가 그만 땅속에 묻힌 송장처럼 신열 속에 삭아 버리는 느낌이었다. 유난히 달구지가 튀는 바람에 번쩍 정신이 들었다. 그 순간 그는 클로드의 말과 전진하는 달구지의 움직임을 의식하면서 살아 있는 현실 세계로 돌아왔지만, 그 두 가지를 가릴 수는 없었다. 너무 기력이 쇠진해서 자기 감각조차 알 수 없었다. 그 견딜 수 없이 고통스러운 자각은 잊고 싶은 현실의 삶으로 다시 그를 내던지며 아울러 다시 찾으려던 저 자신 속으로 돌려놓았다. 뭐든지 좀 생각해 봐야겠다! 정신을 차리려고 애쓰면서 그는 새로 떠오르는 불빛을 바라보기 위해 일어서려고 했다. 그러나 몸을 움직이기도 전에 저 멀리 앞쪽에서 다이너마이트 터지는 소리가 들렸다. 땅이 와르르 흔들리며 내려앉는 듯했다. 모이족의 개들이 으르렁거리기 시작했다.

"문제는 토벌대뿐이야, 클로드. 철도 공사가 끝나지 않는 한은 토벌대를 공격할 수 있지. 모든 병참선이 밀림 속으로 길게 뻗을 수밖에 없거든. 그러니 훨씬 후방에서 병참선을 딱 끊어 버려 전방을 고립시킨 다음에 놈들의 무기를 빼앗으면…… 불가능한 일은 아니지…… 내가 거기까지 가기만 한다면! 빌어먹을 열 때문에, 열만 내리면 적어도 난…… 클로드, 듣고 있어?"

"네, 어서 말해 봐요."

"적어도 내 죽음으로써 그들을 자유롭게 만들어 줘야 할 거야"

"그게 지금 당신한테 무슨 의미가 있죠?"

페르캉은 눈을 감았다. 산 사람은 그의 심경을 도저히 이해할 수 없으리라.

"아픔은 좀 가라앉았나요?"

"달구지가 너무 흔들리지만 않으면 괜찮은데. 하지만 난 지금 너무 약해져서 약간 흔들리는 것도 견딜 수 없지…… 곧 다시 시작될 거야……."

페르캉은 산꼭대기를 쳐다보더니 방금 다이너마이트가 터진 언덕으로 눈을 돌렸다. 쌍안경이 흔들리지 않도록 달구지 횡목에 기대지 않으면 안 되었다. 머리가 좌우로 건들거리더니 겨우 꼿꼿이 멈추어 섰다.

"이래 가지고는 총도 못 쏘겠는걸……."

저편에서는 물소들이 철로 침목(枕木)을 나르고 있었다. 시암 인부들이 침목을 받아 내리면 물소는 기계처럼 정확한 움직임으로 마지막 침목을 삥 돌아서 다시 나르러 돌아간다. 그 꼴은 전에 오두막집에서 연자매를 빙빙 돌리던 그라보를 떠올리게 했다. 마치 딴 세상 일처럼 침목을 떨어뜨리는 소리는 전혀 들려오지 않건만 그것이 떨어질 때마다 이상하게도 페르캉의 무릎이 지끈지끈 울렸다. 머나먼 지평선의 산들을 향해 불도저처럼 밀고 나가는 저 철도는 그의 온갖 희망을 짓밟고 나갈 뿐만 아니라 실제 페르캉의 시체를, 그 흙에 묻혀 썩은 눈과 귀를 밝고 앞으로 나아갈 것이다. 그 재목이 떨어지는 소리는 그의 귀에까지 울려오지 않건만 그는 그것을 1분 1초 자기 피의 맥박 속에서 듣고 있었다.

그는 알고 있었다. 자기 나라에서는 달아날 수 있으리라고, 또 동시에 머지않아 죽으리라고. 그리고 페르캉이라는 인간이 알알이 품었던 온갖 희망 앞에 세계는 오랏줄 같은 철로에 꽁꽁 묶여 영원히 닫히고 말 것이라고. 그는 또 알고 있었다. 온 세계에서 아무것도 그가 지난날 겪은 가지가지 고난과 지금 맞닥뜨린 고통을 갚아 줄 수는 없으리라고. 살아 있는 인간이라는 것은 죽어 가는 자보다도 오히려 더 부조리한 존재라고…….

가마솥에 찌는 듯한 한나절 무더위 속에 모이족들의 연기는 점점 더 수효가 늘어 가며 널리 꼿꼿이 솟아오르고 있었다. 어느덧 그 거대한 연기 철책은 지평선을 가리며 그들을 가두고 말았다. 더위와 신열과 달구지, 뜨끔뜨끔 타는 듯한 아픔, 시끄러운 개 소리, 그리고 자기 송장 위에 삽으로 흙을 퍽퍽 퍼붓는 듯한 저 침목 던지는 소리, 그 모든 것이 저 철책처럼 그를 둘러싼 연기와 밀림의 마력과 한데 얽혔다. 더 나아가 그것은 죽음 그 자체와 사람의 힘으로는 어쩔 수 없는 절망적인 유폐와 한데 얽혀 뒤범벅이 되었다. 모기 떼 잉잉거리는 소리 저편에는 개 짖는 소리가 온 계곡에서 들려오고 있었다. 언덕 뒤에서는 딴 개들이 덩달아 짖었다. 그 소리는 지평선까지 온 밀림을 쩌렁쩌렁 울리며 연기와 연기 사이를 거침없이 퍼져 나가고 있었다. 페르캉은 이렇게 또다시 동굴에 사는 짐승과 다름없는 위협과 불꽃과 더불어 부조리한 인간들의 세계에 갇히고 말았다. 지하실에 갇히듯이. 바로 옆에 클로드가 있다. 살아남을 클로드가. 세상 사람들이 인간을 고문하는 잔인한 백정 놈들도 역시 인간이라고 믿는 것과 마찬가지로 삶을 믿는 클로드. 가증스러운 것. 나는 외톨이다. 머리에서 무릎까지 오르내리는 열과, 허벅지 위에 놓인 충실한 자기 손과 함께 이제는 완전히 외톨이다.

벌써 며칠 전부터 그는 자기 손을 여러 번 보아 왔다. 자기와는 따로 떨어진 그 자유로운 손을. 거기 허벅지 위에서 손은 조용히 그를 쳐다보고 있었다. 온몸의 피부에 밀려오는 뜨거운 물 같은 감각을 느끼며 그가 푹 몸을 담그는 외롭고 쓸쓸한 지대까지 그의 손은 그와 함께 동반하고 있었다. 그때 그는 물에서 떠오르듯이 문득 의식의 곁으로 떠올랐다. 죽음의 발작이 시작될 때는 손이 경련한다는 생각이 머리를 스쳤다. 그건 확실한 사실이었다. 밀림처럼 원초적인 죽음의 세계로 줄달음치는 이 마당에 한 가닥 악착스러운 의식은 여전히 남아 있었다. 이 손이 여기 있구나. 하얀 손, 홀리는 듯한 손. 묵직한 손바닥보다도 더 높은 손가락과, 바지 솔기에 걸려 있는 손톱. 마치 화끈 달아오른 잎사귀 위에 걸친 거미줄에 다리 끝을 걸고 매달린 거미 같은 손톱. 그 손은 지금 눈앞에, 형체가 없는 몽롱한 세계에 놓여 있다. 딴 사람들이 찐득찐득한 깊은 밀림 속에서 몸부림치고 있듯이 그가 지금 몸부림치고 있는 세계에. 크지도 않다. 그저 단순하고 자연스럽지만 꼭 눈동자처럼 살아 있는 손. 죽음, 그것은 바로 이 손이다.

클로드는 그를 바라보고 있었다. 들개들이 으르렁거리는 소리가 페르캉의 참담한 얼굴과 한데 어울리고 있었다. 수염이 자랄 대로 자라고 눈꺼풀이 무겁게 내리덮인 그 얼굴, 졸음이라고는 그림자도 비치지 않고 이제는 다가오는 죽음의 그림자밖에는 떠오를 수 없는 그 얼굴. 소년 시절의 추억으로서가 아니고 지금 있는 그대로의 나를, 앞으로 되고자 하는 나를 그대로 사랑해 준 유일한 인간…… 클로드는 비통한 마음이었으나 그에게 손을 대지도 못하고 있었다. 그러나 그때 페르캉의 머리가 달구지 횡목에 부딪쳤다. 클로드는 얼른 그의 머리를 받들어 그의 헬멧을 뒤로 젖혀 뒤통수를 받쳐 주었다. 그 순간 페르캉은 눈을 떴다. 하늘이 온통 내리누르듯이 스며들었다. 그러나 기쁨에 넘치는 느낌이었다. 벌레 붙지 않은 나뭇가지들이 하늘과 페르캉 사이에 비껴 있었다. 그것은 마치 공기처럼, 마치 마지막으로 그가 남김없이 가졌던 라오스 여자처럼 바르르 떨고 있었다. 그는 이미 인간들도, 자기 밑에서 나무와 짐승들과 더불어 기어 내려가는 대지도 전혀 안중에 없었다. 이제 그가 알아볼 수 있는 것은 오직 햇빛이 너무 강렬한 나머지 온통 하얗게 빛나는 드넓은 하늘뿐, 그 비장한 환희뿐이었다. 그는 그 환희 속에 서서히 녹아든다. 쿵, 쿵, 둔하게 뛰는 심장 고동이 차츰 그 환희를 채워 나간다.

지금 페르캉에게 들리는 것이라고는 오직 자기 자신의 소리뿐이었다. 마치 자기만이 밀림에서 자기 넋을 따로 떼어 놓는 그 찌는 듯한 더위와 조화될 수 있으며, 자기만이 자기 상처로써 저 성스러운 하늘에 집요하게 대답할 수 없는 하늘 쪽으로 던질 수 있다는 듯이. '내 죽음의 순간에 나 자신을 걸 것만 같군……' 생명은 바로 저기, 대지가 그 속에 잠겨 있는 저 현기증 나는 햇빛 속에 있다. 한편 또 다른 것이 지금 지독한 아픔에 쿵쿵 뛰는 자기 혈관 속에 있다. 그러나 그 양자가 서로 싸우는 것은 아니다. 이 들먹거리는 심장이 딱 멎으면 그 역시 저 햇빛의 거부할 수 없는 부름 속에 끌려 들어가 아주 사라지고 말 것이다…… 이제는 손도 없고 몸뚱이도 없고 오직 아픔만이 남아 있다. 파멸이라는 말에 대체 무슨 뜻이 있느냐? 그의 눈망울은 눈까풀 밑에서 달아오른 칼날처럼 화끈화끈 타오르고 있다. 모기가 한 마리 눈까풀 위에 앉았다. 그래도 까딱할 수 없었다. 클로드가 옆에서 천막 천으로 그의 머리를 받쳐 주고 다시 헬멧을 이마 위에 푹 씌워 주었다. 얼굴에 그늘이 지자 그는 그다운 모습을 되찾았다.

취한 듯 개천에 텀벙 뛰어들어 철벅거리는 물소리를 누르고 목이 터져라 계속 노래를 부르는 자기 모습이 떠올랐다. 지금도 역시 죽음은 마치 열기에 떨리는 공기처럼 자기를 둘러싸고 멀리 지평선까지 퍼져 있었다. 아무것도 그의 인생에 어떤 의미를 줄 수는 없으리라. 그를 햇빛에 사로잡히게 하는 이 용솟음치는 환희조차도. 지상에는 인간들이 있고 그들은 그들의 정열과 고통과 생존을 믿고 있다. 잎사귀 밑에 있는 곤충들, 죽음의 둥근 천장 밑에 와글와글 들끓는 그 곤충들과 다름없는 존재. 이런 생각에 이르자 헤아릴 수 없는 기쁨이 손목에, 관자놀이에, 심장에 피가 고동칠 때마다 가슴과 다리에 울려오는 것을 느꼈다. 그 환희가 햇볕 속에 녹아들어 한없이 퍼져 나간 광란을 두들겨 패는 것이었다. 그러나 이때까지 아무도 죽은 적은 없다. 절대로 없다. 그들은 모두 방금 하늘로 빨려 들어가 버린 구름처럼, 숲처럼, 사원들처럼 그저 스쳐 갔을 뿐이다. 오직 자기만이 따로 떨어져 죽어 가는 것이다.

그의 손이 다시 살아났다. 움직이지 않고 가만히 있었지만 그는 그 손에서 피의 흐름을 느꼈고, 시냇물 소리와 뒤섞인 그 액체의 소리를 들었다. 그의 가지가지 추억도, 위협적인 손가락의 희미한 떨림에 사로잡혀 떠오르지 못하고 기회를 노리고 있었다. 그 씰룩거리는 손가락과 마찬가지로 그를 엄습하는 온갖 추억들은 그의 마지막 순간을 예고하는 것이었다. 이윽고 추억들은 마지막 몸부림을 치는 페르캉을 덮쳐누를 것이다. 멀리서 둥둥 들려오는 토인들의 북소리와 개 짖는 소리와 함께 이쪽으로 다가오는 저 연기들처럼 짙게 내리덮일 것이다. 그는 자기 육체에서 벗어나는 도취에, 짐승을 붙들 듯이 자기를 사로잡는 저 하얗게 타오르는 하늘을 놓치지 않으려는 몸부림에 온통 마음이 쏠린 채 이를 악물었다. 무시무시한 아픔이, 다리가 뜯겨 나가는 듯한 아픔이 무릎에서 머리까지 그를 확 덮쳤다. 지하 깊숙이 파놓은 토굴이 곧바로 와르르 무너질 태세로 그가 들어오기를 기다리고 있었다…… 그가 하도 악착스럽게 입술을 깨물어 마침내 피가 흐르기 시작했다.

클로드는 그의 이 사이에서 피가 흘러나오는 걸 보았다. 그러나 그 고통이 죽음을 가로막고 있는 것이다. 아픔을 참고 있는 한 그는 살아 있는 셈이다. 그 순간 클로드는 혹시 자기가 페르캉이었으면 어땠을지 떠올려 보았다. 그는 자기가 사랑하지도 않던 인생에 대한 애착을 이때처럼 강렬히 느껴 본 적이 없었다. 피는 주르르 아래턱으로 흘러내렸다. 한때 들소 두개골을 쏜 총알에서 흐르던 피처럼. 그리고 클로드는 지금 피에 젖은 앙다문 이를 바라보며 조용히 기다리는 수밖에 어쩔 도리가 없었다.

'지금 추억이 떠오르는 건 내가 죽어 가기 때문이지…….' 이런 생각이 페르캉 머리를 스쳤다. 그의 온 생애가 무섭도록 질기게 그의 주위를 감돌고 있었다. 전에 오두막집을 에워싸고 있던 스티엥족들처럼…… '아니, 아마 추억은 떠오르지 않을 거야…….' 그는 자기 손처럼 자기 과거를 노리고 있었다. 그렇지만 추억을 물리치려는 의지와 지독한 아픔에도 불구하고 추억은 여전히 눈앞에 떠올랐다. 콜트 권총을 내던지고 비기는 저녁 햇살을 받으며 스티엥족들을 향해 걸어가는 자기 모습이. 그러나 그것은 자기 죽음을 예고하는 것은 아니었다. 그것은 벌써 딴 사람 일, 말하자면 전생의 이야기가 아닌가…… 내 나라에 돌아가면, 열에 달뜬 온몸을 쾅쾅 두들겨 대는 저 철도 공사를 어떻게 무찌를까? 그러나 다시 고통이 되살아오자 그는 찝찔한 자기 피 맛을 알듯이 영원히 제 나라에 돌아갈 수는 없으리라는 사실을 알았다. 그는 온몸을 죄어 오는 아픔에 참다못해 이를 으스러져라 깨물었다. 윗니가 턱에 박혀 피부를 찢었다. 고통이 또다시 그를 흥분시켰다. 그러나 그 고통이 더 심해지면 그는 그만 미쳐 버리든가, 이 시간이 빨리 지나가기만을 바라며 울부짖는 산모처럼 되어 버릴 것이다. 그래, 지금도 이 세상에는 수많은 인간들이 태어나고 있으리라. 그가 예상했던 대로 머리에 떠오른 것은 자기의 젊은 시절이 아니라 세상에서 사라진 사람들의 기억이었다. 마치 죽음이 죽은 사람들을 불러내듯이…… '제발 날 산 채로 묻지는 말아 다오!' 그러나 그 손이 거기 있다. 언젠가 어둠 속에 숨어 있던 토인들의 눈처럼, 온갖 추억을 뒤에 거느린 손이. 그는 산 채로 묻히지는 않으리라…….

'얼굴이 벌써 산 사람의 것이 아닌데.' 클로드는 혼자 생각했다. 페르캉의 어깨가 들썩들썩했다. 그 죽음의 고통은 저 눈부신 하늘처럼 영원히 변하지 않을 것만 같았다. 환한 침묵 속으로 빨려들어 사라져 가는 청승맞은 개들의 울음소리 너머에 펼쳐진 저 강렬한 하늘처럼. 클로드는 지금 인간이라는 그 허무와 맞닥뜨려 내리덮인 침묵과, 사랑하는 자가 죽어 간다는 어쩔 수 없는 이 세상의 괴로움에 사로잡혔다. 저 밀림과 하늘보다도 더 억센 죽음이 지금 페르캉의 얼굴을 움켜쥐고 그를 끝없는 단말마의 싸움으로 몰아가고 있다.

'지금 이 순간에 얼마나 많은 사람들이 이렇게 죽어 가는 육체를 그저 지켜보고만 있을 것인가?' 거의 모든 죽어 가는 육체들이 유럽의 밤이나 아시아의 낮에, 자기 인생의 허무함에 짓눌리면서, 새벽이면 다시 눈뜰 산 사람들에 대한 증오에 가득 차서, 마침내 저마다 신에 의지하고 마지막 위안을 받을 것이다. 아아, 이 세상에 정녕 신이 존재한다면 저 개들처럼 울부짖으며 외칠 수 있으련만! 그 어떤 신성한 사상도 어떤 미래의 보상도, 그 무엇으로도 삶의 종말을 정당화할 수는 없으리라고. 그리고 이 대낮의 절대적인 적막 속에 저 내리깐 두 눈을, 여전히 자기 피부를 물어뜯는 저 피 묻은 이빨을 향해 그런 허무한 고함을 내지르지 않아도 되련만! ……저 참담한 얼굴, 저 끔찍스러운 패배에서 벗어나련만! 그 입술이 반쯤 벌어진다.

"없어…… 죽음은 없어…… 다만 내가…… 있을 뿐…….”

손가락 하나가 허벅지 위에서 꿈틀거렸다.

"죽어 가는…… 내가 있을 뿐이야…….”

순간 클로드는 어렸을 때 들은 한 구절이 문득 머리에 떠올라 화가 치밀었다. '주여, 저희들의 고통을 함께 지켜 주소서…….'

미칠 것 같은 절망적인 우정을 말로써가 아니고 손과 눈으로써 표현하리라. 클로드는 숨이 끊어지는 페르캉의 어깨를 꽉 부둥켜안았다.

페르캉은 자신의 죽음에 입회한 그 증인을 바라보고 있었다. 딴 세계에서 온 사람인 양 자기와는 동떨어진 낯선 사람을.

말로의 생애와 작품에 대하여

말로의 생애와 작품에 대하여

인생과 작업을 밑받침하는 원동력

앙드레 말로(André Malraux, 1901~1976)는 파리에서 태어났다. 열아홉 살 때부터 문학 활동을 시작하여 평론과 창작을 잡지에 발표했으나, 환상적인 작품 《종이달》이 첫 출판 책이므로 이것을 처녀작으로 꼽는다. 이 작품이 막스 자코브에게 바쳐졌다는 것으로도 알 수 있듯이 입체주의 영향을 받고 있던 초기작 가운데 대표작이다.

제1차 세계대전 직후 청춘을 맞이한 앙드레 말로는 혈기왕성한 그 시대 문학 청년들이 흔히 그랬듯이 새로운 풍조인 다다이즘과 초현실주의의 영향을 받았고, 한때는 질서와 전통을 옹호하는 샤를 모라스 같은 사람들의 생각에 동의하기도 했다. 하지만 말로는 그보다도 동양과 그 고고학적 미술 세계에 흠뻑 빠져 있었다. 그는 그 무렵 프랑스령 인도차이나였던 베트남으로 건너가 고대 크메르 문화 유적 발굴 작업에 손을 댔다. 이 때문에 도굴혐의자로 체포되었지만, 앙드레 지드를 비롯한 많은 친구들의 노력으로 풀려나 1924년 파리로 돌아왔다.

그리고 프랑스로 돌아오는 길에 중국에 들러 그 무렵 공산당과 제휴하고 있던 광둥의 국민당 정권에 협력했다.

여행을 마치고 돌아온 그는 첫 번째 성과로 《서구(西歐)의 유혹》(1926)을 발표한다. 유럽을 여행하는 중국 청년과 중국을 돌아보는 젊은 프랑스인이 주고받은 편지를 모아 놓은 작품이다. 이는 단순한 동서 문화 비교론이 아니며, 동양 입장에서 무조건 서양을 비판하는 글도 아니다. 동양, 더 나아가 넓은 세계를 경험하고 온 말로는 여기서 전통적인 서양 지성과 감성을 새롭게 관찰하면서 개선을 촉구하고 있다.

앙드레 말로(1901~1976)

《서구의 유혹》의 주제는 이어서 발표된 두 작품에서 한층 내적으로 심화되고 또 허구의 이야기로서 다양하게 객관화되어 드러난다. 하나는 《정복자》(1927)이고, 다른 하나는 《왕도》(1930)이다. 우선 《정복자》는 1925년 중국 국민당과 공산당이 손잡고 일으킨 광둥 혁명을 소재로 삼았다. 이 혁명은 안으로는 군벌정치를 타도하고 밖으로는 유럽 열강의 제국주의 지배를 물리치기 위한 것이었다. 《정복자》에는 공산주의자, 볼셰비키, 아나키스트(무정부주의자), 테러리스트, 민족주의자, 개인주의자 등, 인종과 사상과 생활방식이 저마다 다른 사람들이 등장한다. 그중에서도 중심을 이루는 것은 현실적 공산주의자 보로딘, 고독한 허무주의 모험가 가린이다. 그들은 똑같이 과거의 신을 잃고 새로운 신을 얻기 위해 사투를 벌이는 백인 지도자들이다. 한편 《왕도》는 옛날에 인도차이나에서 번영을 누렸던 크메르 왕국의 옛 사원으로 이어지는 '왕의 길'를 탐험하여, 거기서 찾아내는 미술품으로 일확천금을 노리는 두 백인의 목숨을 건 보물찾기 이야기이다.

말로는 이처럼 오리엔트 모험을 기록하고 또 오리엔트의 정치적 격동에 대한 시각을 기술함으로써 무엇을 이루고자 했을까. 아마 자신의 영혼 깊숙이 뿌리박힌 고독과 불안과 허무감—보편적으로 말하자면 서구 지식인들이 흔히 느끼던 개인주의적 휴머니즘의 위기감—을 그 나름대로 깊고 넓으면서도 사실적인 행동 차원에서 시험하여 검증하려고 한 것이 아닐까. 말로의 입장에서는 머나먼 이국에 대해 이야기하고, 정치나 혁명 그 자체를 논하는 것은 결국 이차적인 문제였던 셈이다.

말로는 위와 같은 초기 대표작들을 통해서 자신과 남들에게 어떤 진실을 들려주려고 했다. 즉 인간은 다른 모든 생명체와 마찬가지로 피할 수 없는 절대조건인 '죽음'을 짊어지고 있으며, 이 사실로 인해 현실의 삶이 가차 없는 운명으로 바뀐다는 것을 실감 나게 이야기한 것이다. 그러면서 말로는 주장한다. 바로 그렇기에 이처럼 근원적인 인간 존재의 부조리함과 맞서 싸우는 것이야말로 자의식을 지닌 인간다운 인간의 행위라고.

《정복자》(초판 발간 1927)

작가가 다소나마 구체적으로 사회와 정치를 바라보면서 벌써부터 이른바 역사를 내세우고 있는 《정복자》도 예외는 아니다. 그 근본에 깔려 있는 것은 방금 지적했듯이 소통을 거부하는 외로운 개별적 존재와 그 행동이다. 그리고 《왕도》에서는 마지막에 클로드가 친구 페르캉의 죽음을 지켜보면서 우정을 느끼기는 하지만, 그것도 결국은 '절망적' 우정이다. 심지어 페르캉은 그런 클로드를 딴 세계에서 온 낯선 사람처럼 바라본다. 여기서는 이처럼 단적으로 개인·행동·죽음에 초점을 맞춰 이야기가 서술된다. 이에 관해서는 나중에 좀더 자세히 설명하겠다.

말로는 그 뒤에도 계속 작품을 발표한다. 그러면서 그의 정치적 입장과 자세는 초기에 비해 눈에 띄게 바뀌지만, 말로의 근본적인 사상은 작품 전체에 걸쳐 한결같이 유지된다. 초기 작품들—특히 《왕도》—에서 우리는 말로의 삶 전체와 집필 작업의 원점을 발견할 수 있다. 이는 사르트르와도 비슷하다. 사르트르도 시대의 흐름에 따라 심한 변화를 겪었지만, 소설 《구토》나 희곡 〈닫힌 방〉이나 철학서 《존재와 무》 등에서 드러나는 초심은 사르트르의 전 생애에 걸쳐 유지되었기 때문이다.

그런데 1930년대 들어 독일에서 히틀러가 정권을 쥐고 프랑스에서도 우익 세력이 기세를 떨치면서 전 유럽을 휩쓸 폭풍이 코앞에 다가오자, 프랑스에서 파시즘에 반대하는 움직임이 지식인들을 중심으로 급격히 일어났다. 이때 말로는 좌익의 입장에서 사회의 정치적 방어 및 변혁 운동에 적극적으로 뛰어들었다. 그는 온갖 회의에 참석해 청산유수로 의견을 늘어놓았다. 그리고 에스파냐에서 전쟁이 터지자, 정부의 불간섭 정책에 반대하여 '반(反)프랑코 국제의용군 비행단'을 조직해서 스스로 조종간을 잡았을 만큼 열심히 공화국 정부를 감쌌다.

이처럼 말로는 부지런히 앙가주망(사회참여) 활동을 펼쳤다.

《인간의 조건》(1933)과 《모멸의 시대》(1935), 《희망》(1937) 같은 작품들은 이러한 말로의 앙가주망이 낳은 산물이다. 여기서는 반사회적인 개인에서 사회적 연대로, 아나키즘에서 코뮤니즘(공산주의)으로, 절망에서 희망으로 옮아간 그의 견해가 드러난다. 그럼 이 작품들을 통해 그의 변화를 좀더 자세히 살펴보자.

《인간의 조건》에 대하여

이 작품은 발표하기가 무섭게 비상한 관심을 불러일으켜 1933년도 공쿠르상을 받았다. 비평가인 레옹 피에르-캥은 "공쿠르상이 프루스트 수상 이후 말로만큼 중요한 작가에게 주어지기는 처음이다"라고 말하고 있다. 이 작품이 대중적인 인기를 얻은 것은 무대가 동양이라는 이국 취미다, 천편일률적인 개인 심리 소설의 반동으로 일어난 르포르타주 소설에 대한 흥미가 많이 작용한 것만은 사실이다.

《인간의 조건》은 중국 혁명을 무대로 삼았지만 내용은 전혀 다르다. 이번에는 예의 국공합작이 실패로 돌아가고, 1927년 상하이에서 실권을 장악한 장제스의 국민당이 공산주의자 숙청에 나서자, 이에 저항하여 쿠데타가 일어나지만 결국 비극적인 결과를 낳는다는 이야기가 서술되고 있다. 또 여기서도 다양한 인간 유형이 등장한다. 허무주의에 젖은 고독한 테러리스트로서 죽음을 삶의 목적으로 삼는 첸, 착실하게 경력을 쌓은 러시아인 직업 혁명가 카토프, 그와 반대로 반혁명(反革命) 세력에 속하는 페랄과 쾨니히, 지금은 혁명에서 발을 뺀 마르크스주의 사회학자이자 아편 중독자인 프랑스인 지조르⋯⋯.

그런데 이 인물들은 전보다 객관성을 띠고 있다. 지조르와 일본인 여성 사이에 태어난 혼혈아이자 혁명가인 기요도 역시 고독하긴 하지만 자기 인생과 사회의 미래를 염려하고 있으며, 인간 존엄에 대한 경의와 희망을 품고 있다는 점이 새롭게 느껴진다. 특히 기요가 죽고 나서도 여전히 살아남아 혁명에 몸 바치려 하는 그의 아내 메이의 모습은 말로의 변화를 뚜렷이 보여 준다. 예전에는 오로지 남자의 도구로 쓰이는 매춘부 같은 여성만 등장시키던 말로가 이제는 독립된 인격을 지닌 여성을 내세우면서, 에로티시즘에서 싹트는 사랑을 다루게 된 것이다. 말로는 이 르포르타주 형식의 작품에서 제목 그대로 근원적인 인간

의 조건—고독과 죽음—을 보다 깊이 안
팎으로 파고들어 살피고 있다. 그리고 거
기서 생겨나는 허무감의 충족을 좀더 적
극적으로 추구하면서, 인간을 믿고 사랑
할 근거를 찾아내려고 애쓴다는 점이 흥
미롭다. 또한 시점을 살짝 바꾸어 보면 여
기서는 제3차 인터내셔널(코민테른), 즉 소
비에트 공산당이 전략적으로 쿠데타를 옹
호하지 않았다는 '역사의 한 페이지에 나
타난 혁명의 고뇌'가 생생하게 반영되어
있는 것이 눈에 띈다.

《인간의 조건》(초판 발간 1933)

　《희망》은 말로의 소설 가운데 가장 길
이가 긴데, 다채로운 수많은 에피소드들
이 컷백(영화에서 어떤 장면을 불쑥 끼워 넣는 기법)으로 배치되어 하나의 장대한
서사시를 이루고 있다. 여기서도 등장인물들은 역시 고독하다. 그들은 어쩔 수
없이 사회의 동란에 말려들어 인간의 조건과 치열하게 싸운다. 그런데 여기서
는 가톨릭교도지만 프랑코에 반대하는 히메네스 대령이나, 특히 작자의 모습이
투영된 국제의용군 비행대장 마냉 같은 인물은 유례없이 인간적인 혁명가의 면
모를 보이면서 사회 변혁에 희망을 걸고 있다. 그리고 테루엘의 산속에 불시착
한 마냉의 눈과 마음을 통해 사실적인 집단으로 그려지는 민중의 모습은 그들
의 생활을 크게 바꾸어 줄 혁명이 필요하다는 것을 시사한다. 요컨대 여기서는
싸움이 추상적인 굴욕과 반대되는 존엄을 위한 행위라기보다는 훨씬 구체적인
우애를 위한 행위로서 묘사되고 있는 것이다. 이는 제2차 세계대전이 일어나기
직전인 1930년대의 지적 풍토를 보여 주는 이색적 작품임에 틀림없다.

　그런데 말로의 성격과 인생은 하나로 고정되지 못하고 이리저리 흔들렸다.
그 점에서 우리는 말로의 다음과 같은 측면도 그냥 지나칠 수 없다. 앞서 말했
듯이 어릴 때부터 고고학과 미술에 관심이 많았던 말로는 1937년 무렵부터 이
미 영원한 예술적 미(美)의 세계를 동경하여, 제2차 세계대전 이후 '침묵의 소리'
라는 제목 아래 종합되어 나온 저서 《예술의 심리학》 제1권 《상상의 박물관》을

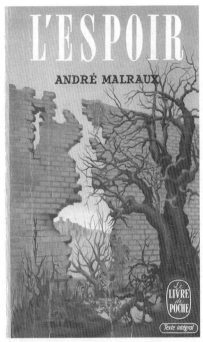

《인간의 조건》(초판 발간 1933)　　　　《알텐부르크의 호두나무》(초판 발간 1943)

쓰기 시작했던 것이다. 말하자면 그에게는 이것이 인간의 조건인 운명으로부터 벗어나는 하나의 수단이었던 셈이다.

　이런 작업은 전쟁 무렵부터 전후에 걸쳐 변함없는 정치 활동 속에서도 꾸준히 이어졌는데, 1950년에 말로가 건강이 나빠져 잠시 정치계에서 물러나자 더더욱 궤도에 올랐다. 그 결과 《침묵의 소리》가 완성되고, 1957년에는 역시 장대한 예술론인 《신(神)들의 변모》 제1권이 발표된다.

　1958년에 말로는 다시 드골 대통령 내각의 일원이 되어 정치에 참여하게 된다. 그리고 1959년에는 초대 문화부장관으로 취임해 이제는 공적인 입장에서 문화 정책을 펴면서 뛰어난 솜씨를 발휘했다. 물론 비판도 많이 받고 물의도 빚었지만, 어쨌든 말로가 형식상의 장관에 그치지 않고 여러모로 드골을 도와 문화 창조·발전에 크게 기여한 것은 분명하다. 특히 '문화의 집' 창설을 비롯한 문화 지역 분산화 사업은 지금도 높이 평가받고 있다.

　그런데 여기서 드골 대통령과 말로의 관계를 한번 짚고 넘어가야겠다. 두 사람은 《왕도》의 클로드와 페르캉처럼 깊은 관계를 가지고 있었다. 그들이 힘을 합쳐 전후부터 1960년대 말까지 프랑스 역사에 큰 발자취를 남겼다고 해도 지나치지 않으리라.

독일이 프랑스를 점령했을 때 말로는 드골파(派)로서 레지스탕스(저항 운동)에 가담했지만, 그가 드골과 만나 마음을 터놓는 친구 사이가 된 것은 전쟁이 끝난 1945년의 일이었던 듯하다. 그해 11월 드골의 연립정부가 발족하자, 말로는 공보장관으로서 그의 내각에 합류하지만 아직은 무소속이었다. 그러나 1947년 드골이 '프랑스국민연합(RPF)' 정당을 결성하자, 말로는 홍보 담당자로서 입당했다. 이후 두 사람의 관계는 더욱 깊어졌다. 앞서 말했듯이 말로는 드골이 정계에 복귀하자 이번에는 문화부장관이 되어 큰 업적을 남겼으며, 1969년에 드골 은퇴와 더불어 장관 자리에서 물러났다.

말로가 이러한 행동 변화를 보인 사상적 원인은 무엇일까. 아마 에스파냐 전쟁의 실

▲《상상의 박물관》(초판 발간 1947)
▼《침묵의 소리》(초판 발간 1951)

망스런 결과와 독·소 불가침 조약, 그리고 전쟁 및 레지스탕스 체험을 통해서 말로는 서유럽적인 것과 프랑스 내셔널리즘(민족주의)의 가치를 다시 평가하고, 국제 사회를 지향하는 토대로서 그것들을 새로이 정립하려고 했을 것이다. 그래서 그는 드골과 손잡고 그쪽 사업에 뛰어든 것이리라. 다만 이것도 영웅적인 애국주의나 비극에 쏠리는 경향이나 권력에 대한 의지 때문이 아니라, 인간을 중심으로 서유럽과 국제 사회를 바라보는 드골주의(골리즘)에 감화되었기 때문일 것이다. 《알텐부르크의 호두나무》(1943)에서는 이러한 말로의 심경 변화가 드러난다.

《반(反)회고록》(초판 발간 1967) 로랑 르미르

이 작품은 사상적 요소가 매우 짙은 것이었는데, 작품에 불만을 느낀 말로는 집필을 단념하고 끝내 미완으로 남겨 놓았다.

어쨌든 이런 식으로 말로는 공과 사, 단체와 개인의 기존 관계를 깨뜨리고 근본적으로 다시 관련짓는다는 과제에 사르트르나 카뮈보다도 먼저 문학자로서 도전했으며, 실제로 커다란 업적을 남기는 데 성공했다. 이 점에서 말로는 20세기의 증인으로서 앞으로도 계속 문제를 제기할 것이며, 그가 공화국을 위해 쌓은 공적을 생각한다면 볼테르나 졸라와 함께 판테온(파리에 있는 국립묘지)에 묻히는 것도 당연한 일일 것이다.

《왕도》에 대하여

다음으로 《왕도》를 좀더 자세히 살펴보자.

평론가 피에르 드 부아데프르도 말했듯이 《왕도》도 《정복자》와 마찬가지로 젊은 날에 쓴 '열광적인 바로크식 작품'이기는 하지만, 두 작품의 내용은 매우 다르다. 《왕도》가 늦게 발표됐지만 실제로는 먼저 쓰였다는 주장도 꽤 설득력이 있다. 내용상 《정복자》가 다음 작품들과 더 밀접하게 연관되어 있기 때문이다.

여기서 알 수 있듯이 말로는 자기 일에 관해서는 유독 말을 아꼈다. 그는 사실을 사실로서 말하기를 꺼렸다. 말로에 대해서는 연구서는 물론이고 전기도 별로 없다. 그의 인생과 집필 활동은 베일에 싸인 부분이 많아서 무성한 추측만 불러일으키고 있다. 신화를 사랑하는 그의 성향 때문일까. 그런데 재미있는 사실은 말로가 허구의 작품 속에는 기꺼이 자전적 요소나 체험을 한가득 담아냈다는 것이다. 작품 내용을 보면 가공이 아닌 실제 사실이 많이 담겨 있는 것으로 보인다. 실제 인생과 작품, 현실과 허구가 묘하게 뒤섞여서 말로 작품의 독특한 분위기를 이루고 있는 것이다. "말로의 작품에서는 내적 세계의 움직임이 역사의 움직임과 일치하고, 인간의 자기 창조가 커다란 역사 창조와 하나가 되어 있다"는 모리스 블랑쇼의 지적은 더없이 정확해 보인다.

따라서 젊은 고고학자 클로드 바네크는 작가의 분신이라 할 수 있다. 그럼 페르캉은 누구인가. 그림자처럼 클로드와 함께 다니다가 마침내 하나가 되기에 이르는 덴마크 출신의 독일인, 시암 정부와도 관계를 맺고 있는 이 정체불명의 인물은? 본문에도 나오는 실재 고고학자인 메르나 그 유명한 아라비아의 로렌스가 페르캉의 모델이라는 설도

《왕도》(초판 발간 1930)

있다. 참고로 이 소설은 처음에는 《사막의 힘》이라는 장편 연작의 제1권으로 쓰였는데 나중에 그 계획이 취소되면서 단독 작품이 되었다고 한다.

《왕도》에서 페르캉은 인생 선배로서 커다란 역할을 한다. 페르캉에게 완전히 매료된 클로드는 그로부터 수많은 인생의 가르침을 받는다. 이렇게 드러나는 페르캉의 사상은 작품의 기둥을 이루는데, 여기서 중심이 되는 것은 '에로스(성애)와 타나토스(죽음)' 합체 사상이자 이에 대한 구체적인 확인이다.

그럼 페르캉은 어떤 말을 했을까. 그는 "여자를 섹스의 곁다리로 생각하지 않고 섹스를 여자의 곁다리로 여기는 사내는 딱하게도 사랑에 빠지기 꼭 알맞은 나이"라고 말했다. "요는 상대가 잘 알지 못하는 낯선 여자라는 거지"라고도 했다. 또 "죽음은 바로 거기에 있어. (…) 마치 삶의 부조리의 부정할 수 없는 증거인 양"이라는 말도 했다. 그는 "난 내 죽음을 보려고 한평생을 보내고 있는 거야"라느니, "내가 내 죽음을 생각하는 건 죽기 위해서가 아니야. 살기 위해서야"라느니 하는 말도 남겼다.

《왕도》는 바로 이런 페르캉=클로드의 인생관과 세계관을 보여 주는 작품이라 할 수 있다.

말로 연보

1901년 11월 3일 조르주 앙드레 말로 파리에서 태어남. 할아버지는 술통
제조업자였으며, 말로가 태어난 지 얼마 안 되어 부모는 별거함.

1917년(16세) 콩도르세 중등학교 전학 시험에 실패, 대학 입학 자격 취득을 단
념함.

1919년(18세) 6월 르네 루이 두아용의 출판사에 근무하면서 자기 힘으로 살아
가기 시작함.

1920년(19세) 두아용이 창간한 잡지 〈라 코네상스(La Connaissance)〉 제1호에 《입
체파 시(詩)의 기원에 대하여》 발표함. 이 무렵 동양어학교에서 청
강하면서 〈악시옹(Action)〉지 등에 산문 및 비평을 발표하기 시작,
많은 전위 문학자, 예술가들과 어울림.

1921년(20세) 4월 시몽 칸바일러 화랑 출판사에서 《종이 달(月)》을 펴냄. 10월
독일계 유대인 클라라 골트슈미트와 결혼, 함께 유럽 각지를 여
행함.

1922년(21세) 7월 〈신(新)프랑스 평론(NRF)〉지에 서평 실림. 이후 이곳에 자주
기고하면서 친밀한 관계를 맺음.

1923년(22세) 북라오스 고고학 조사단에 참가, 유적 답사 발굴차 아내 클라라
와 함께 자비로 인도차이나로 향함. 12월엔 반테이 스레이(Banteay
Srei)의 유적지에 도착, 여섯 점의 부조품을 발굴했으나 프놈펜에
서 절도 혐의로 압수당하고 시내 호텔에 연금됨.

1924년(23세) 7월 프놈펜 지방법원에서 금고 3년형 판결을 받음. 10월 항소한
사이공(호찌민) 고등재판소에서 금고 1년, 집행 유예 선고를 받음.
11월 귀국하기 위해 인도차이나를 떠남.

1925년(24세) 2월 다시 사이공에 가서 인도차이나 해방 운동자 폴 모냉과 함

께 〈인도차이나(L'Indochine)〉지를 창간하나 이어지는 탄압으로 8
월에 폐간함. 11월 모냉과 함께 다시 주간지 〈결박된 인도차이나
(L'Indochine enchaînée)〉를 창간했으나 이 역시 이듬해 2월에 폐간됨.

1926년(25세) 1월 인도차이나를 떠남. 6월 《서구의 유혹》을 그라세 출판사에서
펴냄.

1928년(27세) 미술부장으로서 갈리마르 출판사에 들어감. 연말에 그라세사에
서 《정복자》 펴냄.

1929년(28세) 고고학적 조사를 위해 캅카스·페르시아·인도 등지에 건너감.

1930년(29세) 가을에 갈리마르사에서 파견되어 1년 기한으로 페르시아·파미
르·아프가니스탄·인도·중국·일본·미국 등지를 조사 여행함. 이
동안에 《왕도》가 그라세사에서 간행, 앵테랄리에상을 받음.

1931년(30세) 11월에 귀국함.

1932년(31세) 12월 '혁명작가 예술가협회(AEAR)'에 들어감.

1933년(32세) 딸 플로랑스 태어남. 5월 갈리마르사에서 《인간의 조건》 간행. 12
월에 공쿠르상을 받음. 7월 망명 중인 트로츠키를 루아양 교회에
서 만남. 11월 지드와 함께 '텔만 석방 운동'의 대회 의장이 됨.

1934년(33세) 1월 독일 국회의사당 방화범으로 체포된 디미트로프 석방 청
원서를 지참, 지드와 함께 베를린을 방문함. 2월 시바 여왕의 폐
허 탐험 여행 떠남. 5월 소비에트 작가 동맹 초청으로 소련 방문,
8~9월에 모스크바 작가 동맹 대회에 참석함.

1935년(34세) 이해 초 갈리마르사에서 《모멸의 시대》가 간행됨. 6월 문화옹호
국제 작가회의가 파리에서 열리자 말로는 그 중심인물로 활약함.

1936년(35세) 5월 에스파냐 방문함. 7월 에스파냐 내전이 일어나자 마드리드로
가 공화정부에 가담하여 무기 조달에 나섬. 9월 에스파냐 공화정
부를 위해 국제 의용군 비행단을 조직, 그 지휘관이 됨. 이해 말
무렵에 아내 클라라와 별거 생활에 들어감.

1937년(36세) 3~4월 에스파냐 공화정부 구호자금 모금차 조제트 클로티스와
함께 미국 방문, 각지에서 강연함. 이해 말 갈리마르사에서 〈희
망〉 간행됨.

1938년(37세) 7월 영화 〈희망〉 촬영차 에스파냐에 건너가 이듬해 봄까지 머묾. 클라라와 이혼함.

1939년(38세) 7월 영화 〈희망〉 완성함. 제2차 세계대전 발발과 함께 자원하여 전차대에 배속됨.

1940년(39세) 연초에 조제트와의 사이에 장남 피에르 고티에 태어남. 6월 욘 (Yonne) 전투에서 부상, 포로가 되어 상스(Sans)의 포로 수용소에 수감되었으나 11월에 탈출, 남프랑스 비점령 지대로 피신하여 조제트의 생가에서 지냄.

1941년(40세) 주로 남프랑스와 스위스에 머묾. 조제트와 재혼함.

1942년(41세) 독일군의 비점령 지대 침입으로 조제트와 함께 코레즈 지방의 생샤망 성관(城館)으로 피신함.

1943년(42세) 스위스에서 《알텐부르크의 호두나무》 간행됨.

1944년(43세) 3월 베르제 대령이란 이름으로 레지스탕스 운동에 투신. 7월 전투에서 부상, 툴루즈 감옥에 송치됨. FFI(프랑스 국내군)에 구출된 뒤 8월 FFI의 재편성에 따라 알자스·로렌 여단의 단장에 추대되다. 11월 차남 뱅상이 태어난 직후 조제트가 철도사고로 생샤망에서 죽음.

1945년(44세) 1월 저항 운동의 연합체 MLN(민족해방운동) 대회에서 반공주의 입장을 뚜렷이 함. 11월 드골 정부가 정식으로 발족하자 공보장관이 됨.

1946년(45세) 1월 드골 내각의 총사퇴로 물러남. 갈리마르사에서 《영화(映畵) 심리학 소묘》 간행됨.

1947년(46세) 드골이 RPF(프랑스 국민연합)를 결성하자 전국 선전 위원장이 됨. 스위스의 스키라 출판사에서 《예술의 심리학》 제1권 《상상의 박물관》 간행됨.

1948년(47세) 이복동생인 롤랑의 과부 마들렌과 세 번째 결혼을 함. 《예술의 심리학》의 제2권 《예술 창조》가 스키라사에서 간행됨.

1950년(49세) 고열로 반년 넘게 병석에 누움. 《예술의 심리학》 제3권 《절대의 화폐》가 스키라사에서, 《사투르누스·고야론(論)》이 갈리마르사에서 각각 간행됨.

1951년(50세) 갈리마르사에서 《침묵의 소리》 간행됨.

1952년(51세) 그리스·이집트·인도·이란 여행함. 《세계 조각 상상의 박물관》 제1권 《입상(立像) 예술》이 갈리마르사에서 간행됨.

1954년(53세) 미국 여행. 《세계 조각 상상의 박물관》 제2권 《성역(聖域) 동굴의 저부조물(低浮彫物)》, 제3권 《그리스도교 세계》가 각각 갈리마르사에서 간행됨.

1957년(56세) 《신(神)들의 변모》 제1권이 갈리마르사에서 간행됨.

1958년(57세) 6월 5·13 사건으로 드골 내각 성립됨. 무임소 장관에 입각함.

1959년(58세) 제5공화국 탄생과 함께 문화부장관에 입각함.

1961년(60세) 알제리에 자결정책의 추진자로서 세 번째로 건너갔다가 OAS(알제리 독립에 반대하는 프랑스 극우단체) 테러단에게 피습당함. 5월 장남·차남을 교통사고로 한꺼번에 잃음. 아내 마들렌과 이혼함.

1965년(64세) 병상에 누움. 7~8월 요양차 싱가포르에 가던 중 드골 대통령의 명으로 예정을 바꿔 대통령 친서를 갖고 베이징에서 마오쩌둥과 회견함.

1966년(65세) 작가 루이즈 드 빌모랭과 동거함.

1967년(66세) 《반(反)회고록》 제1권이 갈리마르사에서 간행됨.

1969년(68세) 4월 드골의 퇴진으로 정계에서 물러남. 12월 콜롱베레되제글리즈로 드골을 방문, 이것이 그와의 마지막 회견이 됨. 루이즈 드 빌모랭 죽음.

1970년(69세) 4월 《검은 삼각형》을 갈리마르사에서 펴냄. 11월 드골 죽음.

1971년(70세) 3월 《쓰러진 떡갈나무》, 4월에 《조사(弔辭)》를 각각 갈리마르사에서 펴냄. 10월 방글라데시의 파키스탄 정부에 대한 봉기로 해방의용군에 자원 입대할 것을 선언함. 11월 병으로 쓰러져 위독했으나 3주일 뒤에 회복함.

1973년(72세) 4월 방글라데시 방문. 7월 생폴드방스에서 직접 선정한 세계 미술품을 모아 전시회를 엶.

1976년(75세) 11월 23일 세상을 떠남.

옮긴이 홍순호

파리 소르본대학 국제관계대학원 졸업. 국제정치학 박사. 이화여자대학교 국제행정학 교수 역임. 이화여자대학교 명예교수. 한국정치외교사학회 회장 역임. 한국천주교교회사연구회 회장 역임. 옮긴책에 앙드레 모루아 《결혼/우정/행복》, 앙드레 말로 《인간의 조건》, 아벨 보나르 《우정론》, 레이몽 샤를 《프랑스의 사법》, 베르나르 구르네 《프랑스의 행정》 등이 있다.

옮긴이 윤옥일

숙명여자대학교 불어불문학과 졸업. 데이터북 번역위원. 몽테뉴학회회원. 옮긴책 샤를 페로 《장화 신은 고양이》, 레몽 라디게 《육체의 악마》, 라파예트 《클레브 공작부인》

세계문학전집088
André Malraux
LA CONDITION HUMAINE/LA VOIE ROYALE
인간의 조건/왕도
앙드레 말로/홍순호 윤옥일 옮김
동서문화창업60주년특별출판
1판 1쇄 발행/1975. 10. 1
2판 1쇄 발행/2012. 9. 1
3판 1쇄 발행/2017. 1. 20
3판 2쇄 발행/2024. 6. 1
발행인 고윤주
발행처 동서문화사
창업 1956. 12. 12. 등록 16-3799
서울 중구 마른내로 144 동서빌딩 3층
☎ 546-0331~2 Fax. 545-0331
www.dongsuhbook.com
잘못된 책은 구입하신 곳에서 바꾸어드립니다.

✳

이 책은 저작권법(5015호) 부칙 제4조 회복저작물 이용권에 의해 중판발행합니다.
이 책의 한국어 문장권 의장권 편집권은 저작권법에 의해 보호받으므로
무단전재 무단복제 무단표절 할 수 없습니다.
이 책의 법적문제는 「하재홍법률사무소 jhha@naralaw.net」에서 전담합니다
사업자등록번호 211-87-75330
ISBN 978-89-497-1553-7 04800
ISBN 978-89-497-1515-5 (세트)